ANNE RICE

Die Königin der Verdammten

Buch

Seit Lestat de Lioncourt, Sohn eines verarmten französischen Landadligen und einer italienischen Mutter, Ende des 18. Jahrhunderts durch eine ekstatischen Nackenbiß in die Welt der Vampire aufgenommen wurde, verzehrt er sich nach der Liebe der Menschen. Doch sein Fluch ist, das, was er liebt, zerstören zu müssen. Von jeher der jugendliche Rebell, vermag Lestat auch als Vampir nicht den ungeschriebenen Gesetzen der Untoten zu gehorchen. Seine unerhörten und respektlosen Taten beschwören den Zorn seiner Artgenossen herauf, aber sie erwecken auch die Liebe von Akascha, der Königin der Verdammten. Und während die Vampire aus aller Welt aufgebrochen sind, um Lestat zu vernichten, erhebt sich Akascha aus ihrem jahrtausendelangen Todesschlaf, um den geliebten Jüngling zu retten. In ihren Armen erlebt Lestat den Taumel ungeahnten Glücks; sie weiht ihn in die geheimen Kräfte der Unsterblichkeit ein und läßt ihn vom Rausch der Macht kosten. Mit *Die Königin der Verdammten* hat Anne Rice abermals ein barocksinnliches Lesevergnügen ersten Ranges geschrieben, eine schaurig-schöne Beschwörung des Bösen.

Autorin

Anne Rice ist Autorin zahlreicher Romane und gilt als Königin des modernen Schauerromans. Berühmt wurde sie mit ihrer »Chronik der Vampire«, einem Zyklus von jeweils vier in sich abgeschlossenen Romanen um den Vampir Lestat. Anne Rice wurde 1941 in New Orleans als Tochter irischer Einwanderer geboren. Dort lebt sie heute mit ihrer Familie in einem alten Landhaus.

Außerdem bei Goldmann im Taschenbuch erschienen

Der Fürst der Finsternis. Roman (9842) · Die Mumie oder Ramses der Verdammte. Roman (42247) · Falsetto. Roman (42562) · Gespräch mit einem Vampir. Roman (41015/43053) · Hexenstunde. Roman (43193) · Engel der Verdammten. Roman (44524) · Die Mayfair-Hexen. Roman (44103) · Memnoch der Teufel. Roman (44196) · Tanz der Hexen. Roman (42664) · Nachtmahr. Roman (43400)

Anne Rice
Die Königin der Verdammten

Roman

Aus dem Amerikanischen
von Michael Schulte

GOLDMANN

Die Originalausgabe erschien unter dem Titel
»The Queen of the Damned. The Third Book in the Vampire
Chronicles« bei Alfred A. Knopf, New York

Umwelthinweis:
Alle bedruckten Materialien dieses Taschenbuches
sind chlorfrei und umweltschonend.

Sonderausgabe April 2002
Copyright © 1988 by Anne O'Brien Rice
Untitled Poem copyright © 1988 by Stan Rice
Copyright © der deutschsprachigen Ausgabe 1991
by Wilhelm Goldmann Verlag, München, in der
Verlagsgruppe Random House GmbH
Umschlaggestaltung: Design Team München
Umschlagmotiv: © 2002 Warner Bros. All Rights Reserved
Druck: Elsnerdruck, Berlin
Titelnummer: 45418
TH · Herstellung: sc
Made in Germany
ISBN 3-442-45418-2

1 3 5 7 9 10 8 6 4 2

*Dieses Buch ist in Liebe
Stan Rice, Christopher Rice
und John Preston
gewidmet.*

*Und als Erinnerung an meine
geschätzten Lektoren
John Dodds und William Whitehead.*

TRAGISCHES KANINCHEN

Tragisches Kaninchen, ein Gemälde.
Die verkrusteten Ohren, grün wie Maisblätter.
Die schwarze Stirn den Sternen zugewandt.
Ein Bild an meiner Wand, allein

Wie Kaninchen sind
Und doch nicht sind. Rote Mümmelbacke,
Kunst das alles, die Nase zitternd,
Wie's ihre Art so ist.

Auch du kannst ein tragisches Kaninchen sein; grün und rot
Dein Rücken, blau deine kleine Männerbrust.
Doch wenn du je zu ihnen dich gesellst,
Dann hüte dich vor ihrem Fleisch und Blut, es

Wird von deinem tragisch' Pferd dich schlagen
Und zerbrechen deine tragischen Farben wie ein Geist
Den Marmor zerbricht, deine Wunden werden heilen
So leicht wie Wasser

Eifersüchtig wird.
Kaninchen, gemalt auf weißes Papier,
Verlieren bald die Anmut ihrer ungezähmten Genossen,
Und ihre Maisblattohren werden zu Hörnern.

Pass also auf, ob das tragische Leben dir ziemt –
Gefangen in dieser Kaninchenfalle,
Gleichen alle Farben Schwertern der Sonne
Und der Schere des Allmächtigen.

Stan Rice
Ein Lamm

DIE KÖNIGIN DER VERDAMMTEN

Ich bin der Vampir Lestat. Erinnern Sie sich? Der Vampir, der ein Rockstar wurde und seine Autobiographie geschrieben hat? Der Vampir mit den blonden Haaren und den grauen Augen, der nach Ruhm und Öffentlichkeit lechzte? Sie erinnern sich. Ein Symbol des Bösen wollte ich sein in unserem glitzernden Jahrhundert, in dem mir für das eigentliche Böse, wie ich es verkörpere, kein Platz mehr zu sein schien. Immerhin hatte ich ja schon mal ganz gut den Teufel auf einer Schmierenbühne gespielt.

Und als wir zuletzt voneinander gehört haben, standen die Dinge gar nicht schlecht für mich. Ich hatte gerade mein Debut in San Francisco gehabt – mein erstes »Live-Konzert« mit meiner sterblichen Band. Unsere Langspielplatte war ein Riesenerfolg. Meine Autobiographie fand guten Anklang bei den Sterblichen wie bei den Untoten.

Dann geschah etwas völlig Unvorhersehbares. Na ja, wenigstens hatte *ich* es nicht vorausgesehen. Und als ich Sie damals verließ, am Ende des letzten Kapitels, war das gemeinerweise gerade an der spannendsten Stelle gewesen.

Nun, das ist inzwischen überstanden – was damals noch folgte. Offensichtlich habe ich überlebt. Sonst würde ich ja nicht zu Ihnen sprechen. Die kosmischen Stürme haben sich gelegt; und der kleine Riß im Gewebe allgemeiner Vernunftgläubigkeit ist wieder zugekittet, mehr oder weniger.

Durch all das bin ich ein wenig trauriger, ein wenig hinterhältiger und auch ein wenig gewissenhafter geworden. Außerdem haben meine finsteren Kräfte unendlich zugenommen, obgleich der Mensch in mir stärker denn je an die Oberfläche drängt – ein gepeinigtes und hungriges Wesen, das die unsterbliche Hülle, in der ich für alle Zeiten gefangen bin, gleichermaßen liebt und verabscheut.

Der Blutdurst? Unersättlich ist er, obwohl ich rein physisch des

Blutes nie weniger bedurfte. Vielleicht bräuchte ich es sogar überhaupt nicht mehr. Aber die Lust, die mich jedesmal überkommt, sobald ich nur ein Lebewesen sehe, sagt mir nur zu deutlich, daß ich das niemals ausprobieren werde.

Sie wissen ja, daß mir das Blut ohnehin nie das wichtigste war; es ist die Intimität dieses Augenblicks – trinken, töten –, die ich brauche, den Rausch, wenn das Opfer immer schwächer wird und ich erblühe, mir den Tod einverleibe, der für den Bruchteil einer Sekunde so gewaltig wie das Leben selbst aufblitzt.

Und doch ist das nur ein Trugschluß. Kein Tod kann so gewaltig wie das Leben sein. Und darum muß ich immer weiter Leben rauben, nicht wahr? Und meiner Erlösung bin ich so fern wie nie. Ich weiß, daß ich alles nur noch schlimmer mache.

Natürlich kann ich unter Menschen noch immer als Mensch durchgehen; irgendwie können wir das alle, egal wie alt wir sind. Kragen hoch, Hut runter, Sonnenbrille, Hände in die Taschen – das genügt im allgemeinen. Ich bevorzuge inzwischen enge Lederjacken und Jeans und einfache schwarze Stiefel. Doch hin und wieder trage ich jene modische Seidenkleidung, die im Süden, wo ich nunmehr residiere, üblich ist.

Und wenn mich jemand dennoch allzu genau in Augenschein nimmt, genügt ein bißchen Telepathie: *Ist doch ganz normal, was du da siehst*. Ein kurzes Lächeln, die Fangzähne hübsch verborgen, und der Sterbliche zieht seiner Wege.

Manchmal pfeife ich auf meine Verkleidung und gehe so aus, wie ich bin. Langes Haar, eine Samtjacke, die mich an die alten Zeiten erinnert, und ein bis zwei Smaragdringe an meiner rechten Hand. Ich haste dann durch die Menschentrauben in dieser reizenden, verderbten Stadt oder schlendere den mondweißen Strand entlang und atme die warme Luft des Südens ein.

Niemand starrt mich länger als ein oder zwei Sekunden an. Die

Menschen sind von genug anderen unerklärlichen Dingen umgeben – Schrecken, Ängste, Geheimnisse, die sie gefangennehmen, um sie dann unvermeidlich zu ernüchtern. Lieber zurück zum Gewohnten und Langweiligen. Der Märchenprinz wird niemals kommen, das weiß jeder; und vielleicht ist Dornröschen längst schon tot.

Das gilt auch für alle anderen, die mit mir überlebt haben und mit mir dieses sonnige, grünende Eckchen des Universums teilen – die Südostspitze des amerikanischen Kontinents, die pulsierende Metropole Miami, ein ideales Jagdrevier für blutdurstige Unsterbliche.

Es tut wohl, sie bei mir zu wissen, die anderen; das ist ganz wichtig, wirklich – und wie schön hatte ich es mir doch immer ausgemalt: einen großen Orden um mich zu haben aus all den Weisen, den Nimmermüden, den Alten und den sorglos Jungen.

Aber ach, der Schmerz, anonym unter Sterblichen weilen zu müssen, war nie größer als jetzt; unersättlich wie ich Monster bin. Das ferne Geraune übernatürlicher Stimmen ist da auch kein Trost. Allzu süß war der Geschmack sterblicher Anerkennung damals – die Schallplatten in den Schaufenstern, die Fans, die vor der Bühne außer Rand und Band gerieten. Ganz egal, daß sie mich in Wirklichkeit gar nicht für einen echten Vampir hielten; in diesen Stunden waren wir zusammengeschmolzen. Sie riefen meinen Namen!

Jetzt gibt es die Platten nicht mehr, und nie wieder werde ich diese Songs hören. Mein Buch überdauert – neben dem *Gespräch mit dem Vampir* – als reine Fiktion getarnt, was ja nicht unbedingt verkehrt ist. Ich habe genug Staub aufgewirbelt, wie Sie noch sehen werden.

Meine kleinen Spielchen haben stets nur Katastrophen ausgelöst. Der Vampir, der es in einem entscheidenden Moment beinahe zum Helden und Märtyrer gebracht hätte...

Sie nehmen doch an, daß ich meine Lehren daraus gezogen habe, oder? Stimmt in der Tat. Wirklich.

Aber es ist so schmerzlich, zurück in die Verborgenheit zu sinken

– Lestat, der elegante und namenlose Übeltäter, schleicht sich an wehrlose Sterbliche heran, die von Wesen meiner Art nichts wissen. So verletzend, wieder ein Außenseiter zu sein, der in der alten Privathölle aus Körper und Seele mit den Mächten der Finsternis und des Lichts ringt.

In meiner Einsamkeit male ich mir aus, wie ich so ein liebes junges Ding in seiner von Mondlicht durchfluteten Kammer aufsuche – einen dieser Teenager, wie man sie heute nennt, ein schwärmerisches junges Mädchen, das mein Buch gelesen und meine Songs gehört hat, das mir in der kurzen Zeit verhängnisvollen Ruhms Fanbriefe auf parfümiertem Papier geschickt hat, um sich über Poesie und die Macht der Illusion auszulassen und zu bedauern, daß ich nicht echt sei; ich male mir aus, wie ich mich in ihr dunkles Zimmer stehle, wo vielleicht mein Buch auf dem Nachttisch liegt, wie ich ihre Schulter berühre und lächele, wenn sich unsere Blicke treffen. »Lestat! Ich habe immer an dich geglaubt. Ich wußte, daß du kommen würdest!«

Ich nehme ihr Gesicht in beide Hände und beuge mich nieder, um sie zu küssen. »Ja, mein Herzblatt«, antworte ich, »und du weißt nicht, wie sehr ich dich brauche, wie sehr ich dich liebe, dich schon immer geliebt habe.«

Vielleicht würde sie mich noch unwiderstehlicher finden, wenn sie mein wahres Schicksal erführe – die Schrecken, die ich gesehen habe, den Schmerz, den ich erleiden mußte. Es ist eine böse Wahrheit, daß uns Leid reifer macht, den Farben unseres Wesens mehr Glanz, unseren Worten mehr Tiefe verleiht. Sofern das Leid uns nicht ganz zerstört, uns allen Glauben und alle Hoffnung raubt und unsere Zukunftsträume und die Achtung vor den kleinen, doch unerläßlichen Dingen des Lebens.

Verzeihen Sie mir, wenn ich so verbittert klinge.

Dazu habe ich kein Recht. Ich habe das ganze Theater schließlich angefangen; und ich bin halbwegs ungeschoren davongekommen.

Im Gegensatz zu vielen anderen meiner Zunft und zu vielen Sterblichen auch. Das ist nicht zu entschuldigen. Und dafür werde ich immer büßen müssen.

Trotz allem verstehe ich immer noch nicht, was eigentlich geschehen ist. War es eine Tragödie oder bloß eine grausame Farce? Oder hätte aus meiner unbesonnenen Tat vielleicht doch etwas absolut Großartiges erwachsen können, etwas, das mich zuletzt noch aus meinem Nachtmahr in das strahlende Licht der Erlösung hätte erheben können?

Ich werde es wohl nie erfahren. Es ist vorbei, alles andere zählt nicht. Und unsere Welt – unser kleines Privatreich – ist kleiner und dunkler und sicherer denn je. Sie wird nie wieder das sein, was sie einmal war.

Es ist erstaunlich, daß ich die Katastrophe nicht vorhergesehen habe, aber wenn ich etwas anfange, führe ich mir nie das mögliche Ende vor Augen. Die Faszination des Risikos, der Moment unendlicher Möglichkeiten: das ist es, was mich durch die Ewigkeit lockt, wenn mich sonst nichts mehr zu reizen scheint.

Im übrigen: Ich war schon vor zweihundert Jahren so, als Sterblicher noch – der Ruhelose, der Ungeduldige, der immer nach Liebe und ordentlich Radau lechzte. Als ich mich in den achtziger Jahren des achtzehnten Jahrhunderts nach Paris aufmachte, um Schauspieler zu werden, hatte ich nur immer den Anfang im Kopf – den Augenblick, wenn sich jeden Abend der Vorhang hob.

Vielleicht haben die Alten recht. Ich meine die wahrhaft Unsterblichen – die Bluttrinker, die ein Jahrtausend überlebt haben und sagen, daß sich keiner von uns im Lauf der Zeit wirklich ändert; wir werden nur immer ausgeprägter das, was wir schon von jeher sind.

Anders ausgedrückt, du wirst weiser, wenn du ein paar hundert Jahre lebst; aber du hast auch mehr Zeit, so übel zu werden, wie es deine Feinde schon immer von dir behauptet haben.

Und ich bin derselbe Teufel, der ich immer war, der junge Mann, der sich zur Bühnenrampe drängt, wo man ihn am besten sehen und vielleicht auch am meisten lieben kann. Das eine bedingt das andere. Und ich möchte Sie so gerne unterhalten, in meinen Bann schlagen, damit Sie mir alles verzeihen... Ich fürchte, daß mir die zufälligen Augenblicke flüchtiger Begegnungen nie genügen werden.

Aber ich greife vor.

Wenn Sie meine Autobiographie gelesen haben, möchten Sie wissen, wovon ich spreche, was es mit der erwähnten Katastrophe auf sich hat.

Also lassen Sie uns einen Blick zurückwerfen. Wie gesagt, ich habe *Der Fürst der Finsternis* geschrieben und die Platte gemacht, weil ich gesehen werden, mich in meiner wahren Natur zeigen wollte, wenn auch nur auf symbolische Weise.

Und was das Risiko betrifft, daß den Sterblichen wirklich ein Licht aufgehen und sie begreifen würden, daß ich genau das war, wofür ich mich ausgab – diese Möglichkeit erregte mich nicht wenig. Sollten sie uns doch jagen, sollten sie uns doch vernichten, im Grunde war das mein sehnlichster Wunsch. Wir verdienten es nicht zu existieren; sie sollten uns töten. Und man stelle sich nur diese Schlachten vor! Ah, mit jenen kämpfen, die wirklich wußten, was ich war!

Aber in Wirklichkeit habe ich nie mit einem solchen Ausgang gerechnet; und die Rolle des Rockmusikers war einfach die perfekte Verkleidung für einen Unhold meines Schlags.

Es waren meine Artgenossen, die mich beim Wort nahmen, die mich für meine Untat bestrafen wollten. Natürlich hatte ich auch damit gerechnet.

Schließlich hatte ich in meinem Buch unsere Geschichte erzählt; ich hatte unsere verborgensten Geheimnisse verraten, Dinge, die niemals zu verraten ich geschworen hatte. Und ich trat damit großspurig ins Rampenlicht und vor die Fernsehkameras. Und was wäre

erst gewesen, wenn ich einem Wissenschaftler in die Fänge geraten wäre oder, was schon eher zu befürchten war, irgendeinem übereifrigen Polizisten wegen einer läppischen Verkehrsübertretung, kaum fünf Minuten vor Sonnenaufgang, und wenn sie mich dann einsperrten, untersuchten, identifizierten und – zur Zufriedenheit der verstocktesten Skeptiker aller Kontinente – entlarvten – und das alles in vollem Tageslicht, während ich hilflos dalag?

Zugegeben, das war nicht sehr wahrscheinlich. Ist es noch immer nicht. (Obwohl es ein Mordsspaß sein könnte!)

Doch das Risiko, das ich auf mich nahm, mußte die anderen Vampire zweifellos rasend machen, sie mußten versuchen, mich lebendigen Leibes zu verbrennen oder in kleine unsterbliche Stücke zu zerhacken. Sie wußten ja nicht, wie sicher wir in Wirklichkeit waren!

Und je näher das Konzert rückte, desto heftiger träumte ich von diesen Schlachten. Was für ein höllisches Vergnügen, jene zu vernichten, die so übel wie ich waren.

Aber letztlich zählte nur die Freude, da draußen zu sein, Musik zu machen, den Leuten etwas vorzuführen, vorzuzaubern. Ich wollte endlich wieder lebendig sein. Ich wollte endlich wieder Mensch sein. Dem sterblichen Schauspieler, der vor zweihundert Jahren nach Paris gegangen und auf dem Boulevard dem Tod begegnet war, würde endlich das Publikum zu Füßen liegen.

Und das Konzert war ein Erfolg. Ich triumphierte vor fünfzehntausend tobenden sterblichen Fans; und zwei meiner größten unsterblichen Geliebten waren dabei – Gabrielle und Louis –, meine Zöglinge, meine Angebeteten, von denen ich allzu viele dunkle Jahre getrennt gewesen war.

Noch ehe die Nacht vorbei war, hatten wir die eklen Vampire besiegt, die mich meiner Strafe hatten zuführen wollen. Aber bei diesem kleinen Scharmützel hatten wir einen unsichtbaren Verbün-

deten gehabt, und unsere Feinde gingen in Flammen auf, noch bevor sie uns etwas antun konnten.

Als der Morgen graute, war ich durch die Ereignisse der Nacht noch so in Hochstimmung, daß ich die Gefahr überhaupt nicht mehr ernst nahm. Ich schlug Gabrielles eindringliche Warnungen in den Wind – es war zu schön, sie wieder in den Armen halten zu dürfen; und über Louis' düstere Ahnungen ging ich hinweg, wie schon immer.

Und dann der Verkehrsstau, der spannendste Moment und das Kapitelende...

Gerade als die Sonne über Carmel Valley aufging und ich meine Augen schloß, wie das bei uns Vampiren zu dieser Tageszeit so Sitte ist, merkte ich, daß ich in meinem unterirdischen Versteck nicht alleine war. Ich hatte mit meiner Musik nicht nur die jungen Vampire erreicht; meine Lieder hatten auch die Älteren unserer Zunft aus ihrem Schlummer geweckt.

Und wieder war einer jener atemberaubenden Augenblicke gekommen, die jedes Risiko und alle Möglichkeiten in sich bargen. Was würde jetzt geschehen? War es mir beschieden, endlich zu sterben oder vielleicht wiedergeboren zu werden?

Nun, um alles erzählen zu können, was dann geschah, muß ich ein wenig ausholen. Ich muß etwa zehn Nächte vor dem verhängnisvollen Konzert anfangen und versuchen, mich in die Köpfe und Herzen anderer Wesen zu versetzen, die auf mein Buch und meine Musik in einer Weise reagierten, die mir damals völlig fremd war.

Mit anderen Worten, ich muß also die lyrische Form der Ich-Erzählung verlassen und nach Art zahlloser sterblicher Schriftsteller in die Köpfe und Herzen »vieler Personen« schlüpfen. Ich muß in die Welt der »dritten Person« und der »mannigfachen Standpunkte« eilen.

Übrigens, wenn diese anderen Personen meinen oder behaupten, ich sei schön, unwiderstehlich gar, so glauben Sie bitte nicht, daß ich ihnen derlei Äußerungen in den Mund gelegt habe. Ich berichte nur, was mir später zugetragen wurde oder was ich dank meiner unfehlbaren telepathischen Kräfte in Erfahrung gebracht habe. Ich halte mich strikt an die Wahrheit, nicht nur in dieser Hinsicht. Ich bin zwar ein übler Genosse, aber ich kann nichts dafür. Das elende Monster, das mich zu dem gemacht hat, was ich bin, hat mich wegen meines vorteilhaften Äußeren auserwählt. Mehr gibt es dazu nicht zu sagen.

Eines darf ich Ihnen noch versichern: Obwohl ich Sie jetzt verlasse, werde ich zu gegebener Zeit wieder in meiner ganzen Pracht auftauchen. Um ehrlich zu sein, ich hasse es, nicht die ganze Zeit der Ich-Erzähler zu sein. Frei nach David Copperfield darf ich sagen, daß ich nicht weiß, ob ich der Held oder das Opfer dieser Erzählung bin. Wie auch immer, sollte ich in ihr nicht die erste Geige spielen? Schließlich bin ich derjenige, der sie erzählt.

Aber es geht ja nicht allein darum, daß ich der James Bond der Vampire bin, und so muß meine Eitelkeit erst einmal in den Hintergrund treten. Ich möchte, daß Sie erfahren, was wirklich geschehen ist, auch wenn Sie kein Wort glauben.

Bis dann. Ich werde immer an Sie denken; ich liebe Sie; ich wollte, Sie wären hier... in meinen Armen.

INHALT

Vorrede 23

Teil I
UNTERWEGS ZUM VAMPIR LESTAT 47

1 Die Legende von den Zwillingen 49
2 Das kurze und glückliche
Leben der Baby Jenks
und der Fangzahnbande 56
3 Die Göttin Pandora 76
4 Die Geschichte von Daniel,
dem Günstling des Teufels,
oder vom Knaben aus *Gespräch mit dem Vampir* 91
5 Khayman, mein Khayman 142
6 Die Geschichte
von Jesse, der Großen Familie
und den Talamasca 162

Teil II
GEISTERDÄMMERUNG 225

Teil III
WIE AM ANFANG, JETZT UND IMMERDAR... 281

1 Lestat: In den Armen der Göttin 283
2 Marius: Vereinigung 299
3 Lestat: Die Himmelskönigin 319

4 Die Geschichte der Zwillinge, Teil I 341
5 Lestat: Dies ist mein Leib;
dies ist mein Blut 389
6 Die Geschichte der Zwillinge,
Teil II 412
7 Lestat: Das Himmelreich 427
8 Die Geschichte der Zwillinge, Schluß 436

Teil IV
DIE KÖNIGIN DER VERDAMMTEN 477

Teil V
... WELT OHNE ENDE, AMEN 505

VORREDE

ERKLÄRUNG IN FORM EINES GRAFFITI
geschrieben mit schwarzem Filzschreiber
auf die rote Wand eines Hinterzimmers der Bar
Dracula's Daughter *in San Francisco*

Kinder der Finsternis
Hiermit sei euch kundgetan:

BUCH EINS: *Gespräch mit dem Vampir*, 1976 veröffentlicht, war eine wahre Geschichte. Jeder von uns hätte sie schreiben können – ein Bericht über das, was wir sind, unser Elend und unsere ewige Suche. Doch Louis, der zweihundert Jahre alte Unsterbliche, der alles enthüllt, heischt nach dem Wohlwollen der Sterblichen. Der Schurke Lestat, der Louis die Gabe der Finsternis geschenkt hat, hat ihm ansonsten herzlich wenig an Erklärungen und Trost geschenkt. Kommt euch das bekannt vor? Louis hat die Hoffnung auf Erlösung noch nicht aufgegeben, obwohl sogar Armand, der älteste Unsterbliche, den er jemals aufgespürt hat, ihm nichts über den Zweck unseres Daseins oder unsere Ursprünge erzählen konnte. Keine umwerfende Überraschung, Vampirjungs und -mädchen, oder? Schließlich hat es nie einen Katechismus für Vampire gegeben.

Das heißt, nicht bis zur Veröffentlichung von:

BUCH ZWEI: *Der Fürst der Finsternis* in dieser Woche. Untertitel: »Lehrjahre und Abenteuer des Vampirs Lestat«. Ihr glaubt das nicht? Seht in der nächstbesten Buchhandlung nach. Dann geht in das nächstbeste Musikgeschäft und verlangt die Langspielplatte, die gerade herausgekommen ist und ebenfalls den bescheidenen Titel *Der Fürst der Finsternis* trägt. Ihr könnt auch einfach euren Fernseher einschalten und, falls ihr es nicht für unter eurer Würde haltet, auf eines von Lestats zahlreichen Rockvideos warten, die seit gestern bis zum Erbrechen über die Mattscheibe flimmern. Ihr werdet sofort sehen, was Lestat für ein Früchtchen ist. Und vermutlich wird euch die Mitteilung nicht überraschen, daß er diese beispiellosen Freveltaten durch ein Konzertdebüt krönen und »live« in dieser Stadt auftreten möchte. Ja, an Halloween, richtig geraten.

Doch laßt uns kurz das irre Flackern seiner übersinnlichen Augen vergessen, die aus den Schaufenstern sämtlicher Plattenläden blitzen, oder seine sonore Stimme, die singend die geheimsten Namen und Geschichten unserer ältesten Brüder preisgibt. Warum macht er all das? Wovon künden seine Lieder? Es steht in seinem Buch geschrieben. Er hat uns nicht nur einen Katechismus geschenkt, sondern eine Bibel.
Und er führt uns in biblische Zeiten zurück, um unseren Ureltern zu begegnen: Enkil und Akascha, den Herrschern des Nildeltas, noch lange ehe es den Namen Ägypten trug. Kümmert euch bitte nicht um das Geschwafel, wie sie die ersten Blutsauger des Erdenrunds wurden; macht kaum mehr Sinn als die Geschichte von der Entstehung des Lebens auf diesem Planeten oder wie sich der menschliche Fötus aus winzigen Zellen im Schoß seiner sterblichen Mutter entwickelt. Die Wahrheit ist, daß wir von diesem ehrwürdigen Paar abstammen, und ob es euch gefällt oder nicht, es gibt gute Gründe anzunehmen, daß all unsere köstlichen und unentbehrlichen Kräfte bis heute von einem ihrer betagten Körper ausgehen. Was bedeutet das? Um es geradeheraus zu sagen, falls Akascha und Enkil jemals Hand in Hand in einen Hochofen spazieren sollten, würden wir allesamt mit ihnen verbrennen. Zermalmt sie jemand zu glitzerndem Staub, ist es auch um uns geschehen.
Aber wir dürfen hoffen. Das Paar hat sich seit Jahrhunderten nicht mehr bewegt! Lestat behauptet freilich, beide auferweckt zu haben, indem er vor ihrem Schrein Geige spielte. Aber seine bizarre Erzählung, Akascha habe ihn in ihre Arme genommen und ihm ihr Urblut gespendet, ist nichts weiter als das wirre Gespinst eines kranken Hirns. Halten wir uns also an die Überlieferungen der Alten, wonach die beiden seit Urzeiten buchstäblich keinen Finger mehr gekrümmt haben. Marius, ein alter römischer Vampir, der sicher

weiß, was für uns am besten ist, hält sie seit langem in einer hübschen, abgeschiedenen Grabkammer aufbewahrt. Und er hat dem Vampir Lestat befohlen, ihr Geheimnis niemals zu verraten.
Kein sehr vertrauenswürdiger Mitwisser, der Vampir Lestat. Und was sind seine Motive für das Buch, die Platte, die Videos, das Konzert? Ganz unmöglich, die Vorgänge im Hirn dieses Schurken zu durchschauen, außer daß er seine Vorhaben mit erschreckender Konsequenz verwirklicht. Hat er nicht sogar ein Vampirkind gemacht? Und einen Vampir aus seiner eigenen Mutter, die jahrelang seine liebende Gefährtin war? Dieser Teufel würde sich aus purer Sensationslust selbst am Papst vergreifen. Zusammenfassend kann man sagen: Louis, ein unauffindbarer Wanderphilosoph, hat zahllosen Fremden unsere tiefsten Geheimnisse verraten. Und Lestat hat es gewagt, unsere Geschichte in alle Welt zu posaunen und seine übernatürlichen Gaben einem sterblichen Publikum zur Schau zu stellen.
Die Frage lautet: Warum existieren diese beiden noch? Warum haben wir sie nicht längst vernichtet? Es ist zwar keineswegs ausgemacht, daß uns von seiten der Sterblichen Gefahr droht – noch stehen die Dorfbewohner nicht mit brennenden Fackeln vorm Tor, um das Schloß niederzubrennen –, aber Lestat legt es geradezu darauf an, die Sterblichen aus der Reserve zu locken. Und obwohl wir klug genug sind, die Menschen glauben zu lassen, seine Erzählungen seien nichts als verrückte Hirngespinste, ist sein Frevel ohne Beispiel. Das darf nicht ungestraft bleiben.
Und noch etwas: Wenn das Buch Lestats wirklich auf Wahrheit beruht – und viele Vampire schwören Stein und Bein, das sei der Fall, obwohl sie das durch nichts untermauern können –, wäre es dann noch auszuschließen, daß der zweitausendjährige Marius auftauchte, um Lestats Ungehorsam zu bestrafen? Oder daß vielleicht der König und die Königin von den Radiowellen geweckt werden, die ihre Namen um den ganzen Erdball tragen. Was wird aus uns, wenn das geschieht? Werden wir unter ihrer neuen Herrschaft eine Blütezeit erleben? Oder werden sie unser aller Untergang in die Wege leiten? Da ist es schon besser, den Vampir Lestat so schnell wie möglich zu vernichten.
Darum: Zerstört den Vampir Lestat und seine Kohorten, sobald sie

es wagen, sich öffentlich zu zeigen. Zerstört alle, die ihm Gefolgschaft leisten.
Warnung: Zweifellos geistern noch andere Blutsauger aus alten Zeiten herum. Wir haben sie alle einmal flüchtig gesehen oder ihre Gegenwart gespürt. Lestats Enthüllungen schockieren uns ja weniger, als daß sie etwas Unbewußtes in uns wachrütteln. Und dank ihrer enormen Kräfte können die Ahnen bestimmt Lestats Musik hören. Gut möglich, daß diese alten und schrecklichen Wesen seinem Ruf folgen und langsam und unerbittlich näher kommen.

Kopien dieser Erklärung müssen allen Treffpunkten der Vampir-Connection und den Ordenshäusern auf der ganzen Welt zugeschickt werden. Aber ihr müßt euch vorsehen und die Parole ausgeben: Der Vampir Lestat ist zu vernichten und mit ihm seine Mutter Gabrielle, seine Gefährten Louis und Armand und alle Unsterblichen, die ihm ergeben sind.

Happy Halloween, Vampirjungs und -mädchen. Wir sehen uns bei dem Konzert. Wir werden dafür sorgen, daß es der Vampir Lestat nicht mehr verläßt.

Von seinem bequemen Platz im hintersten Winkel des Raumes aus las der blonde Gentleman in dem roten Samtmantel die Erklärung bereits zum zweiten Mal. Seine Augen waren fast unsichtbar hinter den dunkel getönten Brillengläsern und unter der Krempe seines grauen Hutes. Er trug graue Wildlederhandschuhe, und die Arme hielt er über der Brust verschränkt, während er sich, den einen Stiefelabsatz auf eine Sprosse eines Stuhls gehakt, gegen die schwarze Wandtäfelung lehnte.

»Lestat, du bist die vermaledeiteste Kreatur weit und breit!« murmelte er vor sich hin. »Du bist ein Flegel von einem Prinzen.« Er lachte kurz auf. Dann ließ er seinen Blick durch den großen, dämmerigen Raum schweifen.

Gar nicht übel, dieses verzinkte Wandbild, eine riesige, kunstfertige Federzeichnung, die sich wie Spinnweben über den weißen Verputz breitete. Er fand Gefallen an der Schloßruine, dem Friedhof, dem knorrigen Baum, der in den Vollmond ragte. Sehr hübsch war auch die stuckverzierte Decke mit ihrem Fries aus Hexen auf Besenstielen und herumhüpfenden Teufeln. Und süßlich duftender Weihrauch – eine alte indische Mischung, die er einst selbst vor Jahrhunderten im Schrein JENER, DIE BEWAHRT WERDEN MÜSSEN entzündet hatte.

Doch, einer der etwas besseren heimlichen Treffpunkte.

Weniger erfreulich waren freilich die Gäste, die an den kleinen Ebenholztischen lungerten. Es waren einfach zu viele dieser schlanken, weißgesichtigen Gestalten für so eine zivilisierte, moderne Stadt. Und sie wußten es. Um heute nacht auf Jagd zu gehen, würden sie in weite Ferne schweifen müssen, und die Jungen mußten sich noch ständig auf die Jagd begeben. Die Jungen mußten töten. Ihr Hunger ließ ihnen keine andere Wahl.

Aber im Moment kreisten ihre Gedanken nur um ihn – wer war er, wo war er hergekommen? War er sehr alt und sehr stark, und was würde er tun, ehe er wieder seiner Wege zog? Immer dieselben Fragen in diesen »Vampirbars«.

Zeit, ihre Fragen unbeantwortet zu lassen. Er hatte, was er wollte – ein wenig Information über ihre Absichten. Und Lestats kleine Musikkassette in seiner Jackentasche. Ein Band mit den Rockvideos würde er sich auf dem Heimweg besorgen.

Er stand auf, um zu gehen, und einer der Jungen erhob sich ebenfalls. Schweigend näherten sie sich beide der Tür. Nur die Kerzen auf den Tischen gossen ihr fahles Licht auf den schwarz gekachelten Fußboden aus.

»Woher kommst du, Fremder?« fragte der Junge höflich. Als er starb, war er wohl keine Zwanzig gewesen, und das konnte noch keine zehn Jahre hergewesen sein. Er hatte seine Lider und Lippen angemalt und sein Haar schreiend bunt gesträhnt, als seien die übernatürlichen Gaben noch nicht genug. Sein extravagantes Äußeres paßte schlecht zu seinem eigentlichen Wesen – er war ein machtvoller Vampir, der es mit einigem Glück auf ein Jahrtausend würde bringen können.

Wieder ergriff er das Wort: »Was hältst du von dem Vampir Lestat und der Erklärung?«

»Ich bitte um Entschuldigung. Ich breche gerade auf.«

»Aber dir ist doch bekannt, was Lestat angerichtet hat«, beharrte der Junge und verstellte ihm den Weg. Das war allerdings kein sehr gutes Benehmen.

Er sah sich diesen aufdringlichen Jüngling genauer an. Sollte er etwas machen, das ihn in Rage brächte? Etwas, worüber sie sich jahrhundertelang das Maul zerreißen könnten? Er konnte ein Lächeln nicht unterdrücken. Doch nein. Bald würde es genug Aufregung geben, dank seines geliebten Lestat.

»Ich darf dir einen kleinen Rat geben«, antwortete er ruhig. »Ihr könnt den Vampir Lestat nicht zerstören; niemand kann das. Aber warum das so ist, weiß ich auch nicht.«

Der Junge fühlte sich überrumpelt und ein wenig beleidigt.

»Aber laß mich dir nun eine Frage stellen«, fuhr der Fremde fort. »Warum dieses Theater um den Vampir Lestat? Warum interessiert ihr euch nicht viel mehr für das, was er erzählt? Habt ihr Neulinge gar nicht den Wunsch, Marius zu suchen, den Bewacher JENER, DIE BEWAHRT WERDEN MÜSSEN? Um mit eigenen Augen Die Mutter und Den Vater zu sehen?«

Der Junge war verwirrt. Ihm fiel keine kluge Antwort ein. Aber die wahre Antwort lag in seiner Seele offen – in den Seelen aller, die zuhörten und zu ihnen hinsahen. JENE, DIE BEWAHRT WERDEN MÜSSEN mochten existieren oder auch nicht; und Marius hatte es vielleicht auch nie gegeben. Aber der Vampir Lestat war eine Tatsache, und er war ein abgefeimter Gierlappen, der das geheime Wohlergehen all seiner Artgenossen aufs Spiel setzte, nur um von den Sterblichen geliebt und gesehen zu werden.

Fast hätte der Fremde dem Jungen geradewegs ins Gesicht gelacht. Lestat hatte wirklich den Nerv dieser glaubenslosen Zeiten getroffen, das mußte man ihm lassen. Stimmt, er hatte alle Warnungen in den Wind geschlagen und Geheimnisse verraten, aber deswegen hatte er nichts und niemanden hintergangen.

»Gib auf den Vampir Lestat acht«, sagte er lächelnd. »Wahrhaft Unsterbliche gibt es hienieden nur sehr wenige. Vielleicht ist er einer von ihnen.«

Dann hob er den Jungen hoch und räumte ihn aus dem Weg. Und er ging durch die Tür in die eigentliche Kneipe.

In dem vorderen Raum, der luxuriös mit schwarzen Samtvorhängen und glänzenden Messingleuchtern ausgestattet war, drängten sich lärmende Sterbliche. Filmvampire blickten aus vergoldeten Rahmen an den satinbespannten Wänden. Eine Orgel untermalte mit der leidenschaftlichen Toccata und Fuge von Bach das Geplapper und betrunkene Gelächter der Gäste. Er liebte den Anblick solch überschäumender Lebensfreude. Er liebte sogar den Bier- und Wein- und Zigarettengeruch. Und als er sich den Weg zum Ausgang bahnte, liebte er es, im Gedränge dieser wohlriechenden Menschen zu sein. Er schätzte den Umstand, daß die Lebenden nicht die geringste Notiz von ihm nahmen.

Schließlich die feuchte Luft, das abendliche Gewühl auf der Castro Street. Der Himmel glänzte wie poliertes Silber. Männer und Frauen hasteten die Gehsteige entlang, suchten dem schrägen Nieselregen zu entkommen, nur um dann an den Ecken auf das Umspringen der Verkehrsampeln zu warten.

Aus den Lautsprechern des Schallplattenladens auf der anderen Straßenseite plärrte Lestats Stimme, übertönte den vorbeifahrenden Bus, das Zischen der Absätze auf dem nassen Asphalt:

> *In meinen Träumen halt ich sie umschlungen,*
> *Engel, Geliebte, Mutter.*
> *Und in meinen Träumen küsse ich ihre Lippen,*
> *Mätresse, Muse, Tochter.*
>
> *Sie schenkte mir das Leben,*
> *Ich schenkte ihr den Tod,*
> *Meine schöne Marquise.*
>
> *Und auf der Straße des Teufels wandelten wir,*
> *Wie zwei Waisenkinder Hand in Hand.*
>
> *Und hört sie meine Gesänge heute nacht*
> *Von Königen und Königinnen und von alter Weisheit?*
> *Von Leid und gebrochenem Schwur?*
>
> *Oder erklimmt sie ferne Pfade,*
> *Wo Wort und Lied sie nicht erreichen?*

Komm zurück zu mir, meine Gabrielle,
Meine schöne Marquise.
Das Schloß verfallen auf dem Hügel,
Das Dorf verloren unterm Schnee,
Doch mein bist Du in Ewigkeit.

War sie schon hier, seine Mutter?

Die Stimme erstarb in einem sanften Wirbel instrumentaler Klänge, um schließlich vollends im Straßenlärm unterzugehen. Er trat in den Regen und ging zur nächsten Ecke. Hübsch, diese geschäftige kleine Straße. Der Blumenhändler unter dem Baldachin verkaufte noch immer seine Pflanzen, beim Metzger drängten sich die Feierabendkäufer, hinter den Fenstern der Cafés nahmen die Sterblichen ihr Abendessen ein oder blätterten müßig in ihren Zeitungen. An der Bushaltestelle warteten Dutzende von Menschen, und vor dem alten Filmtheater gegenüber hatte sich eine Schlange gebildet.

Sie war hier, Gabrielle. Er spürte es.

Als er den Bordstein erreicht hatte, blieb er an der Straßenlaterne stehen und atmete den kühlen Wind ein, der von den Bergen wehte. Man hatte einen schönen Blick auf die Innenstadt und die volle Länge der leicht abfallenden Market Street. Fast ein Pariser Boulevard.

Ja, aber wo genau war sie? Gabrielle, flüsterte er. Er schloß die Augen. Er lauschte. Zunächst strömte das grenzenlose Tosen tausendfältiger Stimmen auf ihn ein, Bilder überfluteten Bilder. Die ganze weite Welt drohte sich zu öffnen und ihn in einem Abgrund unaufhörlicher Klagen zu verschlingen. *Gabrielle.* Der donnernde Tumult starb allmählich ab. Er erhaschte einen Schmerzensschimmer von einem sterblichen Passanten. Und in einem Hochhaus auf dem Hügel saß eine sterbende Frau reglos am Fenster und träumte von Kindheitszwist. Verhaltene Ruhe dann, und er sah, was er sehen wollte: Gabrielle. Sie hielt inne, hatte seine Stimme gehört. Sie merkte, daß sie beobachtet wurde. Eine große, blonde Frau, das Haar in einem einzigen Zopf auf den Rücken fallend, auf einer der verlassenen Straßen im Zentrum, nicht weit von ihm. Sie trug eine Khakijacke, eine Hose und einen verschlissenen braunen Pullover. Und ein Hut, seinem eigenen Hut nicht unähnlich, überdeckte ihre Augen; der hochgeschlagene Kragen gab nur wenig von ihrem Gesicht frei. Jetzt verschloß sie ihre Seele, umgab sich mit einem unsichtbaren Wall. Das Bild verschwand.

Ja, sie war hier, wartete auf ihren Sohn Lestat. Warum hatte er sich je um sie geängstigt – sie, die nichts fürchtete, sie, die nur die Angst um ihren Sohn kannte. Gut. Er war zufrieden. Auch Lestat würde zufrieden sein.

Aber was war mit den anderen? Louis, der Sanfte mit den schwarzen Haaren und den grünen Augen, der beim Gehen laut auftrat, sich in dunklen Straßen sogar ein Liedchen pfiff, so daß ihn die Sterblichen nicht überhören konnten. *Louis, wo bist du?*

Fast im selben Moment sah er Louis einen leeren Salon betreten. Er war gerade aus dem Keller emporgestiegen, wo er tagsüber in einem versteckten Gewölbe geschlafen hatte. Er hatte keine Ahnung, daß er beobachtet wurde. Er durchmaß den staubbedeckten Raum und blickte dann durch das verschmutzte Fenster auf den Verkehrsstrom. Er war noch immer derselbe elegante und sinnenfrohe Typ, der mit seinem *Gespräch mit dem Vampir* einen richtigen kleinen Aufruhr verursacht hatte. Jetzt wartete er allerdings auf Lestat. Böse Träume hatten ihn gerade heimgesucht; er war um Lestat besorgt und voll alter und ungewohnter Sehnsucht.

Widerstrebend ließ er das Bild fahren. Diesen Louis mochte er wirklich gern, was nicht ganz einsichtig war, da Louis eine zarte, kultivierte Seele hatte und nichts von den dämonischen Kräften Gabrielles oder ihres teuflischen Sohns besaß. Aber Louis würde ebensolange wie sie überleben können, da war er sich ganz sicher. Schon seltsam, die unterschiedlichen Arten des Mutes, die ein Überdauern gewährleisteten. Vielleicht hatte es etwas mit der Fähigkeit, die Dinge hinzunehmen, zu tun. Aber wie erklärte man sich dann Lestat, der, geschunden und am Boden zerstört, sich immer wieder hochrappelte? Lestat, der nie etwas hingenommen hatte?

Sie hatten sich noch nicht gefunden, Gabrielle und Louis. Aber das machte nichts. Was sollte er tun? Sie zusammenbringen? Allein der Gedanke... Außerdem würde Lestat dafür bald genug sorgen.

Aber jetzt lächelte er wieder. »Lestat, du bist die vermaledeiteste Kreatur! Ja, ein Flegel von einem Prinzen.« Ganz langsam ließ er wieder jedes Detail von Lestats Gesicht und Gestalt vor sich erstehen. Die eisblauen Augen, die sich beim Lachen verfinsterten; das großherzige Lächeln; die Art, wie er trotzig die Augenbrauen zusammenzog; das plötzliche Auflodern seiner Lebensfreude und seines blasphemischen Humors. Selbst die katzenartige Geschmeidigkeit seines Körpers hatte er klar vor Augen.

Die Wahrheit war, daß er selbst nicht wußte, was er von dem ganzen Unternehmen halten sollte, außer daß es ihn amüsierte und faszinierte. Selbstverständlich hegte er nicht die geringsten Rachegedanken gegen Lestat, mochte dieser auch noch so viele Geheimnisse ausgeplaudert haben. Und ganz sicher hatte Lestat damit gerechnet; aber man konnte nie wissen. Vielleicht kümmerte Lestat das alles nicht. In dieser Hinsicht wußte er nicht mehr als die Idioten in der Bar da hinten.

Was ihn beschäftigte, war der Umstand, daß er erstmals seit Urzeiten wieder in Kategorien wie Vergangenheit und Zukunft dachte. Er spürte den Zeitgeist. An JENE, DIE BEWAHRT WERDEN MÜSSEN glaubten selbst deren eigene Kinder nicht mehr! Längst dahin die Tage, da sich grimme Blutsauger auf die Suche nach ihrem Schrein und Wunderblut begeben hatten. Niemand glaubte mehr an sie, scherte sich noch um sie.

Und das entsprach genau dem Wesen dieses Zeitalters, in dem die Sterblichen eher Handfestem zugetan waren und alles Übernatürliche schlichtweg zurückwiesen.

Zweihundert Jahre war es her, da er und Lestat auf einer Insel im Mittelmeer genau darüber diskutiert hatten – über den Traum von einer gottesfreien und wahrhaft moralischen Welt, in der das Prinzip der Nächstenliebe das einzige verbleibende Gebot sein würde. *Eine Welt, in die wir nicht gehören.* Und jetzt war eine solche Welt fast Wirklichkeit geworden. Und der Vampir Lestat hatte sich der Unterhaltungskunst verschrieben, was im Grunde die ganzen alten Teufel tun sollten, JENE, DIE BEWAHRT WERDEN MÜSSEN eingeschlossen.

Er mußte lächeln. Lestats Treiben flößte ihm nicht nur Ehrfurcht ein, sondern er fand das alles auch höchst verführerisch. Für die Verlockungen des Ruhms hatte er volles Verständnis.

Ja, er war schamlos begeistert gewesen, als er seinen Namen auf die Wand in der Bar gekritzelt sah. Er hatte gelacht, aber dieses Lachen auch gründlich genossen.

Lestat, der ungestüme Boulevardschauspieler des Ancien régime, war nun in diesem wunderbaren und unschuldigen Zeitalter zu einem Star geworden.

Aber hatte er recht gehabt, als er dem Neuling in der Bar sagte, niemand könne den flegelhaften Prinzen zerstören? Das war reines Wunschdenken. Gute Reklame. *Tatsache ist, jeder von uns kann zerstört werden... auf die ein oder andere Weise. Sogar JENE, DIE BEWAHRT WERDEN MÜSSEN.*

Natürlich waren sie schwach, diese jungen »Kinder der Finsternis«, wie sie sich bezeichneten. Auch gemeinsam waren sie nicht wesentlich stärker. Aber wie stand es mit den Alten? Wenn Lestat nur nicht die Namen von Mael und Pandora ins Spiel gebracht hätte! Und gab es nicht Bluttrinker, die sogar noch älter waren, von denen er selbst nichts wußte? Er dachte an die warnenden Worte an der Wand: »Gut möglich, daß diese alten und schrecklichen Wesen seinem Ruf folgen und langsam und unerbittlich näher kommen.«

Ein leichter Regenschauer schreckte ihn auf; es war kalt, und doch glaubte er, einen Augenblick lang einen Dschungel zu sehen – einen grünen, stickigen, dampfenden Ort. Plötzlich war er wieder verschwunden, wie so viele unvermittelte Botschaften. Er hatte sich schon vor langer Zeit angewöhnt, den endlosen Strom aus Stimmen und Bildern abzublocken; doch hin und wieder blitzte etwas Heftiges und Unerwartetes durch, wie ein gellender Schrei.

Wie auch immer, er hatte sich lange genug in dieser Stadt aufgehalten. Er wollte jetzt am liebsten zu Haus sein. Allzulange war er von JENEN, DIE BEWAHRT WERDEN MÜSSEN fortgewesen.

Andererseits bereitete es ihm großes Vergnügen, den betriebsamen Menschenmengen, dem bunten Verkehrsstrom zuzuschauen. Selbst der Giftdunst der Stadt störte ihn nicht. Das war auch nicht schlimmer als der Gestank im alten Rom oder in Antiochia oder Athen – wo an allen Ecken und Enden ganze Haufen menschlicher Abfälle die Fliegen fütterten und die Luft von Krankheit und Hunger verpestet war. Nein, er liebte die sauberen, pastellfarbenen Städte Kaliforniens. Er hätte ewig unter diesen scharfsichtigen und zielbewußten Leuten verweilen können.

Aber er mußte nach Hause gehen. Das Konzert war noch viele Nächte entfernt, und dann würde er Lestat sehen, falls er sich entschließen sollte ... Es war einfach herrlich, nicht genau zu wissen, was er tun würde, genausowenig wie es die anderen wußten, die nicht mal an ihn glaubten!

Er überquerte die Castro Street und ging raschen Schritts die Market Street entlang. Der Wind hatte nachgelassen, die Luft war beinahe warm. Er pfiff sich ein Liedchen, wie das Louis so gerne tat. Er fühlte sich gut. Menschlich. Dann blieb er vor einem Radio- und Fernsehladen stehen. Lestat war auf allen Mattscheiben zu sehen.

Das gewaltige Schauspiel aus Gesten und Bewegungen amüsierte ihn. Der Ton war abgestellt, aber er hätte im Geiste die Musik suchen und empfangen können. Doch war es nicht reizvoller, den stummen Mätzchen des blonden Prinzenflegels zuzusehen?

Die Kamera fuhr zurück, um Lestat in voller Größe zu zeigen, der jetzt wie in einem Vakuum Violine spielte. Dunkelheit umfing ihn. Dann wurden pötzlich zwei Türen geöffnet – der Schrein JENER, DIE BEWAHRT WERDEN MÜSSEN, genau! Und da – Akascha und Enkil, oder vielmehr Schauspieler, die sie darstellten, weißhäutige Ägypter mit langem schwarzem Seidenhaar und funkelndem Schmuck.

Natürlich. Warum war er nicht gleich draufgekommen, daß Lestat nicht einmal davor zurückschrecken würde? Er lehnte sich vor, ließ die Klänge in sich einströmen. Er hörte Lestats Stimme über der Violine:

> *Akascha! Enkil!*
> *Wahrt eure Geheimnisse,*
> *Wahrt eure Stille.*
> *Ein größeres Geschenk ist das als die Wahrheit.*

Jetzt schloß der Violinvirtuose seine Augen, und überwältigt von der Musik erhob sich Akascha langsam von ihrem Thron. Die Violine entglitt Lestats Händen, als er ihrer ansichtig wurde; wie eine Tänzerin legte sie ihre Arme um ihn, zog ihn zu sich, beugte sich vor, um ihm Blut zu entnehmen, während sie seine Zähne an ihren eigenen Hals drückte.

Es war besser, als er es sich vorgestellt hatte – wirklich gut gemacht. Jetzt erwachte Enkil, erhob sich und schritt wie eine mechanische Puppe vor, um seine Königin zurückzuholen. Lestat wurde auf den Boden des Schreins geworfen. Das war der Schluß des Films. Wie er durch Marius gerettet wird, kam nicht vor.

»Aha, ich werde also keine Fernsehgröße«, flüsterte er müde lächelnd. Und er begab sich zur Eingangstür des Ladens, in dem das Licht bereits ausgeschaltet war.

Die junge Frau erwartete ihn schon, ließ ihn herein. Sie hatte eine Videokassette in der Hand. »Alle zwölf«, sagte sie. Schöne dunkle Haut und große braune Schlafzimmeraugen. In ihrem silbernen Armreif brach sich verführerisch das Licht. Sie nahm das Geld dankend entgegen, ohne es nachzuzählen. »Sie haben das auf einem Dutzend Kanäle gespielt. Hab' alles überspielt, bin gestern nachmittag fertig geworden.«

»Du hast mir einen guten Dienst erwiesen«, antwortete er. »Vielen Dank.« Er zog noch einen Packen Geldscheine vor.

»Gern geschehen«, sagte sie. Sie wollte das Extrageld nicht annehmen.

Du wirst.

Sie nahm es schulterzuckend und steckte es in ihre Tasche.

Gern geschehen. Er liebte diese modernen Floskeln. Er liebte das plötzliche Aufwallen ihrer Brüste, als sie die Schultern zuckte, und das weiche Schwingen ihrer Hüften unter dem Twillkleid, das sie noch zarter und zerbrechlicher erscheinen ließ. Als sie ihm die Tür öffnete, berührte er ihr geschmeidiges Haar. Unmöglich der Gedanke, ein solch dienstbares Unschuldslamm auszusaugen! Das würde er nicht tun! Doch er zog sie an sich, ließ seine behandschuhten Finger durch ihr Haar gleiten, um ihren Kopf in seine Arme zu biegen.

»Nur einen ganz kleinen Kuß, mein Schatz.«

Sie schloß ihre Augen, und sofort bohrten sich seine Zähne in ihre Halsschlagader, und seine Zunge leckte das Blut. Ganz wenig nur, ein winziger Hitzestrahl, der sogleich in seinem Herzen verlosch. Dann ließ er von ihr ab, die Lippen an ihren zarten Hals geschmiegt. Er fühlte ihren Pulsschlag. Das Verlangen, sie auszusaugen, war fast unerträglich. Doch er verschonte sie. Er streichelte ihre weichen, federnden Locken, wobei er in ihre umnebelten Augen blickte.

Erinnere dich an nichts!

»Auf Wiedersehen«, sagte sie lächelnd.

Er stand bewegungslos auf dem menschenleeren Bürgersteig. Und der Dunst ließ allmählich nach. Er betrachtete die Papphülle der Videokassette.

»Ein Dutzend Kanäle«, hatte sie gesagt. »Hab' alles überspielt.« Nun, wenn das so war, hatten seine Schützlinge mit Sicherheit Lestat in dem Fernseher gesehen, den er ihnen in den Schrein gestellt hatte. Vor langer Zeit hatte er auf dem Dach eine Satellitenantenne angebracht, damit sie die Programme aus aller Welt empfangen konnten. Ein Minicomputer schaltete jede Stunde einen anderen Kanal ein. Jahrelang hatten sie alles ohne jede Regung und mit leblosen Augen angestarrt. Hatten sie auch nur den Hauch einer Reaktion gezeigt, als sie Lestats Stimme hörten oder ihre eigenen Abbilder sahen? Oder ihre Namen in geradezu hymnischen Liedern hörten?

Nun, das würde er bald erfahren. Er würde ihnen die Videokassetten vorspielen. Und dabei würde er ihre starren, schimmernden Gesichter prüfend ansehen – ob da irgend etwas war, außer der bloßen Reflexion des Lichts.

»Ach Marius, du gibst wohl nie auf, oder? Mit deinen verrückten Träumereien bist du kein Stück besser als Lestat.«

Es war Mitternacht, als er zu Hause ankam.

Er stemmte die Stahltür gegen das Schneetreiben, verschloß sie dann und blieb einen Moment ruhig stehen, um die Heizungswärme zu genießen. Der Schneesturm, durch den er sich hatte kämpfen müssen, hatte ihm Gesicht, Ohren und Hände aufgerissen. Die Wärme tat gut.

Durch die Stille hörte er das vertraute Geräusch der riesigen Generatoren und die fernen elektronischen Impulse des Fernsehers in dem Schrein tief unter ihm. Sang da etwa Lestat? Ja. Kein Zweifel, die klagenden Schlußworte irgendeines Songs.

Langsam zog er die Handschuhe aus. Er setzte seinen Hut ab und fuhr sich durchs Haar. Er untersuchte die große Eingangshalle und das daran anschließende Wohnzimmer nach Spuren ungebetener Besucher.

Es war freilich so gut wie ausgeschlossen, daß jemand hiergewesen war. Er war Meilen vom nächsten Vorposten der modernen Welt entfernt inmitten einer riesigen, schneebedeckten Einöde. Aber aus

Gewohnheit war er mißtrauisch. Es gab einige, die in diese Festung hätten eindringen können, wenn sie ihren Standort gekannt hätten.

Alles war in Ordnung. Er stand vor dem gewaltigen Aquarium und beobachtete die Schwärme bunter Fische, wie sie an ihm vorbeitanzten, um dann unversehens die Richtung zu ändern. Der Seetang schwankte hin und her, ein Wald im einschläfernden Rhythmus der Sauerstoffzufuhr. Immer wieder war er gebannt von diesem monotonen Schauspiel ständiger Bewegung.

Schließlich wandte er sich ab von dieser Welt reiner und zufälliger Schönheit.

Ja, alles war hier in Ordnung.

Es tat wohl, sich in den warmen Gemächern aufzuhalten. Die weichen Ledermöbel unverrückt auf dem dicken, burgunderfarbenen Teppich, das Holz im Kamin aufgeschichtet, die Bücher in den Regalen. Und dann sein Videorecorder, der nur auf Lestats Kassette wartete. Darauf hatte er jetzt Lust – sich beim Feuer niederlassen und nacheinander alle Clips ansehen. Deren Kunstfertigkeit verblüffte ihn genauso wie die Songs selbst, das Zusammenwirken von Altem und Neuem – wie Lestat die technischen Möglichkeiten des Mediums genutzt hatte, um sich als Rocksänger zu verkleiden und gleichzeitig den Eindruck einer Gottheit zu erwecken.

Er entledigte sich seines langen grauen Mantels und warf ihn auf den Sessel. Warum bereitete ihm die ganze Angelegenheit so unerwartetes Vergnügen? Gelüstete es sie alle nach Blasphemie, reizte es sie, den Göttern die geballte Faust zu zeigen? Vielleicht. Er, der wohlerzogene Knabe, hatte vor Jahrhunderten im alten Rom stets über die Streiche der bösen Kinder gelacht.

Am besten war es freilich, zunächst einmal kurz zum Schrein zu gehen, um nach dem Rechten zu sehen, um den Fernseher und die Heizung zu überprüfen, um neuen Weihrauch auf den Rost zu legen. Inzwischen kostete es keinerlei Mühe mehr, Akascha und Enkil ein Paradies zu bereiten mit den Gewächshauslampen, deren fahles Licht Blumen und Bäume mit allen Nährstoffen der Sonne versorgte. Nur der Weihrauch mußte noch immer per Hand erneuert werden.

Es war auch höchste Zeit, ein weiches Tuch zu ergreifen und die Eltern vorsichtig und mit gebotener Ehrfurcht abzustauben – ihre steifen, reglosen Körper, sogar ihre Lippen und Augen, ihre kalten, starren Augen. Einen geschlagenen Monat hatte er das nicht mehr getan. Die reinste Schande.

Habt ihr mich vermißt, Akascha und Enkil, meine Geliebten?

Das alte Spiel. Wie immer sagte ihm sein Verstand, daß es ihnen völlig gleichgültig war, ob er kam oder ging. Aber sein Hochmut gaukelte ihm immer wieder etwas anderes vor. Empfindet der Wahnsinnige in der Irrenhauszelle nichts für den Sklaven, der ihm Wasser bringt? Vielleicht war das kein guter Vergleich. Sicher kein freundlicher.

Ja, sie hatten sich für Lestat bewegt, den flegelhaften Prinzen, stimmt schon – Akascha, um ihm das Urblut darzureichen, und Enkil, um Rache zu üben. Und hatte das nicht den endgültigen Beweis geliefert, daß sie beide noch beseelt waren? Sicher, nur ein winziger Funke war damals kurz in ihnen aufgelodert; es hatte keinerlei Mühe bedurft, sie wieder auf ihren armseligen Thron und in stumme Bewegungslosigkeit zu treiben.

Dennoch hatte ihn dieser Vorfall verbittert, und in einer Anwandlung allzu menschlichen Zorns hatte er sich damals beinahe auf Lestat gestürzt.

Junger Freund, warum übernimmst du nicht JENE, DIE BEWAHRT WERDEN MÜSSEN, da sie dir eine so außerordentliche Gunst erwiesen haben? Ich würde sie jetzt gerne loswerden. Ich habe mich mit dieser Last seit der Morgenröte des christlichen Zeitalters herumgeschleppt.

Aber in Wirklichkeit waren das nicht seine eigentlichen Gefühle. Damals nicht und heute nicht. Es war nur eine zeitweilige Schwäche. Lestat liebte er wie eh und je. Jedes Königreich brauchte einen Prinzen, mochte er auch noch so flegelhaft sein. Und dieses Schweigen des Königs und der Königin war gleichermaßen Segen und Fluch, vielleicht. Lestats Song hatte in dieser Hinsicht den Nagel auf den Kopf getroffen.

Später würde er mit seiner Videokassette hinuntergehen und genau darauf achten, ob sich der Hauch einer Regung, eines Flackerns in ihrem ewig starren Blick malte.

Wie oft hatte er im Lauf der Jahrhunderte solche Hoffnungen gehegt, nur um immer wieder zutiefst enttäuscht zu werden. Vor Jahren hatte er ihnen Farbfilme von der aufgehenden Sonne vorgeführt, dem blauen Himmel, den ägyptischen Pyramiden. Die herrlichsten Wunder! Vor ihren eigenen Augen floß der Nil. Die Sinnestäuschung war so perfekt, daß er weinen mußte. Er hatte sogar Angst, die Kinosonne könnte ihm Schaden zufügen, obgleich er wußte, daß dergleichen natürlich unmöglich war. Aber die Technik war so vollkommen, daß er tatsächlich dastehen und einem Sonnenaufgang zuschauen konnte, wie er ihn seit seinen sterblichen Tagen nicht mehr erlebt hatte.

Aber JENE, DIE BEWAHRT WERDEN MÜSSEN starrten in ungebrochener Gleichgültigkeit geradeaus, oder war es Staunen – das bewegungslose Staunen über die Staubpartikel in der Luft.

Wer würde das jemals erfahren? Sie hatten bereits viertausend Jahre gelebt, ehe er geboren wurde. Vielleicht tosten alle Stimmen der Welt in ihren Gehirnen, vielleicht machte sie eine milliardenfache Bilderflut für alles andere unempfänglich.

Er hatte sogar einmal erwogen, diese Frage mit Hilfe moderner medizinischer Geräte zu lösen, Elektroden an ihre Köpfe zu heften, um ihre Gehirnfunktionen zu untersuchen. Aber diese kalten und häßlichen Instrumente kamen ihm dann doch zu geschmacklos vor. Immerhin waren sie sein König und seine Königin, unser aller Vater und Mutter. Unangefochten hatten sie unter seinem Dach zwei Jahrtausende regiert.

Eine Schwäche mußte er gleichwohl eingestehen. In letzter Zeit bediente er sich recht giftiger Wendungen, wenn er das Wort an sie richtete.

Er war nicht mehr der Hohepriester, wenn er ihre Kammer betrat. Nein. Sein Ton hatte einen schnodderigen und sarkastischen Beigeschmack angenommen, der ihm eigentlich nicht entsprach. Vielleicht handelte es sich um »die neuzeitliche Gemütslage«, wie es allgemein genannt wurde. Im Zeitalter der Mondraketen konnte man unmöglich jede Silbe auf die Waagschale verzagter Gewissensprüfung legen. Und er hatte sich nie dem Geist des jeweiligen Jahrhunderts verschlossen.

Wie auch immer, er mußte sich jetzt zu dem Schrein begeben. Und er würde sich um reine Gedanken bemühen. Er würde sich ihnen ohne Groll und Verzweiflung nähern.

Er betrat den Aufzug und drückte den Knopf. Das Elektrogewinsel und die plötzliche Schwerelosigkeit waren ihm nicht unangenehm.

Die heutige Welt hielt so viele Geräusche bereit, die man zuvor nie vernommen hatte. Eine erfrischende Abwechslung. Dazu noch das Wohlgefühl, in einem Schacht durch ewiges Eis in die Tiefe zu sinken, um die elektrisch erleuchteten Kammern da unten zu erreichen.

Er öffnete die Tür und durchmaß den teppichbelegten Korridor. Wieder sang Lestat in dem Schrein. Diesmal war es ein etwas rascherer, fröhlicherer Song, in dem seine Stimme gegen Schlagzeuggedonner und elektronisches Gestöhn ankämpfte.

Aber irgend etwas stimmte hier unten nicht. Die Musik war irgendwie zu laut, zu deutlich: Die Vorzimmer, die zu dem Schrein führten, waren offen!

Er eilte dem Eingang entgegen. Die elektrischen Türen waren geöffnet worden. Wie war das möglich? Er allein kannte die Kombination der kleinen Computertasten. Auch die zweite Flügeltür stand offen, ebenso die dritte. Er konnte sogar geradewegs in den Schrein blicken. Das blaurote Geflimmer des Fernsehers war wie das Licht eines alten Gasofens.

Und Lestats Stimme brach sich an den Marmorwänden, in den Deckengewölben.

> *Tötet uns, meine Brüder und Schwestern*
> *Wir sind im Krieg.*
> *Begreift, was ihr seht*
> *Wenn ihr mich anseht.*

Er atmete kurz durch. Kein Laut außer der Musik, die nun versiegte, um nichtssagendem sterblichem Geplapper zu weichen. Und sonst niemand hier. Nein, das hätte er gemerkt. Niemand in diesem Versteck. Er konnte sich auf seinen untrüglichen Instinkt verlassen.

Ein Schmerz durchfuhr seine Brust. Hitze stieg in sein Gesicht, als er die Vorzimmer durchschritt und vor der Tür zur Kammer innehielt. Betete er? Träumte er? Er wußte, was er jeden Augenblick sehen würde – JENE, DIE BEWAHRT WERDEN MÜSSEN – unverändert. Und gleich würde er auch eine läppische Erklärung für die offenen Türen finden – sei es, daß es ein Kurzschluß war oder eine kaputte Sicherung.

Und er fürchtete sich nicht mehr, sondern kam sich wie ein junger Mystiker vor, der drauf und dran war, dem Leibhaftigen zu begegnen oder seiner stigmatisierten Hände ansichtig zu werden.

Ganz ruhig ging er in den Schrein.

Zunächst nahm er es nicht wahr. Er sah, was er zu sehen erwartet hatte, den langen, mit Blumen und Bäumen ausgestatteten Raum und den steinernen Thron und die große Mattscheibe des Fernsehers, auf der Gesichter in nichtigem Gelächter flimmerten. Dann begriff er: auf dem Thron saß nur *eine* Figur; und diese Figur war fast vollständig durchsichtig! Die Farben des Fernsehers leuchteten geradewegs durch sie hindurch!

Nein, das durfte einfach nicht wahr sein! *Marius, schau genau hin. Selbst deine Sinne sind nicht unfehlbar.* Wie ein verwirrter Sterblicher führte er die Hände an seine Schläfen, um der Wirrnis Einhalt zu gebieten.

Er starrte staunend die Rückseite Enkils an, der, von seinem schwarzen Haar abgesehen, so etwas wie eine Milchglasstatue geworden war.

Marius schüttelte den Kopf. Das war einfach unmöglich! Aber dann raffte er sich auf. »Gut, Marius«, flüsterte er. »Immer mit der Ruhe.«

Aber er wurde von einem schwelenden Verdacht gepeinigt. Irgend jemand war gekommen, jemand, der älter und mächtiger war als er, jemand, der JENE, DIE BEWAHRT WERDEN MÜSSEN entdeckt und etwas Unaussprechliches angerichtet hatte! All das ging auf Lestats Konto. Lestat, der der Welt sein Geheimnis verraten hatte.

Langsam zog Marius sein Taschentuch hervor und wischte sich den Blutschweiß von der Stirn. Dann näherte er sich dem Thron und ging um ihn herum, bis er genau dem König gegenüberstand.

Wie schon seit zweitausend Jahren reichte Enkils schwarzes, geflochtenes Haar bis auf seine Schultern herab, schmiegte sich sein weiter Goldkragen an seine unbehaarte Brust, war sein Leinenkilt makellos sauber, schmückten Ringe seine bewegungslosen Finger. Aber sein Körper war aus Glas! Und vollständig hohl! Sogar die Augäpfel waren durchsichtig, und die Iris wurde nur noch von vagen Kreisen markiert. Nein, Augenblick, wenn er genau hinsah, konnte er tatsächlich noch die Knochen sehen. Auch wenn sie inzwischen von gleicher Beschaffenheit waren wie das Fleisch, sie waren immerhin noch da, wie auch das feine Geflecht der Adern und Arterien, und auch die Lungen waren noch auszumachen, aber das alles war jetzt durchsichtig, aus derselben Materie. Was hatte man ihm bloß angetan?!

Nicht genug damit, die Gestalt änderte sich immer noch. Vor seinen Augen vertrocknete sie, wurde noch durchsichtiger.

Vorsichtig berührte er sie. Das war keineswegs Glas. Das war eine bloße Hülse.

Seine unachtsame Geste hatte die Gestalt ins Wanken gebracht. Der Körper schwankte und fiel auf den Marmorboden, die Augen weit aufgerissen, die Glieder starr wie immer. Es hörte sich an wie das Schaben eines landenden Insekts. Nur das Haar bewegte sich. Das weiche schwarze Haar, und dann begann sich auch das noch zu verändern. Er zerbrach in Stücke, es zerbrach in kleine, funkelnde Splitter.

Und als das Haar abfiel, legte es zwei punktförmige Wundmale auf dem Hals frei. Wunden, die nicht verheilt waren, da alles heilende Blut aus dem Körper gesogen worden war.

»Wer war das?« keuchte er und ballte die Faust, um nicht laut aufzuschreien. Wer hatte ihn bis auf den letzten Tropfen des Lebens berauben können?

Und die Gestalt war tot, da gab es nichts zu rütteln.

Unser König ist zerstört, unser Vater. Und ich lebe, atme noch. Das kann nur bedeuten, daß sie über die Urkraft verfügt. Sie allein und schon immer. Und irgend jemand hat sie fortgeschafft!

Durchsuche den Keller. Durchsuche das Haus.

Aber das waren verzweifelte, dumme Gedanken. Niemand war hier eingedrungen, und er wußte das. Nur ein einziges Wesen kam für diese Tat in Frage! Nur ein einziges Wesen hatte wissen können, daß derlei überhaupt möglich war.

Er rührte sich nicht. Er starrte auf die Figur am Boden, sah zu, wie sie die letzten Reste von Undurchsichtigkeit einbüßte. Und er wollte, daß er um die Gestalt Tränen vergießen könnte, wie es sich jetzt geziemt hätte. Hingeschieden war Enkil samt allem, was er je gewußt und gesehen hatte. Vorbei auch das, so unerträglich der Gedanke auch war.

Aber Marius war nicht alleine. Jemand war gerade aus der Kammer getreten, und er spürte, daß er beobachtet wurde.

Einen Moment lang hielt er seine Augen auf den gefallenen König geheftet. So ruhig wie möglich versuchte er zu begreifen, was sich um ihn herum abspielte. Der Jemand kam lautlos näher, wurde ein Schatten in seinem Augenwinkel, als er um den Thron ging und sich neben ihn stellte.

Er wußte, wer es war, sein mußte, und dieser Jemand war mit der Gelassenheit eines lebenden Wesens auf ihn zugeschritten. Doch als er aufblickte, wären ihm beinahe die Sinne geschwunden.

Kaum zehn Zentimeter neben ihm stand – Akascha. Ihre Haut war weiß und fest und undurchsichtig wie schon immer. Wenn sie lächelte, leuchteten ihre Wangen wie aus Perlmutt, und ihre schwarzen, feuchten Augen blitzten auf.

Wortlos starrte er sie an. Er sah zu, als sie ihre juwelenbesetzten Finger hob, seine Schulter zu berühren. Er schloß seine Augen und öffnete sie dann wieder. Jahrtausende hatte er sich in allen möglichen Sprachen an sie gewandt – mit Gebeten, Bitten, Beschwerden und Geständnissen –, und jetzt sagte er kein einziges Wort. Er sah bloß ihre Lippen an, die ihre weißen Fangzähne freilegten, und das kalte Glimmen ihrer Augen, die ihn wiederzuerkennen schienen, und ihre sanft wogenden Brüste unter dem Goldhalsband.

»Du hast mir einen guten Dienst erwiesen«, sagte sie. »Vielen Dank.« Ihre Stimme klang leise und rauh und schön. Aber hatte er das nicht erst vor wenigen Stunden wörtlich und in genau diesem Tonfall dem Mädchen in dem dunklen Laden gesagt?

Die Finger umklammerten seine Schulter.

»Ach Marius«, sagte sie, wobei sie seine Stimme wieder täuschend nachahmte, »du gibst wohl nie auf, oder? Mit deinen verrückten Träumereien bist du kein Stück besser als Lestat.«

Wieder seine eigenen Worte, die er sich gerade in den Straßen San Franciscos selbst gesagt hatte. Sie machte sich über ihn lustig! Empfand er Entsetzen oder Haß? Haß, der seit Jahrhunderten in ihm geruht hatte, angereichert mit Groll und Überdruß und Trauer um sein menschliches Herz, Haß, der nun in unvorstellbarem Maße aufkochte. Er wagte nicht zu sprechen, sich zu rühren. Der Haß war etwas Neues, etwas Erstaunliches und hatte ihn voll in der Gewalt, und er konnte ihn weder begreifen noch zügeln. Er hatte den Verstand verloren.

Aber sie wußte Bescheid. Natürlich. Sie wußte alles, sie kannte jeden Gedanken, jedes Wort, jede Tat – das war es, was sie ihm mitteilte. Schon immer hatte sie alles gewußt! Und sie wußte auch, daß das Wesen neben ihr völlig wehrlos war. Und was jetzt eigentlich ein Augenblick des Triumphes hätte sein sollen, geriet irgendwie zu einem Augenblick des Schreckens.

Sie lachte zärtlich auf, als sie ihn ansah. Nun aber war es unerträglich; er wollte ihr weh tun, er wollte sie mit all ihren verdammten Kindern vernichten. *Laßt uns samt und sonders mit ihr untergehen!* Er hätte sie vernichtet, wenn er dazu in der Lage gewesen wäre!

Anscheinend nickte sie, zeigte sie Verständnis für diese ganze Ungeheuerlichkeit. Nun, er begriff nichts. Und gleich darauf hätte er am liebsten wie ein kleines Kind losgeheult.

»Mein lieber Diener«, sagte sie bitter lächelnd, »du hast noch nie die Macht gehabt, mir Einhalt zu gebieten.«

»Was willst du?! Was hast du vor?!«

»Ich bitte um Entschuldigung«, sagte sie so höflich, wie er die nämlichen Worte an den Jungen im Hinterzimmer der Bar gerichtet hatte. »Ich breche gerade auf.«

Ehe der Boden in Bewegung geriet, hörte er das kreischende Geräusch zerberstenden Metalls. Er stürzte, und der Bildschirm des Fernsehers war implodiert, und die Glasscherben bohrten sich wie unzählige winzige Dolche in seinen Körper. Er schrie laut auf, wie ein Sterblicher, und diesmal war es Angst. Das Eis krachte, schlug brüllend auf ihn nieder.

»Akascha!«

Er fiel in eine riesige Gletscherspalte, tauchte in glühendheiße Kälte ein.

»Akascha!« rief er wieder.

Aber sie war fort, und er fiel noch immer. Dann begruben ihn die Eisbrocken, brachen ihm die Knochen seiner Arme und Beine und seines Gesichts. Er spürte, wie sein Blut heiß hervorquoll, um gleich zu gefrieren. Er konnte sich nicht bewegen. Er konnte nicht atmen. Wieder sah er kurz den Dschungel, so unerklärlich wie zuvor. Den heißen, stickigen Dschungel, durch den sich etwas bewegte. Dann war es verschwunden. Und er schrie erneut auf, diesmal zu Lestat: *Gefahr! Lestat, nimm dich in acht!*

Dann waren nur noch die Kälte und die Einöde da, und ihm schwanden die Sinne. Ein Traum lullte ihn ein, ein lieblicher Traum von der warmen Sonne, die auf eine grüne Lichtung schien. Ja, die gute Sonne. Der Traum hatte ihn jetzt vollständig umfangen. Und die Frauen, wie schön ihr rotes Haar war. Aber was war das, dieses Ding, das neben den welken Blättern lag, auf dem Altar?

Teil I
UNTERWEGS ZUM VAMPIR LESTAT

Versucht, zu organischer Collage zu fügen
　　　die Biene, das Gebirge, den Schatten
　　　meines Fußes –
versucht, ihnen zu folgen, umschlungen von logischem
　　　unermeßlichem & leuchtendem Gedankengarn
　　　durch alle Materie –

　　　　　　　　　Versucht,
zu sagen, ich sehe in allem, was ich sehe
die Stelle, wo die Nadel
das Gewebe zu schaffen begann – und doch,
alles erscheint als Ganzes und als Teil –
lang lebe der Augapfel und das reine Herz.

　　　　　　Stan Rice
　　　　　　Vier Tage in einer fremden Stadt

1
Die Legende von den Zwillingen

Erzähl's
in rhythmischem
Fluß.
Detail für Detail
den lebenden Wesen.
Erzähl's
wie's geboten, den Rhythmus
wacker gefügt.
Frau. Arme erhoben. Schattenzerstörer.

Stan Rice
Elegie

»Ruf sie für mich an«, sagte er. »Erzähle ihr, daß ich das seltsamste Zeug über die Zwillinge geträumt habe. Du mußt sie anrufen!« Seine Tochter hatte keine Lust dazu. Sie beobachtete ihn, wie er ungelenk mit dem Buch hantierte. Seine Hände seien jetzt seine Feinde, sagte er oft. Mit einundneunzig konnte er kaum noch einen Bleistift halten oder eine Seite umblättern.

»Daddy«, sagte sie, »diese Frau ist vermutlich tot.«

Alle, die er gekannt hatte, waren tot. Er hatte seine Kollegen überlebt, seine Brüder und Schwestern und sogar zwei seiner Kinder. Auf tragische Weise hatte er die Zwillinge überlebt, da nun niemand sein Buch las. Niemand interessierte sich für »die Legende von den Zwillingen«.

»Nein, du rufst sie an«, sagte er. »Du mußt sie anrufen. Du erzählst ihr, daß ich von den Zwillingen geträumt habe. Ich habe sie in dem Traum *gesehen*.«

»Warum sollte sie das wissen wollen, Daddy?«

Seine Tochter nahm das Adreßbüchlein und blätterte es langsam durch. All diese Leute tot, längst gestorben. Die Männer, die mit ihrem Vater so viele Expeditionen unternommen hatten, die Herausgeber und Photographen, die mit ihm an seinem Buch gearbeitet hatten. Sogar seine Feinde, die behauptet hatten, seine Forschungen seien ergebnislos geblieben, die ihm fälschlich vorgeworfen hatten, er habe die Photos manipuliert und über die Höhlen Märchen erzählt. Warum sollte sie noch leben, die Frau, die vor langer Zeit seine Expeditionen finanziert, die reiche Frau, die so viele Jahre lang so viel Geld geschickt hatte?

»Du mußt sie bitten herzukommen. Sag ihr, daß es äußerst wichtig ist. Ich muß ihr erzählen, was ich gesehen habe.«

Herkommen? Die ganze Strecke nach Rio de Janeiro, weil ein alter Mann seltsame Träume gehabt hatte? Seine Tochter fand die Seite, ja, da waren ihr Name und ihre Telefonnummer. Und daneben das Datum, nur zwei Jahre alt.

»Sie wohnt in Bangkok, Daddy.« Wie spät war es jetzt in Bangkok? Sie hatte keine Ahnung.

»Sie wird herkommen. Ich weiß es.«

Er schloß die Augen und lehnte sich ins Kissen zurück. Er schien ihr klein geworden, zusammengeschrumpft zu sein. Aber wenn er seine Augen öffnete, blickte sie wieder ihr Vater an, trotz der schrumpeligen gelben Haut, der dunklen Flecke auf seinen Handrücken, trotz der Glatze.

Anscheinend lauschte er jetzt der Musik, dem sanften Gesang des Vampirs Lestat, der aus ihrem Zimmer drang. Sie würde es leiser stellen, wenn ihn das wachhielt. Sie machte sich eigentlich nichts aus amerikanischen Rocksängern, aber dieser da hatte ihr es angetan.

»Sag ihr, daß ich mit ihr sprechen muß«, bat er von neuem.

»Na gut, Daddy, wenn du willst.« Sie machte die Nachttischlampe aus. »Schlaf jetzt wieder.«

»Du mußt es so lange versuchen, bis du sie gefunden hast. Sag ihr... die Zwillinge! Ich habe die Zwillinge gesehen.«

Als sie fortging, holte er sie wieder mit jenem unvermittelten Stöhnen zurück, das ihr jedesmal Angst einjagte. Von der Diele aus konnte sie sehen, wie er auf die Bücher an der Wand zeigte.

»Bring's mir«, sagte er und setzte sich mühsam wieder auf.
»Das Buch, Daddy?«
»Die Zwillinge, die Bilder...«
Sie holte den alten Band hervor und legte ihn auf seinen Schoß. Dann schüttelte sie die Kissen auf und drehte die Lampe wieder an. Sie richtete ihn hoch, und es schmerzte sie, als sie merkte, wie leicht er war; es schmerzte sie, mit ansehen zu müssen, welche Mühe es ihm bereitete, seine Brille aufzusetzen. Er nahm den Bleistift zur Hand, um damit lesend die Zeilen entlangzufahren, bereit, Notizen zu machen, wie es seine Gewohnheit war, aber dann ließ er den Bleistift fallen, und sie fing ihn auf und legte ihn auf den Tisch zurück.

»Geh jetzt und ruf sie an«, sagte er.

Sie nickte. Aber sie blieb stehen, für den Fall, daß er sie noch brauchte. Die Musik kam nun lauter aus ihrem Zimmer, es war einer der eher wilden Songs. Aber ihr Vater schien es nicht zu bemerken. Sie öffnete das Buch für ihn und schlug die Seite mit den ersten Farbphotos auf.

Wie gut kannte sie doch diese Bilder, wie gut erinnerte sie sich, wie sie als kleines Mädchen den langen Aufstieg zu der Höhle im Berg Karmel mit ihm gemacht hatte, wo er in der trockenen, staubigen Dunkelheit seine Taschenlampe aufleuchten ließ, um ihr die Höhlenzeichnungen zu zeigen.

»Da, die beiden Figuren, siehst du sie, die rothaarigen Frauen?«

Zuerst war es schwierig gewesen, die primitiven Strichfiguren in dem fahlen Licht der Taschenlampe zu erkennen. Auf den Nahaufnahmen konnte man später dann alles viel besser studieren.

Aber der Tag blieb ihr unvergeßlich, als er ihr zum erstenmal all die kleinen Zeichnungen gezeigt hatte: die Zwillinge im Regen tanzend, der in winzigen Strichen aus einer Kritzelwolke fiel; die Zwillinge kniend zu beiden Seiten des Altars, auf dem ein schlafender oder toter Körper lag; die Zwillinge als Gefangene vor einem Tribunal finster dreinblickender Gestalten; die Zwillinge auf der Flucht; und schließlich das eine Zwillingsmädchen alleine und weinend, wobei die Tränen wie der Regen in kleinen Strichen aus Augen hervorströmten, die ebenfalls kleine schwarze Striche waren.

Sie waren in den Fels geritzt und mit Pigmenten ausgemalt worden – Orange fürs Haar, weiße Kreide für die Kleidung, Grün für die Pflanzen, die um sie herum wuchsen, und sogar Blau für den Himmel über ihren Köpfen. Sechstausend Jahre waren verflossen, seit sie in der dunklen Höhle dargestellt worden waren.

Und nicht weniger alt waren die nahezu identischen Zeichnungen in einer niedrigen Höhlenkammer im Huayna Picchu auf der anderen Seite der Welt.

Auch diese Reise hatte sie, ein Jahr später, mit ihrem Vater unternommen – über den Urubambafluß und durch die Dschungel von Peru. Sie hatte mit eigenen Augen dieselben beiden Frauen gesehen auf erstaunlich ähnlichen Abbildungen.

Wieder zeigten die glatten Felswände die gleichen Szenen – die rothaarigen Zwillinge fröhlich im Regen tanzend. Und dann detailfreudig die düstere Altarszene. Auf dem Altar lag der Körper einer Frau, und in ihren Händen hielten die Zwillinge zwei winzige, sorgfältig gezeichnete Schalen. Soldaten mit erhobenen Schwertern setzten der Zeremonie ein Ende. Und dann kamen das feindliche Tribunal und die Flucht.

Auf einem anderen Bild, verblichen, doch noch erkennbar, hielten die Zwillinge einen Säugling zwischen sich, ein kleines Bündel mit Pünktchenaugen und kaum angedeutetem Rotschopf; im nächsten Bild vertrauten sie ihren Schatz anderen an, als sie schon wieder von den Soldaten bedroht wurden.

Und schließlich der eine Zwilling inmitten der Dschungelvegetation, seine Arme zur Schwester hin ausgestreckt, das rote Pigment des Haares aus getrocknetem Blut auf den Fels gebannt.

Wie gut konnte sie sich ihrer Aufregung erinnern! Sie stimmte in den Begeisterungstaumel ihres Vaters darüber ein, daß er die Zwillinge in zwei verschiedenen Welten gefunden hatte, auf diesen uralten Bildern, bewahrt in den Berghöhlen Palästinas und Perus.

Es schien das größte Ereignis der Geschichte zu sein; nichts war auch nur annähernd so wichtig. Dann war ein Jahr später in einem Berliner Museum eine Vase entdeckt worden, auf der genau diese Figuren abgebildet waren, wie sie, Schalen haltend, vor der Steinbahre knieten. Ein primitives Ding ohne dokumentarischen Nachweis. Aber was machte das schon aus? Es war nach neuesten wissenschaftlichen Methoden auf die Zeit um viertausend vor Christus datiert worden, und unmißverständlich waren in der jüngst entzifferten Schrift der alten Sumerer die Worte aufgemalt, die ihnen allen so viel bedeuteten:

»Die Legende von den Zwillingen«

Ja, das alles hatte den Anschein überwältigender Bedeutung gehabt. Die Grundfeste eines Lebenswerks – bis er dann seine Forschungsergebnisse vorlegte.

Sie hatten ihn ausgelacht. Oder ignoriert. Nicht zu glauben, ein derartiges Bindeglied zwischen der Alten und Neuen Welt! Sechstausend Jahre alt, das muß man sich einmal vorstellen! Sie schoben ihn in das »Lager der Verrückten« ab, zu jenen, die von Göttern als Astronauten sprachen oder von dem untergegangenen Königreich Atlantis.

Mit allen Mitteln hatte er sie zu überzeugen versucht, hatte sie aufgefordert, mit ihm zu den Höhlen zu reisen und sich selbst ein Bild zu machen. Er hatte ihnen Pigmentproben vorgelegt, Laborberichte, genaue Untersuchungen der Pflanzen auf den Zeichnungen und sogar der weißen Gewänder der Zwillinge.

Jeder andere hätte aufgegeben. Alle Universitäten und Stiftungen hatten ihm den Rücken gekehrt. Er hatte nicht einmal Geld, für seine Kinder zu sorgen. Er nahm eine Dozentenstelle an, um den Lebensunterhalt zu sichern, und abends schrieb er Briefe an Museen in der ganzen Welt. In Manchester hatte man eine bemalte Tontafel entdeckt und eine weitere in London, und auf beiden waren eindeutig die Zwillinge abgebildet! Er lieh sich Geld, um diese Fundstücke zu photographieren. Für die lächerlichsten Zeitschriften schrieb er Artikel zum Thema. Er setzte seine Suche fort.

Dann kam diese freundliche und exzentrische Frau, die ihm zuhörte, sein Material sichtete und ihm ein altes Stück Papyrus überreichte, das zu Anfang dieses Jahrhunderts in einer Höhle in Oberägypten gefunden worden war und zum Teil genau die gleichen Bilder aufwies sowie die Worte »Die Legende von den Zwillingen«. »Ein Geschenk für Sie«, sagte sie. Und dann kaufte sie ihm die Vase aus dem Berliner Museum und erwarb auch noch die Tontafeln aus England.

Doch die Entdeckung in Peru hatte es ihr am meisten angetan. Sie stattete ihn mit Unsummen Geldes aus, um ihm eine Fortsetzung seiner Arbeit in Südamerika zu ermöglichen.

Jahrelang hatte er Höhle um Höhle nach weiteren Beweisen durchkämmt, die Dorfbewohner nach ihren ältesten Mythen und Überlieferungen befragt, in Ruinenstädten, Tempeln und sogar alten christlichen Kirchen nach Steinen heidnischen Ursprungs gesucht.

Aber Jahrzehnte strichen ins Land, ohne daß er auf etwas stieß. Letztendlich bedeutete das seinen Ruin. Sogar sie, seine Gönnerin, bat ihn aufzugeben. Sie wollte nicht, daß er sein Leben damit vergeudete. Er sollte jetzt Jüngeren Platz machen. Aber davon wollte er nichts hören. Das war seine Entdeckung! Die Legende von den Zwillingen! Also überwies sie ihm nach wie vor Geld, und er machte weiter, bis er zu alt war, um Berge zu erklimmen und sich seinen Weg durch den Dschungel zu schlagen. In den letzten Jahren hielt er nur noch gelegentlich Vorträge. Es gelang ihm nicht, das Interesse der nachfolgenden Studentengeneration zu wecken, selbst wenn er den Papyrus, die Vase und die Tontafeln zeigte. Dieses Zeug paßte in kein Schema, keine bestimmbare Epoche. Und die Höhlen, konnte man die überhaupt noch aufspüren?

Aber sie hatte ihm immer die Treue gehalten, seine Gönnerin. Sie hatte ihm dieses Haus in Rio gekauft und ein Treuhandvermögen eingerichtet, das nach seinem Tod an seine Tochter übergehen sollte. Mit ihrem Geld war unter anderem die Ausbildung seiner Tochter finanziert worden. Schon eigenartig, daß sie so sorglos lebten – als wäre seine Arbeit doch noch von Erfolg gekrönt gewesen.

»Ruf sie an«, sagte er wieder. Er wurde allmählich ungehalten, da sich seine Tochter noch immer nicht von der Stelle gerührt hatte. Sie stand neben ihm, blickte auf die Bilder nieder, auf die Gestalten der Zwillinge.

»Gut, Vater«, sagte sie und ließ ihn mit seinem Buch allein.

Am späten Nachmittag des nächsten Tages kam seine Tochter zurück, um ihm einen Kuß zu geben. Die Krankenschwester sagte ihr, daß er wie ein kleines Kind geweint habe. Er öffnete die Augen, als seine Tochter seine Hand ergriff.

»Ich weiß jetzt, was sie ihnen angetan haben«, sagte er. »Ich habe sie gesehen, diese Freveltat!«

Seine Tochter versuchte, ihn zu beruhigen. Sie erzählte ihm, daß sie die Frau angerufen habe. Die Frau sei bereits unterwegs. »Sie war nicht in Bangkok, Daddy. Sie ist nach Burma gezogen, nach Rangun. Aber dort habe ich sie erreicht, und sie hat sich gefreut, von dir zu hören. Sie sagte, sie würde sich gleich auf den Weg machen. Sie möchte alles über die Träume erfahren.«

Er war überglücklich. Sie würde kommen. Er schloß die Augen und bettete seinen Kopf ins Kissen. »Die Träume werden wieder anfangen, sobald es dunkel ist«, flüsterte er. »Die ganze Tragödie wird wieder anfangen.«

»Ruh dich aus, Daddy«, sagte sie. »Bis sie kommt.«

Irgendwann in dieser Nacht ist er gestorben. Als seine Tochter das Zimmer betrat, war er schon kalt. Die Krankenschwester wartete auf ihre Anweisungen. Er hatte den stumpfen, starren Blick der Toten. Sein Bleistift lag auf der Bettdecke, und in seiner rechten Hand hielt er ein zerknülltes Stück Papier – das Deckblatt seines kostbaren Buches.

Sie weinte nicht. Einen Augenblick blieb sie reglos stehen. Sie erinnerte sich an Palästina, an die Taschenlampe. »Siehst du sie? Die beiden Frauen?«

Sanft schloß sie seine Augen und küßte seine Stirn. Er hatte etwas auf das Blatt Papier geschrieben. Sie öffnete seine kalten, steifen Finger und nahm das Papier und las die wenigen Worte, die er zittrig niedergekritzelt hatte:

»IN DEN DSCHUNGELN – UMHERSCHWEIFEND.«

Was konnte das bedeuten?

Es war jetzt zu spät, die Frau noch zu verständigen. Wahrscheinlich würde sie irgendwann gegen Abend eintreffen. Den ganzen Weg...

Nun gut, sie würde ihr das Blatt Papier geben und ihr alles erzählen, was er über die Zwillinge berichtet hatte.

2
Das kurze und glückliche Leben der Baby Jenks und der Fangzahnbande

Der Mörder-Burger
ist hier zu haben.
Sie müssen nicht an der
Himmelspforte auf
einen ungesäuerten Tod warten.
Schon an der nächsten Ecke
kann es Sie erwischen.
Mayonnaise, Zwiebel, reichlich Fleisch.
Wer futtern will
muß schlingen.
»Sie kommen bald zurück.«
»Und ob, viel Glück.«

Stan Rice
Texas Suite

Baby Jenks schraubte ihre Harley auf hundertzehn Stundenkilometer hoch, der Wind ließ ihre nackten weißen Hände erstarren. Vorigen Sommer war sie vierzehn geworden, als sie's ihr besorgt haben, sie zu einer der Toten gemacht haben, und »Totengewicht« wog sie höchstens siebenundsiebzig Pfund. Seitdem hatte sie ihr Haar nicht mehr gekämmt. Der Fahrtwind fegte ihre blonden Strähnen nach hinten, über die Schultern ihrer schwarzen Lederjacke. Mit ihrem finsteren Blick und dem Schmollmündchen über den Lenker gebeugt, sah sie ebenso hundsgemein wie täuschend niedlich aus.

Die Rockmusik der *Vampire Lestat*-Band plärrte so laut durch ihre Kopfhörer, daß sie nur noch die Vibrationen ihrer schweren Maschine empfand sowie die irrsinnige Einsamkeit, unter der sie litt, seit sie vor fünf Nächten von Gun Barrel City abgedampft war. Außerdem beunruhigte sie noch ein Traum, ein Traum, der sie jede Nacht heimsuchte, kurz bevor sie die Augen öffnete.

Dauernd sah sie diese rothaarigen Zwillinge im Traum, diese beiden hübschen Damen, denen so übel mitgespielt wurde. Nein, das gefiel ihr ganz und gar nicht, und sie war so einsam, daß sie fast durchdrehte.

Die Fangzahnbande hatte ihr Versprechen nicht gehalten, sie südlich von Dallas abzuholen. Zwei Nächte hatte sie am Friedhof gewartet, dann dämmerte ihr, daß irgendwas nicht stimmte. Ohne sie wären sie niemals nach Kalifornien aufgebrochen. Sie wollten den Liveauftritt des Vampirs Lestat in San Francisco erleben und hatten vor, sich jede Menge Zeit für die Reise zu lassen. Nein, irgendwas stimmte da nicht. Sie wußte es.

Selbst als Baby Jenks noch lebte, hatte sie für derlei Dinge eine sagenhafte Spürnase gehabt. Und nun, seit sie tot war, hatte sich dieser Instinkt mindestens ums Zehnfache verfeinert. Sie wußte, daß die Fangzahnbande in der Scheiße saß. Killer und Davis hätten sie sonst niemals sitzenlassen. Killer liebte sie – hatte er gesagt. Warum, zum Teufel, hätte er sie zu dem gemacht, was sie war, wenn nicht aus Liebe? Wenn Killer nicht gewesen wäre, wäre sie in Detroit gestorben.

Sie wäre um ein Haar verblutet. Der Arzt hatte sich zwar redlich abgestrampelt, das Baby war weg, aber sie war so gut wie über den Jordan, was ihr letztlich auch egal war, so vollgepumpt war sie mit Heroin. Und dann passierte diese komische Geschichte. Sie schwebte zur Decke hoch und schaute auf ihren Körper nieder! Hatte nichts mit den Drogen zu tun. Und sie hatte den Eindruck, daß ihr noch allerlei andere Erlebnisse bevorstanden.

Aber da unten war Killer ins Zimmer getreten, und da oben schwebend konnte sie genau sehen, daß er ein Toter war. Freilich wußte sie damals nicht, wie sich so jemand bezeichnete. Sie wußte nur, daß er nicht lebendig war. Ansonsten sah er recht normal aus: schwarze Jeans, schwarzes Haar, pechschwarze Augen. Hinten auf seiner schwarzen Lederjacke stand »Fangzahnbande«. Er hatte sich auf den Bettrand gesetzt und sich über ihren Körper gebeugt.

»Bist schon 'n Schnuckelchen, Kleines«, hatte er gesagt. Genau wie der Lude, der sie immer auf den Strich geschickt hatte. Dann, plötzlich, war sie wieder voll drin in ihrem Körper und hörte ihn sagen: »Du wirst nicht sterben, Baby Jenks, niemals!« Sie hatte ihre Zähne in seinen gottverdammten Hals gebohrt, und Junge, das war die reinste Seligkeit!

Aber die Sache mit dem »niemals sterben«? Sie wußte jetzt nicht mehr so recht.

Ehe sie aus Dallas verduftet war, sich die Fangzahnbande endgültig aus dem Sinn geschlagen hatte, hatte sie noch gesehen, daß das Ordenshaus in der Swiss Avenue völlig niedergebrannt war. Genau wie in Oklahoma City. Was zum Teufel war dann mit all den Toten in diesen Häusern geschehen? Und das waren auch noch die Großstadtblutsauger gewesen, die ganz schlauen, die sich Vampire nannten.

Sie hatte sich schiefgelacht, als ihr Killer und Davis erzählten, daß diese Toten in piekfeinen Anzügen durch die Gegend gingen, klassische Musik hörten und sich Vampire nannten. Baby Jenks hätte sich totlachen können. Davis fand das Ganze auch recht komisch, aber Killer warnte sie immer wieder vor ihnen. Geh ihnen aus dem Weg.

Killer und Davis und Tim und Russ hatten ihr, kurz bevor sie sich alleine auf den Weg nach Gun Barrel City gemacht hatte, das Ordenshaus in der Swiss Avenue gezeigt.

»Du mußt immer wissen, wo diese Häuser sind«, hatte Davis gesagt. »Dann halte dich von ihnen fern.«

Sie hatten ihr die Ordenshäuser in allen Städten gezeigt, durch die sie kamen. Als erstes das in St. Louis, bei welcher Gelegenheit sie ihr die ganze Geschichte erzählt hatten. Sie hatte sich die Reise über richtig wohl gefühlt bei der Fangzahnbande. Um sich zu ernähren, hatten sie bei Bedarf Menschen aus abgelegenen Pinten gelockt. Tim und Russ waren in Ordnung, aber Killer und Davis waren ihre ganz besonderen Freunde, und sie waren die Anführer der Fangzahnbande.

In der einen oder anderen Stadt hatten sie manchmal irgendeine heruntergekommene, herrenlose Hütte aufgetrieben, in der allenfalls ein oder zwei Penner hausten, Männer, die ein bißchen wie ihr Vater aussahen, mit ganz schwieligen Händen von der Arbeit. Und diese

Typen saugten sie regelmäßig aus. Die seien für sie besonders geeignet, hatte ihr Killer gesagt, weil sich keine Sau um sie schere. Sie fackelten nicht lange, tranken hastig das Blut, saugten sie bis zum letzten Herzschlag leer. Es macht keinen Spaß, Leute wie diese zu quälen, hatte Killer gesagt. Sie müssen einem richtig leid tun. Wenn man fertig war, brannte man die Hütte nieder, oder man trug die Kerle nach draußen, grub ein wirklich tiefes Loch und ließ sie darin verschwinden. Und wenn man keine Zeit hatte, so seine Spuren zu beseitigen, bediente man sich eines kleinen Tricks: Sie schnitten sich in den Finger, ließen ihr totes Blut über die Stelle rinnen, an der sie die Zähne angesetzt hatten, und, o Wunder, o Mirakel, die Bißwunde war verschwunden. Kein Mensch würde jemals dahinterkommmen; alles deutete auf einen Herzschlag hin.

Baby Jenks hatte sich selten so amüsiert. Sie konnte mühelos mit der schweren Harley umgehen, konnte einen Toten mit einer Hand hochheben oder über den Kühler eines Autos springen; es war einfach phantastisch. Und sie hatte damals noch nicht diesen verdammten Traum gehabt, der sie in Gun Barrel City heimgesucht hatte – diesen Traum von zwei rothaarigen Zwillingen und einer toten Frau auf einem Altar. Was trieben sie?

Was sollte sie machen, falls sie die Fangzahnbande nicht mehr auftreiben könnte? Übermorgen abend würde der Vampir Lestat seinen Auftritt in Kalifornien haben. Und jeder Tote des gesamten Erdenrunds würde dasein, so hatten sie und die Fangzahnbande sich es wenigstens ausgemalt, und alle sollten sich da ein Stelldichein geben. Was, zum Teufel also, wollte sie hier, ohne einen blassen Schimmer, wo die Fangzahnbande abgeblieben war, unterwegs zu einem Kaff wie St. Louis?

Sie wollte nur, daß alles wieder so wie früher war, verdammt noch mal. Ach, das Blut war gut, es tat so gut, selbst jetzt, da sie alleine war und ihren ganzen Mut zusammennehmen mußte, um bei einer Tankstelle vorzufahren und den alten Kerl in einen Hinterhalt zu locken. Ach ja, als sie blitzschnell seinen Hals umkrallte und das Blut kam, das war großartig, das war wie alles zugleich – Hamburger und Pommes und Erdbeershakes und Bier und Schokoeisbecher. Das war wie Koks und Hasch und ein Heroinschuß in einem. Es war besser als bumsen! Es war alles auf einmal.

Aber mit der Fangzahnbande hatte es noch mehr Spaß gemacht. Sie zeigten Verständnis, wenn sie von den ausgemergelten Tattergreisen die Schnauze voll hatte und Lust auf was Junges und Zartes verspürte. Kein Problem. Hey, brauchst so 'nen netten kleinen Ausreißer? fragte Killer. Mach die Augen zu, und wünsch es dir! Und tatsächlich, schon fünf Meilen hinter irgendeinem Nest im Norden von Missouri stand ein knackiger Tramper am Straßenrand, Parker hieß er. Ein wirklich hübscher Junge mit langem schwarzem Zottelhaar, kaum zwölf Jahre alt, aber für sein Alter recht groß. Hatte gerade erst Flaum auf dem Kinn und wollte ihnen weismachen, er sei bereits sechzehn. Er stieg auf den Rücksitz ihres Motorrads, und sie fuhren in den Wald. Dann legte sich Baby Jenks mit ihm nieder, so auf die sanfte Tour, und schon war es um Parker geschehen.

Schmeckte schon prima, richtig saftig. Aber sie hätte nicht sagen können, ob so was wirklich besser als die alten Knacker mundete. Die wehrten sich wenigstens ordentlich. Echtes Veteranenblut, nannte es Davis.

Davis war ein schwarzer Toter und sah obendrein verdammt gut aus – in Baby Jenks' Augen. Seine Haut hatte so einen goldenen Schimmer, den Totenschimmer, der bei weißen Toten immer aussah, als würden sie ständig unter einer Neonröhre stehen. Davis hatte auch wunderschöne Wimpern, geradezu unglaublich lang und kräftig, und er behing sich mit allem Gold, das er nur auftreiben konnte. Er klaute seinen Opfern die goldenen Ringe und Uhren und Kettchen und was sonst noch.

Davis tanzte für sein Leben gern. Sie alle tanzten für ihr Leben gern. Aber Davis übertraf sie alle. Manchmal gingen sie auf einen Friedhof, um zu tanzen, so um drei Uhr nachts, nachdem sie sich alle die Adern vollgeschlagen und die Toten begraben hatten und der ganze Mist. Sie stellten den Transistor auf einen Grabstein, suchten einen Sender mit dem Vampir Lestat und drehten volle Pulle auf. Der Song *Der große Sabbat* eignete sich am besten zum Tanzen. Und, lieber Mann, das tat echt gut, da rumzuwirbeln und in die Luft zu springen oder einfach Davis und Killer und Russ zuzusehen, wie sie sich im Kreise drehten, bis sie umfielen. So sollte es sein in dieser Gesellschaft!

Na, wenn diese Großstadtblutsauger keinen Bock auf so was hatten, mußten sie verrückt sein.

Gott, sie wollte jetzt nichts sehnlicher als Davis von dem Traum erzählen, den sie seit Gun Barrel City gehabt hatte. Ein Traum, der erstmals im Wohnwagen ihrer Mutter über sie gekommen war, so ungewöhnlich realistisch – diese beiden rothaarigen Frauen und der aufgebahrte Leichnam mit seiner schwarzen, krakelierten Haut. Und was zum Teufel war das Zeug auf den Schalen in dem Traum? Yeah, ein Herz auf der einen und ein Gehirn auf der anderen Schale. Himmel! Und all diese Leute, die um diesen Leichnam und diese Schalen knieten. Es war entsetzlich. Und seitdem verfolgte sie dieser Traum immer und immer wieder, jedesmal wenn sie ihre Augen schloß, und dann erneut, kurz bevor sie aus ihrem Tagesversteck kroch.

Killer und Davis hätten eine Erklärung parat. Sie wüßten, ob das was zu bedeuten hätte. Sie wollten ihr alles beibringen. Als sie auf ihrer Reise nach Süden nach St. Louis kamen, hatte die Fangzahnbande erst einmal eine jener dunklen Seitenstraßen im Central West End aufgesucht, in denen die vornehmen Villen waren. Baby Jenks mochte diese großen Bäume. Im Süden von Texas gibt es einfach nicht genug große Bäume. Eigentlich gibt es im Süden von Texas überhaupt nichts. Und hier waren die Bäume so groß, daß die Äste ein Dach über dir bildeten. Und die Straßen waren voll raschelnder Blätter, und die Häuser waren so groß und hatten Giebeldächer, und tief drinnen leuchteten die Lampen. Das Ordenshaus war ein Ziegelbau.

»Geh nicht näher ran«, hatte Davis gesagt. Killer lachte bloß. Killer hatte vor nichts Angst. Killer war vor sechzig Jahren erschaffen worden, er war alt. Er wußte alles.

»Sie würden dir was antun wollen, Baby Jenks«, sagte er und schob seine Harley ein Stück weiter die Straße hinauf. Er hatte ein mageres, langgezogenes Gesicht, trug einen goldenen Ohrring, und seine kleinen Augen blickten irgendwie nachdenklich drein. »Das ist nämlich ein alter Orden, schon seit der Jahrhundertwende in St. Louis.«

»Aber warum sollten sie uns was antun?« hatte Baby Jenks gefragt. Dieses Haus hatte es ihr angetan. Was trieben die Toten, die in Häusern wohnten? Was für Möbel hatten sie? Wer, um Himmels willen, zahlte die Stromrechnungen?

Es war ihr, als könnte sie durch die Vorhänge eines der vorderen

Zimmer einen Kronleuchter sehen. Einen großen, prächtigen Kronleuchter. Junge! So müßte man leben!

»Ach, das dient nur zur Ablenkung«, sagte Davis, ihre Gedanken lesend. »Du willst nicht glauben, daß die Nachbarn sie für ganz normale Leute halten? Sieh doch mal den Wagen in der Einfahrt an. Weißt du, was das ist? Das ist ein Bugatti, Baby. Und der andere daneben ist ein Mercedes.«

Was, zum Teufel, war eigentlich gegen einen rosa Cadillac einzuwenden? Das würde sie gerne haben, ein großes, benzinsaufendes Kabrio, das hundertneunzig Sachen machte. Und genau so,'n Ding hatte sie in die Scheiße und nach Detroit geritten, ein Arschloch mit einem Cadillac-Kabrio. Aber nur weil man tot war – das war doch noch lange kein Grund, bloß eine Harley zu fahren und jeden Tag im Dreck schlafen zu müssen, oder?

»Wir sind frei, Schätzchen«, sagte der gedankenlesende Davis. »Kapierst du das nicht? Das Großstadtleben hat jede Menge Nachteile. Sag's ihr, Killer. Mich kriegen keine zehn Pferde in so'n Haus, wo man in einem Kasten unter dem Parkett pennen muß.«

Er lachte. Killer lachte. Auch sie lachte. Aber wie, zum Teufel, ging es da drinnen zu? Sahen sie sich im Fernsehen die Vampirfilme an? Davis wälzte sich vor Lachen fast auf dem Boden.

»Baby Jenks«, sagte Killer, »für die sind wir nur der Abschaum, die wollen ganz allein das Feld beherrschen. Die glauben, wir haben kein Recht, Tote zu sein. Schon weil sie nur mit einem Riesenzinnober einen neuen Vampir erschaffen, wie sie es nennen.«

»Riesenzinnober? So wie bei 'ner Hochzeit oder was?«

Die beiden lachten erneut.

»Nicht ganz«, sagte Killer, »eher wie bei 'ner Beerdigung.«

Sie machten zuviel Lärm. Die Toten im Haus würden sie bestimmt hören. Aber Baby Jenks hatte keine Angst, solange Killer keine Angst hatte. Wo waren Russ und Tim abgeblieben? Waren sie auf Pirsch gegangen?

»Die Sache ist die, Baby Jenks«, sagte Killer, »sie haben ihre eigenen Regeln, und ich sag' dir eins, sie verbreiten überall, daß sie es dem Vampir Lestat bei seinem Konzert heimzahlen werden, aber das schönste ist, daß sie sein Buch lesen, als wär's die Bibel. Sie benutzen schon dieselben Begriffe wie er, Gabe der Finsternis, Zauber der

Finsternis, glaub mir, das ist der größte Blödsinn, der mir je unter die Augen gekommen ist, sie werden den Typ auf einem Scheiterhaufen verbrennen, um dann wieder gierig sein Buch zu verschlingen.«

»Lestat werden sie niemals kriegen«, schnarrte Davis. »Keine Chance. Man kann Lestat nicht töten, das ist ein Ding der Unmöglichkeit. Das haben schon andere versucht, ging aber total daneben. Der Typ ist so unsterblich wie nur was.«

»Oder die gehen aus demselben Grund hin wie wir«, sagte Killer, »um bei ihm zu bleiben, falls er uns will.«

Baby Jenks verstand kein Wort. Sollten sie nicht alle unsterblich sein? Und warum sollte der Vampir Lestat sich mit der Fangzahnbande abgeben wollen? Er war doch ein Rockstar, verdammt noch mal. Fuhr vermutlich 'nen dicken Wagen. Und er sah einfach umwerfend aus, tot oder lebendig! Blondes Haar, das dir den Atem verschlug, und ein Lächeln, daß du dich am liebsten gleich langlegen würdest, um ihn in deinen verfluchten Hals beißen zu lassen!

Sie hatte versucht, Lestats Buch zu lesen – die ganze Geschichte der Toten bis zurück ins Altertum und so – aber das Ding enthielt einfach zu viele komplizierte Wörter, und ehe sie sich's versah, war sie jedesmal eingeschlafen.

Killer und Davis behaupteten, sie würde sich schnell einlesen, wenn sie durchhielte. Sie hatten Lestats Buch dabei, das erste, dessen Titel sie sich nie merken konnte, irgendwas wie *Gespräche mit dem Vampir* oder *Stelldichein mit dem Vampir*, irgend so was. Davis las daraus manchmal vor, aber Baby Jenks machte sich nichts daraus und schlief schnell ein! Der Tote Louis oder so ähnlich war in New Orleans zum Toten gemacht worden, und das Buch war voller Zeug über Bananenblätter und Eisengeländer und so.

»Baby Jenks, die alten Europäer unserer Zunft wissen alles«, hatte Davis gesagt. »Sie wissen, wie alles angefangen hat, sie wissen, daß wir ewig so weitermachen können, wenn wir nur bei der Stange bleiben, daß wir tausend Jahre alt und zu weißem Marmor werden können.«

»Ist ja fabelhaft, Davis«, sagte Baby Jenks. »Es ist jetzt schon schlimm genug, daß man nachts in keinem Getränkemarkt ins Licht treten kann, ohne daß einen die Leute angaffen. Wer möchte schon wie weißer Marmor aussehen?«

»Baby Jenks, du brauchst nichts mehr aus dem Getränkemarkt«, sagte Davis, womit er nicht unrecht hatte.

Scheiß auf die Bücher. Baby Jenks liebte die Musik des Vampirs Lestat, und diese Songs gaben ihr viel, besonders der über JENE, DIE BEWAHRT WERDEN MÜSSEN – das ägyptische Königspaar –, obwohl sie keinen Schimmer hatte, was das alles bedeuten sollte, ehe Killer es ihr erklärte.

»Sie sind die Eltern aller Vampire, Baby Jenks, Die Mutter und Der Vater. Sieh mal, wir stammen alle in direkter Blutlinie von dem König und der Königin aus dem alten Ägypten ab, von JENEN, DIE BEWAHRT WERDEN MÜSSEN. Und sie müssen um jeden Preis bewahrt werden, denn wenn man sie vernichtet, gehen wir alle mit ihnen zugrunde.«

Hörte sich nach ziemlichem Bockmist an.

»Lestat hat Die Mutter und Den Vater gesehen«, sagte Davis.

»Hat sie in ihrem Versteck auf einer griechischen Insel gesehen, er weiß also, daß es stimmt. Das erzählt er uns mit seinen Songs – und es ist die Wahrheit.«

»Und Die Mutter oder Der Vater rühren sich nicht und trinken kein Blut, Baby Jenks«, sagte Killer. Er blickte ganz nachdenklich drein, fast traurig. »Sie sitzen einfach da und starren geradeaus, schon seit Tausenden von Jahren. Niemand weiß, was sie wissen.«

»Vermutlich nichts«, sagte Baby Jenks angewidert. »Und ich sag' euch, auf so 'ne Unsterblichkeit pfeif' ich! Was soll das heißen, die Großstadtvampire könnten uns töten? Wie sollen sie das anstellen?«

»Feuer und Sonne genügen immer«, antwortete Killer mit einem Hauch von Ungeduld. »Hab' ich dir doch gesagt. Aber hör mir zu, du kannst es immer mit den Großstadtvampiren aufnehmen. Du bist hart. Tatsache ist, daß die Großstadtvampire vor dir mehr Angst haben als du vor ihnen. Wenn du einen Toten siehst, den du nicht kennst, haust du einfach ab. Das ist eine eiserne Regel, die alle Toten befolgen.«

Nachdem sie sich von dem Ordenshaus entfernt hatten, hatte Killer schon wieder eine Riesenüberraschung für sie: Er erzählte ihr von den Vampirbars. Große, schicke Lokale in New York und San Francisco und New Orleans, wo sich die Toten in Hinterzimmern trafen, während die blöden Menschen vorne tranken und tanzten. Da drinnen könne kein anderer Toter sie töten, ob Großstadtpinsel, Europäer oder Abschaum wie sie selbst.

»Sollte dir mal so ein Großstadtvampir auf den Fersen sein«, sagte er ihr, »suchst du einfach Zuflucht in so einer Bar.«

»Ich darf nicht in Bars, ich bin nicht alt genug.«

Das schlug dem Faß den Boden aus. Er und Davis lachten sich krank. Sie fielen von ihren Motorrädern.

»Wenn du eine Vampirbar siehst, Baby Jenks«, sagte Killer, »wirfst du einfach den Bösen Blick auf sie und sagst ›Laßt mich rein‹.«

Schon richtig, sie hatte den Bösen Blick an verschiedenen Leuten ausprobiert, und es hatte immer geklappt. Die Wahrheit war, daß noch keiner der Fangzahnbande je eine Vampirbar gesehen hatte. Kannten sie nur vom Hörensagen. Kannten keine Adressen. Sie hatte viele Fragen, als sie endlich St. Louis verließen. Aber als sie jetzt erneut derselben Stadt entgegenfuhr, hatte sie nichts anderes im Sinn als zu jenem verdammten Ordenshaus zu gelangen. Ihr Großstadtvampire, ich komme!

Die Musik in den Kopfhörern hörte auf. Das Band war zu Ende. Nur noch das Brausen des Fahrtwindes, nicht auszuhalten, und der Traum kam zurück, und wieder sah sie diese Zwillinge, sah die Soldaten, die sich ihnen näherten. Himmel! Wenn sie ihn nicht abblocken konnte, würde sich der ganze verdammte Traum wie das Band von neuem abspulen.

Sie lenkte das Motorrad mit einer Hand und griff mit der anderen in ihre Jacke, um den kleinen Kassettenrecorder zu öffnen. Sie drehte das Band um. »Sing schon, Typ!« sagte sie. Ihre Stimme kam ihr im Brausen des Winds dünn und schrill vor.

Was können wir schon wissen
Über JENE, DIE BEWAHRT WERDEN MÜSSEN?
Welche Erklärung kann uns noch retten?

Genau, den mochte sie besonders. Den hatte sie in Gun Barrel City gehört, als sie einschlief, während sie auf ihre Mutter wartete. Es war nicht der Text, der es ihr angetan hatte, sondern die Art, wie er sang; wie Bruce Springsteen ächzte er ins Mikrofon, daß es einem grad das Herz brechen konnte.

Irgendwie war das eine Art Hymne, diese Art von Sound, und Lestat sang nur für sie, und das Hämmern des Schlagzeugs ging ihr durch und durch.

»Okay, Typ, okay, du bist der einzige gottverdammte Tote, den ich kennenlernen muß, Lestat, sing weiter!«

Noch fünf Minuten bis St. Louis, und sie mußte plötzlich wieder an ihre Mutter denken, wie seltsam alles gewesen war, wie schlimm.

Baby Jenks hatte nicht einmal Killer oder Davis erzählt, warum sie nach Hause wollte, aber sie wußten es auch so, verstanden auch so.

Baby Jenks hatte nicht anders gekonnt, sie hatte ihre Eltern erwischen müssen, ehe die Fangzahnbande sich gen Westen aufmachte. Und nicht einmal jetzt bereute sie es. Von dem seltsamen Augenblick abgesehen, da ihre Mutter auf dem Fußboden lag und starb.

Baby Jenks hatte ihre Mutter immer gehaßt. In ihren Augen war ihre Mutter eine echte Närrin, wie sie Tag für Tag aus kleinen rosa Muscheln und Glasscherben Kruzifixe herstellte, die sie dann zum Flohmarkt von Gun Barrel City trug, um sie für zehn Dollar pro Stück zu verkaufen. Und potthäßlich waren diese Dinger mit ihrem kleinen, gekrümmten Glasperlenjesus mittendrauf.

Aber das war es nicht allein; alles, was ihre Mutter jemals getan hatte, war ihr ganz fürchterlich auf den Wecker gegangen. Daß sie zur Kirche ging, war schlimm genug, aber dann erst das Süßholzgeraspel mit den Leuten und wie sie gottergeben erduldete, daß ihr Mann Trinker war, und wie sie immer nur gut von allen sprach.

Baby Jenks kaufte ihr kein Wort ab. Sie lag meist auf dem Bett im Wohnwagen und überlegte: »Was hält diese Frau am Leben? Wann explodiert sie wie ein Päckchen Dynamit? Oder ist sie schlicht zu doof?« Die Mutter hatte vor Jahren aufgehört, Baby Jenks in die Augen zu blicken. Als Baby Jenks zwölf Jahre alt war, hatte sie einmal gesagt: »Du weißt doch, daß ich's getrieben habe? Ich hoffe bei Gott, daß du dir nicht einbildest, ich sei noch immer Jungfrau.« Und ihre Mutter machte einfach die Schotten dicht, sah nur mit großen, leeren, dummen Augen fort, um sich dann wieder ihrer Arbeit zuzuwenden und summend wie stets ihre Muschelkruzifixe zu machen.

Einmal war so'n Stadtoberer auf dem Flohmarkt aufgetaucht und hatte ihrer Mutter gesagt, sie produziere wahre Volkskunst. »Sie halten dich zum Narren«, hatte Baby Jenks gesagt. »Kapierst du das nicht? Sie haben doch keins dieser scheußlichen Dinger gekauft, oder? Weißt du, woran mich diese Dinger erinnern? Das will ich dir sagen. An große Ohrringe aus Kaugummiautomaten.«

Kein böses Wort. Nur das Hinhalten der anderen Wange. »Möchtest du Abendbrot, Liebling?«

Für Baby Jenks war das ein klarer Fall. Sie hatte sich früh in Dallas aufgemacht und hatte es in weniger als einer Stunde bis zum Cedar Creek Lake geschafft, und schon tauchte das vertraute Schild auf, das ihren lieben alten Heimatort ankündigte: WILLKOMMEN IN GUN BARREL CITY. WIR HALTEN SIE IN SCHUSS. Sie stellte ihre Harley hinter dem Wohnwagen ab. Es war niemand zu Hause, und sie haute sich erst einmal hin, Lestat in den Kopfhörern und das Dampfbügeleisen griffbereit an ihrer Seite. Wenn ihre Mutter reinkäme, würde sie sie damit wegputzen.

Dann war der Traum gekommen. Dabei war sie noch nicht einmal eingeschlafen. Es war, als würde Lestats Musik versickern, und plötzlich zog sie der Traum herunter und schnappte zu:

Sie war in einer sonnigen Lichtung bei einem Berg. Und diese beiden Zwillinge waren da, schöne Frauen mit weichgewelltem rotem Haar, und wie Engel knieten sie mit gefalteten Händen. Viele Leute waren anwesend, Leute in langen Gewändern, wie Leute aus der Bibel. Und Musik ertönte, ein unheimliches Trommeln und der traurige Klang eines Horns. Aber am schlimmsten war der Leichnam, der verbrannte Leichnam einer Frau auf einer Steinplatte. Sie sah aus, als hätte man sie gekocht. Und in den Schalen lagen ein leuchtendes Herz und ein Gehirn.

Baby Jenks war völlig verängstigt aufgewacht. Zum Teufel damit! Ihre Mutter stand in der Tür. Baby Jenks sprang auf und schlug mit dem Bügeleisen auf sie ein, bis sie sich nicht mehr rührte. Immer fest auf ihren Kopf. Eigentlich hätte sie tot sein müssen, aber sie lebte noch ein wenig, und dann kam dieser verrückte Augenblick.

Ihre Mutter lag da auf dem Boden, halb tot, und sie starrte in die Luft, genau wie ihr Vater dann später. Und Baby Jenks saß im Sessel, ein Bein über die Armlehne geworfen, saß da, auf die Ellbogen gestützt oder mit ihrem Haar spielend, und wartete ab, dachte an die

Zwillinge aus dem Traum und an den Leichnam und das Zeug auf den Schalen, aber die meiste Zeit wartete sie bloß ab. Stirb, du blöde Kuh, mach schon, noch einmal hau ich nicht zu!

Selbst jetzt wußte Baby Jenks nicht so genau, was geschehen war. Es war, als wären die Gedanken ihrer Mutter anders geworden – größer, umfassender. Vielleicht schwebte sie ja irgendwo unter der Decke, wie damals Baby Jenks, als Killer sie in letzter Sekunde gerettet hatte. Aber aus welchem Grund auch immer, die Gedanken waren erstaunlich. Einfach glattweg erstaunlich. Ihre Mutter schien plötzlich alles zu wissen! Alles über Gut und Böse und wie wichtig es war zu lieben, wirklich zu lieben, und daß es mehr gab, als nicht zu trinken, nicht zu rauchen und zu Jesus zu beten. Ihre Gedanken waren kein Pfaffengeschwätz mehr, sie waren einfach gigantisch.

Ihre Mutter lag da und dachte, daß der Mangel an Liebe in ihrer Tochter so schrecklich wie ein böses Gen war, daß er Baby Jenks zu einer Art blindem Krüppel gemacht hatte. Aber das war nicht weiter schlimm. Es würde alles gut werden. Baby Jenks würde emporsteigen aus dem, was gerade geschah, so wie beinahe schon einmal, ehe Killer auf der Bildfläche aufgetaucht war, und ein tieferes Verständnis für alles würde sich ihrer bemächtigen. Was zum Teufel sollte das heißen? Vielleicht, daß alles um sie herum Teil eines großen Ganzen war, die Fasern im Teppich, die Blätter draußen vorm Fenster, das Wasser, das ins Waschbecken tropfte, die Wolken, die über den Cedar Creek Lake zogen, und die kahlen Bäume, die in Wirklichkeit gar nicht so häßlich waren, wie Baby Jenks immer angenommen hatte. Nein, das war alles viel zu schön, um es plötzlich in Worte zu fassen. Und Baby Jenks' Mutter hatte darum gewußt! Es so gesehen! Baby Jenks' Mutter verzieh Baby Jenks alles. Arme Baby Jenks. Sie wußte nicht um das grüne Gras oder die Muscheln, die im Licht der Lampe leuchteten.

Dann starb Baby Jenks' Mutter. Gottlob! Genug! Aber Baby Jenks mußte weinen. Schließlich trug sie den Körper aus dem Wohnwagen und beerdigte ihn dahinter, ganz tief, wobei sie sehr zufrieden war, zu den Toten zu gehören, einfach weil man dann so kräftig war und ohne Mühe eine Schaufel voll Erde heben konnte.

Dann kam ihr Vater nach Hause. Jetzt ging der Spaß erst richtig los! Sie begrub ihn lebendigen Leibes. Nie würde sie seinen Gesichtsausdruck vergessen, als er in die Tür trat und sie mit der Axt sah. »Nun, wenn das nicht Lizzie Borden ist.« Wer zum Teufel ist Lizzie Borden?

Und wie er dann sein Kinn vorschob und ihr die Faust entegenschleuderte! »Du miese Schlampe!« Sie spaltete ihm die Stirn. War schon toll, wie sein Schädel zerbarst – »Nieder mit dir, du Hund!« –, und sie schaufelte sein Gesicht mit Erde zu, während er sie noch immer ansah. Er war gelähmt, konnte sich nicht bewegen, dachte, er sei wieder ein Kind auf einer Farm in New Mexico oder so was. Reines Babygelaber. *Du Dreckskerl, ich hab' schon immer gewußt, daß dein Hirn nur aus Scheiße besteht. Jetzt kann ich's riechen.*

Aber warum, zum Teufel, war sie überhaupt hierher gefahren? Warum hatte sie die Fangzahnbande verlassen?

Wenn sie bei ihr geblieben wäre, würde sie jetzt mit Killer und Davis in San Francisco sein, um Lestats Konzert entgegenzufiebern. Vielleicht hätten sie dort sogar eine Vampirbar aufgetan. Falls sie jemals angekommen wären. Irgendwas war da oberfaul.

Und warum, zum Teufel, fuhr sie nun denselben Weg wieder zurück? Vielleicht hätte sie lieber gen Westen fahren sollen. Nur noch zwei Tage bis zu dem großen Ereignis.

Vielleicht sollte sie am Abend des Konzerts in ein Motel gehen, damit sie wenigstens die Fernsehübertragung sehen könnte. Aber zuerst mußte sie ein paar Tote in St. Louis auftreiben. Sie konnte nicht mehr alleine weitermachen.

Wo war noch gleich das Central West End?

Dieser Boulevard kam ihr bekannt vor. Sie fuhr kreuz und quer durch die Gegend und betete, daß sich kein Bulle an ihre Fersen hefte. Im Fall eines Falles wäre sie ihm freilich davongeflitzt, wie immer, obwohl sie sich eigentlich zu gerne mal so einen Dreckskerl auf einer einsamen Landstraße vorgeknöpft hätte. Aber im Moment wollte sie nicht aus St. Louis vertrieben werden.

Na endlich, dieses Viertel kannte sie doch. Stimmt, das war das Central West End, und sie bog rechts ein und fuhr eine jener Straßen mit den riesigen schattigen Laubbäumen entlang. Wieder mußte sie an ihre Mutter denken, an das grüne Gras, die Wolken, und für einen Augenblick verspürte sie einen Kloß in ihrem Hals.

Wenn sie nur nicht so verflucht einsam gewesen wäre! Aber dann sah sie die Gatter, yeah, das war die Straße. Killer hatte ihr gesagt, daß die Toten im Grunde nichts vergessen. Ihr Gehirn sei so eine Art kleiner Computer. Stimmte möglicherweise. Das waren zweifellos die großen Eisengatter, weit geöffnet und mit Efeu überwachsen.

Sie dämpfte ihre Maschine auf ratterndes Schneckentempo, dann stellte sie den Motor ganz ab, das Geräusch war zu laut in diesem Tal herrschaftlicher Villen. Sie mußte absteigen, um ihr Fahrzeug zu schieben, aber das war schon okay. Sie schlurfte gerne durch dieses tiefe Laub. Diese ruhige Straße hatte es ihr sowieso angetan.

Junge, Junge, wenn ich ein Großstadtvampir wäre, würde ich auch hier wohnen, dachte sie, und dann sah sie am anderen Ende der Straße das Ordenshaus, sah die Ziegelmauern und die weißen maurischen Torbögen. Ihr Herz klopfte wie wild. Abgebrannt!

Erst traute sie ihren Augen nicht! Dann sah sie, daß es doch stimmte, große schwarze Streifen auf den Ziegeln, die Fenster zersprungen, weit und breit keine einzige Glasscheibe mehr. Gütiger Himmel! Sie drehte durch. Sie schob ihr Motorrad näher heran und biß sich dabei so fest auf die Lippen, daß sie ihr eigenes Blut schmecken konnte. Sieh sich das einmal einer an! Wer zum Teufel steckte dahinter? Überall auf dem Rasen und sogar in den Bäumen waren winzige Glasscherben, die so fein glitzerten, daß Menschen sie wahrscheinlich gar nicht wahrnehmen konnten. Es kam ihr wie ein Alptraum von Christbaumschmuck vor. Und der Gestank verkohlten Holzes hing schwer in der Luft.

Sie war nahe dran, in Tränen auszubrechen, laut aufzuschreien. Aber dann hörte sie etwas. Kein richtiges Geräusch, aber etwas, auf das zu achten Killer sie gelehrt hatte. Da drinnen war ein Toter!

Sie konnte ihr Glück gar nicht fassen, und es kümmerte sie einen Dreck, was geschehen würde; sie ging rein. Doch, da war jemand. Sie ging ein paar Schritte weiter, raschelte absichtlich laut im brüchigen Laub. Alles war dunkel, aber irgendwas bewegte sich da drinnen und wußte, daß sie näher kam. Und als sie dastand, pochenden Herzens und wild entschlossen hineinzugehen, trat jemand auf die Veranda, ein Toter, der sie geradewegs anblickte.

Gelobt sei der Herr, flüsterte sie. Und das war nicht so'n Wichser im dreiteiligen Anzug. Nein, es war ein junger Bursche, kaum zwei Jahre länger Vampir als sie, und er sah nach etwas ganz Besonderem aus. Er hatte silbernes, gelocktes Haar, was jungen Leuten immer überraschend gut steht, und er war groß, ungefähr einsachtzig, und schlank, in ihren Augen elegant vom Scheitel bis zur Sohle. Seine Haut war weiß wie Eis, und er trug ein dunkelbraunes Hemd mit hohem Kragen, das sich eng über seine Brust schmiegte, und eine modische Lederjacke und -hose, alles andere als so ein Motorradoutfit. Einfach Spitze, dieser Typ, und niedlicher als irgend jemand von der Fangzahnbande.

»Komm rein!« sagte er. »Schnell.«

Wie ein Wirbelwind huschte sie die Stufen hoch. Die Luft war noch immer voller Aschepartikelchen, und ihre Augen schmerzten, und sie mußte husten. Die Veranda war zur Hälfte eingefallen. Vorsichtig lenkte sie ihre Schritte in die Eingangshalle. Ein paar Stufen waren noch da, aber das Dach klaffte weit auf. Und der Kronleuchter war hinabgestürzt und völlig verrußt. Ganz schön unheimlich, das reinste Spukschloß.

Der Tote hielt sich jetzt im Wohnzimmer auf oder was davon noch übrig war, stocherte in dem verbrannten Zeug, Möbel und so; er schien echt sauer zu sein.

»Baby Jenks, oder?« sagte er, wobei er ihr ein seltsam gekünsteltes Lächeln zuwarf, das sein perlenartiges Gebiß mit den kleinen Fangzähnen freilegte, und seine grauen Augen blitzten kurz auf. »Und du irrst durch die Gegend, stimmt's?«

Okay, schon wieder so'n Gedankenleser wie Davis. Und einer mit ausländischem Akzent.

»Na und?« sagte sie. Und erstaunlicherweise schnappte sie seinen Namen auf, als hätte er ihr einen Ball zugeworfen: Laurent. Das war ein geiler Name, klang irgendwie französisch.

»Bleib da stehen, Baby Jenks«, sagte er. Sein Akzent war auch französisch, vermutlich. »Dieser Orden hatte drei Mitglieder, und zwei sind verbrannt. Die Polizei kann natürlich nichts rausfinden, aber du wirst sie erkennen, sobald du auf sie trittst, und es wird dir nicht gefallen.«

Himmel! Er hatte nicht gelogen, denn da war tatsächlich einer, gleich da hinten in der Eingangshalle, und es sah aus wie ein halbverbrannter Anzug, und allein vom Geruch war ihr klar, daß da ein Toter dringesteckt hatte, und nur die Ärmel und Hosenbeine und Schuhe waren verschont geblieben. Und mittendrin war so'n graues Schmutzzeug, sah eher nach Schmalz und Puder als nach Asche aus. Komisch, wie der Hemdärmel noch hübsch ordentlich aus dem Jackenärmel ragte.

Ihr wurde schlecht. Konnte einem als Tote schlecht werden? Sie wollte nur hinaus. Was, wenn der zurückkäme, der das hier angerichtet hatte? War'n Unsterblicher, konnte man Gift drauf nehmen.

»Rühr dich nicht«, befahl ihr der Tote. »Wir werden abhauen, sobald es geht.«

»Jetzt zum Beispiel«, sagte sie. Sie zitterte am ganzen Leib. Das verstanden sie also unter kaltem Schweiß!

Er hatte eine Blechdose aufgestöbert, der er einen Stapel unverkohlter Geldscheine entnahm.

»Hey, Typ, laß uns halbe-halbe machen«, sagte sie. Sie spürte, daß irgend etwas in der Nähe war, und es hatte nichts mit dem Schmalzflecken auf dem Fußboden zu tun. Sie dachte an die niedergebrannten Ordenshäuser in Dallas und Oklahoma City, an die Art und Weise, wie die Fangzahnbande sie im Stich gelassen hatte. Er durchschaute ihre Gedanken, sie wußte es. Sein Gesicht entspannte sich, sah wieder richtig niedlich aus. Er ließ die Dose fallen und kam so schnell auf sie zu, daß sie noch mehr Angst bekam.

»Ja, *ma chère*«, sagte er ernsthaft, »all diese Ordenshäuser, genau. Die Ostküste ist wie eine Kette Glühbirnen niedergebrannt worden. Und aus den Ordenshäusern in Paris und Berlin hören wir nichts mehr.«

Als sie zur Tür gingen, nahm er sie beim Arm.

»Wer steckt dahinter?« fragte sie.

»Wer weiß das schon, *chérie*? Es zerstört die Häuser, die Vampirbars, uns. Wir müssen weg von hier. Mach dein Motorrad startklar.«

Aber sie hielt inne. *Draußen war was*. Sie stand am Rand der Veranda. Etwas. Sie fürchtete sich weiterzugehen, sie fürchtete sich, zurück ins Haus zu gehen.

»Was ist los?« fragte er sie flüsternd.

Wie dunkel diese Gegend mit ihren großen Bäumen und den Häusern war; sie sahen alle verhext aus, und sie hörte etwas, etwas ganz Leises, wie... wie etwas, das atmete.

»Baby Jenks? Los jetzt!«

»Aber wo gehen wir denn hin?« fragte sie. Dieses Ding, was immer es auch war, war fast ein Geräusch.

»Da, wo wir hinmüssen. Zu ihm, Liebling, zum Vampir Lestat. Er ist in San Francisco und guter Dinge und wartet auf uns.«

»Yeah?« sagte sie und blickte in die dunkle Straße vor ihnen.

»Ja natürlich, zum Vampir Lestat.« Nur zehn Schritte bis zum Motorrad. Mach schon, Baby Jenks. Er war drauf und dran, sich ohne sie auf den Weg zu machen. »Nein, tu's nicht, du Hundesohn, untersteh dich, mein Motorrad auch nur anzufassen!«

Aber es war jetzt ein richtiges Geräusch, oder? Baby Jenks hatte so etwas noch nie gehört. Aber wenn man tot ist, hört man viel. Man hört weit entfernte Züge und die Gespräche von Leuten in Flugzeugen da oben.

Ihr toter Freund hörte es auch. Nein, er hörte, wie sie es hörte! »Was ist es?« flüsterte er. Himmel, hatte er Angst! Und jetzt hörte er es auch selbst.

Er zog sie die Stufen hinunter. Sie stolperte und wäre beinahe hingefallen, aber er hob sie hoch und setzte sie auf ihr Motorrad.

Das Geräusch schwoll nun gewaltig an. Es war so laut, daß sie nicht mehr hören konnte, was ihr der Tote sagte. Sie drehte den Zündschlüssel um und gab Gas, und der Tote saß hinter ihr, aber gütiger Himmel, dieses Geräusch, sie konnte keinen klaren Gedanken mehr fassen. Sie konnte nicht einmal den Motor hören!

Sie blickte nach unten, um festzustellen, ob der Motor überhaupt lief, sie konnte ihn nicht spüren. Dann sah sie hoch, und sie wußte, daß sie dem Ding entgegenblickte, von dem das Geräusch ausging. Es war im Dunkel hinter den Bäumen.

Der Tote war vom Motorrad gesprungen, und er schwatzte auf es ein, als könne er es sehen. Aber nein, er blickte um sich wie ein Verrückter, der mit sich selber sprach. Sie verstand kein Wort, sie wußte nur, daß es da war und sie anstarrte und daß der Verrückte bloß seinen Atem verschwendete!

Sie war von der Harley gestiegen, die sogleich umkippte. Das Geräusch hörte auf. Dann verpürte sie ein lautes Klingeln in den Ohren.

»... alles, was du willst!« sagt der Tote neben ihr. »Alles, du mußt es nur sagen, und wir werden es machen. Wir sind deine gehorsamen Diener...!« Dann flitzte er an Baby Jenks vorbei, rannte sie um ein Haar um und ergriff ihr Motorrad.

»Hey!« rief sie, aber als sie hinter ihm herrennen wollte, ging er schreiend in Flammen auf!

Und dann schrie auch Baby Jenks. Sie schrie und schrie. Der brennende Tote drehte sich auf dem Boden, wie ein Feuerrad. Und hinter ihr explodierte das Ordenshaus. Trümmer flogen durch die Luft, und der Himmel war taghell erleuchtet.

O, lieber Jesus, laß mich leben, laß mich leben!

Den Bruchteil einer Sekunde lang dachte sie, ihr Herz sei zerplatzt. Sie wollte an sich niederblicken, um nachzusehen, ob ihr Brustkorb geborsten war und das Blut hervorquoll wie flüssige Lava aus einem Vulkan, aber dann schwoll die Hitze in ihrem Kopf an, und plötzlich war sie verschwunden.

Sie schwebte durch einen dunklen Tunnel empor und empor, und dann segelte sie ganz da oben und blickte nieder.

Ach ja, genau wie früher. Und da war es, das Ding, das sie getötet hatte, eine weiße Gestalt zwischen den Bäumen. Und die Kleider des Toten verrauchten auf dem Pflaster. Und ihr eigener Körper verbrannte einfach so.

In den Flammen konnte sie die schwarzen Umrisse ihres Schädels und ihrer Gebeine erkennen. Aber das jagte ihr keine Angst ein, war nicht weiter interessant.

Die weiße Gestalt fesselte sie viel mehr. Sah wie eine Statue aus, wie die Heilige Jungfrau Maria in der katholischen Kirche. Sie starrte gebannt auf die funkelnden Silberfäden, die die Gestalt in alle Richtungen auszusenden schien, Fäden, die aus einer Art flirrenden Lichts gewoben waren. Und während sie weiter emporschwebte, sah sie, daß die Silberfäden weiter ausuferten, sich mit anderen Fäden verknäulten, um die ganze Welt mit einem riesigen Netz zu umspannen. In dem Netz waren überall Tote, hilflos gefangen, wie in einem Spinnengewebe. Winzige, pulsierende Lichtpünktchen, und alle waren sie mit der weißen Gestalt verbunden, ein schöner Anblick fast, wenn er nicht so traurig gewesen wäre. Ach, arme Seelen aller Toten unserer Zunft, ewig gefangen, ohne jemals alt zu werden oder sterben zu dürfen.

Aber sie war frei. Das Netz war jetzt in weiter Ferne. Sie konnte so viele Dinge sehen.

Etwa Tausende und Tausende anderer toter Menschen, die hier oben schwebten, in einem grauen Nebelschleier. Einige schienen umherzuirren, andere rangen miteinander, und einige blickten so trübselig auf den Ort ihres Ablebens nieder, als könnten sie es nicht fassen, daß sie tot waren. Ein paar von ihnen mühten sich gar, von den Lebenden gehört und gesehen zu werden, aber das war denn doch nicht möglich.

Sie wußte, daß sie tot war; sie hatte das alles ja schon mal durchgemacht. Sie durchstreifte nur diese düstere Stätte traurig herumhängender Leute. Sie war unterwegs! Und ihr jämmerliches Erdendasein betrübte sie. Aber das war jetzt nicht wichtig. Das Licht brach wieder durch, dieses wunderbare Licht, das sie erspäht hatte, als sie damals beinahe gestorben wäre. Sie näherte sich ihm, tauchte in es ein. Und das war wahrhaft schön. Noch nie hatte sie solche Farben gesehen, solch ein Strahlen, noch nie hatte sie so reine Musik wie jetzt gehört. Worte konnten das nicht beschreiben; das war mehr, als Sprache zu leisten vermochte. Und diesmal würde sie niemand zurückholen! Denn das Wesen, das ihr jetzt entgegenkam, um sie aufzunehmen und um ihr zu helfen, dieses Wesen war niemand anderes als ihre Mutter! Und ihre Mutter würde sie nicht mehr gehen lassen.

Noch nie hatte sie solche Liebe verspürt wie jetzt für ihre Mutter; aber dann war sie ganz umfangen von Liebe; das Licht, die Farbe, die Liebe – alles war zu einer Einheit verschmolzen.

Ach, diese arme Baby Jenks, dachte sie, noch ein letztes Mal zur Erde blickend. Aber jetzt war sie nicht mehr Baby Jenks. Nein, ganz und gar nicht.

3
Die Göttin Pandora

Einst hatten wir die Wörter.
Ochse und Falke. Pflug.
Es herrschte Klarheit.
Ungestüm wie gekrümmte
Hörner.
Wir lebten in steinernen Kammern.
Wir ließen unser Haar aus den Fenstern hängen, und die Männer kletterten empor.
Ein Garten hinter den Ohren, den Locken.
Auf jedem Hügel ein König
dieses Hügels. Nachts wurden die Fäden aus
den Gobelins gezogen. Die entfaserten Männer schrien.
Alle Monde enträtselt. Wir hatten die Wörter.
...

Stan Rice
Ernst

Sie war groß von Gestalt, ganz in Schwarz gekleidet, nur die Augen blickten noch hervor, und mit unmenschlicher Geschwindigkeit eilte sie über den tückischen, schneebedeckten Pfad. Fast klar war diese Nacht der winzigen Sterne, hier in der dünnen Höhenluft des Himalaya, und in weiter Ferne ragten durch einen dicken, wilden Wolkenkranz die zerklüfteten Wände des Everest. Jedesmal wenn sie hinsah, verschlug es ihr den Atem.

Diesen Berg anbeten? Ja, das könnte man straflos tun, da der Berg niemals antworten würde. Der pfeifende Wind, der ihre Haut hatte erstarren lassen, war niemals Stimme. Angesichts dieser zufälligen und völlig gleichgültigen Erhabenheit hätte sie am liebsten geweint.

Und angesichts der Pilger weit unter ihr ebenfalls: ein dünner Ameisenzug, der sich den schmalen Pfad hinaufwand – in kaum sagbar trauriger Verblendung. Doch sie strebte demselben verborgenen Bergtempel entgegen. Sie strebte demselben verabscheuenswerten und trügerischen Gott entgegen.

Sie litt unter der Kälte. Ihr Gesicht, ihre Lider waren von Eis überzogen. Kleine Kristalle klebten auf ihren Wimpern. Und selbst ihr fiel jeder Schritt in diesem brausenden Wind schwer. Schmerz oder der Tod konnten ihr nichts anhaben, dazu war sie zu alt. Ihr Leiden war eher seelischer Natur. Es hatte mit der gewaltigen Widerstandskraft der Elemente zu tun, mit dem Umstand, daß sie stundenlang nichts anderes sah als weißes Schneetreiben.

Egal. In den lärmenden und stinkenden Straßen Neu Delhis hatte sie vor ein paar Nächten ein alarmierendes Schaudern durchzuckt, was sich seitdem ungefähr jede Stunde mit einer Heftigkeit wiederholt hatte, als würde die Erde in ihrem Innersten erzittern.

Manchmal war sie überzeugt, daß Die Mutter und Der Vater erwacht waren. Irgendwo, in einer weit entfernten Gruft, die ihr geliebter Marius für sie ausgesucht hatte, hatten JENE, DIE BEWAHRT WERDEN MÜSSEN sich endlich geregt. Nichts weniger als solch eine Auferstehung konnte die Ursache dieser machtvollen, doch rätselhaften Signale sein – Akascha und Enkil erhoben sich von ihrem gemeinsamen Thron, nachdem sie sechstausend Jahre lang in grausiger Reglosigkeit verharrt hatten.

War doch großartig, oder? Man hätte genausogut den Berg bitten können, ein paar Worte zu sprechen. Denn die alten Eltern aller Blutsauger waren für sie keine bloße Legende. Im Gegensatz zu so vielen ihrer Brut hatte sie sie mit eigenen Augen gesehen. Vor der Tür ihres Schreins war sie unsterblich gemacht worden; auf ihren Knien war sie Der Mutter entgegengekrochen und hatte sie berührt; sie hatte die weiche, glänzende Oberfläche durchbohrt, die einst die Menschenhaut Der Mutter gewesen war, und geöffneten Mundes das hervorquellende Blut Der Mutter empfangen. Ein Mirakel war es gewesen, wie das lebendige Blut aus dem leblosen Körper strömte, ehe sich die Wunden wie von Zauberhand wieder schlossen.

Aber in diesen frühen Jahrhunderten hatte sie Marius' Überzeugung geteilt, daß Die Mutter und Der Vater lediglich schlummerten, daß es nur eine Frage der Zeit war, bis sie wieder zu ihren Kindern sprechen würden.

Sie und Marius hatten ihnen gemeinsam bei Kerzenschein Hymnen vorgesungen; sie hatte eigenhändig den Weihrauch entfacht und ihnen die Blumen hingestellt; sie hatte geschworen, den Standort des Heiligtums nie zu verraten, aus Furcht, andere Blutsauger könnten herbeikommen, um Marius zu vernichten, seine Schützlinge zu stehlen und sich gierig an dem ursprünglichen und so machtvollen Blut zu laben.

Aber es war lange her, daß die Welt zwischen Stämmen und Imperien aufgeteilt war, die Helden und Kaiser kurzerhand zu Göttern erklärt wurden. Damals hatten anmutige philosophische Gedankengebäude ihre Phantasie beflügelt.

Inzwischen wußte sie, was es bedeutete, auf immer und ewig zu leben.

Gefahr. Sie fühlte wieder, wie diese brennende Strömung sie durchfuhr. Dann war es vorbei. Und dann kurz das Bild einer feuchten, grün durchwucherten Lichtung. Aber das Bild verschwand fast sofort wieder.

Sie blieb stehen. Der mondbeschienene Schnee blendete sie einen Moment, und sie blickte zu den Sternen empor, die durch das dünne Gewebe treibender Wolken blinkten. Vom Tempel, zu dem sie ging, hörte sie leises Pochen, und weit hinter ihr, aus den dunklen Labyrinthen einer schmutzigen, übervölkerten Stadt, ertönten die Schallplatten dieses verrückten Bluttrinkers, des »Rockstars«, des Vampirs Lestat.

Dem Untergang geweiht war dieser hitzige Grünschnabel, der es gewagt hatte, aus Bruchstücken alter Wahrheiten moderne Songs zusammenzumixen. Sie hatte den Aufstieg und Fall zahlloser junger Vampire erlebt.

Aber seine Verwegenheit faszinierte sie gleichwohl. War es möglich, daß die alarmierenden Signale, die sie hörte, irgendwie mit diesen klagenden, rauhen Liedern zusammenhingen?

Akascha, Enkil
Erhört Eure Kinder

Wie konnte er sich nur unterstehen, diese altehrwürdigen Namen der Welt der Sterblichen preiszugeben? Es sprach jeglicher Vernunft Hohn, daß so ein Subjekt nicht längst schon ausgestoßen war. Statt dessen suhlte sich dieses Monster in seinem Ruhm und enthüllte Geheimnisse, die es nur von Marius selbst erfahren haben konnte. Und wo war Marius, der seit zweitausend Jahren JENE, DIE BEWAHRT WERDEN MÜSSEN von einem geheimen Ort zum anderen schleppte? Das Herz würde ihr brechen, gestattete sie sich, an Marius zu denken und an die Streitereien, die sie vor langer Zeit entzweit hatten.

Aber Lestats Schallplattenstimme war nur verstummt, verschluckt von anderen, entfernten elektronischen Klängen, von Schwingungen, die aus den Städten und Dörfern aufstiegen, von dem stets hörbaren Schrei sterblicher Seelen. Wie schon so oft vermochten ihre überempfindlichen Ohren einzelne Signale nicht zu unterscheiden. Die Flut hatte sie überwältigt, so daß sie sich lieber in sich selbst verschloß. Nur wieder der Wind.

Was mußten die gesamten Stimmen der Erde dann freilich erst Der Mutter und Dem Vater bedeuten, deren Fähigkeiten seit Urzeiten ständig weitergediehen waren? War es ihnen vergönnt, wie ihr noch immer, den endlosen Schall der Geräusche einfach abzustellen oder von Zeit zu Zeit die Stimmen auszuwählen, die sie hören wollten? Oder waren sie vielleicht auch in dieser Hinsicht völlig passiv, und fesselte vielleicht das nie versiegende Getöse, das sie nicht ergründen konnten, ihre Aufmerksamkeit, während sie die ewigen Schreie der Sterblichen und Unsterblichen der ganzen Welt hörten?

Sie sah auf zu dem hohen, zerklüfteten Gipfel vor ihr. Sie durfte nicht stehenbleiben. Sie zog die Kapuze fester über ihren Kopf und eilte weiter.

Nachdem der Pfad sie zu einem kleinen Vorgebirge geführt hatte, sah sie endlich ihr Ziel vor sich. Hinter einem gewaltigen Gletscher erhob sich der Tempel auf einem Felsvorsprung, ein steinernes Gebäude so weiß, daß es fast unsichtbar war, dessen Glockenturm in dem wirbelnden Schnee verschwand, der gerade wieder zu fallen angefangen hatte.

Wie lange würde sie noch brauchen, selbst wenn sie schnell vorankäme? Sie wußte, was sie zu tun hatte, dennoch graute ihr davor. Sie mußte den Naturgesetzen und ihrem eigenen Verstand trotzen und die eisige Schlucht überwinden, die sie von dem Tempel trennte. Noch nie hatte sie sich so unbedeutend, so wenig menschlich gefühlt, so weit entfernt von dem gewöhnlichen Erdenwesen, das sie einst gewesen war.

Aber sie wollte, sie mußte zu dem Tempel. Und sie hob langsam ihre Arme, schloß die Augen, während sie sich in die Höhe zwang, und sie fühlte, wie sich ihr Körper erhob, als sei er gewichtslos, frei von Materie, nur dem Willen gehorchend.

Eine Zeitlang ließ sie sich vom Wind herumtreiben, ließ ihren Körper durch die Lüfte tanzen. Sie schwebte immer höher, entfernte sich der Erde, die Wolken flogen an ihr vorbei, und über ihr die Sterne. Wie schwer hingen doch ihre Kleider an ihr; war sie nicht drauf und dran, unsichtbar zu werden? Wäre das nicht der nächste Schritt? Ein Stäubchen im Auge Gottes, dachte sie. Sie hatte Herzschmerzen. Welch ein Schrecken, so ganz getrennt von allem zu sein... Tränen füllten ihre Augen.

Und wie stets in solchen Momenten erschien ihr ihre flüchtige menschliche Vergangenheit, der sie noch immer nachhing, als ein Phantasiegebilde, das sie um so mehr begehrte, je mehr es ihr entrückte. *Ich habe gelebt, ich habe geliebt, mein Fleisch war warm.* Sie sah Marius, ihren Schöpfer, nicht so wie er jetzt war, sondern als den jungen Unsterblichen von damals, der von einem überirdischen Geheimnis entbrannt war: »Pandora, meine Liebste...« – »Schenk es mir, ich bitte dich.« – »Pandora, komm mit mir, um den Segen Der Mutter und Des Vaters zu erbitten. Komm in den Schrein.«

Schwerelos und verzweifelt wie sie war, hätte sie beinahe ihr Ziel vergessen. Sie hätte sich der aufgehenden Sonne entgegentreiben lassen können. Aber die alarmierenden Signale kamen erneut, die pulsierende Warnung vor *Gefahr*, und gemahnten sie an ihre Bestimmung. Sie breitete ihre Arme aus, zwang sich, der Erde wieder entgegenzusehen, und genau unter ihr war der Innenhof des Tempels mit seinen rauchenden Feuern. *Ja, ja.*

Sie war überrascht, mit welcher Geschwindigkeit die Landung vonstatten ging. Sie fand sich in dem Hof wieder, ihr Körper schmerzte ganz kurz, erstarrte dann vor Kälte.

In der Ferne das Heulen des Windes. Die Tempelmusik drang

durch die Mauern, ein schwindelerregendes Pochen, begleitet von Tamburin und Trommel und grausigem Singsang. Und vor ihr türmten sich knackend und speiend die Scheiterhaufen, übersät von verkohlten Leichen. Von dem Gestank wurde ihr übel. Dennoch blieb sie lange Zeit in den Anblick der Flammen versunken, die langsam über das brutzelnde Fleisch, die schwarzen Stümpfe züngelten, das Haar plötzlich in weiße Rauchfetzen aufgehen ließen. Der Geruch erstickte sie; die klare Bergluft war ihr hier verwehrt.

Sie starrte das ferne Holztor an, das ins Innere der heiligen Stätte führte. Wieder würde sie ihre Kräfte einer Prüfung unterziehen. *Da.* Und wie von selbst näherte sie sich der Schwelle, das Tor öffnete sich, und ein verwirrendes Gemisch aus Licht, warmer Luft und ohrenbetäubendem Gesang schlug ihr entgegen.

»Azim! Azim! Azim!« sangen die Gläubigen immer wieder und strebten der Mitte der kerzenerleuchteten Halle entgegen, wobei sie ihre Hände und Köpfe rhythmisch wiegten. »Azim! Azim! Azim-Azim-Azim! Aaaaa-Ziiiim!« Schwaden quollen aus den Weihrauchfässern; ein endloser Zug barfüßiger Gestalten schritt an ihr vorbei, ohne sie zu sehen. Sie hielten die Augen geschlossen, ihre dunklen Gesichter waren entspannt, nur ihre Lippen bewegten sich, da sie ständig den geheiligten Namen wiederholten, Männer und Frauen in Lumpen, andere in phantastischen, bunten Seidengewändern und mit goldenem Schmuck behangen, und alle riefen sie in schrecklicher Monotonie Azim an. Sie mischte sich unter sie, konnte das Fieber riechen, den Hunger, die Toten, die in dem allgemeinen Delirium unbemerkt blieben. Schließlich klammerte sie sich an eine Marmorsäule, um Halt zu finden in diesem Mahlstrom aus Bewegung und Lärm.

Und dann sah sie Azim in der Mitte des Gewühls. Seine bronzefarbene Haut schimmerte feucht im Kerzenlicht, auf dem Kopf trug er einen schwarzen Seidenturban, sein langes, besticktes Gewand war über und über besudelt von sterblichem und unsterblichem Blut. Um seine riesigen schwarzen Augen hatte er dunklen Puder aufgetragen, und zu den harten Trommelschlägen vollführte er einen wogenden Tanz, wobei er seine Fäuste wie gegen eine unsichtbare Wand nach vorne stieß. Mit den Füßen stampfte er entfesselte Rhythmen, und aus seinen Mundwinkeln sickerte Blut. Sein Gesichtsausdruck verriet blinde Hingabe.

Dennoch wußte er, daß sie angekommen war. Ohne seinen Tanz zu unterbrechen, sah er sie an, und ihr entging nicht, daß sich seine blutverschmierten Lippen zu einem Lächeln kräuselten. *Pandora, meine schöne, unsterbliche Pandora* ...

Er warf seinen Kopf zurück, drehte sich um sich selbst und schrie laut auf. Seine Gehilfen traten vor und schlitzten seine vorgestreckten Handgelenke mit geweihten Messern auf. Und die getreuen Gläubigen brandeten ihm entgegen, um mit geöffneten Mündern das vorsprudelnde Blut zu erhaschen. Der Gesang schwoll an, wurde eindringlicher, übertönte die würgenden Schreie derjenigen, die am nächsten bei ihm standen. Und plötzlich sah sie, wie er emporgehoben, der Länge nach auf die Schultern seiner Anhänger gelegt wurde. Die Spitzen seiner goldenen Pantoffeln wiesen zu der hohen, mosaikverzierten Decke, die Messer schlitzten seine Fesseln auf und erneut die Handgelenke, deren Wunden sich bereits geschlossen hatten. Die tosende Menge schien sich in dem Maße auszudehnen, wie ihre Bewegungen immer rasender wurden, schweißgebadete Körper prallten auf sie, bemerkten nicht die hartgefrorenen, uralten Glieder unter ihrer weichen, ausgeleierten Wollkleidung. Sie rührte sich nicht. Sie ließ sich umringen, mit hineinziehen. Azim stand wieder aufrecht im Saal. Er gab ihr ein Zeichen, zu ihm zu kommen. Wortlos lehnte sie ab.

Sie beobachtete, wie er sich blindlings ein Opfer griff, eine junge Frau mit bemalten Augen und schaukelnden, goldenen Ohrringen; er brachte ihr eine klaffende Wunde an ihrem schlanken Hals bei.

Die Menge war nun nicht mehr imstande, klar artikulierte Silben zu singen; ihren Kehlen entwand sich nur noch ein wortloser Schrei.

Mit weitaufgerissenen Augen, als sei er über seine eigene Macht entsetzt, saugte Azim die Frau in einem Zug leer, dann schleuderte er ihren zerfleischten Körper auf die Steinfliesen, wo die Gläubigen sie umringten und flehend ihrem Gott die Hände entgegenstreckten.

Sie wandte sich um; sie ging in die kalte Luft des Innenhofes, mied die Hitze der Feuer. Gestank nach Urin und Abfall. Sie lehnte sich gegen die Mauer, blickte nach oben, dachte an den Berg, beachtete die Gehilfen nicht, die an ihr die Körper frisch Getöteter vorbeizerrten und in die Flammen warfen. Sie dachte an die Pilger, die sie auf dem Pfad unterhalb des Tempels gesehen hatte, den langen Zug, der sich Tag und Nacht über die einsamen Berge schleppte, diesem namenlosen Ort entgegen. Wie viele starben, ohne je diesen Felsen erreicht zu haben? Wie viele starben vor den Toren, auf Einlaß wartend?

Es war verabscheuenswürdig, aber das machte nichts. Es war ein Greuel aus uralter Zeit. Sie wartete. Dann rief Azim sie.

Sie drehte sich um und ging wieder durch das Tor und dann durch ein anderes in ein kleines, erlesen ausgemaltes Vorzimmer, wo er auf einem roten, mit Rubinen eingefaßten Teppich stand und auf sie wartete. Er war von allerlei Schätzen umgeben, Opfergaben aus Gold und Silber; die Musik, träge und angsterfüllt, drang nur noch leise durch.

»Liebste«, sagte er. Er nahm ihr Gesicht in die Hände und küßte sie. Ein heißer Blutstrom ergoß sich in ihren Mund, und einen verzückten Augenblick lang war sie erfüllt vom Gesang und Tanz der Gläubigen. Pulsierende Wärme sterblicher Anbetung, Ergebenheit, Liebe.

Ja, Liebe. Einen Moment lang sah sie Marius. Sie öffnete die Augen und trat zurück. Sie sah kurz die Wände mit ihren aufgemalten Pfauen und Lilien; sie sah die Haufen gleißenden Goldes. Dann sah sie nur noch Azim.

Er war unveränderlich wie seine Leute, unveränderlich wie die Dörfer, aus denen sie gekommen und durch Schnee und Einöden gezogen waren, um dieses schreckliche, sinnlose Ende zu finden. Vor eintausend Jahren hatte Azim seine Herrschaft in diesem Tempel angetreten, den noch niemand lebend verlassen hatte. Seine geschmeidige, goldene Haut, genährt von einem nie versiegenden Strom frischen Opferblutes, war im Lauf der Jahrhunderte kaum blasser geworden, während ihr eigenes Fleisch in nur der Hälfte dieser Zeit alle menschliche Röte eingebüßt hatte. Nur ihre Augen und vielleicht noch ihr dunkelbraunes Haar konnten einen Eindruck von Leben vermitteln. Sie war schön, ja, das wußte sie, aber er war voll quellender Lebenskraft. *Böse.* Legendenumwoben herrschte er ohne Vergangenheit oder Zukunft über seine Anhänger, die ihm verfallen waren, und er blieb ihr so unbegreiflich wie je.

Sie wollte nicht länger verweilen. Dieser Ort stieß sie heftiger ab, als sie ihn wissen lassen wollte. Sie teilte ihm stumm mit, warum sie hier war; erzählte ihm von den alarmierenden Signalen, die sie gehört hatte. Irgendwo stimmte irgend etwas nicht, etwas änderte sich, etwas, das noch nie zuvor geschehen war! Und sie erzählte ihm auch von dem jungen Bluttrinker, der in Amerika Songs aufnahm, Songs voller Wahrheiten über Den Vater und Die Mutter, deren Namen er kannte.

Sie beobachtete Azim, spürte seine gewaltige Macht, seine Fähigkeit, ihre verborgensten Gedanken zu lesen und ihr gleichzeitig die eigenen Geheimnisse vorzuenthalten.

»Gesegnete Pandora«, sagte er spöttisch. »Was kümmern mich Die Mutter und Der Vater? Was bedeuten sie mir? Was kümmert mich dein geschätzter Marius? Daß er pausenlos um Hilfe ruft? Das schert mich wenig!«

Sie war verblüfft. Marius rief um Hilfe? Azim lachte.

»Erkläre mir deine Worte«, sagte sie.

Er lachte wieder und wandte ihr den Rücken zu. Ihr blieb nichts anderes übrig, als zu warten. Marius hatte sie erschaffen. Alle Welt außer ihr konnte Marius' Stimme hören. Hatte sie das Echo eines Schreis erreicht, den andere gehört hatten? *Sag's mir, Azim. Warum solltest du mich zu deiner Feindin machen?*

Als er sich ihr wieder zuwandte, blickte er nachdenklich drein; sein rundes Gesicht sah menschlich aus. Er schien bereit zu sein, ihrem Wunsch nachzugeben. Er wollte etwas von ihr. Aller Spott und alle Boshaftigkeit waren von ihm gewichen.

»Es ist eine Warnung«, sagte er, »eine Warnung, die wie ein Echo von sehr weit her, von Ohr zu Ohr zu uns herüberhallt: Wir sind alle in Gefahr. Dieser Warnung folgt ein weniger gut zu hörender Hilfeschrei. Helft ihm, damit er versuchen kann, die Gefahr abzuwenden. Aber sehr überzeugend klingt das nicht. Es kommt ihm vor allem darauf an, daß wir der Warnung Beachtung schenken.«

»Wie lauten die Worte?«

Er zuckte die Schultern. »Ich höre nicht zu. Es ist mir gleichgültig.«

Sie wandte ihm nun den Rücken zu. Sie hörte, wie er auf sie zukam, spürte seine Hände auf ihren Schultern.

»Jetzt mußt du *meine* Frage beantworten«, sagte er. Er drehte sie um, damit sie ihn ansah. »Mich beschäftigt der Traum von den Zwillingen. Was hat er zu bedeuten?«

Der Traum von den Zwillingen. Sie hatte keine Antwort. Sie verstand die Frage nicht. Sie hatte niemals einen solchen Traum gehabt.

Er sah sie schweigend an, als würde er ihr nicht glauben. Dann sprach er sehr langsam, wobei er genau auf ihre Reaktionen achtete.

»Zwei Frauen, rotes Haar. Schreckliches widerfährt ihnen. Sie suchen mich in höchst beunruhigenden Visionen heim, immer kurz bevor ich die Augen öffne. Ich sehe, wie diese Frauen in aller Öffentlichkeit vergewaltigt werden. Aber ich weiß nicht, wer sie sind und wo diese Freveltaten begangen werden. Und ich stehe mit meinen Fragen nicht allein da. Über die ganze Welt verstreut sind die Götter der Finsternis, die diese Träume haben und die wissen möchten, warum sie uns jetzt behelligen.«

Götter der Finsternis! Wir sind keine Götter, dachte sie verächtlich.

Er lächelte sie an. Standen sie nicht in diesem Tempel hier? Konnte sie nicht das Klagen der Gläubigen hören? Konnte sie nicht ihr Blut riechen?

»Ich weiß nichts über diese beiden Frauen«, sagte sie. Zwillinge, rotes Haar. Nein. Sie berührte sanft seine Finger, fast verführerisch. »Azim, quäle mich nicht. Ich möchte, daß du mir von Marius erzählst. Woher kommt sein Rufen?«

In diesem Augenblick haßte sie ihn, da er ganz nach Belieben sein Geheimnis für sich behalten konnte.

»Woher?« fragte er sie herausfordernd. »Das ist das Dilemma, nicht wahr? Glaubst du ernsthaft, er würde es wagen, uns zu verraten, wo der Schrein Der Mutter und Des Vaters ist? Wenn ich davon ausgehen könnte, würde ich ihm antworten, doch, doch, ganz bestimmt. Ich würde meinen Tempel verlassen, um ihn aufzusuchen. Aber mir kann er nichts vormachen. Er würde eher seinen Untergang in Kauf nehmen, als den Standort des Schreins preiszugeben.«

»Woher kommen seine Rufe?« fragte sie geduldig.

»Diese Träume«, sagte er mit wutentbranntem Gesicht. »Die Träume von Zwillingen, dafür hätte ich gerne eine Erklärung!«

»Und ich würde dir sagen, wer sie sind und was sie bedeuten, wenn ich es nur wüßte!« Sie mußte an die Lieder von Lestat denken, an die Worte, die sie gehört hatte. Lieder über JENE, DIE BEWAHRT WER-

DEN MÜSSEN und Lieder von Gewölben unter den Städten Europas, Lieder der Suche und der Trauer. Kein Wort von rothaarigen Frauen, kein einziges...

Mit einer zornigen Gebärde unterbrach er sie. »Der Vampir Lestat«, sagte er schnarrend. »Erwähne diesen Ausbund an Niedertracht nicht in meiner Gegenwart. Warum ist er nicht längst vernichtet worden? Schlafen die Götter der Finsternis, wie Die Mutter und Der Vater?«

Er sah sie kühl an. Sie wartete.

»Also gut. Ich glaube dir«, sagte er schließlich. »Du hast mir gesagt, was du weißt.«

»Ja.«

»Wie gesagt, Marius gegenüber verschließe ich meine Ohren. Der Dieb Der Mutter und Des Vaters, mag er ruhig bis ans Ende aller Zeiten um Hilfe schreien. Aber dich, Pandora, dich liebe ich noch immer, und darum werde ich mich mit diesen Angelegenheiten besudeln. Überquere den Ozean zur Neuen Welt. Begebe dich in den eisigen Norden jenseits der letzten Wälder. Und da kannst du Marius finden, der in einer Zitadelle aus Eis gefangensitzt. Er schreit, daß er sich nicht fortbewegen kann. Und was seine Warnung anbelangt, sie ist so unklar, wie sie beständig ist: Wir seien in Gefahr. Wir müßten ihm helfen, damit er der Gefahr Einhalt gebieten könne. Damit er zum Vampir Lestat gehen könne.«

»Ah! Dieser Grünschnabel hat das also angerichtet!«

Ein heftiges, schmerzendes Schaudern durchfuhr sie. Vor ihrem inneren Auge sah sie die starren Gesichter Der Mutter und Des Vaters, unzerstörbare Wesen in Menschengestalt. Sie blickte Azim verwirrt an. Er hatte innegehalten, war aber noch nicht zu Ende. Und sie wartete auf das, was er noch mitzuteilen hatte. »Nein«, sagte er. Seine Stimme war nicht mehr von Zorn entstellt. »Es besteht Gefahr, Pandora, das stimmt. Große Gefahr, und das hätten wir auch ohne Marius' Ankündigung gemerkt. Es hat jedenfalls etwas mit den rothaarigen Zwillingen zu tun.« Wie ungewöhnlich ernst war er doch! »Das weiß ich«, sagte er, »weil ich schon alt war, ehe es Marius überhaupt gab. Die Zwillinge, Pandora. Vergiß Marius. Und schenke deinen Träumen größte Bedeutung.«

Sie war sprachlos, beobachtete ihn. Er sah sie lange an, dann schienen seine Augen kleiner zu werden, zu erstarren. Sie spürte, wie er sich von ihr und allem, was er gesagt hatte, zurückzog. Schließlich sah er sie nicht mehr.

Er vernahm das beharrliche Wehklagen seiner Anbeter; er hatte wieder Durst; ihn verlangte nach Hymnen und Blut. Er drehte sich um und begab sich zur Tür, dann blickte er zurück.

»Komm mit mir, Pandora! Bleib bei mir, wenn auch nur für eine Stunde!« Seine Stimme war belegt, verschwommen.

Die Einladung überrumpelte sie förmlich. Sie dachte nach. Jahre war es her, da sie das erlesene Vergnügen zuletzt begehrt hatte. Sie dachte nicht nur an das Blut, sondern an das flüchtige Einswerden mit einer anderen Seele. Und nun plötzlich bot sich ihr die Gelegenheit – unter jenen, die das höchste Gebirge der Welt erklommen haben, um diesen Tod zu finden. Sie mußte auch an die Aufgabe denken, die ihrer harrte – Marius zu finden – und an all die Opfer, die damit verbunden waren.

»Komm, Liebste.«

Sie nahm seine Hand. Sie ließ sich aus dem Zimmer und in die Mitte des überfüllten Saals führen. Das grelle Licht blendete sie; ja, wieder Blut. Der Geruch der Menschen drang in sie ein, peinigte sie.

Das Geschrei der Gläubigen war ohrenbetäubend. Das Stampfen der Menschenfüße schien die bemalten Wände und die glimmende, goldene Decke zu erschüttern. Der Weihrauch brannte in ihren Augen. Eine schwache Erinnerung an den Schrein, Jahrtausende war es jetzt schon her, überkam sie, an Marius, wie er sie umarmte. Azim nahm ihr den Kapuzenmantel ab und gab ihr Gesicht, ihre nackten Arme, ihr schwarzes Wollkleid und ihr langes braunes Haar den Blicken preis. Sie sah, wie sie sich in tausend sterblichen Augenpaaren spiegelte.

»Die Göttin Pandora!« schrie er und warf seinen Kopf zurück.

Schreie erhoben sich über die dumpfen Trommelwirbel. Zahllose Menschenhände suchten sie zu berühren. »Pandora, Pandora, Pandora!« Und dazwischen: »Azim!«

Ein junger, braunhäutiger Mann tanzte vor ihr, das weiße Seidenhemd klebte an seiner verschwitzten Brust. In seinen schwarzen, feurigen Augen glühte nur ein einziger Wunsch. *Ich bin dein Opfer! Göttin!* Sie sah plötzlich nur noch seine Augen, sein Gesicht. Sie umarmte ihn, brach vor Eile seine Rippen, dann drangen ihre Zähne tief in seinen Hals. *Leben.* Das Blut ergoß sich in ihr Inneres, erreichte ihr Herz und füllte die Kammern, um dann all ihre kalten Gliedmaßen mit Wärme zu durchfluten. Sie hatte vergessen, welche Verzükkung diese lustvolle Begierde auszulösen vermochte. Der Tod entsetzte sie, verschlug ihr buchstäblich den Atem. Sie stöhnte, war wie geblendet. Dann gewahrte sie plötzlich in lähmender Deutlichkeit, daß die Marmorsäulen lebten und atmeten. Sie ließ den Körper des Mannes fallen und griff sich einen anderen Jüngling. Er war halb verhungert, doch selbst an der Schwelle des Todes zeigte er noch so viel Stärke, daß es sie rasend machte.

Während sie trank, brach sie sein zartes Genick, und sie hörte, wie ihr Herz anschwoll, spürte, daß sich sogar ihre Haut mit Blut füllte. Ehe sie die Augen schloß, sah sie noch, wie ihre Hände wieder Farbe annahmen, ja, Menschenhände wurden. Der Tod trat diesmal langsamer ein, widerstrebender, um sich dann einem Brausen verdämmernden Lichts und tosenden Lärms hinzugeben. *Leben.*

»Pandora! Pandora! Pandora!«

Gott, gibt es keine Gerechtigkeit, kein Ende?

Sie stand da, wiegte sich in den Hüften, und gespenstische Menschengesichter tanzten vor ihr auf und ab. Das Blut kochte, suchte jede Faser, jede Zelle ihres Körpers zu erreichen. Ihr drittes Opfer stürzte sich ihr entgegen, geschmeidige, junge Glieder umschlangen sie, sein Haar war so weich, dieser Flausch auf seinen Armen, die Knochen waren so zerbrechlich und leicht, als sei sie hier ein körperliches Wesen und die anderen nur flüchtige Gebilde.

Sie riß ihm den Kopf zur Hälfte ab und starrte auf die weißen Knochen des gebrochenen Rückgrats, dann trank sie den Tod in sich hinein, der rot aus seiner zerfetzten Halsschlagader spritzte. Aber das Herz, das schlagende Herz, sie wollte es sehen, wollte es schmecken. Sie warf den Körper über ihren rechten Arm, während sie mit der linken Hand sein Brustbein spaltete, seine Rippen aufriß, und dann fuhr sie in die heiß blutende Höhlung, um das Herz herauszuziehen.

Es war noch nicht tot, nicht ganz. Und es war glitschig wie nasse Weintrauben. Die Gläubigen umdrängten sie, als sie es über ihren Kopf hielt und es sanft ausdrückte, so daß der Lebenssaft über ihre

Finger und in ihren geöffneten Mund rann. Ja, das war es, in alle Ewigkeit.

»Göttin! Göttin!«

Azim sah ihr lächelnd zu. Aber sie beachtete ihn nicht. Sie starrte auf das verrunzelte Herz, aus dem noch die letzten Blutstropfen sickerten. Zu Matsch zerdrückt. Sie ließ es fallen. Ihre Hände glühten wie lebendige Hände, blutverschmiert. Sie spürte die kribbelnde Wärme in ihrem Gesicht. Eine Flut von Erinnerungen suchte sie heim, unverständliche Visionen durchzuckten sie. Sie drängte die Flut zurück. Diesmal würde sie ihr nicht verfallen.

Sie griff nach ihrem schwarzen Mantel. Sie hüllte sich ein, wobei warme Menschenhände fürsorglich das weiche Tuch über ihr Haar und ihre untere Gesichtspartie breiteten. Und ohne sich um das vielfältige Rufen ihres Namens zu scheren, strebte sie dem Ausgang zu, wobei sie versehentlich den einen oder anderen Anbeter, der ihr in die Quere kam, zertrat.

Im Hof war es wohltuend kalt. Sie beugte ihren Kopf leicht nach hinten und atmete eine Brise ein, die von den Bergen niederfuhr und die Scheiterhaufen neu aufzüngeln ließ. Das helle Mondlicht lag auf den schneebedeckten Gipfeln jenseits der Mauern.

Sie lauschte dem Blut in ihrem Inneren, und nicht ohne freudiges Erstaunen stellte sie fest, daß es sie immer noch zu erfrischen und stärken vermochte. Voller Trauer und Wehmut betrachtete sie die kahle, wilde Landschaft, die den Tempel umgab, sah sie zu den treibenden, wogenden Wolken empor. Das Blut schenkte ihr Mut, schenkte ihr einen Moment lang den Glauben an die reine Rechtmäßigkeit des Universums – Ausfluß einer grausamen, unverzeihlichen Handlung.

Wenn der Geist keinen Sinn zu finden vermag, dann belehren einen die Sinne eines besseren. Das sei deine Devise, elender Erdenwurm.

Sie ging zum nächstgelegenen Scheiterhaufen und hielt ihre Hände über das Feuer, um sie von Blut und Herzresten zu reinigen. Die züngelnden Flammen waren nichts gegen die Hitze des Blutes in ihrem Inneren. Als sich schließlich die ersten winzigen Anzeichen körperlicher Schmerzen und Veränderungen bemerkbar machten, trat sie einen Schritt zurück und besah ihre blütenweiße Haut.

Aber sie mußte sich jetzt aufmachen. Ihre Gedanken waren von Wut und Groll beherrscht. Marius brauchte sie. *Gefahr.* Die alarmierenden Signale kamen wieder, stärker denn je, da das Blut ihre Aufnahmefähigkeit vervielfacht hatte. Und die Signale kamen offenbar nicht von einer einzelnen Person. Sie waren eher vielstimmig, der ferne Trompetenschall eines gemeinschaftlichen Wissens. Sie hatte Angst.

Sie hob ihre Hände, und der Abstieg begann. Geräuschlos und sterblichen Augen so unsichtbar wie der Wind glitt sie durch die Luft. Hoch über dem Tempel tauchte ihr Körper in dünnen, wabernden Nebel ein. Die Intensität des Lichts verblüffte sie. Überall leuchtendes, schieres Weiß. Und unter ihr die zinnenartige Landschaft steinerner Gipfel und eines gleißenden Gletschers, der sich in dem sanften Dunkel der Wälder und Täler verlor. Da und dort waren lichterfunkelnde Dörfer und Städtchen in die Gegend gesprenkelt. Sie hätte für immer und ewig da hinunterblicken können. Doch innerhalb weniger Sekunden hatte sich eine Wolkenbank über das Panorama geschoben. Und sie war allein mit dem nächtlichen Firmament.

Die Sterne umfingen sie kalt und glitzernd, als gehöre sie zu ihnen. Aber die Sterne forderten nichts und niemanden. Schrecken durchzog sie, der sich zu Trauer vertiefte, der Freude schließlich nicht unähnlich. Kein Kampf mehr. Keine Trauer mehr.

Sie verlangsamte ihren Abstieg, orientierte sich an den Konstellationen und richtete beide Hände gen Westen.

Der Sonnenaufgang lag nun neun Stunden hinter ihr. Und immer fort von der Sonne folgte sie dem Zug der Nacht auf ihrer Reise hin zur anderen Seite der Welt.

4
Die Geschichte von Daniel, dem Günstling des Teufels, oder vom Knaben aus dem Gespräch mit dem Vampir

Wer sind diese Schatten, auf die wir in dem Glauben warten
sie kämen eines Abends in Limousinen
vom Himmel?
Die Rose
wüßte es schon
hat aber keinen Hals
und kann's nicht sagen.
Meine sterbliche Hälfte lacht.
Der Code und die Botschaft sind nicht dasselbe.
Und was ist ein Engel
Außer ein Geist in Frauenkleidung?

Stan Rice
Vom Himmel

Er war ein großer, schlanker junger Mann mit aschfarbenem Haar und violetten Augen. Er trug Jeans und ein verschmutztes graues Sweatshirt. Es war fünf Uhr nachmittags, ein eisiger Wind fegte durch die Michigan Avenue. Ihm war kalt.

Er hieß Daniel Molloy. Er war zweiunddreißig, sah aber jünger aus, eher wie ein ewiger Student als ein Mann. Unterm Gehen murmelte er laut vor sich hin. »Armand, ich brauche dich. Armand, dieses Konzert ist morgen abend. Und etwas Schreckliches wird passieren, etwas Schreckliches...«

Er hatte Hunger. Seit sechsunddreißig Stunden hatte er nichts mehr gegessen. Der Kühlschrank in seinem kleinen, dreckigen Hotelzimmer war leer, ach ja, außerdem hatte man ihn heute früh vor die Tür gesetzt, da er die Miete schuldig geblieben war.

Dann erinnerte er sich des Traumes, den er immer wieder hatte, des Traums, der ihn jedesmal heimsuchte, wenn er die Augen schloß, und plötzlich hatte er keinen Hunger mehr.

Er sah die Zwillinge in dem Traum. Er sah die geröstete Frau vor ihnen, die Haare weggesengt, die Haut knusprig. Ihr Herz lag wie eine aufgeblähte Frucht in einer Schale neben ihr. Das Gehirn in der anderen Schale sah genau wie ein gekochtes Hirn aus.

Armand mußte darum wissen. Das war alles andere als ein alltäglicher Traum. Hatte was mit Lestat zu tun, kein Zweifel. Und bald würde Armand kommen.

Gott, er fühlte sich schwach. Brauchte irgendwas, wenigstens was zu trinken. Er hatte kein Geld in seinen Taschen, nur einen alten, zerknüllten Scheck, Honorar für das Buch *Gespräch mit dem Vampir*, das er unter Pseudonym vor mehr als zwölf Jahren geschrieben hatte.

Das waren noch Zeiten gewesen, als er als Jungreporter mit seinem Tonband durch die Kaschemmen der Welt gezogen war, um vom Strand- und Treibgut der Nacht ein paar Wahrheiten zu erfahren. Nun, eines Nachts hatte er in San Francisco ein ausgezeichnetes Opfer für seine Recherchen gefunden. Und dann war das Licht des gewöhnlichen Lebens mit einemmal erloschen.

Jetzt war er am Ende, jemand, der allzu hastig unter einem abendlichen Oktoberhimmel durch Chicago schritt. Letzten Sonntag war er in Paris gewesen und am Freitag zuvor in Edinburgh. Und vor Edinburgh war er in Stockholm gewesen und davor... er konnte sich nicht mehr erinnern. Den Scheck fürs Honorar hatte er in Wien aufgegabelt, aber er hatte keine Ahnung mehr, wie lange das her war.

Wo immer er auch war, er erfüllte seine flüchtigen Bekanntschaften mit Schrecken. Der Vampir Lestat hatte das einmal in seiner Autobiographie sehr gut ausgedrückt: »Einer jener langweiligen Sterblichen, der Geister gesehen hat...« *Das war er!*

Wo war das Buch *Der Fürst der Finsternis*? Aha, jemand hatte es gestohlen, während Daniel sich heute nachmittag auf einer Parkbank zur Ruhe gelegt hatte. Sollte er es doch haben. Daniel hatte es ja auch gestohlen – und bereits dreimal gelesen.

Aber wenn er es jetzt noch hätte, dann könnte er es verkaufen und vielleicht genug für ein wärmendes Glas Brandy herausschlagen. Und wie hoch belief sich momentan sein Reingewinn? Zehn Millionen? Hundert Millionen? Er wußte es nicht. Armand würde es wissen.

Willst du Geld, Daniel? Ich schaff' dir welches herbei. Das geht einfacher als du denkst.

Tausend Meilen weiter südlich wartete Armand auf ihrer Privatinsel, der Insel, die Daniel eigentlich allein gehörte. Und wenn er jetzt bloß eine Fünfundzwanzigcentmünze hätte, dann könnte er Armand von einer Telefonzelle aus anrufen und ihm sagen, daß er heimkommen möchte. Vom Himmel würden sie kommen, um ihn abzuholen. Hatten sie immer so gemacht. Entweder das große Flugzeug mit dem Schlafzimmer aus Samt oder das kleinere mit der niederen Decke und den Ledersesseln. Würde ihm irgend jemand auf dieser Straße fünfundzwanzig Cent gegen einen Freiflug nach Miami leihen? Vermutlich nicht.

Armand, jetzt! Ich möchte bei dir sein, wenn Lestat morgen abend seinen Auftritt hat.

Wer würde diesen Scheck einlösen? Niemand. Es war sieben Uhr, und die schicken Läden auf der Michigan Avenue waren größtenteils geschlossen, und er konnte sich nicht ausweisen, da seine Brieftasche vorgestern irgendwie abhanden gekommen war. Trostlos waren dieses graue Winterzwielicht und der wolkenverhangene Himmel. Sogar die Kaufläden mit ihren Marmor- oder Granitfassaden sahen abweisend aus, und der Wohlstand drinnen leuchtete wie archäologische Relikte unter Museumsglas. Er steckte die Hände in die Hosentaschen und senkte seinen Kopf, als der Wind auffrischte und es zu regnen anfing.

Der Scheck war ihm scheißegal, wirklich. Er konnte sich gar nicht vorstellen, eine Telefonnummer zu wählen. Nichts schien hier der Wirklichkeit anzugehören, nicht einmal die Kälte. Nur der Traum schien wirklich zu sein und die Ahnung einer drohenden Katastrophe, die der Vampir Lestat irgendwie in Gang gebracht hatte und die sich selbst seiner Kontrolle entzog.

Ernähre dich aus Mülltonnen, wenn's nicht anders geht, schlafe irgendwo, und wenn's im Park ist. Das alles war nicht weiter wichtig.

Aber er würde erfrieren, wenn er sich wieder im Freien zur Ruhe legte, und außerdem würde der Traum zurückkommen.

Der kam jetzt jedesmal, wenn er die Augen schloß. Und jedesmal war er länger und mit neuen Einzelheiten angereichert. Die rothaarigen Zwillinge waren von so zarter Schönheit. Er wollte sie nicht schreien hören.

In der ersten Nacht in seinem Hotelzimmer hatte er der ganzen Angelegenheit keine Beachtung geschenkt. Er hatte sich einfach wieder Lestats Autobiographie vorgenommen und sich zwischendurch die Rockvideos seiner Band in dem kleinen Schwarzweißfernseher, wie sie in solchen Drecklöchern zu stehen pflegen, angeschaut.

Lestats Unverfrorenheit hatte ihn fasziniert; dabei war es so einfach, sich als Rockstar rauszuputzen. Feurige Augen, kräftige, doch geschmeidige Gliedmaßen und ein boshaftes Lächeln, ja. Aber genau konnte man es nicht wissen. Oder doch? Er hatte Lestat nie persönlich gesehen.

Aber in Sachen Armand war er Experte, er hatte jedes Detail von Armands jugendlichem Körper und Gesicht studiert. Ach, und was war das für ein wahnsinniges Vergnügen, in Lestats Buch über Armand zu lesen, wobei er sich immerzu fragte, ob Armand angesichts der Beleidigungen und liebevollen Analysen Lestats nicht vor Wut geplatzt war.

In stummer Bewunderung hatte sich Daniel auf MTV den kleinen Videoclip angesehen, in dem Armand als Ordensvorsteher der alten Vampire unter dem Pariser Friedhof dargestellt wurde, als Wahrer dämonischer Riten, bis Lestat, der Bilderstürmer des achtzehnten Jahrhunderts, mit den alten Sitten aufräumte.

Armand mußte geschäumt haben, seine Geschichte in blitzenden Bildern ausgebreitet zu sehen, die wesentlich krasser waren als Lestats viel bedächtigere schriftliche Version.

Und all das für die Massen – wie ein billiger Taschenbuchreißer eines Insiders, der die Geheimnisse seiner Zunft für einen Platz auf der Bestsellerliste verhökerte.

Sollten die dämonischen Götter einander doch bekriegen. Dieser Sterbliche war auf dem Bergesgipfel gewesen, wo sie die Klingen kreuzten. Und er war zurückgekommen. Er war abgewiesen worden.

Während der folgenden Nacht war der Traum so klar und deutlich wie eine Halluzination gewesen. Er wußte, daß er derlei nicht hätte erfinden können. Niemals hatte er solche Menschen gesehen, solch einfachen Schmuck aus Knochen und Holz.

Drei Nächte danach hatte er den Traum schon wieder gehabt. Er hatte zum ungefähr fünfzehnten Mal ein Rockvideo Lestats angesehen – das über die uralten und bewegungslosen ägyptischen Eltern der Vampire, über JENE, DIE BEWAHRT WERDEN MÜSSEN:

> *Akascha und Enkil,*
> *Wir sind euere Kinder,*
> *Aber was gebt ihr uns?*
> *Ist euer Schweigen*
> *Ein bess'res Geschenk als die Wahrheit?*

Und dann träumte Daniel. Und die Zwillinge waren dabei, das Festmahl einzunehmen. Sie würden sich die Organe in den irdenen Schalen teilen. Die eine würde das Hirn, die andere das Herz nehmen.

Er wachte angsterfüllt auf. Etwas Schreckliches würde passieren, ihnen allen würde etwas passieren... Und damals brachte er das zum erstenmal mit Lestat in Verbindung. Er hatte sofort zum Telefonhörer greifen wollen. In Miami war es vier Uhr morgens gewesen. Warum zum Teufel hatte er nicht angerufen? Armand wäre auf der Terrasse seiner Villa gesessen, um der unermüdlichen Flotte weißer Boote zuzusehen, die vor Night Island hin- und herkreuzte. »Ja, Daniel?« Diese sinnliche, einnehmende Stimme. »Beruhige dich und sage mir, wo du steckst, Daniel.«

Aber Daniel hatte nicht angerufen. Vor sechs Monaten hatte er Night Island verlassen, und diesmal endgültig. Ein für allemal hatte er der Welt der Teppiche und Limousinen und Privatflugzeuge Lebewohl gesagt, der Welt der Hausbars mit Spitzenweinen, der Ankleidezimmer, zum Bersten mit feinster Kleidung gefüllt, der Fürsorge seines unsterblichen Liebhabers, der ihm jedes irdische Gut schenkte, das er begehrte.

Aber jetzt war es kalt, und er hatte keine Bleibe und kein Geld, und er hatte Angst.

Du weißt, wo ich bin, mein Dämon. Du weißt, was Lestat angerichtet hat. Und du weißt, daß ich wieder nach Hause will.

Was würde Armand darauf antworten?

Aber ich weiß nichts von alledem, Daniel. Ich lausche.

Schon gut. Du sollst nur kommen, Armand. Komm. Es ist dunkel und kalt in Chicago. Und morgen nacht wird Lestat seine Songs auf einer Bühne in San Francisco zum besten geben. Und etwas Schlimmes wird passieren.

Ohne seinen Schritt zu verlangsamen, griff Daniel unter den Kragen seines Sweatshirts und berührte das schwere Goldmedaillon, das er immer um den Hals trug – das Amulett, wie Armand es mit seinem uneingestandenen Hang zum Dramatischen nannte – ein winziges Fläschchen mit Armands Blut.

Wenn er davon nie gekostet hätte, würde er dann diesen Traum haben, diese Vision, dieses böse Omen eines Verhängnisses?

Die Leute drehten sich nach ihm um; er sprach wieder laut vor sich hin, oder? Zum erstenmal in all diesen Jahren verspürte er den Wunsch, das Medaillon und Fläschchen aufzubrechen, um dieses Blut auf seiner Zunge brennen zu lassen. *Armand, komm!*

Der Traum hatte ihn heute mittag beunruhigender denn je heimgesucht.

Er hatte auf einer Bank in dem kleinen Park beim Water Tower Place gesessen. Jemand hatte da eine Zeitung liegen lassen, und als er sie aufschlug, sah er die Reklame: »Morgen abend: Liveauftritt der *Vampire Lestat*-Band in San Francisco.« Im Kabelfernsehen würde das Konzert ab zehn Uhr in Chicago übertragen werden. Glücklich durfte sich preisen, wer noch ein Dach über dem Kopf hatte und seine Miete und Stromrechnung bezahlen konnte. Bei dem Gedanken, wie Lestat ihnen allen eine Riesenüberraschung bereiten würde, hätte er am liebsten laut aufgelacht. Aber die Kälte war ihm in die Knochen gefahren, hatte sich zu einem tiefen Schrecken gewandelt.

Und was, wenn Armand nichts wußte? Aber der Schallplattenladen auf Night Island mußte *Der Fürst der Finsternis* in seinem Schaufenster haben. In den eleganten Hotelbars spielten sie mit Sicherheit diese hypnotischen Songs.

Daniel hatte sogar daran gedacht, sich auf eigene Faust nach Kalifornien aufzumachen. Es würde ihm schon gelingen, irgendein

Wunder zu vollbringen, seinen Paß im Hotel zu ergattern, um sich in einer Bank ausweisen zu können. Der arme sterbliche Junge war ja so reich...

Die Sonne hatte ihm Gesicht und Schultern gewärmt, nachdem er sich auf die Bank gelegt und sich aus der Zeitung ein Kissen gefaltet hatte.

Und schon kam der Traum, der die ganze Zeit seiner geharrt hatte...

Mittag in der Welt der Zwillinge: Die Sonne brannte in die Lichtung herab. Stille ringsum, außer dem Gesang der Vögel.

Und die Zwillinge knieten reglos nebeneinander im Staub. Blasse, grünäugige Frauen mit langem, gewelltem, kupferrotem Haar. Sie trugen erlesene weiße Leinengewänder, die von den Dorfbewohnern im fernen Ninive erstanden worden waren, um die mächtigen Hexen zu ehren, denen die Geister gehorchten. Das Beerdigungsmahl stand bereit. Die Lehmziegel der Feuerstelle waren entfernt worden, und der Körper lag dampfend auf dem heißen Steintisch, gelbe Säfte rannen aus den Stellen, wo die knusprige Haut aufgeplatzt war, ein schwarzes und nacktes Ding, lediglich mit gekochten Blättern zugedeckt. Daniel war entsetzt.

Aber von den Anwesenden war niemand entsetzt, weder die Zwillinge noch die Dorfbewohner, die sich niederknieten, um dem Festmahl zuzusehen.

Das Festmahl war das Recht und die Pflicht der Zwillinge. *Der geschwärzte Körper auf dem Steintisch war ihre Mutter.* Und was menschlich ist, muß bei den Menschen bleiben. Einen Tag und eine Nacht konnte es dauern, bis das Mahl verzehrt war, aber alle würden bis zum Schluß zusehen.

Nun bemächtigte sich der Menge in der Lichtung eine erregte Unruhe. Die eine der Zwillinge hob die Schale, in der das Gehirn und die Augen lagen, und die andere nickte und ergriff die Schale mit dem Herz.

Die Aufteilung war vollzogen. Der Schlag der Trommel wurde lauter, obwohl Daniel den Trommler nicht sehen konnte. Langsam, rhythmisch, brutal.

»Laßt das Festmahl beginnen.«

Aber dann ertönte ein gräßlicher Schrei, und Daniel hatte schon vorher gewußt, daß es so kommen würde. *Halte die Soldaten auf.* Aber er konnte es nicht. All das hatte irgendwo stattgefunden. Nein, das war kein Traum, das war eine Vision. Und so stürmten die Soldaten die Lichtung, die Dorfbewohner rannten auseinander, die Zwillinge setzten die Schalen ab und warfen sich über das dampfende Festmahl. Aber das war Wahnsinn.

Die Soldaten rissen sie mühelos fort, und als sie den Steintisch hochhoben, fiel der Körper herab und zerbrach in tausend Stücke, und das Herz und das Gehirn schlugen in den Staub. Die Zwillinge aber schrien in einem fort. Auch die fliehenden Dorfbewohner schrien, als die Soldaten sie niedermetzelten. Überall auf den Bergpfaden lagen Tote und Sterbende verstreut. Die Augen der Mutter waren ebenfalls aus der Schale gefallen und wurden wie ihr Herz und ihr Gehirn im Staub zertrampelt.

Eine der Zwillinge, die Arme auf den Rücken gedreht, rief die Geister um Rache an. Und sie kamen, tatsächlich. Ein leibhaftiger Wirbelwind. Aber es genügte nicht.

Wenn es nur schon vorbei gewesen wäre. Aber Daniel konnte nicht aufwachen.

Totenstille. Die Luft war voller Rauch. Nichts stand mehr, wo diese Leute jahrhundertelang gelebt hatten. Die Lehmziegel waren zertrümmert, die Tontöpfe zerbrochen, alles, was brennen konnte, war verbrannt. Kinder mit aufgeschlitztem Hals lagen nackt auf dem Boden, und die Fliegen machten sich über sie her. Niemand würde diese Körper braten, niemand würde dieses Fleisch verzehren. Es würde einfach nur verwesen. Schon näherten sich die Schakale. Und die Soldaten waren fort.

Wo waren die Zwillinge? Er hörte sie weinen, aber er konnte sie nicht finden. Ein gewaltiger Sturm brauste über den schmalen Weg, der sich durch das Tal der Wüste entgegenschlängelte. Die Geister machten den Donner. Die Geister machten den Regen.

Seine Augen öffneten sich. Chicago, Michigan Avenue, Mittag. Der Traum hatte aufgehört, wie eine Lampe, die ausgeschaltet wurde. Er saß da, schnatternd und schwitzend zugleich.

In der Nähe ertönte ein Radio, Lestat sang mit seiner beklemmenden, klagenden Stimme von JENEN, DIE BEWAHRT WERDEN MÜSSEN.

Mutter und Vater.
Wahrt euer Schweigen,
Wahrt euere Geheimnisse,
Aber ihr, die ihr klingende Kehlen habt,
Singet mein Lied.

Söhne und Töchter,
Kinder der Finsternis,
Erhebt euere Stimmen,
Laßt den Chor erschallen
Bis hinauf zum Firmament.

Kommet zuhauf,
Brüder und Schwestern,
Kommet zu mir.

Er war aufgestanden, hatte sich auf den Weg gemacht. Geh zum Water Tower Place, der Night Island so ähnlich ist mit seinen überquellenden Läden, seiner ständigen Musik- und Lichtberieselung.

Und jetzt war es schon fast acht Uhr, und er war die ganze Zeit umhergewandert, um dem Schlaf und dem Traum zu entfliehen. Er war weit fort von jeglicher Musik, jeglichem Licht. Wie lange würde es das nächste Mal dauern? Würde er herausfinden, ob sie tot waren oder noch lebten? Meine Schönen, meine armen Schönen...

Er blieb stehen, wandte seinen Rücken kurz dem Wind zu, hörte irgendwo die Zeit schlagen, dann machte er eine verschmutzte Uhr über dem Tresen einer Imbißstube aus. Ja, Lestat hatte sich an der Westküste von seinem Lager erhoben. Wer war bei ihm? War Louis da? Und das Konzert, nur noch etwas über 24 Stunden bis zum Konzert. Unheil droht! *Armand, bitte.*

Der Wind blies, trieb ihn ein paar Schritte zurück, ließ ihn vor Kälte erzittern. Seine Hände waren eisig. Hatte er jemals in seinem Leben derart gefroren? Verbissen überquerte er die Michigan Avenue und kam vor einer Buchhandlung zu stehen, in deren Schaufenster er das Werk *Der Fürst der Finsternis* ausgestellt sah.

Sicher hatte Armand es gelesen, jedes Wort auf jene unheimliche, schreckliche Art verschlingend, die ihm beim Lesen eigentümlich war – ohne Unterbrechung blätterte er Seite für Seite um, in irrwitzigem Tempo rasten die Augen über die Worte, bis das Buch zu Ende war, dann warf er es in eine Ecke.

Ein junges Mädchen in der Buchhandlung nahm ein Exemplar des Buches zur Hand und starrte ihn durch das Fenster an. Sein Atem beschlug das Glas vor ihm. *Keine Sorge, mein Liebes, ich bin ein wohlhabender Mann. Ich könnte alle Bücher in diesem Laden kaufen und sie dir zu Füßen legen. Ich bin Herr und Gebieter meiner eigenen Insel, ich bin der Günstling des Teufels, und der gewährt mir jeden Wunsch. Möchtest du rauskommen, darf ich dir meinen Arm anbieten?*

In Florida war es schon seit Stunden Nacht. Auf Night Island drängten sich bereits die Menschen.

Die Geschäfte, Restaurants und Bars hatten bei Sonnenuntergang auf allen fünf Stockwerken ihre weiten Glastüren geöffnet. Die silbernen Aufzüge hatten dezent zu surren begonnen. Daniel schloß die Augen und stellte sich die Glaswände vor, die den Blick auf den Hafen freigaben. Er konnte die Springbrunnen förmlich hören, die langen, schmalen Narzissen- und Tulpenbeete sehen, die übers ganze Jahr in Blüte standen, die einlullende Musik hören, die alles wie ein pochendes Herz untermalte.

Und Armand durchstreifte wahrscheinlich die schwach beleuchteten Gemächer der Villa, nur ein paar Schritte von dem Touristenrummel entfernt, und doch durch Stahltüren und weißes Gemäuer völlig von allem abgeschottet – ein weitläufiger Palast mit hohen Fenstern und über den weißen Sand ausladenden Terrassen. Einsam und dennoch in unmittelbarer Nähe bunten Treibens.

Schicke jemand, mich zu holen, Armand, ich brauche dich! Du weißt doch, daß du mich wieder bei dir haben willst.

Immer wieder war er darauf eingegangen. Auch ohne die seltsamen Träume oder Lestats Gegröle auf Platte und Video schon.

Monatelang ist jedesmal alles gutgegangen, während Daniel wie manisch getrieben von Stadt zu Stadt zog, um die Straßen von New York oder Chicago oder New Orleans zu durchwandern. Dann die plötzlichen Verfallserscheinungen. Er stellte auf einmal fest, daß er sich schon seit fünf Stunden nicht mehr aus seinem Sessel fortbewegt hatte. Oder er wachte verängstigt in einem zerwühlten Bett auf und hatte vergessen, in welcher Stadt er war. Dann holte ihn immer ein Auto ab, das ihn zu dem Flugzeug brachte, um ihn nach Hause zu bringen.

Steckte da nicht Armand dahinter? Trieb er ihn nicht in diese Perioden gemäßigten Irrsinns? Ließ er nicht mittels übler Zauberränke alle Quellen des Vergnügens und freundschaftlichen Beistands versiegen, um Daniel erst wieder beim Anblick des altbekannten Chauffeurs aufleben zu lassen, der ihn zum Flughafen brachte und der keine Miene ob Daniels Benehmens, unrasierten Gesichts und dreckiger Kleidung verzog?

Wenn Daniel dann endlich auf Night Island angekommen war, pflegte Armand alles zu leugnen.

»Du bist zu mir zurückgekehrt, weil du es wolltest, Daniel«, sagte Armand dann stets ganz ruhig mit Augen voller Liebe. »Jetzt hast du nichts außer mir, Daniel. Du weißt das. Draußen hat nur der Irrsinn gelauert.«

»Selbe alte Leier«, pflegte Daniel dann zu antworten. Und wieder dieser berauschende Luxus, weiche Betten, Musik, das gefüllte Weinglas, das ihm gereicht wurde. Die Zimmer waren immer voller Blumen, seine Lieblingsspeisen wurden auf silbernen Tabletts gereicht.

Armand, in weißen Hosen und weißem Seidenhemd, lag in einem riesigen schwarzen Ohrensessel ausgestreckt und sah fern, sah sich die Nachrichten an, die Filme, die Videobänder, die er von sich selbst angefertigt hatte und die ihn Gedichte rezitierend zeigten, die Boulevardkomödien, die Musicals, die Stummfilme.

»Komm rein, Daniel, setz dich. So früh hätte ich dich nie zurückerwartet.«

»Dreckskerl«, sagte Daniel dann. »Du wolltest mich hierhaben, du hast mich herbeigerufen. Ich konnte weder essen noch schlafen, nichts, nur rastlos umherwandern und an dich denken. Du bist dran schuld.«

Armand lächelte daraufhin gewöhnlich, zuweilen lachte er sogar. Armand verfügte über ein reiches, volles Lachen, das stets Dankbarkeit und auch Humor ausdrückte. Wenn er lachte, sah er aus wie ein Sterblicher und hörte sich auch so an. »Beruhige dich, Daniel, dein Herz rast. Das macht mir Sorgen.« Eine kleine Falte erschien auf seiner glatten Stirn, und seine Stimme war einen Moment lang von Leidenschaft durchzogen. »Ich werde dir jeden Wunsch erfüllen, Daniel. Warum läufst du immer wieder fort?«

»Lügen, du Hund. Gib doch zu, daß du mich wolltest. Du wirst mich immer quälen, und dann willst du zusehen, wie ich sterbe, und du wirst das interessant finden, oder? Louis hatte recht. Du siehst einfach zu, wie deine sterblichen Sklaven umkommen, sie bedeuten dir einfach nichts. Du wirst zusehen, wie sich beim Sterben meine Gesichtsfarbe ändert.«

»So spricht Louis«, sagte Armand geduldig. »Bitte erwähne dieses Buch nicht in meiner Gegenwart. Ich würde lieber sterben, als dich sterben zu sehen, Daniel.«

»Dann schenk es mir! Verdammt noch mal! So nah der Unsterblichkeit zu sein, so nah wie deinen Armen.«

»Nun, Daniel, ich würde selbst lieber sterben als dir das anzutun.«

Aber auch wenn Armand nicht die Ursache jener Wahnsinnszustände war, die Daniel immer wieder nach Hause trieben, so wußte er doch stets, wo sich Daniel gerade aufhielt. Er konnte Daniels Hilferufe hören. Das Blut verband sie, es konnte nicht anders sein – die kostbaren kleinen Schlucke brennenden, übernatürlichen Blutes, die kleinen Schlucke, die stets nur ausreichten, um Daniels Wunschvorstellungen zu wecken und seinen Durst nach Ewigkeit. Wie auch immer, Armand konnte ihn jederzeit finden, darüber gab es gar keinen Zweifel.

Während der ersten Jahre, sogar noch vor dem Blutaustausch, hatte Armand Daniel mit der List einer alten Hexe verfolgt. Auf der ganzen Welt hatte es kein sicheres Versteck für Daniel gegeben.

Furchteinflößend, doch verführerisch waren ihre Anfänge vor zwölf Jahren in New Orleans gewesen, als Daniel ein altes, verfallenes Haus im Garden District betreten und sofort gewußt hatte, daß dies der Zufluchtsort von Lestat war.

Zehn Tage zuvor hatte er San Francisco nach seinem nächtlichen Endlosinterview mit dem Vampir Louis verlassen, und er litt noch immer an der Bestätigung der eben gehörten Schauergeschichte. In einer plötzlichen Umarmung hatte Louis seine übernatürlichen Kräfte unter Beweis gestellt und Daniel bis an die Schwelle des Todes ausgesaugt. Die punktierten Bißwunden waren zwar verschwunden, nicht aber die Erinnerung, und die hatte Daniel an den Rand des Wahnsinns getrieben. Von Fieber geschüttelt, konnte er kaum mehr als ein paar hundert Meilen täglich reisen. In billigen, abgelegenen Motels, wo er sich zur Nahrungsaufnahme zwang, hatte er die Bänder mit dem Interview abgeschrieben und das Manuskript seinem New Yorker Verleger geschickt, so daß das Buch bereits in den Satz ging, noch ehe er vor Lestats Eingangstür stand.

Aber die Veröffentlichung des Buches war für ihn danach längst schon von zweitrangiger Bedeutung, ein Ereignis, das mit den Werten einer verblassenden und fernen Welt im Zusammenhang stand.

Er mußte Lestat finden. Er mußte den Unsterblichen ausgraben, der Louis erschaffen hatte, den Unsterblichen, der noch irgendwo in dieser schwülen, dekadenten und schönen alten Stadt überdauerte und vielleicht darauf wartete, daß ihn Daniel auferweckte, um ihn in dieses Jahrhundert zu führen, das ihn mit seinen Schrecknissen buchstäblich unter die Erde getrieben hatte.

Und das war sicher auch in Louis' Sinne. Warum sonst hätte er Daniel so viele Hinweise gegeben, wo Lestat zu finden sei? Doch ein paar Einzelheiten waren irreführend. Drückte das Louis' Zwiespältigkeit aus? Im Grunde war es egal. Der Grundbucheintrag ließ keinen Zweifel zu, der rechtmäßige Eigentümer des fraglichen Hauses hieß: Lestat de Lioncourt.

Das Eisengatter war nicht einmal abgesperrt gewesen, und nachdem er sich durch den zugewucherten Garten gewühlt hatte, war es ihm ein leichtes gewesen, das verrostete Schloß an der Eingangstüre aufzubrechen.

Er trat ein. Er hatte nur seine kleine Taschenlampe dabei, aber der Mond sandte sein klares weißes Licht durch das Geäst der Eichen. Er konnte deutlich die Bücher ausmachen, die Reihe um Reihe an jeder Wand eines jeden Zimmers bis unter die Decke gestapelt waren. Kein menschliches Wesen hätte sich zu einem derart methodischen Wahnsinn hinreißen lassen können oder wollen. Und dann, im oberen Schlafzimmer, kniete er sich in den dicken Staub, der den zerfressenen Teppich bedeckte, und fand die goldene Taschenuhr, in die der Name Lestat eingraviert war.

Welch erregender Augenblick, da der Irrsinn, der ihn stets bedrohte, nachließ, um einer neuen Leidenschaft Platz zu machen – bis ans Ende der Welt würde er diese blassen und todbringenden Wesen verfolgen, deren Existenz er nur flüchtig zu sehen bekommen hatte.

Was hatte er damals eigentlich gewollt? Hatte er gehofft, zu den tiefsten Lebensgeheimnissen vorzudringen? Natürlich hätte auch dieses Wissen einem Leben keinen Sinn geben können, das bereits von Enttäuschungen gezeichnet war. Nein, er wollte alles vergessen, was er jemals geliebt hatte. Er sehnte sich nach Louis' gewalttätiger und sinnlicher Welt.

Und dem Bösen. Er hatte keine Angst mehr.

Vielleicht konnte man ihn mit einem verschollenen Forscher vergleichen, der sich seinen Weg durch den Dschungel suchte und vor dem plötzlich der sagenhafte Tempel auftauchte, die Mauern mit Spinnweben und Efeu verhangen: Egal, ob er noch lange genug lebte, um von seiner Entdeckung berichten zu können; er hatte die Wahrheit mit eigenen Augen gesehen.

Wenn es ihm nur gelänge, die Tür ein wenig weiter zu öffnen, um die ganze großartige Herrlichkeit zu sehen. Wenn sie ihn nur hineinließen! Vielleicht wollte er ja nur ewig leben. Konnte man ihm das übelnehmen?

Er hatte sich wohl gefühlt, er hatte sich sicher gefühlt so ganz allein in der Ruine von Lestats altem Haus mit den wilden Rosen, die über die geborstenen Fenster kletterten und den traurigen Rest seines Himmelbettes.

Ihnen nahe, nahe ihrem köstlichen Dunkel, ihrer schönen verschlingenden Düsternis. Er liebte diese ganze Hoffnungslosigkeit hier, die morschen Sessel mit ihren Samtfetzen und das wimmelnde Geziefer, das die letzten Teppichstücke wegfraß.

Aber die Reliquie! Oh, diese Reliquie war sein ein und alles, die glänzende Golduhr, die den Namen eines Unsterblichen trug!

Ein wenig später öffnete er den Schrank; die schwarzen Gehröcke zerfielen, als er sie berührte. Ausgedorrte, eingeschrumpelte Stiefel lagen auf den Zedernholzregalen.

Lestat, Lestat, du bist hier.

Er holte das Tonbandgerät hervor, legte das erste Band ein und ließ Louis' Stimme in den dämmrigen Raum dringen. Die Bänder spielten Stunde um Stunde.

Kurz vor der Morgendämmerung sah er eine Gestalt im Flur, und er wußte, daß er sie auch hatte sehen sollen. Kurz waren das knabenhafte Gesicht, das kastanienfarbene Haar im Mondlicht aufgetaucht. Die Erde neigte sich, die Dunkelheit wich. Das letzte Wort, das er hervorstieß, war der Name Armand gewesen.

Eigentlich hätte er dann sterben müssen. Hatte ihn eine grillenhafte Laune am Leben erhalten?

Er erwachte in einem dunklen, feuchten Keller. Wasser sickerte aus den Wänden. Er tastete sich durch die Dunkelheit und entdeckte ein zugemauertes Fenster und eine verschlossene Stahltür.

Aber sein Trost war, daß er noch einen anderen Gott des geheimen Pantheons aufgespürt hatte – Armand, den ältesten der Unsterblichen, den Louis erwähnt hatte, Armand, den Ordensvorsteher des Theaters der Vampire in Paris, der Louis sein schreckliches Geheimnis anvertraut hatte: Von den Ursprüngen der Vampire sei nichts bekannt.

Wohl drei Tage und Nächte hatte Daniel in seinem Gefängnis verbracht. Genau konnte er es unmöglich sagen. Gewiß war er dem Tod nahe gewesen, vom Gestank seines Urins wurde ihm schlecht, die Insekten raubten ihm den Verstand. Dennoch war er wie in einer religiösen Trance. Noch nie war er den dunklen Wahrheiten so nahe gewesen, die Louis ihm eröffnet hatte. Mal bei Bewußtsein, mal bewußtlos träumte er von Louis, Louis, wie er mit ihm in seinem kleinen schmutzigen Zimmer in San Francisco sprach, *schon immer hat es Wesen wie uns gegeben, schon immer*, Louis, wie er ihn umarmte, wie sich seine grünen Augen plötzlich verdüsterten, als er Daniel seine Fangzähne sehen ließ.

In der vierten Nacht wachte Daniel auf, und er wußte sofort, daß noch jemand oder noch etwas in dem Raum war. Die Tür war zu einem Gang hin geöffnet. Irgendwo hörte man schnellfließendes Wasser, wie in einer unterirdischen Kläranlage. Langsam gewöhnten sich seine Augen an das schmutzige grünliche Licht, das durch die Türöffnung drang, und dann sah er eine blasse, weißhäutige Gestalt gegen die Wand gelehnt.

Ein makelloser schwarzer Anzug, ein weißes, gestärktes Hemd – wie die Imitation eines Mannes des zwanzigsten Jahrhunderts. Das kastanienfarbene Haar war kurz geschnitten, und die Fingernägel leuchteten sogar noch in dem Halbdunkel um sie herum. Wie ein sargfertiger Leichnam.

Seine Stimme war sanft gewesen, mit einem leichten Akzent. Keinem europäischen; er klang schärfer und dennoch weicher. Arabisch vielleicht. Er sprach langsam und ruhig.

»Raus hier. Nimm deine Bänder mit. Sie liegen neben dir. Ich kenne dein Buch. Niemand wird dir glauben. Jetzt geh, und nimm die Sachen mit.«

Dann wirst du mich also nicht töten. Und du wirst mich auch nicht zu einem euresgleichen machen.

Verzweifelte, dumme Gedanken, aber er konnte sie nicht unterbinden. Er fing an zu weinen, so geschwächt war er von Angst und Hunger, zum Kind erniedrigt.

»Dich zu einem unseresgleichen machen?« Der Akzent des anderen trat stärker hervor, verlieh seinen Worten einen fast fröhlichen Klang. »Warum sollte ich?« Er kniff die Augen zusammen. »Das würde ich nicht einmal mit denen machen, die meinen Abscheu erregen, die ich am liebsten in der Hölle schmoren sehen würde. Also warum sollte ich das mit einem unschuldigen Narren wie dir machen?«

Ich will es, ich will ewig leben. Daniel hatte sich aufgerichtet, sich langsam auf die Füße gerappelt, in dem Bemühen, Armand deutlicher zu sehen. Irgendwo ganz hinten im Gang brannte eine schummrige Glühbirne. *Ich möchte bei Louis und bei dir sein.*

Leises, freundliches Lachen. Aber verächtlich. »Jetzt weiß ich, warum er dich zum Vertrauten auserkoren hat. Du bist naiv und schön. Aber vielleicht war auch deine Schönheit sein einziger Grund.«

Schweigen.

»Deine Augenfarbe ist recht ungewöhnlich, fast violett. Und auf seltsame Weise bist du gleichzeitig von herausforderndem Trotz und flehender Untertänigkeit.«

Mach mich unsterblich. Schenk es mir!

Erneutes Lachen. Fast traurig. Dann wieder Schweigen. In der Ferne das Rauschen des Wassers. Daniel konnte den Raum jetzt besser sehen, ein dreckstarrendes Kellerloch. Und die Gestalt machte fast einen sterblichen Eindruck. Ihre Haut wies sogar einen leichten rosa Teint auf.

»Es ist alles wahr, was er dir erzählt hat. Aber niemand wird dir jemals glauben. Und dieses Wissen wird dich irgendwann in den Wahnsinn treiben. Das geht allen so. Aber noch bist du nicht soweit.«

Nein. Das geschieht hier alles wirklich. Du bist Armand, und wir sprechen zusammen. Und ich bin nicht wahnsinnig...

»Ja, und ich find es ziemlich interessant... Interessant, daß du meinen Namen weißt und daß du am Leben bist. Ich habe meinen Namen noch nie einem Lebenden verraten.« Armand zögerte. »Ich will dich nicht töten. Nicht jetzt.«

Zum ersten Mal überkam Daniel etwas wie Angst. Wenn man sich diese Wesen genau genug ansah, konnte man feststellen, was sie waren. Bei Louis war es genauso gewesen. Nein, sie lebten nicht. Sie waren grausige Imitationen der Lebenden. Und dieser hier, das schimmernde Phantom eines Jünglings!

»Ich werde dich hier rauslassen«, sagte Armand sehr höflich. »Ich möchte dir folgen, dich beobachten, sehen, wohin du gehst. Solange ich dich interessant finde, werde ich dich nicht töten. Natürlich könnte ich mein Interesse auch vollständig verlieren und mir dennoch nicht die Mühe machen, dich umzubringen. Das ist immer möglich. Darauf mußt du deine Hoffnung bauen. Und wenn du Glück hast, werde ich vielleicht deine Spur verlieren. Auch ich habe meine Grenzen. Schließlich kannst du in alle Welt, auch tagsüber. Geh jetzt. Lauf zu. Ich möchte sehen, was du tust, ich möchte sehen, was du bist.«

Geh jetzt, lauf zu!

Er nahm die Frühmaschine nach Lissabon und hielt die ganze Zeit Lestats goldene Uhr umklammert. Doch zwei Nächte später in Madrid wandte er sich zur Seite und mußte feststellen, daß Armand direkt neben ihm im Bus saß. Eine Woche später blickte er aus dem Fenster eines Wiener Caféhauses und sah, wie ihn Armand von der Straße her beobachtete. In Berlin schlüpfte Armand neben ihn in ein Taxi und starrte ihn die ganze Zeit unverwandt an, bis Daniel schließlich hinaussprang und im Verkehrsgewühl verschwand.

Im Lauf der folgenden Monate wichen diese entsetzlichen stummen Begegnungen noch übleren Angriffen.

Er erwachte in einem Prager Hotelzimmer, als ein äußerst erregter Armand sich über ihn beugte. »Sprich jetzt mit mir! Ich verlange es.

Wach auf. Ich möchte, daß du mit mir spazierengehst, mir die Stadt zeigst. Warum bis du ausgerechnet hierhergereist?«

Er fuhr im Zug durch die Schweiz, blickte plötzlich hoch und sah, wie Armand ihm direkt gegenübersaß und ihn über seinen hochgeschlagenen Mantelkragen hinweg beobachtete. Armand riß ihm das Buch aus der Hand und verlangte eine Erklärung, was er da lese, was das Bild auf dem Schutzumschlag bedeute?

In Paris folgte ihm Armand jede Nacht über die Boulevards und durch die Seitenstraßen, wobei er ihm nur hin und wieder eine Frage stellte. In Venedig sah er aus seinem Fenster im *Danieli*, nur um festzustellen, daß sich Armand im Gebäude gegenüber einquartiert hatte und ihn anstarrte.

Dann vergingen Wochen, in denen er allein gelassen wurde. Daniel schwankte zwischen Angst und seltsamer Erwartung, wobei er wieder an seinem Verstand zweifelte. Aber am New Yorker Flughafen wartete Armand bereits auf ihn. Und am folgenden Abend in Boston war Armand im Speisesaal des *Copley*, als Daniel hineinkam. Daniels Essen war bereits bestellt. Bitte Platz zu nehmen. Ob Daniel wisse, daß das *Gespräch mit dem Vampir* in den Buchhandlungen auslag?

»Ich muß gestehen, ich genieße es, ein wenig berühmt zu sein«, sagte Armand mit ausgesuchter Höflichkeit und einem boshaften Lächeln. »Rätselhaft ist mir nur, daß du von diesem Ruhm nichts abhaben willst! Du verschweigst deine Autorenschaft, was nur heißen kann, daß du entweder äußerst bescheiden oder ein Feigling bist. Eins so langweilig wie das andere.«

»Ich habe keinen Hunger, laß uns gehen«, antwortet Daniel entkräftet. Doch plötzlich wurde ein Gang nach dem anderen serviert. Alle starrten sie an.

»Ich wußte nicht, wonach dir der Sinn steht«, bekannte Armand mit einem verzückten Lächeln. »Darum habe ich alles auf der Karte bestellt.«

»Du glaubst wohl, daß du mich in den Irrsinn treiben kannst, oder?« schnarrte Daniel. »Nun, das wird dir nicht gelingen. Jedesmal wenn ich dich ansehe, stelle ich erneut fest, daß ich dich nicht erfunden habe und daß ich bei gesundem Verstand bin!« Und er fing mit Lust und Appetit zu essen an – ein bißchen Fisch, ein bißchen Rindfleisch, ein bißchen Kalb, ein bißchen Bries, ein bißchen Käse, ein bißchen von allem, es kümmerte ihn nicht, und Armand machte es offensichtlich Spaß, er lachte und lachte wie ein kleiner Schuljunge, saß mit verschränkten Armen da und sah ihm zu. Damals hatte Daniel zum ersten Mal dieses weiche, einlullende Lachen vernommen. So verführerisch. Er betrank sich, so schnell es ging.

Mit der Zeit dauerten diese Zusammenkünfte immer länger. Gespräche, Wortgefechte und handfester Streit waren bald an der Tagesordnung. Einmal hatte Armand Daniel in New Orleans aus dem Bett gezerrt und ihn angebrüllt: »Dieses Telefon, ich will, daß du Paris anrufst, ich möchte sehen, ob man damit wirklich mit Paris sprechen kann.«

»Verdammt noch mal, mach's doch selbst«, donnerte Daniel zurück. »Du bist fünfhundert Jahre alt und kannst nicht mal ein Telefon benutzen? Was bist du, ein unsterblicher Idiot? Ich werd's jedenfalls nicht tun!«

Armand war platt.

»Na schön, ich werde Paris für dich anrufen. Aber du zahlst die Rechnung.«

»Aber natürlich«, sagte Armand ganz unschuldig. Er zog dutzendweise Hundertdollarscheine aus seinem Mantel und ließ sie auf Daniels Bett schneien.

Immer häufiger diskutierten sie während dieser Zusammenkünfte über Philosophie. Einmal zerrte Armand Daniel in Rom aus einem Theater und fragte ihn, was seiner Meinung nach der Tod wirklich sei? Leute, die noch am Leben seien, wüßten um diese Dinge! Ob Daniel wisse, wovor Armand am meisten Angst habe?

Es war schon nach Mitternacht, und Daniel war betrunken und erschöpft und hatte so schön im Theater geschlafen, ehe Armand ihn aufspürte, und es war ihm ziemlich egal, wovor er Angst hatte.

»Ich will es dir verraten«, sagte Armand mit dem Eifer eines Erstsemesters. »Daß nach dem Tod nur noch Chaos herrscht, daß es wie ein Traum ist, aus dem man nicht erwachen kann. Ein halbbewußter Dämmerzustand, in dem man sich vergeblich zu erinnern sucht, wer man ist; für alle Ewigkeit nach der verlorenen Klarheit der Lebenden strebt...«

Diese Worte jagten Daniel einen Schreck ein; irgendwie klang das gar nicht so falsch. Erzählte man sich nicht immer wieder von dem einen oder anderen Medium, das mit verwirrten, doch machtvollen Wesen in Verbindung stand? Er wußte es nicht. Wie, zum Teufel, sollte er es auch wissen? Vielleicht gab es nach dem Tod ja auch einfach nur nichts. Das wiederum erfüllte Armand mit Furcht und Schrecken.

»Du glaubst doch nicht, daß ich Angst vorm Sterben habe?« fragte Daniel und blickte in die blaßgesichtige Gestalt neben ihm.

»Wie viele Jahre habe ich noch? Kannst du's mir verraten? Sag's mir ruhig.«

Ein andermal, als ihn Armand in Port-au-Prince aus dem Schlaf riß, wollte er über den Krieg sprechen. Was hielten die Menschen in diesem Jahrhundert eigentlich vom Krieg? Ob Daniel wisse, daß Armand schon als Junge mitten im Leben stand? Mit siebzehn war man damals noch jung, sehr jung. Heute seien Jungen dieses Alters die reinsten Monster. Sie trügen Bärte, hätten Haare auf der Brust und seien dennoch immer noch Kinder, während damals, damals hätten Kinder wie erwachsene Männer arbeiten müssen.

Wie auch immer: Alles lief darauf hinaus, daß Armand nicht wußte, was Menschen fühlten. Er hatte es nie gewußt. Ach, natürlich hatte er die fleischlichen Freuden gekannt, das war ganz normal. Niemand hatte, als er aufgewachsen war, angenommen, daß Kinder den sinnlichen Freuden abhold waren. Aber von wahrer Aggression wußte er wenig. Er tötete, weil das zu seiner Vampirnatur gehörte; und das Blut war unwiderstehlich. Aber warum fanden die Menschen den Krieg unwiderstehlich? Wie war der Wunsch zu erklären, mit Waffen aufeinander loszustürmen? Woher kam der Zwang zu zerstören?

Daniel bemühte sich dann nach besten Kräften, eine Antwort zu finden: Für einige Menschen war die Notwendigkeit, andere zu vernichten, die einzige Möglichkeit der Existenzbestätigung. Aber das wisse Armand ja sowieso.

»Wissen? Wissen? Was nutzt es schon, wenn man es nicht versteht?«

Schließlich, nach eineinhalb Jahren dieses ganzen Irrsinns, fing Daniel an, seinerseits Armand zu befragen. Wie ging es damals in Venedig wirklich zu? Laß uns diesen Film ansehen, der im achtzehnten Jahrhundert spielt, und sag mir, was alles falsch ist.

Aber Armand war von bemerkenswerter Verschwiegenheit. »Ich

kann dir darüber wirklich nichts sagen, weil ich damals nicht dort war, weil ich es nicht selbst erlebt und gesehen habe. Weißt du, ich kann mir derlei Dinge einfach nicht plausibel zusammenreimen, kann sie mir nicht logisch ableiten. Aber frag mich, wie es danach in Paris war. Frag mich, ob es am Samstag, den 5. Juni 1793, geregnet hat. Vielleicht kann ich es dir sagen.«

Dann wieder sprudelte es nur so aus ihm hervor, wenn er von den Dingen seiner unmittelbaren Erfahrung sprach, von dem unheimlichen und aufdringlichen Sauberkeitsfimmel unseres Zeitalters, von dem furchteinflößenden Tempo der Veränderungen.

»Sieh dir doch nur mal die weltbewegenden Erfindungen an, die noch im selben Jahrhundert nutzlos werden und veralten – das Dampfschiff, die Eisenbahnen; aber weißt du eigentlich, was das bedeutet nach sechstausend Jahren der Galeerensklaven und der Männer auf Pferderücken? Und jetzt kaufen diese jungen Puten Mittel, um den Samen ihrer Liebhaber abzutöten, und sie werden fünfundsiebzig Jahre alt und leben in einem Zimmer, das mit Apparaturen angefüllt ist, die die Luft kühlen und buchstäblich den Staub fressen. Und trotz aller Kostümfilme und all der Taschenbücher über Geschichte, die einem in jedem Kaufladen nachgeschmissen werden, können wir uns an so gut wie nichts erinnern; wir trauern der ›Guten alten Zeit‹, wir trauern dem Wohlleben und Frieden und der Ruhe von früher nach, Dingen, die es in Wirklichkeit nie gegeben hat.«

»Aber das Venedig deiner Zeit, erzähl mir doch...«

»Was denn? Daß es schmutzig war? Daß es schön war? Daß die Leute in Lumpen und mit verfaulten Zähnen und stinkendem Atem herumliefen und sich über die öffentlichen Hinrichtungen amüsierten? Möchtest du wissen, was der grundlegendste Unterschied ist? Unsere Zeit ist von einer erschreckenden Einsamkeit gekennzeichnet. Nein, hör mir zu. Damals, als ich noch unter den Lebenden weilte, hausten wir zu sechst oder siebt in einem Zimmer. Die Straßen der Stadt wimmelten von Menschen; und heute dämmern dumpfe Seelen in der luxuriösen Abgeschiedenheit der Hochhäuser dahin, starren auf den Fernseher, in dem ihnen eine ferne Welt des Küssens und der körperlichen Berührung vorgeführt wird. Was für einen wahren Schatz gemeinsamen Wissens, was für eine neue

Ebene menschlichen Bewußtseins, was für einen köstlichen Skeptizismus muß diese Einsamkeit bewirken.«

Daniel war fasziniert, und manchmal versuchte er Armands Gedanken niederzuschreiben. Dennoch fürchtete er sich noch immer vor Armand. So war er dauernd unterwegs, auf der Flucht.

Daniel wußte nicht mehr genau, wie lange das alles gedauert hatte, ehe er zur Ruhe kam, obwohl die Nacht der Erlösung selbst sich für immer in sein Gedächtnis eingrub.

An die vier Jahre waren wohl ins Land gestrichen, seit das Spielchen begonnen hatte. Daniel hatte einen langen, ruhigen Sommer in Süditalien verbracht, währenddessen er seinen vertrauten Dämon kein einziges Mal zu Gesicht bekommen hatte. In einem billigen Hotel, nur ein paar Schritte vom alten Pompeji entfernt, hatte er lesend und schreibend seine Stunden zugebracht. Er versuchte herauszufinden, inwiefern sein kurzer Blick in die Welt des Übernatürlichen sein Leben beeinflußt hatte. Er mußte wieder lernen, eigene Wünsche, Vorstellungen und Träume zu haben. Unsterblichkeit war auf dieser Erde in der Tat möglich. Das wußte er ohne allen Zweifel, aber was nutzte das schon, wenn ihm die Unsterblichkeit vorenthalten wurde?

Tagsüber durchstreifte er die geborstenen Straßen der ausgegrabenen römischen Stadt. Und bei Vollmond durchwanderte er sie auch nachts, alleine. Offenbar verfügte er wieder über seinen gesunden Menschenverstand. Und bald würde ihn auch das Leben wiederhaben. Die grünen Blätter rochen frisch, wenn er sie zwischen seinen Fingern zerrieb, und wenn er zu den Sternen aufblickte, fühlte er sich eher traurig als aufgewühlt.

Dann wieder verzehrte er sich nach Armand wie nach einem Zaubertrank, ohne den er nicht sein konnte.

Die dunkle Kraft, die ihn vier Jahre lang angetrieben hatte, fehlte ihm jetzt. In seinen Träumen war Armand bei ihm, und wenn er dann erwachte, heulte er wie ein kleines Kind. Erst im Morgendämmer beruhigte er sich; dann war er nur noch traurig.

Und plötzlich kehrte Armand zurück.

Es war schon spät, zehn Uhr abends vielleicht, und der Himmel leuchtete dunkelblau wie so oft in Süditalien. Daniel ging ganz alleine die Straße entlang, die von Pompeji direkt zur Mysterien-Villa führt. Er hoffte, daß keine Wächter auftauchen und ihn vertreiben würden, und als er das Haus erreichte, war es in einen Mantel vollkommener Stille eingehüllt. Keine Wachtposten weit und breit. Keine Menschenseele. Nur Armand tauchte plötzlich und stumm vor dem Eingang auf. Armand war wieder da.

Lautlos war er aus dem Schatten ins Mondlicht getreten, ein Jüngling in schmutzigen Jeans und abgewetztem Overall, und er legte seinen Arm um Daniel und küßte sein Gesicht. Welch warme Haut, durchpulst vom Blut des letzten Opfers. Daniel glaubte, es riechen zu können, diesen Duft der Lebenden, der Armand noch anhaftete.

»Möchtest du in das Haus hinein?« flüsterte Armand. Schlösser und Riegel hatten Armand noch nie beeindruckt. Daniel zitterte am ganzen Körper; beinahe wäre er in Tränen ausgebrochen. Und warum? Ach, einfach weil er Armand wiedersehen und berühren, ihn zur Hölle wünschen konnte!

Sie betraten die dunklen, niedrigen Räume, und Daniel tat es seltsam wohl, Armands Arm um seine Hüfte zu spüren. Du, mein heimlicher...

Heimlicher Liebhaber.

Ja.

Sie standen zusammen in dem halbverfallenen Speisesaal mit seinen berühmten Wandmalereien ritueller Geißelungen, die in dieser Dunkelheit allerdings kaum zu sehen waren. Und da wußte Daniel auf einmal: er wird mich doch nicht töten. Nein, bestimmt nicht. Natürlich wird er mich auch nicht zu seinesgleichen machen, aber wenigstens wird er mich nicht töten. Das wird nicht das Ende vom Lied sein.

»Aber wie konntest du jemals daran zweifeln?« sagte Armand, seine Gedanken lesend. »Ich liebe dich. Wenn ich nicht im Lauf der Zeit in Liebe zu dir entbrannt wäre, hätte ich dich schon längst getötet.«

Das Licht des Mondes spülte durch das hölzerne Gitterwerk. Die Figuren der Wandmalereien gewannen an Leben auf ihrem roten Hintergrund, der von der Farbe getrockneten Blutes war.

Daniel musterte das Wesen vor ihm, das so menschlich aussah, so menschlich klang und doch alles andere als menschlich war. Es war, als würde ein Vorhang in seinem Bewußtsein zerreißen; dieses Wesen kam ihm wie ein riesiges Insekt vor, das eine Million menschlicher Leben verschlungen hatte, und dennoch liebte er es. Er liebte seine weiche weiße Haut, seine großen dunkelbraunen Augen. Er liebte es nicht, weil es wie ein freundlicher, zuvorkommender junger Mann aussah, sondern weil es abscheulich, schrecklich und widerlich war und zugleich doch schön. Er liebte es, wie die Menschen das Böse lieben, weil es sie bis ins Innerste ihrer Seele erregt. Das mußte man sich einmal vorstellen, einfach töten, jederzeit ein Leben auslöschen, wenn einem danach war, einfach so seine Zähne in einen anderen senken und diesen dann bis auf den letzten Rest von Angstschweiß und Blut auskosten. Kein Wunder, daß diese Wesen nach Salz und Blut rochen.

Das war das Böse. *Genau das will ich, und darum kann ich seinen Anblick nicht ertragen.*

Armands Lippen kräuselten sich zu einem kaum merklichen Lächeln, und dann trübte sich sein Blick, und er schloß die Augen – und beugte sich zu Daniel hinüber und schmiegte seinen Mund fest an dessen Hals.

Und wieder, wie damals in dem kleinen Zimmer des Vampirs Louis in der Divisadero Street in San Francisco, spürte Daniel die spitzen Zähne in seine Haut eindringen. Ein plötzlicher Schmerz, dann pochende Wärme. »Tötest du mich nun doch noch?« Von Liebe erfüllt, schwanden ihm die Sinne. »Mach's, ja.«

Aber Armand hatte ihm nur ein paar Tropfen entnommen. Er ließ gleich wieder von Daniel ab und zwang ihn mit einem leichten Druck auf die Schultern in die Knie. Daniel blickte empor und sah das Blut von Armands Handgelenk rinnen. Er leckte es ab, und es war ihm, als würden ihn elektrische Schläge durchfahren. Und wie durch einen Blitzschlag war das alte Pompeji von Jammern und Klagen erfüllt, von längst verstummten Stimmen des Leids und des Sterbens, von Tausenden, die in Rauch und Asche untergegangen waren, Tausenden, die zusammen gestorben waren. *Zusammen.* Daniel hielt Armand umklammert. Kein Blut mehr. Nur noch der Geschmack – nichts weiter.

»Du bist mein, schöner Junge«, sagte Armand.

Am nächsten Morgen, als er in einem der vornehmsten Hotels von Rom erwachte, wußte Daniel, daß er nie wieder vor Armand davonlaufen würde. Kaum eine Stunde nach Sonnenuntergang suchte ihn Armand auf. Sie würden jetzt nach London fahren, unten warte bereits ein Auto, um sie zum Flughafen zu bringen. Aber ein bißchen Zeit hätten sie noch für eine neuerliche Umarmung, für einen kleinen Blutaustausch. »Von meinem Hals da«, flüsterte Armand und wiegte Daniels Kopf in seinen Händen. Ruhiger Blutfluß durch die Adern. Und das Licht der Lampen strahlte derart auf, daß es das Zimmer förmlich auslöschte.

Liebhaber. Ja, alle Anzeichen deuteten auf eine leidenschaftliche und verzehrende Affäre hin.

»Du bist mein Lehrer«, bedeutete ihm Armand. »Du wirst mir alles über dieses Jahrhundert erzählen. Schon begreife ich einige der Geheimnisse, die mir vorher entgangen waren. Du kannst ja bei Sonnenaufgang zu Bett gehen, aber die Nächte gehören mir.«

Sie warfen sich dem Leben voll in die Arme. Armand war ein Meister der tausend Masken, und wenn er schon früh am Abend sich ein Opfer gesucht hatte, ging er überall, wohin sie auch kamen, als ganz normaler Mensch durch.

Es hätte eines anderen Unsterblichen bedurft, um mit diesem Tempo Schritt zu halten. Daniel schlief während der Konzerte und Opern ein oder während der Hunderte von Filmen, die er sich mit Armand ansehen mußte. Und dann waren da noch diese endlosen, überfüllten, lärmenden Parties von Chelsea bis Mayfair, wo Armand mit Studenten oder eleganten Frauen oder jedem, der ihm auch nur die geringste Gelegenheit dazu bot, über Politik und Philosophie diskutierte. Seine Augen wurden feucht vor Erregung, seine Stimme büßte ihren weichen und übernatürlichen Klang ein und wurde so hart und menschlich wie die der anderen jungen Männer um ihn herum.

Kleider aller Art hatten es ihm angetan. Er trug Jeans und Sweatshirts wie Daniel, er trug handgestrickte Pullover und Arbeitsstiefel, lederne Windjacken und spiegelnde Sonnenbrillen, die er sich auf die Stirn schob. Er trug Maßanzüge und Smokings und weiße Fräcke, wenn ihm der Sinn danach stand; manchmal trug er sein Haar kurz geschnitten, so daß er wie ein junger Mann direkt aus Cambridge aussah, manchmal trug er eine lange, lockige Löwenmähne.

Es hatte den Anschein, als würden er und Daniel pausenlos unbeleuchtete Treppenhäuser erklimmen, um irgendeinen Maler oder Bildhauer oder Photographen zu besuchen oder um einen verbotenen revolutionären Film zu sehen. Sie verbrachten Stunden in den primitiven Wohnungen schwarzäugiger junger Damen, die Rockmusik spielten und Kräutertee kochten, den Armand niemals anrührte.

Natürlich verliebten sich dauernd Männer und Frauen in Armand; er war ja »so unschuldig, so leidenschaftlich, so geistreich«! Einfach unglaublich. Armand verführte geradezu gegen seinen Willen. Und es war Daniel, der mit diesen Unglücklichen ins Bett steigen mußte, während Armand in einem Sessel danebensaß und zuschaute, ein schwarzäugiger Amor, der sanft und billigend lächelte. Diese Schäferstündchen unter den Augen eines anderen waren nervenaufreibend, aber Daniel gab sich gleichwohl mit ungeteilter Leidenschaft hin, angestachelt von der doppelten Zweckdienlichkeit jeder intimen Regung. Danach freilich lag er völlig ausgepumpt da und starrte Armand kalt und verärgert an.

In New York ließen sie keine Vernissage, kein Café, keine Bar aus, sie adoptierten einen jungen Tänzer und bezahlten ihm seine Ausbildung. In SoHo und Greenwich Village saßen sie auf den Stufen vor den Haustüren und vertrieben sich die Zeit mit jedermann, der des Weges kam. Sie besuchten die Volkshochschule, um sich in Literatur, Philosophie, Kunstgeschichte und Politik unterweisen zu lassen. Sie studierten Biologie, kauften Mikroskope, sammelten Insekten und Käfer. Sie arbeiteten Astronomiebücher durch und brachten riesige Teleskope auf den Dächern der Gebäude an, in denen sie ein paar Tage oder Monate lang wohnten. Sie gingen zu Boxkämpfen, Rockkonzerten, Broadwayshows.

Dann war Armand plötzlich wie besessen von technischen Apparaturen. Erst waren Küchenmixer dran, in denen er entsetzliches Zeug zusammenbraute, wobei er die Ingredienzien nach rein farblichen Gesichtspunkten aussuchte; dann waren es Mikrowellenherde, in denen er Küchenschaben und Ratten zubereitete. Müllschlucker entzückten ihn; er fütterte sie mit Papierhandtüchern und Zigarettenpackungen. Später waren Telefone an der Reihe. Er führte Ferngespräche in alle Gegenden der Welt, unterhielt sich stundenlang mit Sterblichen in Australien oder Indien. Schließlich berauschte er sich am Fernsehen, so daß die Wohnung voller dröhnender Lautsprecher und flirrender Bildschirme war.

Wenn etwas mit einem blauen Himmel vorkam, geriet er außer Rand und Band. Er mußte sich alle Nachrichtensendungen, alle Familien- und Dokumentarserien ansehen und schließlich jeden Film, ob er was taugte oder nicht.

Doch schon nach sechs Monaten verlor er jegliches Interesse am Fernsehen und wandte sich Videokameras zu, um seine eigenen Filme herzustellen. Er zerrte Daniel durch ganz New York, während er Leute in den nächtlichen Straßen interviewte. Armand hatte reihenweise Bänder von sich selbst, die ihn beim Rezitieren italienischer oder lateinischer Gedichte zeigten.

An einem Ort, der Daniel unbekannt war, hatte Armand irgendwie ein langes Band von sich selbst angefertigt, das ihn während seines totenähnlichen Schlafes tagsüber zeigte. Daniel konnte es sich einfach nicht ansehen. Aber Armand saß stundenlang vor diesem Film und sah zu, wie sein Haar, das kurz vor Sonnenaufgang geschnitten worden war, langsam wieder wuchs, während er regungslos und mit geschlossenen Augen im Sarg lag.

Dann waren Computer an der Reihe. Er füllte Diskette um Diskette mit geheimen Schriftstücken. Er mietete zusätzlich Wohnungen in Manhattan, um all die Computer und Videospiele unterzubringen.

Schließlich wandte er sich Flugzeugen zu.

Zwangsläufig war Daniel schon immer viel auf Reisen gewesen, er war vor Armand in alle Städte der Welt geflohen, aber er und Armand hatten natürlich schon zusammen Flugzeugreisen unternommen. Das war nichts Neues. Jetzt indessen waren solche Unternehmungen an der Tagesordnung; sie verbrachten ganze Nächte in der Luft. Nach Boston zu fliegen und dann nach Washington und dann nach Chicago und dann zurück nach New York war keineswegs ungewöhnlich. Armand beobachtete alles, die Passagiere, die Stewardessen; er unterhielt sich mit den Piloten; er lehnte sich in die tiefen

Sitze der ersten Klasse zurück und lauschte dem Gebrüll der Motoren. Ob Port-au-Prince oder San Francisco, Rom, Madrid oder Lissabon, es war ganz egal, solange Armand nur sicher vor Sonnenaufgang landete. Armand verschwand buchstäblich in der Morgendämmerung. Daniel wußte nie, wo Armand eigentlich schlief. Aber bei Tagesanbruch war Daniel sowieso immer völlig erschöpft. Fünf Jahre lang war es ihm nicht vergönnt, einen Mittag zu erleben.

Oft schon war Armand in seinem Zimmer, bevor Daniel erwachte. Er reichte Kaffee, um die Lebensgeister zu wecken, hatte Musik eingeschaltet – Vivaldi oder schräge Klaviermusik, da Armand beidem gleichermaßen zugetan war –, und Armand ging ungeduldig auf und ab, Zeit zum Aufstehen für Daniel.

»Mach schon, Geliebter, ich habe Karten fürs Ballett. Ich möchte Barischnikow sehen. Und danach geht's ins Village. Du kannst dich doch an diese Jazzband vom letzten Sommer erinnern, die ich so sehr mochte, nun ist sie zurück. Mach schon, ich habe Hunger, mein Geliebter. Wir müssen los.«

Und wenn Daniel zu langsam war, schubste ihn Armand ins Badezimmer, seifte ihn von oben bis unten ein, duschte ihn ab, rubbelte ihn gründlich trocken, um ihn dann mit der Liebe eines altmodischen Barbiers zu rasieren und sorgfältig anzukleiden, wobei er aus Daniels schmutziger und verschlampter Garderobe die Kleider wählte. Daniel liebte es, diese festen weißen Hände auf seinem nackten Fleisch zu spüren und diese braunen Augen, die Daniel aus sich selbst herauszuziehen schienen; und er liebte die Gewißheit, daß die Hände sich gleich sanft um seinen Hals legen, die Zähne sich in seine Haut senken würden.

Er schloß die Augen, sein Körper erwärmte sich langsam, um in Hitze zu geraten, wenn Armands Blut seine Lippen berührte. Er hörte wieder das ferne Stöhnen, die Schreie – der verlorenen Seelen?

Einmal hielt er Armand mit aller Kraft fest und versuchte seinem Hals eine Wunde zuzufügen. Armand war von rührender Geduld, er riß sich den Hals selbst auf und ließ ihn lange gewähren, ehe er ihn sanft von sich stieß.

Daniel verfügte schon längst nicht mehr über eigene Entschlußkraft. Er lebte in zwei sich abwechselnden Zuständen: Elend und Ekstase, vereinigt vom Band der Liebe. Er wußte nie, wann er wieder

Blut schlürfen durfte. Er wußte nie, ob sich ihm nur dadurch die Dinge so seltsam darstellten – die Nelken, die ihn aus den Vasen anstarrten, die abscheulichen Wolkenkratzer, die aussahen, als seien sie über Nacht aus stählernen Samen in die Höhe geschossen – oder weil er ganz einfach seinen Verstand verlor.

Dann kam die Nacht, in der Armand sagte, er sei jetzt ernsthaft bereit, in dieses Jahrhundert zu treten, er wisse jetzt genug darüber. Er wollte »unermeßlichen« Wohlstand. Er wollte einen weitläufigen Wohnsitz, angefüllt mit all jenen Dingen, die er zu schätzen gelernt hatte. Und Jachten und Flugzeuge und Autos – und Millionen von Dollars. Er wollte Daniel alles kaufen, was sich Daniel nur wünschte.

»Was soll das heißen, Millionen?« spottete Daniel. »Seine Kleider wegwerfen, nachdem man sie einmal getragen hat, Wohnungen anmieten und vergessen, wo sie sind? Weißt du eigentlich, was eine Postleitzahl oder Steuerklasse ist? Ich bin doch derjenige, der diese ganzen verdammten Flugzeugtickets kauft. Millionen. Wo sollen wir denn diese ganzen Millionen herbekommen?! Klau dir halt noch 'nen Maserati, und gib dich dann um Himmels willen zufrieden!«

»Daniel, du bist ein Geschenk von Louis an mich«, sagte Armand sanft. »Was würde ich ohne dich tun? Du mißverstehst alles.« Seine Augen waren weit aufgerissen wie die eines Kindes. »Ich möchte im Mittelpunkt des Lebens stehen wie damals in Paris im Theater der Vampire. Ich möchte ein Geschwür im Auge der Welt sein.«

Daniel schwindelte der Kopf, so schnell jagten sich die Ereignisse.

Es fing mit einer Schatzsuche in den Gewässern bei Jamaika an, Armand mietete ein Boot, um Daniel zu zeigen, wo die Bergungsarbeiten vonstatten zu gehen hatten. Wenige Tage später wurde eine spanische Galeere entdeckt, die mit Goldbarren und Juwelen beladen war. Kurz danach stießen sie auf einen archäologischen Fund und unendlich wertvolle olmekische Figurinen. Gleich danach wurden zwei weitere versunkene Schiffe ausgemacht. Ein preiswert erworbenes Stück Land in Südamerika erwies sich als eine längst vergessene Smaragdmine.

Sie erwarben ein Herrenhaus in Florida, Jachten, Schnellboote, ein kleines, aber hervorragend ausgestattetes Flugzeug.

Und jetzt mußten sie sich natürlich auch noch fürstlich einkleiden, für alle Gelegenheiten. Armand selbst hielt ein Auge darauf, wenn Daniel Maß genommen wurde für seine Hemden, Anzüge und Schuhe. Er wählte die Stoffe aus für unendlich viele Sportjacketts, Hosen, Umhänge, Seidenschals. Natürlich mußte Daniel für die kälteren Zonen dieser Erde mit Nerz eingefaßte Regenmäntel besitzen und Smokings für Monte Carlo und mit Juwelen besetzte Manschettenknöpfe und auch noch einen langen schwarzen Wildledermantel.

Wenn Daniel bei Sonnenuntergang erwachte, lagen die Kleider schon für ihn bereit. Wehe, wenn er auch nur etwas auswechselte vom Leinentaschentuch bis zu den schwarzen Seidensocken. Das Abendessen erwartete ihn in dem riesigen Speisezimmer, dessen Fenster zum Schwimmbad hin offenstand. Armand saß dann bereits an seinem Schreibtisch in dem anschließenden Arbeitszimmer. Es gab jede Menge Arbeit: Landkarten mußten studiert, neue Reichtümer angehäuft werden.

»Aber wie stellst du das an?« fragte Daniel, wenn er Armand zusah, wie er Notizen machte, seine Anweisungen für Neuerwerbungen niederschrieb.

»Wenn man die Gedanken der Menschen zu lesen vermag, kann man alles haben, was man will«, sagte Armand geduldig.

»Gib *mir*, was ich will«, verlangte Daniel.

»Ich gebe dir alles, was du dir nur wünschen kannst.«

»Ja, aber nicht, worum ich dich gebeten *habe*, nicht das, was ich wirklich will!«

»Verweile unter den Lebenden, Daniel.« Ein leises Flüstern wie ein Kuß. »Glaube mir, das Leben ist besser als der Tod.«

»Ich möchte nicht unter den Lebenden bleiben, Armand, ich möchte ewig leben, und dann werde ich *dir* sagen, ob das Leben besser ist als der Tod.«

Tatsache war, daß der Reichtum ihn verrückt machte, ihn seine Sterblichkeit noch deutlicher als jemals zuvor spüren ließ. Wenn er mit Armand unter einem klaren, sternenübersäten Nachthimmel durch den warmen Golfstrom segelte, bemächtigte sich seiner Verzweiflung, weil er all das für immer haben wollte. Voll Haß und Liebe sah er Armand zu, wie er das Schiff mühelos durch die Wellen lenkte. Würde ihn Armand wirklich sterben lassen?

Oft sah Daniel zu, wie Armand allein vor der Küste auf Jagd ging, ein Jüngling in weichem schwarzem Seidenhemd und schwarzen Hosen, der ein schnittiges, unbeleuchtetes Schnellboot durch die Wellen lenkte, wobei der Wind durch sein langes Haar fuhr. Was für ein tödlicher Widersacher! Irgendwo, weit da draußen, den Blicken vom Land her entzogen, würde er seine Schmuggler finden; dort würde er zuschlagen – der einsame Pirat, der Tod –, dort würden die Opfer einfach in die Tiefe gestoßen werden, wobei sich ihr Haar vielleicht noch einmal kurz aufbauschte, während sie im Mondenlicht einen letzten Blick auf denjenigen warfen, der ihr Untergang gewesen war. Dieser Junge! Dabei hatten sie sich immer für die Bösewichter gehalten...

Und so sehr er auch bettelte, Armand weigerte sich stets, ihn einmal mitzunehmen, ihn zusehen zu lassen, wie er mit ihnen aufräumte.

Schließlich war genug Kapital angehäuft worden; Armand war bereit, zu wahren Taten zu schreiten.

Er befahl Daniel, sich ohne großes Wenn und Aber um eine Reihe neuer Anschaffungen zu kümmern: eine Flotte von Ozeankreuzern, eine Restaurant- und Hotelkette. Vier Privatflugzeuge standen ihnen jetzt zur Verfügung, und allein Armand hatte acht Telefone. Und dann ging es an die Erfüllung des größten Traumes: Night Island, Armands ureigenste Schöpfung mit seinem fünfstöckigen gläsernen Gebäudekomplex mit Theatern, Restaurants und Geschäften. Er zeichnete die Entwürfe für die Architekten seiner Wahl. Er händigte ihnen endlose Listen mit Materialwünschen aus, für Stoffe, für Skulpturen für die Brunnen, sogar für die Blumen und die eingetopften Bäume.

Seht euch dieses Night Island an. Von Sonnenuntergang bis zur Morgendämmerung tummelten sich hier ganze Heerscharen von Touristen. Unentwegt wurde in den Foyers und Ballsälen Musik gespielt. Die gläsernen Aufzüge fuhren ständig auf und ab; die farbenprächtigen, üppigen Blumenbeete waren von Teichen und Wasserfällen umgeben.

Es gab nichts, was es auf Night Island nicht zu kaufen gab. Die Küche war international und exquisit. In den Kinos wurden jede Nacht fünf verschiedene Filme gezeigt. Hier gab es englischen

Tweed und spanisches Leder, indische Seide, chinesische Teppiche, Silber, Eis und Zuckerwatte, Knochenporzellan und italienische Schuhe.

»All das ist dein, Daniel«, sagte Armand und schritt gemächlich durch die großen hellen Räume ihrer eigenen Mysterien-Villa, die drei Stockwerke umfaßte – und Keller, die Daniel nicht betreten durfte. Die Fenster gaben den Blick auf das ferne, lichterfunkelnde Miami frei und auf die blassen Wolken, die hoch oben über den Himmel rollten.

All das gefiel Daniel, das mußte er wirklich zugeben, und was ihm sogar noch mehr gefiel, waren die Freiheit, die Macht und auch der Luxus, der ihn überall umgab.

Er und Armand begaben sich nachts in die Tiefen des zentralamerikanischen Dschungels, um sich die Ruinen der Mayas anzusehen; sie ließen sich im Annapurnagebirge des Himalaja nieder, um im Mondenschein die ferne Gipfelwelt zu betrachten. Zusammen durchstreiften sie die überfüllten Straßen von Tokio, von Bangkok und Kairo und Damaskus, von Lima und Rio und Katmandu. Tagsüber ließ es sich Daniel in den jeweils besten Herbergen am Ort wohl ergehen; nachts begab er sich furchtlos mit Armand an seiner Seite auf Wanderschaft.

Hin und wieder jedoch brach das Trugbild eines zivilisierten Lebens zusammen. Manchmal an entlegenen Orten spürte Armand die Gegenwart anderer Unsterblicher. Er versicherte zwar, Daniel mit seinem Schutzschirm umgeben zu haben, dennoch war er besorgt. Daniel durfte dann nicht von seiner Seite weichen.

»Mach mich zu deinesgleichen, und sei dann unbesorgt.«

»Du weißt nicht, was du sagst«, antwortete Armand. »Jetzt bist du ein gesichtsloser Mensch, wie eine Milliarde anderer. Als einer der Unseren wärest du eine brennende Kerze in der Dunkelheit.«

Daniel wollte sich damit nicht zufriedengeben.

»Sie würden dich sofort ausmachen«, fuhr Armand fort. Er wurde wütend, wenn auch nicht auf Daniel. Tatsache war, daß er Gespräche über Untote ganz und gar nicht schätzte. »Weißt du denn nicht, daß die Alten ohne viel Federlesens die Jungen vernichten? Hat dir das dein geliebter Louis nicht verraten? Das mache ich auch, wo immer wir uns niederlassen – ich räume gründlich mit ihnen auf, diesen

Jungen, dem Abschaum. Aber ich bin nicht unbesiegbar.« Er schwieg, zweifelnd, ob er weitersprechen sollte, dann sagte er: »Ich bin wie ein Tier in freier Wildbahn. Ich habe Feinde, die älter und stärker sind und die mich gnadenlos vernichten könnten, falls sie ein Interesse daran hätten, da bin ich ganz sicher.«

»Älter als du? Aber ich dachte, du seist der Älteste«, sagte Daniel.

»Nein, natürlich bin ich nicht der Älteste«, antwortete Armand; er schien sich ein wenig unwohl in seiner Haut zu fühlen. »Nur der älteste, den dein Freund Louis jemals aufzutreiben imstande war. Es gibt noch andere. Ich weiß ihre Namen nicht, ich habe ihre Gesichter nur selten gesehen, aber zuweilen spüre ich sie. Man kann sagen, daß wir einander spüren. Wir verströmen unsere stummen, doch deutlichen Signale. ›Komm nicht in meine Nähe.‹«

Am folgenden Abend schenkte er Daniel das Medaillon, das Amulett, wie er es nannte, und bat ihn, es ständig bei sich zu tragen. Zuerst aber küßte er es und rieb es in seinen Händen, als wollte er es erwärmen. Seltsam, diesem Ritual zuzusehen. Seltsamer noch, dieses Ding selbst zu sehen, auf das der Buchstabe A eingraviert war und das die kleine Phiole mit Armands Blut enthielt.

»Hier, brich es auf, sobald sie in deine Nähe kommen. Öffne sofort die Phiole. Und sie werden die Macht spüren, die dich beschützt. Sie werden nicht wagen...«

»Aha, du läßt es zu, daß sie mich töten. Du weißt, daß sie es tun werden«, sagte Daniel kalt. Er fühlte sich ausgeschlossen. »Gib mir die Macht, für mich selbst zu kämpfen.«

Aber von Stund an hat er das Medaillon immer um den Hals getragen. Unter einer Lampe betrachtete er sich genauer das A und die komplizierten Gravierungen, die dieses Ding zierten, um herauszufinden, daß es sich um kleine verschlungene Menschenleiber handelte, einige verstümmelt, andere sich in Schmerzen windend, wieder andere tot. Genaugenommen ein ziemlich fürchterliches Ding. Er hatte die Kette unter seinem Hemd verschwinden lassen, und das Medaillon fühlte sich kalt an gegen seine nackte Brust, aber wenigstens war es seinem Blick entschwunden.

Daniel selbst war es im übrigen nie vergönnt, die Gegenwart anderer übernatürlicher Wesen zu sehen oder zu spüren. Er erinnerte sich an Louis nur noch wie an eine Erscheinung in einem Fiebertraum. Armand war Daniels einziger Prophet, sein gnadenloser und liebender Gott.

Seine Verbitterung wuchs zusehends. Das Leben mit Armand erregte ihn und machte ihn gleichzeitig rasend. Schon seit Jahren hatte Daniel keinen Gedanken mehr an seine Familie und seine alten Freunde verschwendet. Zwar achtete er genau darauf, daß seine engsten Verwandten und Freunde regelmäßig Geschenke erhielten, aber sie waren eigentlich nur noch Namen auf einer Liste.

»Du wirst niemals sterben, und dennoch siehst du einfach zu, wie ich sterbe, Nacht für Nacht siehst du einfach zu.«

Schließlich war es immer häufiger zu häßlichen, furchtbaren Streiten gekommen. Armand saß dann jedesmal zusammengebrochen da, mit einem stieren Blick vor stiller Wut, bis er dann in Tränen ausbrach, als habe er ein längst verschüttetes Gefühl wieder entdeckt, das ihn zu zerreißen drohte. »Ich werde es nicht tun, ich kann einfach nicht. Verlange, daß ich dich töte, das würde mir leichter fallen als das. Du weißt nicht, worum du mich bittest, verstehst du das nicht? Immer wieder dieser verdammte Irrtum! Begreifst du denn nicht, daß jeder von uns das alles dafür eintauschen würde, ein einziges Mal menschlich sterblich zu sein?«

»Die Unsterblichkeit dafür, wieder menschlich sterblich zu sein? Ich glaube dir nicht. Das ist das erste Mal, daß du mir geradewegs ins Gesicht gelogen hast.«

»Wie kannst du es wagen? Ich würde tauschen. Wenn ich nicht so ein Feigling wäre, wenn es drauf ankommt, wenn ich nach fünfhundert gierigen Jahren nicht noch immer bis ins Mark meiner Knochen Angst vor dem Tod hätte.«

»Nein, ich glaube dir nicht. Das hat nichts mit Angst zu tun. Stell dir doch nur mal vor, wie kurz ein Leben währte, zur Zeit, da du geboren wurdest. Und all das verloren? Diese Zukunft, in der du Macht und Luxus kanntest, wie sie sich selbst ein Dschingis Khan nicht einmal erträumen durfte? Ach, das kannst du mir nicht weismachen.«

Mit Worten konnten sie nie eine Einigung erzielen. Es hörte immer wieder gleich auf – die Umarmung, der Kuß, das Blut, das Leichentuch der Träume, das sich wie ein großes Netz über ihn warf. Hunger! Ich liebe dich! Gib mir mehr! Ja, mehr. Aber niemals genug.

Es war zwecklos.

Und so hob schließlich Daniels Zeit der Wanderungen und der Flucht an, und Armand folgte ihm nicht. Armand wartete jedesmal, bis Daniel darum flehte, zurückkommen zu dürfen. Oder bis Daniel völlig am Ende und am Rand des Todes war. Dann und nur dann war Armand willens, ihn zurückzubringen.

Der Regen peitschte über das Pflaster der Michigan Avenue. Die Buchhandlung war leer, die Lichter waren erloschen. Irgendwo schlug eine Uhr die neunte Abendstunde. Er stand gegen die Schaufensterscheibe gelehnt, und er sah dem Verkehrsstrom vor ihm zu. Kein Zuhause, keine Unterkunft. Trink doch den winzigen Blutstropfen in dem Medaillon. Warum eigentlich nicht?

Und Lestat pirschte sich vielleicht in Kalifornien gerade jetzt an ein Opfer heran. Und sie richteten den Saal für das Konzert her. Sterbliche Männer richteten die Beleuchtung, die Mikrofone, die Übertragungswagen ein und hatten keine Ahnung, daß sich in die tosende Menge ein zweites, finsteres Publikum mischen würde. Vielleicht hatte sich Daniel ganz fürchterlich verrechnet. Vielleicht war ja Armand dort!

Zuerst hielt er das für ganz und gar unmöglich, dann verdichtete sich der Gedanke zur Gewißheit. Warum war Daniel nicht schon eher darauf gekommen?

Natürlich hatte sich Armand auf den Weg gemacht! Wenn das, was Lestat geschrieben hatte, auch nur ein Körnchen Wahrheit enthielt, würde Armand hingehen, um abzurechnen, um dabeizusein, vielleicht auch um nach jenen zu suchen, deren Spur er im Laufe der Jahrhunderte verloren hatte und die nun alle zu Lestat strömen würden.

Was machte da schon ein sterblicher Liebhaber aus, ein Mensch, der nichts weiter gewesen war als ein Spielzeug für ein Jahrzehnt? Nein. Armand war ohne ihn losgezogen. Und diesmal würde es keine Rettung geben.

Ihn fror; er fühlte sich bedeutungslos, wie er so dastand, und er fühlte sich unendlich einsam. Die bösen Vorahnungen, die der Traum von den Zwillingen ihm eingegeben hatte, hatten nichts auszurichten vermocht. Armand war ohne ihn einem Schicksal entgegengeeilt, das Daniel nie vollständig begreifen würde.

Das erfüllte ihn mit Schrecken, mit Trauer. Die Tore waren verschlossen; er war am Ende des Weges angelangt.

Er ging ein paar Schritte weiter; seine Hände waren erstarrt, der Regen hatte sein Sweatshirt durchnäßt. Am liebsten hätte er sich auf das Pflaster gelegt und die Zwillinge wiederkommen lassen. Und Lestats Sätze fielen ihm wieder ein. Den Augenblick der Wiedergeburt nannte er das Geschenk der Finsternis. Den Wilden Garten nannte er die Welt, die solche vorzüglichen Monster zu beherbergen imstande war.

Ach, laß mich dein Liebhaber im Wilden Garten sein, und das Licht, das im Leben verloschen ist, wird in einem Feuerwerk der Herrlichkeit wieder aufleuchten. Aus sterblichem Fleisch geformt, würde ich der Ewigkeit teilhaftig werden. Ich würde einer der Euren sein.

Ein Schwindelanfall. Wäre er beinahe hingefallen? Jemand sprach ihn an, jemand fragte ihn, ob alles in Ordnung sei. Nein, natürlich nicht. Warum auch?

Da legte sich plötzlich eine Hand auf seine Schulter.

Daniel.

Er blickte hoch. Armand stand am Rinnstein.

Zuerst konnte er es gar nicht glauben, daß da sein sehnlichster Wunsch in Erfüllung gegangen war, aber seine Augen trogen ihn nicht. Armand stand da. Stumm blickte er auf ihn hinab, der Hauch einer Rötung verdeckte die unnatürliche Blässe seines Gesichts. Wie normal sah er doch aus, falls Schönheit jemals normal sein konnte. Hinter ihm wartete ein riesiger grauer Rolls-Royce, so eine Art zusätzlicher Vision.

Komm schon, Daniel. Diesmal hast du es mir wirklich schwergemacht.

Es kam selten vor, daß er Armand wütend sah. Dabei liebte Daniel diese Wut! Seine Knie versagten den Dienst. Er spürte, wie er hochgehoben wurde, und dann war da der weiche Samt des Rücksitzes. Er kippte auf seine Hände. Er schloß die Augen.

Aber Armand zog ihn zärtlich hoch, hielt ihn fest. Der Wagen schaukelte sanft und einlullend während der Fahrt. Es war so schön, endlich wieder in Armands Armen zu ruhen. Aber es gab so viel, das er Armand erzählen mußte, so viel über den Traum, über das Buch.

»Glaubst du wirklich, daß ich das nicht weiß?« flüsterte Armand.

Ein seltsames Aufflackern des Auges, was hatte das zu bedeuten? Ein Blick, der gleichzeitig grob und zärtlich war. Er griff nach einem Becher, der halb mit Brandy gefüllt war, und reichte ihn Daniel.

»Und du läufst vor mir davon«, sagte er, »von Stockholm nach Edinburgh und nach Paris. Was glaubst du eigentlich, wer ich bin, daß ich dir in solchem Tempo und auf so verschlungenen Pfaden folgen kann? Ganz abgesehen von der Gefahr...«

Und dann waren da plötzlich Lippen auf Daniels Gesicht, *ah, schon besser, ich küsse so gerne. Und kuschle mich so gerne an tote Dinge, ja, halte mich fest.* Er senkte sein Gesicht auf Armands Hals. *Dein Blut.*

»Noch nicht, mein Geliebter.« Armand schob ihn fort; er legte seine Finger auf Daniels Lippen. »Höre zu, was ich dir zu sagen habe. Die unserer Art werden in aller Welt vernichtet.«

Vernichtet. Ein Schreck durchfuhr ihn, so daß sich sein Körper trotz aller Erschöpfung anspannte. Er versuchte, den Blick auf Armand zu haften, aber er sah nur wieder die rothaarigen Zwillinge, die Soldaten, den verkohlten Körper der Mutter. Was hatte diese ständig wiederkehrende Vision zu bedeuten?

»Das weiß ich nicht«, sagte Armand. Und er meinte den Traum, weil auch er diesen Traum gehabt hatte. Er hob den Brandy zu Daniels Lippen.

Oh, so warm, ja. Er würde das Bewußtsein verlieren, wenn er ihn nicht weiter festhielte. Sie rasten jetzt lautlos über den Freeway, aus Chicago hinaus. Der Regen spülte über die Fenster, und sie waren zusammen in dieser kleinen, mit Samt ausgeschlagenen Höhle. Ach, wie schön war doch dieser Silberregen. Armand aber hatte sich abgewandt, als würde er einer fernen Musik lauschen, die Lippen halb geöffnet, Worte auf der Zunge erstarrt.

Ich bin bei dir, sicher bei dir.

»Nein, Daniel, nicht sicher«, antwortete er. »Vielleicht nicht einmal eine Nacht oder eine Stunde lang.«

Daniel versuchte zu denken, sich eine Frage zurechtzulegen, aber er war zu schwach, zu müde. Seine Augen fielen zu, und er sank gegen Armands Schulter, und er fühlte seine Hand auf seinem Rücken.

Ganz weit in der Ferne hörte er Armands Stimme: »Was mach ich nur mit dir, mein Geliebter? Vor allem jetzt, wo ich selbst so viel Angst habe.«

Wieder Dunkelheit. Noch einmal Brandy, noch einmal die Berührung von Armands Hand, aber er träumte schon.

Die Zwillinge durchwanderten die Wüste; die Sonne stand am Zenit. Sie verbrannte ihre weißen Arme, ihre Gesichter. Ihre Lippen waren vom Durst aufgeschwollen und zersprungen. Ihre Kleider waren blutbefleckt.

»Laß es regnen«, flüsterte Daniel, »du kannst es machen, laß es regnen.« Eine der Zwillinge fiel auf ihre Knie, und ihre Schwester tat es ihr gleich und umschlang sie. Rotes Haar fiel über rotes Haar.

Irgendwo weit weg hörte er wieder Armands Stimme. Armand sagte, daß sie schon zu weit in die Wüste vorgedrungen seien. Nicht einmal ihre Geister könnten da Regen herbeizaubern.

Aber warum? Vermochten Geister denn nicht alles?

Er spürte, wie ihn Armand wieder zärtlich küßte.

Die Zwillinge haben jetzt einen Gebirgspfad erreicht. Aber es gab keinen Schatten, weil die Sonne direkt über ihnen stand, und die felsigen Hänge waren zu tückisch, als daß sie sie hätten erklimmen können. Sie gingen weiter. Konnte ihnen denn niemand helfen? Alle paar Schritte stolperten sie jetzt. Die Felsen dampften vor Hitze, sie wagten sie nicht zu berühren. Schließlich fiel eine von ihnen hin, und die andere legte sich über sie, breitete ihr Haar über sie aus.

Ach, wenn nur der Abend gekommen wäre mit seinen kühlenden Winden.

Plötzlich blickte der Zwilling, der seine Schwester beschützte, empor. Auf den Klippen regte sich etwas. Dann wieder Ruhe. Ein Felsen fiel. Und dann sah Daniel Männer sich nähern, Wüstenbewohner, die aussahen wie schon seit Tausenden von Jahren, mit ihrer dunklen Haut und ihrer schweren weißen Gewandung.

Die Zwillinge erhoben sich auf die Knie, während die Männer auf sie zukamen. Die Männer reichten ihnen Wasser. Sie gossen das kühle Wasser über sie. Plötzlich fingen die Zwillinge zu lachen und wie von Sinnen zu schwatzen an, so erleichtert waren sie, aber die Männer verstanden das alles nicht; schließlich deutete eine der beiden auf den Bauch ihrer Schwester und verschränkte die Arme, um das Schaukeln eines Kindes anzudeuten. Ach ja. Die Männer hoben die schwangere Frau hoch. Und sie zogen alle zusammen zu der Oase, die von Zelten umgeben war.

Schließlich, beim Feuer vor dem Zelt, schliefen die Zwillinge ein, sicher unter den Wüstenbewohnern, den Beduinen. Bei Sonnenaufgang erhob sich eine der Zwillinge, jene, die kein Kind unter dem Herzen trug. Unter den Augen ihrer Schwester ging sie zu den Olivenbäumen der Oase. Sie hob ihre Arme, und zuerst sah es nur so aus, als wollte sie die Sonne willkommen heißen. Die anderen waren inzwischen gleichfalls erwacht; sie versammelten sich, um zuzusehen. Und ein sanfter Wind erhob sich, bewegte die Äste der Olivenbäume. Und es fing leicht und lieblich zu regnen an.

Daniel öffnete die Augen. Er war im Flugzeug.

Sofort erkannte er das kleine Schlafzimmer wieder, die weißen Kunststoffwände und das sanfte gelbe Licht. Er lag auf dem Bett. Jemand hatte ihm Gesicht und Hände gewaschen. Er war glatt rasiert. Er fühlte sich ja so wohl. Und das Gebrüll der Motoren war eine riesige Stille, ein atmender Wal, der durch das Meer glitt. Irgendwo stand eine Karaffe. Danach verlangte ihn. Aber er war zu erschöpft, um sich rühren zu können. Und irgend etwas stimmte nicht, etwas... Er griff sich an den Hals. Das Amulett war verschwunden! Aber es machte nichts. Er war bei Armand.

Armand saß an dem kleinen Tisch bei dem Augenfenster des Wals, das weiße Kunststofflid war ganz heruntergezogen. Sein Haar war kurz geschnitten. Und er trug jetzt schwarze Wollkleidung und glänzende schwarze Schuhe wie ein Leichnam kurz vor der Beerdigung. Ziemlich gruselig. Gleich würde jemand den dreiundzwanzigsten Psalm singen. Gebt mir meine weißen Kleider zurück.

»Du stirbst«, sagte Armand sanft.

»›Und ob ich schon wanderte im finstern Tal‹ usw.«, flüsterte Daniel. Sein Hals war so trocken. Und sein Kopf schmerzte. Es war jetzt unwichtig, das auszusprechen, was ihn bewegte. Alles war schon vor so langer Zeit gesagt worden.

Armand sprach jetzt wieder stumm, ein Laserstrahl, der in Daniels Gehirn drang:

Sollen wir uns um die Einzelheiten kümmern? Du wiegst nicht mehr als einhundertfünf Pfund. Und der Alkohol frißt dein Inneres auf. Du bist halb verrückt. Du kannst dich an fast nichts mehr auf der Welt erfreuen.

»Außer hie und da mit dir zu sprechen. Ich kann ganz leicht alles hören, was du sagst.«

Wenn du mich nie wieder sehen würdest, wäre alles noch viel schlimmer. Wenn du so weitermachst, wirst du keine fünf Tage mehr leben.

Ein unerträglicher Gedanke. Aber wenn dem so ist, warum bin ich dann fortgelaufen?

Keine Antwort.

Alles schien so klar zu sein. Es war nicht nur das Getöse der Motoren, es war die eigentümliche Weise, wie sich das Flugzeug fortbewegte, als würde es ständig bergauf und über Bordsteine holpern.

Armands Haar war hübsch zur Seite gekämmt. Eine goldene Uhr war an seinem Handgelenk, eins dieser hochtechnisierten Dinger, die ihm so sehr gefielen. Und er trug eine schwarze Jacke, ziemlich altmodisch mit schmalen Revers. Die Weste war aus schwarzer Seide, zumindest sah sie so aus. Und sein Gesicht, mein Gott, er hatte gespeist. Reichlich.

Kannst du dich an irgend etwas erinnern, das ich dir früher gesagt habe?

»Ja«, sagte Daniel, aber die Wahrheit war, daß er Schwierigkeiten hatte sich zu erinnern. Dann fiel es ihm plötzlich wieder ein, wie eine bedrückende Ahnung. »Etwas von überall wütender Zerstörung. Aber ich sterbe. Sie sterben, ich sterbe. Sie waren unsterblich, bevor all das geschah; ich bin kaum noch am Leben. Siehst du? Ich erinnere mich. Ich hätte jetzt gerne einen Bourbon.«

Ich kann wohl nichts machen, um dich zum Leben zu überreden, stimmt's?

»Nicht schon wieder. Ich springe aus dem Flugzeug, wenn du weitermachst.«

Wirst du mir jetzt zuhören? Wirklich zuhören?

»Was bleibt mir anderes übrig? Ich kann deiner Stimme nicht entrinnen, wenn du willst, daß ich zuhöre; das ist wie ein kleines Mikrofon in meinem Kopf. Was ist das, Tränen? Weinst du über mich?«

Eine Sekunde lang sah er so jung aus. Einfach lächerlich.

»Hol dich der Teufel, Daniel«, sagte Armand, so daß Daniel die Worte laut hörte.

Daniel lief es kalt über den Rücken. Es war entsetzlich, ihn leiden zu sehen. Daniel sagte nichts.

»Was wir sind«, sagte Armand, »war nicht ursprünglich beabsichtigt, das weißt du. Um das herauszubekommen, hättest du nicht

Lestats Buch lesen müssen. Jeder von uns hätte es dir erzählen können, daß es der reinste Greuel war, eine dämonische Verschmelzung...«

»Dann war das, was Lestat schrieb, also wahr.« Ein Dämon, der in die Mutter und den Vater aus dem alten Ägypten fuhr. Nun ja, auf jeden Fall ein Geist. Damals nannten sie derlei einen Dämon.

»Ob wahr oder nicht, das ist egal. Der Anfang ist nicht mehr wichtig. Was zählt, ist, daß das Ende unmittelbar bevorstehen könnte.«

Angst schnürte Daniel die Kehle zu, die Beklemmung des Traumes stellte sich wieder ein, der schrille Schrei der Zwillinge.

»Hör mir zu«, sagte Armand geduldig und riß ihn von den beiden Frauen fort. »Lestat hat etwas oder irgend jemanden aufgeweckt...«

»Akascha... Enkil.«

»Vielleicht. Vielleicht mehr als einen oder zwei. Niemand weiß es genau. Da kommt dauernd ein unbestimmter Warnruf, aber niemand scheint zu wissen, woher. Man weiß nur, daß wir aufgespürt und vernichtet werden, daß Ordenshäuser und andere Treffpunkte in Flammen aufgehen.«

»Vor Jahren«, fuhr Armand fort, »hätte mir all das nichts ausgemacht.«

»Was meinst du?«

»Aber ich möchte es jetzt nicht enden lassen. Ich möchte fortfahren, es sei denn, du...« Sein Gesichtsausdruck veränderte sich ein wenig; ein Anflug von Überraschung erschien darauf. »Ich will nicht, daß du stirbst.«

Daniel sagte nichts.

Gespenstische Stille. Armand saß so gefaßt, so geduldig da, die Worte in krassem Widerspruch zu seiner ruhigen, sanften Stimme.

»Ich habe keine Angst, weil du hier bist«, sagte Daniel plötzlich.

»Dann bist du ein Narr. Aber ich werde dir jetzt noch etwas anderes von dieser ganzen mysteriösen Angelegenheit verraten.«

»Ja?«

»Lestat existiert noch immer. Er schmiedet nach wie vor noch seine Ränke. Und jenen, die sich um ihn versammelt haben, geschieht nichts. Sie haben sich alle in San Francisco eingefunden. Sie pferchen sich im Hinterzimmer einer Kneipe zusammen, die *Dracu-*

la's Daughter heißt. Ich spüre es ganz deutlich. Gedanken, Gefühle, Stimmen von ihnen dringen zu mir herüber. Doch ab und zu übertönen Warnungen alles andere. *Gefahr*. Es ist, als ob unsere Welt einen Augenblick lang in Schweigen versinkt. Dann erheben sich wieder andere Stimmen.«

»Und Lestat. Wo ist Lestat?«

»Er ist immer nur kurz gesehen worden. Niemand kennt sein Versteck. Er ist zu schlau, um derlei geschehen zu lassen. Aber er führt sie an der Nase herum. Er jagt in seinem schwarzen Porsche durch die Straßen von San Francisco. Vielleicht weiß er nicht alles, was letzthin geschehen ist.«

»Versteh ich nicht.«

»Die Fähigkeit zu kommunizieren, ist Veränderungen unterworfen. Lestat hält sich in jeder Hinsicht im Verborgenen. Vielleicht ist sein Geist von allem anderen völlig abgeschnitten.«

»Und die Zwillinge? Die beiden Frauen in dem Traum, wer sind sie?«

»Ich weiß es nicht. Nicht alle haben diese Träume gehabt. Aber viele wissen um sie, und viele scheinen vor ihnen Angst zu haben und überzeugt zu sein, daß Lestat irgendwie schuld daran ist. Was auch immer passiert ist, Lestat ist für sie der Schuldige.«

»Ein wahrer Teufel unter Teufeln«, lachte Daniel.

Mit einem matten Kopfnicken ging Armand auf diesen kleinen Scherz ein. Er lächelte sogar.

Stille. Getöse der Motoren.

»Verstehst du, was ich dir da sage? Die Unseren sind überall angegriffen worden, nur dort nicht.«

»Wo Lestat ist.«

»Genau. Aber der Unheilbringer geht nach keinem bestimmten Plan vor. Offenbar muß er in der Nähe dessen sein, den er vernichten will. Vielleicht wartet er auf das Konzert, um das Werk zu vollenden, das er begonnen hat.«

»Dir kann er nichts anhaben. Sonst hätte er schon...«

Wieder dieses kurze, höhnische, kaum hörbare Lachen. Ein telepathisches Lachen?

»Deine Vertrauensseligkeit finde ich mal wieder rührend. Aber gerade jetzt darfst du nicht mein treuer Anhänger sein. Der Unheilbringer ist nicht allmächtig. Er kann sich nicht mit unendlich rasender Geschwindigkeit fortbewegen. Du mußt die Wahl verstehen, die ich getroffen habe. Wir gehen zu Lestat, weil das der einzig sichere Ort ist.«

»Und weil du bei Lestat sein möchtest.«

Keine Antwort.

»Und du weißt das. Du möchtest ihn sehen. Du möchtest dasein, wenn er dich braucht. Falls es einen Kampf gibt...«

Keine Antwort.

»Und wenn Lestat die Ursache ist, kann er vielleicht allem Einhalt gebieten.«

Noch immer schwieg Armand. Er schien verwirrt zu sein.

»Die Dinge liegen viel einfacher«, sagte er schließlich. »Ich *muß* gehen.«

Das Flugzeug schien in einer Geräuschwolke zu hängen. Daniel blickte schläfrig zur Decke.

Endlich Lestat von Angesicht zu Angesicht sehen. Er mußte an Lestats altes Haus in New Orleans denken. An die goldene Uhr, die er auf dem staubbedeckten Boden gefunden hatte. Und nun ging es zurück nach San Francisco, zurück zum Anfang, zurück zu Lestat. Mehr denn je verlangte es ihn nach dem Bourbon. Warum wollte Armand ihm nicht davon geben? Er war so schwach. Sie würden in das Konzert gehen, er würde Lestat sehen...

Aber dann bemächtigte sich seiner wieder jene Angst, die auch von den Träumen ausgelöst wurde. »Laß mich nicht mehr von ihnen träumen«, flüsterte er plötzlich.

Er glaubte Armands Augen ja sagen zu hören.

Plötzlich stand Armand neben ihm am Bett. Sein Schatten fiel auf Daniel. Der Bauch des Walfisches schien kleiner zu sein, nur noch aus dem Licht zu bestehen, das Armand umgab.

»Sieh mich an, Geliebter«, sagte er.

Dunkelheit. Und dann öffneten sich die hohen Eisengatter, und das Mondlicht flutete in den Garten. *Wo sind wir hier?*

Oh, Italien, das mußte Italien sein mit seiner warmen, sanft einlullenden Luft und dem Mondlicht, das die Bäume und Blumen beschien, und weiter hinten mußte die Mysterien-Villa sein am Rande des alten Pompeji.

»Aber wie sind wir hierhergelangt?« Er wandte sich Armand zu, der neben ihm in seltsamer, altmodischer Samtkleidung stand. Einen Moment lang konnte er Armand nur anstarren, die schwarze Samttunika und die Beinkleider und sein langes, kastanienfarbenes Haar.

»Wir sind nicht wirklich hier«, sagte Armand. »Das weißt du doch.« Er drehte sich um und ging durch den Garten der Villa entgegen.

Aber es war wirklich! Sieh doch nur die verfallenen alten Ziegelsteinmauern und die Blumen in ihren Beeten und den feuchten Weg mit Armands Fußspuren! Und hoch oben die Sterne, die Sterne! Er pflückte ein Blatt von dem Zitronenbaum.

Armand nahm ihn beim Arm. Von den Rosenbeeten her roch es nach frisch umgegrabener Erde. *Ah, ich könnte hier sterben.*

»Ja«, sagte Armand, »könntest du, und du wirst. Und du weißt, daß ich das niemals zuvor getan habe. Ich habe es dir gesagt, aber du hast mir nie geglaubt. Lestat hat es in seinem Buch geschrieben. Ich habe es nie getan. Glaubst du mir jetzt?«

»Natürlich glaube ich dir. Den Schwur, den du geleistet hast, du hast alles erklärt. Aber Armand, ich habe eine Frage, wem hast du das geschworen?«

Gelächter.

Ihre Stimmen drangen durch den Garten. Wie riesig waren doch diese Rosen und Chrysanthemen. Und Licht ergoß sich aus den Toren der Mysterien-Villa. Spielte da Musik? Die ganze Ruine war festlich beleuchtet unter dem glühenden Blau des Nachthimmels.

»Du also wirst mich veranlassen, meinen Schwur zu brechen. Du wirst dann haben, was du glaubst, haben zu wollen. Aber sieh diesen Garten gut an, denn wenn ich es einmal tue, wirst du nie mehr meine Gedanken lesen oder an meinen Visionen teilhaben können. Ein Schleier des Schweigens wird sich über dich senken.«

»Aber wir werden Brüder sein, verstehst du das nicht?« fragte Daniel.

Armand stand so nahe bei ihm, daß sie sich beinahe küßten. Die Blumen schmiegten sich an sie, riesige gelbe Dahlien und weiße Gladiolen. Sie waren neben einem sterbenden Baum stehengeblieben, in dem eine milde Glyzinie wuchs. Zarte, bebende Blüten, das verschlungene Geäst weiß wie Knochen. Und hinten drangen Stimmen aus der Villa. Waren da Leute, die sangen?

»Aber wo sind wir wirklich?« fragte Daniel. »Sag's mir!«

»Das habe ich dir schon gesagt. Es ist nur ein Traum. Aber wenn du unbedingt eine Ortsbezeichnung willst, laß es mich das Tor zum Leben und zum Tod nennen. Ich werde mit dir durch dieses Tor schreiten. Und warum? Weil ich ein Feigling bin. Und ich liebe dich zu sehr, um dich ziehen zu lassen.«

Daniel war voller Freude, fühlte einen kalten und herrlichen Triumph. Dieser Augenblick gehörte ihm, und er war nicht mehr in dem furchteinflößenden freien Fall der Zeit verloren. Er würde nicht mehr zu jenen Millionen zählen, denen es bestimmt war, ohne Namen und Wissen unter verwelkten Blumen in der feuchten, duftenden Erde zu schlafen.

»Ich verspreche dir nichts. Wie könnte ich auch? Ich habe dir gesagt, was dich erwartet.«

»Das ist mir einerlei. Ich werde den Weg mit dir gehen.«

Armands Augen waren gerötet, matt und alt. Er trug solch vornehme Kleidung, handgenäht, verstaubt, wie die Kleider eines Geistes.

»Weine nicht! Das ist nicht fair«, sagte Daniel. »Dies ist meine Wiedergeburt. Wie kannst du da weinen? Weißt du nicht, was das bedeutet? Ist es möglich, daß du es niemals wußtest?«

Er blickte plötzlich hoch, und vor ihm lag die verwunschene Landschaft, die ferne Villa, das hügelige Land. Und dann wandte er den Blick nach oben, und der Himmel versetzte ihn in Erstaunen.

Der Himmel war mit einer solchen Sternenfülle übersät, daß die Konstellationen darin untergingen. Keine vertrauten Muster mehr. Kein Sinn. Nur der überwältigende Sieg reiner Energie und Materie. Aber dann sah er die Plejaden – jene Konstellation, die die rothaarigen Zwillinge in dem Traum so sehr liebten –, und er lächelte. Und er sah die Zwillinge nebeneinander auf einem Berggipfel stehen, und sie waren glücklich. Freude erfüllte ihn.

»Sag das Wort, Geliebter«, sagte Armand. »Ich werde es machen. Wir werden schließlich zusammen in der Hölle landen.«

»Aber verstehst du nicht«, sagte Daniel, »alle menschlichen Entscheidungen werden auf diese Weise getroffen. Oder meinst du, daß die Mutter weiß, welches Schicksal das Kind in ihrem Schoß erwartet? Gütiger Gott, wir sind verloren, das sage ich dir. Was macht es schon aus, wenn du es mir schenkst und es falsch ist?! Es gibt nichts Falsches! Ich möchte nur immer und ewig mit dir leben.«

Er öffnete die Augen. Die Decke der Flugzeugkabine, die gelben Lichter spiegelten sich in den holzgetäfelten Wänden, und dann war er wieder von dem Garten umgeben, dem Duft, den Blumen, die fast von ihren Stengeln fielen.

Sie standen unter dem toten Baum mit seinen violetten Glyzinienblüten, und die Blüten strichen ihm ins Gesicht, und dann spürte er, wie sich plötzlich Zähne scharf und fest in seinen Hals senkten.

Sein Herz krampfte sich zusammen! Das war mehr, als er ertragen konnte. Doch konnte er über Armands Schulter hinwegsehen, und die Nacht umhüllte ihn, die Sterne wurden so groß wie diese feuchten Blüten. Und jetzt erhoben sie sich auch noch in den Himmel!

Den Bruchteil einer Sekunde lang sah er den Vampir Lestat, wie er in seinem schicken schwarzen Wagen durch die Nacht fuhr. Mit seiner im Wind flatternden Mähne sah Lestat wie ein Löwe aus, seine Augen funkelten vor Grimm und Energie. Und dann wandte er sich um, und er blickte Daniel an, und ein tiefes, leises Lachen entwand sich seiner Kehle.

Auch Louis war da. Louis stand in einem Zimmer in der Divisadero Street und blickte aus dem Fenster, abwartend, und dann sagte er: »Ja, komm, Daniel, wenn es denn sein muß.«

Aber sie wußten nichts von den niedergebrannten Ordenshäusern. Sie wußten nichts über die Zwillinge, über den Warnruf dräuender Gefahr!

Sie waren alle in einem überfüllten Raum in der Villa, und Louis stand an den Kaminsims gelehnt. Alle waren da! Sogar die Zwillinge waren da! »Gottlob seid ihr gekommen«, sagte Daniel. Er gab Louis einen schicklichen Wangenkuß. »Sieh doch mal, meine Haut ist so blaß wie deine!«

Er schrie laut auf, als von seinem Herzen abgelassen wurde und sich seine Lungen mit Luft füllten. Wieder der Garten. Gras überall um ihn herum... Der Garten wuchs über seinen Kopf hinaus. *Laß mich nicht hier, nicht hier der Erde verhaftet.*

»Trinke, Daniel.« Der Priester sprach die lateinischen Worte, während er den heiligen Wein der Kommunion in seinen Mund goß. Die rothaarigen Zwillinge nahmen die geweihten Schalen – das Herz, das Gehirn. »Dies, das Gehirn und das Herz meiner Mutter verleibe ich mir ein, ehrfurchtsvoll ihres Geistes gedenkend...«

»Gott, laß mich teilhaftig werden!« Ungeschickt ließ er den Kelch auf den Marmorfußboden der Kirche fallen. Das Blut!

Er richtete sich auf, hielt Armand umklammert, zog es Schluck um Schluck aus ihm heraus. Sie waren zusammen in das weiche Blumenbeet gefallen. Armand lag neben ihm, und sein Mund war an Armands Hals gepreßt, und das Blut war ein nichtversiegender Quell.

»Komm zu uns in die Mysterien-Villa«, sagte Louis. Louis berührte seine Schulter. »Wir warten auf dich.« Die Zwillinge umarmten sich, streichelten sich gegenseitig über ihr langes, lockiges rotes Haar.

Und die jugendlichen Fans standen vor dem Auditorium und schrien, was das Zeug hielt, weil es keine Eintrittskarten mehr gab. Sie wollten die Nacht bis zum morgigen Abend auf dem Parkplatz verbringen.

»Haben wir eigentlich Eintrittskarten?« fragte er. »Armand, die Eintrittskarten!«

Gefahr. Eis. Es geht von dem Einen aus, der unter dem Eis gefangensitzt!

Ein harter Schlag in die Magengrube. Er schwebte.

»Schlaf, Geliebter.«

»Ich möchte zurück in den Garten, die Villa.« Er versuchte die Augen zu öffnen. Sein Magen tat ihm weh, ein seltsamer Schmerz, wie von weit her.

»Du weißt doch, daß er unter dem Eis begraben ist?«

»Schlaf«, sagte Armand und deckte ihn mit einer Decke zu. »Und wenn du aufwachst, wirst du genau sein wie ich. Tot.«

San Francisco. Noch bevor er die Augen öffnete, wußte er, daß er da war. Und solch ein schrecklicher Traum, er war froh, ihn verlassen zu dürfen – erstickende Schwärze und tobende, furchtbare Meereswirbel! Aber der Traum verdämmerte. Ein bilderloser Traum, nur das Rauschen des Wassers, das Gefühl, im Wasser zu sein! Ein Alptraum von unaussprechlicher Gewalt. Er war eine Frau gewesen, hilflos, ohne Zunge, um schreien zu können.

Fort!

Eine winterfrische weiße Luft, die er fast schmecken konnte, umfing sein Gesicht. San Francisco natürlich. Die Kälte hüllte ihn ein wie ein enges Kleid, aber innerlich fühlte er sich köstlich warm.

Unsterblich. Für immer.

Er öffnete die Augen. Armand hatte ihn dahin gebettet. Durch die zähflüssige Dunkelheit des Traumes hatte er Armands Anweisung gehört, hier zu verharren. Armand hatte ihm gesagt, hier sei er sicher.

Hier.

Die Terrassentür am anderen Ende stand offen. Und der Raum selbst war vollgestopft und üppig eingerichtet, eines jener luxuriösen Domizile, die Armand immer wieder auftrieb und die er so sehr mochte.

Er raffte sich auf und ging durch die geöffnete Tür.

Ein dichtes Gewirr von Ästen ragte zwischen ihm und dem feucht glänzenden Himmel auf. Und durch die Zypressenzweige hindurch sah er unter sich den gewaltigen, flammenden Bogen der Golden Gate Bridge; wie dicker weißer Rauch umwaberte der Nebel die riesigen Pfeiler.

Ein wahrhaft großartiges Schauspiel – und die dunkle Silhouette der fernen Hügel unter ihrer Hülle anheimelnder Lichter.

Unsterblich ... für immer.

Er strich sich mit beiden Händen durch das Haar, und ein sanftes Prickeln durchfuhr ihn, da fiel ihm etwas ein. Er griff nach seinen Fangzähnen. Ja, da waren sie, schön lang und scharf.

Jemand berührte ihn. Er drehte sich so schnell um, daß er beinahe das Gleichgewicht verlor. Alles war jetzt so unbegreiflich andersartig! Schnell gewann er seine Fassung wieder, aber beim Anblick Armands hätte er am liebsten losgeheult. Selbst in diesem tiefen Schatten hier waren Armands dunkelbraune Augen voll vibrierenden Lichts. Und dieser liebevolle Gesichtsausdruck! Ganz vorsichtig berührte er Armands Wimpern, und dann küßte ihn Armand. Er fing zu zittern an. Dieser kühle, seidene Mund fühlte sich wie ein Kuß ungetrübter Geistigkeit an, wie die elektrische Reinheit eines Gedankens!

»Komm herein, mein Zögling«, sagte Armand. »Wir haben kaum noch eine Stunde.«

»Aber die anderen.«

Armand hatte etwas äußerst Wichtiges entdeckt. Schreckliche Dinge geschahen, Ordenshäuser brannten. Aber im Moment schien ihm nichts wichtiger zu sein als diese Wärme in ihm und dieses Prickeln, das ihn durchströmte.

»Sie gedeihen, schmieden Komplotte«, sagte Armand. »Sie haben Angst vor der Massenzerstörung, aber San Francisco berührt das nicht. Einige sagen, daß Lestat dahintersteckt, um alle um sich zu scharen. Andere meinen, dies sei das Werk von Marius oder sogar der Zwillinge. Oder JENER, DIE BEWAHRT WERDEN MÜSSEN, die mit unendlicher Macht von ihrem Schrein aus zuschlagen.«

Die Zwillinge! Er spürte, wie das Dunkel des Traumes ihn wieder umhüllte, der Körper einer Frau, ohne Zunge, Schrecken. Ach, jetzt konnte ihm nichts mehr etwas anhaben. Weder Träume noch Verschwörungen. Er war Armands Kind.

»Aber diese Dinge müssen warten«, sagte Armand sanft. »Du mußt mit mir kommen und genau das tun, was ich dir auftrage. Wir müssen vollenden, was wir angefangen haben.«

»Vollenden?« Es war vollendet. Er war wiedergeboren.

Armand führte ihn von der zugigen Terrasse ins Innere des Hauses. Das Messingbett schimmerte in der Dämmerung, und auf einer Porzellanvase schienen goldene Drachen zu tanzen. Die Tasten des Klaviers grinsten ihn wie Zähne an.

Die Musik, wo kam die Musik her? Eine leise klagende Jazztrompete, die ganz alleine spielte. Er hielt inne, lauschte diesem melancholischen Lied, diesen Noten, die langsam ineinander verschwammen.

Er versuchte, sich für die Musik zu bedanken, aber seine Stimme klang so unerklärlich fremd, schärfer, tönender. Sogar seine Zunge fühlte sich anders an; und da draußen war Nebel, sieh nur, er wies auf den Nebel, der an der Terrasse vorbeizog, den Nebel, der die Nacht verschlang!

Armand zeigte Geduld. Armand verstand. Armand führte ihn langsam durch den abgedunkelten Raum.

»Ich liebe dich«, sagte Daniel.

»Bist du sicher?« antwortete Armand.

Er mußte lachen.

Sie hatten einen langen Gang erreicht. Eine Treppe verlor sich im Gedämmer. Armand drängte ihn vorwärts. Er wollte sich den Teppich auf dem Fußboden näher ansehen, von Lilien durchwobene Medaillons, aber Armand hatte ihn in ein hellerleuchtetes Zimmer geführt.

Er mußte nach Atem ringen angesichts der Flut von Licht, Licht, das die tiefen Ledersofas und -sessel überschwemmte. Aber erst das Wandgemälde!

Die Figuren dieses Gemäldes waren wahrhaft lebendig, formlose Wesen, die eigentlich nur große dicke Sudelflecken greller gelber und roter Farbe waren. Alles, was lebendig aussah, war lebendig. Hingemalte armlose Wesen, die in stechender Farbe schwammen, und sie sahen aus, als würden sie für immer und ewig existieren. Konnten sie einen mit all diesen winzigen, verstreuten Augen sehen? Oder sahen sie nur den Himmel und die Hölle ihres eigenen leuchtenden Reiches, mit einem Stück Draht an einem Nagel an der Wand aufgehängt?

Bei dem Gedanken hätte er weinen können, er hätte weinen können über das Wehklagen der Trompete – und doch weinte er nicht. Er hatte einen scharfen, verführerischen Geruch aufgefangen. *Gott, was war das?* Sein ganzer Körper schien sich auf unerklärliche Weise zu verhärten. Dann plötzlich starrte er ein junges Mädchen an.

Sie saß in einem vergoldeten Sessel und beobachtete ihn, die Fußgelenke übereinandergekreuzt, ihr volles braunes Haar ein leuchtender Wust um ihr weißes Gesicht. Ihre spärliche Kleidung war verschmutzt. Eine kleine Ausreißerin mit zerfetzten Jeans und verflecktem Hemd. Ein göttliches Bild, trotz ihrer sommersprossigen Nase und des fettigen Rucksacks, der zu ihren Füßen lag. Aber die Form ihrer kleinen Arme, ihrer Beine! Und ihre Augen, ihre braunen Augen! Sie lachte leise, aber irgendwie ohne Humor, irgendwie leicht irrsinnig, mit einem seltsamen, finsteren Unterton. Er merkte, daß er ihr Gesicht in seine Hände genommen hatte, und sie starrte zu ihm hoch; er lächelte, und ihre kleinen warmen Wangen erröteten ein wenig.

Blut, das war der Duft! Seine Finger brannten. Er konnte sogar die

Adern unter ihrer Haut sehen! Und ihre Herzgeräusche, er konnte sie hören. Sie schwollen an, es war so ein... feuchtes Geräusch. Er wich vor ihr zurück.

»Gott, bring sie weg von hier!« rief er.

»Nimm sie«, flüsterte Armand. »Jetzt.«

5
Khayman, mein Khayman

Keiner hört mir zu.
Nun darfst du nur für dich selbst singen
Wie's die Vögel tun, nicht des Territoriums
Oder der Vormacht wegen,
Nur um sich besser zu fühlen.
Laß etwas
Aus dem Nichts kommen.

Stan Rice
Texas Suite

Bis zu dieser Nacht, dieser schrecklichen Nacht, gönnte er sich einen kleinen Witz über sich selbst: Er wisse zwar nicht, wer er sei oder woher er komme, aber dafür wisse er, was er möge.

Und was er mochte, fand er um sich herum – die Blumen an den Ecken, die großen Stahl- und Glasgebäude, das Gras unter seinen Füßen. Und er kaufte sich Glitzerdinger aus Plastik und Metall – Spielzeug, Computer, Telefone – egal was. Er machte sich einen Spaß daraus, ihren Mechanismus zu begreifen, sie zu beherrschen, um sie dann zu kleinen buntscheckigen Bällen zu zerquetschen, mit denen er jonglieren oder mit denen er Fensterscheiben einwerfen konnte, wenn ihn niemand dabei beobachtete.

Er mochte Klaviermusik, Filme und die Gedichte, die er in Büchern fand.

Er mochte auch Autos, die mit dem Öl der Erde fuhren, ganz so wie Lampen Öl zum Brennen brauchten. Und die großen Flugzeuge, die nach denselben wissenschaftlichen Gesetzen hoch über den Wolken funktionierten.

Autofahren gehörte zu seinen Lieblingsbeschäftigungen. In einem silbernen Mercedes war er in einer einzigen Nacht von Rom über Florenz nach Venedig gerast. Er mochte auch fernsehen – die ganze Elektronik, mit ihren kleinen blinkenden Lämpchen. Es war einfach wohltuend, in Gesellschaft eines Fernsehers zu sein, in Gesellschaft so vieler kunstvoll geschminkter Gesichter, die freundschaftlich von der flimmernden Mattscheibe zu einem sprachen.

Und Rock and Roll mochte er auch. Er mochte jegliche Musik. Er mochte, wie der Vampir Lestat das *Requiem für die Marquise* sang. Den Worten schenkte er weiter keine Beachtung. Die düstere Melancholie der Schlagzeugbegleitung hatte es ihm angetan. Am liebsten hätte er zu tanzen angefangen.

Er mochte die riesigen gelben Maschinen, die in Großstädten spät nachts die Erde aufwühlten; er mochte die Doppeldeckeromnibusse Londons, und die Leute – diese klugen Sterblichen überall –, die mochte er natürlich auch.

Er liebte es, in den Abendstunden durch Damaskus zu streifen und in seinem verwirrten Gedächtnis eine Stadt aus längst versunkenen Zeiten wieder aufblitzen zu sehen. Römer, Griechen, Perser, Ägypter waren in diesen Straßen.

Er mochte die Bibliotheken, in denen er Fotografien alter Baudenkmäler und wohlriechende Bücher finden konnte. Die neuen Städte, die er besuchte, fotografierte er selbst, und manchmal gelang es ihm, diese Fotos mit eigenen Gedankenbildern zu beleben. So waren beispielsweise die Leute auf seiner Fotografie in Rom mit Tuniken und Sandalen bekleidet.

Ach, ja, er mochte vieles, das um ihn herum geschah – die Geigenmusik von Bartok, kleine Mädchen in schneeweißen Kleidern, die aus der Kirche kamen, wo sie gerade zur Mitternacht die Weihnachtsmesse gesungen hatten.

Natürlich mochte er auch das Blut seiner Opfer. Das war ganz selbstverständlich. Das gehörte nicht zu seinem kleinen Witz. Über den Tod pflegte er nicht zu scherzen. Er schlich sich lautlos an seine Beute heran; er wollte seine Opfer nicht sehen. Wenn ein Sterblicher zu ihm sprach, wandte er sich sofort ab. Seiner Meinung nach schickte es sich einfach nicht, mit diesen lieben, sanftäugigen Wesen auch nur ein Wort zu wechseln, um dann ihr Blut gierig zu schlürfen, ihre Knochen zu brechen und ihr Mark auszusaugen, ihre Glieder zu zerquetschen, bis sie nur noch ein matschiger Brei waren. Wenn er sich an ihnen gütlich tat, dann mit roher Gewalt. Das Blut war ihm eigentlich gar keine Notwendigkeit mehr; aber er wollte es, weniger aus Durst als aus nackter Gier. Mit Leichtigkeit hätte er drei bis vier Sterbliche pro Nacht aussaugen können.

Doch war er sich sicher, vollkommen sicher, daß er selbst einmal ein Mensch gewesen war. In der Sonnenhitze des Tages lustwandeln, ja, einst hatte er das getan, obwohl er das nun ganz sicher nicht mehr tun konnte. Er sah sich an einem Holztisch sitzend und mit einem kleinen Kupfermesser einen reifen Pfirsich zerschneiden. Eine schöne Frucht vor ihm. Er konnte sich an den Geschmack noch erinnern. Er konnte sich an den Geschmack von Brot und Bier erinnern. Er sah das Sonnenlicht auf dem gelben Sand, der sich kilometerweit vor ihm ausbreitete. »Lege dich hin und ruhe dich unter der wärmenden Sonne aus«, hatte einmal jemand zu ihm gesagt. War das der letzte Tag seines Lebens gewesen? Ruhe dich aus, ja, weil heute nacht der König und die Königin ihren ganzen Hofstaat zusammenrufen werden, und etwas Schreckliches, etwas...

Aber er konnte sich nicht wirklich erinnern. Er wußte es einfach nur, das heißt bis zu dieser Nacht. Dieser Nacht...

Er konnte sich nicht einmal erinnern, als er den Vampir Lestat hörte. Der Typ hatte es ihm einfach ein klein wenig angetan – ein Rocksänger, der sich als Blutsauger bezeichnete. Und er sah tatsächlich unirdisch aus, aber das konnte auch am Fernseher liegen. Viele Menschen in der schwindelerregenden Welt der Rockmusik hatten ein unirdisches Aussehen. Und in der Stimme des Vampirs Lestat schwang soviel menschliches Gefühl mit. Es war nicht bloß Gefühl; es war menschlicher Ehrgeiz ganz besonderer Art. Der Vampir Lestat wollte ein Held sein. Wenn er sang, sagte er: »Gesteht mir meine Bedeutung zu! Ich bin ein Symbol des Bösen; und wenn ich ein wahres Symbol bin, dann bin ich gut.«

Faszinierend. Nur ein Mensch konnte so paradox denken. Und er selbst wußte das, schließlich war er ja auch einmal ein Mensch gewesen.

Freilich vermochte er auf übernatürliche Weise die Dinge zu begreifen. Kein Zweifel. Menschen konnten nicht einfach technische Apparaturen anblicken und gleich ihren Mechanismus verstehen so wie er. Und die Art und Weise, wie ihm sofort alles vertraut war – das hatte schon etwas mit übermenschlichen Fähigkeiten zu tun. Es gab nichts, was ihn wirklich überraschen konnte. Weder die Quantenphysik noch Evolutionstheorien oder Gemälde von Picasso oder jene Methode, Kinder mit Bazillen zu impfen, um sie vor Krankheiten zu schützen. Es war, als sei er der Dinge gewahr gewesen, schon längst ehe er sich seines Daseins erinnern konnte. Lange ehe er sagen konnte: »Ich denke, also bin ich.«

Aber ungeachtet all dessen war er noch immer dem Menschlichen verhaftet. Das konnte niemand abstreiten. Er konnte menschlichen Schmerz mit geradezu unheimlicher und beängstigender Vollendung spüren. Er wußte, was es bedeutete, zu lieben und einsam zu sein, ach ja, das vor allem wußte er, und am deutlichsten spürte er es, wenn er den Songs des Vampirs Lestat zuhörte. Und gerade darum schenkte er den Worten keine Beachtung.

Und noch etwas. Je mehr Blut er trank, desto menschlicher wurde sein Aussehen.

Als er das erste Mal in diesem Zeitalter aufgetaucht war, hatte er ganz und gar nicht menschlich ausgesehen. Er war ein ekelerregendes Skelett gewesen, das die Straße gen Athen entlangschlurfte, die Knochen nur mehr von einem Aderngewirr zusammengehalten und das Ganze in einem Sack weißer Haut schlotternd. Er hatte den Leuten Furcht und Schrecken eingejagt. Sie suchten das Weite, wenn sie ihn nur sahen, und selbst wenn sie in Autos saßen, drückten sie wie verrückt aufs Gaspedal. Aber er konnte ihre Gedanken lesen – sich selbst sehen, wie sie ihn sahen –, und er hatte Verständnis, und es tat ihm leid, selbstverständlich.

In Athen angekommen, legte er sich Handschuhe zu, einen knöchellangen Umhang mit Plastikknöpfen und diese komischen modernen Schuhe, die den ganzen Fuß bedeckten. Sein Gesicht verhüllte er mit Tüchern, die nur mit Löchern für die Augen und den Mund versehen waren. Sein verdrecktes schwarzes Haar verbarg er unter einem grauen Filzhut.

Sie starrten ihn zwar immer noch an, aber wenigstens rannten sie nicht mehr schreiend davon. In der Abenddämmerung schlenderte er durch die dichtgedrängte Menge auf dem Omoniaplatz, und keiner schenkte ihm irgendwelche Beachtung. Es gefiel ihm gut, dieses geschäftige Treiben in dieser alten Stadt, das in längst versunkenen Zeiten nicht weniger lebhaft gewesen war, als Studenten aus der ganzen damaligen Welt gekommen waren, um hier Philosophie und Kunst zu studieren. Er konnte zur Akropolis hochblicken und den Parthenon sehen, so wie er einst gewesen war, vollendet die Stätte der Gottheit. Nicht die Ruine, die er heute darstellt.

Die Griechen waren, wie schon immer, ein großartiges, freundliches und vertrauensvolles Volk. Sie hatten nichts gegen seine seltsame Kleidung. Wenn er mit seiner sanften Stimme ihre Sprache geradezu perfekt nachahmte, liebten sie ihn, auch wenn ihm zuweilen ein paar umwerfend komische Fehler unterliefen. Überdies durfte er mit Befriedigung feststellen, daß er allmählich Fleisch und Fett ansetzte. Als er es eines Nachts wagte, die Tücher von seinem Gesicht zu nehmen, bemerkte er, daß es menschliche Züge angenommen hatte. So sah er also aus, ach ja.

Große schwarze Augen, von sanften Lidern überschattet. Ein hübscher, lächelnder Mund. Eine zweifellos hübsch gestaltete Nase. Und die Augenbrauen – die gefielen ihm am besten. Sie waren weder zerzaust noch buschig, sondern saßen tiefschwarz über seinen Augen und verliehen seinem ganzen Aussehen jenen halbverschleierten und dennoch offenen Blick, der bei anderen nur Sympathie erwecken konnte. Ja, es war ein hübsches junges Männergesicht.

Seitdem zeigte er sich unverhüllt, trug nur noch moderne Hemden und Hosen. Aber er mußte sich im Schatten halten. Er war einfach zu blaß.

Wenn man ihn fragte, gab er seinen Namen mit Khayman an, aber warum er einst so hieß, wußte er nicht mehr. Einmal hatte er auch auf den Namen Benjamin gehört. Auch noch auf andere Namen... Aber wann? Khayman. Das war der erste und der geheime Name, derjenige, den er niemals vergessen hatte. Jederzeit war er in der Lage, zwei kleine Bilder zu malen, die Khayman darstellten, aber woher diese Symbole kamen, wußte er einfach nicht mehr.

Das größte Rätsel war ihm seine Körperkraft. Er konnte mühelos durch Mauern spazieren, Autos hochstemmen und sie ins nächstbeste Feld schleudern. Doch gleichzeitig war er von seltsamer Zerbrechlichkeit. Er trieb ein langes, dünnes Messer geradewegs durch seine Hand. Seltsames Gefühl! Blut überall. Dann schlossen sich die Wunden, und er mußte sie wieder öffnen, um das Messer herauszuziehen.

Er wog auch so gut wie nichts, was den Vorteil hatte, daß er überall hochklettern konnte. Die Schwerkraft konnte ihm so gut wie nichts anhaben. Und nachdem er eines Nachts ein Gebäude mitten in der Stadt erklommen hatte, senkte er sich fliegend vom First auf die Straße da unten.

Er verfügte auch über andere Kräfte. Jeden Abend, wenn er erwachte, drangen Stimmen aus der ganzen Welt in ihn ein. Er lag in der Dunkelheit und badete in Geräuschen. Er hörte Gelächter, Schmerzensschreie. Und wenn er sich ganz ruhig hielt, konnte er auch die Gedanken der Menschen hören – eine chaotische Unterströmung voll höchster Übertreibungen, die ihm Angst einjagten. Er wußte nicht, woher diese Stimmen kamen. Oder warum die eine Stimme die andere ertränkte. Er kam sich wie Gott vor, der den Gebeten lauscht.

Und hin und wieder, gut von den menschlichen Stimmen zu unterscheiden, drangen auch die Stimmen der Unsterblichen auf ihn ein. Gab es da draußen noch andere, die dachten und fühlten wie er, die Warnungen verbreiteten? Ihr silberhelles Geschrei vernahm er nur aus weiter Ferne, doch konnte er derlei leicht von dem menschlichen Schlick unterscheiden.

Aber diese Fähigkeit, Stimmen zu empfangen, verletzte ihn. Das weckte schreckliche Erinnerungen an eine Zeit, da er in finsterer Stätte gefangen lag und diese Stimmen jahrelang seine einzige Gesellschaft waren. Er wollte sich daran nicht erinnern. Es gibt Dinge, die man besser vergißt.

Ja, schlimm war ihm mitgespielt worden. Er war auf dieser Erde gewesen, unter anderen Namen und zu anderen Zeiten. Aber er hatte immer diese freundliche und optimistische Wesensart besessen. War seine Seele gewandert? Nein, er hatte schon immer diesen Körper gehabt. Darum war er so leichtgewichtig und so stark.

Ganz zwangsläufig verbannte er die Stimmen. Ja, er erinnerte sich sogar einer alten Warnung: Wenn es dir nicht gelingt, die Stimmen zu verbannen, werden sie dich zum Wahnsinn treiben. Aber in dieser Beziehung hatte er nicht die geringsten Schwierigkeiten. Er brachte sie einfach zum Verstummen, indem er sich erhob und seine Augen öffnete. Es hätte ihn sogar gewisse Mühe gekostet, ihnen zuzuhören. Sie wurden allenfalls ein lästiges Geräusch im Hintergrund.

Der Glanz des Augenblicks harrte seiner. Und es fiel leicht, sich der Gedanken der nächsten Sterblichen zu erwehren. Gesegnete Ruhe. In Rom etwa gab es überall Ablenkungen. Wie vernarrt war er doch in die alten römischen Häuser, die ocker-, sienafarben und dunkelgrün angestrichen waren. Wie sehr liebte er doch die engen Gassen. Er konnte mit seinem Wagen durch die breiten Boulevards flitzen oder die Via Veneto durchstreifen, bis er eine Frau fand, in die er sich für eine kurze Weile verlieben konnte.

Und er war ganz vernarrt in die klugen Menschen unserer Tage. Sie waren bloß Menschen, aber sie wußten dennoch so viel. Ein indischer Monarch wurde ermordet, und kaum eine Stunde später versank die ganze Welt in tiefe Trauer. Was auch immer geschah, Katastrophen, Erfindungen und medizinische Wunder, der Mann von der Straße zeigte sich beeindruckt. Die Leute spielten mit Dichtung und Wahrheit. Nachts schrieben die Kellnerinnen Romane und waren am nächsten Tag weltberühmt. Arbeiter verliebten sich in nackte Filmstars aus ausgeliehenen Videofilmen. Die Reichen trugen Juwelen aus Glas, und die Armen kauften kleine Diamanten. Und die Prinzessinnen schlenderten in sorgsam ausgebleichten Lumpen über die Champs-Élysées.

Ach, er wäre so gerne ein Mensch gewesen. Was war er denn schon? Wie waren denn die anderen? – die, deren Stimmen er verbannte. Und wer waren sie? Bestimmt war es nicht die Erste Brut, da war er ganz sicher. Die Erste Brut konnte nicht rein geistig untereinander Verbindung halten. Aber was, zum Teufel, war die Erste Brut? Er konnte sich nicht erinnern! Er geriet ein wenig in Panik. Denk doch nicht an diese Sachen. Er schrieb ein paar Gedichte in sein Notizbuch – modern und einfach, auch wenn er wußte, daß sie stilistisch seiner urzeitlichen Bildung entsprachen.

Unaufhörlich durchstreifte er Europa und Kleinasien, manchmal zu Fuß, manchmal indem er sich in die Lüfte schwang und einem bestimmten Platz entgegensegelte. Wer ihm in die Quere kam, den bezauberte er durch seinen Charme, und tagsüber schlief er leichtsinnig in irgendwelchen Verstecken. Schließlich verbrannte ihn die

Sonne nicht mehr. Dennoch war er im Sonnenlicht zu nichts tauglich. Seine Augen schlossen sich, sobald er das Licht am Morgenhimmel sah. Stimmen, all diese Stimmen, andere Bluttrinker in qualvollem Geschrei – dann nichts. Und er erwachte bei Sonnenuntergang, begierig, die uralten Konstellationen der Sterne zu entziffern.

Er verfügte noch über eine andere, höchst interessante Fähigkeit: Er konnte ohne seinen Körper reisen. Nun, nicht eigentlich reisen. Aber er konnte seine Sehkraft gleichsam fortsenden, um weitentlegene Dinge zu erblicken. Wenn er auf dem Bett lag, konnte er sich beispielsweise einen fernen Ort vorstellen, den er gerne sehen würde, und plötzlich war er einfach dort. Nun ja, es gab auch einige Sterbliche, die zu derlei fähig waren, entweder in ihren Träumen oder mit einem Höchstmaß an Konzentration im Wachzustand. Manchmal strich er an ihren schlafenden Körpern vorbei und spürte, daß ihre Seelen auf Reisen waren. Aber die Seele selbst hatte er niemals zu sehen vermocht. Gespenster, Geister konnte er nicht sehen.

Aber er wußte, daß sie da waren. Sie mußten dasein.

Und eine alte Erinnerung stieg in ihm hoch, daß ihm einst als Mensch die Priester im Tempel einen starken Zaubertrank gereicht hatten und daß er auf nämliche Weise aus seinem Körper zum Firmament emporgeschwebt war. Die Priester hatten ihn zurückgerufen, aber er wollte nicht zurück. Er war bei jenen Toten gewesen, die er liebte. Gleichwohl wußte er, daß er zurückkehren mußte. Eine Erwartung, die es zu erfüllen galt.

Ohne Zweifel war er damals ein Mensch gewesen. Er konnte sich des Schweißes auf seiner nackten Brust erinnern, als er in dem staubigen Raum lag und sie ihm den Zaubertrank brachten. Angst. Aber da mußten alle durch.

Vielleicht war es besser, so zu sein, wie er jetzt war, und mit Körper und Seele zugleich fliegen zu können.

Aber nicht zu wissen, nicht zu verstehen, wie er derlei vollbringen konnte oder warum er von Menschenblut lebte – all das schmerzte ihn zutiefst.

In Paris ging er in Vampirfilme und versuchte herauszubekommen, was richtig und was falsch war. All dies war ihm vertraut, obwohl vieles ziemlich albern war. Der Vampir Lestat hatte seine Kleidung nach diesen alten Schwarzweißfilmen ausgewählt. Die meisten »Kreaturen der Nacht« trugen die gleiche Tracht – den schwarzen Umhang, das gestärkte weiße Hemd, das schwarze Jackett mit Schwalbenschwänzen, die schwarzen Hosen.

Vielleicht sollte auch er sich so eine elegante Tracht zulegen; das würde ihm ein wenig Trost bereiten. Das würde ihm das Gefühl vermitteln, zu etwas dazuzugehören, selbst wenn es dieses Etwas in Wirklichkeit gar nicht gab.

In London fand er nach Mitternacht in einem düsteren Laden seine Vampirkleidung. Mantel und Hose und glänzende Lackschuhe; ein Hemd so steif wie Pergament und eine weiße Seidenkrawatte. Und der schwarze, in weißem Satin eingefaßte Samtumhang reichte bis zum Boden und war schlichtweg atemberaubend.

Er drehte sich vor den Spiegeln. Der Vampir Lestat hätte ihn beneidet. Und er, Khayman, war kein Mensch, der vorgab, ein Vampir zu sein; er war echt. Zum erstenmal kämmte er sein volles schwarzes Haar. Er trieb Parfums und Salben auf und rieb sich angemessen ein für einen großen Abend. Und er besorgte sich Ringe und goldene Manschettenknöpfe.

Jetzt war er schön wie vor Urzeiten einst in anderen Gewändern. Und sofort zog er in den Straßen Londons bewundernde Blicke auf sich! Er hatte das Richtige getan. Die Leute folgten ihm, während er lächelnd und sich verbeugend des Wegs kam. Sogar das Töten fiel jetzt leichter. Das Opfer starrte ihn wie eine Erscheinung an, als würde es verstehen. Er beugte sich vor – wie es der Vampir Lestat in seinen Fernsehsongs tat –, um zuerst ganz sanft vom Hals seines Opfers zu trinken, bevor er es zerfetzte.

Natürlich war das alles ein Witz. Etwas furchtbar Banales haftete dem Ganzen an. Es hatte nichts mit dem finsteren Geheimnis eines wahren Blutsaugers zu tun, nichts mit den fernen Dingen, die sich manchmal in sein Gedächtnis schlichen und die er sofort wieder aus seinem Kopf verjagte. Dennoch machte es dann Spaß, »jemand« und »etwas« zu sein.

Ja, der Moment, der Moment war großartig. Und der Moment war alles, was er je gehabt hatte. Aber auch diese Zeit würde er vergessen. Diese Nächte in all ihren herrlichen Einzelheiten würden ihm entschwinden.

Schließlich ging er wieder zurück nach Athen.

Nachts strich er mit einer Kerze durch ein Museum und sah sich die alten Grabsteine an, deren gemeißelte Figuren ihn weinen machten. Die tote Frau sitzt da und reckt die Arme nach ihrem lebenden Baby, das sie zurücklassen muß. Namen fielen ihm wieder ein, als würden ihm Fledermäuse ins Ohr flüstern. *Gehe nach Ägypten, du wirst dich erinnern.* Aber er ging nicht. Zu früh, um Wahnsinn und Vergessen zu erflehen. Lieber sicher in Athen und durch den alten Friedhof unter der Akropolis streichen, aus der sie alle Bildsäulen genommen hatten; mach dir nichts aus dem Verkehrslärm; die Erde hier ist schön. Und sie gehört noch immer den Toten.

Er kaufte sich eine ganze Sammlung von Vampirgewändern. Er erwarb sogar einen Sarg, aber er benutzte ihn nicht gerne. Schon weil der Sarg nicht wie ein menschlicher Körper geformt war, und außerdem war er weder mit Bild- noch mit Schriftzeichen versehen, um die Seele des Toten zu führen. Nicht angemessen; sah eher wie eine Schmuckkassette aus. Aber als Vampir sollte man so etwas haben, dachte er. Die Sterblichen, die ihn in seiner Wohnung besuchten, waren ganz begeistert. Er kredenzte ihnen blutroten Wein in Kristallgläsern. Er sang ihnen alte Lieder in allen möglichen Sprachen vor, auch davon waren sie begeistert. Manchmal rezitierte er seine Gedichte. Was waren das doch für gutherzige Sterbliche! Und auf dem Sarg konnten sie sitzen, da die Wohnung ansonsten unmöbliert war.

Allmählich störten ihn die Songs des amerikanischen Rocksängers, des Vampirs Lestat. Sie machten keinen Spaß mehr. Genausowenig wie diese blöden alten Filme. Aber der Vampir Lestat beunruhigte ihn wirklich. Die Lieder über den reinen und mutigen Bluttrinker hatten so einen tragischen Unterton.

Bluttrinker... Manchmal, wenn er erwachte, allein auf dem Fußboden seiner heißen, stickigen Wohnung, während das letzte Tageslicht dahinschwand, fühlte er, wie ihn ein erdrückender Traum verließ, in dem menschliche Wesen vor Schmerz gestöhnt und geächzt hatten. War er durch eine gespenstische Nachtlandschaft zwei schönen rothaarigen Frauen gefolgt, denen unsägliches Leid angetan wurde, Zwillingen, denen er immer wieder die Hand entgegenreckte? Nachdem man der rothaarigen Frau die Zunge herausgeschnitten hatte, entriß sie den Soldaten die Zunge und aß sie auf. Ihr Mut hatte ihn in Erstaunen versetzt.

Ah, du darfst da einfach nicht hinsehen!

Sein Gesicht brannte, er erholte sich nur langsam. Draußen Athen mit seinen unendlichen Reihen gleichförmiger Gebäude und dem großen, eingefallenen Athener Tempel, der trotz der rauchgeschwängerten Luft alles überragte. Abend. Tausende von Menschen fuhren auf Rolltreppen den Untergrundbahnen entgegen. Auf dem Syntagmaplatz lungerten faulenzende Retsina- und Uzotrinker herum und litten unter der Hitze des frühen Abends. Und an den kleinen Kiosken wurden Magazine und Zeitungen aus aller Welt verkauft.

Er hörte sich die Musik des Vampir Lestat nicht mehr an. Er verließ amerikanische Tanzdielen, wo sie gespielt wurde. Er ging Schülern aus dem Weg, die kleine Kassettenrecorder an ihren Gürtel geheftet hatten.

Dann, eines Nachts im Herzen der Plaka mit ihren glitzernden Lichtern und ihren Kneipen, sah er andere Bluttrinker durch die Menge huschen. Sein Herz setzte aus. Einsamkeit und Angst überkamen ihn. Er konnte sich weder rühren, noch konnte er sprechen. Dann folgte er ihnen durch die steilen Straßen und in sämtliche Tanzlokale, die von plärrender Musik erfüllt waren. Er beobachtete sie genau, wärend sie sich ihren Weg durch Schwärme von Touristen bahnten, ohne seine Gegenwart zu bemerken.

Zwei Männer und eine Frau in einem kurzen schwarzen Seidenkleid, die Füße in Schuhe mit Stöckelabsätzen gezwängt. Silberne Sonnenbrillen verbargen ihre Augen; sie steckten tuschelnd die Köpfe zusammen, um plötzlich in schallendes Gelächter auszubrechen; mit Juwelen und Wohlgerüchen überdeckt, stellten sie ihre glänzende, übernatürliche Haut und Haartracht zur Schau.

Sie waren ganz anders als er. Sie waren aus solch weichem menschlichen Gewebe beschaffen, daß sie noch nichts weiter als beseelte Leichen waren. Betörend rosa und schwach. Und wie sehr brauchten sie das Blut ihrer Opfer! Jetzt im Moment peinigte sie quälender Durst. Das war ihr allnächtliches Schicksal. Das Blut hatte nämlich nicht nur die Aufgabe, das menschliche Gewebe zu beleben, sondern auch, es langsam in etwas anderes zu wandeln.

Was ihn betraf, so war er von ganz anderer Beschaffenheit. Er hatte kein weiches menschliches Gewebe mehr. Obwohl er nach Blut gierte, war es ihm keine Notwendigkeit mehr. Das Blut erfrischte ihn lediglich, schärfte seine telepathischen Eigenschaften, seine Fähigkeit, zu fliegen oder aus seinem Körper zu fahren, oder gab ihm seine erstaunliche Kraft. Er begriff ganz genau! Für die namenlose Macht, die all dem innewohnte, war er jetzt ein nahezu vollkommenes Gefäß.

Ja, genau, das war's. Und sie waren jünger, sonst nichts. Sie waren noch am Anfang der Reise zu wahrer, vampirischer Unsterblichkeit. Konnte er sich nicht erinnern? – Nun, nicht eigentlich, aber er wußte, daß sie Grünschnäbel waren, allenfalls ein-, zweihundert Jahre alt! Das war die gefährliche Zeit, wenn man fürchten mußte, den Verstand zu verlieren oder von anderen gefangen und eingesperrt oder verbrannt zu werden. Viele überlebten diese Jahre nicht. Und wie lange war das alles bei ihm schon her! Eine unvorstellbar lange Zeit! Er blieb neben einer bemalten Gartenmauer stehen, legte die Hand auf einen knorrigen Ast und ließ die kühlen grünen Blätter sein Gesicht streicheln. Und plötzlich fühlte er sich von Trauer erfüllt, einer Trauer, die schrecklicher als Angst war. Er hörte jemanden weinen, nicht hier, sondern in seinem Kopf. Wer war das? Halt!

Nun, er würde ihnen nichts antun, diesen zarten Kindern! Nein, er wollte sie nur kennenlernen, sie umarmen. Schließlich gehörten sie alle derselben Familie an, Bluttrinker, sie und er!

Aber als er sich ihnen näherte, als er seinen stummen, doch überschwenglichen Gruß aussandte, drehten sie sich um und sahen ihn schreckensbleich an. Sie ergriffen die Flucht; sie jagten die dunklen Hügelwege hinab, fort von den Lichtern der Plaka, und durch nichts vermochte er, ihren Schritten Einhalt zu gebieten.

Starr und stumm stand er da, und ein stechender Schmerz durchfuhr ihn, den er noch nie zuvor verspürt hatte. Dann geschah etwas Seltsames und Schreckliches. Er setzte ihnen nach, bis er sie wiedersah. Er wurde wütend, wirklich wütend. *Hol euch der Teufel. Strafen soll er euch für das, was ihr mir zugefügt habt!* Und in diesem Augenblick verspürte er einen kalten Krampf direkt hinter seiner Stirn. Irgendeine Macht schien aus ihm wie eine Zunge hervorzuschnellen. Sie durchdrang die Frau des fliehenden Trios, und ihr Körper ging in Flammen auf.

Wie betäubt sah er zu. Aber dennoch verstand er, was da geschehen war. Er hatte sie mit irgendeiner stechenden Kraft durchdrungen. Die hatte das machtvolle, brennbare Blut, das ihnen gemeinsam war, entzündet, und sofort war das Feuer durch das Geflecht ihrer Adern geschossen, hatte sich zum Mark ihrer Knochen vorgefressen und ihren Körper zur Explosion gebracht. Innerhalb weniger Sekunden war sie ausgelöscht.

Gütiger Himmel! Er hatte das angerichtet! Voll Schmerz und Schrecken stand er da und starrte auf ihre leeren, unverbrannten, doch versengten Kleider. Nur noch ein kleiner Rest ihres Haars lag auf den Steinen verstreut, und der löste sich unter seinen Augen in Rauchfetzen auf.

Vielleicht täuschte er sich. Aber nein, er wußte, daß er das getan hatte. Er hatte gefühlt, wie er es tat. Und sie hatte solche Angst gehabt!

In schweigendem Entsetzen begab er sich auf den Heimweg. Er wußte, daß er diese Kraft nie zuvor eingesetzt hatte, ja daß er bislang überhaupt nicht geahnt hatte, daß er über sie verfügte. War sie ihm gerade eben zugewachsen, nach jahrhundertelangem Wirken des Blutes, das seine Zellen ausgetrocknet, sie dünn und weiß und stark wie die Waben eines Wespennestes gemacht hatte?

Allein im Kerzenschein seiner Wohnung fügte er sich mit dem Messer eine Wunde zu, und er sah, wie das Blut hervorquoll. Es war zäh und heiß, breitete sich auf dem Tisch vor ihm aus und funkelte im Lampenlicht, als sei es lebendig. Und das war es auch!

Im Spiegel betrachtete er die leichte Färbung seiner Haut, die sich nach so vielen Wochen hingebungsvoller Pirsch wieder eingestellt hatte. Ein Anflug von Gelb auf seinen Wangen, eine Spur von Rosa auf seinen Lippen. Aber nein, er war nur die gehäutete Schlangenhülle, die auf einem Felsen lag – tot und leicht und starr, allerdings von Blut durchpulst.

Er ging wieder aus, um seine neuentdeckte Kraft an Tieren auszuprobieren, an Katzen, die ihn aus unerklärlichen Gründen mit Ekel erfüllten, an Ratten, die alle Menschen verabscheuen. Es war anders. Er tötete diese Lebewesen mit seiner unsichtbaren Zunge, aber sie fingen nicht Feuer. Ihren Gehirnen und Herzen setzte ein tödlicher Stoß zu, aber ihr natürliches Blut war nicht brennbar.

Das faszinierte ihn, auf kalte, schreckliche Weise. Seine Augen erglänzten plötzlich von unwillkommenen Tränen. Umhänge, weiße Krawatten, Vampirfilme, was hatte das mit ihm zu tun?! *Wer, zum Teufel, war er?* Der Narr der Götter, der von Augenblick zu Augenblick die Straße der Ewigkeit entlangschlenderte? Als er im Schaufenster eines Videogeschäfts ein großes Vampir-Lestat-Poster sah, der ihn zu verspotten schien, zertrümmerte er mit seiner unsichtbaren Zunge das Glas.

Ach, wie schön, wie herrlich. Gebt mir die Wälder, die Sterne. In dieser Nacht begab er sich nach Delphi, lautlos über das dunkle Land aufsteigend. Dann ließ er sich in das feuchte Gras gleiten und ging zu der Stätte, wo einst das Orakel gewesen war.

Aber er blieb weiterhin in Athen. Er mußte die beiden Bluttrinker aufspüren und ihnen sagen, daß es ihm leid tat, daß er niemals diese Kraft gegen sie richten würde. Er mußte mit ihnen sprechen. Sie mußten bei ihm sein. Ja!

Als er am nächsten Abend erwachte, versuchte er nach ihnen zu lauschen. Eine Stunde später hörte er, wie sie sich aus ihren Gräbern erhoben. Ein Haus an der Plaka, das eine jener lauten, verräucherten Kneipen beherbergte, diente ihnen als Versteck. Tagsüber schliefen sie im Keller, und wenn es dunkel wurde, kamen sie hervor, um den Sterblichen in der Kneipe beim Singen und Tanzen zuzusehen. *Lamia*, das altgriechische Wort für Vampir, war der Name des Lokals, in dem elektrische Gitarren primitive griechische Musik spielten, und die jungen sterblichen Männer tanzten miteinander, und wenn sie genug Retsina getrunken hatten, wackelten sie so verführerisch wie Frauen mit ihren Hüften.

Und hier saß das Vampirpaar, vor Angst betäubt, nebeneinander und starrte zu der offenen Tür, als er hineinblickte. Wie hilflos sahen sie doch aus!

Sie rührten sich nicht, als sie ihn wie eine Silhouette auf der Schwelle stehen sahen. Was dachten sie beim Anblick seines langen Umhangs? Ein Monster, das aus ihren eigenen Postern gestiegen war, um sie zu zerstören?

Ich komme in friedlicher Absicht. Ich möchte nur mit euch sprechen. Nichts wird mich erzürnen. Ich komme in ... Liebe.

Das Paar war wie versteinert. Dann erhob sich plötzlich einer von ihnen vom Tisch, und schon stießen sie beide einen entsetzlichen

Schrei aus. Feuer blendete ihn, wie es die Sterblichen blendete, die in panischer Flucht an ihm vorbeidrängten und die Straße zu erreichen suchten. Die Bluttrinker standen in Flammen, starben, wanden verzweifelt ihre Arme und Beine. Auch das Haus brannte, die Dachsparren rauchten, Glasflaschen explodierten, Funken stoben gen Himmel.

Er hatte das angerichtet! Brachte er anderen den Tod, ob er es wollte oder nicht?

Bluttränen flossen über sein weißes Gesicht auf sein Hemd. Er hob seinen Arm, um mit dem Umhang sein Gesicht zu verbergen. Es war eine Geste der Ehrerbietung angesichts des Schreckens, der sich da vor ihm abspielte – der Bluttrinker, die drinnen starben.

Nein, er konnte das einfach nicht getan haben. Er ließ es zu, daß die Sterblichen auf ihrem Weg nach draußen ihn zur Seite schubsten. Die Sirenen taten seinen Ohren weh. Er versuchte trotz der grellen Polizeileuchten etwas zu erkennen.

Und dann begriff er blitzartig, daß er das nicht angerichtet hatte. Denn er sah das schuldige Wesen! Da, in einen Umhang aus grauer Wolle gehüllt, halb verborgen in einer dunklen Passage, stand es und beobachtete ihn schweigend.

Und als sich ihre Blicke trafen, flüsterte sie sanft seinen Namen: »Khayman, mein Khayman!«

In seinem Kopf herrschte völlige Leere. Es war, als habe ein weißes Licht sich in ihn gesenkt und alle Gedanken ausgelöscht. Einen Moment lang war er zu keiner Sinneswahrnehmung fähig. Er hörte das prasselnde Feuer nicht, spürte jene nicht, die noch immer an ihm vorbeidrängten.

Er starrte dieses Ding bloß an, dieses schöne und zarte Wesen, edel wie eh und je war sie. Ein unerträglicher Schrecken bemächtigte sich seiner. Er erinnerte alles – alles, das er je gesehen oder gewußt hatte oder gewesen war.

Die Jahrhunderte öffneten sich vor ihm. Das Jahrtausend breitete sich aus, führte immer weiter zurück bis zum Anfang. Erste Brut. Er wußte alles. Er bebte, weinte, er hörte, wie er haßerfüllt sagte:

»Du!«

Dann plötzlich bekam er, wie eine vernichtende Stichflamme, die ganze Kraft ihrer unverhüllten Macht zu spüren. Die Hitze fuhr ihm durch die Brust, und er taumelte rückwärts.

Gütiger Himmel, du wirst auch mich töten! Aber sie konnte seine Gedanken nicht hören! Er war gegen die Mauer geprallt, und ein heftiger Schmerz durchstach seinen Kopf.

Aber er konnte noch sehen, fühlen, denken! Und sein Herz klopfte so gleichmäßig wie zuvor. Er brannte nicht!

Dann sammelte er sich und bekämpfte diese unsichtbare Macht mit einem gewaltigen Hieb seinerseits.

»Ah, wieder die alte Arglist, meine Gebieterin«, schrie er in einer alten Sprache. Wie menschlich seine Stimme doch klang!

Aber die Passage war leer. Sie war verschwunden.

Oder besser, sie war fortgeflogen, hatte sich geradewegs emporgeschwungen, so wie er selbst es so oft getan hatte, und zwar derart schnell, daß es dem Auge unmöglich war zu folgen. Ja, er spürte ihre entschwindende Anwesenheit. Er spähte nach oben und konnte sie ohne Mühe ausmachen – ein winziger Federstrich, der sich über eine blasse Wolke hinweg gen Westen bewegte.

Der Lärm setzte ihm zu – Sirenen, Stimmen, das Knattern des brennenden Hauses, als die letzten Balken einstürzten. Die kleinen, engen Gassen waren überfüllt; die dröhnende Musik in den anderen Kneipen war nicht unterbrochen worden. Er zog sich zurück, warf noch einen letzten Blick auf die Heimstatt der toten Blutsauger. Ach, er vermochte die Jahrtausende nicht zu zählen, aber der alte Krieg wütete noch immer.

Stundenlang durchstreifte er die dunklen Seitenstraßen.

Athen wurde ruhig. Die Leute schliefen hinter Holzwänden. Das Pflaster erglänzte in dem Nebel, der wie dichter Regen aufstieg. Seine Vergangenheit kam ihm wie ein riesiges Schneckenhaus vor, das ihn tonnenschwer zu Boden drückte.

Schließlich lenkte er seine Schritte hügelaufwärts und in die kühle, luxuriöse Bar eines großen, modernen Hotels. Ganz in Schwarz und Weiß war diese Stätte gehalten – genau wie er; schachbrettgemusterte Tanzfläche, schwarze Tische, schwarzgepolsterte Lederbänke.

Unbemerkt sank er auf eine der Bänke nieder, und er ließ die Tränen fließen. Er weinte wie ein kleines Kind, den Kopf auf seinen Arm gebettet.

Der Wahnsinn bemächtigte sich seiner nicht; aber auch gnädiges

Vergessen war ihm nicht vergönnt. Er durchwanderte die Jahrhunderte, suchte alle die Orte wieder auf, die ihm einst vertraut gewesen waren. Er weinte um all jene, die er gekannt und geliebt hatte.

Aber was ihn am meisten schmerzte, war die würgende Erinnerung an den Anfang, an den wahren Anfang noch vor jenen längst vergangenen Tagen, da er sich mittags in seinem Haus am Nil zur Ruhe gelegt hatte, wohl wissend, daß er sich noch in dieser Nacht im Palast einzufinden hatte.

Der wahre Anfang war ein Jahr früher gewesen, als der König ihm gesagt hatte: »Um meiner geliebten Königin willen würde ich mir das Vergnügen dieser beiden Frauen gönnen. Ich würde zeigen, daß man sie nicht fürchten muß, daß sie keine Hexen sind. Du wirst das an meiner Statt tun.«

Er durchlebte alles noch einmal; ein besorgter Hofstaat hatte sich versammelt, schwarzäugige Männer und Frauen in schmucken Leinengewändern und kunstvollen schwarzen Perücken, einige hinter den geschnitzten Säulen verborgen, andere in stolzer Nähe des Thrones. Und die rothaarigen Zwillinge standen vor ihm, seine schönen Gefangenen, die zu lieben er gezwungen war. *Ich kann es nicht tun.* Aber er tat es. Während der Hofstaat wartete, während der König und die Königin warteten, hatte er des Königs Halskette mit dem goldenen Medaillon angelegt, um an der Stelle des Königs zu handeln. Und er war die Stufen des Podiums hinabgestiegen, während die Zwillinge ihn anstarrten, und er hatte sie eine nach der anderen geschändet.

Dieser Schmerz konnte nicht ewig währen.

Er wäre in den tiefsten Schoß der Erde gekrochen, wenn er die Kraft dazu aufgebracht hätte. Nichts sehnlicher wünschte er sich, als all das aus seinem Gedächtnis zu löschen. *Gehe nach Delphi, durchwandere das hohe, duftende grüne Gras. Pflücke die kleinen wilden Blumen.* Würden sie sich ihm öffnen wie im Sonnenlicht, wenn er sie unter die Lampe hielt?

Aber andererseits mochte er um keinen Preis vergessen. Etwas hatte sich in diesem schmerzhaft durchlebten Augenblick verändert. Sie war aus ihrem langen Schlaf auferstanden! Er hatte sie mit eigenen Augen in einer Straße Athens gesehen! Vergangenheit und Gegenwart waren zu einer Einheit verschmolzen.

Während seine Tränen trockneten, lehnte er sich zurück, lauschte der Musik und dachte nach.

Tänzer verrenkten sich auf dem erleuchteten Schachbrett vor ihm. Frauen lächelten ihm zu. War er für sie ein hübscher Pierrot aus Porzellan, mit seinem weißen Gesicht und seinen rotgefärbten Wangen? Er blickte auf den Videoschirm, der über dem Raum flimmerte. Seine Gedanken erholten sich in dem Maße wie seine körperlichen Kräfte.

Dies war die Gegenwart, der Monat Oktober im späten 20. Jahrhundert nach Christi Geburt. Und erst vor ein paar Nächten hatte er die Zwillinge in seinen Träumen gesehen! Nein, es gab kein Zurück. Wirklich quälend war für ihn nur der Anfang, aber das zählte nicht. Er war lebendiger als jemals zuvor.

Langsam trocknete er sein Gesicht mit einem kleinen Taschentuch. Er wusch sich die Finger in dem Weinglas, das vor ihm stand, als wollte er sie mit Weihwasser benetzen. Und wieder blickte er zu dem Videoschirm empor, wo der Vampir Lestat sein tragisch' Lied sang.

Ein blauäugiger Dämon mit wilder gelber Mähne und den muskulösen Armen und der kräftigen Brust eines jungen Mannes. Ungehobelt, doch graziös in seinen Bewegungen, die verführerisch wirkten, die Stimme in sorgfältigem Schmerz modelliert.

Und all die Zeit hast du zu mir gesprochen, oder? Mich gerufen! Ihren Namen gerufen!

Das Videobild schien ihn anzustarren, ihm zu antworten, ihn anzusingen, während es ihn natürlich überhaupt nicht sehen konnte. *JENE, DIE BEWAHRT WERDEN MÜSSEN! Mein König und meine Königin.* Dennoch hörte er aufmerksam zu, jeder Silbe, die sich über das Getöse der Blechbläser und des Schlagzeugs erhob.

Und erst als Ton und Bild ausgeblendet wurden, erhob er sich und verließ die Bar, um ziellos durch die kühlen Marmorgänge des Hotels und dann hinaus in die Dunkelheit zu wandern. Stimmen drangen auf ihn ein, Stimmen von Bluttrinkern aus der ganzen Welt. Stimmen, die immer dagewesen waren. Sie sprachen von Unheil, von gemeinsamen Anstrengungen, diese entsetzliche Katastrophe zu verhindern. *Die Mutter wandelt.* Sie sprachen von den Träumen der Zwillinge, Träume, die sie nicht verstanden. Und er hatte all dem Augen und Ohren verschlossen!

»Es gibt so viel, das du nicht verstehst, Lestat«, flüsterte er.

Schließlich erklomm er ein kleines Vorgebirge und ließ seinen Blick über die Stadt der Tempel schweifen – geborstener weißer Marmor, der unter mattem Sternenglanz glomm.

»Verdammt seist du, meine Gebieterin!« flüsterte er. »In die Hölle sollst du fahren für all das, was du uns angetan hast!«

Aber ein anderer Fluch drang auf ihn ein, viel stärker als sein eigener. Er war ein Jahr nach der schrecklichen Stunde, da er die beiden Frauen vergewaltigt hatte, auf ihn gekommen – ein Fluch, der im Hof des Palastes ausgestoßen wurde, unter einem fernen und gleichgültigen Nachthimmel.

»Die Geister sollen Zeugen sein, denn sie bergen das Wissen um die Zukunft – was die Zeit bereithält und was ich tun werde: Du bist die Königin der Verdammten! Das Böse ist deine Bestimmung. Aber in der Stunde deiner größten Herrlichkeit werde ich es sein, der dich besiegt. Sieh dir mein Gesicht genau an. Ich bin es, der dir den Garaus machen wird.«

Wie oft während der ersten Jahrhunderte hatte er sich dieser Worte erinnert? Wo überall in der Wüste und in den Bergen und in fruchtbaren Flußtälern hatte er nach den rothaarigen Schwestern gesucht? Bei den Beduinen, die ihnen einst Unterkunft gewährt hatten, bei den Jägern, die noch immer Tierhäute trugen, und bei den Bewohnern von Jericho, der ältesten Stadt der Welt. Sie waren längst schon eine Legende.

Und dann hatte ihn der gesegnete Wahnsinn umfangen; alles Wissen, aller Groll und Schmerz waren von ihm gewichen. Er war Khayman, von Liebe erfüllt zu allen, denen er begegnete, ein Wesen, das mit dem Wort Freude etwas anfangen konnte.

War es möglich, daß die Stunde gekommen war? Daß die Zwillinge irgendwie überdauert hatten, so wie er selbst? Daß ihm für diesen großen Zweck sein Gedächtnis zurückgegeben worden war?

Ach, ein köstlicher und überwältigender Gedanke, daß die Erste Brut sich zusammenscheren würde, daß die Erste Brut endlich den Sieg davontragen würde.

Aber mit einem bitteren Lächeln mußte er an den Vampir Lestat denken, an seinen menschlichen Drang nach Heldentum. *Ja, mein Bruder, vergib mir meine Verachtung. Auch ich will Güte und die himmlische*

Herrlichkeit. Aber wahrscheinlich gibt es weder ein Schicksal noch die Erlösung. Nur das, was ich vor mir sehe, während ich über dieser verschmutzten und uralten Landschaft stehe – nur Geburt und Tod und Schrecken erwarten uns alle.

Er warf einen letzten Blick auf die schlafende Stadt, diese häßliche und moderne Siedlung, wo er so zufrieden über unzählige Gräber geschritten war.

Und dann schnellte er empor, erhob sich in Sekundenschnelle über die Wolken. Jetzt würde seine großartige Gabe der größten Prüfung unterzogen werden, und ganz begeistert war er, einem Ziel dienen zu können, so illusorisch dieses auch sein mochte. Er strebte nach Westen, dem Vampir Lestat entgegen und den Stimmen, die um eine Deutung des Traums von den Zwillingen flehten. Er strebte gen Westen, wie die Gebieterin schon vor ihm.

Sein Umhang flatterte auf wie geschmeidige Flügel, und die kalte Luft schlug auf ihn ein, und plötzlich mußte er auflachen, als sei er einen Augenblick wieder jener glückliche Dummkopf von vordem.

6
Die Geschichte von Jesse, der Großen Familie und den Talamasca

I.
Die Toten teilen nichts mit einem.
Obwohl sie uns die Hände reichen
Vom Grab aus (ich schwör
Sie tun's) reichen sie
Nicht ihre Herzen Dir.
Sie reichen ihre Köpfe, den Teil, der dich anstarrt.

Stan Rice
Ihr Anteil

II.
Bedecke ihr Antlitz; mein Blick ist verwirrt; sie starb jung.

John Webster

III.
DIE TALAMASCA
Detektive des Übersinnlichen
Wir wachen
Und wir sind immer da.

London Amsterdam Rom

Jesse stöhnte im Schlaf. Sie war eine zarte Frau von fünfunddreißig Jahren mit langem rotem Lockenhaar. Sie schlief in einem durchgelegenen Bett, das an vier rostigen Ketten von der Decke hing.

Irgendwo in dem großen, verschachtelten Haus ertönte eine Uhr. Zeit zum Aufstehen. Noch zwei Stunden bis zu dem Konzert des Vampirs Lestat. Aber sie konnte die Zwillinge jetzt nicht verlassen.

Etwas ganz Neues hatte sich da entfaltet, und der Traum war zum Verrücktwerden verschwommen und undeutlich wie alle Träume über die Zwillinge. Sie wußte, daß sich die Zwillinge wieder in dem Königreich der Wüste befanden. Der Pöbel, der die Zwillinge umdrängte, sah gefährlich aus. Und die Zwillinge, wie andersartig, wie blaß sahen sie doch aus. Vielleicht bildete sie sich diesen phosphoreszierenden Glanz nur ein, aber sie schienen in dem Halbdunkel zu glühen, und ihre Bewegungen waren schleppend, fast als wären sie im Rhythmus eines Tanzes gefangen. Als sie sich umarmten, wurden sie mit Fackeln beworfen; aber sieh, irgend etwas stimmte nicht, stimmte ganz und gar nicht. Eine der beiden war jetzt erblindet.

Ihre Augenlider waren fest verschlossen, das weiche Fleisch war verschrumpelt und eingesunken. Ja, sie hatten ihr die Augen ausgerissen. Und die andere, warum stieß sie so schreckliche Laute aus? »Sei ruhig, hör auf zu kämpfen«, sagte die Blinde in einer alten Sprache, die man in Träumen immer versteht. Und dem anderen Zwilling entwand sich ein gurgelnder Klagelaut. Sie konnte nicht sprechen. Sie hatten ihr die Zunge herausgeschnitten!

Ich möchte nichts mehr sehen, ich möchte aufwachen. Aber die Soldaten bahnten sich ihren Weg durch die Menge, etwas Schreckliches würde gleich geschehen, und die Zwillinge waren plötzlich ganz ruhig. Die Soldaten packten sie und zerrten sie auseinander.

Trennt sie nicht! Seht ihr nicht, was ihr ihnen damit antut? Werft die Fackeln weg. Zündet sie nicht an! Verbrennt nicht ihr rotes Haar.

Der blinde Zwilling reckte die Arme der Schwester entgegen, schrie ihren Namen hervor: »Mekare!« Und Mekare, die Stumme, die nicht antworten konnte, brüllte wie ein verwundetes Tier.

Die Menge teilte sich, gab den Weg zwei riesigen Steinsärgen frei, die auf großen, schweren Bahren herbeigetragen wurden. Grob gearbeitet, diese Sarkophage, doch die Deckel ließen die Formen menschlicher Gesichter und Gliedmaßen ahnen. Was hatten die Zwillinge getan, daß man sie in diese Särge legen wollte? Die Bahren wurden niedergesetzt, die Zwillinge zu den Särgen getrieben, die steinernen Deckel geöffnet. *Laßt ab!* Die Blinde wehrte sich, als könnte sie sehen, aber sie überwältigten sie, öffneten den Deckel und legten sie in den steinernen Kasten. In sprachlosem Schrecken sah Mekare zu, obwohl sie nun selbst zu der anderen Bahre getrieben wurde. *Schließt den Deckel nicht, oder ich werde nach Mekare schreien! Nach beiden!*

Jesse saß senkrecht im Bett. Sie hatte aufgeschrien.

Sie war alleine in dem Haus, niemand hatte sie schreien gehört, und sie vernahm noch immer das Echo. Nur das schwache Quietschen des Bettes in den Ketten und der Gesang der Vögel draußen in den Wäldern, den tiefen Wäldern, störte die Stille. Und sie hatte das dumpfe Gefühl, daß die Uhr sechs geschlagen hatte.

Schnell entwich der Traum. Verzweifelt versuchte sie, die Einzelheiten festzuhalten, die ihr immer entschlüpften – die Kleidung dieser seltsamen Leute, die Waffen der Soldaten, die Gesichter der Zwillinge! Aber alles war bereits vorbei. Nur der Bann blieb noch übrig und ein Bewußtsein von dem, was geschehen war – und die Gewißheit, daß der Vampir Lestat mit diesen Träumen etwas zu tun hatte.

Sie warf einen verschlafenen Blick auf ihre Uhr. Keine Zeit mehr. Sie wollte im Auditorium sein, wenn der Vampir Lestat hereinkam; sie wollte direkt vor der Bühne stehen.

Aber sie zögerte noch, betrachtete die weißen Rosen auf ihrem Nachttisch. Durch das geöffnete Fenster sah sie das orangefarbene Licht des Südhimmels dringen. Sie ergriff den Brief, der neben den Blumen lag, und las ihn noch einmal durch.

Mein Liebling,
da ich weit von zu Hause fort bin, hat mich Dein Brief erst jetzt erreicht. Daß Dich dieser Lestat fasziniert, kann ich verstehen. Sie spielen seine Musik sogar in Rio. Die Bücher, die Du mir geschickt hast, habe ich bereits gelesen. Ich weiß, daß Du Ermittlungen über dieses Subjekt für die Talamasca anstrengst. Was Deine Träume über die Zwillinge anbetrifft, so müssen wir darüber sprechen. Das ist äußerst wichtig, da auch andere solche Träume gehabt haben. Aber ich bitte Dich – nein,

ich befehle Dir, nicht zu diesem Konzert zu gehen. Du mußt in Sonoma bleiben, bis ich wieder zurück bin. Ich verlasse Brasilien so schnell wie möglich. Warte auf mich. Ich liebe Dich.

Deine Tante Maharet

»Tut mir leid, Maharet«, flüsterte sie. Aber es war einfach zuviel verlangt, nicht in dieses Konzert zu gehen. Und wenn irgend jemand dafür Verständnis hatte, so war das Maharet.

Die Talamasca, für die sie zwölf lange Jahre gearbeitet hatte, würden ihr eine solche Mißachtung ihrer Anweisungen niemals verzeihen. Aber Maharet kannte den Grund; *Maharet war der Grund.* Und Maharet würde ihr vergeben.

Ihr war schwindelig. Der Nachtmahr wirkte noch immer nach. Die Gegenstände des Raumes verschwanden in den Schatten, doch das Zwielicht brannte auf einmal so hell, daß sogar die bewaldeten Hügel das Licht reflektierten. Und die Rosen phosphoreszierten wie das weiße Fleisch der Zwillinge in dem Traum.

Weiße Rosen. Sie versuchte, sich an etwas zu erinnern, das sie über weiße Rosen gehört hatte. Weiße Rosen schickte man auf Beerdigungen. Aber nein, das konnte Maharet nicht gemeint haben.

Jesse griff die Blumen mit beiden Händen, und schon lösten sich die Blütenblätter. Sie drückte sie an ihre Lippen, und eine ferne, doch strahlende Erinnerung an einen längst vergangenen Sommer stieg in ihr auf, an Maharet, die in einem kerzenerleuchteten Raum ihres Hauses auf einem Bett weißer und gelber Rosenblütenblätter lag, die sie aufgelesen und an ihr Gesicht und ihren Hals gedrückt hatte.

Hatte Jesse wirklich so etwas gesehen? So viele Rosenblütenblätter in Maharets langes rotes Haar verwebt. Haar wie Jesses Haar. Haar wie das Haar der Zwillinge in dem Traum.

Eins von Hunderten von Erinnerungsbruchstücken, die sie nie in ein Ganzes einzufügen vermochte. Aber was sie noch von diesem verträumten, verschütteten Sommer erinnerte, war nun auch egal. Der Vampir Lestat wartete: Eine endgültige Antwort harrte ihrer, nicht unähnlich dem Versprechen des Todes.

Sie stand auf und zog ihre abgewetzte Reitjacke an, die damals ihre zweite Haut war, ihr Herrenhemd und die Jeans. Sie schlüpfte in ihre ausgetretenen Lederstiefel. Zog kurz die Bürste durchs Haar.

Jetzt mußte sie das Haus verlassen, in das sie erst an diesem Morgen eingedrungen war. Es tat ihr weh, es verlassen zu müssen. Aber es hatte ihr auch weh getan, zuerst hierherzukommen.

Beim ersten Morgenstrahl hatte sie bereits die Lichtung erreicht, und sie war ziemlich überrascht, sie nach fünfzehn Jahren noch gänzlich unverändert vorzufinden, wie auch das verschachtelte Bauwerk, das in den Fuß des Berges getrieben und dessen Terrasse von einem blauen Vorhang aus Weintrauben verhangen war. Weiter oben, halb verborgen in der Böschung, ließen ein paar winzige Geheimfenster das erste Morgenlicht durch.

Sie kam sich wie ein Spion vor, als sie, mit dem alten Schlüssel in der Hand, die Stufen zur Tür emporging. Offenbar war hier schon seit Monaten kein Mensch mehr gewesen. Staub und Blätter, wohin das Auge blickte.

Doch die Rosen erwarteten sie in kristallenen Vasen, und der Brief war für sie an die Tür gesteckt worden, mit dem neuen Schlüssel im Umschlag.

Stundenlang durchwanderte, durchforschte sie das erinnerungsträchtige Haus. Es machte nichts aus, daß sie müde, die ganze Nacht hindurch gefahren war. Sie mußte lange Gänge durchmessen, um zu den riesigen und überwältigenden Räumen zu gelangen. Niemals zuvor war ihr diese Stätte so sehr wie ein primitiver Palast vorgekommen, mit seinen gewaltigen Balken, die über die Holzdecken liefen, den rostigen Rauchfängen, die sich über runden, steinernen Feuerstellen erhoben.

Sogar die Möbel waren wuchtig – die Mühlsteintische, die Stühle und Sofas aus unbearbeitetem Holz, auf denen weiche Kissen lagen, die Bücherregale und Nischen, die in die ungestrichenen Lehmziegelwände geschlagen waren.

Dieser Ort hatte etwas von mittelalterlicher Würde. Die kleinen Maya-Kunstgegenstände, die etruskischen Schalen und hethitischen Statuetten schienen hierher zu gehören. Das Ganze glich einer Festung. Man fühlte sich sicher.

Nur Maharets eigene Werke waren leuchtend bunt, als habe sie die Farben von den Bäumen und dem Himmel gewonnen. Weiche, dicke Teppiche waren mit Waldblumen- und Grasmustern übersät, als seien sie die Erde selbst. Und da waren die zahllosen gesteppten Kissen mit ihren eigentümlichen Strichmännchen und Symbolen und schließlich die überdimensionalen, herabhängenden Decken – moderne Gobelins, die die Wände mit kindlichen Bildern von Feldern überzogen, von Flüssen, Bergen und Wäldern, mit Himmeln, auf denen Sonne und Mond gleichzeitig leuchteten, mit prächtigen Wolken und sogar niederströmendem Regen. Sie waren lebenspral wie naive Gemälde mit ihren Abertausenden kleiner Stoffstücke, die so sorgsam zusammengenäht waren, daß selbst Wasserfälle und niederschwebende Blätter in allen Einzelheiten zu erkennen waren.

Das alles wiederzusehen, raubte Jesse fast die Sinne.

Durch die lange schlaflose Nacht hungrig und übermütig geworden, fand sie gegen Mittag den Mut, den Riegel zur hintersten Tür zu öffnen, die in die fensterlosen Geheimkammern innerhalb des Berges selbst führte. Atemlos ging sie den steinernen Gang entlang. Ihr Herz klopfte, als sie die Bibliothek unverschlossen vorfand, und sie drehte das Licht an.

Ach, vor fünfzehn Jahren hatte sie den glücklichsten Sommer ihres Lebens hier verbracht. All ihre späteren wundervollen Abenteuer, während sie Geister für die Talamasca aufspürte, waren nichts im Vergleich zu dieser magischen und unvergeßlichen Zeit gewesen.

Sie und Maharet am flackernden Kamin zusammen, in dieser Bibliothek. Und die zahllosen Bände mit der Familiengeschichte, die sie immer wieder in Erstaunen und Entzücken versetzte. Der Stammbaum der »Großen Familie«, wie Maharet stets zu sagen pflegte – »der Faden, an dem wir uns im Labyrinth des Lebens halten.« Wie liebevoll hatte sie für Jesse die Bücher aus den Regalen genommen, ihr die Truhen geöffnet, die die alten Pergamentrollen enthielten.

Damals hatte Jesse die volle Bedeutung all dessen nicht ganz begriffen. Eine leichte Verwirrung hatte sich ihrer bemächtigt, als gehörten die Schriftzüge auf den Dokumenten eher einem Traum als der Wirklichkeit an. Und das, obwohl Jesse bereits eine erfahrene Archäologin war. Sie hatte an Ausgrabungen in Ägypten und in Jericho mitgewirkt. Dennoch konnte sie diese seltsamen Hieroglyphen nicht entziffern. *Gütiger Himmel, wie alt waren diese Dinger eigentlich?*

Noch Jahre später versuchte sie sich anderer Dokumente zu erinnern. Zweifellos hatte sie eines Morgens die Bibliothek betreten und ein Hinterzimmer mit einer unverschlossenen Tür entdeckt.

Einen langen Flur war sie entlanggegangen, vorbei an anderen dunklen Räumen. Nachdem sie den Lichtschalter ertastet hatte, fand sie sich in einem Lager voller Tontafeln wieder – Tontafeln, die mit winzigen Bildern bedeckt waren! Unzweifelhaft hatte sie diese Dinger auch in Händen gehalten.

Noch etwas war geschehen; etwas, dessen sie sich nie so recht hatte erinnern wollen. War da noch ein anderes Gemach gewesen? Sie wußte allerdings noch genau, daß sie über eine eiserne Wendeltreppe in tiefer gelegene Räume mit nackten Erdwänden gelangt war. Kleine Glühbirnen waren in Porzellanfassungen von der Decke gehangen. Sie hatte an Kettchen gezogen, um sie anzuknipsen.

Zweifellos war es so gewesen. Zweifellos hatte sie eine schwere Holztür geöffnet...

Erst Jahre später war ihr das alles wieder in kleinen Erinnerungsblitzen eingefallen – ein weitläufiger Raum mit niederer Decke und Eichenstühlen, einem Tisch und Bänken, die aussahen, als seien sie aus Stein. Und was sonst noch? Etwas, das ihr zunächst äußerst vertraut vorkam. Und dann...

Noch in derselben Nacht konnte sie sich nur mehr der Wendeltreppe erinnern. Plötzlich war es zehn Uhr, sie war gerade aufgewacht, und Maharet stand am Fuße ihres Bettes. Maharet war gekommen und hatte sie geküßt. So ein lieblicher, warmer Kuß, der ihr durch alle Glieder fuhr. Maharet sagte, man habe sie schlafend in der Lichtung beim Bach gefunden, und bei Sonnenuntergang habe man sie ins Haus gebracht.

Unten beim Bach? Monate später hatte sie sich tatsächlich »erinnert«, dort eingeschlafen zu sein. Es war sogar eine reichlich plastische »Erinnerung« an den friedlich rauschenden Wald, an das murmelnde Wasser. Aber passiert war das nie, da war sie sich jetzt ganz sicher.

Aber heute, fünfzehn Jahre später, hatte sie keine Belege dieser halb erinnerten Dinge gefunden. Die Räume waren verschlossen. Sogar die Bände mit der Familiengeschichte waren in Glaskästen eingesperrt, die sie nicht zu beschädigen wagte.

Dennoch hatte sie nie so fest ihren Erinnerungen vertraut. Ja,

Tontafeln mit nichts als Gestrichel bedeckt, die Menschen, Bäume und Tiere darstellten. Sie hatte die Tafeln gesehen, sie aus den Regalen genommen und sie unter dem schwächlichen Licht der Glühbirne betrachtet. Und die Treppe und der Raum, der sie ängstigte, nein, mit Panik erfüllte...

Dennoch, das reinste Paradies war es gewesen, diese warmen Sommertage und -nächte, da sie sich stundenlang mit Maharet unterhielt, da sie mit Mael und Maharet im Mondenlicht tanzte. Aber sie mußte den Schmerz vergessen, der dem allem gefolgt war; sie mußte versuchen zu verstehen, warum Maharet sie nach New York zurückgeschickt hatte, auf daß sie nie wiederkäme.

Mein Liebling,
es ist einfach so, daß ich Dich zu sehr liebe. Mein Leben wird Deines verschlingen, wenn wir nicht getrennt sind. Du mußt Freiheit haben, Jesse, damit Du Deine eigenen Pläne, Wünsche und Träume ersinnen kannst...

Sie war nicht zurückgekommen, um die alten Schmerzen, sondern um wenigstens für eine kurze Zeit die alten Freuden wieder aufleben zu lassen.

Ihre Müdigkeit bekämpfend, verließ sie schließlich das Haus und durchstreifte den Eichenwald. Ohne Schwierigkeiten fand sie die alten Pfade wieder. Und die farn- und kleeüberwachsene Lichtung, durch die der Bach rauschte.

Hierher hatte Maharet sie einst in völliger Dunkelheit geführt, über den Steinpfad hinweg zum Wasser hinunter. Mael war ihnen gefolgt. Maharet hatte Jesse Wein eingegossen, und sie hatten zusammen ein Lied gesungen, das Jesse sich später nie wieder genau ins Gedächtnis zurückrufen konnte, obwohl sie sich ab und zu dabei ertappte, wie sie diese unheimliche Melodie vor sich hin summte und dann, wenn sie sich dessen bewußt wurde, nicht mehr weiterwußte.

Sie hätte leicht bei dem Bach einschlafen können, eingelullt in das Flüstern des Waldes, so wie ihr es die »Erinnerung« an das letzte Mal vor vielen Jahren vorgaukelte.

Wie verwirrend war doch das leuchtende Grün der Ahornbäume, durch die einige Lichtstrahlen brachen. Und die Sandelholzbäume schienen in dieser vollkommenen Stille noch gewaltiger zu sein. Riesig und gleichgültig ragten sie hundert Meter auf, ehe ihr düsteres Laubwerk nur noch einen ausgefransten Himmel zuließ.

Sie wußte, was ihr das Konzert heute abend mit Lestats kreischenden Fans abverlangen würde. Und sie hatte Angst, daß der Traum mit den Zwillingen sie wieder heimsuchen würde.

Schließlich ging sie zum Haus zurück, wobei sie die Rosen und den Brief mitnahm. Ihr altes Zimmer. Drei Uhr. Wer zog hier eigentlich die Uhren auf? Der Traum von den Zwillingen verfolgte sie. Aber sie war zu müde, um dagegen noch ankämpfen zu können. Sie fühlte sich wohl in dieser Umgebung. Hier gab es keine jener Geister, denen sie während ihrer Arbeit so oft begegnet war. Nur Friede. Sie hatte sich auf das alte, von der Decke hängende Bett gelegt, auf den Überzug, den sie in diesem Sommer damals zusammen mit Maharet genäht hatte. Und der Schlaf und die Zwillinge vereinigten sich.

Jetzt blieben nur noch zwei Stunden, um nach San Francisco zu gelangen, und, so schwer es ihr fiel, sie mußte dieses Haus wieder verlassen. Sie prüfte ihre Taschen durch. Paß, Papiere, Geld, Schlüssel.

Sie nahm ihre Ledertasche, warf sie sich über die Schulter und eilte durch den langen Gang der Treppe entgegen. Die Abenddämmerung sank rasch hernieder, und wenn die Dunkelheit die Wälder erst einmal einhüllte, würde man nichts mehr sehen können.

Die Eingangshalle lag noch im letzten Sonnenlicht. Ein paar Strahlen drangen durch die Westfenster und beschienen die riesige Decke an der Wand.

Bei ihrem Anblick mußte Jesse nach Atem ringen. Diese Decke hatte sie wegen ihrer Rätselhaftigkeit und Größe schon immer am liebsten gemocht. Auf den ersten Blick schien das alles nur zusammengewürfeltes Stückwerk zu sein, aber dann verschmolzen die unzähligen Stoffstückchen zu einer bewaldeten Landschaft. Ein paar Sekunden lang sah man sie, dann war sie wieder verschwunden. So war es schon in jenem Sommer gewesen, als sie voll des süßen Weines immer wieder davor auf- und abgegangen war, wobei sich ihr das Bild abwechselnd entzog und erschloß: der Berg, der Wald, ein kleines Dorf, in das grüne Tal tief unten eingebettet.

»Tut mir leid, Maharet«, flüsterte sie wieder. Sie mußte gehen. Ihr Reiseziel lag nicht mehr fern.

Aber als sie sich schon abgewandt hatte, erregte etwas in dem gesteppten Bild ihre Aufmerksamkeit. Sie drehte sich um, betrachtete es erneut. Waren da Gestalten, die sie nie gesehen hatte? Wieder verschwamm alles zu einer Fülle zusammengenähter Fragmente. Dann lösten sich langsam die Flanken des Berges heraus, dann die Olivenbäume und dann die Dachfirste des Dorfes, das nur aus gelben, im Tal verstreuten Hütten bestand. Die Gestalten? Sie konnte sie nicht finden. Das heißt, nur bis sie sich wieder abwandte. Für den Bruchteil einer Sekunde tauchten sie in ihren Augenwinkeln auf. Zwei winzige Figuren, die einander festhielten, Frauen mit rotem Haar!

Langsam, fast vorsichtig wandte sie sich dem Bild wieder zu. Ihr Herz setzte aus. Ja, da! Oder war es nur ein Trugbild?

Sie durchschritt den Raum, bis sie genau vor der Decke stand. Sie hob ihre Hände und berührte sie. Ja! Jede der beiden kleinen Stofflumpenpuppen hatte winzige grüne Knöpfe als Augen, und darunter waren die Nase und der rote Mund sorgfältig aufgenäht! Und das Haar, das Haar war rotes Garn, in grob gekräuselten Wellen über die weißen Schultern gesteppt.

Ungläubig starrte sie die Figuren an. Doch, da waren sie – die Zwillinge! Und als sie da wie erstarrt so dastand, wurde es in dem Raum allmählich dunkel. Das letzte Licht war hinter den Horizont gesunken. Die Decke verblaßte vor ihren Blicken in ein unentzifferbares Gemuster.

Benommen hörte sie die Uhr schlagen. *Ruf die Talamasca an. Ruf David in London an. Erzähl ihm davon, irgend etwas.* – Aber das war unmöglich, und sie wußte es. Und es brach ihr das Herz, als sie einsah, daß die Talamasca niemals die ganze Geschichte erfahren würden, egal was diese Nacht für sie bereithielt.

Sie zwang sich fortzugehen, die Tür hinter sich abzuschließen und sich auf den Weg zu machen.

Sie begriff ihre Gefühle nicht ganz, warum sie so erschüttert und am Rande der Tränen war. Es bestätigte ihre Ahnungen, das, was sie zu wissen glaubte. Und dennoch war sie so verängstigt, daß sie weinte.

Warte auf Maharet.

Aber das konnte sie nicht. Maharet würde sie bezaubern, verwirren, sie im Namen der Liebe von dem Mysterium ablenken. Genau das war in diesem langen Sommer damals geschehen. Nichts konnte dem Vampir Lestat widerstehen. Der Vampir Lestat war das entscheidende Glied zu des Rätsels Lösung. Ihn zu sehen und zu berühren, mußte die endgültige Bestätigung bedeuten.

Das rote Mercedes-Kabriolett sprang sofort an. Kiesel spritzten auf, als sie wendete und der schmalen, ungepflasterten Straße entgegenflitzte. Das Verdeck war heruntergelassen; bis zur Ankunft in San Francisco würde sie vermutlich erfroren sein, aber das machte nichts. Sie liebte die kalte Luft auf ihrem Gesicht, sie liebte es, schnell zu fahren.

Die Straße tauchte sofort in die Schwärze der Wälder. Nicht einmal der aufgehende Mond konnte hierher durchdringen. Sie beschleunigte auf sechzig, nahm ohne Schwierigkeiten die plötzlich auftauchenden Kurven. Auf einmal wurde sie noch trauriger, aber der Tränenfluß war versiegt. Der Vampir Lestat ... Sie war beinahe schon am Ziel.

Als sie endlich die Landstraße erreichte, beschleunigte sie das Tempo, sang sich etwas vor, das sie in dem Fahrtwind kaum zu hören vermochte. Vollkommen dunkel wurde es erst, als sie durch die hübsche kleine Stadt Santa Rosa fuhr und sich in den zügigen Verkehrsstrom auf dem Highway 101 einfädelte.

Küstennebel stieg auf und verwandelte die dunklen Hügel in Geisterwesen. Aber der helle Strom der Schlußlichter vor ihr wies ihr den Weg. Sie wurde immer aufgeregter. Noch eine Stunde bis zur Golden Gate. Sie war nicht mehr traurig. Ihr ganzes Leben lang hatte sie immer auf ihr Glück gesetzt, und manchmal war sie ungeduldig gegenüber Leuten gewesen, die zögerlicher als sie selbst waren. Und obwohl sie genau um die Gefahren wußte, denen sie entgegenstrebte, hatte sie das Gefühl, daß das Glück wieder auf ihrer Seite war. Richtig Angst hatte sie eigentlich nicht.

Sie hatte im Grunde schon bei ihrer Geburt Glück gehabt, als sie am Straßenrand aufgefunden wurde, wenige Minuten nur nach dem Autounfall, der ihre im siebten Monat schwangere Teenagermutter getötet hatte – ein Baby, das sofort aus dem sterbenden Schoß gerettet wurde und das seine Lungen vernehmlich freischrie, als der Krankenwagen eintraf.

Zwei Wochen lang blieb sie namenlos, während sie unter den sterilen, kalten Maschinen des Hospitals dahinlebte; aber die Krankenschwestern beteten sie an, gaben ihr den Spitznamen »der Spatz« und knuddelten sie und sangen ihr Lieder vor, wann immer sie Zeit dazu fanden.

Jahre später schrieben sie ihr, legten Schnappschüsse bei, die sie aufgenommen hatten, erzählten ihre kleine Geschichten, was ihr alles das Gefühl gab, schon früh geliebt worden zu sein.

Es war Maharet, die sich schließlich meldete, sie als einzige Überlebende der Reeves-Familie aus South Carolina identifizierte und sie mit nach New York nahm, wo sie bei entfernten Verwandten eines anderen Namens und anderer Herkunft lebte. Dort wuchs sie in einer fürstlichen Maisonettewohnung an der Lexington Avenue bei Maria und Matthew Godwin heran, die ihr nicht nur Liebe schenkten, sondern alles, was ihr Herz begehrte. Ein englisches Kindermädchen hatte mit Jesse im selben Zimmer geschlafen, bis sie zwölf Jahre alt war.

Sie wußte nicht mehr, wann sie erfuhr, daß ihre Tante Maharet vorgesorgt hatte, so daß sie jedes beliebige College besuchen konnte, um einen Beruf ihrer Wahl zu erlernen. Matthew Godwin war Arzt. Maria war eine Gelegenheitstänzerin und -lehrerin. Sie liebten Jesse mit ganzem Herzen; sie war die Tochter, die sie sich immer gewünscht hatten. Und es waren erfüllte und glückliche Jahre gewesen.

Maharet schickte ihr Briefe, noch ehe sie lesen konnte. Diese Briefe waren wunderbar, oft lagen bunte Postkarten und seltsame Geldscheine aus den Ländern bei, in denen Maharet lebte. Als Jesse siebzehn war, hatte sie eine ganze Schublade voller Rupien und Lire. Aber was noch wichtiger war, sie hatte in Maharet eine Freundin gefunden, die jede Zeile, die sie schrieb, mit Anteilnahme beantwortete.

Es war Maharet, die ihr Lektüre empfahl, sie anhielt, Musik- und Malunterricht zu nehmen, ihre Sommerreisen nach Europa und schließlich ihre Zulassung zur Columbia-Universität arrangierte, wo Jesse alte Sprachen und Kunst studierte.

Es war Maharet, die ihre Weihnachtsbesuche bei entfernten europäischen Verwandten arrangierte – den Scartinos in Italien, einer einflußreichen Bankerfamilie, die in einer Villa außerhalb Sienas wohnte, und den bescheideneren Borchardts in Paris, die sie in ihrem überfüllten, doch fröhlichen Heim willkommen hießen.

Im Sommer, da Jesse siebzehn wurde, ging sie nach Wien, um den russischen Emigrantenzweig der Familie kennenzulernen, junge, leidenschaftliche Intellektuelle und Musiker, die sie sehr liebte. Dann ging es nach England, um die Reeves-Familie kennenzulernen, die blutsverwandt mit den Reeves' aus South Carolina war, die England vor Jahrhunderten verlassen hatten.

Als sie achtzehn war, besuchte sie entfernte Verwandte, die auf den Namen Petralona hörten und in ihrer Villa auf Santorin lebten, reiche und exotisch aussehende Griechen. Sie lebten, von Dienern umgeben, in feudalem Luxus und hatten Jesse ganz spontan zu einer Reise auf ihrer Jacht nach Istanbul, Alexandria und Kreta eingeladen.

Um ein Haar hätte sich Jesse in den jungen Constantin Petralona verliebt. Maharet ließ sie wissen, daß eine Heirat von allen begrüßt werden würde, aber freilich müsse sie ihre eigenen Entscheidungen fällen. Jesse gab ihrem Liebhaber einen Abschiedskuß und flog zurück nach Amerika, zur Universität und um ihre erste archäologische Ausgrabung im Irak vorzubereiten.

Aber selbst während der College-Jahre riß die Verbindung zu der Familie niemals ab. Alle waren gut zu ihr. Allerdings war innerhalb des Clans jeder zu jedem gut. Jeder hielt große Stücke auf die Familie. Pausenlos besuchten sich die verschiedenen Familienzweige gegenseitig; pausenlos heirateten sie untereinander, was zu endlosen Verwirrungen führte; jede Familie hielt ständig ein paar Räume frei, falls plötzlich Verwandtschaft auftauchte. Die Stammbäume schienen bis in die Steinzeit zurückzureichen; man erzählte sich lustige Geschichten über berühmte Verwandte, die bereits drei- oder vierhundert Jahre tot waren. Jesse fühlte sich diesen Menschen wirklich zugehörig, egal wie verschiedenartig sie auch waren.

Aber wer war diese Frau Maharet, die immer Jesses ferne, doch aufmerksame Mentorin gewesen war, die ihre Studien häufig mit brieflichen Ratschlägen begleitete, die sie so umsichtig geleitete und nach der sie sich heimlich sehnte?

Von allen Verwandten, die Jesse jemals besuchte, war Maharet die eindrucksvollste, obwohl sie sie nie gesehen hatte. Maharet führte das Protokoll der Großen Familie, das heißt, all der Zweige, die unter verschiedenen Namen über die Welt verstreut waren. Sie war es, die die Verwandtschaft zusammenbrachte, sogar Heiraten arrangierte, um die verschiedenen Familienzweige zusammenzubringen, sie war es, auf deren Hilfe man in Zeiten der Not zuverlässig zählen konnte, Hilfe, die zuweilen zwischen Leben und Tod entschied.

Und vor Maharet war es deren Mutter gewesen, die man jetzt die Alte Maharet nannte, und davor die Großmutter Maharet und so weiter und so fort, so weit das Gedächtnis zurückreichte. »Es wird immer eine Maharet geben«, lautete ein altes Familiensprichwort, das auf italienisch und deutsch oder russisch oder jiddisch oder griechisch heruntergerasselt wurde. In jeder Generation gab es eine Nachfahrin dieses Namens, die das Protokoll führen mußte, so schien es wenigstens, denn niemand außer der jeweiligen Maharet war mit all diesen Einzelheiten vertraut.

»Wann werde ich Dich richtig kennenlernen?« hatte ihr Jesse oft in all diesen Jahren geschrieben. Sie hatte die Briefmarken all der Kuverts aus Delhi und Rio gesammelt, aus Mexiko-Stadt, aus Bangkok und Tokio und Lima und Saigon und Moskau.

Die ganze Familie war dieser Frau ergeben und fasziniert von ihr, aber zwischen Jesse und ihr bestand eine ganz besondere und geheimnisvolle Beziehung. Denn von frühester Kindheit an hatte Jesse, im Gegensatz zu den Leuten ihrer unmittelbaren Umgebung, »ungewöhnliche« Erfahrungen gemacht.

So konnte Jesse etwa auf nebelhafte Weise Gedanken lesen. Sie »wußte«, wenn jemand sie nicht mochte oder sie anlog. Sie verfügte über eine außergewöhnliche Sprachbegabung, da sie häufig den »Kern« verstand, selbst wenn ihr die einzelnen Wörter unbekannt waren.

Und sie sah Geister – Menschen und Gebäude, die unmöglich an dieser Stelle sein konnten.

Als sie noch sehr klein war, sah sie oft von ihrem Fenster in Manhattan aus auf der gegenüberliegenden Seite den undeutlichen grauen Umriß eines eleganten Reihenhauses. Sie wußte, daß es in Wirklichkeit nicht existierte, und sie mußte anfangs darüber lachen, wie es immer wieder auftauchte und verschwand, manchmal durchsichtig, manchmal fest und klotzig mit Lichtern hinter den verhangenen Fenstern. Jahre vergingen, ehe sie erfahren hatte, daß das Phantomhaus einst dem Architekten Stanfort White gehört hatte. Es war schon vor Jahrzehnten abgerissen worden.

Die menschlichen Verkörperungen, die sie sah, waren nicht von Anfang an derart ausgeprägt. Vielmehr handelte es sich um kurz aufflackernde Erscheinungen, die oft ein schwer erklärliches Unbehagen auslösten.

Aber mit zunehmendem Alter wurden diese Geister sichtbarer, dauerhafter. An einem trüben, verregneten Nachmittag war ihr die durchsichtige Gestalt einer alten Frau entgegengeschlendert, um dann völlig selbstverständlich durch sie hindurchzugehen. Panikartig war Jesse in den nächsten Laden gerannt, und die Angestellten baten Matthew und Maria telefonisch um Hilfe. Immer wieder versuchte Jesse, das vergrämte Gesicht der Frau zu beschreiben, ihren starren Blick, der von der Umwelt nicht das geringste wahrzunehmen schien.

Wenn Jesse von diesen Dingen erzählte, glaubten ihr ihre Freunde meist kein Wort. Doch zeigten sie sich fasziniert und baten sie, diese Geschichten zu wiederholen. Derlei verletzte Jesse zutiefst. Sie versuchte also, ihr Wissen für sich zu behalten, obwohl sie vom frühen Teenageralter an immer öfter diese verlorenen Seelen sah.

Sogar am hellen Mittag im Gewühl der Fifth Avenue erblickte sie diese blassen, umherirrenden Kreaturen. Dann eines Morgens im Central Park, Jesse war inzwischen sechzehn, sah sie auf einer Bank in der Nähe die Geistererscheinung eines jungen Mannes. Um sie herum tummelte sich lärmendes Volk, doch die Gestalt schien davon abgesondert zu sein, dieser Umgebung nicht anzugehören. Die Geräusche schwanden, als würde die Kreatur sie aufsaugen. Jesse betete, daß die Erscheinung verschwinden möge. Statt dessen heftete sie unverwandt ihren Blick auf sie und versuchte, mit ihr zu sprechen.

Jesse rannte wie von Furien gepeitscht nach Hause, wo ihr Matthew ein Beruhigungsmittel gab und ihr versicherte, sie würde jetzt gleich einschlafen. Er ließ ihre Zimmertür offen, damit sie sich nicht zu fürchten brauchte.

Als Jesse so halb träumend, halb wachend dalag, kam ein junges

Mädchen herein. Jesse merkte, daß sie dieses junge Mädchen kannte; natürlich, sie war ein Familienmitglied, sie war schon immer hiergewesen, hier bei Jesse, sie hatten oft miteinander gesprochen, nur darum mußte sie ihr gleich so liebevoll und vertraut vorgekommen sein. Sie war ein Teenager, nicht älter als Jesse.

Sie setzte sich auf Jesses Bettrand und sagte ihr, sie solle sich keine Sorgen machen, da diese Geister ihr niemals wirklich etwas antun könnten. Noch nie habe ein Geist jemandem Schaden zugefügt, dazu seien sie gar nicht fähig. Sie seien arme, bedauernswerte, schwache Wesen. »Schreibe Tante Maharet«, sagte das Mädchen, und dann küßte sie Jesse und strich ihr das Haar aus dem Gesicht. Das Beruhigungsmittel zeigte seine Wirkung; Jesse konnte nicht einmal mehr die Augen offenhalten. Sie wollte noch eine Frage über das Trümmerauto bei ihrer Geburt stellen, aber sogleich war ihr die Frage wieder entschlüpft. »Wiedersehen, Liebling«, sagte das Mädchen, und Jesse war eingeschlafen, bevor es das Zimmer verlassen hatte.

Als sie erwachte, war es zwei Uhr nachts. Alles schlief. Unverzüglich fing sie an, Maharet zu schreiben, von jedem eigentümlichen Zwischenfall zu berichten, dessen sie sich erinnern konnte.

Erst gegen Mittag erinnerte sie sich wieder mit jähem Schock an das junge Mädchen. Nein, dieses Wesen hatte hier nie gelebt, nie mit ihr gesprochen. Wie hatte sie nur daran glauben können? Sogar in ihrem Brief hatte sie Miriam wie selbstverständlich erwähnt. Und wer war Miriam? Ein Name auf Jesses Geburtsurkunde. Ihre Mutter.

Sie erzählte niemandem von alledem. Doch ein tröstlich-warmes Gefühl durchströmte sie. Sie konnte Miriams Gegenwart spüren, da war sie ganz sicher.

Fünf Tage später traf Maharets Brief ein. Maharet glaubte ihr. Solche Geistererscheinungen seien keineswegs ungewöhnlich. Solche Dinge gäbe es zweifellos, und Jesse sei nicht die einzige, die derlei zu sehen imstande sei:

In unserer Familie hat es schon seit Generationen viele Geisterseher gegeben. Und wie Du weißt, hat es sich dabei um Zauberer und Hexen vergangener Zeitalter gehandelt. Häufig entwickeln solche Fähigkeiten jene, die mit Deinen körperlichen Merkmalen gesegnet sind: grüne Augen, blasse Haut und rotes Haar. Vielleicht wird uns die Wissenschaft eines Tages eine Erklärung liefern. Doch sei schon jetzt versichert, daß Deine Fähigkeiten ganz natürlich sind.

Das ist freilich nicht unbedingt ein Grund zur Freude. Obwohl diese Geister wirklich existieren, können sie kindisch, rachsüchtig und hinterlistig sein. Echte Hilfe kannst Du diesen Wesen, die mit Dir in Verbindung zu treten suchen, nicht angedeihen lassen, und zuweilen wirst Du einen leblosen Geist erblicken – dann handelt es sich um das optische Echo eines Individuums, das dieser Welt bereits entschwunden ist.

Habe keine Angst vor ihnen, aber lasse es auch nicht zu, daß sie Deine Zeit verschwenden. Denn das tun sie nur allzu gern, wenn sie einmal herausbekommen haben, daß Du sie sehen kannst. Was Miriam betrifft, schreibe mir unbedingt, wenn Du sie wiedersiehst. Aber wenn ich ihren Rat, daß Du mir schreiben sollst, richtig deute, wird sie es nicht für nötig erachten zurückzukehren. Aller Wahrscheinlichkeit nach steht sie über den traurigen Possen jener, die Du am häufigsten siehst. Berichte mir über diese Dinge, wann immer sie Dir Furcht und Schrecken einjagen. Aber gib Dir Mühe, anderen davon nichts zu erzählen. Da sie über Deine seherischen Gaben nicht verfügen, werden sie Dir niemals glauben.

Diesen Brief hütete Jesse wie einen Schatz; jahrelang trug sie ihn bei sich, wo immer sie auch stand und ging. Maharet hatte ihr nicht nur geglaubt, sondern ihr auch einen Weg gewiesen, mit dieser beschwerlichen Fähigkeit umzugehen.

Danach wurde Jesse noch gelegentlich von Geistererscheinungen erschreckt, und sie weihte ihre nächsten Freunde in ihre Geheimnisse ein. Aber im Laufe der Zeit hielt sie sich an Maharets Anweisungen, und ihre Fähigkeiten bereiteten ihr keinen Kummer mehr. Sie schienen eine Art Winterschlaf zu halten. Und es gab Zeiten, da sie sie vollends vergaß.

Maharet schrieb ihr nun immer häufiger; sie war ihre Vertraute, ihre beste Freundin. Als Jesse ins College eintrat, mußte sie sich zugestehen, daß sie, dank dieser Briefe, von Maharet eine genauere Vorstellung besaß als von allen anderen, denen sie jemals begegnet war. Aber erst langsam konnte sie sich mit dem Gedanken vertraut machen, daß sie einander vielleicht nie begegnen würden.

Sie war schon im dritten Jahr an der Columbia-Universität, als sie eines Abends ihre Wohnungstür öffnete und zu ihrer Überraschung feststellte, daß sämtliche Lichter brannten. Ein Feuer brannte im

Kamin, und eine große, schlanke, rothaarige Frau stand mit dem Schürhaken am Feuer.

Welch eine Schönheit! Das war Jesses erster, überwältigender Eindruck. Das Gesicht war derart kunstvoll geschminkt und gepudert, daß es an eine orientalische Porträtbüste gemahnte, sah man von der Leuchtkraft ihrer grünen Augen und dem vollen roten Lockenhaar ab, das über ihre Schultern quoll.

»Mein Liebling«, sagte die Frau. »Ich bin Maharet.«

Jesse flog in ihre Arme. Aber Maharet fing sie auf, hielt sie sanft von sich fern und betrachtete sie. Dann überhäufte sie Jesse mit Küssen, als wage sie keine andere Art der Berührung; ihre behandschuhten Hände berührten kaum Jesses Arm. Jesse aber streichelte Maharets weiches, volles rotes Haar, das ihrem eigenen so sehr glich.

»Du bist mein Kind«, flüsterte Maharet. »Du bist genauso, wie ich es erhofft hatte. Kannst du dir vorstellen, wie glücklich ich bin?«

Wie Eis und Feuer kam ihr Maharet in dieser Nacht vor. Unglaublich stark, doch gleichzeitig von unendlicher Wärme. Ein schlankes, statuenhaftes Wesen mit schmaler Hüfte und wallenden Röcken und von erhabener Vornehmheit.

Es wurde eine lange Nacht; sie besuchten Galerien, das Theater und dann noch ein Mitternachtsessen, bei dem Maharet nichts anrührte. Sie sei zu erregt, sagte sie. Sie zog nicht einmal ihre Handschuhe aus. Sie wollte nur Jesse zuhören. Und Jesse redete wie ein Wasserfall – über die Universität, ihre archäologischen Studien, ihre Träume von Ausgrabungen in Mesopotamien.

Sie spazierten sogar durch die pechschwarze Dunkelheit des Central Park, wobei Maharet ihr versicherte, daß es nicht den geringsten Grund gäbe, sich zu fürchten. Und es war so schön, als folgten sie, ohne jegliche Angst, den Pfaden durch verwunschene Wälder. Sie unterhielten sich mit aufgeregter und zugleich gedämpfter Stimme. Wie göttlich war es doch, sich so sicher fühlen zu dürfen! Gegen Morgengrauen verabschiedete sich Maharet an Jesses Wohnungstür und versprach, sie bald nach Kalifornien einzuladen. Maharet habe dort ein Haus, in den Sonomabergen.

Aber zwei Jahre verstrichen, ehe die Einladung eintraf. Jesse hatte gerade ihr Examen gemacht, und im Juli sollte sie an Ausgrabungsarbeiten im Libanon teilnehmen.

»Du mußt für zwei Wochen herkommen«, schrieb Maharet. Das Flugticket lag bei. Mael, »ein lieber Freund«, würde sie vom Flughafen abholen.

Obwohl es sich Jesse damals nicht eingestehen wollte, geschahen von Anfang an seltsame Dinge. Allein schon Mael, ein Kraftprotz von Mann mit langem blondem Haar und tiefsitzenden blauen Augen! Sein ganzes Gehabe hatte etwas fast Gespenstisches – das Timbre seiner Stimme, die schlafwandlerische Art und Weise, mit der er den Wagen gen Norden ins Sonoma County lenkte. Er trug die Lederkleidung eines Ranchers, wozu allerdings seine schwarzen Glacéhandschuhe und seine goldumrandete, blaugetönte Brille nicht so recht passen mochten.

Dennoch war er vergnügt und freundlich, freute sich offenbar, sie kennenzulernen, und sie mochte ihn sofort. Sie hatte ihm ihre Lebensgeschichte erzählt, noch ehe sie in Santa Rosa angekommen waren. Aber kein Zweifel, nachdem Jesse ihn ein- oder zweimal angesehen hatte, wurde ihr schwindlig. Warum?

Das Anwesen selbst war geradezu unglaublich. Wer in aller Welt hatte so etwas bauen können? Es lag am Ende einer Holperstraße, und die hinteren Zimmer waren wie von gewaltigen Maschinen in den Berg gegraben. Dann diese Dachbalken. Waren sie aus urzeitlichem Rotholz? Ihr Umfang maß mindestens vier Meter. Und die Lehmziegelmauern waren ganz eindeutig aus alter Zeit. Waren schon damals Europäer in Kalifornien gewesen, die möglicherweise... aber was kümmerte das? Diese Baulichkeit war einfach großartig. Sie liebte die runden, eisernen Feuerstellen und die Teppiche aus Tierhäuten und die riesige Bibliothek und das Observatorium mit seinem alten Messingteleskop.

Sie liebte die gutherzige Dienerschaft, die jeden Morgen eintraf, um sauberzumachen, die Wäsche zu waschen, die üppigen Mahlzeiten zu bereiten. Es störte sie nicht einmal, daß sie die meiste Zeit alleine war. Sie unternahm ausgedehnte Spaziergänge durch den Wald. Sie ging ins Dorf Santa Rosa, um Romane und Zeitungen zu kaufen. Sie vertiefte sich in die Decken an den Wänden. Überall gab es antike Fundstücke, die sie nicht einzuordnen vermochte; sie liebte es, sich mit diesen Dingen zu beschäftigen.

Und es gebrach nicht an Komfort. Moderne Antennen ermöglichten es, Fernsehprogramme aus aller Welt zu empfangen. Der Keller beherbergte ein voll eingerichtetes Kino mit Projektor, Leinwand und einer gigantischen Filmesammlung. An warmen Nachmittagen badete sie in dem Teich südlich des Hauses, und wenn gegen Abend die unvermeidliche kalifornische Kälte einbrach, brannte schon in allen Kaminen Feuer.

Ihre größte Entdeckung war freilich die Familiengeschichte, waren die unzähligen Lederbände, die den Stammbaum der Großen Familie bis in graue Vorzeit zurückverfolgten. Sie war entzückt, Hunderte von Fotoalben zu entdecken und Truhen voll handgemalter Porträts, die von winzigen, ovalen Miniaturen bis zu riesigen, staubbedeckten Ölgemälden reichten.

Sofort stürzte sie sich auf die Geschichte der Reeves aus South Carolina, ihrer eigenen Familie – stinkreich vor dem Bürgerkrieg und hinterher bettelarm. Die Fotografien konnte sie beinahe nicht betrachten. Das waren die Vorfahren, denen sie wahrhaft ähnelte; sie erkannte sich in ihren Gesichtern wieder. Sie hatten ihre blasse Haut, sogar ihren Gesichtsausdruck! Und zwei hatten ihr langes rotes Lockenhaar. Für Jesse, das Adoptivkind, war das von größter Bedeutung.

Erst gegen Ende ihres Aufenthalts begriff Jesse allmählich die Zusammenhänge dieser Familiendokumente, als sie nämlich Schriftrollen öffnete, die mit alten lateinischen und griechischen Buchstaben und sogar ägyptischen Hieroglyphen bedeckt waren. An die Entdeckung der Tontafeln im tiefsten Keller konnte sie sich später kaum noch entsinnen. Um so deutlicher erinnerte sie sich ihrer Gespräche mit Maharet. Stundenlang hatten sie über die Familienchroniken gesprochen.

Am liebsten hätte Jesse sich fortan nur noch mit der Familiengeschichte beschäftigt. Für diese Bibliothek hätte sie sogar ihre Ausbildung an den Nagel gehängt. Sie wollte diese alten Dokumente übersetzen und bearbeiten und sie im Computer erfassen. Warum sollte man die Geschichte der Großen Familie nicht veröffentlichen? Denn ein so langer Stammbaum war höchst ungewöhnlich, wenn nicht einzigartig. Sogar die gekrönten Häupter Europas konnten ihr Geschlecht nicht bis in die graue Vorzeit zurückverfolgen.

Maharet begegnete Jesses Enthusiasmus mit Nachsicht, erinnerte sie daran, daß dies eine zeitaufwendige und undankbare Arbeit sei. Schließlich handele es sich nur um die uralte Geschichte einer einzigen Familie; zuweilen seien da nichts anderes als Namenslisten oder kurze Beschreibungen ereignisloser Leben oder Tabellen mit Geburts- und Todesdaten.

An diese Gespräche dachte sie gerne zurück. Und an das sanfte Licht der Bibliothek, an den wohligen Geruch des alten Leders und Pergaments, an die Kerzen und die flackernden Kaminfeuer. Und an Maharet, die vornehme Schöne, an der Feuerstelle, die grünen Augen hinter leicht getönten Brillengläsern verborgen, wie sie Jesse warnte, daß die Arbeit sie verzehren, sie von lohnenderen Aufgaben abhalten könne. Es käme auf die Große Familie an, nicht auf ihre Geschichte.

Dennoch hätte Jesse diese Arbeit lieber als alles andere gemacht. Sicher würde Maharet sie hier wohnen lassen! Sie würde Jahre in dieser Bibliothek verbringen können, um endlich die Ursprünge der Familie zu entdecken!

Erst später kam ihr das alles höchst rätselhaft vor, wie so manches während dieses Sommers. Erst später waren ihr viele Kleinigkeiten aufgefallen.

Zum Beispiel, daß Maharet und Mael immer erst nach Einbruch der Dunkelheit auftauchten und daß ihre Erklärung, daß sie tagsüber eben schlafen würden, alles andere war als eine Erklärung. Und wo schliefen sie eigentlich? Das war eine andere Frage. Ihre Zimmer blieben den ganzen Tag lang unberührt, die Türen standen offen, die Schränke waren vollgestopft mit exotischer Kleidung. Erst bei Sonnenuntergang erschienen sie, als hätten sie sich aus dem Nichts materialisiert. Jesse blickte auf, und mit einemmal stand Maharet am Kamin, makellos und kunstvoll geschminkt, angetan mit Ohrringen und einer Halskette, deren Edelsteine sich im Licht brachen. Mael trug seine übliche Wildlederjacke und -hose und lehnte schweigend an der Wand.

Als Jesse nach dem Grund dieser eigentümlichen Tageseinteilung fragte, schienen ihr Maharets Antworten danach völlig überzeugend. Ihre ungewöhnlich blasse Haut vertrage nun einmal die Sonne nicht, und außerdem blieben sie immer so lange auf! Stimmte. Sie diskutierten ja auch noch um vier Uhr morgens über Politik und Geschichte, wobei sie sich manchmal einer alten, fremden Sprache bedienten, die Jesse nicht verstand. Dank ihrer übernatürlichen Gaben wußte sie zuweilen, wovon sie sprachen; aber die seltsamen Laute verblüfften sie.

Und ganz offensichtlich schwärte irgend etwas zwischen Mael und Maharet. War er ihr Liebhaber? Es sah nicht so aus.

Auffallend war auch, wie Mael und Maharet miteinander sprachen, als könnten sie gegenseitig ihre Gedanken lesen. Wie aus heiterem Himmel sagte Mael etwa: »Aber ich habe dir doch gesagt, daß du dir darüber keine Sorgen machen sollst!« Dabei hatte Maharet kein einziges Wort gesagt. Und zuweilen verfuhren sie ebenso mit Jesse. Einmal war sich Jesse ganz sicher, daß Maharet sie gerufen hatte, obwohl Jesse hätte schwören können, daß sie die Stimme nur in ihrem Kopf vernommen hatte.

Sicher, Jesse hatte übersinnliche Fähigkeiten. Konnte es aber sein, daß auch Mael und Maharet über diese Gaben verfügten?

Und was sollte man von den eigenartigen Besuchern halten? Santino zum Beispiel, ein schwarzhaariger Italiener, der eines Abends mit seinem jungen Freund Eric auftauchte. Santino starrte Jesse an, als sei sie ein exotisches Tier, dann küßte er ihre Hand und schenkte ihr einen wundervollen Smaragdring, der aus unerklärlichen Gründen ein paar Nächte später verschwunden war. Zwei Stunden lang diskutierte Santino mit Maharet in jener ungewöhnlichen Sprache, dann verließ er mit seinem Eric wütend das Haus.

Und dann diese seltsamen nächtlichen Gesellschaften. War Jesse nicht zweimal um drei oder vier Uhr morgens aufgewacht, um das Haus voller Leute vorzufinden? In jedem Zimmer waren Leute, die schwatzten und lachten. Und all diese Leute waren sich irgendwie ähnlich. Sie waren sehr blaß, hatten ungewöhnliche Augen, ganz so wie Mael und Maharet. Aber Jesse war ja so müde. Sie konnte sich nicht einmal daran erinnern, wie sie wieder zurück ins Bett gegangen war. Nur, daß sie einmal von einigen sehr hübschen jungen Männern umringt gewesen war, die ihr ein Glas Wein eingeschenkt hatten, und als nächstes wußte sie nur, daß es Vormittag war. Sie lag im Bett. Die Sonne schien durchs Fenster, das Haus war leer.

Auch hörte Jesse Merkwürdiges zu merkwürdigen Stunden. Das

Getöse von Hubschraubern, von kleinen Flugzeugen. Doch nie verlor jemand ein Wort über diese Dinge.

Dennoch war Jesse die ganze Zeit überglücklich. All diese Dinge schienen ohne Bedeutung zu sein! Maharets Antworten zerstreuten stets Jesses Zweifel sofort, und Jesse hatte außerdem viel zuviel Spaß, um sich Sorgen zu machen.

Mael las manchmal laut und schön Gedichte vor; Maharet spielte etwas auf dem Klavier, sehr langsame, meditative Stücke. Eric tauchte hin und wieder auf und sang voller Inbrunst Lieder mit ihnen.

Er hatte japanische und italienische Filme mitgebracht, die sie sich mit großem Vergnügen ansahen. Von *Julia und die Geister* war Jesse so angetan, daß sie in Tränen ausbrach.

All diese Leute wollten mehr über Jesse erfahren. Ja, Mael stellte ihr die kuriosesten Fragen. Hatte sie jemals in ihrem Leben eine Zigarette geraucht? Wie schmeckte Schokolade? Woher nahm sie den Mut, sich alleine mit jungen Männern in deren Autos oder Wohnungen aufzuhalten? Wußte sie denn nicht, daß solche Abenteuer tödlich enden könnten? Um ein Haar hätte sie losgelacht. Nein, ernsthaft, derlei geschähe andauernd, drang er auf sie ein. Man müsse doch nur die Zeitung aufschlagen. In den modernen Großstädten hätten die Männer offenbar die Frauen zu Freiwild erklärt.

Einmal saßen sie zusammen am Eßtisch und unterhielten sich. Sie erzählte ihm von den Geistern, die sie manchmal zu Gesicht bekam, und mürrisch bezeichnete er diese als hohlköpfige oder verrückte Tote, worauf sie lachen mußte. Aber es stimmte schon; Geister benahmen sich in der Tat, als seien sie ein wenig dämlich, das war ja das Unheimliche. Hörten die Menschen auf zu existieren, wenn sie starben? Oder siechten sie in einem dumpfen Zustand dahin, um medial begabten Lebenden zu den sonderbarsten Gelegenheiten zu erscheinen und ihnen allerlei Unsinn zu erzählen? Wann hatte ein Geist jemals irgend etwas Interessantes von sich gegeben?

»Aber das sind natürlich nur die erdgebundenen Geister«, sagte Mael. »Wer weiß, wohin wir gehen, wenn wir uns schließlich des Fleisches mit all seinen Wonnen entledigen?«

Jesse war inzwischen reichlich angetrunken, und ein schreckliches Grauen beschlich sie – Gedanken an das alte Geisterhaus von Stanford White und die Geister, die sich in die New Yorker Menschenmengen mischten. Sie sah den hübschen, blauäugigen Mael an, der ausnahmsweise einmal nicht seine Handschuhe und seine getönte Brille trug.

»Außerdem«, sagte Mael, »gibt es noch andere Geister, die schon immer hiergewesen sind. Sie waren nie aus Fleisch und Blut, und gerade darum sind die so wütend.«

Welch eigenarige Vorstellung. »Woher weißt du das?« fragte Jesse und starrte ihn noch immer an. Mael war schön. Seine Schönheit bestand aus der Summe seiner Mängel – die Hakennase, das allzu kräftige Kinn, sein mageres Gesicht, umrahmt von wildem, strohfarbenem Haar. Die Augen saßen zu tief in ihren Höhlen, weswegen sie nur noch stechender erschienen. Ja, so schön – am liebsten hätte sie ihn umarmt, geküßt, in ihr Bett eingeladen... Schon immer hatte sie ihn anziehend gefunden, ein Gefühl, das sie nun zu überwältigen drohte.

Dann machte sie eine merkwürdige Feststellung. *Das ist kein menschliches Wesen. Das ist jemand, der vorgibt, ein menschliches Wesen zu sein.* Es war sonnenklar. Aber es war gleichzeitig lächerlich!

Wenn das kein menschliches Wesen war, was, zum Teufel, war es dann? Mael war sicher kein Geist oder Gespenst. Daran bestand kein Zweifel.

»Ich glaube, wir wissen nicht, was wirklich oder unwirklich ist«, sagte sie, ohne es eigentlich zu wollen. »Wenn man lange genug etwas anstarrt, sieht es plötzlich monströs aus.« Sie hatte sich von ihm abgewandt, um ihren Blick auf den Blumenstrauß in der Mitte des Tisches zu wenden. Alte Teerosen, die ihre Blütenblätter verloren. Und diese Dinger sahen ganz fremdartig und irgendwie schrecklich aus – wie Insekten! Was waren sie wirklich?

Dann zerbrach die Vase in lauter Stücke, und das Wasser breitete sich auf dem ganzen Tisch aus. Und Mael sagte: »Oh, verzeih. Das wollte ich nicht.«

Das war tatsächlich geschehen, keine Einbildung gewesen. Dennoch gab Mael sich nicht im geringsten irritiert. Er machte sich zu einem Waldspaziergang auf, nachdem er ihre Stirn geküßt hatte, und seine Hand zitterte, als er plötzlich ihr Haar zu berühren suchte, aber dann besann er sich offenbar eines Besseren.

Natürlich hatte Jesse getrunken. Ja, während ihres ganzes Aufenthalts trank sie zuviel. Und niemand schien es zu bemerken.

Ab und zu gingen sie aus und tanzten in der mondbeschienenen Lichtung. Es war kein bestimmter Tanz. Sie bewegte sich allein im Kreise und blickte zum Himmel empor. Mael summte dann eine Melodie, oder Maharet sang Lieder in der unbekannten Sprache.

Wie war es in solchen Stunden eigentlich um ihren Geisteszustand beschaffen? Und warum hatte sie es für ganz selbstverständlich hingenommen, daß Mael im Haus ständig Handschuhe und draußen in der Dunkelheit seine Sonnenbrille trug?

Dann, eines Morgens, noch lange vor Sonnenaufgang, war Jesse betrunken ins Bett gesunken und hatte einen schrecklichen Traum gehabt. Mael und Maharet hatten Streit.

Mael sagte immer wieder: »Und was passiert, wenn sie stirbt? Was, wenn sie jemand umbringt oder sie von einem Auto überfahren wird? Was wenn, was wenn, was wenn...« Es schwoll zu einem ohrenbetäubenden Lärm.

Ein paar Nächte später nahm dann die Katastrophe ihren entsetzlichen und endgültigen Lauf. Mael war eine Zeitlang aushäusig gewesen, dann aber zurückgekommen. Sie hatte den ganzen Abend Burgunder getrunken, und sie stand mit ihm auf der Terrasse, und er küßte sie, und sie wurde bewußtlos. Dennoch nahm sie alles wahr. Er hielt sie, küßte ihre Brüste, aber sie versank in unergründliche Finsternis. Dann erschien das Mädchen wieder, jener Teenager, der sie einst in New York aufgesucht hatte. Mael konnte das Mädchen nicht sehen, und natürlich wußte Jesse genau, wer sie war, Jesses Mutter, Miriam, und sie wußte, daß Miriam Angst hatte. Mael ließ plötzlich von Jesse ab.

»Wo ist sie?« schrie er wütend.

Jesse öffnete die Augen. Maharet war da. Sie versetzte Mael einen derartig mörderischen Schlag, daß er rückwärts über das Terrassengeländer flog. Und Jesse schrie auf, stieß das junge Mädchen versehentlich zur Seite, als sie entsetzt losrannte, um über das Geländer zu blicken.

Weit unten in der Lichtung stand Mael, unverletzt. Nicht zu glauben, aber wahr. Er war schon wieder auf den Füßen und verbeugte sich vor Maharet nach höfischer Art. Er stand im Licht, das aus den Fenstern der unteren Räume fiel, und warf Maharet einen Handkuß zu. Maharet sah traurig aus, aber sie lächelte. Sie murmelte etwas vor sich hin und deutete Mael eine wegwerfende Geste an, als wollte sie sagen, daß sie nicht verärgert sei.

Jesse hatte schreckliche Angst, daß Maharet wütend auf sie sein könnte, aber als sie in Maharets Augen blickte, wußte sie, daß sie sich keine Sorgen zu machen brauchte. Dann sah Jesse an sich hinunter und stellte fest, daß ihr Kleid vorne auseinandergerissen war. Ein scharfer Schmerz durchstach sie an der Stelle, wo Mael sie geküßt hatte, und als sie sich Maharet zuwandte, verwirrte sich ihr Geist, war sie unfähig, ihre eigenen Worte zu hören.

Irgendwie kam sie auf ihr Bett zu sitzen. Sie war an Kissen gelehnt und trug ein langes Nachthemd aus Flanell. Sie erzählte Maharet, daß ihre Mutter wiedergekommen war, daß sie sie auf der Terrasse gesehen hatte. Aber das war längst nicht alles, da sie und Maharet sich stundenlang über die ganze Angelegenheit unterhalten hatten. Aber was war die ganze Angelegenheit? Maharet versicherte ihr, daß sie alles vergessen würde.

Mein Gott, wie verzweifelt hatte sie später versucht, ihr Gedächtnis aufzufrischen. Kleine Erinnerungsfetzen hatten sie ganze Jahre hindurch gequält. Maharet hatte ihr langes, volles Haar gelöst. Wie Geister waren sie durch das dunkle Haus gewandert, Maharet hielt sie umschlungen, blieb immer wieder stehen, um sie zu küssen und zu umarmen. Maharets Körper fühlte sich wie ein Stein an, der atmen konnte.

Sie befanden sich in einer Geheimkammer hoch im Berg. Überall standen schwere Computer herum, deren Kabel und rote Lämpchen ein leises elektronisches Summen von sich gaben. Und da, auf einem riesigen, rechteckigen Bildschirm, der fast die ganze Wand einnahm, war ein gewaltiger Familienstammbaum in Computerschrift aufgezeichnet. Das war die Große Familie, die sich durch die Jahrtausende zurückerstreckte – zu jener einzigen Wurzel! Der Plan war ganz auf die mütterliche Linie ausgerichtet, wie es der Sitte alter Völker entsprach – bei den Ägyptern etwa, wo nur die Nachkommenschaft der Prinzessinnen des Königshauses zählte.

Beim ersten Augenschein schienen Jesse all die Details völlig klar zu sein – alte Namen, alte Orte, der Ursprung! Gott, wußte sie sogar um die Ursprünge, die schwindelerregende Wirklichkeit Hunderter von Generationen, die sich ihr hier in grafischer Gestaltung darboten?! Sie konnte den Weg der Familie durch die alten Reiche von Kleinasien und Mazedonien und Italien verfolgen, bis hin nach Europa und in die Neue Welt! Und dies hätte das Schaubild jeder menschlichen Familie sein können!

Später sah sie sich nie mehr in der Lage, die Einzelheiten jener elektronischen Karte heraufzubeschwören. Maharet hatte ihr ja gesagt, daß sie alles vergessen würde. Das Wunder war, daß sie sich überhaupt noch an etwas erinnerte.

Aber was war sonst noch geschehen? Was war der Kernpunkt ihres langen Gespräches gewesen?

Maharet weinte, daran erinnerte sie sich. Maharet schluchzte wie ein junges Mädchen und war verführerischer denn je; ihre Gesichtszüge waren so weich und verschwommen, daß Jesse sie kaum noch wahrnehmen konnte. Ihr Gesicht brannte wie weiße Glut in der Dunkelheit, die grünen Augen leuchteten durch den Tränenschleier, und die blonden Wimpern erschienen wie von Gold durchwirkt.

Kerzenlicht durchschimmerte das Zimmer. Hinter dem Fenster ragte der Wald empor. Jesse hatte ihr widersprochen, sie flehentlich zu beruhigen versucht. Aber worum, um Himmels willen, war es eigentlich gegangen?

Du wirst alles vergessen. Du wirst dich an nichts erinnern.

Als die Sonne wieder schien und sie die Augen öffnete, wußte sie, daß alles vorbei war; sie waren fort. Ihr Kopf war wie leergefegt, sie ahnte nur, daß etwas Endgültiges gesagt worden war.

Dann entdeckte sie einen Brief auf ihrem Nachttisch:

Mein Liebling,

es ist wohl besser für Dich, wenn Du uns nun verläßt. Ich fürchte, daß wir uns im Laufe der Zeit derart in Dich vernarrt haben, daß wir Dich nur noch mehr verwirren und von Deinen eigentlichen Aufgaben abhalten würden.

Bitte verzeih uns, daß wir so plötzlich abgereist sind. Damit wollen wir nur Dein Bestes. Das Auto wird Dich zum Flughafen bringen. Dein Flugzeug startet um vier Uhr. Maria und Matthew werden Dich in New York abholen.

Sei versichert, daß ich Dich mehr liebe, als Worte es ausdrücken können. Wenn Du zu Hause ankommst, wird Dich ein Brief von mir erwarten. In ferner Zukunft werden wir wohl mal wieder eine Nacht zusammen verbringen, um über die Familiengeschichten zu sprechen. Du könntest mir bei der Aufarbeitung dieser Dokumente helfen, falls Du das überhaupt noch willst. Aber im Moment darf Dich das nicht zu sehr in Anspruch nehmen. Es darf Dich nicht vom Leben selbst ablenken.

*In treuer Liebe
Deine Maharet*

Jesse hatte Maharet nie wiedergesehen.

In gewohnter Regelmäßigkeit trafen ihre herzlichen, besorgten Briefe ein, um ihr Ratschläge zu erteilen. Aber es kam zu keinem Besuch mehr. Jesse wurde nicht mehr eingeladen.

Während der folgenden Monate wurde Jesse mit Geschenken geradezu überschüttet – ein schönes altes Reihenhaus am Washington Square in Greenwich Village, ein neues Auto, eine beachtliche Aufstockung der finanziellen Zuwendungen und die üblichen Flugtickets, um Familienmitglieder in der ganzen Welt besuchen zu können.

Schließlich übernahm Maharet auch noch die Kosten für Jesses archäologische Arbeit in Jericho. Die Jahre zogen ins Land, und sie schenkte Jesse alles, was ihr Herz begehrte.

Dennoch, dieser Sommer hatte Jesse gezeichnet. Einmal hatte sie in Damaskus von Mael geträumt, und als sie aufwachte, mußte sie weinen.

Sie war in London, arbeitete im Britischen Museum, da stürzten die Erinnerungen wieder mit voller Wucht auf sie ein. Was derlei auslöste, wußte sie nie. Vielleicht war Maharets Warnung – *du wirst das alles vergessen* – einfach verblaßt. Aber es kamen noch andere Gründe in Betracht. Eines Abends hatte sie auf dem Trafalgar Square Mael gesehen oder einen Mann, der genau wie er aussah. Der Mann stand in einiger Entfernung und starrte sie an. Aber als sie ihm zuwinkte, drehte er sich um und ging fort. Sie rannte ihm nach, versuchte, ihn einzuholen, doch er war wie vom Erdboden verschwunden.

Sie war gleichermaßen verletzt wie enttäuscht. Drei Tage später freilich erhielt sie ein anonymes Geschenk, ein Armband aus gehämmertem Silber. Wie sie bald herausfand, handelte es sich um ein altes keltisches Fundstück, vermutlich von unschätzbarem Wert. Hatte ihr Mael wohl dieses hübsche und kostbare Angebinde zukommen lassen? Sie wog sich in diesem Glauben.

Wenn sie das Armband fest in ihrer Hand hielt, fühlte sie seine Gegenwart. Sie erinnerte sich der längst vergangenen Nacht, als sie sich über hohlköpfige Geister unterhalten hatten. Sie lächelte. Es war ihr, als sei er da, als hielte er sie und küßte sie. In einem Brief erzählte sie Maharet von dem Geschenk. Danach trug sie das Armband stets und überall.

Jesse führte Tagebuch über die Erinnerungen, die wieder in ihr auftauchten. Sie schrieb auch ihre Träume nieder. Aber in ihren Briefen an Maharet erwähnte sie davon nichts.

Während sie in London war, hatte sie eine Liebesaffäre. Sie endete in einer Katastrophe, und sie fühlte sich ziemlich einsam. Genau zu dieser Zeit nahmen die Talamasca Verbindung mit ihr auf, und ihr Leben wurde endgültig in andere Bahnen gelenkt.

Jesse lebte in einem alten Haus in Chelsea, nicht weit von Oscar Wildes einstigem Quartier. Jesse fühlte sich hier sehr wohl. Allerdings wußte sie nicht, daß es in diesem Haus schon seit Jahren spukte. Während der ersten Monate sah Jesse ein paar merkwürdige Dinge. Kaum sichtbare, huschende Erscheinungen, wie man sie an solchen Orten häufig sieht; Echos von Leuten, um mit Maharet zu sprechen, die einmal vor Jahren da gelebt hatten. Jesse kümmerte sich nicht darum.

Als sie jedoch eines Nachmittags von einem Reporter aufgesucht wurde, der eine Reportage über Spukhäuser vorbereitete, erzählte sie ihm ganz offen von den Dingen, die sie gesehen hatte. Geister waren in London nichts Ungewöhnliches – eine alte Frau, die einen Krug aus der Speisekammer herumtrug, ein Mann in Frack und Zylinder, der für ein paar Sekunden auf der Treppe erschien.

Es wurde ein reichlich melodramatischer Artikel. Offenbar hatte Jesse zuviel erzählt. Sie wurde als »Hellseherin« oder »natürliches Medium« bezeichnet, das derlei unentwegt sah. Einer der Reeves-Familie aus Yorkshire rief sie an, um sie deswegen ein wenig auf den Arm zu nehmen. Jesse fand das auch komisch. Aber ansonsten scherte sie sich nicht weiter darum. Sie war ganz von ihrer Forschungsarbeit beim Britischen Museum in Anspruch genommen.

Dann nahmen die Talamasca, die den Zeitungsartikel gelesen hatten, Verbindung mit ihr auf.

Aaron Lightner, ein altmodischer Gentleman mit weißem Haar und ausgesuchten Manieren, lud sie zum Mittagessen ein. Ein alter, doch hervorragend gepflegter Rolls-Royce brachte ihn und Jesse zu einem kleinen und eleganten Privatclub. Es war eine der seltsamsten Begegnungen, die Jesse jemals gehabt hatte. Lightner war ein rechter Schönling, sein weißes Haar war voll und sorgfältig gestriegelt, und er trug einen maßgeschneiderten Tweedanzug. Außer ihm hatte sie noch nie jemanden gesehen, der einen silbernen Spazierstock mit sich führte.

Mit großem Eifer setzte er Jesse auseinander, daß er ein »Detektiv des Übersinnlichen« sei; er arbeite für einen »Geheimorden namens Talamasca«, dessen einziger Zweck es sei, Daten über »paranormale« Erfahrungen zu sammeln und diese Unterlagen zu Studienzwecken aufzubewahren. Die Talamasca seien immer auf der Suche nach Menschen mit paranormalen Fähigkeiten. Und die Talamasca böten besonders talentierten Leuten zuweilen eine Mitgliedschaft an, eine Karriere als »Detektiv des Übersinnlichen«, eher eigentlich eine Berufung, da die Talamasca völlige Hingabe und strikte Einhaltung ihrer Regeln verlangten.

Um ein Haar hätte Jesse losgelacht. Aber Lightner war auf ein gewisses Maß an Skepsis vorbereitet. Ihm standen ein paar »Tricks« zur Verfügung, die er immer bei solchen ersten Treffen anwandte. Und zu Jesses größter Überraschung bewegte er einige Gegenstände über den Tisch, ohne diese zu berühren. Eine ganz einfache Kraft, sagte er, die ihm als »Visitenkarte« diene.

Als der Salzstreuer wie aus eigener Willenskraft hin und her tanzte, war Jesse derart erstaunt, daß sie kein Wort mehr hervorbrachte. Aber die eigentliche Überraschung kam, als ihr Lightner gestand, daß er alles über sie wisse. Woher sie kam, wo sie studiert hatte. Er wußte, daß sie als kleines Mädchen Geister gesehen hatte. Der Orden hatte schon vor Jahren davon erfahren und eine Akte über Jesse angelegt.

Sie dürfe versichert sein, daß die Talamasca ihre Untersuchungen unter peinlicher Wahrung der Persönlichkeitsrechte durchführten. Die Akte enthielte nur Berichte vom Hörensagen, Dinge, die Jesse

Nachbarn, Lehrern und Schulfreunden erzählt habe. Jesse könne die Akte jederzeit einsehen. So gingen die Talamasca immer vor. Man nehme Kontakt zu Personen auf, die unter Beobachtung stünden. Die jeweilige Person erhalte alle Informationen, die ansonsten vertraulich seien.

Jesse fragte Lightner ziemlich schonungslos aus. Bald war klar, daß er eine Menge über sie wußte, aber rein nichts über Maharet und die Große Familie.

Und diese Mischung aus Wissen und Unkenntnis schien Jesse verlockend. Nur ein Wort über Maharet, und sie hätte den Talamasca für immer den Rücken gekehrt, da sie der Großen Familie treu ergeben war.

Aber die Talamasca interessierten sich nur für Jesses Fähigkeiten. Und trotz Maharets Ratschlägen hatte sich auch Jesse immer dafür interessiert.

Die Geschichte der Talamasca erwies sich als äußerst faszinierend. Erzählte ihr dieser Mann die Wahrheit? Ein Geheimorden, der im Jahre 758 gegründet worden war, ein Orden, dessen Unterlagen über Hexen, Zauberer, Medien und Geisterseher bis in jene dunklen Zeiten zurückreichten? Das alles verwirrte sie ebensosehr wie einst die Dokumente über die Große Familie.

Und Lightner ließ gnädig eine weitere Runde schonungsloser Fragen über sich ergehen. Er kannte sich in Geschichte und Geographie aus, das stand fest. Er sprach mit großer Sachkenntnis über die Verfolgung der Katharer, die Unterdrückung der Freimaurer und ein Dutzend anderer historischer Ereignisse. Jesse konnte ihm nicht das Wasser reichen.

Als sie an diesem Abend im Stammhaus außerhalb Londons ankamen, war Jesses Schicksal mehr oder weniger besiegelt. Eine Woche lang verließ sie das Stammhaus nicht und danach nur, um ihre Wohnung in Chelsea aufzulösen und sogleich wieder zu den Talamasca zurückzukehren.

Das Stammhaus war ein gewaltiges Steingebäude aus dem sechzehnten Jahrhundert und war von den Talamasca »erst« vor zweihundert Jahren erworben worden. Obwohl die prächtig getäfelten und mit Stuck verzierten Bibliotheksräume und Salons dem innenarchitektonischen Geschmack des achtzehnten Jahrhunderts verpflichtet waren, stammten der Speisesaal und die meisten Schlafzimmer noch aus der elisabethanischen Epoche.

Jesse war sofort von der Atmosphäre eingenommen, von der alten, ehrwürdigen Möblierung, den steinernen Kaminen, den glänzenden Eichenböden. Auch die ruhigen, höflichen Ordensmitglieder gefielen ihr, die in den weitläufigen Gemeinschaftsräumen saßen, sie herzlich begrüßten, um sich dann wieder ihren Gesprächen und der Lektüre der Abendzeitungen zuzuwenden. Sie fühlte sich wohl hier, psychisch wohl.

Aber vollends überwältigt war sie von den Bibliotheken, die jenen tragischen Sommer wieder in ihr aufleben ließen, als eine andere Bibliothek voller alter Schätze ihr verschlossen worden war. Hier standen unzählige Bände, in denen Aufzeichnungen über Prozesse gebündelt waren, über Spukgeschichten und Poltergeister, über Fälle satanischer Besessenheit, über Psychokinese, Wiedergeburt und ähnliches. Unter dem Gebäude waren Museen, Räume, vollgestopft mit mysteriösen Objekten, die irgendwie mit paranormalen Vorkommnissen in Zusammenhang standen. Da waren Verliese, zu denen nur die ältesten Ordensmitglieder Zugang hatten.

»Immer jede Menge Arbeit«, sagte Aaron beiläufig. »Sieh dir nur mal diese ganzen Akten an, sie sind auf Latein, und wir können von neuen Mitgliedern einfach nicht mehr verlangen, daß sie Latein lesen und schreiben können. Das wäre geradezu utopisch. Und diese Lagerräume, voller Dokumente, die schon seit vier Jahrhunderten nicht mehr ausgewertet worden sind.«

Natürlich wußte Aaron, daß Jesse nicht nur Latein schreiben und lesen konnte, sondern auch Griechisch, Altägyptisch und Altsumerisch. Er wußte allerdings nicht, daß Jesse einen Ersatz für die Schätze jenes verlorenen Sommers gefunden hatte. Sie hatte eine neue »Große Familie« gefunden.

Jesse hatte keinerlei Bedürfnis, den Stammsitz zu verlassen, und Aaron wußte das. Am Freitag der Woche, nur drei Tage nach ihrer Ankunft, wurde sie als Novizin in den Orden aufgenommen. Ihr wurde großzügige finanzielle Unterstützung gewährt, ein privater Wohnraum gleich neben ihrem Schlafzimmer, ein Fahrer rund um die Uhr und ein komfortables altes Auto. Sie kündigte ihre Stelle beim Britischen Museum so schnell wie möglich. Das Reglement war einfach. Ihre Ausbildung würde zwei Jahre dauern, wobei sie jederzeit bereit zu sein hatte, mit anderen Mitgliedern durch die Welt zu reisen. Freilich durfte sie mit Familienmitgliedern und Freunden über den Orden sprechen. Aber alle Beobachtungsobjekte, alle Akten und die damit verbundenen Einzelheiten mußten vertraulich bleiben. Und sie durfte keine einzige Zeile über die Talamasca veröffentlichen. Sie durfte sie in der Öffentlichkeit nicht einmal erwähnen.

Ihre besondere Aufgabe bestand darin, in den Archiven alte Chroniken und Akten zu übersetzen und zu »bearbeiten«. Und mindestens einen Tag pro Woche hatte sie sich in den Museen mit der Erforschung der verschiedenartigen Fundstücke zu beschäftigen. Aber jederzeit hatte die praktische wissenschaftliche Arbeit an erster Stelle zu stehen – die Untersuchung übersinnlicher Phänomene.

Erst einen Monat später schrieb sie Maharet über ihre Entscheidung. Und in diesem Brief ließ sie ihren Gefühlen freien Lauf. Sie liebe diese Leute und ihre Arbeit. Natürlich erinnere sie die Bibliothek an das Familienarchiv und ihre glückliche Zeit in Sonoma. Ob Maharet sie verstehen könne?

Maharets Antwort verblüffte sie. Maharet kannte die Talamasca, ja, sie schien mit ihrer Geschichte recht vertraut zu sein. Sie gestand ohne Umschweife, daß sie zutiefst bewundere, wie sich der Orden während der Hexenverfolgungen im fünfzehnten und sechzehnten Jahrhundert bemüht habe, Unschuldige vor dem Scheiterhaufen zu bewahren. Maharet hatte den Talamasca gegenüber jedoch ihre Vorbehalte:

Sosehr ich ihren leidenschaftlichen Einsatz für die Verfolgten in aller Welt bewundere, sosehr bin ich auch davon überzeugt, daß ihre Nachforschungen nicht viel wert sind. Mit anderen Worten: Geister, Gespenster, Vampire, Werwölfe, Hexen etc. trotzen alle jeder Beschreibung – diese Wesen mögen ja alle existieren, und die Talamasca können noch ein weiteres Jahrtausend mit ihrem Studium zubringen, aber was ändert das schon am Schicksal der menschlichen Rasse?

Zweifellos hat es in grauer Vorzeit den einen oder anderen gegeben, der Visionen hatte und mit Geistern in Verbindung stand. Und vielleicht waren diese Leute als Hexen oder Schamanen für ihren Stamm oder für ihr Land von einigem Wert. Aber dann hat man aufgrund solcher einfachen und verführerischen Erfahrungen die bizarrsten Religionen gegründet und dem Aberglauben Tür und Tor geöffnet. Haben diese Religionen nicht mehr Schaden als Nutzen gestiftet?

Wir haben doch längst, egal wie man die Geschichte interpretiert, den Punkt überschritten, da uns der Kontakt zu Geistern irgendwie weiterhelfen könnte. Das Übernatürliche, in welcher Form es auch existiert, sollte keine Rolle in der Menschheitsgeschichte spielen.

Zusammenfassend darf ich sagen, daß die Talamasca Material zusammentragen, das weder wichtig ist noch wichtig sein sollte. Die Talamasca sind eine interessante Organisation. Aber erreichen können sie letztlich nichts.

Ich liebe Dich. Ich respektiere Deine Entscheidung, aber ich hoffe um deinetwillen, daß Du der Talamasca überdrüssig wirst und zur wirklichen Welt zurückkehrst – schon bald.

Jesse dachte lange nach, ehe sie antwortete. Es quälte sie, daß ihre neue Tätigkeit nicht Maharets Zustimmung gefunden hatte. Doch Jesse wußte auch, daß ihre Entscheidung nicht frei von einer Art Schuldzuweisung war. Maharet hatte ihr die Geheimnisse der Familie verwehrt; die Talamasca hatten sie aufgenommen.

Dann schrieb sie Maharet und versicherte ihr, daß die Ordensmitglieder sich keinen Illusionen über die Bedeutung ihrer Arbeit hingäben. Sie würden mit Maharets Ansichten über die Bedeutungslosigkeit von Medien, Geistern und Gespenstern voll übereinstimmen.

Aber glaubten nicht Millionen von Leuten, daß die verkrusteten Funde der Archäologen ebenfalls bedeutungslos seien? Jesse flehte Maharet an, doch zu verstehen, was ihr das alles bedeute. Und schließlich schrieb sie zu ihrer eigenen Überraschung die folgenden Zeilen:

Ich werde den Talamasca nie etwas über die Große Familie erzählen. Ich werde ihnen nie von dem Haus in Sonoma und den mysteriösen Dingen, die mir während meines Aufenthaltes zugestoßen sind, berichten. Einem solchen Geheimnis würden sie um jeden Preis auf die Spur kommen wollen. Und meine Loyalität gehört Dir. Nur laß mich bitte eines Tages in das Haus in Kalifornien zurückkehren. Laß mich Dir von den Dingen erzählen, die ich gesehen habe. In letzter Zeit ist mir wieder einiges eingefallen. Ich hatte rätselhafte Träume, und in diesen Angelegenheiten traue ich Deinem Urteil. Du warst immer so großzügig zu mir. Ich zweifle nicht an Deiner Liebe zu mir. Bitte verstehe auch, wie sehr ich Dich liebe.

Maharets Antwort war kurz.

Jesse, ich bin eine exzentrische und eigenwillige Person, kaum jemals ist mir etwas abgeschlagen worden. Ab und zu überschätze ich meinen Einfluß auf andere. Ich hätte Dich nie nach Sonoma einladen dürfen. Das war unverzeihlicher Egoismus von mir. Aber Dir obliegt es, mein Gewissen zu beruhigen. Vergiß, daß dieser Besuch jemals stattgefunden hat. Verleugne nicht die Wahrheit Deiner Erinnerungen, aber zerbrich Dir auch nicht den Kopf darüber. Lebe Dein Leben, als wäre es niemals so leichtsinnig unterbrochen worden. Eines Tages werde ich all Deine Fragen beantworten, aber niemals wieder werde ich versuchen, Deiner Bestimmung eine andere Richtung zu geben. Ich gratuliere Dir zu Deiner neuen Berufung. Sei meiner ewigen und bedingungslosen Liebe versichert.

Bald danach trafen erlesene Geschenke ein. Ledergepäck für Jesses Reisen und ein hübscher, nerzgefütterter Mantel, um sie in »dem abscheulichen britischen Wetter« warm zu halten.

Jesse liebte den Mantel, weil der Nerz innen war und keine Aufmerksamkeit erregte. Das Gepäck leistete ihr gute Dienste. Und Maharet fuhr fort, ihr zwei- bis dreimal in der Woche zu schreiben. Sie war so fürsorglich wie je.

Aber als die Jahre ins Land strichen, war es Jesse, die Zurückhaltung übte. Ihre Briefe wurden kurz und unregelmäßig, weil ihre Arbeit bei den Talamasca streng vertraulich war. Sie konnte einfach nichts über ihre Tätigkeit schreiben.

An Weihnachten und Ostern besuchte sie nach wie vor Mitglieder der Großen Familie. Wann immer entfernte Verwandte nach London kamen, ging sie mit ihnen zum Mittagessen oder auf Sightseeingtour. Aber diese Treffen waren oberflächlich und kurz. Die Talamasca wurden bald Jesses Leben.

Eine neue Welt eröffnete sich Jesse in den Talamasca-Archiven, als sie mit ihren Übersetzungen aus dem Lateinischen anfing: Berichte über hellseherische Familien und Individuen, Fälle von »offensichtlicher« Zauberei und schließlich die immer gleichen, doch schrecklich faszinierenden Transkriptionen der Hexenprozesse, in die stets die Unschuldigen und Unterdrückten verstrickt waren. Aber eine noch verführerischere Welt eröffnete sich ihr im Außendienst. Innerhalb eines Jahres nach Beitritt zum Talamasca-Orden hatte Jesse furchterregende Poltergeister spuken gesehen, vor denen selbst ausgewachsene Männer geflüchtet waren. Sie hatte ein telekinetisches Kind gesehen, das einen Eichentisch hochgehoben und durch ein Fenster geschmettert hatte. Sie hatte völlig stumm mit Gedankenlesern in Verbindung gestanden, die jede ihrer Botschaften verstanden. Sobald wie möglich machte sie jedesmal ihre Notizen und fragte sich immer wieder, warum sie eigentlich so erstaunt war.

Würde sie sich nie daran gewöhnen? Es als selbstverständlich hinnehmen? Sogar die älteren Mitglieder der Talamasca bekannten, daß sie immer noch schockiert waren über die Dinge, die sich da vor ihnen abspielten.

Zweifellos war Jesses Fähigkeit zu »sehen« außergewöhnlich gut ausgebildet. Und durch ständige Übung entwickelte sich diese Fähigkeit geradezu ungeheuer. Aber aus all den »Erscheinungen«, die sie »sah«, konnte Jesse nur selten Schlüsse ziehen. Ja, sie mußte begreifen, was alle Mitglieder des Talamasca-Ordens wußten: es gab keine schlüssige Theorie des Okkulten, die all die seltsamen Dinge, die man hörte oder sah, zu umgreifen imstande war. Die Arbeit war faszinierend, aber letztlich frustrierend. Jesse war sich ihrer nicht sicher, wenn sie sich an diese »rastlosen Wesen« wandte oder die hohlköpfigen Geister, wie Mael sie einst recht zutreffend bezeichnet hatte. Und sie riet ihnen stets, sich zu »höheren Ebenen« zu begeben, um Frieden zu finden und gleichzeitig die Sterblichen in Frieden zu lassen.

Das schien ihr der einzig gangbare Weg, obwohl sie der Gedanke entsetzte, daß sie diese Geister des einzigen Lebens berauben könnte, das ihnen blieb. Was, wenn der Tod das Ende bedeutete und es Übersinnliches nur gab, weil hartnäckige Seelen dieses Ende nicht akzeptieren wollten? Eine wahrhaft entsetzliche Vorstellung – die Geisterwelt als fernes und chaotisches Nachglühen vor der endgültigen Finsternis.

Wie auch immer, Jesse fand stets Trost in der Hilfsbereitschaft der Lebenden. Allmählich reifte die Überzeugung in ihr, daß ihr Leben etwas Besonderes war. Es war aufregend. Sie hätte es für nichts in der Welt eintauschen mögen.

Nun, beinahe für nichts. Sie hätte die Talamasca wohl stehenden Fußes verlassen, wenn Maharet auf der Türschwelle erschienen wäre und sie gebeten hätte, nach Sonoma zurückzukehren, um sich nun ernsthaft mit der Geschichte der Großen Familie zu befassen. Und dann vielleicht auch wieder nicht.

Denn Jesse entdeckte in den Talamasca-Archiven etwas, das sie in Hinblick auf die Große Familie beträchtlich verwirrte.

Während sie die Hexendokumente übertrug, fand sie nämlich heraus, daß die Talamasca schon seit Jahrhunderten gewisse »Hexenfamilien« überprüften, deren Geschicke von übernatürlichen Eingriffen gelenkt zu sein schienen. Sogar hier und heute beobachteten die Talamasca eine ganze Reihe solcher Familien! Gewöhnlich gab es eine »Hexe« in jeder Generation in einer solchen Familie, und diese Hexe konnte, wollte man den Unterlagen Glauben schenken, übernatürliche Kräfte dienstbar machen, um Wohlstand und Erfolg der Familie zu sichern und zu mehren. Die übersinnliche Kraft schien erblich zu sein, aber genau wußte man es nicht. Einige dieser Familien hatten keine Ahnung, was ihre eigene Geschichte betraf; sie verstanden die »Hexen« nicht, die sich im zwanzigsten Jahrhundert kundtaten. Und obwohl die Talamasca regelmäßig versuchten, mit solchen Leuten in Verbindung zu treten, wurden sie oft zurückgewiesen, oder man hielt es für zu »gefährlich«, dem Phänomen weiter nachzugehen. Schließlich seien Hexen der größten Ruchlosigkeiten fähig.

Jesse konnte es erst gar nicht fassen und war so entsetzt, daß sie die ganze Angelegenheit wochenlang auf sich beruhen ließ. Das Ganze glich einem Schema, das ihr nicht mehr aus dem Kopf gehen wollte, und Maharet und die Große Familie paßten allzu gut in dieses Schema.

Dann tat sie das einzig Mögliche, was sie tun konnte, ohne ihre Loyalität gegenüber irgend jemandem zu verletzen. Sorgfältig ging sie alle Akten über die Hexenfamilien durch. Sie nahm sich auch die ältesten Dokumente vor und studierte sie Zeile für Zeile.

Eine Maharet wurde nirgends erwähnt. Kein Name der weitverzweigten Großen Familie, soweit Jesse sie kannte, tauchte auf. Nichts, was auch nur den geringsten Verdacht hätte erregen können.

Ihr fiel ein Stein vom Herzen, aber eigentlich war sie nicht überrascht. Ihr Instinkt hatte ihr gesagt, daß sie auf der falschen Spur war. Maharet war keine Hexe. Nicht im Sinne des Wortes. *Da steckte mehr dahinter.*

Aber Jesse versuchte nie, wirklich dahinterzukommen. Und mehr als einmal schien es ihr, als sei sie den Talamasca nur beigetreten, um das rätselhafte Geheimnis ihres eigenen Lebens in einem Dschungel anderer Geheimnisse untergehen zu lassen. Von Gespenstern und Poltergeistern und besessenen Kindern umgeben, dachte sie immer weniger an Maharet und die Große Familie.

Als Jesse Vollmitglied wurde, war sie eine wahre Expertin der Regeln und Praktiken der Talamasca: wie man Untersuchungen festhielt und protokollierte, wann und ob man der Polizei bei ungelösten Fällen half, wie man jeden Kontakt zur Presse vermied. Sie hatte auch wohlwollend begriffen, daß die Talamasca keinem Dogma verpflichtet waren. Den Mitgliedern wurde nicht abverlangt, an *irgend etwas* zu glauben, man mußte nur ehrlich sein und bei seinen Beobachtungen größte Sorgfalt walten lassen.

Jesse fand ihre Arbeit nie langweilig. Die ganzen Aufregungen, die Geheimniskrämerei machten sie geradezu süchtig. Sie war in den Schoß der Talamasca eingewoben, und obwohl sie sich an den Luxus ihrer Umgebung gewöhnte – an die Himmelbetten, an das Silbergeschirr, an die von Chauffeurs gelenkten Autos und die Dienerschaft –, wurde sie selbst immer bescheidener und verschlossener.

Mit dreißig war sie eine zerbrechlich aussehende, blasse Frau, deren lockiges rotes Haar durch einen Mittelscheitel geteilt war. Sie schminkte sich nicht, benutzte keinerlei Parfum, trug keinen Schmuck, von ihrem keltischen Armband abgesehen. Wenn sie in Amerika war, trug sie Jeans, ansonsten waren ein Kaschmirblazer und Wollhosen ihre liebsten Kleidungsstücke. Dennoch war sie attraktiv, und die Männer interessierten sich mehr für sie, als es ihr recht war. Sie hatte Liebesaffären, aber nur immer sehr kurze. Und wichtig waren sie nur selten.

Jesse hätte sich gut vorstellen können, immer und ewig bei den Talamasca zu bleiben. Wie ein katholischer Orden nahmen sich die Talamasca ihrer Alten und Gebrechlichen an. Wenn man im Ordenshaus dem Tode entgegenging, mangelte es einem an nichts, man konnte seine letzte Stunde verbringen, wie man wollte, allein im Bett oder mit anderen Mitgliedern in der Nähe, die einen trösteten und die Hand hielten. Man konnte auch nach Hause zu seinen

Verwandten gehen, wenn einem das lieber war. Aber die meisten zogen es vor, im Stammhaus zu sterben. Die Beerdigungen waren würdig und feierlich. Im Talamasca-Orden gehörte der Tod zum Leben.

Ja, diese Leute waren Jesses eigentliche Welt geworden. Und dabei wäre es auch geblieben, wenn alles so weitergegangen wäre.

Aber am Ende ihres achten Ordensjahres geschah etwas, das alles ändern sollte, etwas das schließlich zum Bruch mit den Talamasca führte.

Im Sommer 1981 arbeitete sie noch immer unter der Anleitung von Aaron Lightner, und sie hatte kaum je Gelegenheit gehabt, mit der Ratsversammlung der Talamasca zu sprechen oder mit den wenigen Männern und Frauen, die wirklich das Sagen hatten.

Daher war sie einigermaßen überrascht, als sie David Talbot, der Ordensvorsteher, in sein Londoner Büro beorderte. David war ein energiegeladener Mann von fünfundsechzig Jahren, kräftig gebaut, grauhaarig und von herzlicher Wesensart. Er bot Jesse ein Glas Sherry an und plauderte eine Viertelstunde lang fröhlich über nichts, ehe er zum Thema kam.

Jesse wurde ein ganz neuer Auftrag angeboten. David gab ihr einen Roman mit dem Titel *Gespräch mit dem Vampir*. Er sagte: »Ich möchte, daß Sie dieses Buch lesen.«

Jesse war verwirrt. »Ich habe es bereits gelesen«, sagte sie. »Ungefähr vor zwei Jahren. Aber was hat so ein Roman mit uns zu tun?«

Jesse hatte das Buch auf einem Flug nach Übersee gelesen, und sie war alles andere als begeistert gewesen. Sie hatte es sogar weggeworfen, anstatt es irgendwo liegenzulassen, aus Furcht, ein nichtsahnender Mensch könnte es aufgabeln.

»Dieses Buch ist keineswegs Fiktion«, erklärte David. »Aber warum es geschrieben und veröffentlicht wurde, ist uns nicht ganz klar. Jedenfalls waren wir einigermaßen entsetzt.«

»Keine Fiktion?« fragte Jesse. »Ich verstehe nicht.«

»Der Name des Autors ist ein Pseudonym«, fuhr David fort, »und die Honorare gehen an einen jungen Herumtreiber, der mit seltenem Erfolg all unseren Versuchen zur Kontaktaufnahme widersteht. Er war Reporter und gleicht dem jungenhaften Interviewer in dem Roman aufs Haar. Ihre Aufgabe besteht darin, nach New Orleans zu gehen und die Ereignisse der Geschichte, die vor dem Bürgerkrieg stattfanden, zu überprüfen und dokumentarisch zu belegen.«

»Moment mal. Wollen Sie ernsthaft behaupten, daß es Vampire wirklich gibt? Daß es diese Typen – Louis und Lestat und das kleine Mädchen Claudia, ihre hinreißende ›Vampirtochter‹, die ihre Erzeuger unversöhnlich haßt für das, was sie ihr angetan haben – daß es sie alle wirklich gibt?!«

»Ja, genau«, antwortete David. »Und vergessen Sie nicht Armand, den Mentor des *Théâtre des Vampires* in Paris. Sie erinnern sich doch an Armand.«

Jesse hatte keinerlei Schwierigkeiten, sich an Armand oder das Theater zu erinnern. Der ganze Nachtmahr des Buches stieg wieder in ihr auf. Besonders die Teile, die von Claudia handelten. Claudia, deren Geist Jahr um Jahr reifte, während ihr Körper ständig der eines kleinen Mädchens blieb, war im Theater der Vampire gestorben. Der Orden, dessen Leiter Armand war, hatte sie vernichtet.

»David, verstehe ich Sie richtig? Wollen Sie behaupten, daß es diese Kreaturen wirklich gibt?«

»Richtig«, antwortete David. »Wir haben solche Wesen seit unserer Gründung beobachtet. Ganz konkrete Anlässe haben zur Gründung des Talamasca-Ordens geführt, um diese Kreaturen zu beobachten, aber das ist eine andere Geschichte. Wenn nicht alles täuscht, ist in diesem kleinen Roman keine einzige Figur erfunden, und genau da setzt Ihr Auftrag ein. Sie sollen die Existenz dieser Gestalten in New Orleans dokumentarisch nachweisen, so wie sie hier beschrieben wurden, Claudia, Louis, Lestat.«

Jesse lachte. Sie konnte sich nicht helfen. Sie lachte wirklich. Davids geduldige Miene reizte sie nur noch mehr zum Lachen. Aber David zeigte sich über ihr Gelächter nicht überraschter als Aaron Lightner vor acht Jahren bei ihrem ersten Treffen.

»Genau die richtige Einstellung«, sagte David mit einem säuerlichen Lächeln. »Zuviel Fantasie und Vertrauensseligkeit wäre uns gar nicht recht. Aber dieser Tätigkeitsbereich verlangt große Vorsicht, Jesse, und genaue Befolgung der Regeln. Glauben Sie mir, derlei ist äußerst gefährlich. Selbstverständlich können Sie diesen Auftrag jetzt sofort ablehnen.«

»Ich muß schon wieder gleich lachen«, sagte Jesse. Das Wort

»gefährlich« hatte sie im Talamasca-Orden selten, vielleicht sogar nie gehört. Es war ihr nur in den Akten begegnet. An eine von Hexen durchsetzte Familie zu glauben, fiel ihr nicht schwer. Hexen waren menschliche Wesen, und Gespenster konnten gefügig gemacht werden, wahrscheinlich. Aber Vampire?

»Nun schön«, sagte David. »Ehe Sie sich entscheiden, lassen Sie uns doch in unseren Verliesen etwas betrachten, das mit diesen Kreaturen zu tun hat.«

Ein unwiderstehlicher Gedanke. Unter dem Stammhaus gab es massenweise Räume, zu denen Jesse nie zugelassen worden war. Diese Gelegenheit wollte sie sich nicht entgehen lassen.

Als sie und David die Treppe hinuntergingen, fühlte sie sich wieder an die Atmosphäre des Anwesens in Sonoma erinnert.

Stumm folgte sie David durch die ansonsten verschlossenen Gemächer. Er führte sie in den letzten Raum, der sehr groß und mit Zinn ausgeschlagen war und sofort in hellem Licht erstrahlte.

Ein riesiges Gemälde hing an der Wand gegenüber der Tür. Renaissance, schätzte sie, wahrscheinlich venezianisch. Eitempera auf Holz. Und es strahlte jenen Schimmer und Glanz aus, den Kunstfarben nie hervorzurufen vermögen. Sie las den lateinischen Titel, der zusammen mit dem Namen des Künstlers in der unteren rechten Ecke stand.

»Die Versuchung des Amadeo«
von Marius

Sie trat zurück, um es sich genauer zu betrachten.

Ein Chor schwarzgeflügelter Engel umringte einen knienden Knaben mit kastanienfarbenem Haar. Durch eine Reihe von Bögen sah man einen kobaltblauen Himmel mit unzähligen vergoldeten Wolken. Der Marmorfußboden vor den Figuren war mit fotografischer Genauigkeit ausgeführt. Man konnte seine Kühle förmlich spüren, die Adern in den Steinplatten sehen.

Aber noch bestechender waren die Figuren des Bildes. Die Gesichter der Engel waren hervorragend gestaltet, ihre pastellfarbenen Gewänder und schwarzen Flügel bis ins kleinste Detail ausgemalt. Und der Knabe, der Knabe lebte schlicht! Seine dunkelbraunen

Augen glitzerten, während er einen aus dem Bild anstarrte. Seine Haut schien feucht zu sein. Er war im Begriff, etwas zu sagen.

Es war zu realistisch, um aus der Renaissance stammen zu können. Die Figuren waren weniger idealistisch als individuell ausgeprägt. Der Gesichtsausdruck der Engel schwankte zwischen einem Anflug von Belustigung und Bitterkeit. Und der Stoff der Tunika und der Beinkleider des Knaben war einfach zu genau wiedergegeben. Sie konnte sogar ein paar Stopfstellen sehen, den Staub auf seinem Ärmel. Es gab noch andere solcher Details – hier und da getrocknete Blätter auf dem Fußboden und zwei Pinsel, die aus keinem ersichtlichen Grund an der Seite herumlagen.

»Wer ist dieser Marius?« flüsterte sie. Der Name sagte ihr nichts. Und nie hatte sie ein italienisches Gemälde gesehen, das so viele verwirrende Elemente enthielt. Engel mit schwarzen Flügeln...

David schwieg. Er wies auf den Knaben. »Ich möchte, daß Sie Ihr Augenmerk auf den Knaben richten«, sagte er. »Er ist nicht der eigentliche Gegenstand Ihrer Untersuchung, doch ein sehr wichtiges Bindeglied.«

Gegenstand? Bindeglied... Sie war von dem Bild völlig gefangengenommen. »Sehen Sie die Knochen in der Ecke, menschliche, mit Staub bedeckte Knochen, als hätte sie jemand zur Seite gefegt. Was um Himmels willen hat das alles zu bedeuten?«

»Ja, seltsam«, murmelte David. »Wenn ein Bild ›Versuchung‹ heißt, sieht man gewöhnlich einen Heiligen, der von Teufeln umgeben ist.«

»Genau«, antwortete sie. »Und es ist von ganz außergewöhnlicher Kunstfertigkeit.« Je länger sie das Bild betrachtete, desto verwirrter wurde sie. »Wo haben Sie das her?«

»Der Orden hat es vor Jahrhunderten erworben«, antwortete David. »Unser Abgesandter in Venedig hat es in einer alten, ausgebrannten Villa am Canale Grande entdeckt. Diese Vampire haben übrigens dauernd etwas mit Feuer zu tun. Es ist eine der wenigen Waffen, die sie wirkungsvoll gegeneinander einsetzen können. Pausenlos brennt es irgendwo. Aber sehen Sie sich den Knaben genau an. Ich möchte mit Ihnen über den Knaben sprechen.«

Amadeo. Das bedeutete »der, den Gott liebt«. Er sah wirklich gut aus, war sechzehn, vielleicht siebzehn Jahre alt, hatte ein viereckiges, kräftig augebildetes Gesicht und einen seltsam forschenden Blick.

David hatte ihr etwas gegeben. Widerstrebend wandte sie den Blick von dem Gemälde. Sie hielt ein Foto aus dem späten neunzehnten Jahrhundert in Händen. Und sie flüsterte: »Es ist derselbe Knabe!«

»Ja. Und wohl auch ein Experiment«, sagte David. »Höchstwahrscheinlich ist es kurz nach Sonnenuntergang unter derart ungünstigen Lichtverhältnissen aufgenommen worden, daß bei jedem anderen Motiv nichts auf der Platte gewesen wäre. Beachten Sie, daß man außer dem Gesicht fast nichts erkennen kann.«

Es stimmte genau. »Sie können sich auch das einmal ansehen«, sagte David. Und er gab ihr ein altes Magazin aus dem neunzehnten Jahrhundert mit engbedruckten Spalten und Reproduktionen von Federzeichnungen. Diesmal sah man den Jungen lächelnd aus einer Kutsche steigen – eine hastig hingeworfene Zeichnung.

»Der Artikel handelt von ihm und seinem Theater der Vampire. Hier ist ein englisches Magazin von 1789. Also ganze 80 Jahre früher, wenn ich nicht irre. Der Artikel liefert eine genaue Beschreibung des Unternehmens und desselben jungen Mannes.«

»Das Theater der Vampire...« Sie betrachtete wieder den Knaben auf dem Gemälde. »Das ist...Armand!«

»Ganz genau. Anscheinend mag er diesen Namen. Als er in Italien war, hieß er wohl Amadeo, aber daraus wurde dann im achtzehnten Jahrhundert Armand, und seitdem hat er sich immer dieses Namens bedient.«

»Langsamer bitte«, sagte Jesse. »Wollen Sie behaupten, daß das Theater der Vampire dokumentarisch belegt ist?«

»Sehr gründlich sogar. Die Akte ist riesig. In zahllosen Berichten wird das Theater beschrieben. Wir haben auch die Besitzurkunden. Und da gelangen wir zu einem anderen Bindeglied zwischen unseren Akten und diesem kleinen Roman. Der Besitzer des Theaters hieß Lestat de Lioncourt. Er hat es 1789 erworben. Und der jetzige Eigentümer heißt genauso.«

»Ist das bewiesen?« fragte Jesse.

»Es ist alles in den Akten«, sagte David, »Fotokopien der alten und der neuen Urkunden. Wenn Sie wollen, können Sie die Unterschriften von Lestat vergleichen. Wir möchten, daß Sie diese Fotokopien mit nach New Orleans nehmen. Es gibt einen Zeitungsbericht über das Feuer, das das Theater zerstörte, und der stimmt genau mit Louis' Beschreibung überein. Auch das Datum ist dasselbe. Und lesen Sie noch einmal sehr sorgfältig den Roman.«

Am Ende der Woche saß Jesse in einem Flugzeug nach New Orleans. Sie sollte nach Beweisen für die Theorie suchen, daß die Personen und die Handlung des Romans Tatsachen entsprachen.

Aber Jesse glaubte es immer noch nicht. Zweifellos war da »etwas dran«, aber die ganze Angelegenheit mußte einen Haken haben. Und wahrscheinlich war der Haken ein cleverer Verfasser eines historischen Romans, der auf ein paar interessante Quellen gestoßen war und diese in seine ausgedachte Geschichte verwoben hatte. Schließlich beweisen ein paar Theaterkarten, Besitzurkunden und Programme noch nicht die Existenz blutsaugender Unsterblicher.

Was die Anweisungen betraf, an die sich Jesse zu halten hatte, nun ja, die fand sie zum Schreien komisch.

Sie durfte sich in New Orleans nur zwischen Sonnenaufgang und sechzehn Uhr aufhalten. Um vier Uhr nachmittags mußte sie nach Baton Rouge fahren und die Nacht in ihrem Hotelzimmer im fünfzehnten Stockwerk verbringen. Wenn sie auch nur den leisesten Verdacht hatte, daß irgend jemand sie beobachtete oder ihr folgte, hatte sie sich sofort in die Sicherheit einer großen Menschenmenge zu begeben, um unverzüglich von einem gut beleuchteten und belebten Platz aus die Talamasca in London anzurufen.

Niemals und unter keinen Umständen durfte sie versuchen, jemals einen dieser Vampire zu Gesicht zu bekommen. Die Parameter vampirischer Macht waren den Talamasca unbekannt. Aber eins stand fest: Diese Wesen konnten Gedanken lesen. Außerdem konnten sie den menschlichen Geist in ziemliche Verwirrung versetzen. Und vieles deutete darauf hin, daß sie ungewöhnlich stark waren. Ganz gewiß konnten sie töten.

Jesse fand das alles köstlich. Aber sie hatte diesen Auftrag unbedingt gewollt.

Auf dem Weg zum Flughafen hatte David sie nach ihren Gründen gefragt. »Wenn Sie mir sowieso kein Wort glauben, warum wollen Sie dann dieses Buch überprüfen?«

Sie hatte lange überlegt, ehe sie antwortete. »Dieser Roman hat etwas Obszönes. Er suggeriert einem, daß das Leben dieser Wesen recht reizvoll ist. Erst merkt man es nicht; es ist ein Alptraum, der einen nicht mehr losläßt. Dann fühlt man sich plötzlich wohl darin. Man möchte bleiben. Selbst Claudias Tragödie ist nicht eigentlich abschreckend.«

»Und?«

»Ich möchte nachweisen, daß es sich um eine literarische Erfindung handelt«, hatte Jesse gesagt.

Aber auf dem langen Flug nach New York merkte Jesse, daß es da etwas gab, das sie David nicht erzählen konnte. Sie hatte es selbst erst eben festgestellt. *Gespräch mit dem Vampir* »erinnerte« sie an den längst vergangenen Sommer mit Maharet, obwohl Jesse nicht wußte, warum. Immer wieder unterbrach sie ihre Lektüre, um über diesen Sommer nachzudenken. Und lauter Kleinigkeiten schlichen sich wieder in ihr Gedächtnis. Sie träumte sogar wieder davon. Ziemlich abwegig, sagte sie sich. Doch es gab eine Verbindung, etwas, das mit der Atmosphäre des Buches zu tun hatte, aber Jesse kam nicht dahinter.

Jesses erste Tage in New Orleans waren die seltsamsten ihrer ganzen Detektivkarriere.

Die Stadt war von einer schwülen karibischen Schönheit, die sie sofort bezauberte. Doch wohin Jesse auch ging, »fühlte« sie, daß irgend etwas in der Luft lag. Der ganze Ort schien verhext zu sein. Die furchteinflößenden alten Herrenhäuser standen still und düster da. Sogar in den Straßen des French Quarter lag eine unheilvolle Stimmung, so daß sie endlos von ihrem Weg abkam oder sich auf eine Bank am Jackson Square fallen ließ, um ihren Träumen nachzuhängen.

Sie haßte es, die Stadt um sechzehn Uhr zu verlassen. Das Hochhaushotel in Baton Rouge war mit allem erdenklichen Luxus amerikanischer Machart ausgestattet. Jesse gefiel das zwar, aber das lockere Ambiente von New Orleans ließ sie nicht los. Jeden Morgen erwachte sie und erinnerte sich noch schwach, daß sie von den Vampiren des Romans geträumt hatte. Und von Maharet.

Am vierten Tag ihrer Untersuchung machte sie eine Reihe Entdekkungen, die sie sofort zum Telefonhörer greifen ließen. So tauchte der Name Lestat de Lioncourt auf alten Steuerlisten des Staates Louisiana auf. Ja, im Jahre 1862 hatte er ein Haus in der Royal Street von seinem Geschäftspartner Louis de Pointe de Lac übernommen. Louis de Pointe de Lac hatte verschiedene Immobilien in Louisiana besessen, und eine davon war die Plantage, die in *Gespräch mit dem Vampir* beschrieben wurde. Jesse war wie von Sinnen. Gleichzeitig aber war sie hocherfreut.

Aber das waren nicht die einzigen Entdeckungen. Ein gewisser Lestat de Lioncourt besaß auch heute Häuser in der ganzen Stadt. Und die Unterschrift dieses Herrn, die auf Urkunden von 1895 und 1910 erschien, war identisch mit den Unterschriften aus dem achtzehnten Jahrhundert.

Das war einfach phantastisch. Jesse langweilte sich keine Sekunde. Sofort machte sie sich daran, die Besitztümer Lestats zu fotografieren. Zwei davon waren Herrenhäuser im Garden District, die offenbar unbewohnt waren und hinter verrosteten Gattern verfielen. Aber das Haus in der Royal Street – das Lestat 1862 überschrieben worden war –, hatte eine örtliche Agentur gemietet, die den Mietzins an einen Anwalt in Paris überwies. Das war mehr, als Jesse ertragen konnte. Sie bat David telegrafisch um Geld. Sie mußte die Mieter in der Royal Street herauskaufen, denn das war eindeutig das Haus, das einst von Lestat, Louis und dem Kind Claudia bewohnt worden war. Ob sie Vampire gewesen waren oder nicht, gewohnt hatten sie dort!

Sofort schickte David Geld und die strikte Anweisung, sie dürfe sich unter keinen Umständen den verfallenen Herrenhäusern nähern. Jesse antwortete umgehend, daß sie diese Örtlichkeiten bereits einer gründlichen Untersuchung unterzogen habe. Sie stünden schon seit Jahren leer. Es kam lediglich auf das Haus in der Royal Street an. Bereits am Wochenende zogen die Mieter fröhlich aus, die Taschen mit Bargeld vollgestopft. Und am Montagmorgen betrat Jesse die leere Wohnung im ersten Stock. Gottlob war nie etwas renoviert worden. Die alten Kamine, die Stukkatur, die Türen, alles war noch da!

Jesse machte sich mit einem Schraubenzieher und einem Meißel in den vorderen Räumen an die Arbeit. Louis hatte ein Feuer in diesen

Gemächern beschrieben, währenddessen Lestat böse Brandwunden davongetragen hatte. Nun, Jesse würde das herausfinden.

In Stundenfrist hatte sie das verkohlte Holz freigelegt! Und die Brandlöcher hinter dem Verputz hatten sie mit alten Zeitungen von 1862 ausgestopft. Das stimmte genau mit Louis' Bericht überein.

Natürlich redete sich Jesse ein, nach wie vor skeptisch zu sein, aber die Personen des Buches wurden auf seltsame Weise lebendig. Das alte schwarze Telefon in der Eingangshalle war abgestellt. Sie hätte hinausgehen müssen, um David anzurufen, was ihr lästig war. Sie wollte ihm alles sofort berichten.

Aber sie rührte sich nicht von der Stelle. Sie blieb stundenlang ruhig im Wohnzimmer sitzen und lauschte dem Knarren des Gebäudes. Ein so altes Haus ist niemals ruhig, nicht in einem feuchten Klima. Es mutet wie etwas Lebendiges an. Geister waren keine hier, zumindest konnte sie keine sehen.

Sie fühlte sich jedoch nicht alleine. Im Gegenteil, sie wähnte sich von Wärme umfangen. Jemand schüttelte sie, um sie aufzuwecken. Nein, natürlich nicht. Niemand außer ihr war hier. Eine Uhr schlug vier...

Am folgenden Tag mietete sie ein Tapetenablösegerät und machte sich in den anderen Zimmern an die Arbeit. Sie wollte unbedingt die ursprüngliche Wandverkleidung freilegen. Muster konnte man datieren, und außerdem suchte sie etwas ganz Bestimmtes. Aber irgendwo in der Nähe sang ein Kanarienvogel, möglicherweise in einer anderen Wohnung oder einem Laden, und der Gesang lenkte sie ab. So hübsch. *Vergiß den Kanarienvogel nicht. Der Kanarienvogel wird sterben, wenn du ihn vergißt.* Wieder schlief sie ein.

Lange nach Einbruch der Dunkelheit wachte sie auf. In der Nähe erklang Cembalomusik. Lange hörte sie zu, ehe sie die Augen öffnete. Mozart, sehr schnell. Zu schnell, aber gekonnt. Schließlich zwang sie sich, aufzustehen und die Deckenbeleuchtung einzuschalten und das Gerät wieder in Betrieb zu nehmen.

Das Gerät war schwer; das heiße Wasser rann ihr den Arm herunter. In jedem Zimmer legte sie ein Stück Wand bis zum Originalverputz frei. Doch das dröhnende Geräusch dieser Maschine ging ihr auf die Nerven. Sie schien Stimmen darin zu hören – Leute, die lachten, sich miteinander unterhielten, jemand, der eindringlich flüsternd auf französisch sprach, und ein weinendes Kind – oder war es eine Frau?

Sie stellte das verdammte Ding aus. Nichts. Nur eine Täuschung des Getöses, das in der leeren Wohnung widerhallte. Sie machte sich erneut an die Arbeit, ohne an die Zeit zu denken, ohne daran zu denken, daß sie nichts gegessen hatte und müde wurde. Sie machte immer weiter, bis sie ganz plötzlich in dem mittleren Schlafzimmer das fand, wonach sie gesucht hatte – ein Wandbild direkt auf die unterste Gipsschicht gemalt.

Einen Augenblick stand sie wie versteinert da. Dann arbeitete sie wie besessen weiter. Ja, es handelte sich um das Wandbild des »Zauberwaldes«, das Lestat für Claudia in Auftrag gegeben hatte. Und mit doppeltem Eifer setzte sie das tropfende Gerät ein und legte mehr und mehr frei.

»Einhörner und goldene Vögel und reiche Obstbäume über funkelnden Bächen.« Genau wie der Roman es beschrieben hatte. Schließlich hatte sie einen großen Teil des Bildes freigelegt, das sich über alle vier Wände erstreckte. Claudias Zimmer, keine Frage. Ihr war schwindelig. Sie fühlte sich schwach, da sie nichts gegessen hatte, sie blickte auf die Uhr. Ein Uhr.

Ein Uhr! Sie hatte die halbe Nacht hier verbracht. Sie sollte jetzt sofort gehen! In all den Jahren hatte sie erstmalig eine Anweisung mißachtet! Es gelang ihr nicht, sich fortzubewegen. Trotz ihrer Erregung war sie sehr müde. Gegen die Kamineinfassung gelehnt saß sie da, und das Deckenlicht war so trüb, und Kopfweh hatte sie auch. Gleichwohl konnte sie sich nicht an den vergoldeten Vögeln sattsehen, den kleinen, wunderschön gestalteten Blumen und Bäumen. Keine Sonne auf dem zinnoberroten Himmel, sondern ein Vollmond und eine Flut winziger Sterne.

Erst allmählich bemerkte sie eine Mauer, die in eine Ecke des Hintergrunds gemalt war und hinter der ein Schloß emporragte. Wie allerliebst war es doch, durch den Wald dem Schloß entgegenzugehen, durch das sorgfältig gemalte Holztor in ein anderes Reich zu dringen. In ihrem Kopf vernahm sie ein Lied, etwas, das Maharet zu singen pflegte.

Dann sah sie auf einmal, daß das Tor über eine tatsächliche Maueröffnung gemalt war!

Sie beugte sich vor. Sie konnte die Fugen hinter dem Verputz sehen. Ja, eine viereckige Öffnung, die sie zuvor nicht wahrgenommen hatte. Sie kniete sich davor nieder und berührte sie. Eine Holztür. Sofort griff sie nach dem Schraubenzieher und versuchte, sie aufzubrechen. Ohne Erfolg. Sie arbeitete abwechselnd an beiden Rändern. Aber sie zerkratzte nur das Bild.

Sie hockte sich auf ihre Fersen und nahm alles in genaueren Augenschein. Ein gemaltes Tor, das eine Holztür verdeckte. Und genau wo sich der aufgemalte Türgriff befand, war eine abgeschabte Stelle. Sie drückte kurz und kräftig darauf, und die Tür sprang auf.

Sie nahm ihre Taschenlampe zur Hand. Eine mit Zedernholz ausgeschlagene Nische, mit Gegenständen angefüllt. Ein kleines weißes, in Leder gebundenes Buch! Ein Rosenkranz und eine Puppe, eine sehr alte Porzellanpuppe.

Einen Moment zögerte sie, diese Sachen zu berühren. Es wäre ihr wie Grabschändung vorgekommen. Ein leichter Parfumduft entströmte der Nische. Sie träumte doch nicht, oder? Nein, bei solchen Kopfschmerzen hatte man keine Träume. Als erstes griff sie nach der Puppe.

Der Rumpf war einigermaßen primitiv, doch die hölzernen Glieder waren gut proportioniert und ausgearbeitet. Das weiße Kleid und die lavendelfarbene Schärpe zerfielen in kleine Stücke. Aber der Porzellankopf war äußerst hübsch mit seinen großen blauen Augen und seiner blonden, wallenden Perücke.

»Claudia«, flüsterte sie.

Ihre Stimme machte ihr die Stille ringsumher bewußt. Keine Verkehrsgeräusche mehr zu dieser Stunde. Nur das Knarren der Balken und Bretter. Und das beruhigende Flackern der Öllampe beim Tisch. Und dann das Cembalo von irgendwoher, jemand spielte jetzt Chopin, den Minutenwalzer, mit derselben betörenden Virtuosität, die sie schon zuvor vernommen hatte. Sie saß ganz ruhig da, betrachtete die Puppe in ihrem Schoß. Sie wollte das Haar der Puppe kämmen, ihre Schärpe herrichten.

Die Höhepunkte aus dem *Gespräch mit dem Vampir* fielen ihr wieder ein. Claudia in Paris vernichtet. Claudia vom tödlichen Sonnenlicht in einem Luftschacht überrascht, dem sie nicht entrinnen konnte. Ein dumpfer Schreck durchfuhr Jesse, ihr Herz klopfte bis zum Hals.

Claudia dahingegangen, während die anderen weitermachten. Lestat, Louis, Armand...

Dann bemerkte sie, daß sie den Blick auf die anderen Sachen in der Nische geheftet hatte. Sie griff nach dem Buch. Ein Tagebuch, die Seiten brüchig, mit Stockflecken übersät. Aber die altmodische Schrift war noch zu entziffern, zumal alle Öllampen entzündet waren und den Raum in ein anheimelndes Licht tauchten. Mühelos konnte sie aus dem Französischen übersetzen. Der erste Eintrag stammte vom 21. September 1836:

Das ist mein Geburtstagsgeschenk von Louis. Ich soll damit machen, was ich will, sagt er. Aber vielleicht sollte ich hier meine Gelegenheitsgedichte eintragen und sie ihm ab und zu vorlesen.

Ich weiß nicht so recht, was unter Geburtstag zu verstehen ist. Wurde ich an einem 21. September in diese Welt geboren, oder habe ich an diesem Datum alles Menschliche abgestreift, um das zu werden, was ich jetzt bin?

Meine Herren Eltern weigern sich standhaft, diese schlichten Fragen zu beantworten. Man könnte es für geschmacklos halten, daß man sich damit überhaupt befaßt. Louis sieht verwirrt und elend aus, ehe er sich wieder der Nachtausgabe der Zeitung zuwendet. Und Lestat, der lächelt nur und spielt mir dann ein bißchen Mozart vor und antwortet schulterzuckend: »Es war der Tag, an dem du *für uns* geboren wurdest.«

Natürlich hat er mir wieder eine Puppe geschenkt, die aussieht wie ich und die, wie stets, ein Duplikat meines neuesten Kleides trägt. Er läßt mich wissen, daß er diese Puppen extra aus Frankreich bestellt. Und was soll ich mit ihnen anfangen? Damit spielen, als sei ich tatsächlich ein kleines Kind?

»Verbindest du damit eine Botschaft, mein geliebter Vater?« fragte ich ihn heute abend. »Daß ich selbst für immer und ewig eine Puppe bleiben soll?« Im Lauf der Jahre hat er mir dreißig solcher Puppen geschenkt, wenn mich meine Erinnerung nicht trügt. Jede Puppe sieht genau wie alle anderen aus. Mein Schlafzimmer würde von ihnen überquellen, wenn ich sie behalten würde. Aber ich behalte sie nicht. Früher oder später verbrenne ich sie. Mit dem Schürhaken zertrümmere ich ihre Porzellangesichter. Ich sehe zu, wie das Feuer ihr Haar auffrißt. Ich kann nicht sagen, daß ich das gerne tue. Schließlich sind diese Puppen schön. Und sie ähneln mir. Doch glaube ich angemessen zu handeln. Die Puppe erwartet es. Also mach ich's.

Und jetzt hat er mir schon wieder eine geschenkt, und er steht in meiner Tür und starrt mich an, als hätte ihm meine Frage einen Schlag versetzt. Und sein Gesichtsausdruck verfinstert sich plötzlich so sehr, daß ich denke, das kann unmöglich mein Lestat sein.

Ich wünschte, daß ich ihn hassen könnte. Ich wünschte, daß ich sie beide hassen könnte. Aber sie bezwingen mich nicht mit ihrer Stärke, sondern mit ihrer Schwäche, sie sind so liebenswert! Und so hübsch anzusehen, mon Dieu, wie die Frauen ihnen doch nachstellen!

Als er so dastand und mich beobachtete, wie ich diese Puppe betrachtete, die er mir geschenkt hat, fragte ich ihn schneidend:

»Gefällt dir dieser Anblick?«

»Du willst sie nicht mehr, oder?« flüsterte er.

»Würdest du sie an meiner Stelle wollen?« fragte ich.

Sein Gesichtsausdruck verfinsterte sich noch mehr. So hatte ich ihn noch nie gesehen. Seine Wangen glühten. Er drehte sich um und ging ins Wohnzimmer. Ich folgte ihm. »Würdest du sie an meiner Stelle mögen?«

Er starrte mich an, als würde ich ihm Furcht einjagen, dabei war er ein Mann von einem Meter achtzig und ich ein Kind, das höchstens halb soviel maß.

»Findest du mich schön?« begehrte ich zu wissen.

Er ging an mir vorbei und verschwand durch die Hintertür. Ich hielt ihn am Ärmel fest, während er am oberen Ende der Treppe stand. »Antworte mir!« sagte ich. »Sieh mich an, was siehst du?«

Er war in einem jämmerlichen Zustand. Ich dachte, er würde sich losreißen, in Gelächter ausbrechen. Aber statt dessen fiel er vor mir auf die Knie und umklammerte meine Arme. Er küßte stürmisch meinen Mund. »Ich liebe dich«, flüsterte er. »Ich liebe dich!« Er hielt mich fest und zitierte ein Gedicht:

Bedecke ihr Antlitz,
Mein Blick ist verwirrt,
Sie starb jung.

Das ist von Webster. Ich bin fast sicher. Eins dieser Spielchen, die Lestat so sehr liebt. Ich frage mich... wird Louis dieses kleine Gedicht gefallen. Müßte es eigentlich. Es ist kurz, aber sehr hübsch.

Jesse klappte das Buch vorsichtig zu. Ihre Hände zitterten. Sie nahm die Puppe und drückte sie an ihre Brust. Sie schwankte ein wenig, als sie sich wieder setzte und sich gegen die bemalte Wand lehnte.
»Claudia«, flüsterte sie.
Ihr Kopf drohte zu zerspringen, aber es war ihr egal. Das Licht der Öllampen war so beruhigend, so anders als die grelle Glühbirne der Deckenbeleuchtung. Sie saß ganz still da, streichelte das weiche, seidene Haar der Puppe. Wieder schlug die Uhr. Laut und dröhnend. Sie durfte hier nicht einschlafen. Irgendwie mußte sie sich hochrappeln. Sie mußte das kleine Buch nehmen, die Puppe und den Rosenkranz und sich fortmachen. Die leeren Fenster waren wie Spiegel, hinter denen die Nacht lag. Anweisungen mißachtet. Ruf David an, ja, ruf David jetzt an. Aber das Telefon schrillte. Zu dieser Stunde! Und David konnte die Nummer nicht einmal wissen, weil das Telefon... Sie versuchte, das Geklingel zu ignorieren, aber es hörte nicht auf. Also schön!
Sie küßte die Puppe auf die Stirn. »Bin gleich wieder zurück, mein Liebling«, flüsterte sie.
Wo war dieses verdammte Telefon überhaupt? Auf dem Tischchen in der Eingangshalle natürlich. Sie stand schon kurz davor, als sie sah, daß es nicht angeschlossen war. Doch es läutete, und das war keine akustische Halluzination! Und die Öllampen! *Mein Gott, da waren ja keine Öllampen in dieser Wohnung!*
Nun, gut, sie hatte derlei schon früher erlebt. Nur die Ruhe bewahren! Nachdenken! Was sollte sie jetzt machen? Am liebsten hätte sie losgeschrien. Das Telefon hörte nicht auf! *Wenn du nicht die Ruhe bewahrst, wirst du völlig durchdrehen.* Sie mußte diese Lampen auslöschen, dieses Telefon abstellen! Aber die Lampen konnten nicht wirklich sein. Und das Wohnzimmer am Ende des Gangs – die Möbel waren nicht wirklich! Das Flackern des Feuers – nicht wirklich! Und die Person, die da hereinkam, wer war das, ein Mann? *Sieh nicht zu ihm auf!* Sie hob die Hand und stieß das Telefon auf den Boden. Aus dem Hörer drang eine dünne Frauenstimme.

»Jesse?«

Panikartig rannte sie ins Schlafzimmer zurück, stolperte über ein Stuhlbein, fiel gegen das Himmelbett. Befand sie sich noch in der Wirklichkeit? *Nimm die Puppe, das Buch, den Rosenkranz!* Sie stopfte alles in ihre Leinentasche und rannte durch die Wohnung, der hinteren Treppe entgegen. Beinahe wäre sie auf den Eisenstufen ausgerutscht. Der Garten, der Brunnen – *aber du weißt doch, daß da nichts außer Unkraut ist.* Ein schmiedeeisernes Gatter versperrte den Weg. Einbildung. *Geh hindurch! Lauf!*

Sie war in dem sprichwörtlichen Alptraum gefangen, das Geräusch von Pferdehufen und Kutschen trommelte in ihren Ohren, während sie über das Kopfsteinpflaster rannte. Jede Bewegung schien eine Ewigkeit zu dauern, ihr Griff nach den Autoschlüsseln, ihr Versuch, die Tür zu öffnen und das Auto zu starten.

Als sie das French Quarter erreichte, hatte sie einen Heulkrampf, und ihr Körper war von Schweiß überströmt. Sie fuhr durch die heruntergekommenen Straßen der Innenstadt zum Freeway. Bei der Ausfahrt mußte sie anhalten, und sie drehte sich um. Der Rücksitz war leer. Okay, sie folgten ihr nicht. Und die Leinentasche lag auf ihrem Schoß; sie spürte den festen Porzellankopf der Puppe an ihrer Brust. Mit durchgetretenem Gaspedal fuhr sie nach Baton Rouge.

Sterbenskrank erreichte sie das Hotel. Sie konnte sich kaum noch zum Nachtportier schleppen. *Ein Aspirin, ein Thermometer. Bringt mich bitte zum Aufzug.*

Es war Mittag, als sie acht Stunden später aufwachte. Sie hielt die Leinentasche noch immer in ihren Armen. Sie hatte vierzig Grad Fieber. Sie rief David an, aber die Verbindung war miserabel. Er rief sie zurück, auch nicht viel besser. Sie versuchte, sich so gut wie möglich verständlich zu machen. Das Tagebuch, es war eindeutig Claudias Tagebuch, und es bestätigte alles! Und das Telefon, es war nicht angeschlossen gewesen, dennoch hatte sie die Stimme einer Frau gehört! Die Öllampen, sie hatten noch gebrannt, als sie aus der Wohnung fortrannte. Die Wohnung war voller Möbel, in den Kaminen brannte Feuer. Konnten diese Lampen und Feuer die Wohnung niederbrennen? David mußte unbedingt etwas unternehmen! Und er antwortete ihr, aber sie konnte ihn kaum verstehen.

Als sie ihre Augen öffnete, war es bereits dunkel. Ihr Kopfweh hatte sie aufgeweckt. Die Digitaluhr auf ihrem Nachttisch wies auf halb elf. Durst, schrecklicher Durst, und das Glas neben ihrem Bett war leer. *Irgend jemand war in dem Zimmer.*

Sie drehte sich auf ihren Rücken. Licht durch die dünnen weißen Vorhänge. Ja, da. Ein Kind, ein kleines Mädchen. Es saß in dem Sessel an der Wand.

Jesse konnte nur die Umrisse wahrnehmen – das lange gelbe Haar, die Puffärmel ihres Kleides, die baumelnden Beine, die den Boden nicht berührten. Sie bemühte sich, deutlicher zu sehen. Ein Kind... unmöglich. Ein Trugbild. Nein. Etwas Feindseliges. Gefahr. – Und das Kind blickte sie an.

Claudia.

Sie rappelte sich wankend aus dem Bett, hielt die Tasche noch immer in ihren Armen, als sie gegen die Wand taumelte. Das kleine Mädchen stand auf. Deutlich waren seine Schritte auf dem Teppichboden zu hören. Die Feindseligkeit schien noch zuzunehmen. Das Kind näherte sich Jesse, und der Lichtkegel, der durchs Fenster drang, erleuchtete seine blauen Augen, seine Pausbacken, seine nackten Ärmchen.

Jesse schrie auf. Die Tasche an sich reißend, rannte sie blindlings zur Tür. Sie zerrte an dem Schloß und der Kette, wagte es nicht, über ihre Schulter zu blicken. Sie schrie in einem fort, sie konnte nichts dagegen tun. Jemand rief ihr etwas von der anderen Seite zu, und schließlich gelang es ihr, die Tür zu öffnen, und sie stolperte in den Gang.

Leute umringten sie; aber die konnten sie nicht an ihrer Flucht hindern, und dann half ihr jemand auf, da sie offenbar wieder hingefallen war. Man setzte sie in einen Sessel. Sie heulte, versuchte vergeblich, ihren Tränen Einhalt zu gebieten, und sie hielt die Tasche mit der Puppe und dem Tagebuch in ihren Händen.

Als der Krankenwagen eintraf, weigerte sie sich, die Tasche herzugeben. Im Krankenhaus pumpten sie sie mit Antibiotika und Beruhigungsspritzen voll, mit genug Mitteln, um jeden Gesunden in den Irrsinn zu treiben. Eingerollt wie ein Kind lag sie im Bett, die Tasche unter ihrer Decke. Und wenn die Krankenschwester die Tasche auch nur berührte, wachte Jesse sofort auf.

Als Aaron Lightner zwei Tage später eintraf, händigte sie sie ihm aus. Sie war noch immer krank, als sie im Flugzeug nach London saßen. Die Tasche lag auf seinem Schoß, und er war gut zu ihr, beruhigte sie, zeigte sich besorgt, als sie während des langen Heimflugs immer wieder einschlief und aufwachte. Erst kurz vor der Landung bemerkte sie, daß ihr Armband verschwunden war, ihr schönes Silberarmband. Sie weinte geschlossenen Auges. Maels Armband war verschwunden.

Sie entzogen ihr den Auftrag; sie hatte es schon vorher gewußt. Sie sei zu jung für diese Arbeit, sagten sie, zu unerfahren. Es sei ihr Fehler gewesen, sie dahin zu schicken. Die Fortführung dieser Arbeit sei einfach zu gefährlich für sie. Natürlich sei das, was sie erreicht habe, »unendlich wertvoll«. Ob hinter ihren Erlebnissen der Geist eines toten Vampirs gesteckt habe? Durchaus möglich. Und das läutende Telefon, nun, derlei sei schon oft berichtet worden – diesen Wesen sei jedes Mittel recht, um zu »kommunizieren« oder Furcht und Schrecken zu verbreiten. Sie solle sich erst einmal ausruhen, das alles vergessen. Andere würden die Untersuchung fortsetzen.

Das Tagebuch enthalte übrigens nur noch ein paar recht bedeutungslose Eintragungen. Die Parapsychologen hätten aus ihrer Untersuchung des Rosenkranzes und der Puppe nichts erfahren. Man würde diese Dinge sorgfältig aufbewahren. Jesse solle nicht mehr darüber nachdenken.

Jesse gebärdete sich wie ein Berseker, flehte, wieder eingesetzt zu werden. Aber es war, als wollte man den Vatikan von seinen Grundsätzen abbringen. Irgendwann, in zehn oder zwanzig Jahren, dürfe sie sich wieder diesem Aufgabenbereich zuwenden. Niemand schließe diese Möglichkeit aus, aber im Moment laute die Antwort nein. Jesse solle sich ausruhen, gesund werden, ihre Erlebnisse vergessen.

Ihre Erlebnisse vergessen...

Wochenlang war sie krank. Den ganzen Tag trug sie weiße Flanellhemden und trank literweise heißen Tee. Sie saß am Fenster ihres Zimmers und schaute auf den Park mit seinen alten Eichen. Sie sah den an- und abfahrenden Autos zu, kleine Stücke geräuschloser Farbe, die sich über die ferne Kiesstraße bewegten. Die Ruhe tat ihr wohl. Sie verwöhnten sie mit allen möglichen Leckereien. David kam und sprach mit ihr über alles außer Vampire. Aber Aaron überfüllte ihr Zimmer mit Blumen. Auch die anderen besuchten sie.

Sie redete wenig oder überhaupt nicht. Sie konnte ihnen nicht erklären, wie sehr man sie verletzt hatte, wie sie das alles an den längst vergangenen Sommer erinnerte, als man ihr den Zugang zu anderen Geheimnissen und Dokumenten versperrt hatte. Es war die gleiche alte Geschichte. Sie hatte etwas von unschätzbarer Wichtigkeit entdeckt, nur um dann fortgestoßen zu werden.

Und jetzt würde sie ihre Erfahrungen und Erlebnisse nie verstehen. Sie mußte hier in der Abgeschiedenheit mit ihrem Schmerz fertig werden. Warum hatte sie bloß nicht den Telefonhörer hochgenommen, mit der Stimme am anderen Ende der Leitung gesprochen?

Und das Kind, was hatte der Geist des Kindes gewollt? Das Tagebuch oder die Puppe? Jesse war doch ausersehen worden, diese Dinge zu finden und aus dem Haus zu bringen! Und dennoch hatte sie sich dem Geist des Kindes verschlossen! Sie, die tapfer in dunklen Zimmern geblieben war, um mit namenlosen Wesen zu sprechen, während andere panikartig die Flucht ergriffen. Sie, die andere mit der Zusicherung getröstet hatte: diese Wesen, was immer sie auch sein mögen, können uns nichts antun!

»Gebt mir eine Chance«, flehte sie. Sie müsse in diese Wohnung in New Orleans zurückkehren. Doch David und Aaron hüllten sich in Schweigen. Dann besuchte David sie und nahm sie in den Arm.

»Jesse, mein Liebling«, sagte er. »Wir lieben dich. Aber besonders auf diesem Gebiet darf man sich nicht über die Anweisungen hinwegsetzen.«

Nachts träumte sie von Claudia. Einmal wachte sie um vier Uhr morgens auf, ging zum Fenster und sah zum Park hinüber. Ein Kind war da draußen, eine winzige Gestalt unter den Bäumen in einem roten Kapuzenmantel, ein Kind, das zu ihr hochblickte. Sie rannte die Treppen hinunter, nur um sich auf dem leeren, nassen Gras wiederzufinden, während der graue Morgen dämmerte.

Im Frühjahr schickten sie sie nach Neu Delhi.

Sie sollte Beweismaterial in Sachen Reinkarnation sammeln, Berichte indischer Kinder festhalten, die sich an frühere Leben erinnern konnten.

Zwei ältere Ordensmitglieder holten sie in Delhi ab. Sie nahmen sie in ihr altes britisches Herrenhaus auf. Bald schon liebte sie ihre

Arbeit, und nachdem sie ihr erstes Entsetzen überwunden hatte, liebte sie auch Indien. Gegen Ende des Jahres war sie wieder glücklich – und nützlich.

Und ein kleines Erlebnis verbuchte sie als gutes Omen. In einer Seitentasche ihres alten Koffers, den ihr Maharet vor Jahren geschenkt hatte, fand sie Maels silbernes Armband wieder.

Ja, sie war glücklich.

Aber sie vergaß nicht, was geschehen war. Es gab Nächte, da ihr Claudias Bild so lebhaft vor Augen stand, daß sie aufstand und alle Lichter ihres Zimmers anmachte. Dann wieder glaubte sie in den Straßen blasse Wesen zu sehen, die den Personen aus *Gespräch mit dem Vampir* auffallend glichen. Sie fühlte sich beobachtet. Da sie Maharet nichts über diese seltsamen Abenteuer erzählen konnte, wurden ihre Briefe noch oberflächlicher. Doch Maharet war so treu wie eh und je. Wenn Familienmitglieder nach Delhi kamen, besuchten sie Jesse. Sie versuchten sie in der Familienherde zu halten. Sie schickten ihr alle Neuigkeiten über Vermählungen, Geburten, Beerdigungen. Sie luden sie ein, die Ferien bei ihnen zu verbringen. Matthew und Maria schrieben aus Amerika, baten Jesse, bald wieder zurückzukommen. Vergeblich.

Jesse verbrachte vier glückliche Jahre in Indien. Sie dokumentierte unzählige Fälle, die erstaunliches Beweismaterial über Reinkarnation enthielten. Sie arbeitete mit den besten Paradetektiven zusammen, die sie jemals kennengelernt hatte. Eine lohnende, fast tröstliche Arbeit. Ganz anders als die Geisterjagd früherer Jahre.

Im Herbst ihres fünften Jahres gab sie schließlich dem Drängen Matthews und Marias nach. Sie würde für vier Wochen in die Staaten zurückkehren. Matthew und Maria waren überglücklich, und auch Jesse bedeutete das Wiedersehen mehr, als sie geahnt hatte. Sie war selig, wieder in der alten New Yorker Wohnung zu sein. Sie liebte die späten Abendessen mit ihren Adoptiveltern. Sie stellten keine Fragen über ihre Arbeit. Während des Tages war sie allein, und sie traf sich mit alten College-Freunden zum Mittagessen, oder sie unternahm lange, einsame Spaziergänge durch die geschäftigen Straßen, um die alten Stätten ihrer Kindheit wiederzusehen.

Zwei Wochen nach ihrer Rückkunft sah Jesse im Fenster einer Buchhandlung *Der Fürst der Finsternis*. Einen Moment lang glaubte sie sich zu täuschen. Aber nein, sie täuschte sich nicht. Der Buchhändler erzählte ihr von der Langspielplatte desselben Titels und dem bevorstehenden Konzert in San Francisco. Auf dem Heimweg kaufte Jesse eine Eintrittskarte und die Platte.

Den ganzen Tag lag Jesse allein in ihrem Zimmer und las das Buch. Es war, als sei der Alptraum aus *Gespräch mit dem Vampir* zurückgekehrt, und wieder kam sie nicht davon los. Jedes Wort schlug sie in einen seltsamen Bann. *Ja, ihr seid wirklich, alle.* Und wie die Erzählung in den Zeiten hin und her sprang – von der Zeit des römischen Ordens, von Santino zum Inselrefugium des Marius und zum Druidenhain des Mael! Und schließlich zu JENEN, DIE BEWAHRT WERDEN MÜSSEN, lebend, doch fest und weiß wie Marmor.

Ah, ja, sie hatte diesen Stein berührt! Sie hatte in Maels Augen geblickt, sie hatte Santinos Händedruck gespürt. Sie hatte Marius' Gemälde in den Gewölben der Talamasca gesehen!

Als sie die Augen schloß, um zu schlafen, sah sie Maharet auf dem Balkon des Sonoma-Anwesens. Der Mond stand hoch über dem Gehölz. Und die warme Nacht war voller Verheißungen und Gefahren. Eric und Mael waren da. Und die anderen, denen sie nur in Lestats Buch begegnet war. Alle vom selben Stamm: glühende Augen, schimmerndes Haar, porenlose, glänzende Haut. Tausendmal hatte sie die alten keltischen Symbole auf ihrem Silberarmband zu entziffern versucht; offenbar waren es Götter und Göttinnen, die die Druiden in Wäldern anriefen, in die sie einst Marius verschleppt hatten. Wie viele Bindeglieder brauchte sie noch, um diese Schimären und jenen unvergeßlichen Sommer auf einen Nenner zu bringen?

Nur eines noch, ohne Frage. Der Vampir Lestat höchstpersönlich – in San Francisco, wo sie ihn sehen und berühren würde –, das würde das letzte Bindeglied sein. In diesem Moment hautnaher Begegnung würde sie die Antwort auf alles finden.

Die Uhr lief. Ihre Loyalität zu den Talamasca starb ab. Kein Wort dürfte sie ihnen verraten. Es wäre einer Tragödie gleichgekommen, wenn sie sich wieder fürsorglich und selbstlos um sie gekümmert hätten.

Der versunkene Nachmittag. Sie war wieder soweit. Ging über die

Wendeltreppe in Maharets Keller. Konnte sie die hinterste Tür nicht aufstoßen? *Schau mal. Sieh dir doch an, was du damals gesehen hast. Auf den ersten Blick gar nicht so schrecklich – nur jene, die du kanntest und liebtest, in der Dunkelheit schlafend, tief schlafend. Aber Mael liegt wie tot auf dem kalten Fußboden, und Maharet sitzt wie eine Statue gegen die Wand gelehnt. Ihre Augen sind offen!*

Wie vom Blitz getroffen und mit glühenden Wangen wachte Jesse auf; ihr Zimmer war kalt und dämmerig. »Miriam«, rief sie. Allmählich beruhigte sie sich. Sie hatte Maharet berührt. Kalt, versteinert. Und Mael wie tot! Alles andere war Dunkelheit.

New York. Sie lag mit dem Buch auf dem Bett. Und Miriam war nicht zu ihr gekommen.

Langsam stand sie auf und ging durch das Schlafzimmer zum Fenster. Da gegenüber, im trüben Lichte des Nachmittags, stand das Phantomhaus von Stanfort White. Sie starrte es an, bis es sich langsam wieder auflöste.

Von der Schallplattenhülle auf der Kommode lächelte sie der Vampir Lestat an.

Sie schloß die Augen. Das Bild des tragischen Paars JENER, DIE BEWAHRT WERDEN MÜSSEN tauchte vor ihr auf. Unzerstörbares Königspaar auf seinem ägyptischen Thron, das der Vampir in seinen Hymnen besang, die aus Radios und Musikboxen drangen und aus den kleinen Kassettenrecordern, die die Leute mit sich herumtrugen. Sie sah Maharets weißes Gesicht in den Schatten glühen. Alabaster. Der Stein, der immer voller Licht ist.

Es war Spätherbst, und schnell senkte sich die Dämmerung nieder, um dem Lichterglanz der Nacht Platz zu machen. Der Verkehrslärm in den überfüllten Straßen brach sich an den Fassaden der Gebäude. War der Verkehr irgendwo auf der Welt lauter als in den Straßen von New York? Sie lehnte ihre Stirn gegen das Fensterglas. Aus einem Augenwinkel konnte sie Stanfort Whites Haus sehen. Gestalten bewegten sich in dem Inneren des Gebäudes.

Am nächsten Nachmittag verließ Jesse New York in Matts altem Kabriolett. Trotz seines Protests gab sie ihm Geld für das Auto, da sie wußte, daß sie es ihm nie zurückbringen würde. Dann umarmte sie ihre Eltern und sagte ihnen so zwanglos wie möglich jene schlichten, tiefempfundenen Dinge, die sie sie schon immer hatte wissen lassen wollen.

An diesem Morgen hatte sie Maharet einen Eilbrief und zwei *Vampir*-Romane geschickt. Sie erklärte, daß sie die Talamasca verlassen habe, daß sie nach Westen fahre zu dem Konzert des Vampirs Lestat und daß sie gerne in Sonoma vorbeischauen würde. Sie müsse Lestat sehen, das sei für sie von äußerster Wichtigkeit. Würde ihr alter Schlüssel noch passen? Würde Maharet einem kurzen Besuch zustimmen?

Auf ihrer ersten Station, in Pittsburgh, träumte sie nachts wieder von den Zwillingen. Sie sah die beiden Frauen vor dem Altar knien. Sie sah den gesottenen Körper, der bereitlag, verspeist zu werden. Sie sah, wie der eine Zwilling die Schale mit dem Herzen, der andere die Schale mit dem Gehirn hochhob. Dann die Soldaten, die Freveltat.

Als sie in Salt Lake City ankam, hatte sie bereits dreimal von den Zwillingen geträumt. In einer nebelhaften und erschreckenden Szene hatte sie gesehen, wie sie vergewaltigt worden waren. Sie hatte gesehen, wie eine der Schwestern ein Baby zur Welt brachte. Sie hatte gesehen, wie das Baby versteckt wurde, als die Zwillinge erneut gejagt und gefangengenommen wurden. Waren sie getötet worden? Sie wußte es nicht. Das rote Haar. Wenn sie nur ihre Gesichter, ihre Augen hätte sehen können! Das rote Haar war ihr die reinste Qual.

Erst als sie David von einer Telefonzelle aus anrief, erfuhr sie, daß auch andere diese Träume gehabt hatten – Hellseher und Medien auf der ganzen Welt. Immer wieder war dabei eine Verbindung zu dem Vampir Lestat hergestellt worden. David befahl Jesse, sofort nach Hause zu kommen.

Jesse bemühte sich um eine möglichst höfliche Erklärung. Sie ginge zu dem Konzert, um Lestat mit eigenen Augen zu sehen. Sie müsse einfach. Freilich gebe es noch mehr zu klären, aber es sei jetzt sowieso zu spät. David müsse versuchen, ihr zu vergeben.

»Das wirst du nicht tun, Jessica«, sagte David. »Was da geschieht, ist mehr als eine Bagatellangelegenheit für Berichte und Archive. Du mußt zurückkommen, Jessica. Die Wahrheit ist, man braucht dich hier. Man braucht dich dringend. Du darfst dich nicht auf dieses Abenteuer einlassen. Jesse, höre doch, was ich dir sage.«

»Ich kann nicht zurückkommen, David. Ich habe dich immer geliebt. Euch alle geliebt. Aber sag mir eins. Das ist die letzte Frage, die ich dir jemals stellen werde. Warum kannst du nicht selbst kommen?«

»Jesse, du hörst mir nicht zu.«

»David, die Wahrheit bitte. Sag mir die Wahrheit. Hast du jemals wirklich an sie geglaubt? Oder war es nur immer eine Frage von Fundstücken und Akten und Gemälden in Gewölben gewesen, Dingen, die du sehen und berühren konntest?! Du weißt, wovon ich spreche, David. Denk doch nur an die katholischen Priester, wenn die während der Messe ihre heiligen Formeln sprechen. Glauben sie wirklich an Christus und den Altar? Oder geht es nur um den Kelch und den Abendmahlswein und den jubelnden Chor?«

»Jesse, du verstehst das alles falsch. Ich weiß, was das für Wesen sind. Ich habe es schon immer gewußt. Niemals habe ich daran gezweifelt. Und darum könnte mich keine Macht der Welt dazu bringen, zu diesem Konzert zu gehen. Du bist es, die die Wahrheit nicht akzeptieren will. Du mußt alles sehen, um es zu glauben! Jesse, unterschätze die Gefahr nicht. Lestat ist genau das, wozu er sich bekennt, und es werden noch andere dasein, die sogar weitaus gefährlicher sind, andere, die dich erkennen und dir übel mitspielen könnten. Begreif das doch endlich und komm zurück.«

Welch schmerzlicher Augenblick! Er streckte ihr beide Hände entgegen, und sie sagte ihm nur Lebewohl. Er sagte ihr noch mehr: daß er ihr »die ganze Geschichte« erzählen würde, daß er die Geheimarchive für sie öffnen würde, daß man sie gerade für diese Aufgabe brauchte.

Aber ihre Gedanken schweiften ab. Sie konnte ihm leider nicht ihre »ganze Geschichte« erzählen. Sie wurde wieder müde, der Traum meldete sich drohend, als sie den Hörer einhängte. Sie sah die Schalen, den Körper auf dem Altar. Die Mutter der Zwillinge, ja, ihre Mutter. Zeit, schlafen zu gehen. Der Traum verlangte es.

Highway 101. 19.30 Uhr. Noch fünfundzwanzig Minuten bis zum Konzert.

Noch ein Gebirgspaß, und das immer wieder neue Wunder breitete sich vor ihren Augen aus – die Skyline von San Francisco. Die

Türme der Golden-Gate-Brücke ragten vor ihr auf, der eisige Wind der Bay ließ ihre Hände auf dem Lenkrad erstarren.

Aller Kummer um David und Aaron und die Große Familie und alle, die sie geliebt hatte, war verschwunden. Vielleicht hatte David doch recht gehabt. Vielleicht hatte sie die entsetzliche Wahrheit nicht akzeptieren wollen und hatte sich einfach ins Reich der Geister, der Träume und des Wahnsinns begeben.

Sie näherte sich dem Phantomhaus von Stanfort White, und es war jetzt ganz egal, wer darin lebte. Sie würden sie willkommen heißen. Das hatten sie ihr schon immer und ewig mitzuteilen versucht.

Teil II
GEISTERDÄMMERUNG

Kaum etwas lohnt
unseren Zeitaufwand mehr
als das Verstehen
des Wesens der Materie.
...
Eine Biene, eine lebende Biene,
an der Fensterscheibe, sie will hinaus, vergeblich,
sie kann es nicht verstehen.

Stan Rice
Der Schweine Fortschritt

DANIEL

Eine lange, gewölbte Eingangshalle; die Menge schwappte wie Flüssigkeit gegen die farblosen Wände. Teenager in Halloweenkostümen strömten durch die Eingangstüren; und an den Verkaufsständen bildeten sich Schlangen von Leuten, die noch blonde Perükken, schwarze Satinumhänge – »Fangzähne, 50 Cents!« –, Programmhefte kaufen wollten. Weiß geschminkte Gesichter, wohin er auch blickte. Bemalte Augen und Lippen. Und hier und da Gruppen von Männern und Frauen, die ganz nach der Mode des vorigen Jahrhunderts gekleidet und frisiert waren.

Eine in Samt gehüllte Frau warf büschelweise verwelkte Rosenblüten in die Luft. Aufgemaltes Blut rann über ihre aschfarbenen Wangen. Gelächter.

Er konnte die Schminke und das Bier riechen, und die Herzen, die da überall in seiner Nähe schlugen, hörten sich in seinen Ohren wie leiser, köstlicher Donner an.

Er mußte wohl laut aufgelacht haben, da ihm Armand plötzlich den knöchrigen Finger in den Arm bohrte. »Daniel!«

»Tut mir leid, Boß«, flüsterte er. Niemand beachtete sie; jeder Sterbliche weit und breit war verkleidet; und was waren Armand und Daniel denn schon weiter als zwei unscheinbare junge Männer, die ihre Haare unter Kapuzen und ihre Augen hinter Sonnenbrillen verbargen? »Also, was soll's? Darf ich nicht mal laut auflachen, vor allem jetzt, wo alles so lustig ist?«

Armand war beunruhigt; spitzte wieder seine Ohren. Daniel sah nicht ein, warum er Angst haben sollte.

Armand hatte vor kurzem erst zu ihm gesagt: »Man muß dir noch ganz schön viel beibringen.« Das war, als sie auf die Jagd gegangen waren, verführt, getötet hatten, das Blut durch sein gieriges Herz gerauscht war. Aber gerade er hatte nach den ersten Mond jegliche Hemmungen abgestreift, war nach den ersten schuldbewußten Schlucken innerhalb weniger Sekunden in wahre Ekstase geraten.

Und erst vor einer halben Stunde hatten sie sich wieder zwei leckere kleine Herumstreicher aus einer verlassenen Schule beim Park genehmigt, wo die zerlumpten Kids in Schlafsäcken übernachteten und sich ihr gestohlenes Essen zubereiteten. Armand war ganz ruhig vor dem Gebäude gestanden, hatte es in Augenschein genommen, auf jene gewartet, »die sterben möchten«; so hatte er es am liebsten; man rief sie stumm, und sie kamen heraus. Und ihr Tod war nicht ohne gelassene Heiterkeit. Schon vor Urzeiten, sagte Armand, habe er versucht, Louis diese List beizubringen, aber Louis habe derlei für geschmacklos gehalten.

Und durch den Seiteneingang kamen tatsächlich zwei in Jeans gekleidete kleine Engel zu ihnen heraus, als seien sie von der Musik des Rattenfängers hypnotisiert. »Ja, du bist gekommen, wir wußten, daß du kommen würdest ...« Dumpfe Stimmen hießen Armand und Daniel willkommen, während sie die Treppe hinauf und in einen Raum geführt wurden, der von Armeedecken, die von Schnüren hingen, begrenzt war. In diesem Müll zu sterben!

Heiße, schmutzige Mädchenarme um Daniels Hals; Haschischgeruch in ihrem Haar; er konnte es kaum aushalten, wie sie ihre Hüften an ihn preßte, dann senkte er seine Fangzähne in ihr Fleisch. »Du liebst mich, du weißt, daß du mich liebst«, sagte sie. Und mit klarem Bewußtsein hatte er »Ja« geantwortet. Er griff sie unterm Kinn, stieß ihren Kopf zurück, und dann, dann jagte der Tod wie ein Faustschlag durch seinen Hals, in sein Gedärm, und die Hitze durchflutete seine Lenden und sein Gehirn.

Er ließ sie niedersinken. Zuviel und nicht genug. Einen Moment lang klammerte er sich an die Wand, dachte an Fleisch und Blut. Dann eine schockartige Erkenntnis – er war nicht mehr hungrig. Er war satt, und die Nacht wartete, wie etwas aus reinem Licht gewoben, und das Mädchen war tot, lag wie ein schlafendes Baby auf dem schmutzigen Boden, und Armand glühte in der Dunkelheit und sah ihm nur zu.

Es war nicht einfach, sich der leblosen Körper zu entledigen. Gestern nacht hatte er kaum etwas davon mitbekommen; zu sehr war sein Blick durch die Tränen in seinen Augen getrübt gewesen. Anfängerglück. Diesmal jedoch sagte Armand: »Besser keine Spuren hinterlassen.« Sie gingen also zusammen hinunter, um sie tief unter dem

Heizungskeller zu verscharren, wobei sie die Pflastersteine wieder sorgfältig in die alten Stellen fügten. Ein schönes Stück Arbeit trotz ihrer enormen Kräfte. Es war so unheimlich, einen Leichnam zu berühren. Nur kurz durchflackerte ihn ein Gedanke: *Wer waren sie?* Zwei gefallene Wesen in einer Grube. Und das verwahrloste Kind gestern nacht? Wurde es vermißt? Plötzlich mußte er wieder weinen.

»Wofür hältst du das Ganze hier eigentlich?« fragte Armand. »Für etwas aus einem Groschenheftchen, einen Schauerroman? Du darfst nicht Blut trinken, wenn du hinterher nicht aufräumst.«

Das Gebäude über ihnen wimmelte von liebenswürdigen Menschen, die nichts bemerkt hatten, da Armand und Daniel die Kleidung, die sie gerade trugen, gestohlen hatten, Klamotten, wie sie die Jugend heute trug. Sie entschlüpften in einen Durchgang. Sie sind nicht mehr meine Brüder und Schwestern, dachte Daniel. Schon immer hat es in den Wäldern rehäugige Geschöpfe gegeben, die nur auf einen Pfeil, eine Kugel, eine Lanze warteten. Und jetzt endlich enthülle ich meine geheime Identität: Ich bin schon immer ein Jäger gewesen.

»Bist du jetzt mit mir zufrieden?« fragte er Armand, als sie das Gebäude verlassen hatten. »Bist du glücklich?« Haight Street, 19.35 Uhr. Verkehrsstau, an der Ecke schreiende Junkies. Warum standen sie da, warum gingen sie nicht einfach zum Konzert? Man wurde schon eingelassen. Er konnte es kaum noch erwarten.

Das Ordenshaus sei ganz in der Nähe, hatte Armand erklärt, ein großes, heruntergekommenes Herrenhaus, nur einen Häuserblock vom Park entfernt, bestimmt würden sich dort noch einige aufhalten, um Pläne für Lestats Untergang zu schmieden. Armand wollte nur kurz daran vorbeigehen, sich informieren.

»Jemand Bestimmtes, den du suchst?« fragte Daniel. «Sag, bist du mit mir zufrieden oder nicht?«

Hatte er da in Armands Gesichtsausdruck einen plötzlichen Anflug von Vergnüglichkeit, von Begierde ausgemacht? Armand hetzte mit ihm den verdreckten Bürgersteig entlang, vorbei an den Bars, den Cafés, den mit stinkenden Kleidern vollgestopften Läden, vorbei an den vornehmen Clubs, in denen vergoldete Deckenventilatoren den Rauch verteilten. Vorbei an den ersten Kindern in ihren Glitzerkostümen.

Als Armand einmal kurz stehenblieb, war er sofort von kleinen, hochblickenden Gesichtern umringt, die mit billigen Masken bedeckt waren, Plastikgespenster, -ghule, -hexen, die einen »Halloweenzoll« von ihnen verlangten. Armands braune Augen glänzten vor Freude; mit beiden Händen teilte er glänzende Silberdollars unter ihnen aus, dann nahm er Daniel beim Arm und führte ihn weiter.

»Ich bin zufrieden, du scheinst recht wohlgeraten zu sein«, flüsterte er lächelnd. »Du bist mein Erstgeborener«, sagte er. »Aber hab nur Geduld. Ich habe Angst um uns beide, hast du das vergessen?«

Oh, wir werden zusammen den Sternen entgegenfliegen! Nichts kann uns hindern. Alle Geister, die durch diese Straßen laufen, sind bloß Sterbliche!

Dann explodierte das Ordenshaus. Er hatte die Detonation gehört, ehe er sie sah – und plötzlich waren überall aufschießende Flammen- und Rauchfahnen, begleitet von einem schrillen Geräusch: übernatürliche Schreie wie Silberpapier, das in der Hitze knistert. Neugierig herbeieilende Menschen, die die Feuersbrunst sehen wollten.

Armand hatte Daniel von der Straße in eine kleine Getränkehandlung gezerrt. Grelles Licht; Schweiß- und Tabakgestank; Sterbliche, die dem Großbrand nebenan keine Beachtung schenkten, in schlüpfrigen Magazinen blätterten. Armand trieb ihn in die hinterste Ecke des Ladens. Eine alte Frau kramte eine kleine Packung Milch und zwei Dosen Katzenfutter aus dem Kühlschrank. Kein Entrinnen.

Aber wie konnte man sich dem Ding entziehen, das über sie hinwegstrich, dem ohrenbetäubenden Geräusch, das Sterbliche nicht einmal hören konnten? Er hielt sich die Ohren zu, aber das nutzte nichts. Draußen war der Tod. Wesen wie er rannten durch das Gerümpel der Hinterhöfe, verbrannten. Es sah es in kurz aufzuckenden Bildern. Dann nichts. Schallende Stille. Die heulenden Sirenen und quietschenden Reifen der Welt der Sterblichen.

Noch war er zu verwirrt gewesen, um wirklich Angst zu verspüren. Jede Sekunde dauerte eine Ewigkeit, die Eiskristalle auf der Kühlschranktür nahmen seine ganze Aufmerksamkeit in Anspruch. Dann beobachtete er die alte Frau mit der Milch; ihre kleinen Augen waren wie Kobaltsteine.

Ausdruckslos starrte Armand durch seine Sonnenbrille, die Hände hatte er in die Hosentaschen gesteckt. Die kleine Ladenglocke über der Tür bimmelte, ein junger Mann kam herein, kaufte eine Flasche deutschen Biers und ging wieder.

»Es ist vorbei, oder?«

»Im Moment«, antwortete Armand.

Erst als sie in einem Taxi waren, sprach er wieder.

»Es wußte, daß wir da waren; es hat uns gehört.«

»Warum hat es dann nicht...?«

»Ich weiß es nicht. Ich weiß nur, daß es von unserer Gegenwart wußte. Und es wußte von uns, schon bevor wir hier Unterschlupf fanden.«

Und jetzt gab es ein Geschiebe und Geschubse im Vorraum des Saals, und es bereitete ihm Vergnügen, wie die Menge sie immer näher den Türen entgegenschob. Er konnte nicht einmal seine Arme heben, so dicht war das Gedränge. Doch junge Männer und Frauen pufften sich mit ihren Ellbogen an ihm vorbei; und er lachte wieder auf, als er die lebensgroßen Lestat-Poster an den Wänden sah.

Armand stieß ihm mit dem Finger in den Rücken, und er spürte, daß in Armands Körper eine Veränderung vonstatten gegangen war. Eine rothaarige Frau vor ihnen hatte sich nach ihnen umgedreht.

Ein sanfter, warmer Schreck durchfuhr Daniel. »Armand, das rote Haar.« Ganz ähnlich wie bei den Zwillingen in dem Traum! Und ihre grünen Augen schienen ihn scharf zu mustern, als er sagte: »Armand, die Zwillinge!«

Dann wandte sie sich wieder ab und verschwand im Inneren des Saales.

»Nein«, sagte Armand und schüttelte kurz den Kopf. Stumme Wut nagte in ihm, Daniel spürte es genau. Er hatte diesen starren, glasigen Blick, wie immer, wenn er sich zutiefst verletzt fühlte. »Die Talamasca«, schnaubte er.

»Die Talamasca.« Das Wort kam Daniel plötzlich schön vor. Die Talamasca. Es müßte aus dem Lateinischen kommen. Irgendwo aus seinem Gedächtnis dämmerte ihm: Tiermaske. Altes Wort für Hexe oder Schamane.

»Aber was bedeutet es wirklich?« fragte er.

»Es bedeutet, daß Lestat ein Narr ist«, sagte Armand. Tiefer Schmerz durchzuckte seine Augen. »Aber das ist jetzt auch egal.«

KHAYMAN

Von einem Torbogen aus sah Khayman zu, wie das Auto Lestats auf den Parkplatz fuhr. Khayman war so gut wie unsichtbar, trotz der schicken Jeansjacke und -hose, die er früh am Abend von einer Schaufensterpuppe gestohlen hatte. Er benötigte keine Sonnenbrille, um seine Augen zu verdecken, und die phosphoreszierende Haut spielte auch keine Rolle. Nicht hier, wo er überall von Masken und Schminke und Glitzerkostümen umgeben war.

Er näherte sich Lestat, als würde er durch die wabernden Körper der Jugendlichen schwimmen, die das Auto umringten. Schließlich konnte er einen kurzen Blick auf das blonde Haar und die violettblauen Augen von Lestat werfen, sehen, wie er seinen Bewunderern Handküsse zuwarf. Dieser Teufel war ja so charmant. Er saß selbst am Steuer, er verlangsamte das Tempo nur mäßig, schob die Stoßstange gegen diese zarten kleinen Menschenkinder, wobei er mit ihnen flirtete, ihnen verführerisch zublinzelte, als hätten er und sein Fuß auf dem Gaspedal nichts miteinander zu tun.

Heiterkeit. Triumph. Das waren in diesem Augenblick Lestats Gefühle. Und sogar Louis, der dunkelhaarige, schweigsame Gefährte neben ihm, der verstört die kreischenden Kinder anblickte, als seien sie Paradiesvögel, verstand nicht so recht, was da vor sich ging.

Keiner von beiden wußte, daß die Königin erwacht war. Keiner von beiden wußte etwas über die Träume von den Zwillingen. Ihre Ignoranz war einfach erstaunlich. Und ihre jungen Gemüter waren so leicht zu durchschauen. Offensichtlich war Lestat, der sich bis heute recht gut versteckt hatte, bereit, den Kampf mit jedermann aufzunehmen. Er trug seine Gedanken und Absichten wie ein Ehrenbanner vor sich her.

»Bringt uns zur Strecke!« Das rief er seinen Fans zu, obwohl diese das nicht hören konnten. »Tötet uns, denn wir sind böse. Wir sind schlecht. Es ist völlig in Ordnung, wenn ihr uns erst mal zujubelt und mit uns singt. Aber dann wird es ernst. Und ihr wißt ja, daß ich euch noch nie angelogen habe.«

Ganz kurz trafen sich seine und Khaymans Augen. *Ich möchte gut sein! Dafür wäre ich zu sterben bereit!* Aber es war nicht festzustellen, bei wem oder was diese Botschaft ankam.

Louis, der geduldige Beobachter, war nur um der reinen, schlichten Liebe willen da. Die beiden waren einander erst gestern nacht wiederbegegnet, und sie hatten sich ihrer Wiedersehensfreude hingegeben. Louis war entschlossen, Lestat auf Schritt und Tritt zu folgen. Wenn Lestat unterging, wollte Louis mit ihm untergehen. Aber was diese Nacht betraf, so waren ihre Befürchtungen und Hoffnungen herzzerreißend menschlich.

Sie ahnten nicht einmal, daß die Königin in ihrem ganzen Zorn unter ihnen war, daß sie das Ordenshaus in San Francisco niedergebrannt hatte. Oder daß die berüchtigte Vampirkneipe auf der Castro Street gerade in Flammen aufging, während die Königin die fliehenden Gäste zur Strecke brachte.

Aber auch die vielen Bluttrinker, die sich in diese Menge gemischt hatten, wußten nichts über diese simplen Tatsachen. Sie waren zu jung, um die Warnungen der Alten, um die Schreie der sterbenden Verdammten hören zu können. Die Träume von den Zwillingen hatten sie lediglich ein wenig verwirrt. Von allen Seiten starrten sie Lestat an, überwältigt von Haß oder religiöser Inbrunst. Sie würden ihn vernichten oder einen Gott aus ihm machen. Sie ahnten nichts von der Gefahr, die sie erwartete.

Aber die Zwillinge selbst? Was hatten die Träume zu bedeuten?

Khayman sah zu, wie sich das Auto den Weg zur Rückseite des Gebäudes bahnte. Er sah zu den Sternen hinauf, den kleinen Lichtstichen im Nebel über der Stadt. Er glaubte die Nähe seiner alten Monarchin zu spüren.

Er wühlte sich vorsichtig durch das Gedränge dem Auditorium entgegen. In einer solchen Menschenmenge mußte er seine Kräfte zügeln, wenn er eine Katastrophe vermeiden wollte. Andernfalls hätte er Körper zerquetscht und Knochen gebrochen, ohne es überhaupt zu merken.

Er warf einen letzten Blick zum Himmel, dann ging er hinein, nachdem er den Kartenabreißer kurz verwirrt hatte und ohne weiteres durch das Drehkreuz des Eingangs zur nächsten Treppe gelangt war.

Der Zuschauerraum war beinahe voll. Er sah sich behutsam um, genoß diesen Augenblick, wie er fast alles zu genießen verstand. Die Konzerthalle selbst war allerdings wenig reizvoll, eine Art Rohbau – höchst modern und erzscheußlich.

Aber wie hübsch waren doch diese Sterblichen, vor Gesundheit strotzend, die Taschen mit Gold gefüllt; überall herrliche Körper, von keinem Siechtum je berührt. Vielleicht waren sie, diese unschuldigen, verhätschelten Kinder des Wohlstands, die ideale Truppe, um mit Lestat den Kampf gegen das Böse anzutreten. Vielleicht hatte er deshalb diesen Ort gewählt, um den Seinen den Fehdehandschuh hinzuwerfen.

Khayman bahnte sich seinen Weg zur letzten Reihe, wo er vorher schon einmal gewesen war. Er ließ sich auf seinem alten Sitz nieder und stieß zwei »Vampirbücher« beiseite, die noch immer unbeachtet auf dem Fußboden lagen.

Früher hatte er diese Texte verschlungen – Louis' Testament: »Seht her, die Leere!« Und Lestats Geschichte: »Und das und das und das, und es bedeutet nichts.« So manches war ihm da klargeworden. Und Khaymans Vorahnungen hinsichtlich Lestats Plänen hatten sich inzwischen voll bestätigt. Aber über das Geheimnis der Zwillinge stand in dem Buch freilich nichts.

Und auch die wahren Vorhaben der Königin waren ihm nach wie vor ein Rätsel.

Weltweit hatte sie Hunderte von Bluttrinkern niedergemetzelt, doch andere waren verschont geblieben. Marius lebte noch immer. Sie hatte ihn bestraft, aber nicht getötet, was ihr leichtgefallen wäre. Aus seinem Gefängnis aus Eis rief er die älteren Vampire an, warnte sie, bat sie um Hilfe. Und Khayman spürte, wie zwei Unsterbliche sich zu Marius aufmachten, obwohl eines dieser Wesen, Marius' eigenes Kind, den Ruf nicht einmal zu hören vermochte. Pandora hieß sie; sie war einsam und stark. Der andere hieß Santino, war weit weniger machtvoll, aber er konnte Marius' Stimme hören, während er mit Pandora Schritt zu halten suchte.

Zweifellos hätte die Königin sie zur Strecke bringen können, wenn sie gewollt hätte. Doch obgleich sie deutlich zu sehen und zu hören waren, konnten sie sich unbehelligt fortkämpfen.

Nach welchen Kriterien traf die Königin die Wahl? Sicher hatte sie sich einige für eine ganz bestimmte Gelegenheit aufbewahrt. Und die waren da unten im Saal...

DANIEL

Sie hatten die Eingangstüren erreicht und mußten sich nur noch über eine schmale Rampe drängen, um das riesige Oval des Zuschauerraumes zu erreichen.

Die Menge verteilte sich – wie Murmeln, die in alle Richtungen rollen. Daniel hatte seine Finger in Armands Gürtel gehängt, um ihn nicht zu verlieren, er folgte ihm, ließ seinen Blick durch das hufeisenförmige Theater schweifen, über die amphibisch angeordneten Sitzreihen, die bis zur Decke reichten. Sterbliche überall auf den Zementstufen, an den eisernen Geländern, im Gewühl um ihn herum.

Plötzlich aber verschwamm alles, und die Geräusche um ihn herum hörten sich an wie das mahlende Knirschen einer Riesenmaschine. Und dann sah er sie auf einmal – *die anderen*. Er sah den schlichten, unvermeidlichen Unterschied zwischen den Lebenden und den Toten. Überall Wesen seinesgleichen, getarnt im sterblichen Wald, doch leuchtend wie die Augen einer Eule im Mondlicht. Weder durch Schminke noch Sonnenbrillen, noch Schlapphüte, noch Kapuzenmäntel konnten sie sich untereinander unkenntlich machen. Und das lag nicht nur an dem überirdischen Glanz ihrer Gesichter oder Hände. Viel verräterischer war die geschmeidige Grazie ihrer Bewegungen, als seien sie mehr Geist als Fleisch.

Ah, meine Brüder und Schwestern, endlich!

Aber er spürte Haß um sich herum. Ein ziemlich zwiespältiger Haß! Sie liebten Lestat und verdammten ihn zugleich. Haß und Bestrafung liebten sie aus reinem Selbstzweck. Plötzlich erspähte er eine ungeschlachte Kreatur mit fettigem schwarzem Haar, die ihre häßlichen Fangzähne aufblitzen ließ und dann in stummer Gedankenübertragung den ganzen Plan mit verblüffender Aufrichtigkeit darlegte. Unter den neugierigen Blicken der Sterblichen würden sie Lestats Glieder von seinem Körper hacken; sie würden ihm den Kopf abtrennen; dann würden die Überreste auf einem Scheiterhaufen an der Küste verbrannt werden. Das Ende des Monsters und seiner Legende. *Seid ihr für oder gegen uns?*

Daniel lachte laut auf. »Ihr werdet ihn niemals töten«, sagte Daniel. Doch war er nicht wenig erstaunt, als er eine geschärfte Sense erblickte, die die Kreatur unter ihrem Mantel verborgen hielt. Dann drehte sich die Bestie um und verschwand. Daniel blickte in das verräucherte Licht empor. *Jetzt einer der Ihren zu sein! All ihre Geheimnisse zu wissen!* Ihm wurde schwindelig, er fühlte sich am Abgrund des Wahnsinns.

Armands Hand umklammerte seine Schulter; sie hatten die Mitte des Saals erreicht.

»Vielleicht dreißig«, flüsterte er in Daniels Ohr, »keinesfalls mehr, darunter allerdings ein oder zwei, die so alt sind, daß sie uns in Sekundenschnelle vernichten könnten.«

»Wo, sag mir, wo?«

»Hör nur hin«, sagte Armand. »Dann wirst du es schon merken. Man kann sich vor ihnen nicht verstecken.«

KHAYMAN

Maharets *Kind. Jessica.* Der Gedanke traf Khayman wie aus heiterem Himmel. *Beschütze Maharets Kind. Entfliehe dieser Stätte irgendwie.*

Seine Sinne waren geschärft. Wieder hörte er Marius zu, Marius bei seinem Versuch, die jungen, verwirrten Ohren Lestats zu erreichen, der sich hinter der Bühne vor einem zerbrochenen Spiegel zurechtputzte. Was konnte das bedeuten, Maharets Kind, Jessica, da sich die Gedanken doch zweifellos auf eine sterbliche Frau bezogen?

Wieder stellte sich die unerwartete Verbindung zu einer starken, sich offenbarenden Seele ein: *Kümmere dich um Jesse. Gebiete der Mutter irgendwie Einhalt...*

Khayman ließ den Blick langsam über die gegenüberliegenden

Ränge gleiten, über das Gewimmel im Zuschauerraum. Weit weg in einem entlegenen Winkel der Stadt streifte ein alter Vampir unruhig hin und her, die Königin fürchtend, doch voller Sehnsucht, ihr Gesicht sehen zu dürfen. Er war zum Sterben hierhergekommen, nur um beim letzten Atemzug in ihr Antlitz zu blicken.

Khayman schloß die Augen, um sie dieser Vision zu entziehen.

Dann hörte er es plötzlich wieder. *Jessica, meine Jessica.* Und hinter diesem beseelten Ruf das Wissen um Maharet! Plötzlich sah er Maharets Bild vor sich, bewahrt in Liebe und urzeitlich und bleich wie er selbst. Es war ein Moment betäubenden Schmerzes. Er ließ sich auf seinen Holzsitz sinken und beugte den Kopf ein wenig vor. Dann sah er wieder über die eisernen Dachsparren, das häßliche Gewirr aus schwarzen Kabeln und rostigen Scheinwerfern. *Wo bist du?*

Da, weit hinten an der gegenüberliegenden Wand, sah er die Gestalt, die diese Gedanken ausströmte. Der Älteste, den er bislang erblickt hatte. Ein riesiger nordischer Bluttrinker, abgehärtet und listig, in Kleidung aus grobem Rohleder gehüllt, und seine buschigen Brauen und kleinen, tiefsitzenden Augen verliehen ihm einen grüblerischen Ausdruck.

Das Wesen zog eine kleine sterbliche Frau an, die sich ihren Weg durch die Menge bahnte. Jesse, Maharets sterbliche Tochter.

Wütend und ungläubig heftete Khayman seinen Blick auf die kleine Frau. Seine Augen füllten sich mit Tränen, als er der erstaunlichen Ähnlichkeit gewahr wurde. Das gleiche kupferrote, volle Haar wie Maharet, die gleiche kleine, vogelartige Figur, die gleichen klugen und neugierigen grünen Augen. Maharets Profil. Maharets Haut, die zu ihren Lebzeiten so blaß und durchscheinend wie das Innere einer Muschel gewesen war.

Lebhaft erinnerte er sich plötzlich, wie er während der Vergewaltigung ihr Gesicht zur Seite geschoben hatte und wie seine Fingerspitzen dabei die zarten Falten ihrer Augenlider berührt hatten. Erst ein Jahr später hatten sie ihr die Augen ausgerissen, und er war dabeigewesen und erinnerte sich des zarten Fleisches. Danach hatte er die Augen aufgehoben und ...

Ihn schauderte. Er spürte einen stechenden Schmerz in seinen Lungen. Sein Gedächtnis war gnadenlos. Ihm war nicht vergönnt, einen Augenblick zu vergessen, der glückliche Clown zu sein, der sich an nichts erinnert.

Maharets Kind, nun gut. Aber wie das? Durch wie viele Generationen hatten sich ihre Merkmale erhalten, um jetzt wieder in dieser kleinen Frau zu erblühen, die sich in Richtung Bühne kämpfte?

Unmöglich war das natürlich nicht. Das stellte er schnell fest. So um die dreihundert Vorfahren standen zwischen dieser Frau des zwanzigsten Jahrhunderts und dem längst verflossenen Nachmittag, da er sich des Königs Medaillon umgetan hatte und von der Estrade hinuntergestiegen war, um anstelle des Königs die Vergewaltigung zu begehen.

Erstaunlich war allerdings, daß Maharet ihre eigenen Nachfahren kannte. Und Maharet kannte die Frau hier gewiß. Der riesige Bluttrinker gegenüber stimmte dieser Vermutung sofort zu. Khayman sah den großen nordischen Menschen genau an. Maharet, sie lebte. Maharet, die Hüterin ihrer sterblichen Familie. Maharet, die Verkörperung grenzenloser Kraft und Willensstärke. Maharet, die ihm, diesem blonden Diener, keine Erklärung über die Zwillinge geliefert, ihn aber statt dessen hierhergeschickt hatte, um ihr Geheiß zu erfüllen: Rette Jessica.

Ah, aber sie lebt, dachte Khayman. Sie lebt, und wenn sie lebt, dann auf irdische Weise, sie leben beide, die rothaarigen Schwestern.

Khayman studierte die Gestalt gegenüber noch genauer, drang noch tiefer in ihr Inneres ein. Aber er konnte jetzt nur einen wild entschlossenen Schutzwillen wahrnehmen. Rette Jesse, nicht nur vor der Gefahr, die von Der Mutter ausgeht, sondern vor dieser Stätte überhaupt, wo Jesse etwas zu sehen bekäme, das niemand einleuchtend erklären könnte.

Und wie er Die Mutter verabscheute mit ihrem Gebaren eines Kriegers und eines Priesters zugleich. Er verabscheute Die Mutter, weil sie die Ruhe seiner zeitlosen und melancholischen Existenz gestört hatte, und er verabscheute es, daß seine traurige Liebe zu dieser Frau hier, Jessica, die Besorgnis nur verschlimmerte, die er so schon verspürte. Denn er kannte das ganze Ausmaß der Zerstörung, wußte, daß alle Bluttrinker dieses Kontinents vernichtet worden waren, bis auf ein paar wenige, die unter diesem Dach versammelt waren und nichts ahnten von dem Schicksal, das ihrer harrte.

Er wußte auch von den Träumen von den Zwillingen, aber er verstand sie nicht. Zwei rothaarige Schwestern, die er nie gekannt hatte; nur eine rothaarige Schönheit bestimmte sein Leben, und wieder sah Khayman Maharets Gesicht, ein schwebendes Bild mit sanften, müden Augen, die ihn aus einer Porzellanmaske anblickten: *Mael, frag mich nichts mehr, aber erfülle meinen Auftrag.*

Stille. Der Bluttrinker merkte plötzlich, daß er überwacht wurde. Er blickte im Saal umher, versuchte, den Eindringling auszumachen.

Der Name hatte den entscheidenden Hinweis geliefert, wie so oft. Die Gestalt fühlte sich erkannt. Und Khayman hatte den Namen sofort erkannt, ihn mit dem Mael aus Lestats Bericht in Verbindung gebracht. Zweifellos handelte es sich um ein und denselben – das war der Druidenpriester, der Marius in den heiligen Hain gelockt hatte, wo der Blutgott ihn zu seinesgleichen gemacht und nach Ägypten geschickt hatte, um Die Mutter und Den Vater zu finden.

Ja, das war derselbe Mael. Und er fühlte sich erkannt und war darob von Haß erfüllt.

Nach einem ersten Wutanfall entwichen alle Gedanken und Gefühle. Eine reife Leistung, das mußte Khayman zugeben. Er lehnte sich zurück. Aber die Gestalt konnte ihn nicht finden. Zwei Dutzend anderer weißer Gesichter machte er in der Menge aus, aber Khayman nicht.

Jessica hatte inzwischen ihr Ziel erreicht. Unerschrocken duckte sie sich, um durch die muskulösen Motorradfahrer hindurchzuschlüpfen, die den Raum vor der Bühne für sich reklamierten.

Ihr Silberarmband blitzte im Scheinwerferlicht auf. Das war möglicherweise ein kleiner Dolchstoß in den geistigen Schutzschild Maels, weil seine Liebe und seine Gedanken wieder kurz voll sichtbar waren.

Der wird auch sterben, wenn er nicht Vernunft annimmt, dachte Khayman. Mael war durch Maharets Schule gegangen und hatte vielleicht von ihrem machtvollen Blut getrunken; aber offensichtlich verstand er es nicht, sein Temperament zu zügeln.

Dann erspähte Khayman nur wenige Meter hinter Jesse eine andere faszinierende Kreatur, viel jünger zwar, aber auf ihre Weise fast ebenso mächtig wie der Gallier Mael.

Khayman versuchte, den Namen in Erfahrung zu bringen, aber der

Geist dieses Wesens war vollkommen verschlossen, ließ nichts nach draußen dringen. Als er starb, war er noch ein Knabe mit kastanienfarbigem Haar und etwas zu großen Augen gewesen. Aber auf einmal war es ganz leicht, den Namen von Daniel zu erhaschen, seinem neugeborenen Grünschnabel, der neben ihm stand. Armand. Und der Grünschnabel Daniel war noch kaum tot. All die kleinen Moleküle seines Körpers tanzten mit der unsichtbaren Natur des Dämons.

Armand zog Khayman sofort an. Unzweifelhaft war er derselbe Armand, über den Louis und Lestat geschrieben hatten – der Unsterbliche mit der Gestalt eines Jugendlichen. Und das bedeutete, daß er kaum älter als fünfhundert Jahre sein konnte, und dennoch wirkte er undurchdringlich. Er schien gerissen und kalt zu sein, doch über keine besondere Veranlagung zu verfügen. Und als er merkte, daß er beobachtet wurde, ließ er seine großen braunen Augen nach oben schweifen, und sofort machte er den fernen Khayman aus.

»Nichts Böses hege ich gegen dich oder deinen Kleinen«, flüsterte Khayman, als wolle er mit den Lippen seine Gedanken formen und unter Kontrolle halten. »Kein Freund Der Mutter.«

Armand hörte es, aber er antwortete nicht. Wie erschrocken er auch beim Anblick eines so viel Älteren gewesen sein mochte, er ließ sich nichts anmerken. Man hätte meinen können, er habe lediglich die Wand hinter Khaymans Kopf betrachtet, den ständigen Strom lachender und lärmender Kinder, der sich von den oberen Eingängen ergoß.

Und wie fast unvermeidlich heftete dieser betörende kleine Fünfhundertjährige seinen Blick auf Mael, als dieser wieder einmal von heftiger Sorge um seine gebrechliche Jesse durchrüttelt wurde.

Khayman verstand diesen Armand. Er spürte, daß er ihn verstand und ganz und gar mochte. Als sich ihre Augen wiedertrafen, hatte er die angeborene Schlichtheit dieses Wesens begriffen. Die Einsamkeit, die Khayman in Athen kennengelernt hatte, überkam ihn wieder.

»Meiner eigenen schlichten Seele nicht unähnlich«, flüsterte Khayman. »Du bist in all dem verloren, weil du das Terrain zu gut kennst. Und egal wie weit du wanderst, du wirst immer wieder zu denselben Bergen zurückkehren, zu demselben Tal.«

Keine Antwort. Natürlich. Khayman zuckte mit den Schultern

und lächelte. Diesem hätte er einfach alles gegeben, und arglos ließ er es Armand wissen.

Die Frage war nur, wie man ihnen helfen konnte, diesen beiden, die sich ein wenig Hoffnung machen konnten, bis zum nächsten Sonnenuntergang den Schlaf der Unsterblichen zu schlafen. Aber am wichtigsten war die Frage, wie Maharet zu erreichen sei, der der grimmige und mißtrauische Mael so herzhaft ergeben war.

Mit kaum sichtbaren Mundbewegungen wandte sich Khayman an Armand: »Kein Freund Der Mutter. Ich sagte es dir schon. Und entferne dich nicht von der Menschenmenge. Sonst wird sie dich einfach schnappen. So einfach ist das.«

Armands Gesicht blieb unbeweglich. Der Grünschnabel Daniel neben ihm war glücklich, badete in dem Gedränge, das ihn umgab. Er kannte weder Angst noch finstere Pläne, noch Träume. Und warum auch? Er hatte ja diesen überaus machtvollen Freund, der sich seiner annahm. Er war verdammt viel besser dran als der Rest.

Khayman erhob sich. Die Einsamkeit trieb ihn. Er wollte einem der beiden nahe sein, Armand oder Mael. Das hatte er schon in Athen gewollt, als seine Erinnerung und sein Wissen wieder heraufdämmerten. Bei jemandem seinesgleichen sein. Sprechen, berühren... irgend etwas.

Er ging den oberen Gang entlang, der um den ganzen Saal führte, bis auf einen kleinen Rand hinter der Bühne, der für den überdimensionalen Videoschirm reserviert war.

Er bewegte sich langsam und mit menschlicher Anmut, peinlich darauf bedacht, keine Sterblichen zu zerquetschen. Und er wollte Mael so auch Gelegenheit geben, ihn zu sehen.

Instinktiv wußte er, daß ein plötzliches Auftauchen dieses stolze und streitlustige Wesen zutiefst beleidigt hätte. Und so schlich er weiter und beschleunigte sein Tempo erst, als er sicher war, daß Mael ihn bemerkt hatte.

Mael konnte seine Angst nicht so gut wie Armand verbergen. Mael war noch nie einem so alten Bluttrinker wie Khayman begegnet, sah man einmal von Maharet ab; er blickte einem potentiellen Feind entgegen. Khayman strömte ihm eine herzliche Begrüßung entgegen, wie er es zuvor schon bei Armand getan hatte – Armand, der zusah –, aber nichts änderte sich an der Haltung des alten Kriegers.

Das Auditorium war nun voll und verschlossen; draußen schrien die Kinder und schlugen gegen die Türen. Khayman hörte die knarrenden Geräusche des Polizeifunks.

Lestat und sein Anhang standen hinter dem Vorhang und spähten durch Löcher in den Zuschauerraum.

Lestat umarmte seinen Gefährten Louis, und sie küßten sich auf den Mund, während die sterblichen Musiker alle beide in ihre Arme nahmen.

Khayman hielt inne, um die Leidenschaft der Menge auf sich wirken zu lassen; die Luft war wie geladen.

Jessica hatte ihre Arme auf die Bühne gestützt und den Kopf in die Hände gelegt. Die Männer hinter ihr, ungeschlachte Lümmel in schwarzer, glänzender Lederkleidung, schubsten sie brutal hin und her, aber sie konnten sie nicht vertreiben.

Auch Mael wäre das nicht gelungen, hätte er es versucht.

Und noch etwas anderes wurde Khayman plötzlich klar, als er auf sie hinabblickte. Es war das Wort *Talamasca*. Diese Frau gehörte dazu; sie war ein Ordensmitglied.

Unmöglich, dachte er wieder, mußte über seine verrrückten Gehirngespinste lachen. Schließlich war das ja eine Schreckensnacht, oder? Es war mehr als unwahrscheinlich, daß es die Talamasca noch immer gab. Vor Jahrhunderten hatte er den Orden gekannt und seine Mitglieder bis zum Irrsinn gequält, dann hatte er von ihnen abgelassen, einfach weil ihn diese tödliche Kombination aus Unschuld und Unwissen dauerte.

Ach, das Gedächtnis war schon etwas Entsetzliches. Warum konnten seine früheren Leben nicht der Vergessenheit anheimfallen? Er sah die Gesichter dieser weltlichen Mönche der Talamasca vor sich, die ihn so ungeschickt durch ganz Europa verfolgt hatten, um das verschwindend wenige, das sie von ihm wußten, halbe Nächte lang mit kratzenden Federkielen in dicke Lederfolianten einzutragen. Benjamin hatte er damals geheißen, und Benjamin, den Teufel, hatten sie ihn in ihren Endlosberichten bezeichnet, die sie auf brüchiges Pergament schrieben und ihren Vorgesetzten nach Amsterdam schickten.

Er hatte sich einen Spaß daraus gemacht, ihre Briefe zu stehlen und mit eigenen Bemerkungen zu versehen; sie in Furcht und Schrecken zu versetzen; nachts unter ihren Betten hervorzukriechen und sie beim Hals zu packen; es war ein Jux gewesen, wie alles. Wenn der Jux vorbei war, ging er regelmäßig seines Gedächtnisses verlustig.

Aber er hatte sie gemocht; das waren keine Exorzisten oder hexenjagende Priester oder Zauberer, die sich der Hoffnung hingaben, seine Macht in Ketten zu legen. Einmal hatte er sogar erwogen, in den Gewölben unter ihrem verschimmelten Mutterhaus zu nächtigen. Trotz ihrer aufdringlichen Neugierde, verraten hätten sie ihn nie.

Und jetzt der Gedanke, der Orden habe mit der Hartnäckigkeit der römischen Kirche überlebt und diese hübsche sterbliche Frau mit dem glitzernden Armband, von Maharet und Mael geliebt, gehörte dazu. Kein Wunder, daß sie sich zur Bühne gekämpft hatte, als handele es sich um die Stufen zum Altar.

Khayman machte sich näher an Mael heran, blieb aber ein, zwei Meter vor ihm stehen. Zu deutlich spürte er Maels Befürchtungen und wie er sich seiner Angst schämte. Dann begab sich Mael an Khaymans Seite.

Die rastlose Menge strömte an ihnen vorbei. Mael ging auf Tuchfühlung mit Khayman, was seine Art der Begrüßung war, eine Vertrauensbezeugung. Er ließ den Blick durch den Saal schweifen, wo es keinen leeren Sitz mehr gab, und alles war ein Mosaik aus aufblitzenden Farben und glitzerndem Haar. Mit seinen Fingerspitzen berührte er Khaymans linke Hand. Und Khayman ließ ihn gewähren.

Wie oft hatte Khayman derlei zwischen Unsterblichen beobachtet, der Jüngere, der nicht umhin konnte, die körperliche Beschaffenheit und Härte des Älteren zu prüfen. Khayman konnte sich eines Lächelns nicht enthalten. Zwei wilde Hunde, die einander vorsichtig beschnupperten.

Khayman sah dem ungerührt zu. Maels plötzlicher verächtlicher Blick war ihm nicht entgangen, aber er ließ sich nichts anmerken.

Khayman drehte sich um und umarmte Mael, lächelte ihn an. Aber das verschreckte Mael nur, und Khayman war tief enttäuscht. Höflich trat er zurück. Einen Moment lang war er schmerzlich verwirrt. Er sah zu Armand hinunter. Der schöne Armand, der seinen Blick mit völliger Gleichgültigkeit aufnahm. Aber jetzt war der Zeitpunkt gekommen, sein Anliegen vorzutragen.

»Du mußt dich mit einem stärkeren Schutzschild umgeben, mein Freund«, erklärte er Mael freundlich. »Deine Liebe zu diesem Mädchen darf dich nicht entlarven. Das Mädchen wird vor der Königin ganz und gar sicher sein, wenn du deine Gedanken über die Herkunft des Mädchens und ihren Beschützer zügelst. Ihr Name ist der Königin ein Greuel. War es schon immer.«

»Und wo ist die Königin?« fragte Mael, wobei seine Angst wieder aufwallte, auch seine Wut, deren er bedurfte, um seine Angst zu bekämpfen.

»Sie ist ganz in der Nähe.«

»Ja, aber wo?«

»Das weiß ich nicht. Sie hat das Ordenshaus niedergebrannt. Sie jagt noch ein paar Strolche, die nicht zu dem Konzert gekommen sind. Sie läßt sich Zeit mit ihnen. Und das habe ich durch die Gedankenströme ihrer Opfer erfahren.«

Khayman sah, wie sein Gegenüber erschauderte.

»Warum warnst du mich eigentlich?« fragte Mael, »wenn sie jedes Wort, das wir miteinander sprechen, hören kann?«

»Ich glaube nicht, daß sie das kann«, erwiderte Khayman ruhig. »Ich bin von der Ersten Brut, mein Freund. Andere Bluttrinker zu hören, wie wir sterbliche Menschen hören, mit diesem Fluch ist nur die entferntere Verwandtschaft belegt. Selbst wenn sie neben mir stünde, könnte ich ihre Gedanken nicht lesen; und meine Gedanken sind ihr ebenfalls verschlossen, da kannst du ganz sicher sein. Und so ging es uns allen, uns Angehörigen der ersten Generationen.«

Der blonde Riese war offensichtlich beeindruckt. Maharet konnte also nicht Die Mutter hören! Das hatte ihm Maharet nicht eingestanden.

»Nein«, sagte Khayman, »und Die Mutter kann nur über deine Gedanken etwas über sie erfahren, darum halte deine Gedanken bitte zurück. Sprich jetzt mit mir mit menschlicher Stimme, weil diese Stadt ein wahrer Dschungel solcher Stimmen ist.«

Mael zog die Augenbrauen zusammen und dachte nach. Er sah Khayman an, als wollte er ihm eine reinschlagen.

»Und das wird sie besiegen?«

»Denke daran«, sagte Khayman, »daß ein Übermaß an Vielfalt das Wesentliche auslöschen kann.« Während er sprach, warf er wieder einen Blick auf Armand. »Und sie, die eine Unzahl Stimmen hört, kann möglicherweise eine einzelne Stimme nicht hören. Und wenn sie sich auf einige konzentriert, muß sie alle anderen verbannen. Du bist alt genug, um diesen Trick zu kennen.« Mael antwortete nicht, aber es war klar, daß er verstand. Auch er hatte die telepathische Gabe immer als Fluch empfunden, ob er nun von vampirischen oder menschlichen Stimmen bedrängt wurde.

Khayman nickte kurz. Die telepathische Gabe. Welch hübsche Bezeichnung für den Wahnsinn, der ihn vor Urzeiten heimgesucht hatte, nach Jahren des Zuhörens, nach Jahren staubbedeckten Ruhens im hintersten Winkel eines vergessenen ägyptischen Grabes, wo er dem Weinen der Welt lauschte, ohne sich seiner selbst und seines Zustandes gewahr zu sein.

»Genau darauf will ich hinaus, mein Freund«, sagte er. »Und zweitausend Jahre lang hast du gegen die Stimmen gekämpft, während unsere Königin vielleicht in ihnen förmlich ertrunken ist. Allem Anschein nach hat Lestat den Lärm übertönt; als habe er nur mit den Fingern vor ihren Augen geschnippt, um ihre Aufmerksamkeit auf sich zu lenken. Aber überschätze dieses Wesen nicht, das so lange bewegungslos dagesessen ist. Das wäre alles andere als nützlich.«

Khaymans Ausführungen verblüfften Mael einigermaßen. Aber er sah deren Logik durchaus ein. Armand blieb aufmerksam.

»Sie ist nicht allmächtig«, sagte Khayman, »ob sie es selber weiß oder nicht. Sie hat immer nach den Sternen gegriffen, um sich dann schreckensbleich abzuwenden.«

Mael war ganz aufgeregt; er beugte sich näher vor. »Wie ist sie wirklich?« flüsterte er.

»Sie war voller Träume und hochgestochener Ideale. Sie war wie Lestat.«

Mael lächelte kalt und zynisch.

»Aber was, zum Teufel, hat sie vor?« fragte er. »Er hat sie also mit seinen abscheulichen Songs aufgeweckt. Warum vernichtet sie uns?«

»Sie verfolgt einen Zweck, da kannst du sicher sein. Unsere Königin hat schon immer zielgerichtet gehandelt. Auch ihre kleinste Tat diente immer einem großartigen Zweck. Und du mußt wissen, daß wir uns im Lauf der Zeit nicht wirklich ändern. Wir sind wie erblühende Blumen; wir entfalten nur unser eigentliches Selbst.« Er sah wieder zu Armand. »Welchen Zweck sie jetzt verfolgt, da kann ich dir nur mit Mutmaßungen dienen...«

»Ja, bitte.«

»Dieses Konzert findet statt, weil es Lestat wünscht. Und wenn es vorbei ist, wird sie noch mehr der Unseren abschlachten. Aber einige wird sie verschonen, einige, damit sie ihrem Ziel dienen, einige vielleicht als Zeugen.«

Khayman starrte Armand an. Wunderbar, wie dieses ausdruckslose Gesicht Weisheit verströmte, ganz im Gegensatz zu dem zerquälten Gesicht von Mael. Und konnte man entscheiden, wer mehr begriffen hatte? Mael lachte kurz und bitter auf. »Als Zeugen?« fragte er. »Das glaube ich nicht. Ich denke, sie ist viel primitiver. Sie verschont jene, die Lestat liebt, so einfach ist das.«

Darauf war Khayman noch nicht verfallen.

»Überleg doch mal«, sagte Mael. »Louis, Lestats Gefährte. Lebt er nicht? Und Gabrielle, die Mutter des Unholds, sie hält sich ganz in der Nähe auf, wartet nur auf einen günstigen Moment, ihren Sohn wiederzusehen. Und Armand da unten, den du so gerne anschaust, auch ihn wird Lestat wohl wiedersehen, und dieser Frevler neben ihm, der dieses verfluchte Buch veröffentlicht hat und dem die anderen jedes Glied ausreißen würden, wenn sie nur ahnten...«

»Nein, da steckt mehr dahinter«, sagte Khayman. »Einige der Unseren kann sie nicht töten. Und die, die jetzt zu Marius unterwegs sind: Lestat kennt gerade ihre Namen, sonst weiß er nichts über sie.«

Mael errötete auf allermenschlichste Weise. Es war Khayman klar, daß Mael sich zu Marius begeben hätte, wenn es ihm möglich gewesen wäre. Noch in dieser Nacht hätte er sich aufgemacht, wenn nur Maharet gekommen wäre, um Jessica zu beschützen. Er versuchte jetzt Maharets Namen aus seinen Gedanken zu verbannen. Er hatte Angst vor Maharet, große Angst.

»So, du versuchst, dein Wissen zu verbergen«, sagte Khayman. »Dabei solltest du gerade das vor mir enthüllen.«

»Aber ich kann nicht«, sagte Mael. Die Schotten waren dicht. Undurchdringlich. »Man gibt mir keine Antworten, nur Befehle, mein Freund. Und meine Aufgabe ist, diese Nacht zu überleben und meinen Schützling hier sicher herauszubringen.«

Khayman wollte ihn am liebsten dennoch bedrängen und ausfragen, aber er tat es nicht. Er spürte, wie sich in der Luft um ihn herum etwas veränderte, so geringfügig, daß man nicht einmal von einer Bewegung oder einem Geräusch sprechen konnte.

Sie kam. Bewegte sich ganz nahe auf den Saal zu. Er spürte, wie er aus seinem Körper hinaus und in reines Horchen schlüpfte; ja, das war sie. Alle Geräusche der Nacht erhoben sich, ihn zu verwirren, doch er hörte sie; ein unendlich leises Geräusch, das sie nicht verbergen konnte, das Geräusch ihres Atems, ihres Herzschlags, einer Macht, die sich mit märchenhafter Geschwindigkeit durch den Raum bewegte und unvermeidlichen Aufruhr unter den Sichtbaren und Unsichtbaren verursachte.

Mael spürte es; Armand ebenfalls. Sogar der Novize neben Armand hörte es, obwohl viele der anderen Neulinge nichts vernahmen. Selbst einige der etwas sensibleren Sterblichen schienen etwas zu merken.

»Ich muß gehen, Freund«, sagte Khayman. »Vergiß meinen Ratschlag nicht.« Er konnte jetzt unmöglich weitersprechen. Sie war schon zu nahe. Zweifellos sah sie sich alles genau an, hörte penibel hin.

»Wiedersehen, mein Freund«, sagte er. »Es wäre nicht gut für mich, weiter in deiner Nähe zu weilen.«

Mael sah ihn verwirrt an. Unten zog Armand Daniel an seine Seite und begab sich an das äußere Ende der Menschenmenge.

Plötzlich ging im Saal das Licht aus; den Bruchteil einer Sekunde lang schrieb Khayman das ihrer Zauberkraft zu, dachte, daß jetzt ein groteskes und rachgieriges Gericht niedergehen würde.

Aber die sterblichen Kinder um ihn herum wußten, daß das zum Ritual gehörte. Das Konzert würde gleich anfangen! Der Saal verwandelte sich in einen einzigen Hexenkessel aus Geschrei, Gekreische und Gestampfe. Der Fußboden vibrierte.

Überall kleine Flammen, als die Sterblichen Streichhölzer und Feuerzeuge entzündeten. Das Geschrei schwoll zu einem gewaltigen Chor an.

»Ich bin kein Feigling«, flüsterte Mael plötzlich, als sei er unfähig, den Mund zu halten. Er griff Khaymans Arm, ließ wieder ab, als würde dessen steinerne Härte ihn abstoßen.

»Ich weiß«, sagte Khayman.

»Hilf mir. Hilf Jessica.«

»Sprich bloß nicht ihren Namen aus. Halte dich fern von ihr, wie ich dir gesagt habe. Schon wieder bist du unterjocht, Druide. Erinnerst du dich? Jetzt ist die Zeit, mit List, nicht mit Mut zu kämpfen. Halte dich in der Herde der Sterblichen auf, ich werde dir helfen, sobald und falls ich kann.«

Er hätte noch so viel sagen mögen! Sag mir, wo Maharet ist?! Aber dafür war es jetzt zu spät. Er wandte sich ab und eilte den Gang entlang, bis er den Vorplatz über einer langen, engen, schmalen Betontreppe erreichte.

Unten, auf der abgedunkelten Bühne, erschienen die sterblichen Musiker, huschten über Kabel und an Lautsprechern vorbei, um ihre Instrumente vom Boden hochzunehmen.

Lestat kam durch den Vorhang geschritten, sein schwarzer Umhang umbauschte ihn, als er sich auf die Bühnenrampe zubewegte. Er stand keine drei Schritte von Jesse entfernt, das Mikrophon in der Hand.

Das Publikum drehte durch. Klatschen, Johlen, Schreien, ein Lärm, wie ihn Khayman noch nie vernommen hatte. Er lachte unwillkürlich über diesen rasenden Stumpfsinn, über diese winzige, lächelnde Gestalt da unten, die das alles zutiefst genoß, die sogar lachte, als Khayman lachte.

Dann ein weißer Blitzstrahl, und die Bühne war in Licht getaucht. Khayman schenkte seine Aufmerksamkeit weniger den kleinen herausgeputzten Figuren als dem riesigen Videoschirm, der hinter ihnen bis zum Dach hinaufreichte. Das Bild Lestats erstrahlte, zehn Meter hoch, vor Khayman. Lestat lächelte. Hob die Arme und schüttelte die gelbe Haarmähne; warf den Kopf zurück und brüllte auf.

Das Publikum sprang wie verzückt auf; das ganze Gebäude bebte; aber das Gebrüll übertönte alles. Die dröhnende Stimme Lestats schluckte jedes andere Geräusch im Auditorium.

Khayman schloß die Augen. Im Herzen des monströsen Schreis von Lestat lauschte er wieder nach dem Geräusch Der Mutter, doch vergebens.

»Meine Königin«, flüsterte er, ließ den Blick suchend schweifen, so hoffnungslos das auch war. Stand sie da draußen auf irgendeinem grünen Hügel, um der Musik ihres Troubadours zu lauschen? Er spürte den leichten, schwülen Wind, und er sah den grauen, sternlosen Himmel, wie die Sterblichen diese Dinge spürten und sahen. Die Lichter von San Francisco, die glitzernden Hügel und leuchtenden Türme, das waren die Signalfeuer der urbanen Nacht, und sie waren plötzlich ebenso schrecklich wie der Mond oder das Forttreiben der Galaxien.

Er schloß die Augen. Er sah sie wieder so, wie sie damals in jener Straße Athens gewesen war, als die Kaschemme mit ihren Kindern abbrannte; ihr zerlumpter Umhang hing lose über ihren Schultern, die Kapuze von ihrem verflochtenen Haar zurückgeworfen. Ah, die wahre Königin des Himmels, wie sie sich einst so gerne genannt hatte. In dem elektrischen Licht erschienen ihre Augen leuchtend und leer, ihr Mund war weich und arglos. Ihr liebliches Gesicht war von unendlicher Schönheit.

Diese Vision führte ihn über Jahrhunderte zu jenem schrecklichen Moment zurück, da er gekommen war, ein sterblicher Mann, um herzklopfend ihren Befehlen zu lauschen. Seine Königin, die jetzt verflucht und dem Mond geweiht war, einen fordernden Dämon in ihrem Blut. Wie erregt war sie doch gewesen, als sie auf dem Lehmboden auf und ab ging; die Wände um sie herum waren mit stummen Wächtern bemalt.

»Die Zwillinge«, sagte sie, »diese üblen Schwestern, sie haben solche Abscheulichkeiten gesagt.«

»Habt Gnade«, flehte er. »Sie führten nichts Böses im Schilde, ich schwöre, daß sie die Wahrheit gesagt haben. Laßt sie wieder ziehen, Hoheit. Die beiden können es jetzt nicht ändern.«

Ach, er war ihnen allen so leidenschaftlich zugetan! Den Zwillingen und seiner geplagten Monarchin.

»Ah, du siehst ein, daß wir ihre empörenden Lügen einer Prüfung unterziehen müssen«, sagte sie. »Du mußt näher kommen, mein ergebener Diener, der du mir immer mit solcher Hingabe gehorcht hast...

»Meine Königin, meine geliebte Königin, was wollen Sie von mir?«

Und mit demselben liebreizenden Gesichtsausdruck hob sie ihre eisigen Hände, um seinen Hals zu berühren, ihn plötzlich mit derartiger Kraft zu umklammern, daß ihm angst und bange wurde. Entsetzt sah er, wie ihr Blick verlöschte, sich ihr Mund öffnete. Er gewahrte zwei winzige Fangzähne, während sie sich mit der gespenstischen Anmut eines Nachtmahr auf die Zehenspitzen stellte. *Nein. Das dürfen Sie mir nicht antun! Meine Königin, ich bin Khayman!*

Er hätte schon viel früher zugrunde gehen sollen, wie so viele Bluttrinker nach ihm. Verschwunden, ohne eine Spur zu hinterlassen, eingegangen in die Erde aller Länder und Nationen, wie die Unzahl der Namenlosen. Aber er war nicht zugrunde gegangen. Und die Zwillinge – wenigstens eine von ihnen hatte ebenfalls überlebt.

Wußte sie das? Wußte sie um diese schrecklichen Träume? Hatte sie sie von den Seelen der anderen empfangen, die von ihnen heimgesucht worden waren? Oder war sie seit ihrer Auferstehung nachts traumlos und ununterbrochen um die Welt geeilt, nur eine einzige Aufgabe im Sinn?

Sie leben, meine Königin, sie leben weiter in einer, wenn nicht zwei Gestalten. *Seid der alten Weissagung eingedenk!* Wenn sie nur seine Stimme hören könnte!

Er öffnete die Augen. Er war wieder eins mit diesem verknöcherten Ding, das sein Körper war. Und die Musik durchdrang ihn mit ihren unbarmherzigen Rhythmen. Sie pochte gegen seine Ohren. Die aufblitzenden Lichter blendeten ihn.

Er drehte sich um und stützte sich mit der Hand gegen die Mauer. Noch nie war er von Tönen derart drangsaliert worden. Er glaubte, das Bewußtsein zu verlieren, aber Lestats Stimme rief ihn zurück.

Khayman spreizte die Finger über seine Augen und blickte zu dem hitzigen Treiben auf der Bühne hinunter. Zu tanzen und zu singen bereitete diesem Teufel offensichtlich Vergnügen. Khayman fühlte sich unwillkürlich gerührt.

Lestats mächtiger Tenor benötigte keine elektrischen Verstärker. Und sogar die Unsterblichen, verteilt unter ihren potentiellen Opfern, ließen sich anstecken und sangen mit. Wohin Khayman auch blickte, Sterbliche wie Unsterbliche zeigten sich gleichermaßen begeistert. Die Körper bewegten sich simultan mit den Körpern auf der Bühne. Stimmen stiegen empor; eine Welle der Bewegung nach der anderen flutete durch den Saal.

Überdimensional erschien Lestats Gesicht auf dem Videoschirm.

Seine blauen Augen waren auf Khayman gerichtet und zwinkerten ihm zu.

»Warum tötet ihr mich nicht! Ihr wisst doch, was ich bin!«

Lestats Gelächter erhob sich über das näselnde Gekreisch der Gitarren.

»Erkennt ihr das Böse nicht, wenn ihr es vor euch seht?«

Welch ein Glaube an das Gute, an Heldentum. Lestat warf seinen Kopf zurück und schrie wieder; er stampfte mit den Füßen auf und brüllte; er blickte zu den Dachsparren, als seien sie das Firmament.

Khayman zwang sich zu gehen; er mußte entkommen. Mühsam bahnte er sich seinen Weg zur Tür, es war ihm, als müsse er in diesem ohrenbetäubenden Lärm ersticken. Sogar sein Gleichgewichtssinn funktionierte nicht mehr richtig. Die dröhnende Musik verfolgte ihn noch durch den Treppenschacht, aber wenigstens war er hier vor den aufblitzenden Scheinwerfern geschützt. Er lehnte sich gegen die Wand, versuchte, sein Sehvermögen zurückzugewinnen. Blutgeruch. Hunger so vieler Bluttrinker im Saal. Und das Pochen der Musik durch das Holz und den Mörtel.

Er ging die Stufen hinunter, unfähig, seine eigenen Schritte auf dem Beton zu hören, und sank schließlich auf einem einsamen Treppenabsatz nieder. Er schlang die Arme um die Knie und neigte seinen Kopf.

Die Musik war wie die Musik von alters, als die Lieder noch Lieder des Körpers waren und die Lieder des Geistes noch ihrer Erfindung harrten.

Er sah sich tanzen; er sah den König – den sterblichen König, den er so geliebt hatte – sich im Kreise drehen und in die Luft springen; er hörte den Schlag der Trommeln; das Geträller der Flöten; der König reichte Khayman Bier. Der Tisch bog sich unter seiner Last aus Früchten, gebratenem Wildbret, dampfenden Brotlaiben. Die Königin saß in ihrem goldenen Sessel, makellos und ruhig, eine sterbliche Frau mit einem winzigen Kegel duftenden Wachses auf ihrer kunstvollen Frisur, der langsam schmolz, um ihre geflochtenen Zöpfe zu parfümieren.

Dann legte ihm jemand den Sarg in die Hand; den winzigen Sarg, der jetzt unter den Festgästen weitergereicht wurde; eine kleine Ermahnung: Iß. Trinke. Denn der Tod erwartet uns alle.

Er hielt ihn fest umklammert; sollte er ihn jetzt dem König weiterreichen?

Er merkte plötzlich, daß der Mund des Königs ganz nahe an seinem Gesicht war. »Tanze, Khayman. Trinke. Morgen machen wir uns gen Norden auf, um die letzten Fleischesser niederzumetzeln.« Der König nahm den Sarg und würdigte ihn keines Blickes; er ließ ihn in die Hand der Königin gleiten, und die, ohne auch nur hinunterzublicken, reichte ihn weiter.

Die letzten Fleischesser. Wie einfach war ihm das alles vorgekommen; wie gut und richtig. Bis er die Zwillinge vor dem Altar hatte niederknien sehen.

Lestats Stimme ging in einem großen Trommelwirbel unter.

Sterbliche liefen an Khayman vorbei, bemerkten kaum, wie er da so zusammengekauert saß; ein vorbeieilender Bluttrinker beachtete ihn nicht im geringsten.

Wieder erhob sich Lestats Stimme, als er von den Kindern der Finsternis sang, die in Angst und Aberglauben unter einem Friedhof namens *Les Innocents* verborgen waren.

Ins Licht
Sind wir getreten
Meine Brüder und Schwestern!

TÖTET UNS,
Meine Brüder und Schwestern!

Mühselig erhob sich Khayman. Er wankte, aber er ging weiter treppab, bis er die Vorhalle erreicht hatte, in die der Lärm etwas gedämpfter drang und wo er sich gegenüber den Saaltüren in einem kühlen Luftzug ausruhte.

Ganz allmählich beruhigte er sich wieder, da bemerkte er zwei sterbliche Männer, die ihn unverwandt angafften, als er so gegen die Wand gelehnt stand, die Hände in den Hosentaschen, den Kopf gesenkt.

Er sah sich plötzlich, wie sie ihn sahen. Ohne ein gewisses Siegesgefühl unterdrücken zu können, spürte er ihre zitternde Besorgnis. Männer, die um seinesgleichen wußten, Männer, die einem Augenblick wie diesem ihr Leben geweiht, ihn aber aus Furchtsamkeit nie ernstlich herbeigehofft hatten.

Langsam blickte er auf. Sie standen halbversteckt gut sechs Meter von ihm entfernt – korrekte britische Gentlemen. Ihre zerknitterten Gesichter deuteten auf fortgeschrittenes Alter hin, und ihre tadellose Kleidung – graue Mäntel, gestärkte Kragen, Seidenkrawatten – unterstrich nur noch, daß sie hier völlig deplaziert waren. Unter diesen herumeilenden, schwatzenden und lärmenden Jugendlichen erschienen sie wie Forschungsreisende aus einer anderen Welt.

Und sie starrten ihn mit solch geziemender Zurückhaltung an, als seien sie zu höflich, um Angst zu haben. Ältere Mitglieder des Ordens der Talamasca, die nach Jessica Ausschau hielten.

Kennen Sie uns? Ja, natürlich. Es geschieht Ihnen nichts. Keine Sorge.

Seine stummen Worte ließen den einen der beiden, er hieß David Talbot, aufmerken. Der Atem des Mannes ging plötzlich schneller, und auf seiner Stirn und auf seiner Oberlippe bildeten sich Schweißperlen. Seine Gelassenheit blieb bewundernswert. David Talbot senkte die Augen, als hätte er überhaupt nichts bemerkt oder gesehen.

Wie kurz erschien doch plötzlich die menschliche Lebensspanne; man mußte sich doch nur diesen gebrechlichen Mann ansehen, dessen Erziehung und Kultiviertheit nur dazu geführt hatten, ihn größerer Gefahr auszusetzen. Sollte Khayman ihnen verraten, wo sich Jesse aufhielt? Sollte er sich einmischen? Letztlich war es egal.

Er spürte jetzt, daß sie aus lauter Angst weder zu bleiben noch fortzugehen wagten, daß sein Blick sie beinahe hypnotisiert hatte. In gewisser Hinsicht rührten sie sich nur aus Respekt nicht von der Stelle, starrten ihn weiterhin an.

Geht nicht zu ihr. Ihr wäret Narren, wenn ihr es versuchtet. Sie hat jetzt solche wie mich, die sich um sie kümmern. Ihr geht jetzt am besten. An eurer Stelle würde ich nicht länger zögern.

Nun, wie würde sich all das in den Archiven der Talamasca lesen? *Benjamin, der Teufel. Der bin ich. Kennt ihr mich nicht?*

Er schmunzelte über sich selbst. Er ließ den Kopf sinken, starrte den Boden an. Er war sich seiner Eitelkeit bislang nie so sehr bewußt gewesen. Und plötzlich war es ihm egal, was ihnen das alles bedeutete.

Gleichgültig dachte er an die alten Zeiten in Frankreich, wo ihm wißbegierige Leute als Spielball gedient hatten. »Gewähren Sie uns ein Gespräch!« hatten sie gefleht. Verstaubte Scholaren mit blassen, ständig rotgeränderten Augen und abgewetzter Samtkleidung, ganz anders als diese beiden Gentlemen, für die das Okkulte nicht eine philosophische, sondern eine wissenschaftliche Herausforderung war. Die Hoffnungslosigkeit jener Zeit erschreckte ihn plötzlich, auch wenn die Hoffnungslosigkeit der Gegenwart nicht weniger erschreckend war.

Geht fort.

Ohne aufzuschauen, sah er, daß David Talbot nickte. Höflich zogen er und sein Gefährte sich zurück. Noch einmal kurz über die Schultern blickend, durcheilten sie die Vorhalle und begaben sich ins Konzert.

Khayman war wieder allein mit den Rhythmen der Musik, die durch die Türen drangen, und er fragte sich, warum er überhaupt gekommen war, was er eigentlich wollte. Er wünschte, wieder vergessen zu können; er wünschte, daß er in einer schönen Gegend sei, wo der Wind warm ging und wo Sterbliche lebten, die nicht wußten, was er war, und wo elektrische Lichter unter blassen Wolken blinkten, und wo er die endlosen Straßen bis zum Morgengrauen durchstreifen konnte.

JESSE

»Laß mich in Ruhe, du Scheißkerl!« Jesse trat dem Mann gewaltig auf die Zehen, der seinen Arm um sie geschlungen und sie vom Bühnenrand entfernt hatte. »Du Dreckskerl!« Voll mit seinem schmerzenden Fuß beschäftigt, konnte der Mann sich nur halbherzig ihrer Faustschläge erwehren. Er stolperte und ging nieder.

Schon fünfmal hatte man sie von der Rampe gezerrt. Aber wie ein glitschiger Fisch schlüpfte sie immer wieder an ihren alten Platz.

Im blitzenden Scheinwerferlicht sah sie Lestat ein ums andere Mal hoch in die Luft springen und ohne spürbares Geräusch auf den Brettern landen, wobei seine Stimme ohne Hilfe eines Mikrofons bis in die hintersten Reihen des Auditoriums drang und die Gitarrenspieler ihn wie Kobolde umtanzten.

Das Blut rann ihm in kleinen Bächen über das weiße Gesicht, wie von der Dornenkrone des Gekreuzigten, und sein langes blondes Haar wehte, wenn er sich im Kreise drehte. Er riß sich die schwarze Krawatte vom Hals, riß sein Hemd auf. Seine kristallblauen Augen waren glasig und blutdurchtränkt, als er seine belanglosen Verse ins Publikum schrie.

Jesse hatte wieder Herzklopfen, als sie sah, wie er mit den Hüften wippte, wie die enganliegenden schwarzen Hosen die kräftigen Muskeln seiner Schenkel verrieten. Wieder sprang er hoch, als würde er sich ohne jegliche Anstrengung bis zur Decke des Saals erheben.

Sie putzte sich die Nase; sie weinte schon wieder. Aber ihn berühren, verdammt, das mußte sie einfach! Benommen sah sie ihm zu, wie er seinen Song beendete, mit dem Fuß zu den letzten drei Akkorden aufstampfte, während die Musiker mit Schleuderhaar vor- und zurücktanzten.

Gott, wie sehr verstand er das doch zu genießen! Er täuschte rein nichts vor. Er badete in der Bewunderung, die ihm entgegenschwappte. Er sog sie auf wie Blut.

Und nun, da er einen neuen irren Song anstimmte, riß er sich seinen schwarzen Samtmantel von den Schultern und warf ihn ins Publikum. Die Menge schrie auf, geriet in Bewegung. Jesse spürte ein Knie in ihrem Rücken, einen kickenden Stiefel an ihrem Absatz, aber das war ihre Chance, als die Aufseher von der Bühne sprangen, um dem Tumult Einhalt zu gebieten.

Mit beiden Händen stützte sie sich auf die Bretter, sprang hoch und rollte sich über ihren Bauch auf die Füße. Sie rannte dem tanzenden Sänger entgegen, dessen Augen plötzlich in die ihren blickten.

»Ja, du! Du!« rief sie. In ihren Augenwinkeln sah sie, wie sich ein Aufseher näherte. Mit ganzer Macht warf sie sich an Lestat. Sie schloß ihre Augen und schlang die Arme um seine Hüfte. Ein Kälteschock durchfuhr sie, als sie seine Brust an ihrem Gesicht spürte, dann schmeckte sie Blut auf ihren Lippen!

»O Gott, wirklich!« flüsterte sie. Ihr Herz drohte zu zerbersten, aber sie ließ nicht los. Ja, wie Maels Haut, genauso, und wie Maharets

Haut, genauso, und wie die aller anderen. Ja, genauso! Wirklich, nicht menschlich. Ewig. Und all das hielt sie in ihren Armen, und sie wußte es, und jetzt würden sie sie nicht mehr zurückhalten können!

Ihre linke Hand fuhr hoch, griff einen Büschel seines Haares, und als sie die Augen öffnete, sah sie, wie er auf sie hinablächelte, sah seine porenlose, weißleuchtende Haut und die kleinen Fangzähne.

»Du Teufel!« flüsterte sie. Sie lachte und schrie wie eine Verrückte.

»Ich liebe dich, Jessica«, flüsterte er schief lächelnd zurück, und sein nasses blondes Haar fiel ihm in die Augen.

Er legte die Arme um sie, hob sie hoch und drehte sie im Kreis. Die kreischenden Musiker verschwammen vor ihren Augen; das Scheinwerferlicht verwandelte sich in weiße und rote Streifen. Sie stöhnte, aber blickte ihm weiter unverwandt in die Augen. Verzweifelt klammerte sie sich an ihn, da sie fürchtete, er würde sie hoch in die Luft und ins Publikum schleudern. Und dann, als er sie absetzte und seinen Kopf neigte, als sein Haar ihre Wange berührte, spürte sie, wie sich sein Mund dem ihren näherte.

Die hämmernde Musik verlosch, als hätte man sie ins Meer getaucht. Sie fühlte seinen Atem, sein Stöhnen, seine weichen Finger, die über ihren Nacken strichen. Ihre Brüste waren gegen seinen Herzschlag gepreßt, und sie vernahm eine Stimme, eine Stimme wie aus längst vergangenen Zeiten, eine Stimme, die ihr vertraut war, eine Stimme, die ihre Fragen verstand und die richtigen Antworten wußte.

Das Böse, Jesse. Wie du es seit jeher gekannt hast.

Hände stießen in ihren Rücken. Menschenhände. Sie wurde von ihm getrennt. Sie schrie auf.

Bestürzt starrte er sie an. Tief, sehr tief, suchte er nach etwas in seinen Träumen, an das er sich nur noch schwach erinnerte. Die Beerdigungszeremonie; die rothaarigen Zwillinge, die zu beiden Seiten des Altars knieten. Alles vorbei aber schon nach dem Bruchteil einer Sekunde; er war verwirrt. »Schöne Jesse«, sagte er und hob die Hand, als wolle er ihr zum Abschied winken. Sie trugen sie von der Bühne.

Sie lachte, als sie sie auf die Füße setzten.

Ihr weißes Hemd war blutverschmiert. Ihre Hände ebenfalls – blasse Streifen salzigen Blutes. Sie ahnte, daß sie wußte, wie es schmeckt. Sie warf ihren Kopf zurück und lachte; und es war seltsam, es nicht hören, sondern nur spüren zu können, zu wissen, daß sie gleichzeitig weinte und lachte. Der Aufseher beschimpfte und bedrohte sie. Aber das war egal.

Das Publikum hatte sie wieder. Stoßend und schubsend trieb es sie aus seiner Mitte. Ein schwerer Schuh trat ihr heftig auf den rechten Fuß. Sie strauchelte, drehte sich um und ließ sich unsanft dem Ausgang entgegenschieben.

Das machte jetzt nichts. *Sie wußte.* Sie wußte alles. Ihr Kopf schwirrte. Und noch nie hatte sie eine solche wundersame Hingabe erlebt. Noch nie hatte sie sich so erleichtert gefühlt.

Die verrückte, mißtönende Musik ging weiter; Gesichter zuckten auf und verschwanden in einer Brandung farbigen Lichts. Sie roch das Marihuana, das Bier. Durst. Ja, etwas Kaltes trinken. Etwas Kaltes. So durstig. Wieder hob sie die Hand und leckte das salzige Blut ab. Ihr Körper bebte, zitterte wie kurz vorm Einschlafen; ein sanftes, köstliches Schaudern, das die Träume ankündigte. Sie führte die Zunge wieder über das Blut und schloß die Augen.

Plötzlich merkte sie, daß sie nicht mehr im Saal war. Niemand schubste sie mehr. Sie hatte die Rampe erreicht, die in den Vorraum überging. Das Publikum war hinter und über ihr. Und sie konnte sich hier ausruhen.

Sie ließ ihre Hand über die schmierige Wand streichen und stieg über das Chaos leerer Pappbecher. Der Blutgeschmack lag ihr noch auf der Zunge. Sie war wieder nahe daran zu weinen, was ja völlig in Ordnung war. Im Moment gab es weder Vergangenheit noch Gegenwart, noch irgendeine Notwendigkeit, und die ganze Welt hatte sich verändert. Es kam ihr vor, als würde sie dahingleiten, mitten in einem Zustand vollkommenen Friedens. Ach, wenn sie nur David von diesen Dingen erzählen könnte, von diesem großen und überwältigenden Geheimnis.

Jemand berührte sie. Jemand, der ihr feindlich gesonnen war. Widerstrebend drehte sie sich um und sah eine ungeschlachte Gestalt neben ihr. *Was?*

Knochige Gliedmaßen, schwarzes, zurückgekämmtes Haar, der häßliche Mund rot geschminkt, aber die Haut, die gleiche Haut. Und die Fangzähne. Kein Mensch. Einer von ihnen!

Talamasca?

Instinktiv hob sie die Arme, kreuzte sie über der Brust, umklammerte die Schultern.

Talamasca?

Sie wollte zurückweichen, aber seine Hand hielt sie fest, die Finger krallten sich in ihr Genick. Sie versuchte zu schreien, als er sie hochhob.

Dann flog sie durch die Halle, und sie schrie, bis ihr Kopf gegen die Wand prallte.

Schwärze. Sie sah den Schmerz. Er blitzte gelb und weiß auf, als er durch ihr Rückgrat fuhr und sich dann millionenfach in ihren Gliedern verzweigte. Ein neuerlicher Schmerz durchfuhr ihr Gesicht und ihre offenen Handflächen, als sie zu Boden fiel und dann auf den Rücken rollte.

Sie konnte nichts sehen. Vielleicht waren ihre Augen geschlossen, aber wenn das der Fall war, vermochte sie sie komischerweise nicht zu öffnen. Sie hörte Stimmen, Leute, die durcheinanderriefen. Das Trillern einer Pfeife, oder war es ein Glockenschlag? Ein donnerndes Geräusch, aber das war das Publikum, das da drinnen Beifall klatschte. Leute diskutierten.

Jemand ganz in ihrer Nähe sagte: »Rührt sie nicht an. Ihr Genick ist gebrochen!« Gebrochen? Konnte man denn mit gebrochenem Genick leben?

Jemand legte die Hand auf ihre Stirn. Aber sie nahm es nicht einmal als ein leises Prickeln wahr; als sei sie sehr kalt, als würde sie im Schnee gehen, als sei ihr der Gefühlssinn entwichen. *Kann nicht sehen.*

»Hör zu, Liebling.« Die Stimme eines jungen Mannes. Eine jener Stimmen, die man in Boston oder New Orleans oder New York City hören konnte. Feuerwehrmann, Polizist, barmherziger Samariter. »Wir kümmern uns um dich, Liebling. Der Krankenwagen ist schon unterwegs. Nun bleib schön ruhig liegen, Liebling, und mach dir mal keine Sorgen.«

Jemand berührte ihre Brust. Nein, nahm die Papiere aus ihrer Tasche. Jessica Miriam Reeves. Ja.

Sie stand neben Maharet, und sie sahen sich den riesigen Stammbaum mit all den kleinen Lichtern an. Und sie verstand. Jesse, die das

Kind der Miriam war, die das Kind der Alice war, die das Kind der Carlotta war, die das Kind der Jeanne Marie war, die das Kind der Anne war, die das Kind der Janet Belle war, die das Kind der Elizabeth war, die das Kind der Louise war, die das Kind der Frances war, die das Kind der Frieda war, die das Kind der –

»Wenn Sie bitte gestatten, wir sind ihre Freunde –«

David.

Sie hoben sie hoch; sie hörte, wie sie schrie, aber sie hatte nicht absichtlich schreien wollen. Wieder sah sie den riesigen Stammbaum mit all den Namen. »Frieda, Kind der Dagmar, Kind der...«

»Sachte jetzt, sachte! Verdammt noch mal!«

Andere Luft, kalt und feucht; sie fühlte eine Brise über ihr Gesicht streichen, dann spürte sie nichts mehr in ihren Händen und Füßen. Sie spürte ihre Augenlider, konnte sie aber nicht bewegen.

Maharet sprach zu ihr. »... kam aus Palästina, um sich nach Mesopotamien und über Kleinasien nach Rußland und dann nach Osteuropa zu begeben. Verstehst du?«

Dies war entweder ein Leichen- oder ein Krankenwagen, und für den letzteren bewegte er sich allzu leise fort, und die Sirene ertönte aus zu weiter Ferne. Was war mit David los? Er hätte sie nicht im Stich gelassen, es sei denn, sie war tot. Aber hätte David überhaupt dasein können? Er hatte ihr gesagt, daß er um keinen Preis kommen würde. David war nicht da. Sie mußte es sich eingebildet haben. Und seltsamerweise war Miriam auch nicht da. »Heilige Maria, Mutter Gottes... jetzt in unserer letzten Stunde...«

Sie horchte: sie rasten durch die Stadt; sie spürte, wie sie um die Ecke bogen; aber wo war ihr Körper? Sie konnte ihn nicht spüren. Genickbruch. Das bedeutete unzweifelhaft, daß man tot war.

Was war das, das Licht, das sie durch den Dschungel sehen konnte? Ein Fluß? Es war zu breit, um ein Fluß sein zu können. Wie sollte man ihn überqueren? Aber es war nicht Jesse, die durch den Dschungel und jetzt an dem Flußufer entlangging. Es war jemand anderes. Doch sie konnte die Hände vor sich sehen, als seien es ihre eigenen, die die Lianen und schlaffen Blätter zur Seite schoben. Sie konnte rotes Haar sehen, rotes, langes Lockenhaar, in das sich Blätter und Erdklümpchen verknäult hatten...

»Kannst du mich hören, Liebling? Du bist in unserer Obhut. Wir kümmern uns um dich. Deine Freunde sind in dem Wagen hinter uns. Nun mach dir mal keine Sorgen.«

Er sagte noch mehr. Aber sie hatte den Faden verloren. Sie konnte ihn nicht hören, nur den Tonfall, den Tonfall liebevoller Fürsorge. Warum tat sie ihm so leid? Er kannte sie nicht einmal. Wußte er, daß das nicht ihr Blut auf ihrem Hemd war? Ihren Händen? *Schuldig.* Lestat hatte ihr zu erzählen versucht, daß es schlecht sei, aber das war ihr so unwichtig gewesen. Nicht daß ihr das Gute und Rechte gleichgültig gewesen wäre; aber in diesem Moment hatte etwas anderes mehr Gewicht. *Wissen.* Und er hatte auf sie eingeredet, als würde sie etwas im Schilde führen, und sie hatte rein nichts im Schilde geführt.

Darum war es wohl ganz in Ordnung zu sterben. Wenn Maharet sie nur verstehen würde. Und der Gedanke, daß David bei ihr war, im Wagen hinter ihnen. David kannte wenigstens einen Teil der Geschichte, und sie würden eine Akte über sie anlegen: Reeves, Jessica. Zusätzliches Beweismaterial. »Ein uns ergebenes Mitglied, zweifellos Opfer einer... äußerst gefährlich... darf unter keinen Umständen versuchen, gewisser Dinge ansichtig...«

Sie hoben sie wieder hoch. Wieder kalte Luft, dann Äthergeruch. Sie wußte, daß jenseits dieser Starre und Dunkelheit fürchterliche Schmerzen lauerten und es am besten war, stillzuliegen. *Sollen sie dich doch tragen; sollen sie dich doch auf der rollbaren Krankenbahre den Gang entlangschieben.*

Jemand rief. Ein kleines Mädchen.

»Kannst du mich hören, Jessica? Ich möchte dich wissen lassen, daß du im Krankenhaus bist und daß wir alles in unserer Macht Stehende für dich tun. Deine Freunde sind draußen. David Talbot und Aaron Lightner. Wir haben ihnen gesagt, daß du ganz ruhig liegen mußt...«

Natürlich. Wenn man ein gebrochenes Genick hat, ist man entweder tot, oder man stirbt, sobald man sich rührt. Vor Jahren hatte sie einmal in einem Krankenhaus ein junges Mädchen mit gebrochenem Genick gesehen. Jetzt erinnerte sie sich. Und das Mädchen war an ein riesiges Aluminiumgestell gefesselt worden. Würde es ihr jetzt ebenso ergehen?

Er sprach wieder, aber diesmal war er weiter fort. Sie ging ein wenig schneller durch den Dschungel, um näher heranzukommen, um über den Fluß hinweg zu hören.

Er sagte: »... Natürlich können wir das alles machen, wir können diese Untersuchungen durchführen, natürlich, aber Sie müssen verstehen, was ich sage, die Situation ist hoffnungslos. Die hintere Schädeldecke ist vollständig zertrümmert. Man kann das Gehirn sehen. Und die Gehirnverletzungen sind enorm. In ein paar Stunden wird das Gehirn anschwellen, falls wir noch ein paar Stunden haben...«

Dreckskerl, du hast mich getötet. Du hast mich gegen die Wand geworfen. Wenn ich nur irgend etwas bewegen könnte – meine Augenlider, meine Lippen. Aber ich bin hier drinnen gefangen. Ich habe zwar keinen Körper mehr, dennoch bin ich hier drinnen gefangen! Als ich noch klein war, habe ich mir den Tod so vorgestellt. Im Grab würdest du in deinem Kopf gefangen sein, ohne Augen zum Sehen und ohne Mund zum Schreien. Und Jahre über Jahre würden vergehen.

Oder man durchstreift das Reich der Schatten mit den blassen Geistern, denkt, man sei am Leben, wenn man in Wirklichkeit tot ist. *Lieber Gott, ich muß wissen, wenn ich tot bin.*

Ihre Lippen. Der Anflug einer Wahrnehmung. Etwas Feuchtes, Warmes. Etwas, das ihre Lippen teilte. Aber es war doch niemand da, oder? Sie waren draußen im Gang, und das Zimmer war leer. Sie hätte es gewußt, wenn jemand hier war. Doch jetzt spürte sie es, die warme Flüssigkeit, die sich in ihren Mund ergoß.

Was ist das? Was flößt du mir ein? Ich möchte nicht untergehen.
Schlaf, meine Geliebte.
Ich möchte nicht. Ich möchte es fühlen, wenn ich sterbe. Ich möchte es wissen!

Aber die Flüssigkeit füllte ihren Mund, und sie schluckte. Ihre Halsmuskeln waren lebendig. Köstlicher, salziger Geschmack. Sie kannte diesen Geschmack! Sie kannte dieses liebliche, kribbelnde Gefühl. Sie saugte begierig. Sie spürte, wie sich ihre Gesichtshaut wieder mit Leben füllte, und die Luft geriet in Bewegung. Sie fühlte, wie eine Brise durch das Zimmer strich. Eine angenehme Wärme durchzog ihr Rückgrat, durchzog ihre Beine und Arme, nahm den genau gleichen Weg wie vorhin der Schmerz, und all ihre Glieder kamen zurück.

Schlafe, Geliebte.

Ihr Hinterkopf prickelte, und das Prickeln drang bis in ihre Haarwurzeln.

Ihre Knie waren zerquetscht, aber die Beine waren unverletzt, und sie würde wieder gehen können, und sie konnte das Bettuch unter ihrer Hand fühlen. Sie wollte den Arm heben, aber dazu war es zu früh, zu früh, sich zu bewegen.

Außerdem wurde sie hochgehoben, getragen.

Und es war am besten, jetzt zu schlafen. Wenn das der Tod war... nun, dann war's gut so. Sie konnte die Stimmen kaum hören, die Männer, die stritten, einander drohten, es kümmerte sie jetzt nicht. Ihr war, als würde ihr David etwas zurufen. Aber was wollte David von ihr? Daß sie starb? Der Arzt drohte, die Polizei zu rufen. Die Polizei würde jetzt überhaupt nichts tun können. Das war schon fast komisch. Immer weiter gingen sie die Treppe hinunter. Schöne kalte Luft. Die Verkehrsgeräusche wurden lauter, ein Bus toste vorbei. Sie hatte diese Geräusche früher nie gemocht, aber jetzt waren sie wie der Wind selbst, so rein. Sie wurde wieder sanft geschaukelt, wie in einer Wiege, dann spürte sie, wie der Wagen mit einem plötzlichen Ruck anfuhr, und schließlich war da die geräuschlos federnde Fahrt. Miriam war da, und Miriam wollte, daß Jesse sie ansah, aber Jesse war jetzt zu müde.

»Ich möchte nicht gehen, Mutter.«

»Aber Jesse. Bitte. Es ist nicht zu spät. Du kannst noch immer kommen!« Wie Davids Ruf. »Jessica.«

DANIEL

Der Abend war etwa zur Hälfte vorbei, als Daniel begriff. Während des ganzen Konzertes würden die weißgesichtigen Brüder und Schwestern einander umkreisen, einander beäugen, einander bedrohen, aber niemand würde etwas unternehmen. Die Regel war unumstößlich: keine Spuren ihrer Existenz hinterlassen – keine Opfer, kein einziges Molekül ihres vampirischen Zellgewebes.

Niemand außer Lestat sollte getötet werden, und das hatte mit größter Vorsicht vonstatten zu gehen. Wenn irgend möglich, sollte kein Sterblicher die Sensen sehen. Schnappt den Mistkerl, wenn er sich davonmachen will, so lautete der Plan; zerstückelt ihn nur vor Eingeweihten. Es sei denn, er leistet Widerstand, dann muß er im Angesicht seiner Fans sterben, und der Körper muß restlos vernichtet werden.

Daniel lachte und lachte. Allein schon der Gedanke, daß Lestat so etwas zulassen würde. Daniel lachte in ihre boshaften Gesichter. Farblos wie Orchideen waren diese verwerflichen Seelen, die ihre kochende Wut, ihren Neid, ihren Geifer in den Saal ergossen. Man hätte denken können, daß sie Lestat schon allein wegen seiner strahlenden Schönheit haßten.

Daniel hatte sich schließlich von Armand abgesetzt. Warum auch nicht? Niemand konnte ihm etwas anhaben, nicht einmal die leuchtende Steinfigur, die er im Halbdunkel erblickt hatte und die so alt war, daß sie wie der legendäre Golem aussah. Was für ein gespenstisches Ding war das doch, dieser Steinerne, der da auf die verletzte sterbliche Frau niedersah, die mit gebrochenem Genick dalag und mit ihrem roten Haar wie einer der Zwillinge in dem Traum aussah. Und vermutlich hatte ihr das irgendein dummer Sterblicher angetan, einfach ihr Genick gebrochen. Und der blonde Vampir in der Wildledergewandung, der da plötzlich in der Szene auftauchte, war auch ein eindrucksvoller Anblick gewesen mit seinen knochenharten Adern, die auf seinem Hals und seinem Handrücken hervortraten, während er sich zu dem armen Opfer hinunterbeugte. Als die Männer die rothaarige Frau forttrugen, sah ihnen Armand mit höchst befremdlichem Mienenspiel zu, so als sollte er irgendwie einschreiten; vielleicht hatte ihn aber auch nur dieser Golem argwöhnisch gemacht. Schließlich hatte er Daniel wieder zurück ins Publikum getrieben. Aber es gab nichts zu fürchten. In dieser Stätte, dieser Kathedrale aus Klang und Licht, genossen *sie* Schonzeit.

Und Lestat war Christus am Kreuz der Kathedrale. »Bin ich nicht der Satan in euch allen?!« schrie er, wobei er sich nicht an die Nachtmonster im Publikum wandte, sondern an die Sterblichen, die ihn anbeteten.

Und sogar Daniel sprang in die Luft, als er in das zustimmende Gebrüll einfiel, obwohl die Worte letztlich nichts bedeuteten. Lestat verfluchte den Himmel im Namen aller, die jemals Verstoßene gewesen waren, denen jemals Gewalt angetan worden war.

Während solcher Höhepunkte hatte Daniel die dumpfe Ahnung, daß ihm am Ende dieser großen Messe selbst Unsterblichkeit zuteil werden sollte. Lestat war Gott; jedenfalls hatte er nie etwas kennengelernt, das Gott näherkam. Der Gigant auf dem Videoschirm erteilte all dem seinen Segen, was sich Daniel jemals erwünscht hatte.

Wie konnten die anderen da widerstehen? Freilich war das Ungestüm ihres künftigen Opfers nur um so aufreizender. Die Botschaft hinter Lestats Songtexten war einfach: Lestat besaß die Gabe, die ihnen allen versprochen worden war; Lestat war nicht umzubringen. In sein Gefolge zu treten, bedeutete ewiges Leben: Dies ist mein Leib. Dies ist mein Blut.

Doch die Vampirbrüder und -schwestern kochten allmählich vor Wut. Als sich das Konzert seinem Ende näherte, spürte es Daniel ganz genau: eine Art Geruch stieg aus der Menge auf, ein Zischen breitete sich unter dem Geklimper der Musik aus.

Tötet den Gott. Reißt ihm Glied um Glied aus. Laßt die sterblichen Anbeter das tun, was sie immer getan haben – denjenigen beweinen, dem es bestimmt war zu sterben. »Geht, die Messe ist aus.«

Die Lichter im Saal gingen an. Die Fans stürmten die Bühne und setzten den fliehenden Musikern nach.

Armand griff nach Daniels Arm. »Durch die Seitentür raus«, sagte er. »Unsere einzige Chance ist, schnell zu ihm zu kommen.«

KHAYMAN

Genau, was er erwartet hatte. Lestat war durch die Hintertür gekommen und zusammen mit Louis dem schwarzen Porsche entgegengeeilt, als die Mörder ihn einzukreisen trachteten. Aber der erste, der seine Sense hob, ging sofort in Flammen auf. Die Menge geriet in Panik, entsetzte Fans stürmten in alle Richtungen davon. Dann fing ein anderer unsterblicher Mörder plötzlich Feuer. Und dann wieder einer.

Khayman suchte Schutz bei der Mauer, während die Menschen an ihm vorbeirasten. Er sah eine große elegante Bluttrinkerin, die sich unbemerkt ihren Weg durch den Mob bahnte und hinter das Steuerrad von Lestats Wagen schlüpfte, wobei sie Louis und Lestat zum Einsteigen aufforderte. Es war Gabrielle, die Mutter des Unholds. Und natürlich konnte ihr das tödliche Feuer nichts anhaben. Nicht die Spur von Angst malte sich in ihren kalten blauen Augen, als sie mit flinken, entschlossenen Griffen das Fahrzeug startklar machte.

Vor Zorn rasend, drehte sich Lestat unterdessen ständig im Kreise. Wutschnaubend, seiner Schlacht beraubt, stieg er schließlich in das Auto, aber nur weil die anderen ihn dazu zwangen.

Während der Porsche rücksichtslos durch die auseinanderstiebenden Fans pflügte, gingen überall Bluttrinker in Flammen auf. In einem schrecklichen stummen Chor erhoben sich ihre Schreie, ihre verzweifelten Flüche, ihre letzten Fragen.

Khayman bedeckte sein Gesicht. Der Porsche war bereits halbwegs durch das Gattertor, ehe die Menge ihn zum Anhalten zwang. Sirenen heulten auf, Befehle ertönten, Kinder waren gestürzt, hatten sich Arme und Beine gebrochen. Verwirrung, unsägliches Elend unter den Sterblichen.

Du mußt zu Armand, dachte Khayman. Aber wozu? Wohin er auch blickte, sah er sie brennen, orangefarben und blau züngelten die Flammen, ehe sie vor Hitze weiß wurden und die verkohlten Kleider aufs Pflaster sanken. Wie konnte er zwischen das Feuer und Armand gelangen? Wie konnte er Daniel retten?

Er blickte zu den fernen Hügeln, sah eine winzige Gestalt, die sich leuchtend gegen den dunklen Himmel abhob, unbemerkt von all denen, die um ihn herum die Flucht ergriffen und um Hilfe riefen.

Plötzlich spürte er die Hitze, wie damals in Athen. Er merkte, wie sie über sein Gesicht strich, wie seine Augen zu tränen anfingen. Und dann entschloß er sich aus unerfindlichen Gründen, dem Feuer nicht Einhalt zu gebieten, sondern herauszufinden, was es ihm anzutun vermochte. Er rührte sich nicht; der Schweiß tropfte an ihm herunter. Das Feuer umringte, umarmte ihn. Und dann bewegte es sich fort von ihm, ließ ihn in Ruhe. Er verrichtete ein stummes Gebet: *Mögen die Zwillinge dich vernichten.*

DANIEL

»Feuer!« Kaum hatte Daniel den scharfen Brandgeruch wahrgenommen, als er schon überall in der Menge Flammen aufzüngeln sah. Welchen Schutz bot ihm der Menschenhaufen jetzt? Die Feuer glichen kleinen Explosionen, während verzweifelte Teenager das Weite suchten, völlig sinnlos im Kreis herumrannten, hilflos gegeneinanderstießen.

Das Geräusch. Daniel hörte es wieder. Es war über ihnen. Armand zog ihn gegen das Gebäude. Es war hoffnungslos. Der Weg zu Lestat war ihnen versperrt. Und sie hatten keine Deckung. Armand zog sich wieder in den Saal zurück, zerrte Daniel hinter sich her. Zwei verängstigte Vampire rannten am Eingang vorbei, explodierten in kleine Feuersbrünste.

Entsetzt sah Daniel zu, wie die Skelette zu glühen anfingen, während sie in den blaßgelben Flammen schmolzen. In dem menschenleeren Auditorium hinter ihnen ging eine fliehende Gestalt plötzlich ebenso in Flammen auf. Sich drehend und windend zuckte sie, brach dann auf dem Zementfußboden zusammen, Rauch erhob sich aus ihrer leeren Kleidung. Eine Schmalzpfütze bildete sich auf dem Zement und vertrocknete, noch während Daniel hinsah.

Sie rannten wieder hinaus, diesmal in Richtung der weitentfernten vorderen Gatter.

Und plötzlich liefen sie so schnell, daß sich Daniels Füße vom Boden erhoben hatten. Die Welt war nur noch ein verschmierter Farbstreifen. Selbst die erbarmungswürdigen Schreie der Fans waren in die Länge gezogen und abgedämpft. Ruckartig blieben sie am Gatter stehen, gerade als Lestats schwarzer Porsche an ihnen vorbei vom Parkplatz und auf die Straße raste. Mit der Geschwindigkeit einer Patronenkugel schoß er dem Freeway im Süden entgegen.

Armand unternahm keinerlei Versuche, dem Wagen zu folgen; er schien ihn nicht einmal gesehen zu haben. Er stand beim Türpfosten und hielt den Blick auf den fernen Horizont gerichtet. Das unheimliche telepathische Geräusch war jetzt ohrenbetäubend. Es verschluckte jedes andere Geräusch der Welt; es verschluckte jede Wahrnehmung.

Unwillkürlich hielt sich Daniel die Ohren zu. Er spürte, wie Armand näher kam. Aber er konnte nicht mehr sehen. Er wußte, wenn es geschah, dann jetzt, doch noch immer verspürte er keinerlei Angst; noch immer konnte er nicht an seinen eigenen Tod glauben; er war wie gelähmt.

Langsam verflüchtigte sich das Geräusch. Allmählich gewann er seine Sehkraft wieder. Schemenhaft erblickte er, wie sich ein rotes Feuerwehrauto näherte; die Feuerwehrleute riefen ihm zu, Platz zu machen. Die Sirene tönte wie aus einer anderen Welt, eine unsichtbare Nadel, die sich ihm in die Schläfen bohrte.

Armand schob ihn sanft zur Seite. Verschreckte Leute tosten vorbei, wie von einem Sturmwind getrieben. Er sank zu Boden, aber Armand fing ihn auf. Sie gingen weiter, mengten sich in das wärmende Gewühl der gaffenden Sterblichen.

Noch immer flohen die Leute zu Hunderten. Ihre Schreie gingen in dem Sirengeheul unter. Ein dröhnendes Feuerwehrauto nach dem anderen kam an. Aber dieser Lärm war dünn und fern, noch immer abgeschwächt durch das weichende, übernatürliche Geräusch. Armand hielt sich am Zaun fest, seine Augen waren geschlossen, die Stirn hatte er gegen den Maschendraht gepreßt. Der Zaun erbebte, als könne nur er allein noch das hören, was sie hörten.

Dann war das Geräusch entschwunden.

Eine eisige Stille sank hernieder. Die Stille des Schreckens, der Leere. Obwohl das Inferno weiter toste; es kümmerte sie nicht.

Sie waren allein, die Sterblichen irrten umher, gingen fort. Und durch die Luft schwebten jene nachklingenden, übernatürlichen Schreie, die wie brennendes Lametta klangen; noch mehr Sterbende, aber wo?

Er überquerte mit Armand die Straße. Ohne Hast. Und sie gingen durch eine dunkle Seitenstraße, an bleichen Häusern und schäbigen Eckläden und schiefen Neonreklamen vorbei und über zersprungenes Pflaster hinweg.

Endlos weiter gingen sie. Die Nacht wurde kalt und still. Die klagenden Sirenen waren in weiter Ferne.

Als sie einen breiten, protzigen Boulevard erreichten, polterte ihnen ein Oberleitungsbus entgegen, der von grünlichem Licht durchflutet war. Wie ein Geist näherte er sich ihnen. Nur ein paar sterbliche Elendsgestalten blickten durch die verschmierten Fenster. Der Fahrer schien seinen Dienst im Schlaf zu versehen.

Armand hob müde seine Augen, als wolle er nur abwarten, bis er vorbeigefahren war. Und zu Daniels Erstaunen hielt der Bus vor ihnen an.

Sie stiegen ein und ließen sich auf die lange, ledergepolsterte Bank sinken. Der Fahrer drehte sich kein einziges Mal um. Armand stierte auf den schwarzen Gummiboden. Sein Haar war zerzaust, seine Wangen waren rußverschmiert. Den Mund leicht geöffnet, hing er seinen Gedanken nach.

Daniel besah sich die glanzlosen Sterblichen: die pflaumengesichtige Frau, die ihn wütend ansah, den betrunkenen, halslosen Mann, der vor sich hin schnarchte, und die kleinköpfige Teenagerfrau mit ihren fransigen Haaren, auf dem Schoß ein riesiges Baby, dessen Haut wie Kaugummi aussah. Irgend etwas stimmte mit denen hier nicht. Und da, der tote Mann in der hinteren Reihe mit seinen halbgeschlossenen Augen und der vertrockneten Spucke auf dem Kinn. Merkte denn niemand, daß er tot war? Unter ihm eine stinkende Urinlache.

Daniels eigene Hände sahen tot und unheimlich aus. Der Fahrer, der das Rad bediente, sah aus wie ein Leichnam mit noch einem lebenden Arm. Handelte es sich um eine Halluzination? War das der Bus zur Hölle?

Nein. Nur ein ganz gewöhnlicher O-Bus, der die Heimatlosen und Penner zu später Stunde auflas. Plötzlich lächelte er blöde vor sich hin. Um ein Haar hätte er losgelacht – dieser tote Mann dahinten, und wie die Leute in diesem fahlen Licht aussahen –, aber dann beschlich ihn wieder ein Angstgefühl. Die Stille nervte ihn. Das langsame Schaukeln des Busses nervte ihn, die schäbigen Häuserzeilen hinter den Fenstern nervten ihn, Armands apathisches Gesicht war ein unerträglicher Anblick.

»Wird sie wegen uns zurückkommen?« fragte er. Er hielt es nicht mehr aus.

»Sie wußte, daß wir da waren«, sagte Armand leise und dumpfen Blicks. »Sie ist über uns hinweggestrichen.«

KHAYMAN

Er hatte sich auf die hohe, grasbewachsene Böschung zurückgezogen, hinter der sich der kalte Pazifik erstreckte.

Gleichsam ein Panorama: in einiger Entfernung der Tod, der sich in den Lichtern verlor, das hauchdünne Wehgeschrei der übernatürlichen Seelen, verwoben mit den voller tönenden Stimmen der menschlichen Stadt.

Die Unholde hatten Lestat verfolgt, den Porsche über den Rand der Autostraße getrieben. Unverletzt war Lestat dem Wrack entstiegen, kampflustiger denn je; aber wieder hatte das Feuer all jene vertrieben oder vernichtet, die ihn umzingelten.

Als nur noch Lestat, Louis und Gabrielle übrig waren, hatte Lestat gegen einen Rückzug nichts mehr einzuwenden, obgleich er nicht wußte, wer oder was ihm Schutz gewährt hatte.

Und ohne daß das Trio es wußte, wurden ihre Feinde weiterhin von der Königin verfolgt.

Über die Dächer zog ihre Macht, zerstörte jene, die geflohen waren, jene, die versucht hatten, sich zu verstecken, jene, die in Schmerz und Verwirrung bei den gefallenen Gefährten zurückgeblieben waren.

Die Nacht war von Brandgeruch erfüllt, und unter den Bogenlampen des verlassenen Parkplatzes suchten die Hüter des Gesetzes vergeblich nach Leichen; und die Feuerwehrleute hofften vergeblich auf freiwillige Helfer. Die sterblichen Jugendlichen heulten zum Erbarmen.

Kleinere Verletzungen wurden behandelt; denen, die durchgedreht waren, wurden Beruhigungsmittel gegeben, und man schaffte sie umsichtig fort. Mit Hilfe riesiger Schläuche reinigte man den Parkplatz, spülte die verkohlten Lumpen der Verbrannten hinweg.

Einige Leute meldeten sich als Zeugen, aber es ließen sich keinerlei Indizien sicherstellen. Die Königin hatte ihre Opfer vollständig vernichtet.

Und jetzt bewegte sie sich von der Konzerthalle fort, um die verborgensten Schlupfwinkel der Stadt zu durchsuchen. Sie bog um Ecken, strich durch Fenster und Türen. Ab und zu eine winzige

Stichflamme, wie ein aufflackerndes Streichholz; dann wieder nichts.

Die Nacht wurde stiller, Kneipen und Kaufläden schlossen ihre Tore, der Verkehr auf den Highways ließ nach.

Den alten Vampir, der sich nichts sehnlicher gewünscht hatte, als in ihr Gesicht zu blicken, erwischte sie in den Straßen von North Beach; sie verbrannte ihn langsam, während er einen Bürgersteig entlangkroch. Seine Knochen wurden zu Asche, sein Gehirn zu einer Glutmasse. Einen anderen machte sie auf dem Dach eines Hochhauses nieder, so daß er wie eine Sternschnuppe über der Stadt niederging. Seine leeren Kleider wehten wie verbranntes Papier dahin.

Und Lestat begab sich weiter nach Süden, zu seinem Refugium in Carmel Valley. Glänzender Laune und trunken vor Liebe zu Louis und Gabrielle sprach er von alten Zeiten und neuen Träumen, ohne des Gemetzels um ihn herum gewahr zu sein.

»Maharet, wo bist du?« flüsterte Khayman. Die Nacht schwieg. Falls Mael in der Nähe war, falls Mael den Ruf hörte, so ließ er nichts merken. Armer, verzweifelter Mael, der nach dem Angriff auf Jessica ins Freie gerannt war. Mael, der vielleicht auch schon ermordet worden war. Mael, der hilflos zusah, wie ihm der Krankenwagen Jesse entführte.

Khayman konnte ihn nicht finden. »Warum mußte ich all das miterleben?« fragte er sich. »Warum haben die Träume mich hierhergebracht?«

Er stand da, lauschte der sterblichen Welt.

Die Radios schwatzten von Teufelskult, Aufruhr, zufälligen Bränden, Massenhalluzinationen. Sie jammerten über Vandalismus und durchgedrehte Jugendliche. Aber San Francisco war eine große Stadt. Der gesunde Menschenverstand der Bewohner hatte die Ereignisse bereits zur Seite geschoben oder hatte sie gar nicht erst beachtet. Die meisten kümmerten sich keinen Deut darum. Andere gingen die unmöglichen Dinge, die sie gesehen hatten, noch einmal genau durch. Lestat war ein menschlicher Rockstar und nichts weiter, sein Konzert der Schauplatz einer voraussehbaren, doch außer Kontrolle geratenen Hysterie.

Vielleicht gehörte es zum Plan der Königin, Lestats Träume auf so elegante Weise zunichte zu machen. Seine Feinde von der Erde fortzubrennen, ehe die Menschen die Wahrheit auch nur ahnen konnten. Wenn dem so war, würde sie dann schlußendlich auch Lestat bestrafen?

Khayman erhielt keine Antwort.

Er ließ seinen Blick über die schlafende Stadt streichen. Vom Ozean stieg Nebel auf, umhüllte rosig die Hügel. Das Ganze mutete wie ein Märchen an in dieser ersten Stunde nach Mitternacht. All seine Kräfte zusammennehmend, wollte er das Gefängnis seines Körpers verlassen, um seinen Blick wie der wandernde *Ka* der ägyptischen Toten außerhalb seiner selbst schweifen zu lassen, in der Hoffnung, den einen oder anderen aufzuspüren, den Die Mutter möglicherweise verschont hatte.

»Armand«, sagte er laut. Und dann verloschen die Lichter der Stadt. Er spürte die Wärme und das Licht eines anderen Platzes, und Armand tauchte vor ihm auf.

Er und sein Zögling Daniel hatten das Herrenhaus sicher erreicht, unter dessen Kellern sie ungestört schlafen würden. Daniel tanzte durch die großen, prächtig möblierten Zimmer, im Geiste noch ganz bei Lestats Liedern und Rhythmen. Armand starrte in die Nacht hinaus, sein jugendliches Gesicht so undurchdringlich wie je. Er sah Khayman! Er sah ihn auf dem fernen Hügel stehen, doch schien er ihm so nah, daß er ihn hätte berühren können. Stumm musterten sie einander.

Allem Anschein nach konnte Khayman seine Einsamkeit kaum noch ertragen; aber Armands Augen verrieten keinerlei Gefühl, keinerlei Zutrauen, keinerlei Willkommensgruß.

Khayman führte seine Reise fort, setzte sogar noch größere Kräfte frei, erhob sich höher und höher bei seiner Suche, war seinem Körper schon jetzt so weit entfernt, daß er ihn nicht einmal mehr ausmachen konnte. Gen Norden begab er sich und rief Santinos und Pandoras Namen.

Er sah sie in einer Schnee- und Eiswüste, zwei schwarze Figuren in einer weißen Unendlichkeit – Pandoras Gewandung vom Wind zerfetzt, ihre Augen voller Bluttränen, während sie nach Marius' Anwesen Ausschau hielt. Sie war froh, Santino an ihrer Seite zu wissen, diesen unmöglichen Forschungsreisenden in seinen schicken schwarzen Samtkleidern. Die lange, schlaflose Nacht, in der Pandora die Welt umkreist hatte, war nicht spurlos an ihr vorübergegangen, sie war einem Zusammenbruch nahe. Alle Kreaturen müssen schlafen, müssen träumen. Wenn sie sich nicht bald irgendwo im Dunkeln hinlegen könnte, würde sie sich nicht mehr der Stimmen, der Visionen, des Irrsinns erwehren können. Sie wollte sich nicht wieder in die Lüfte aufschwingen, und dieser Santino war dazu ohnehin nicht in der Lage, und darum ging sie neben ihm her.

Santino vertraute ihrer Stärke, hielt sich an ihr fest, gemartert von den fernen Schreien jener, die die Königin niedergemetzelt hatte. Als er Khaymans Blick spürte, hüllte er sein Gesicht in seinen Umhang. Pandora nahm davon keinerlei Notiz.

Khayman wandte sich ab. Es schmerzte ihn, daß sie sich berührten, zusammen waren.

In dem Herrenhaus auf dem Hügel schlitzte Daniel einer zappelnden Ratte den Hals auf und ließ ihr Blut in ein kristallenes Glas rinnen. »Lestats Trick«, sagte er. Armand saß ruhig am Kaminfeuer, ergötzte sich an dem rotfunkelnden Blut in dem Glas, das Daniel an die Lippen führte.

Khayman zog sich in die Nacht zurück, stieg höher und höher, ließ die Lichter der Stadt weit hinter sich, als würde er sich in eine große Umlaufbahn begeben.

Mael, antworte mir. Laß mich wissen, wo du bist.

Hatte der kalte Feuerstrahl Der Mutter auch ihn getroffen? Oder war er derart in seine tiefe Trauer um Jesse versunken, daß er nichts und niemandem mehr Beachtung schenkte? Arme, von Wundern verwirrte Jesse, in Sekundenschnelle von einem Grünschnabel niedergestreckt, ehe es irgend jemand zu verhindern vermochte.

Maharets Kind, mein Kind!

Khayman hatte Angst vor dem, was er sehen und ohnehin nicht hätte ändern können. Aber vielleicht war der Druide inzwischen einfach zu stark für ihn; der Druide umhüllte sich und seinen Schützling, ließ niemanden einen Blick gewähren. Entweder das, oder die Königin hatte ihr Werk vernichtet, und dann Sela, Psalmenende.

JESSE

So ruhig hier. Sie lag auf einem Bett, das gleichzeitig hart und weich war, und ihr Körper war so schlaff wie der einer aus Lumpen zusammengenähten Puppe. Sie konnte ihre Hand heben, die dann aber gleich wieder hinabsank, und sehen konnte sie immer noch nicht, höchstens verschwommene Umrisse, was vielleicht auch reine Einbildung war.

Beispielsweise die Lampen in ihrer Nähe; altertümliche, fischförmige Tonlampen, mit Öl gefüllt. Sie schwängerten den Raum mit einem schweren Geruch. War das eine Leichenhalle? Wieder beschlich sie die Angst, tot zu sein, eingeschlossen ins Fleisch und dennoch von ihm getrennt. Sie hörte ein seltsames Geräusch; was war das? Das Klappern einer Schere. Ihr wurden die Haare geschnitten; ein Gefühl, das sich bis zur Schädeldecke, ja, bis in die Eingeweide fortsetzte.

Ein kleines einzelnes Haar wurde ihr plötzlich aus dem Gesicht gezupft; eines jener lästigen Haare, die Frauen so viel Kummer bereiten. Sie wurde für den Sarg zurechtgemacht, oder?

Aber der Schmerz kam wieder, ein elektrischer Blitz, der ihr durch den Rücken fuhr, und sie schrie auf. Sie schrie laut auf in diesem Zimmer, in dem sie erst vor wenigen Stunden gewesen war, in diesem Bett mit seinen quietschenden Ketten.

Sie hörte, wie jemand in ihrer Nähe keuchte. Sie versuchte, etwas zu sehen, aber sie sah bloß wieder die Lampe. Und eine undeutliche Figur im Fenster. Miriam beobachtete sie.

»Wo?« fragte er. Er war erstaunt, versuchte, die Vision zu sehen. Hatte sich das nicht vorher zugetragen?

»Warum kann ich meine Augen nicht öffnen?« fragte sie. Er konnte da hinblicken, so lange er wollte, und er würde Miriam niemals sehen.

»Deine Augen sind geöffnet«, sagte er. Wie roh und sanft seine Stimme klang. »Mehr kann ich dir nicht geben, es sei denn, ich gebe dir alles. Wir sind keine Gesundbeter. Wir sind Mörder. Es wird Zeit, daß du mir sagst, was du willst. Mir hilft niemand.«

Ich weiß nicht, was ich will. Ich weiß nur, daß ich nicht sterben will!

Was sind wir doch für Feiglinge, dachte sie, was für Lügner. Eine große, fatalistische Traurigkeit hatte sie bis zu dieser Nacht stets begleitet, doch ebenso die heimliche Hoffnung, nicht nur zuzusehen, sondern zu wissen, ein Teil zu sein dieser...

Sie wollte es erklären, in ausgefeilten, hörbaren Worten darlegen, aber der Schmerz kam wieder. Wie eine lodernde Fackel zog er durch ihr Rückgrat bis in die Beine hinunter. Und dann wurde ihr Körper taub. Es schien, als verdunkle sich das Zimmer, das sie nicht sehen konnte. Draußen flüsterte der Wald in der Dunkelheit. Mael umklammerte ihr Handgelenk nur noch ganz schwach, nicht weil er es langsam losließ, sondern weil sie nichts mehr spüren konnte.

»Jesse!«

Er rüttelte sie mit beiden Händen, und der Schmerz war wie ein Blitz in der Dunkelheit. Sie schrie durch ihre zusammengebissenen Zähne. Miriam, versteinert und stumm, starrte vom Fenster aus wütend zu ihnen hinüber.

»Mael, mach es!« rief sie.

Unter größter Anstrengung richtete sie sich im Bett auf. Grenzenloser Schmerz; der Schrei erstickte in ihrer Brust. Aber dann öffnete sie die Augen, öffnete sie wirklich. Durch das diesige Licht sah sie Miriams kaltes, gnadenloses Gesicht. Sie sah Maels gebeugte Gestalt über ihrem Bett aufragen. Und dann wandte sie sich der geöffneten Tür zu. Maharet kam.

Mael merkte es erst, als sie es gewahrte. Mit leichten, weichen Schritten und raschelnden Röcken kam Maharet die Treppe hoch; sie kam den Gang herunter.

Oh, nach all diesen Jahren, diesen langen Jahren! Tränenverschleiert sah Jesse, wie Maharet in das Licht der Lampen trat; sie sah ihr schimmerndes Gesicht, die brennende Durchsichtigkeit ihres Haars. Maharet gab Mael ein Zeichen, sie allein zu lassen.

Dann näherte sich Maharet dem Bett. Einladend hob sie ihre Hände, als wollte sie ein Baby in Empfang nehmen.

»Ja, mach es.«

»Dann, mein Liebling, sage Miriam Lebewohl.«

Im alten Karthago gab es einen schrecklichen Kult. Die Bevölkerung opferte ihre kleinen Kinder einer großen Bronzestatue des Gottes

Baal. Die kleinen Körper wurden auf die ausgestreckten Arme der Gottheit gelegt, und dann hoben sich die Arme durch einen Sprungfedermechanismus und die Kinder fielen in den Feuerkessel des göttlichen Bauchs.

Nachdem Karthago zerstört war, lebte dieser Brauch nur noch in der Überlieferung der Römer weiter, und nach einigen Jahrhunderten schenkte man dem keinen Glauben mehr. Die Opferung dieser Kinder hielt man denn doch für allzu grausam. Aber als die Archäologen mit ihren Schaufeln eintrafen und zu graben anfingen, stießen sie auf die Gebeine der kleinen Opfer. Ganze Totenstädte legten sie frei, die nichts anderes enthielten als Kinderskelette.

Und die Welt wußte, daß die alte Legende der Wahrheit entsprach; daß die Männer und Frauen von Karthago ihre Nachkommenschaft dem Gott dargereicht hatten und ehrfürchtig dastanden, als ihre Kinder schreiend in das Feuer stürzten. Das war Religion.

Als Maharet jetzt Jesse hochhob, als Maharets Lippen ihren Hals berührten, mußte Jesse an diese alte Legende denken. Aber Jesse sah nicht ihren eigenen Tod, sondern den Tod anderer – die Seelen der hingeschlachteten Untoten, aufsteigend aus den Flammen, die ihre übernatürlichen Körper verzehrten. Sie hörte ihre Schreie; sie hörte ihre Warnrufe; sie sah ihre Gesichter, als sie die Erde verließen, wie sie das Gepräge menschlicher Gestalt ohne dessen Körperlichkeit mit sich trugen; sie fühlte, wie sie vom Elend ins Unbekannte entschwebten.

Und dann verblaßte, erstarb die Vision, wie halbgehörte und halberinnerte Musik. Sie war dem Tode nahe; ihr Körper war dahin, aller Schmerz war dahin und mit ihm jegliche Empfindung für Dauer und Qual.

Sie stand in der sonnendurchfluteten Lichtung und blickte auf die Mutter auf dem Altar nieder. »Im Fleisch«, sagte Maharet. »Im Fleisch liegt der Keim aller Weisheit. Hüte dich vor Dingen, die kein Fleisch haben. Hüte dich vor den Göttern, hüte dich vor der *Idee*, hüte dich vor dem Teufel.«

Dann kam das Blut; es ergoß sich in jede Faser ihres Körpers; sie hatte wieder Arme und Beine, als es ihre Glieder belebte, ihre Haut erhitzte; ihr Körper krümmte sich, als das Blut ihre Seele für alle Ewigkeit der Materie anheimzugeben suchte.

Sie lagen einander in den Armen, sie und Maharet, und Maharets wärmende Haut ließ sie beide zu einem einzigen nassen Gebilde verschmelzen, das Haar durcheinandergewirkt und Jesses Gesicht saugend an Maharets offenem Hals gebettet, während sie Schauer der Ekstase durchrieselten.

Plötzlich löste sich Maharet, und sie drückte Jesses Gesicht gegen das Kissen. Maharets Hand bedeckte Jesses Augen, und Jesse spürte, wie sich die kleinen, rasiermesserscharfen Zähne in ihre Haut bohrten; sie spürte, wie ihr alles wieder entnommen wurde. Das Gefühl, entleert, verschlungen zu werden; nichts mehr zu sein.

»Trinke noch einmal, mein Liebling.« Langsam öffnete sie die Augen; sie sah den weißen Hals und die weißen Brüste; sie umfing den Hals, und diesmal war sie es, die das Fleisch aufriß. Und als das erste Blut auf ihre Zunge spritzte, zog sie Maharet zu sich, legte sich auf sie. Vollkommen willfährig war Maharet, war die Ihre; Maharets Brüste gegen ihre Brüste; Maharets Lippen gegen ihr Gesicht, während sie das Blut immer gieriger saugte. *Du bist mein, du bist ganz und gar mein.* Alle Stimmen und Visionen waren nun versunken.

Sie schliefen oder schliefen fast, aneinandergebettet. Sie konnte wieder atmen, wieder fühlen, konnte die seidene Bettwäsche, Maharets seidige Haut fühlen; ein Neubeginn.

Ein lauer Wind durchwehte das Zimmer. Aus dem Wald erhob sich ein großes Aufatmen. Keine Miriam mehr, keine Geister aus dem Reich der Dämmerung mehr, die zwischen Leben und Tod gefangen waren. Sie hatte ihren Platz gefunden, ihren ewigen Platz.

Als sie die Augen schloß, sah sie, wie das Ding im Dschungel stehenblieb und sie ansah. Das rothaarige Ding sah sie und sah Maharet in ihren Armen, es sah das rote Haar, zwei Frauen mit rotem Haar, und das Ding drehte sich um und schritt auf sie zu.

KHAYMAN

Totenstiller Friede im Carmel Valley. Eitel Freude herrschte im Haus; der Miniorden, bestehend aus Lestat, Louis und Gabrielle, war ja so glücklich, wieder zusammenzusein. Lestat hatte sich seiner verschmutzten Kleider entledigt, und er strahlte wieder in seinem »Vampirgewand«. Und die anderen waren auch recht munter. Gabrielle löste geistesabwesend ihr gelbes Haar, während sie fröhlich dahinplauderte. Und Louis, der Mensch unter ihnen, blieb stumm, so sehr erregte ihn die Gegenwart der beiden anderen.

Zu jeder anderen Zeit hätte Khayman so viel Glückseligkeit ans Herz gerührt. Er hätte ihre Hände berühren, in ihre Augen blicken, ihnen erzählen mögen, wer er war und was er gesehen hatte, er wäre ganz einfach bei ihnen gewesen.

Aber sie war in der Nähe. Und die Nacht war noch nicht zu Ende.

Der Himmel wurde heller, und die Wärme des Morgens strich langsam über die Felder. Im wachsenden Licht gerieten die Dinge in Bewegung. Allmählich entkräuselten sich die Blätter an den Bäumen.

Khayman stand unter dem Apfelbaum, sah zu, wie sich die Farbe der Schatten veränderte, lauschte dem Morgen. Sie war hier, kein Zweifel.

Sie hielt sich bedeckt, arglistig und mit ganzer Macht. Aber Khayman konnte sie nicht täuschen. Er beobachtete, er wartete, hörte dem Gelächter und dem Geschwätz der kleinen Ordensgemeinschaft zu.

Unter der Haustür umarmte Lestat seine Mutter, als sie ihn verließ. In ihrer verstaubten Khakikleidung spazierte sie lebhaften Schritts in den Morgen, das Bild einer sorglosen Wandersfrau. Und der schwarzhaarige, hübsche Louis war an ihrer Seite.

Khayman sah zu, wie sie über das Gras gingen, wobei die Frau den offenen Feldern vor den Wäldern entgegenstrebte, in deren Erde sie zu schlafen gedachte, während der Mann die kühle Dunkelheit eines kleinen Nebengebäudes aufsuchte. Und diesen Louis umgab etwas äußerst Kultiviertes, selbst dann noch, als er unter die Fußbodenbretter schlüpfte; es war die Art und Weise, wie er sich ins Grab bettete, wie er seine Gliedmaßen ordnete, ehe er sich der Finsternis anheimgab.

Und die Frau: Mit erstaunlicher Kraft wühlte sie sich ihr Geheimversteck zurecht, wobei sich die Blätter gleich wieder so anordneten, als sei sie nie dagewesen. Die Erde barg ihre ausgestreckten Arme, ihren gebeugten Kopf. Sie tauchte in die Träume über die Zwillinge ein, in Bilder vom Dschungel und vom Fluß, Bilder, an die sie sich nie erinnern würde.

So weit, so gut. Khayman wollte nicht, daß sie starben, verbrannten.

Erschöpft lehnte er sich an den Apfelbaum. Der scharfe grüne Duft der Äpfel umfing ihn.

Warum war sie hier? Und wo verbarg sie sich? Er fühlte ihre Gegenwart, hörte sie wie das gespenstische Surren einer Maschine der modernen Welt.

Schließlich schlüpfte Lestat aus dem Haus und eilte seinem Versteck entgegen, das er sich unter den Akazienbäumen am Hügel eingerichtet hatte. Durch eine Falltür verschwand er in einer dunklen Erdkammer.

Friede umfing sie jetzt alle, Friede bis zum Abend, wenn er der Überbringer schlechter Nachrichten sein würde.

Die Sonne schob sich näher an den Horizont; die ersten schrägen Strahlen erschienen, was Khaymans Sehvermögen stets trübte. Er richtete seinen Blick auf die stärker werdenden Farben des Hains, während der Rest der Welt seine Konturen und Formen einbüßte. Einen Moment lang schloß er die Augen, wurde sich bewußt, daß er ins Haus gehen, sich einen kühlen und schattigen Platz suchen mußte, wo Sterbliche ihn aller Wahrscheinlichkeit nach nicht stören würden.

Und bei Sonnenuntergang würde er sie erwarten. Er würde ihnen erzählen, was er wußte; er würde ihnen von den anderen erzählen. Ein Schmerz durchfuhr ihn, als er plötzlich an Mael und Jesse denken mußte, die er nicht finden konnte, als habe die Erde sie verschluckt.

Er dachte an Maharet und wollte weinen. Aber er begab sich statt dessen zum Haus. Die Sonne wärmte seinen Rücken; seine Glieder waren schwer. Was immer auch geschehen würde, die nächste Nacht würde er nicht allein sein. Er würde bei Lestat und seinen Gefährten sein, und wenn sie ihn abwiesen, würde er sich auf die Suche nach Armand begeben. Er würde gen Norden zu Marius gehen.

Zuerst hörte er nur das Geräusch – ein lautes, knatterndes Getöse. Er drehte sich um, schützte sich mit der Hand vor der Sonne. Eine gewaltige Erdfontäne schoß aus dem Wald. Die Akazien schwankten wie im Sturm, Äste krachten, Wurzeln hoben sich aus dem Boden, Stämme knickten um.

In einem dunklen Strahl sturmgeblähter Kleider erhob sich die Königin in wilder Geschwindigkeit, über ihren Armen den schlafenden, kraftlosen Körper Lestats, dem westlichen Himmel entgegenstiebend, fort vom Sonnenaufgang.

Khayman schrie laut auf. Und sein Schrei durchschallte die Ruhe des Tages. Sie hatte sich also ihren Liebhaber genommen.

Oh, armer Liebhaber, oh, armer, schöner, blondhaariger Prinz...

Aber ihm blieb jetzt keine Zeit mehr, nachzudenken oder zu handeln oder sein eigenes Herz zu erforschen; er suchte den Schutz des Hauses auf. Die Sonne hatte die Wolken entzündet, und der Horizont war zu einem Inferno geworden.

✱

Daniel regte sich in der Dunkelheit. Der Schlaf schien eine Decke von ihm gelüftet zu haben, die nahe daran war, ihn zu erdrücken. Er sah das Funkeln der Augen Armands. Er hörte Armands Flüstern: »Sie hat ihn genommen.«

Jesse stöhnte laut auf. Schwerelos trieb sie in perlfarbene Düsternis. Sie sah, wie sich zwei Gestalter erhoben, die zu tanzen schienen – die Mutter und der Sohn. Wie aufschwebende Heilige auf dem Fresko einer Kirchendecke. Ihre Lippen formten die Worte: »Die Mutter.«

In ihrem tiefen Grab unter dem Eis schliefen Pandora und Santino und hielten sich umfangen. Pandora hörte das Geräusch. Sie hörte Khaymans Schrei. Sie sah, wie Lestat geschlossenen Auges und mit zurückgeworfenem Kopf in Akaschas Umarmung davonschwebte. Sie sah, wie Akaschas schwarze Augen auf sein schlafendes Gesicht gerichtet waren. Pandoras Herz stockte kurz vor Entsetzen.

Marius schloß die Augen. Er konnte sie nicht länger offenhalten. Oben heulten die Wölfe; der Wind zerrte am Stahldach seines Anwesens. Durch den Eissturm drangen die schwachen Sonnenstrahlen, als wollten sie den treibenden Schnee entzünden, und er spürte, wie die Wärme zu ihm durchdrang, um ihn zu betäuben.

Er sah den schlafenden Lestat in ihren Armen; er sah, wie sie sich in den Himmel erhob. »Hüte dich vor ihr, Lestat«, flüsterte er mit dem letzten Hauch seines Bewußtseins. »Gefahr.«

Teil III
WIE AM ANFANG, JETZT UND IMMERDAR...

*Verberge mich
vor mir.
Fülle diese
Löcher mit Augen,
denn die meinen sind nicht
die meinen. Verberge
meinen Kopf,
denn ich tauge nichts,
so oft
so tot im Leben.
Sei Flügel und
beschatte mein Ich
von meinem Wunsch,
ein Fisch
an der Angel
zu sein.
Dieser Wurm
sieht köstlich aus und
macht mich blind.
Und verberge
auch mein Herz,
denn ich werde es,
unter diesen Umständen,
irgendwann noch essen.*

Stan Rice
Kannibale

1
Lestat: In den Armen der Göttin

Ich weiß nicht mehr, wann ich erwachte, wann ich wieder Herr meiner Sinne wurde.

Ich erinnere mich jedoch, daß ich gleich wußte, daß sie und ich lange Zeit zusammengewesen waren, daß ich mit tierischer Hemmungslosigkeit ihr Blut gesaugt hatte, daß Enkil zerstört war und daß sie allein die urzeitliche Macht in Händen hielt und daß sie mich Dinge zu verstehen und sehen lehrte, die mich wie ein kleines Kind weinen machten.

Vor zweihundert Jahren, als ich im Schrein von ihr getrunken hatte, war ihr Blut ruhig gewesen und gespenstisch. Jetzt schwemmte es mich mit Bildern voll, die das Gehirn nicht minder entzückten als das Blut den Körper; ich verstand alles, was geschehen war.

Es schien, daß ich in einem klaren Moment alles in Verbindung bringen konnte – das Rockkonzert, das Haus in Carmel Valley, ihr strahlendes Gesicht. Und das Wissen, daß ich jetzt bei ihr war, in dieser dunklen, verschneiten Stätte. Ich hatte sie erweckt. Oder vielmehr, wie sie es sagte, ich hatte ihr den Grund geschenkt, sich zu erheben. Den Grund, sich umzudrehen und auf den Thron, auf dem sie gesessen hatte, zurückzublicken und die ersten zögernden Schritte von ihm fort zu wagen.

Weißt du, was es bedeutete, die Hand zu heben und sie sich im Licht bewegen zu sehen? Weißt du, was es bedeutete, plötzlich den Klang meiner eigenen Stimme zu hören, die sich in der Marmorgruft brach?

Natürlich hatten wir zusammen in dem dunklen, schneebedeckten Wald getanzt, oder hatten wir uns nur immer wieder umarmt?

Schreckliche Dinge waren geschehen. Auf der ganzen Welt schreckliche Dinge. Die Exekution jener, die nie hätten geboren werden sollen. *Laich des Bösen.* Das Massaker nach dem Konzert war nur das Ende gewesen.

Doch jetzt lag ich in ihren Armen in dieser frostigen Finsternis, im vertrauten Geruch des Winters, und ihr Blut war wieder meins, und ich war ihm verfallen. Sobald sie sich abwandte, litt ich Höllenqualen. Ich mußte meine Gedanken ordnen, mußte wissen, ob Marius noch am Leben war, ob Louis und Gabrielle und Armand verschont geblieben waren. Ich mußte mich wieder selbst finden, irgendwie.

Aber die Stimmen, die steigende Flut der Stimmen! Sterbliche nah und fern. Die Entfernung machte keinen Unterschied. Die Intensität war der Maßstab. Millionenfach hatte sich mein Hörvermögen gegenüber früher verstärkt, als ich noch in einer Straße stehenbleiben konnte, um den Mietern in irgendeinem finsteren Gebäude zu lauschen, wie sie da in ihren Kammern schwatzten, nachdachten und beteten.

Plötzliche Stille, als sie ihre Stimme erhob:

»Gabrielle und Louis sind sicher. Ich hab dir das schon gesagt. Glaubst du, ich würde jenen etwas antun, die du liebst? Sieh mir in die Augen, und höre mir genau zu. Ich habe viel mehr verschont, als nötig gewesen wäre. Und das habe ich für dich ebenso getan wie für mich, damit ich mich in den Augen der Unsterblichen widergespiegelt finde und die Stimmen meiner Kinder zu mir sprechen höre. Ich habe diejenigen am Leben gelassen, die du liebst, die du wiedersehen wolltest. Aber jetzt bist du bei mir, und du sollst die ganze Wahrheit wissen. Nimm deinen Mut zusammen.«

Ich konnte die Bilder, die sie vor mich hinzauberte nicht ertragen – die letzten Momente dieser gräßlichen kleinen Baby Jenks; war der Augenblick ihres Todes ein verzweifelter Traum in ihrem sterbenden Gehirn gewesen? Ich konnte es nicht ertragen. Und Laurent, mein alter Gefährte Laurent, der in den Flammen vertrocknete; und auf der anderen Seite der Welt Felix, den ich auch vom Theater der Vampire her gekannt hatte, brennend durch die Straßen von Neapel und schließlich ins Meer getrieben. Und die anderen, so viele andere in der ganzen Welt; ich weinte um sie; ich weinte um sie alle und ihr sinnloses Leiden.

»Darum habe ich dir alles gezeigt«, sagte Akascha. »Die Kinder der Finsternis sind nicht mehr. Und wir werden jetzt nur noch Engel haben.«

»Aber die anderen«, fragte ich. »Was geschah mit Armand?« Und wieder fing das leise Summen der Stimmen an, das zu einem ohrenbetäubenden Gebrüll werden konnte.

»Komm jetzt, mein Prinz«, flüsterte sie. Wieder Stille. Sie hob die Hände und umfaßte mein Gesicht. Ihre schwarzen Augen weiteten sich, und ihr weißes Gesicht erschien plötzlich fast sanft und gelöst. »Wenn du unbedingt willst, werde ich dir jene zeigen, die noch leben, jene, deren Namen einst so legendär werden wie auch der deine und der meine.«

Legendär?

Sie wandte ihren Kopf ganz leicht zur Seite; wenn sie die Augen schloß, geschah eine Art Wunder, da dann jegliches sichtbare Leben aus ihr wich. Ein totes und vollkommenes Ding mit schönen schwarzen Augenlidern. Ich blickte auf ihren Hals; auf die blaßblaue Ader unter ihrem Fleisch, die plötzlich hervortrat, als sollte ich sie sehen. Meine Begierde war unerträglich. Die Göttin, mein! Ich nahm sie so ungestüm, daß es einer sterblichen Frau weh getan hätte. Die eisige Haut schien undurchdringlich, und dann stießen meine Zähne hinein, und der heiße Quell ergoß sich von neuem in mich.

Die Stimmen kamen, doch gehorchten sie meinem Befehl und zogen sich zurück. Und dann war nur noch der leise Blutstrom zu vernehmen und ihr Herz, das langsam gegen das meine klopfte.

Dunkelheit. Ein Keller. Ein auf Hochglanz polierter Eichensarg. Goldene Schlösser. Der magische Moment; die Schlösser öffneten sich, wie von einem unsichtbaren Schlüssel bewegt. Der Deckel hob sich, ein leichter Geruch morgenländischen Parfums. Ich sah Armand auf dem weißen Satinkissen liegen, ein Seraph mit langem, kastanienfarbenen Haar. Ich beobachtete, wie er sich mit langsamen, eleganten Gesten aus dem Sarg erhob. Er schritt über den feuchten Ziegelsteinboden einem anderen Sarg entgegen, den er so ehrfurchtsvoll öffnete, als handle es sich um eine Schatztruhe. Drinnen lag ein junger, schlafender Mann; leblos, doch träumend. Er träumte von einem Dschungel, durch den eine rothaarige Frau ging, eine Frau, die ich nicht deutlich ausmachen konnte. Und dann kam eine äußerst bizarre Szene, etwas, das ich schon einmal gesehen hatte, aber wo? Zwei Frauen, die neben einem Altar knieten. Das heißt, ich dachte, es sei ein Altar...

Akascha war von nervöser Angespanntheit. Sie schmiegte sich

enger an mich, wie eine Statue der heiligen Jungfrau, bereit, mich zu zermalmen. Ich fiel in Ohnmacht. Ich glaubte, sie einen Namen aussprechen zu hören. Aber ein neuer Blutschwall kam, und mein Körper geriet in Verzückung, allem Irdischen enthoben, schwerelos.

Noch einmal der Keller. Ein Schatten war auf den jungen Mann gefallen. Jemand hatte den Keller betreten und die Hand auf Armands Schulter gelegt. Armand kannte ihn. Er hieß Mael.

Komm.

Aber wohin brachte er ihn?

Abendglühen im Rotholzwald. Gabrielle ging auf ihre sorglose, zielgerichtete Weise einher, Louis an ihrer Seite, bemüht, mit ihr Schritt zu halten. Er sah so rührend zivilisiert in dieser Wildnis aus; so hoffnungslos deplaziert. Die Vampirverkleidung der letzten Nacht hatte er abgelegt; aber in seiner alten, abgetragenen Kluft wirkte er erst recht wie ein Gentleman, allerdings ein wenig vom Pech verfolgt.

Der Himmel oben sah bald wie poliertes Porzellan aus; das Licht schien sich über die massiven Stämme bis zu den Wurzeln zu ergießen. In den Schatten konnte ich einen Bach rauschen hören. Dann sah ich es. Gabrielle ging in ihren braunen Stiefeln geradewegs in das Wasser. *Aber wohin gehen sie?* Und wer war der Dritte im Bunde, der erst in meinem Blickfeld auftauchte, als sich Gabrielle nach ihm umdrehte? Mein Gott, welch mildes, friedliches Gesicht! Durch die Bäume konnte ich eine Lichtung, ein Haus sehen. Auf einer Steinveranda stand eine rothaarige Frau; die Frau, die ich in dem Dschungel gesehen hatte? Ihr Gesicht eine urzeitliche, ausdruckslose Maske, wie das Gesicht des Mannes im Wald, der zu ihr emporblickte; ihr Gesicht wie das Gesicht meiner Königin.

Laßt sie zusammenkommen. Ich stöhnte, als das Blut in mich quoll. *Das wird es noch viel einfacher machen.*

Aber wer waren sie, die beiden Alten mit den verwaschenen Gesichtern?

Diesmal umfingen uns die Stimmen wie ein weicher Kranz. Einen Moment lang wollte ich zuhören, versuchen, aus dem gewaltigen Chor ein flüchtiges menschliches Lied herauszufiltern.

Aber eine andere Vision tauchte auf.

Marius. Marius entstieg einer blutbefleckten Eisgrube, wobei Pandora und Santino ihm halfen. Marius' Gesicht war zur Hälfte mit einer Blutkruste bedeckt; er sah wütend und verbittert aus, sein langes blondes Haar war mit Blut verfilzt. Hinkend ging er eine eiserne Wendeltreppe empor, und Pandora und Santino folgten ihm. Es war, als würden sie durch eine Rohrleitung hochsteigen. Als ihm Pandora helfen wollte, stieß er sie ungehalten zur Seite.

Wind. Bitterkalt. Marius' Haus war den Elementen ausgesetzt, als sei es von einem Erdbeben zerborsten worden. Überall Glassplitter; seltene und schöne Tropenfische lagen erfroren auf dem Boden eines großen, zerstörten Wasserbeckens. Schnee bedeckte die Möbel, die Bücherregale, die Statuen, die Schallplatten und Tonbänder. Die Vögel lagen tot in ihren Käfigen. Von den Grünpflanzen hingen Eiszapfen.

Noch während ich zusah, setzte der Heilungsprozeß ein; die Quetschungen schienen von seinem Gesicht zu schmelzen; das Gesicht nahm wieder seine natürliche Form an, seine Beine genasen. Er konnte fast aufrecht stehen. Wütend starrte er die kleinen blauen und silbernen Fische an. Er blickte zum Himmel empor, zu dem weißen Wind, der die Sterne völlig ausgelöscht hatte, und entfernte dabei das getrocknete Blut aus Gesicht und Haar.

Tausende Pergament- und Papierseiten hatte der Wind umhergestreut. Der treibende Schnee senkte sich jetzt in das Wohnzimmer. Dort nahm Marius den Schürhaken auf, um ihn als Spazierstock zu benutzen, und er blickte durch die geborstene Wand auf die halbverhungerten Wölfe, die in ihren Verschlägen heulten. Sie hatten nichts mehr zu essen bekommen, seit er, ihr Herr, verschüttet worden war. Ah, dieses Wolfsgeheul! Ich hörte, wie Santino Marius klarzumachen versuchte, daß sie gehen müßten, daß sie erwartet wurden, daß eine Frau in den Rotholzwäldern ihrer harrte, eine Frau so alt wie Die Mutter, und daß die Sitzung erst anfangen könnte, wenn sie eingetroffen seien. Ich horchte auf. Was für eine Sitzung? Marius verstand, aber antwortete nicht. Er hörte den Wölfen zu. Den Wölfen...

Der Schnee und die Wölfe. Ich träumte von Wölfen. Ich fühlte, wie ich in meinen eigenen Träumen und Erinnerungen versank. Ich sah ein Rudel Wölfe über frisch gefallenen Schnee jagen, ich sah mich, wie ich als junger Mann mit ihnen kämpfte...

Ich öffnete die Augen. Zum ersten Mal begriff ich, wo wir wirklich waren. Nicht in irgendeiner abstrakten Nacht, sondern an einem wirklichen Ort. An einem Ort, der einst mein gewesen war.

»Ja«, flüsterte sie. »Sieh dich um.«

Ich erkannte ihn an der Luft wieder, am Geruch des Winters, und dann sah ich die zerbrochenen Zinnen hoch oben und den Turm.

»Das ist das Haus meines Vaters!« flüsterte ich. »Das ist das Schloß, in dem ich geboren wurde.«

Stille. Der Schnee glänzte weiß auf dem alten Fußboden. Wir standen jetzt in der ehemaligen Eingangshalle. Gott, es als Ruine wiederzusehen, zu begreifen, daß es vor langer Zeit schon verlassen worden war. Die alten Steine schienen weich wie Erde zu sein, und hier war einst der Tisch gestanden, der große, lange Tisch aus den Tagen der Kreuzzüge, und dort war die Feuerstelle gewesen und dort die Eingangstür.

Meine Königin entfernte sich ein paar Schritte von mir, drehte sich langsam im Kreis, den Kopf zurückgeworfen, als würde sie tanzen.

Sich zu bewegen, feste Dinge anzufassen, aus dem Reich der Träume in die wirkliche Welt zu gleiten, von all diesen Freuden hatte sie mir früher erzählt. Es verschlug mir den Atem, wenn ich sie ansah. Ihre Gewänder waren zeitlos, ein schwarzer Seidenumhang, ein Faltenkleid, das sanft um ihren schlanken Körper wirbelte. Seit Menschengedenken haben Frauen solche Gewänder getragen, und sie tragen sie heute noch in allen Ballsälen der Welt. Ich wollte sie wieder in die Arme nehmen, aber sie ließ es nicht zu. Was hatte sie gesagt? *Kannst du dir das vorstellen? Als ich merkte, daß er mich nicht länger dort würde halten können? Daß ich vor dem Thron stand und er sich nicht rührte! Daß nicht die leiseste Reaktion von ihm kam?*

Sie drehte sich um; sie lächelte, und das fahle Licht des Himmels umschmeichelte ihr hübsches Gesicht, ihre hohen Backenknochen, die sanfte Wölbung ihres Kinns. Lebendig sah sie aus, vollkommen lebendig. Dann verschwand sie!

»Akascha!«

»Komm zu mir«, sagte sie. Aber wo war sie? Plötzlich sah ich sie, weit, weit weg von mir entfernt, ganz am Ende der Halle, eine winzige Gestalt am Eingang zum Turm. Ich konnte jetzt kaum noch ihre Gesichtszüge ausmachen, aber hinter ihr sah ich das schwarze Rechteck der geöffneten Tür.

Ich ging langsam auf sie zu.

»Nein«, sagte sie. »Es ist Zeit, daß du dich der Kraft bedienst, die ich dir geschenkt habe. Komm einfach!«

Ich rührte mich nicht. Ich wußte, was sie meinte. Aber ich hatte Angst. Ich war immer der Sprinter gewesen, der Springer, der Trickreiche. Übernatürliche Geschwindigkeit, die den Sterblichen Rätsel aufgab, das war mir nichts Neues. Aber sie bestand auf einer ganz anderen Fertigkeit. Ich sollte die Stelle, auf der ich stand, verlassen und mich mit einer Geschwindigkeit plötzlich neben ihr einfinden, die ich selbst nicht mehr begreifen konnte.

»Komm«, sagte sie freundlich. »Komm.«

Angespannt sah ich sie einen Moment lang nur an, ihre weiße Hand, die am Rand der zerbrochenen Tür leuchtete. Dann fällte ich die Entscheidung, neben ihr zu stehen. Es war, als hätte mich ein Wirbelsturm berührt, laut und mit blinder Gewalt. Dann war ich da! Ich bebte am ganzen Körper. Ein leichter Schmerz überzog mein Gesicht, aber was machte das schon aus! Ich blickte ihr in die Augen und lächelte.

Schön war sie, so schön. Die Göttin mit ihrem langen schwarzen, geflochtenen Haar. Ich nahm sie in die Arme und küßte sie, küßte ihre kalten Lippen und fühlte, wie sie ein wenig nachgab.

Dann wurde ich mir dieser ganzen Blasphemie bewußt. Es war wie damals, als ich sie in dem Schrein geküßt hatte. Ich wollte eine Entschuldigung stammeln, aber ich starrte wieder auf ihren Hals, nach dem Blut dürstend. Es quälte mich, daß ich davon trinken konnte und daß sie doch die war, die sie war: sie hätte mich in Sekundenfrist vernichten können. So hatte sie es mit den anderen gehalten. Aber irgendwie erregte mich die Gefahr. Ich umklammerte ihre Arme, spürte ihr Fleisch. Ich küßte sie wieder und wieder. Ich konnte das Blut schmecken.

Sie ging einen Schritt zurück und legte den Finger auf meine Lippen. Dann nahm sie mich bei der Hand und führte mich durch die Turmtür. Das Licht der Sterne fiel durch das geborstene Dach, durch ein klaffendes Loch im Boden des obersten Raumes.

»Siehst du?« sagte sie. »Der Raum da oben ist immer noch da. Die

Treppe ist fort. Der Raum ist unerreichbar. Außer für dich und mich, mein Prinz.«

Langsam schwebte sie hoch. Mich nicht aus den Augen lassend, bewegte sie sich nach oben. Voll Erstaunen sah ich zu, wie sie immer höher und höher glitt, wobei sich ihr Umhang wie in einer leichten Brise kräuselte. Endlich kam sie am äußersten Rand der Öffnung zu stehen.

Hundert oder noch mehr Meter! Unmöglich, daß ich ebenfalls...

»Komm zu mir, mein Prinz«, sagte sie. »Mach's wie vorhin. Mach's schnell und halte dich an den Rat der Sterblichen und schau nicht runter.« Sie lachte leise.

Unmöglich. Wie waren wir überhaupt hierhergekommen? Mir drehte sich alles. Ich sah sie, aber wie in einem Traum, und die Stimmen drängten sich wieder ein. Ich wollte diesen Moment nicht entgleiten lassen. Ich wollte die Verbindung mit der Zeit nicht verlieren.

»Lestat!« flüsterte sie. »Jetzt.« Mit einer kleinen, sanften Geste forderte sie mich zur Eile auf.

Ich tat, was ich schon zuvor getan hatte; ich sah sie an und beschloß, mich augenblicklich an ihre Seite zu begeben.

Wieder der peitschende Wirbelsturm; ich warf die Arme hoch und kämpfte gegen den Luftwiderstand an. Dann stand ich schwankend da, hatte Angst, hinunterzufallen.

Es klang, als würde ich lachen; aber ich glaube, daß ich nur ein wenig verrückt wurde. »Aber wie?« sagte ich. »Ich muß wissen, wie ich das vermochte.«

»Du kennst die Antwort«, sagte sie. »Das körperlose Ding, das dich beseelt, hat jetzt viel mehr Kraft als zuvor. Es hat dich vorwärtsbewegt, wie schon immer. Ob du einen Schritt machst oder fliegst, das sind nur graduelle Unterschiede.«

Ich begab mich zu einem der kleinen, schmalen Fenster und blickte über das Land. Weit unten in den Bergen waren die dünngesäten Lichter einer kleinen Stadt. Ein Auto schob sich über die schmale Straße. Ach, die moderne Welt war so nahe und doch so weit entfernt. Das Schloß war der Geist seiner selbst.

»Warum hast du mich hierhergebracht?« fragte ich sie. »Es ist so schmerzlich, das sehen zu müssen, so schmerzlich wie alles andere auch.«

»Sieh dir doch mal die Rüstungen an«, sagte sie. »All die Geister vergangener Pracht, die sie hier wohl während der Revolution heraufgeschafft haben. Und sieh, was ihnen da zu Füßen liegt. Erinnerst du dich der Waffen, die du an dem Tag genommen hattest, als du auszogst, um die Wölfe zu töten?«

»Ja. Ich erinnere mich.«

»Schau sie dir noch einmal an. Ich werde dir neue Waffen geben. Unendlich viel wirkungsvollere Waffen, mit denen du für mich töten wirst.«

»Töten?«

Ich blickte auf das Waffenlager. Es schien verrostet und verrottet zu sein, bis auf den schönen alten Degen, der meinem Vater gehört hatte. Der Degen des Herrn, den ich, der siebente Sohn, benutzt hatte, als ich mich an diesem längst vergangenen Morgen wie ein mittelalterlicher Prinz aufmachte, um die Wölfe zu töten.

»Wen töten?« fragte ich.

Sie kam näher. In ihrem lieblichen Gesicht malte sich die reinste Unschuld. Ihre Brauen zogen sich zusammen, gruben kurz eine kleine, senkrechte Falte in ihre Stirn.

»Ich möchte, daß du mir gehorchst, ohne Fragen zu stellen«, sagte sie gütig. »Dann wirst du schon verstehen. Aber das ist nicht deine Art, oder?«

»Nein«, gestand ich. »Ich habe es nie vermocht, jemandem zu gehorchen, wenigstens nicht sehr lange.«

»Wie furchtlos du bist«, sagte sie lächelnd.

Würdevoll öffnete sie ihre rechte Hand, und plötzlich hielt sie den Degen. Ich starrte ihn an, die juwelenbesetzte Scheide und den Bronzegriff, der natürlich ein Kreuz war. Noch immer hing der Gurt herab, der Gurt aus Leder und geflochtenem Stahl, den ich in einem längst vergangenen Sommer gekauft hatte.

Es war ein Monstrum von Waffe, mit der man zuschlagen, aufschlitzen und durchbohren konnte. Ich erinnerte mich, wie schwer sie war, wie mir mein Arm weh tat, als ich sie immer wieder gegen die angreifenden Wölfe einsetzte. Ich hatte ein Tier mit dieser Waffe aufgespießt. Meine einzige Ruhmestat als Sterblicher, und was hat es mir eingebracht? Die Bewunderung einer fluchbeladenen Blutsaugerin, die mich zum Erben erwählt hatte.

Sie legte mir den Degen in die Hände. »Jetzt ist er nicht mehr schwer, mein Prinz«, sagte sie. »Du bist unsterblich. Wirklich unsterblich. Mein Blut ist in dir. Und du wirst deine neuen Waffen für mich so verwenden, wie du diesen Degen einst verwendet hast.«

Ein heftiger Schauder durchfuhr mich, als ich den Degen berührte. Es war, als berge dieses Ding noch meine alten Erinnerungen; ich sah wieder die Wölfe; ich sah mich in den eiserstarrten Wäldern stehen, bereit zu töten.

Und ich sah mich selbst, wie ich ein Jahr später in Paris war, tot, unsterblich; ein Monster, letztlich wegen dieser Wölfe. »Wolfkiller« hatte der Vampir mich genannt. Er hatte mich aus der großen Masse erwählt, weil ich diese Wölfe niedergemetzelt und ihren Pelz so stolz in den Straßen von Paris getragen hatte.

Warum war ich selbst jetzt noch verbittert? Wollte ich tot sein und unter dem Dorffriedhof begraben liegen? Ich sah wieder hinaus auf die schneebedeckten Hügel. Geschah jetzt nicht genau dasselbe? Wurde ich nicht wieder geliebt für das, was ich in jenen frühen, gedankenlosen Jahren der Sterblichkeit gewesen war? Wieder fragte ich: »Was soll ich töten? Wen?«

Keine Antwort.

Wieder dachte ich an Baby Jenks, dieses bedauernswerte kleine Wesen, und an all die Bluttrinker, die jetzt tot waren. Und ich hätte so gerne einen Krieg mit ihnen gehabt, einen kleinen Krieg. Aber sie waren alle tot. Alle, die den Schlachtruf erwidert hatten – tot. Ich weinte.

»Ja, ich habe dir dein Publikum genommen«, sagte sie. »Ich habe die Arena verbrannt, in der du glänzen wolltest. Ich habe dir die Schlacht gestohlen! Aber begreifst du nicht? Ich biete dir mehr an, als du jemals zu erreichen suchtest. Ich biete dir die Welt, mein Prinz.«

»Wie das?«

»Spar dir die Tränen, die du um Baby Jenks und dich vergießt. Denk an die Sterblichen, um die du weinen solltest. Denk an jene, die die langen, traurigen Jahrhunderte durchlitten haben – die Opfer des Hungers und der Entbehrung und der Gewalt. Opfer unendlicher Ungerechtigkeit und endloser Feldzüge. Wie kannst du da um ein

Monstergezücht weinen, das ohne Sinn und Verstand Schindluder mit jedem Sterblichen trieb, das ihm über den Weg lief!«

»Ich weiß. Ich verstehe...«

»Wirklich? Oder fliehst du nur diese Dinge, um deine symbolischen Spiele zu spielen? All die Symbole des Bösen in deiner Rockmusik. Das ist nichts, mein Prinz, gar nichts.«

»Warum hast du mich nicht mit all den anderen getötet?« fragte ich streitlustig. Ich umklammerte den Griff des Degens in meiner rechten Hand. Ich bildete mir ein, daß noch immer getrocknetes Wolfsblut an ihm klebte. Ich zog die Klinge aus der ledernen Scheide. Ja, das Wolfsblut. »Ich bin doch nicht besser als sie, oder?« sagte ich. »Warum überhaupt jemanden von uns verschonen?«

Angst ließ mich plötzlich innehalten. Schreckliche Angst um Gabrielle und Louis und Armand. Um Marius. Sogar um Pandora und Mael. Angst um mich selbst.

»Ich wollte, daß du mich liebst«, flüsterte sie zärtlich. Diese Stimme! In gewisser Hinsicht war sie wie Armands Stimme; eine Stimme, die einen liebkosen, einlullen und aufsaugen konnte. »Und darum nehme ich mir mit dir Zeit«, fuhr sie fort. Sie legte die Hände auf meine Arme, blickte mir in die Augen. »Ich möchte, daß du verstehst. Du bist mein Werkzeug! Und die anderen werden es auch sein, wenn sie klug sind. Begreifst du nicht? All dem liegt ein Plan der Vorsehung zugrunde – deine Ankunft, mein Erwachen. Die Hoffnung von Jahrtausenden kann endlich Wirklichkeit werden. Sieh dir die kleine Stadt an da unten und diese Schloßruine. Das könnte Bethlehem sein, mein Prinz, mein Erretter. Zusammen werden wir die ältesten Träume der Welt wahr werden lassen.«

»Aber wie, um Himmels willen?« fragte ich. Wußte sie, was für Angst ich hatte? Daß mich ihre Worte von einfacher Furcht in nacktes Entsetzen stürzten? Natürlich wußte sie das.

»Ah, du bist so stark, mein kleiner Prinz«, sagte sie. »Aber du warst mir bestimmt, ganz sicher. Nichts kann dich unterkriegen. Du hast Angst, und du hast keine Angst. Ein Jahrhundert lang habe ich zugesehen, wie du gelitten hast, wie du schwach geworden und schließlich unter die Erde gekrochen bist, um zu schlafen, und dann habe ich gesehen, wie du dich erhoben hast, ein Abbild meiner eigenen Auferstehung.«

Sie senkte den Kopf, als lauschte sie weit entfernten Geräuschen. Die Stimmen schwollen an. Ich hörte sie auch, vielleicht weil sie sie hörte. Ein brausendes Getöse. Und dann wischte ich es verärgert hinweg.

»So stark«, sagte sie. »Sie können dich nicht in ihren Strudel ziehen, die Worte, aber achte deine Fähigkeit, sie hören zu können, nicht gering; sie ist genauso wichtig wie alle anderen Fähigkeiten, die du hast. Sie beten zu dir, genau wie sie immer zu mir gebetet haben.«

Ich wollte indessen ihre Gebete nicht hören; was konnte ich schon für sie tun? Was hatten Gebete mit dem Ding zu tun, das ich war?

»Jahrhundertelang waren sie mein einziger Trost«, fuhr sie fort. »Stunden-, wochen-, jahresweise hörte ich ihnen zu; anfangs schien es, als würden die Stimmen, die ich hörte, mir ein Leichentuch weben. Denn lernte ich, sorgfältiger zuzuhören. Ich lernte, eine einzelne Stimme herauszusondern. Und dann hörte ich nur dieser Stimme zu und konnte den Aufstieg und Niedergang jeder einzelnen Seele verfolgen.«

Ich beobachtete sie schweigend.

»Im Lauf der Jahre erwarb ich eine noch bedeutendere Fähigkeit – meinen Körper zu verlassen und mich zu dem Sterblichen zu begeben, dessen Stimme ich lauschte, um dann durch die Augen jenes Sterblichen zu sehen. Ich schlüpfte in diesen und jenen Körper. Ich ging im prallen Sonnenschein und durch pechschwarze Nacht; ich litt, ich hungerte, ich erduldete Schmerz.

Manchmal begab ich mich in die Körper von Unsterblichen, wie ich mich in den Körper von Baby Jenks begeben habe. Oft war ich auch in Marius zu Gast. Dieser selbstsüchtige, eitle Marius, der Gier mit Respekt verwechselt. Oh, ich liebte ihn. Ich liebe ihn immer noch; er hat für mich gesorgt. Mein Betreuer.«

Ihre Stimme klang bitter, aber nur einen Augenblick lang. »Aber viel öfter steckte ich in den Armen und Geplagten, das war das rauhe, wirkliche Leben, nach dem ich mich sehnte.«

Sie unterbrach sich; ihre Augen waren umwölkt; die Brauen zogen sich zusammen, und Tränen stiegen in ihre Augen. Doch ich kannte die Fähigkeit, von der sie sprach, nur oberflächlich. Ich hätte sie so gerne getröstet, aber als ich Anstalten machte, sie zu umarmen, gab sie mir ein Zeichen, mich ruhig zu verhalten.

»Ich vergaß, wer ich war, wo ich war«, fuhr sie fort. »Ich war das Geschöpf, dessen Stimme ich gewählt hatte. Manchmal jahrelang. Dann mußte ich wieder mit Schrecken feststellen, daß ich ein bewegungsloses, nutzloses Ding war, verdammt, für immer und ewig in einem goldenen Schrein zu sitzen! Daß alles, was ich gesehen und gehört hatte, nur eine Illusion gewesen war, das Beobachten eines anderen Lebens. Ich kehrte zu mir selbst zurück. Ich wurde wieder das, was du vor dir siehst. Dieses Götzenbild mit einem Herz und einem Gehirn.«

Ich nickte. Als ich sie vor Jahrhunderten zum ersten Mal gesehen hatte, dachte ich mir, daß sie unsägliche Qualen erduldete. Und ich hatte recht gehabt. »Ich wußte, daß er dich gefangenhielt«, sagte ich. Ich sprach von Enkil. Enkil, der jetzt vernichtet war. Ein gestürztes Götzenbild. Ich erinnerte mich, wie ich in dem Schrein von ihr getrunken hatte und wie er gekommen war, um sie für sich zu fordern, und mir um ein Haar den Garaus gemacht hätte. War ihm überhaupt klar gewesen, was er da eigentlich tat? War schon damals jegliche Vernunft in ihm ausgelöscht gewesen?

Statt einer Antwort lächelte sie nur. Unruhigen Blicks sah sie in die Dunkelheit. Ein fast magisches Schneetreiben hatte wieder eingesetzt, das das Licht der Sterne und des Mondes auffing und es über die ganze Welt zerstreute.

»Was geschah, war beabsichtigt gewesen«, antwortete sie schließlich. »Ich sollte die Jahre verbringen, um immer mehr Kraft anzusammeln. Um schließlich so stark zu werden, daß es niemand ... niemand mit mir aufnehmen konnte. Am Schluß war er nur noch ein Werkzeug, mein armer, geliebter König, mein Leidensgenosse. Sein Geist war untergegangen, ja. Und ich habe ihn nicht vernichtet, nicht eigentlich. Ich habe mir nur das einverleibt, was von ihm noch übrig war. Und zuweilen war ich so leer wie er gewesen, so stumm, so willenlos, daß es nicht einmal mehr zum Träumen reichte. Nur gab es für ihn keine Wiederkehr mehr. Er hatte seine letzten Visionen gehabt. Er war nutzlos geworden. Er ist den Tod eines Gottes gestorben, weil er mich noch stärker gemacht hat. Und es war alles beabsichtigt, mein Prinz. Alles von Anfang bis Ende beabsichtigt.«

»Aber wie? Von wem?«

»Von wem?« Sie lächelte wieder. »Verstehst du denn nicht? Du brauchst nie wieder nach irgendeiner Ursache zu forschen. Ich bin die Erfüllung, und von jetzt an werde ich die Ursache sein. Nichts und niemand kann mir noch Einhalt gebieten. Alte Verwünschungen sind bedeutungslos. Stumm und bewegungslos habe ich eine derartige Macht erlangt, daß mir nichts mehr in der Welt etwas antun kann. Sogar meine Erste Brut kann mir nichts anhaben, obwohl sie sich gegen mich verschworen hat. Es war mir bestimmt, all die Jahre zu verharren – bis du kamst.«

»Aber was soll ich schon geändert haben?«

Sie kam einen Schritt näher. Sie legte ihren Arm um mich, der sich weich, nicht so hart wie gewöhnlich anfühlte. Wir waren nur zwei Wesen, die nebeneinanderstanden, und sie kam mir unbeschreiblich schön vor, so rein, so überirdisch. Ich lechzte von neuem nach ihrem Blut, wollte mich niederbücken, ihren Hals küssen.

Wieder legte sie mir den Finger auf die Lippen.

»Erinnerst du dich noch, als du ein kleiner Junge warst?« fragte sie. »Denk an die Zeit zurück, da du sie angefleht hast, dich auf die Klosterschule zu schicken. Erinnerst du dich der Dinge, die dich die Mönche gelehrt haben? Erinnerst du dich der Gebete, der Hymnen, der Stunden, da du in der Bibliothek gearbeitet, der Stunden, da du in der Kapelle allein gebetet hast?«

»Ich erinnere mich, natürlich.« Ich spürte, wie mir die Tränen kamen. Ich sah alles genau vor mir, die Klosterbibliothek und die Mönche, die mich in dem Glauben unterrichtet hatten, ich würde dereinst in den Priesterstand treten. Ich sah die kleine, kalte Zelle mit ihrer Pritsche; ich sah das Kloster und den rosa durchschleierten Garten; Gott, ich wollte mich jetzt nicht an diese Zeiten erinnern. Aber es gibt Sachen, die nie der Vergessenheit anheimfallen.

»Erinnerst du dich an den Morgen, da du in die Kapelle gingst«, fuhr sie fort, »und auf dem nackten Marmorboden niederknietest und Gott sagtest, du würdest alles tun, wenn er nur einen guten Menschen aus dir machte?«

»Ja, ein guter Mensch...« Jetzt war es meine Stimme, die leicht verbittert klang.

»Du sagtest, du würdest jedes Martyrium, unsagbare Qualen auf dich nehmen, wenn es dir vergönnt sei, ein guter Mensch zu werden.«

»Ja, ich erinnere mich.« Ich sah die alten Heiligen; ich hörte die Hymnen, die mein Herz bewegt hatten. Ich erinnerte mich des Morgens, als meine Brüder gekommen waren, um mich nach Hause zurückzubringen, und ich sie auf Knien angefleht hatte, mich bleiben zu lassen.

Ich konnte vor Trauer nichts sagen. Ich sah dem fallenden Schnee zu. Ich ergriff ihre Hand und spürte ihre Lippen an meiner Wange.

»Du wurdest für mich geboren, mein Prinz«, sagte sie. »Du wurdest geprüft und vollendet. Und als du später ins Schlafzimmer deiner Mutter gingst, um sie mit dir in die Welt der Untoten zu nehmen, war das nur eine Vorwegnahme deiner eigentlichen Aufgabe, mich zu erwecken. Ich bin deine wahre Mutter, die Mutter, die dich nie verlassen wird. Auch ich bin gestorben und wurde wiedergeboren. Und alle Religionen der Welt, mein Prinz, preisen dich und mich.«

»Wie das?« fragte ich. »Wie kann das sein?«

»Ah, das weißt du doch. *Du weißt es!*« Sie nahm mir den Degen ab und ließ ihn auf den Rosthaufen fallen – der letzte klägliche Rest meines sterblichen Lebens.

»Entledige dich deiner alten Illusionen«, sagte sie. »Deiner Hemmungen. Die sind jetzt ebenso unnütz wie diese alten Waffen. Gemeinsam werden wir die Mythen dieser Welt verwirklichen.«

Ein Schauder durchfuhr mich, ein dunkler Schauder des Unglaubens und der Verwirrung; aber ihre Schönheit beruhigte mich gleich wieder.

»Du wolltest ein Heiliger sein, als du da in der Kapelle knietest«, sagte sie. »Mit mir wirst du nun ein Gott sein.«

Ich war nahe daran, ihr zu widersprechen. Ich hatte Angst; eine dunkle Ahnung überkam mich. Was sollten ihre Worte bloß bedeuten?

Aber schon legte sie ihren Arm um mich, und durch das zerborstene Dach entschwebten wir dem Turm. Ein schneidend scharfer Wind umfing uns, und ich wandte mich ihr zu. Mein rechter Arm legte sich um ihre Hüfte, und ich bettete meinen Kopf an ihre Schulter.

Mit sanfter Stimme forderte sie mich auf zu schlafen. Erst in

Stunden würde die Sonne über jenem Land aufgehen, dem wir entgegenstrebten, der Stätte meiner ersten Unterrichtsstunde.

Unterrichtsstunde. Plötzlich weinte ich wieder. Klammerte mich an sie, weinte, weil ich verloren war und weil es außer ihr nichts gab, an das ich mich hätte klammern können. Und Entsetzen beschlich mich bei dem Gedanken, was sie von mir verlangen würde.

2
Marius: Vereinigung

Sie trafen sich wieder am Rande des Rotholzwaldes, ihre Kleider zerlumpt, ihre Augen tränend vom Wind. Pandora stand rechts von Marius, Santino links von ihm. Und von dem Haus am anderen Ende der Lichtung kam ihnen Mael entgegengesprungen.

Wortlos umarmte er Marius.

»Alter Freund«, sagte Marius, aber seine Stimme war leblos. Erschöpft sah er an Mael vorbei und richtete den Blick auf die erleuchteten Fenster des Hauses. Er spürte, daß sich hinter dem sichtbaren Gebäude mit seinem Giebeldach noch ein riesiger Wohnsitz in den Berg erstreckte.

Und was erwartete ihn da? Was erwartete sie alle? Er hatte keine Ahnung, und er sehnte sich danach, wenigstens eines winzigen Teils seiner Seele wieder habhaft werden zu können.

»Ich bin müde«, wandte er sich an Mael. »Mir ist von der Reise noch ganz schlecht. Laß mich hier ein wenig ausruhen. Ich komme später nach.«

Im Gegensatz zu Pandora hatte er nichts gegen die Fähigkeit zu fliegen, dennoch laugte es ihn regelmäßig aus. In dieser Nacht der Nächte war es besonders schlimm gewesen, und jetzt mußte er erst einmal die Erde unter den Füßen spüren, den Wald riechen und in Ruhe das ferne Haus betrachten. Sein Haar war vom Wind zerzaust und noch immer von vertrocknetem Blut verklebt. Die Hose und die schlichte graue Wolljacke, die er in der Ruine seines Hauses gefunden hatte, wärmten ihn nur schlecht. Er hüllte sich fester in seinen schwarzen Umhang, nicht weil die Nacht hier so kalt war, sondern weil er noch immer vom Wind durchfroren war.

Mael schien seine zögerliche Art nicht zu gefallen, aber er fand sich damit ab. Argwöhnisch blickte er Pandora an, der er noch nie über den Weg getraut hatte, und dann richtete er sein Augenmerk in offener Feindseligkeit auf Santino, der damit beschäftigt war, seine schwarze Kleidung glattzuklopfen und sein hübsches, tadellos geschnittenes schwarzes Haar zu kämmen. Kurz trafen sich ihre Blicke, wobei Santino vor Boshaftigkeit geradezu strotzte; dann wandte sich Mael ab.

Marius verharrte in Gedanken versunken. Zu seinem Erstaunen war er nun wieder vollständig geheilt. So wie Sterbliche erfahren müssen, daß sie Jahr um Jahr älter und schwächer werden, müssen Unsterbliche begreifen lernen, daß sie immer stärker werden.

Kaum eine Stunde war vergangen, seit Santino und Pandora ihn aus der Eisgrube befreit hatten, und jetzt fühlte er sich, als sei nichts geschehen, als wäre er nicht zehn Tage und Nächte lang hilflos eingeklemmt und immer wieder den Alpträumen über die Zwillinge ausgesetzt gewesen.

Die Zwillinge. Die rothaarige Frau wartete im Haus auf sie. Santino hatte es ihm erzählt. Mael wußte es auch. Aber wer war sie? Und warum wollte er die Antwort nicht wissen? Warum war dies die schwärzeste Stunde seines Daseins? Sein Körper war zweifellos wieder völlig geheilt; aber was würde seine Seele heilen?

Armand in diesem seltsamen Holzhaus am Fuß der Berge? Wieder Armand nach all dieser Zeit. Santino hatte ihm auch von Armand erzählt und daß die anderen – Louis und Gabrielle – ebenfalls verschont geblieben waren.

Mael musterte ihn. »Er wartet auf dich«, sagte er. »Dein Amadeo.« Das klang keineswegs zynisch oder ungeduldig, sondern respektvoll.

Und aus dem großen Schatz seiner Erinnerungen, den Marius stets mit sich trug, tauchte ein längst verschütteter Augenblick auf – wie Mael in den Palazzo in Venedig kam in jenen seligen Jahren des fünfzehnten Jahrhunderts, als Marius und Armand so glücklich gewesen waren und Mael den sterblichen Knaben mit den anderen Gesellen an einem Wandbild hatte arbeiten sehen, das Marius erst kürzlich ihren weniger geübten Händen überlassen hatte. Seltsam, wie lebhaft der Geruch der Eitempera und der Kerzen vor ihm auftauchte und jener vertraute Geruch – in der Erinnerung nicht einmal unangenehm –, der ganz Venedig durchdrang, der Fäulnisgestank der dunklen Wasser in den Kanälen. – »Und diesen wirst du zu deinesgleichen machen?« hatte Mael in aller Offenheit gefragt.

»Wenn's an der Zeit ist«, hatte Marius abweisend geantwortet, »wenn's an der Zeit ist.« Kaum ein Jahr später hatte er sich diesen kleinen Schnitzer erlaubt. »Komm in meine Arme, Kleiner, ich kann nicht ohne dich leben.«

Marius blickte auf das Haus in der Ferne. *Meine Welt erzittert, und ich denke an ihn, meinen Amadeo, meinen Armand.* Bitterkeit war nichts gegen seine gegenwärtige Geistesverfassung. *Hätte sie alle vernichten sollen, Die Mutter und Den Vater. Hätte uns alle vernichten sollen.*

»Den Göttern sei Dank«, sagte Mael, »daß du das nicht getan hast.«

»Und warum?« fragte Marius. »Sag mir, warum?«

Pandora erschauderte. Er spürte, wie sich ihr Arm um seine Hüfte legte. Und warum wurde er darob so wütend? Er wandte sich ihr abrupt zu; er wollte sie schlagen, sie fortstoßen. Aber was sich seinen Augen darbot, ließ ihn innehalten. Sie sah ihn nicht einmal an; sie blickte so abwesend und müde drein, daß er seine eigene Erschöpfung um so stärker spürte. Er wollte weinen. Pandoras Wohlergehen war immer entscheidend für sein eigenes Überleben gewesen. Er mußte nicht einmal in ihrer Nähe sein – es war sogar besser, wenn sie getrennt waren –, aber er mußte wissen, daß sie irgendwo war, daß sie einander wiedertreffen würden. Jetzt jedoch beschlich ihn eine böse Ahnung. Wenn er verbittert war, so war Pandora verzweifelt.

»Komm«, sagte Santino, »sie warten.« Er sagte das mit erlesener Höflichkeit.

»Ich weiß«, antwortete Marius.

»Ach, was sind wir doch für ein Trio!« flüsterte Pandora plötzlich. Sie war erschöpft, dürstete nach Schlaf und Träumen, doch schützend hielt sie Marius' Hüfte noch fester umklammert.

»Ich kann mich auch ohne deine Hilfe fortbewegen, vielen Dank«, sagte er mit ungewohnter Boshaftigkeit und ausgerechnet zu jener, die er am meisten liebte.

»Dann geh«, antwortete sie. Und eine Sekunde lang sah er ihre alte Wärme, ihren alten Humor aufblitzen. Sie puffte ihn sanft in die Rippen und ging dann alleine dem Haus entgegen.

Er folgte ihr und hegte trübe Gedanken. Er konnte diesen Unsterblichen in keiner Weise nützlich sein. Doch ging er mit Mael und Santino in das Licht, das aus den Fenstern strömte. Der Wald lag im

Schatten, kein Blatt bewegte sich. Aber die Luft war gut hier, war, voll labender Düfte.

Armand. Am liebsten hätte er geweint.

Dann sah er, wie die Frau in der Tür erschien. Eine Sylphide mit ihrem langen roten Lockenhaar, in dem das Licht spielte.

Ihm wurde ein klein wenig unbehaglich zumute. So alt wie Akascha war sie allemal. Ihre blassen Augenbrauen waren ganz in ihr fahles Gesicht übergegangen. Ihr Mund hatte überhaupt keine Farbe mehr. Und ihre Augen... Ihre Augen waren nicht wirklich ihre Augen. Nein, sie waren einem sterblichen Opfer geraubt, und sie versagten ihr bereits den Dienst. Sie konnte nicht sehr gut sehen, als sie ihn anblickte. Ah, sie war der blinde Zwilling aus den Träumen. Und es schmerzten sie die zarten Nervenstränge, die zu den gestohlenen Augen führten.

Pandora blieb an der untersten Stufe stehen.

Marius ging an ihr vorbei und betrat die Veranda. Er stand der rothaarigen Frau gegenüber, wunderte sich über ihre Größe – sie war so groß wie er – und die ausgewogene Symmetrie ihres maskenartigen Gesichts. Sie trug ein hochgeschlossenes schwarzes Wollgewand, das sich über ihren kleinen Brüsten wölbte. Wirklich hübsch. Diese Gewandung ließ ihr Gesicht noch durchsichtiger und abgehobener erscheinen, wie eine von hinten erleuchtete Maske, die in einem Rahmen roten Haars erglühte.

Aber da war noch viel mehr Erstaunliches als diese einfachen Merkmale, die ihr vielleicht schon in der ein oder anderen Form vor sechstausend Jahren zu eigen waren. Die Lebenskraft dieser Frau verblüffte ihn. Sie verlieh ihr unendliche Wendigkeit und etwas Bedrohliches. War sie die wahre Unsterbliche, die, die nie geschlafen hatte, nie verstummt war, nie von Irrsinn erlöst worden war? Eine, die klar denkend und taktierend seit ihrer Geburt durch all die Jahrtausende gewandelt war?

Sie ließ ihn wissen, daß genau dies der Fall war.

Er war sich ihrer unermeßlichen Kraft bewußt, aber gleichzeitig ihrer Ungezwungenheit, ihrer enormen geistigen Aufnahmefähigkeit.

Wie sollte man jedoch ihren Gesichtsausdruck deuten? Wie sollte man wissen, was sie wirklich fühlte?

Sie strahlte eine innige, zarte Weiblichkeit aus, die nicht weniger geheimnisvoll war als alles andere an ihr, eine Verletzlichkeit, die er ausschließlich mit Frauen in Verbindung brachte, obgleich er sie schon hie und da bei sehr jungen Männern beobachtet hatte. Zu einer anderen Zeit hätte ihn das bezaubert, jetzt registrierte er es bloß, so wie er ihre langen, goldlackierten Fingernägel registrierte und die Ringe, die sie trug.

»All die Jahre hast du um mich gewußt«, sagte er höflich, wobei er sich des alten Latein bediente. »Du wußtest, daß ich Die Mutter und Den Vater bewahrte. Warum bist du nicht zu mir gekommen? Warum hast du mir nicht gesagt, wer du bist?«

Sie dachte lange nach, ehe sie antwortete, und ihr Blick heftete sich plötzlich auf die anderen, die näher kamen.

Diese Frau kam Santino furchterregend vor, obwohl er sie sehr gut kannte. Auch Mael hatte Angst vor ihr, wenn auch nicht ganz so sehr. Ja, es schien, daß Mael sie liebte und ihr auf eine unterwürfige Weise hörig war. Pandora schließlich war allenfalls besorgt. Sie ging sogar noch ein paar Schritte auf ihn zu, als wollte sie unbedingt neben ihm stehen.

»Ja, ich habe um dich gewußt«, sagte die rothaarige Frau plötzlich. Sie sprach modernes Englisch. Kein Zweifel, es war die Stimme des Zwillingsmädchens aus dem Traum, des blinden Zwillingsmädchens, das den Namen seiner stummen Schwester gerufen hatte, Mekare, als sie beide von dem wütenden Pöbel in die Steinsärge gesperrt wurden.

»Wenn ich gekommen wäre, hätte ich vielleicht deinen Schrein zerstört«, sagte sie. »Vielleicht hätte ich den König und die Königin im Meer begraben. Vielleicht hätte ich sie vernichtet und dabei uns alle mit. Und das wollte ich nicht. Und darum habe ich nichts getan. Was hätte ich denn tun sollen, wenn es nach dir gegangen wäre? Ich konnte dir deine Bürde nicht abnehmen. Ich konnte dir nicht helfen. Also bin ich nicht gekommen.«

Diese Antwort war besser, als er erwartet hatte. Es war nicht unmöglich, dieses Geschöpf zu mögen. Andererseits war das erst der Anfang. Und ihre Antwort – sie war noch nicht die ganze Wahrheit.

»Nein? Was ist die ganze Wahrheit?« fragte sie. »Daß ich dir nichts schuldig war, am wenigsten das Wissen um meine Existenz. Und was berechtigt dich zu der Unverschämtheit, daß ich mich dir hätte zu erkennen geben sollen? Ich habe Tausende wie dich gesehen. Ich weiß, wann du erschaffen worden bist. Ich weiß, wann du zugrunde gehst. Wir befinden uns alle in Gefahr. Alle Lebenden sind in Gefahr! Und wenn das vorbei ist, werden wir einander vielleicht lieben und respektieren. Vielleicht auch nicht. Vielleicht werden wir alle tot sein.«

»Möglich«, sagte er ruhig. Er konnte sich eines Lächelns nicht erwehren. Sie hatte recht. Und er mochte die Art, wie sie so knallhart die Dinge aussprach.

Nach seiner Erfahrung waren alle Unsterblichen unwiderruflich von dem Zeitalter geprägt, in dem sie geboren worden waren. Und das traf auch auf sie zu, deren Worte von grimmer Schlichtheit waren, obwohl mit anheimelnd weicher Stimme ausgesprochen.

»Ich bin nicht ich selbst«, fuhr er zögernd fort. »Ich habe das alles nicht so gut überstanden, wie ich es hätte überstehen sollen. Mein Körper ist geheilt – das alte Wunder. Aber ich begreife meine gegenwärtige Sicht der Dinge nicht, die Verbitterung, die völlige...« Er unterbrach sich.

»Die völlige Dunkelheit«, sagte sie.

»Ja. Noch nie war das Leben so sinnlos erschienen. Nicht für uns, sondern – um mit deinen Worten zu sprechen – für alle lebenden Dinge. Das ist doch ein Witz, oder? Das Bewußtsein ist doch nur ein Witz.«

»Nein«, sagte sie. »Das stimmt nicht.«

»Ich bin anderer Ansicht. Sag mir, wieviel tausend Jahre hast du schon gelebt, ehe ich geboren wurde? Wieviel weißt du, was ich nicht weiß?« Wieder mußte er daran denken, wie er eingekerkert gewesen war, wie das Eis ihm Schmerzen durch alle Glieder gejagt hatte. Er mußte an die Stimmen der Unsterblichen denken, die ihm geantwortet hatten; an die Befreier, die ihm entgegeneilten und allesamt in Akaschas Flammen umkamen. Er hatte sie sterben gehört und gesehen! Und was hatte ihm Schlaf bedeutet? Der Traum über die Zwillinge.

Plötzlich umgriff sie zärtlich seine rechte Hand. Es kam ihm vor, als würde er in den Schlund einer Maschine reichen.

»Marius, wir brauchen dich jetzt«, sagte sie erregt.

»Aber warum bloß, um Himmels willen?«

»Laß deine Scherze«, antwortete sie. »Komm ins Haus. Wir müssen uns unterhalten, solange wir noch Zeit haben.«

Anmutig öffnete sie ihre Arme. Die Geste schockierte ihn, da er in den Träumen so oft gesehen hatte, wie sie sich auf diese Weise anschickte, ihre Schwester zu umarmen. »Ich heiße Maharet«, sagte sie. »Sprich mich mit meinem Namen an, und begrabe dein Mißtrauen. Komm in mein Haus.«

Sie beugte sich vor, nahm sein Gesicht in ihre Hände und küßte ihn auf die Wange. Ihr rotes Haar berührte seine Haut, was ihn verwirrte. Auch der Parfumgeruch, der ihren Kleidern entstieg, verwirrte ihn – ein orientalischer Weihrauchduft, der ihn an den Schrein erinnerte.

»Maharet«, sagte er wütend. »Wenn ich gebraucht werde, warum bist du dann nicht gekommen, als ich in diesem Gefängnis aus Eis schmachtete? Hätte sie *dir* Einhalt gebieten können?«

»Marius, ich bin gekommen«, sagte sie. »Und jetzt bist du hier bei uns.« Sie ließ die Hände sinken. »Glaubst du vielleicht, ich hätte während all der Nächte, als die Unseren zerstört wurden, nichts zu tun gehabt? Weltweit metzelte sie jene nieder, die ich geliebt oder gekannt hatte. Und dann hatte ich auch noch an meinem eigenen Unglück zu tragen...« Sie hielt inne.

Sie litt körperliche und seelische Schmerzen, und ihre Augen füllten sich mit Bluttränen. Schon seltsam, wie gebrechlich die Augen in diesem unzerstörbaren Körper waren. Und das Leiden, das sie verströmte, war ihm unerträglich – es war wie die Träume selbst, die Träume von den Zwillingen, die ihn wie mit einem Fluch belegt hatten, denen er wehrlos ausgeliefert gewesen war. Und plötzlich wurde ihm etwas klar...

»Du bist nicht die, die uns die Träume geschickt hat!« flüsterte er. »Du bist nicht die Quelle.«

Sie schwieg.

»Gütiger Himmel, wo ist deine Schwester? Was hat das alles zu bedeuten?«

Sie schreckte leicht zurück, als hätte er das Innerste ihres Herzens getroffen. Sie versuchte, ihre Gedanken zu verbergen, aber er spürte ihren Schmerz. Stumm sah sie ihn an, als wollte sie ihn wissen lassen, daß sie eine unverzeihliche Sünde begangen hatte.

Mael und Santino wagten nicht, etwas zu sagen; er spürte, wie sie es mit der Angst zu tun bekamen. Pandora kam noch näher und ergriff seine Hand, um ihn zu warnen.

Warum hatte er sich so ungeduldig, mit so brutaler Offenheit geäußert? *Ich hatte an meinem eigenen Unglück zu tragen*... Aber sei's drum!

Er sah zu, wie sie die Augen schloß und die Finger sanft gegen die Lider preßte, als wollte sie den Schmerz in ihren Augen vertreiben, aber es war vergeblich.

»Maharet«, sagte er aufstöhnend. »Wir befinden uns in einem Krieg, und wir stehen auf dem Schlachtfeld und beschimpfen einander. Dabei will ich nur verstehen.«

Sie sah ihn scharf, fast gehässig an, wobei sie die Hand noch immer vor ihr Gesicht hielt. Aber er starrte nur ihre zart geschwungenen Finger an, die goldlackierten Nägel und die Rubin- und Smaragdringe, die plötzlich aufblitzten, als seien sie elektrisch geladen.

Ein schrecklicher Gedanke durchfuhr ihn – hörte er nicht auf, sich so dumm zu benehmen, würde er Armand vielleicht nie wiedersehen. Sie könnte ihn vertreiben oder noch schlimmer... und er wollte so gerne Armand sehen – ehe alles vorbei war.

»Komm jetzt rein, Marius«, sagte sie plötzlich mit höflicher, vergebender Stimme. »Komm mit mir, und geh zu deinem alten Kind, und dann werden wir uns mit den anderen zusammentun, die dieselben Fragen haben. Wir werden anfangen.«

»Ja, mein altes Kind...« murmelte er. Die Sehnsucht nach Armand kam ihm wieder wie Musik vor, wie Bartoks Violinmelodien, die in einer entlegenen und sicheren Stätte gespielt wurden, wo es nichts anderes zu tun gab, als zuzuhören. Doch er haßte sie; er haßte sie alle. Er haßte sich selbst. Das andere Zwillingsmädchen, wo war das andere Zwillingsmädchen? Dschungelbilder blitzten auf. Er versuchte, Vernunft in seine Gedanken zu bringen, aber es gelang ihm nicht. Der Haß vergiftete ihn.

Schon oft hatte er beobachtet, wie die Sterblichen das Leben verdammten. Er hatte gehört, wie die Weisesten unter ihnen sagten: »Das Leben lohnt sich nicht.« Und er hatte es nie zu ergründen gesucht; nun, jetzt verstand er es.

Irgendwie begriff er, daß sie sich den anderen zugewandt hatte.

Sie hieß Santino und Pandora willkommen, forderte sie auf, einzutreten.

Wie in Trance sah er, daß sie sich umdrehte und voranging. Ihr Haar strömte in einem Wust weicher roter Locken bis zu ihren Hüften. Er verspürte den Wunsch, es zu berühren, herauszubekommen, ob es wirklich so weich war, wie es aussah. Erstaunlich, daß ihn in diesem Moment etwas Schönes abzulenken vermochte, so daß er sich geradezu wohl fühlte; als sei nichts geschehen. Ihm war, als sei der Schrein wieder in Ordnung; der Schrein im Mittelpunkt seiner Welt. Ah, das idiotische menschliche Gehirn, dachte er, wie es alles an sich reißt! Und der Gedanke, daß Armand wartete, so nahe...

Sie führte sie durch eine Reihe großer, spärlich möblierter Zimmer. Trotz aller Weitläufigkeit hatte man das Gefühl, sich in einer Zitadelle zu befinden.

Jetzt schritten sie durch eine Stahltür in das Innere des Berges. Erdgeruch umfing ihn. Sie durchmaßen mit Blech ausgeschlagene Korridore. Er konnte die Generatoren, die Computer hören, jenes einlullende elektronische Summen, das ihm in seinem eigenen Haus ein so hübsches Sicherheitsgefühl vermittelt hatte.

Schließlich erreichten sie einen Treppenabsatz und betraten eine abgedunkelte Kammer. Eine geöffnete Tür führte in einen wesentlich größeren Raum, wo die anderen warteten; aber Marius war zunächst nur von einem fernen Feuer geblendet, und er wandte seine Augen ab.

Jemand erwartete ihn in dieser Kammer, jemand, den er kaum wahrzunehmen vermochte. Eine Gestalt, die jetzt hinter ihm stand. Und als Maharet mit Pandora und Santino und Mael in den großen Raum ging, verstand er, was geschehen würde. Um seine Fassung wiederzugewinnen, atmete er langsam durch und schloß die Augen.

Wie nichtig kam ihm seine Verbitterung vor; es kam ihm in den Sinn, daß jener da jahrhundertelang nur hatte leiden müssen; daß die Begierden seiner Jugend der Ewigkeit anheimgegeben worden waren; jener, den er weder beschützt noch vervollkommnet hatte. Wie oft hatte er in all den Jahren von einem Wiedersehen geträumt, aber nie hatte er den Mut dazu gehabt; und nun, auf diesem Schlachtfeld, in dieser Zeit des Niedergangs und der Umwälzung, sollten sie einander endlich wiederbegegnen.

»Mein Geliebter«, flüsterte er. »Mein schöner Amadeo.«
Ihre Hände berührten einander.

Noch immer war dieses unnatürliche Fleisch geschmeidig wie Menschenfleisch, so kalt und so weich. Marius konnte nicht an sich halten, er weinte. Schließlich öffnete er die Augen, um die Knabengestalt zu sehen, die da vor ihm stand. So hingebungsvoll, so gefügig. Dann öffnete er seine Arme.

Durch seine Tränen sah er, daß ihm keinerlei Schuld zugewiesen wurde für das große Experiment, das so schmählich gescheitert war. Er sah das Gesicht, das er einst in einem venezianischen Palast gemalt hatte, inzwischen leicht verdüstert durch das, was wir naiverweise Weisheit nennen, und er sah dieselbe Liebe, auf die er in jenen vergangenen Nächten in Venedig so sehr gezählt hatte.

Hätten sie jetzt bloß Zeit gehabt, Zeit, die Ruhe des Waldes aufzusuchen, irgendeinen warmen, abgelegenen Platz im erhabenen Rotholz, um dort ganze Nächte hindurch miteinander zu sprechen. Aber die anderen warteten, und darum waren diese Augenblicke um so kostbarer, um so trauriger.

Er hielt Armand eng umschlungen. Er küßte seine Lippen und sein langes, loses Haar. Er ließ seine Hand begehrlich über Armands Schultern gleiten. Er blickte auf die schlanke weiße Hand, die er festhielt. Jedes Detail hatte er auf Leinwand festzuhalten versucht, damals.

»Sie warten, oder?« fragte er. »Sie gönnen uns jetzt nicht mehr als diese wenigen Augenblicke.«

Armand nickte. Mit leiser, kaum hörbarer Stimme sagte er: »Es ist genug. Ich habe immer gewußt, daß wir einander wiederbegegnen würden.« Ach, welch schöne Erinnerungen weckte der Klang seiner Stimme. Der Palazzo mit seinen Kassettendecken, seinen mit rotem Samt ausgeschlagenen Betten. »Sogar in Momenten größter Gefahr«, fuhr die Stimme fort, »wußte ich, daß wir einander begegnen würden, ehe ich die Freiheit hätte zu sterben.«

»Freiheit zu sterben?« antwortete Marius. »Wir haben doch immer die Freiheit zu sterben. Jetzt müssen wir den Mut haben, es auch zu tun, falls das der richtige Weg ist.«

Armand schien darüber kurz nachzudenken. »Ja, das ist wahr«, sagte er.

»Ich liebe dich«, flüsterte Marius plötzlich leidenschaftlich wie ein Sterblicher. »Ich habe dich immer geliebt. Ich wollte, ich könnte jetzt an irgend etwas anderes als an die Liebe glauben; aber ich kann es nicht.«

Ein Geräusch unterbrach sie. Maharet war zur Tür gekommen.

Marius legte den Arm um Armands Schulter. Ein letzter Augenblick des Schweigens und des Verstehens vereinigte sie. Dann folgten sie Maharet in einen riesigen Raum am Bergesgipfel.

Alles war aus Glas, außer der Wand hinter ihm und dem eisernen Kamin an der anderen Seite, dessen Feuer den Raum erleuchtete. Der Blick schweifte über die Wipfel der riesigen Bäume zu dem milden pazifischen Himmel empor mit seinen Dunstwolken und kleinen, ängstlichen Sternen.

Es war schön, und er mußte daran denken, daß er eben erst hoch da oben durch die Dunkelheit geschwebt war. Freude durchströmte ihn wieder wie schon beim Anblick von Maharets rotem Haar. Kein Kummer, wie an Armands Seite; einfach nur Freude. Ein Grund, am Leben zu bleiben.

Plötzlich kam ihm der Gedanke, daß ihm Verbitterung oder Reue nicht gut zu Gesichte standen, daß er für derlei nicht geschaffen war und daß er sich augenblicklich zusammennehmen mußte, wollte er seine Würde wiedererlangen.

Ein kurzes Lachen begrüßte ihn, das freundliche, unaufdringliche Lachen eines Grünschnabels. Er lächelte und warf einen Blick auf Daniel. Daniel, der anonyme »Knabe« aus *Gespräch mit dem Vampir*. Sofort fiel ihm ein, daß dies Armands Kind war, das einzige Kind, das Armand je geschaffen hatte. Dieses überschwengliche und leicht angetrunkene Geschöpf war für seinen Weg auf des Teufels Straße mit allem ausgerüstet, was Armand nur geben konnte.

Rasch musterte er die anderen, die um den ovalen Tisch versammelt waren.

In einiger Entfernung zu seiner Rechten war Gabrielle, das blonde Haar zu einem langen Zopf geflochten und die Augen voll unverhüllter Pein, und neben ihr war Louis, passiv wie je und in Marius' Anblick versunken; dann kam seine geliebte Pandora, deren braunes Kräuselhaar über ihre Schultern quoll und noch immer von kleinen, funkelnden Tröpfchen geschmolzenen Eises durchsetzt war. Zu ihrer Rechten schließlich saß Santino, wie aus dem Ei gepellt, nachdem seine schwarze, elegante Samtkleidung keinerlei Schmutz mehr verunzierte.

Zu seiner Linken saß Khayman, auch einer der Uralten, der seinen Namen stumm und offen preisgab; im Grunde ein furchteinflößendes Wesen, dessen Gesicht noch glatter als das von Maharet war. Marius konnte seinen Blick nicht von ihm abwenden. Nicht einmal die Gesichter Der Mutter und Des Vaters hatten ihn jemals so bestürzt, obwohl auch sie diese schwarzen Augen und dieses schwarze Haar hatten. Es mußte wohl an seinem Lächeln liegen; ein freundlicher Gesichtsausdruck, dem die Zeit nichts hatte anhaben können. Er sah wie ein Mystiker oder Heiliger aus, doch war er ein wüster Killer. Kürzliche Sauggelage hatten seinen Wangen eine leichte Röte verliehen. Mael, struppig und ungekämmt wie immer, hatte sich den Stuhl zur Linken Khaymans genommen. Und dann kam wieder ein Urzeitlicher, Eric, nach Marius' Schätzung über dreitausend Jahre alt, ausgemergelt und von scheinbar gebrechlicher Gestalt, vielleicht dreißig, als er starb. Seine sanften braunen Augen betrachteten Marius nachdenklich. Seine maßgeschneiderte Kleidung glich aufs Haar den Anzügen, die Geschäftsmänner heutzutage von der Stange kauften.

Aber wer war dieses andere Wesen, das rechts von Maharet saß? Ein Schreck durchfuhr ihn. Die andere Zwillingsfrau, war seine vorschnelle Vermutung, als er die grünen Augen und das kupferrote Haar gewahrte.

Aber dieses Wesen war gestern noch zweifellos am Leben gewesen. Ihre Stärke, ihr frostig weißes Aussehen waren ihm schlichtweg unerklärlich, die Art und Weise, wie sie ihn durchbohrend anstarrte, und die überwältigende, telephatische Kraft, die von ihr ausstrahlte, eine Kaskade dunkler und deutlich gezeichneter Bilder, die sich ihrer Kontrolle entzogen. Mit unheimlicher Genauigkeit sah sie das Gemälde, das er vor Jahrhunderten von seinem Amadeo angefertigt hatte, wie er auf Knien betete und von schwarzgeflügelten Engeln umgeben war. Marius fröstelte.

»In den Gewölben der Talamasca«, flüsterte er. »Mein Gemälde?« Er lachte gehässig auf. »Da ist es also!«

Sie hatte Angst; sie hatte nicht beabsichtigt, ihre Gedanken zu offenbaren. Die Talamasca hätte sie gern aus dem Spiel gelassen, und völlig verwirrt sank sie in sich selbst zurück. Ihr Körper schien kleiner zu werden und dennoch seine Kraft zu verdoppeln. Ein Monster. Ein Monster mit grünen Augen und zarten Gliedmaßen. Erst gestern geboren, genau wie er vermutet hatte; sie verfügte noch über lebendiges Gewebe; und plötzlich wußte er alles über sie. Sie hieß Jesse und war ein Geschöpf Maharets. Sie war eine menschliche Nachfahrin dieser Frau gewesen, und nun war sie ein »Kind« ihrer urzeitlichen Mutter geworden. Das Blut, das durch ihre Adern pulsierte, war unvorstellbar machtvoll. Sie hatte nicht den geringsten Durst; sie war noch nicht einmal richtig tot.

Aber er mußte jetzt aufhören, sie so gnadenlos zu durchforschen. Immerhin warteten sie auf ihn.

»Bitte«, sagt Maharet huldvoll und wies auf den leeren Stuhl vor ihm, offensichtlich ein Ehrenplatz am Ende des Tisches; allerdings mußte man einräumen, daß sie selbst am anderen Ende des Tisches stand.

Armand nahm den leeren Stuhl zu seiner Rechten.

Maharet setzte sich geräuschlos nieder. Sie faltete die Hände und legte sie auf den polierten Tisch. Sie neigte ihren Kopf, als wollte sie ihre Gedanken sammeln.

»Sind wir alle, die noch übrig sind?« fragte Marius. »Abgesehen von Der Königin und ihrem Prachtkerl und...« Er hielt inne.

Eine Woge stummer Verwirrung durchfuhr die anderen. Die stumme Zwillingsfrau, wo war sie? Was war das Geheimnis?

»Ja«, antwortete Maharet nüchtern. »Abgesehen von Der Königin und ihrem Prachtkerl und meiner Schwester. Ja, wir sind die einzigen, die übrig sind. Die einzigen, auf die es ankommt.«

Sie hielt inne, um ihre Worte voll zur Geltung zu bringen. Sanft ließ sie ihre Augen über die Versammlung schweifen. »Weit fort«, sagte sie, »mag es noch andere geben – Alte, die sich schon immer abgesondert hatten. Oder jene, die sie noch immer jagt. Aber wir sind die einzigen, die noch schicksalhafte Entscheidungen treffen können.«

»Und mein Sohn«, sagte Gabrielle. Ihre Stimme war scharf, emotionsgeladen und von leichter Mißachtung den Anwesenden gegenüber.« »Möchte mir keiner sagen, was sie mit ihm gemacht hat und wo er ist?« Sie sah zu Marius hin, furchtlos und verzweifelt. »Sicherlich wißt ihr, wo er ist.« Marius war gerührt, da sie Lestat so ähnlich sah. Kein Zweifel, seine Kraft hatte Lestat von ihr bezogen. Aber sie strömte eine Kälte aus, die Lestat niemals würde verstehen können.

»Er ist bei ihr, wie ich dir bereits gesagt habe«, sagte Khayman. »Aber mehr läßt sie uns nicht wissen.«

Offenbar glaubte das Gabrielle nicht. Es zog sie fort von hier, am liebsten hätte sie sich alleine aufgemacht. Die anderen waren gezwungen, am Tisch zu verharren. Aber sie war keinerlei Verpflichtung eingegangen.

»Ich darf das erklären«, sagte Maharet, »weil es von größter Wichtigkeit ist. Natürlich kann sich Die Mutter äußerst geschickt bedeckt halten. Aber wir aus den frühen Jahrhunderten waren nie in der Lage, mit Der Mutter und Dem Vater oder untereinander stumm zu kommunizieren. Wir sind einfach der Quelle zu nahe, die uns zu dem macht, was wir sind. Unser Inneres bleibt uns gegenseitig verschlossen, so wie das bei euch zwischen Meister und Novizen der Fall ist. Erst im Laufe der Zeit, als immer mehr Bluttrinker erschaffen wurden, haben sie die Fähigkeit entwickelt, stumm untereinander zu kommunizieren, wie wir das schon immer mit Sterblichen gekonnt haben.«

»Dann könnte dich Akascha nicht finden«, sagte Marius, »dich oder Khayman – wenn ihr nicht mit uns wäret.«

»Das stimmt. Sie kann uns nur durch euch sehen oder überhaupt nicht. Und wir können sie durch andere sehen. Eine Ausnahme freilich ist ein gewisses Geräusch, das wir hören, wenn sie sich nähert, ein Geräusch, das etwas mit ihrer enormen Energie und mit Atem und Blut zu tun hat.«

»Ja, dieses Geräusch«, murmelte Daniel. »Dieses schreckliche, unbarmherzige Geräusch.«

»Aber können wir uns nirgends vor ihr verbergen?« fragte Eric. »Wir, die sie uns hören und sehen kann?«

»Du weißt, daß das nicht geht«, antwortete Maharet geduldig. »Aber wir verschwenden unsere Zeit. Ihr seid hier, weil sie euch nicht töten kann oder will. Und so sei es! Wir müssen weitermachen.«

»Oder sie hat es noch nicht ganz zu Ende gebracht«, sagte Eric voll Abscheu. »Sie hat sich noch nicht bis ins letzte überlegt, wer sterben und wer leben soll!«

»Ich glaube, du bist hier sicher«, sagte Khayman. »Sie hat doch bei jedem der hier Anwesenden ihre Chance gehabt, oder?«

Genau das war der springende Punkt, dachte Marius. Es war ganz und gar nicht klar, ob die Mutter bei Eric ihre Chance gehabt hatte, Eric, der offenbar mit Maharet gereist war. Erics Blick heftete sich auf Maharet. Marius wurde klar, daß Maharet Eric erschaffen hatte, und niemand wußte genau, ob Eric jetzt nicht zu stark für Die Mutter war. Maharet bat um Ruhe.

»Aber du kannst doch Lestats Gedanken lesen?« sagte Gabrielle. »Kannst du die beiden nicht durch ihn entdecken?«

»Selbst mir bereiten sehr große Entfernungen Schwierigkeiten«, antwortete Maharet. »Wenn es noch andere Bluttrinker gäbe, die Lestats Gedanken erhaschen und mir weitervermitteln könnten, dann könnte ich ihn freilich sofort aufspüren. Aber die gibt es im großen und ganzen nicht mehr. Und Lestat hat schon immer über die natürliche Gabe verfügt, seine Gegenwart zu vernebeln.«

»Sie hat ihn mit sich genommen«, sagte Khayman. Er legte seine Hand über Gabrielles. »Sie wird uns alles offenbaren, wenn sie bereit ist. Und falls sie in der Zwischenzeit Lestat etwas antun will, so kann keiner von uns etwas dagegen unternehmen.«

Marius hätte beinahe losgelacht. Diese Alten glaubten doch tatsächlich, die nackte Wahrheit sei ein Trost. »Die Mutter wird Lestat nichts antun«, wandte er sich an Gabrielle und alle anderen. »Sie liebt ihn. Und im Kern ist es eine ganz alltägliche Liebe. Sie wird ihm nichts antun, weil sie sich selbst nichts antun will. Und ich wette, daß sie all seine Tricks genauso gut kennt wie wir. Er wird sie nicht provozieren können, obwohl er wahrscheinlich leichtsinnig genug ist, es zu versuchen.«

Gabrielle nickte mit einem traurigen Lächeln. Sie war fest davon überzeugt, daß Lestat jeden provozieren würde, wenn er die Gelegenheit dazu hatte.

»Nun gut«, sagte sie kalt. »Beantwortet mir die entscheidende Frage. Wenn ich dieses Monster zerstöre, das meinen Sohn geraubt hat, werden wir dann alle sterben?«

»Wie, zum Teufel, willst du sie zerstören?« fragte Daniel erstaunt. Eric feixte.

Sie warf Daniel einen geringschätzigen Blick zu; Eric ignorierte sie einfach. Sie sah Maharet an. »Nun, stimmt der alte Mythos? Wenn ich diesem alten Miststück, um es unverblümt zu sagen, den Garaus mache, mache ich uns dann auch den Garaus?«

Allgemeines schwaches Gelächter. Marius schüttelte den Kopf. Aber Maharet nickte lächelnd:

»Ja. Der Geist, der ihr innewohnt, beseelt uns alle. Wer ihn zerstört, zerstört die Macht. Die Jungen sterben zuerst; die Alten vergehen langsam; und zuletzt die Allerältesten. Aber sie ist die Königin der Verdammten, und die Verdammten können nicht ohne sie leben. Enkil war nur ihr Gemahl, und darum macht es jetzt auch nichts aus, daß sie ihn umgebracht und sein Blut bis zum letzten Tropfen getrunken hat.«

»Die Königin der Verdammten«, flüsterte Marius. Maharets Stimme hatte sich seltsam verändert, als seien schmerzliche und furchtbare Erinnerungen in ihr aufgerührt worden ... Erinnerungen, die im Lauf der Zeit so wenig verblaßt waren wie die Träume.

»Gabrielle«, sagte Khayman, »wir können Lestat nicht helfen. Wir müssen die Zeit nutzen, um einen Plan zu machen.« Er wandte sich Maharet zu. »Die Träume, Maharet. Warum haben uns die Träume jetzt heimgesucht? Das möchten wir alle wissen.«

Hinhaltendes Schweigen. Alle Anwesenden waren mit diesen Träumen in irgendeiner Weise konfrontiert worden. Gabrielle und Louis waren nur gering von ihnen berührt worden, so gering, daß Gabrielle bis jetzt noch keinen Gedanken an sie verschwendet und Louis sie aus Angst vor Lestat einfach weggewischt hatte. Sogar Pandora, die sich solche Traumerfahrungen nicht eingestehen mochte, hatte Marius von Azims Warnungen erzählt. Santino hatte sie für schreckliche Trancezustände gehalten, denen er nicht entkommen konnte.

Marius wußte nun, daß sie für die Jungen, für Jesse und Daniel, ein schädlicher Zauber gewesen waren, fast so grausam wie für ihn selbst.

Aber Maharet antwortete nicht. Marius spürte, daß sie von noch heftigeren Schmerzen aufgewühlt war.

Er beugte sich ein wenig vor, legte seine gefalteten Hände vor sich auf den Tisch. »Maharet«, sagte er. »Deine Schwester sendet diese Träume aus. Hab ich recht?«

Keine Antwort.

»Wo ist Mekare?« drängte er.

Wieder Schweigen.

Er spürte, wie sie litt. Und wieder tat ihm seine grobe Offenheit leid. Aber wenn er hier von Nutzen sein sollte, mußte er die Dinge vorantreiben. Er dachte wieder an Akascha in ihrem Schrein, obwohl er nicht wußte, warum. Er dachte an ihr Lächeln. Er dachte an Lestat. Aber Lestat war jetzt nur noch ein Symbol. Ein Symbol seiner selbst. Ihrer aller.

Maharet sah ihn auf seltsame Weise an, als sei er ihr ein völliges Rätsel. Sie blickte die anderen an. Schließlich sprach sie:

»Ihr seid Zeugen unserer Trennung gewesen«, sagte sie ruhig. »Ihr alle. Ihr habt es in den Träumen gesehen. Ihr habt den Mob gesehen, der mich und meine Schwester umringt hat; ihr habt gesehen, wie sie uns auseinandergezwungen haben; in steinerne Särge haben sie uns gelegt, Mekare unfähig, mir zuzurufen, weil sie ihr die Zunge herausgeschnitten hatten, und ich unfähig, sie ein letztes Mal zu sehen, weil sie mir die Augen genommen hatten.

Aber ich konnte durch jene sehen, die uns verstümmelt haben. Ich wußte, daß wir zu den Küsten des Meeres gebracht wurden. Mekare zur westlichen und ich zur östlichen.

Zehn Nächte trieb ich auf dem Floß, lebend in dem Steinsarg gefangen. Und als das Floß endlich sank und das Wasser den steinernen Deckel hob, war ich frei. Blind und ausgehungert schwamm ich zur Küste und raubte dem ersten armen Sterblichen, dem ich begegnete, die Augen, um zu sehen, und das Blut, um leben zu können.

Aber Mekare? Sie war in dem großen westlichen Ozean ausgesetzt worden – den Gewässern, die zum Ende der Welt strömen. Doch von der ersten Nacht an habe ich nach ihr gesucht; ich habe Europa, Asien, die Dschungel des Südens und die Eiswüsten des Nordens durchstreift, um sie zu finden. Jahrhundert um Jahrhundert war ich auf der Suche, bis ich schließlich den westlichen Ozean überquerte, als sich auch die Sterblichen zur Neuen Welt aufmachten.

Ich habe meine Schwester nie gefunden. Ich bin nie einem Sterblichen oder Unsterblichen begegnet, der sie gesehen oder ihren Namen gehört hatte. Dann, in diesem Jahrhundert, in den Jahren nach dem zweiten großen Krieg, hat ein einsamer Archäologe an den Wänden einer Berghöhle in Peru unzweifelhafte Spuren meiner Schwester entdeckt – Bilder von meiner Schwester Hand, primitiv eingefärbte Strichmännchen, die die Geschichte unseres gemeinsamen Lebens und Leidens erzählten.

Aber diese Höhlenzeichnungen waren sechstausend Jahre alt. Und vor sechstausend Jahren war mir meine Schwester genommen worden. Nie hatte man andere Spuren ihrer Existenz gefunden.

Doch habe ich niemals die Hoffnung aufgegeben, meine Schwester zu finden. So sicher wie das nur ein Zwilling vermag, habe ich immer gewußt, daß sie noch auf Erden wandelt, daß ich hier nicht alleine bin.

Und jetzt, während dieser zehn letzten Nächte, habe ich erstmals den Beweis, daß meine Schwester noch immer mit mir ist. Die Träume haben es mir übermittelt.

Dies sind Mekares Gedanken, Mekares Bilder, Mekares Greuel und Schmerzen.«

Schweigen. Alle Augen auf sie gerichtet. Marius in stummer Verblüffung. Er fürchtete, daß er wieder als erster sprechen sollte, aber das hier war schlimmer, als er es sich vorgestellt hatte, und die Zusammenhänge waren nicht ganz klar.

Diese Träume entsprangen mit größter Wahrscheinlichkeit nicht einem Bewußtsein, das die Jahrtausende überlebt hatte; vermutlich waren die Visionen von jemandem ausgegangen, der auf die Stufe eines Tieres gesunken war, das von der Erinnerung zu Handlungen getrieben wird, die es weder in Frage stellt noch versteht. Das würde die Klarheit der Träume und ihre ständige Wiederkehr erklären.

Und die Blitze, die er von etwas hatte ausgehen sehen, das sich durch den Dschungel bewegte, sie waren Mekare selbst gewesen.

»Ja«, sagte Maharet augenblicklich. »›In den Dschungeln – umherschweifend‹«, flüsterte sie. »Die Worte des sterbenden Archäologen, auf ein Stück Papier gekritzelt und offenbar für mich bestimmt. ›In den Dschungeln – umherschweifend.‹ Aber wo?«

Es war Louis, der die Stille brach.

»Dann sind die Träume möglicherweise keine bestimmte Botschaft«, sagte er mit leichtem französischem Akzent. »Sie sind vielleicht nur der Ausfluß einer gequälten Seele.«

»Nein. Sie sind eine Botschaft«, sagte Khayman. »Sie sind eine Warnung. Sie sind an uns alle gerichtet und auch an Die Mutter.«

»Aber wie kannst du da so sicher sein?« fragte Gabrielle. »Wir wissen es nicht, was sie jetzt im Schilde führt. Wir wissen nicht einmal, ob sie weiß, daß wir hier sind.«

»Im Gegensatz zu mir«, sagte Khayman, »kennst du nicht die ganze Geschichte. Maharet wird sie uns erzählen.« Er sah Maharet an.

»Ich habe sie gesehen«, sagte Jesse bescheiden und sah Maharet an. »Sie hat einen großen Fluß überquert; sie kommt. Ich habe sie gesehen! Nein, das stimmt nicht. Ich habe sie gesehen, als sei ich sie.«

»Ja«, sagte Marius. »Durch ihre Augen!«

»Ich habe ihr rotes Haar gesehen, als ich hinunterblickte«, sagte Jesse. »Ich habe gesehen, wie der Dschungel bei jedem ihrer Schritte von ihr wich.«

»Die Träume müssen eine Art Botschaft sein«, sagte Mael mit plötzlicher Ungeduld. »Sie erhebt ihre Stimme; sie möchte jemanden wissen lassen, was sie denkt...«

»Oder sie ist besessen und handelt dementsprechend«, sagte Marius. »Und strebt einem bestimmten Ziel entgegen.« Er hielt inne. »Mit dir, ihrer Schwester, vereint zu sein! Was könnte sie sonst schon wollen?«

»Nein«, sagte Khayman. »Das ist nicht ihr Ziel.« Wieder sah er Maharet an. »Sie hat Der Mutter ein Versprechen gegeben, und darin liegt die Bedeutung der Träume.«

Maharet musterte ihn kurz und schweigend; diese Diskussion über ihre Schwester schien mehr, als sie ertragen konnte, doch rüstete sie sich für die Prüfung, die ihr bevorstand.

»Wir waren von Anfang an da«, sagte Khayman. »Wir waren die ersten Kinder Der Mutter, und in diesem Träumen liegt der Ursprung verborgen.«

»Dann mußt du es uns erzählen... alles«, sagte Marius so freundlich, wie er konnte.

»Ja.« Maharet stöhnte. »Und das werde ich auch. Sie sah jeden nacheinander an und heftete dann ihren Blick wieder auf Jesse. »Ich muß euch die ganze Geschichte erzählen«, sagte sie, »damit ihr begreifen könnt, was zu verhindern möglicherweise nicht in unserer Macht steht. Ihr seht, dies ist nicht bloß die Geschichte unseres Ursprungs. Es ist vielleicht auch die Geschichte unseres Endes.« Sie stöhnte plötzlich auf bei dem Gedanken. »Unsere Welt war nie derartig in Aufruhr gewesen«, sagte sie und sah Marius an. »Lestats Musik, die Auferstehung Der Mutter, der Tod ringsum.«

Sie sah kurz nieder, um Kraft zu sammeln. Und dann warf sie Khayman und Jesse, den beiden, die sie am meisten liebte, einen Blick zu.

»Ich habe das noch nie zuvor erzählt«, sagte sie, als würde sie um Nachsicht bitten. »Jetzt kommt mir das wie die reinste Mythologie vor – jene Zeiten, da ich lebendig war. Als ich noch die Sonne sehen konnte. Aber in dieser Mythologie wurzelt all die Wahrheit, die ich weiß. Und wenn wir zurückblicken, könnten wir die Zukunft finden und die Mittel, sie zu ändern. Zumindest können wir uns bemühen zu verstehen, zu lernen.«

Respektvolles, geduldiges Schweigen.

»Am Anfang«, sagte sie, »waren wir Hexen, meine Schwester und ich. Wir sprachen zu den Geistern, und die Geister liebten uns. Bis sie ihre Soldaten in unser Land sandte.«

3

Lestat: Die Himmelskönigin

Sie ließ mich aus. Sofort stürzte ich nieder; der Wind brüllte in meinen Ohren. Aber am schlimmsten war, daß ich nichts sehen konnte! Ich hörte, wie sie sagte: Steig empor.

Einen Moment lang war ich vollkommen hilflos. Unaufhaltsam raste ich der Erde entgegen, dann blickte ich hoch; meine Augen schmerzten, die Wolken schlossen sich über mir zusammen, und ich erinnerte mich an den Turm, das Gefühl des Emporsteigens. Nur schnell die Entscheidung. Nach oben! Und mein Höllensturz hörte augenblicklich auf.

Es war, als hätte mich ein Luftstrudel umfangen. In Sekundenschnelle trieb ich Hunderte von Metern nach oben, und dann waren die Wolken unter mir. Ich ließ mich treiben, ziellos. Vielleicht hätte ich die Augen ganz aufmachen und durch den Wind blicken können, aber ich hatte Angst vor den Schmerzen.

Irgendwo ertönte ihr Gelächter – in meinem Kopf oder über mir, ich wußte es nicht. *Komm, mein Prinz, noch höher.*

Ich wirbelte herum und schoß empor, bis ich sie mir entgegenschweben sah, die Kleider und Zöpfe flatternd im Wind.

Sie umfing und küßte mich. Ich versuchte, Halt zu gewinnen, hielt mich an ihr fest, um hinunterzublicken und etwas durch die Wolkenrisse sehen zu können. Schneebedeckte Berge in blauem Mondlicht, die sich in weiten Tälern verloren.

»Heb mich jetzt hoch«, flüsterte sie in mein Ohr. »Trage mich gen Nordwesten.«

»Ich weiß die Richtung nicht.«

»Aber doch. Der Körper weiß es. Deine Seele weiß es. Frage sie nicht nach dem Weg. Sag ihnen, wohin du willst. Du kennst die Regeln. Als du dein Gewehr angelegt hast, hast du auf den glühenden Wolf geblickt; du hast weder die Entfernung noch die Geschwindigkeit der Patrone ausgerechnet; du hast gefeuert, und der Wolf ging nieder.«

Wieder stieg ich mit derselben unglaublichen Schwungkraft höher, und dann bemerkte ich, daß sie mir schwer im Arm lag. Ihre Augen waren auf mich gerichtet; sie hatte es darauf angelegt, daß ich sie trug. Ich lächelte. Ich glaube, ich lachte laut auf. Ich zog sie näher heran und küßte sie und schwebte ohne Unterbrechung weiter empor. Gen Nordwesten. Das hieß, weiter nach rechts und noch einmal nach rechts und höher hinauf. Ich wußte, welchen Gefilden wir entgegensteuerten. Ich drehte mich um mich selbst, hielt sie fest am mich gedrückt, mochte das Gefühl, wie sich ihre Brüste gegen mich preßten und wie sich ihre Lippen zärtlich über den meinen schlossen.

Sie legte ihren Kopf an mein Ohr. »Hörst du es?« fragte sie.

Ich lauschte. Der Wind war mörderisch, doch von der Erde drang ein dumpfer Chor; singende Menschenstimmen, einige unisono, andere vereinzelt dazwischen; Stimmen, die laut in einer asiatischen Sprache beteten. Aus weiter Ferne konnte ich sie hören und dann ganz aus der Nähe. Es war wichtig, die beiden Geräusche zu unterscheiden. Einmal war da ein langer Zug Gläubiger, die über Pfade und Klippen einen Berg erklommen und sangen, um sich am Leben zu erhalten, während sie sich trotz der Müdigkeit und der Kälte mühsam weiterschleppten. Und zugleich ertönte im Inneren eines Gebäudes ein lauter, ekstatischer Chor, der ungestüm zu den Klängen von Zimbeln und Trommeln sang.

Ich blickte nieder, aber die Wolken hatten sich zu einer undurchdringlichen weißen Decke vereint. Doch durch die Seelen der Gläubigen wurde mir der betörende Anblick eines Hofes gewährt und eines Tempels mit Marmorbögen und großen, bemalten Räumen. Der Zug bewegte sich dem Tempel entgegen.

Wir stießen nach unten durch die Wolkendecke, und dann sah ich den Tempel wie ein kleines Tonmodell emporleuchten. Der Geruch brennender Körper stieg von lodernden Scheiterhaufen auf. Und soweit mein Auge reichte, gewahrte ich Männer und Frauen, die sich über gefährliche Pfade diesem Gewirr aus Dächern und Türmen entgegenkämpften.

»Sag, wer da drinnen ist, mein Prinz«, sagte sie. »Sag mir, wer der Gott dieses Tempels ist.«

Richte deinen Blick darauf! Und dann fahre genau dahin. Der alte Trick, aber plötzlich fiel ich einfach hinunter. Ein schrecklicher Schrei entwand sich meiner Kehle. Sie fing mich auf.

»Vorsichtiger, mein Prinz«, sagte sie und gab mir mein Gleichgewicht zurück.

Ich glaubte, mein Herz würde zerspringen.

»Du kannst dich nicht aus deinem Körper fortbewegen, um in den Tempel zu blicken, und gleichzeitig fliegen. Du mußt durch die Augen der Sterblichen sehen, so wie du es schon früher getan hast.« Ich zitterte noch immer, klammerte mich an sie. »Du mußt deinem Herzen sagen, was du vorhast.«

Ich stöhnte erleichtert auf. Durch den ständigen Druck des Windes tat mein Körper plötzlich weh. Und meine Augen brannten erneut so schrecklich, daß ich nicht sehen konnte. Aber ich versuchte, diese kleinen Schmerzen zu ignorieren. Ich hielt mich fest an sie und zwang mich, langsam nach unten zu gleiten; und dann versuchte ich wieder, durch die Seelen der Sterblichen zu sehen: vergoldete Wände, spitz zulaufende Bögen, üppig geschmückte Wandflächen; Weihrauch, der sich mit dem Geruch frischen Blutes vermischte. Kurz aufblitzend und verschwommen sah ich ihn, »den Gott des Tempels«.

»Ein Vampir«, flüsterte ich. »Ein blutsaugender Teufel. Er lockt sie herbei und schlachtet sie nach Belieben ab. Es riecht nach Tod.«

»Und noch mehr Tod wird es geben«, flüsterte sie und küßte zärtlich mein Gesicht. »Jetzt, ganz schnell, so schnell, daß sterbliche Augen dich nicht sehen können. Bring uns in den Hof, genau neben den Scheiterhaufen.«

Ich hätte schwören können, daß es geschah, bevor ich überhaupt nur den Entschluß gefaßt hatte; ich hatte den Gedanken kaum erst in Erwägung gezogen! Und schon stürzte ich gegen ein rauhes Gemäuer, harte Steine unter meinen Füßen; ich bebte, mein Kopf schwirrte, meine Eingeweide drohten vor Schmerz zu bersten. Mein Körper wollte noch weiter nach unten streben, durch den Felsen hindurch.

Ich ließ mich an die Mauer sinken und hörte den Gesang, ehe ich noch irgend etwas sehen konnte. Ich roch das Feuer, die brennenden Körper; dann sah ich die Flammen.

»Das war etwas holprig, mein Prinz«, sagte sie sanft. »Wir wären beinahe in der Mauer gelandet. Ich glaube, du mußt noch einiges lernen.«

Ihre kalte Hand berührte meine Wange, berührte meine Lippen und strich dann mein zerzaustes Haar zurück.

»Du hast nie einen Lehrer gehabt, oder?« fragte sie. »Eigentlich hatte dich Magnus in der Nacht, da er dich schuf, zum Waisen gemacht. Dein Vater und deine Brüder waren Narren. Und was deine Mutter anbelangt, sie haßte ihre Kinder.«

»Ich bin immer mein eigener Lehrer gewesen«, sagte ich kühl. »Und ich muß gestehen, ich bin auch immer mein Lieblingsschüler gewesen.«

Sie lachte. Das Feuer spielte in ihren Augen. Ihr Gesicht leuchtete, es war erschreckend schön.

»Ergib dich«, sagte sie, »und ich werde dich Dinge lehren, von denen du nie geträumt hast. Eine Schlacht hast du nie kennengelernt. Eine wahre Schlacht. Und du hast nie die Reinheit einer gerechten Sache erfahren.«

Ich schwieg. Mir war schwindelig, nicht nur wegen der langen Reise durch die Luft, sondern auch wegen der zärtlichen Liebkosungen ihrer Worte und wegen der unergründlichen Schwärze ihrer Augen. Ich wußte, wenn ich mich gehenließ, würde ich entsetzt sein über das, was kam. Sie muß das auch gespürt haben. Sie nahm mich wieder in ihre Arme. »Trinke, mein Prinz«, flüsterte sie. »Nimm dir die Kraft, die du brauchst, um das zu tun, was ich dich zu tun heißen werde.«

Ich weiß nicht, wieviel Zeit verging. Als sie sich losriß, war ich einen Augenblick wie benebelt, dann war alles von überwältigender Klarheit, wie immer. Die monotone Tempelmusik drang durch das Gemäuer.

»Azim! Azim! Azim!«

Sie zog mich hinter sich her, und ich hatte das Gefühl, als würde mein Körper nicht mehr existieren. Mein Gesicht, die Knochen unter der Haut fühlten sich völlig neu an. Was war von mir noch übrig?

Wie von Zauberhand bewegt, öffneten sich uns die Holzportale. Wir durchschritten stumm einen langen Korridor mit weißen Marmorsäulen und verzierten Bögen und näherten uns rasch einem riesigen Raum in der Mitte des Tempels. Und der Saal war voll von rasenden, kreischenden Gläubigen, die unsere Gegenwart nicht einmal wahrnahmen, während sie zu tanzen fortfuhren, zu singen, in die Luft zu springen, in der Hoffnung, einen Blick ihres großen Gottes zu erhaschen.

»Halte dich an meiner Seite, Lestat«, sagte sie.

Die Menge teilte sich, Körper drängten sich zur Linken und zur Rechten. Anstelle des Gesanges ertönte Geschrei; alles war in Aufruhr, als sich für uns ein Pfad öffnete, der zur Mitte des Raumes führte. Die Zimbeln und Trommeln schwiegen; Gestöhn und leise, erbarmungswürdige Schreie umbrandeten uns.

Ein gewaltiger Seufzer des Erstaunens erhob sich, als Akascha vortrat und ihren Schleier zurückwarf.

Weiter hinten stand der Blutgott Azim, angetan mit einem schwarzen Seidenturban und juwelenbesetzten Gewändern. Sein Gesicht war wutverzerrt, als er Akascha und mich anstarrte.

Gebete ertönten aus der Menge um uns herum; eine gellende Stimme intonierte eine Hymne an »Die ewige Mutter«.

»Ruhe!« befahl Azim. Ich kannte die Sprache nicht, aber ich verstand das Wort.

Ich konnte den Klang menschlichen Blutes in seiner Stimme hören, ich konnte es durch seine Adern fließen sehen. Ich hatte in der Tat noch nie einen Vampir oder Bluttrinker gesehen, der so randvoll mit menschlichem Blut war. Er war sicher so alt wie Marius, doch seine Haut war von einem dunklen, goldenen Glanz; sie war ganz und gar von einem dünnen Schleier aus Blutschweiß überzogen.

»Ihr wagt es, in meinen Tempel zu kommen?« sagte er, und wieder war mir die Sprache nicht geläufig, aber der Sinn war mir auf telepathische Weise klar.

»Ihr werdet jetzt sterben!« sagte Akascha mit sanfter Stimme. »Ihr, die ihr diese hoffnungslosen Unschuldigen irrgeleitet habt; ihr, die ihr euch an ihrem Leben und ihrem Blut wie aufgedunsene Blutegel gelabt habt.«

Die Gläubigen schrien auf, flehten um Gnade. Wieder befahl ihnen Azim, ruhig zu sein.

»Welches Recht habt ihr, meinen Gottesdienst zu verdammen«,

schrie er und wies mit dem Finger auf uns, »ihr, die ihr seit Urzeiten reglos auf eurem Thron gesessen seid?!«

»Die Zeit hat nicht mit dir ihren Anfang genommen, mein fluchbeladener Schatz«, antwortete Akascha. »Ich war schon alt, als du geboren wurdest. Und meine Stunde ist gekommen, die Herrschaft zu übernehmen, wie es mir bestimmt war. Und du wirst sterben, was deinen Leuten eine Lektion sein soll. Du bist mein erster großer Märtyrer. Du wirst jetzt sterben!«

Er versuchte, sich auf sie zu stürzen; und ich wollte zwischen sie treten, aber es ging alles viel zu schnell. Mit unsichtbaren Kräften fing sie ihn ab und stieß ihn zurück, so daß er schwankend über den Marmorboden schlitterte, beinahe hinfiel und dann tänzelnd und mit rollenden Augen sein Gleichgewicht wiederzuerlangen suchte.

Ein tiefer, gurgelnder Schrei: Er brannte. Seine Kleider brannten, und dann stieg der Rauch aus ihm auf, grau und dünn und gekräuselt, während die erschreckte Menge in Jammern und Wehgeschrei ausbrach. Er krümmte sich in der Hitze, die ihn verzehrte; dann plötzlich schnellte er herum, erhob sich, starrte sie an und flog mit ausgebreiteten Armen auf sie zu.

Es schien, als würde er ihrer habhaft werden, noch ehe sie einen Gedanken fassen konnte. Und wieder versuchte ich, vor sie zu treten, doch blitzschnell streckte sie ihre rechte Hand aus und warf mich in das Menschengewühl. Überall halbnackte Körper, die sich mühten, mir zu entfliehen.

Ich sah, wie er keinen Meter vor ihr stand, sie anschnaubte und sie mit einer unsichtbaren und unüberwindbaren Macht zu bezwingen suchte.

»Stirb, Verdammter!« schrie sie, und ich hielt mir die Ohren zu. »Fahr in den Schlund des Verderbens.«

Azims Kopf explodierte. Rauch und Flammen schossen aus seinem zersprungenen Schädel. Seine Augen wurden schwarz. Ein Blitz, und sein Körper stand in Flammen; er ging nieder, die Faust gegen sie erhoben, die Beine gewunden, als wollte er sich wieder hochrappeln. Dann verschwand er in einem großen, orangefarbenen Geloder.

Panik bemächtigte sich der Menge. Körper schmetterten gegen die schlanken Marmorsäulen, Männer und Frauen wurden zermalmt, als die anderen über sie hinweg den Türen entgegenrasten.

Akascha drehte sich einmal im Kreise herum, wobei ihre schwarzweißen Seidengewänder sie kurz umtanzten, und überall wurden die Menschen wie von unsichtbaren Händen aufgefangen und zu Boden geschleudert. Ihre Körper lagen zuckend da. Die Frauen blickten auf die geschlagenen Opfer und rauften sich die Haare.

Es dauerte einen Moment, ehe ich begriff, was da geschah – daß sie die Männer tötete. Es war nicht durch Feuer. Es war irgendein unsichtbarer Angriff auf die lebenswichtigen Organe. Blut quoll aus ihren Ohren und Augen, während sie ihren Geist aushauchten. Wutentbrannt stürzten sich einige Frauen auf Akascha, nur um demselben Schicksal entgegenzueilen. Die Männer, die sie angriffen, wurden augenblicklich bezwungen.

Dann hörte ich ihre Stimme in meinem Kopf:

Töte sie, Lestat. Schlachte die Männer bis auf den letzten nieder.

Ich war wie gelähmt. Ich stand neben ihr, damit ihr niemand nahe kommen konnte. Aber sie hatten ohnehin keine Chance. Das war schlimmer als ein Alptraum, schlimmer als die dummen Schrecken, deren ich während meines ganzen verwünschten Lebens teilhaftig geworden war. Plötzlich stand sie vor mir, umgriff meine Arme. Ihre weiche, eisige Stimme dröhnte in meinem Gehirn.

Mein Prinz, mein Geliebter. Du wirst das für mich tun. Schlachte die Männer ab, so daß die Legende ihrer Bestrafung die Legende des Tempels übertrumpfen wird. Sie sind die Gefolgsleute des Blutgottes. Die Frauen sind hilflos. Bestrafe die Männer in meinem Namen.

»Ach, um Himmels willen, verlange das nicht von mir«, flüsterte ich. »Sie sind bedauernswerte Menschen!«

Die Menge schien völlig kopflos geworden zu sein. Jene, die in den Hinterhof geflüchtet waren, fanden sich in einer Falle. Überall lagen Tote und Sterbende, während die nichtsahnenden Pilger flehentlich um Einlaß baten.

»Laß sie in Ruhe, Akascha, bitte«, sagte ich zu ihr. Hatte ich jemals in meinem Leben so inbrünstig um etwas gebeten wie jetzt? Was hatten diese armen Leute schon mit uns zu tun?

Sie kam näher. Ich konnte nur noch ihre schwarzen Augen sehen.

»Mein Geliebter, das ist ein heiliger Krieg. Nicht das abscheuliche Aussaugen menschlichen Lebens, wie du es Nacht für Nacht ohne Sinn und Verstand getan hast, nur um zu überleben. Jetzt tötest du in meinem Namen und für meine Sache, und ich schenke dir die größte Freiheit, deren man überhaupt nur teilhaftig werden kann: Ich sage dir, daß es rechtens ist, deinen sterblichen Bruder zu morden. Nun nutze die neue Macht, mit der ich dich ausgestattet habe. Wähle deine Opfer, eins um das andere, nutze deine unsichtbare Kraft oder die Kraft deiner Hände.«

Mir schwindelte. Verfügte ich über diese Macht nur, um Menschen auf der Stelle niedersinken zu lassen? Ich sah mich in den raucherfüllten Gewölben um, wo der Weihrauch noch immer aus den Kesseln dampfte und die Körper übereinanderstolperten, wo Männer und Frauen sich schreckensbleich umarmten, während andere sich in die Ecken verkrochen, als ob sie dort noch Sicherheit finden könnten.

»Ihnen ist kein Leben mehr beschieden«, sagte sie. »Tu, wie ich dir befohlen habe.«

Mir war, als sei ich Opfer einer Vision; sicher entsprang dies alles nicht meinem Herzen oder meiner Seele. Ich sah eine ausgemergelte Gestalt vor mir auftauchen; ich blickte sie mit knirschenden Zähnen an, konzentrierte meine ganze Bosheit wie in einen Laserstrahl, und dann sah ich, wie das Opfer von den Füßen schnellte und rückwärts taumelte, während das Blut aus seinem Mund strömte. Leblos und verdorrt sank es zu Boden.

Ja, töte sie. Versuche, die weichen Organe zuerst zu treffen; zerreiße sie; laß das Blut fließen. Du weißt, daß du das schon immer tun wolltest. Töten, als sei es nichts, zerstören, ohne Skrupel und Reue!

Es war wahr, so wahr, aber es war auch verboten, verboten, wie nichts sonst auf Erden...

Ein junger Mann, vom Wahnsinn besessen, stürzte auf mich zu, wollte mir an den Hals. *Töte ihn.* Er verfluchte mich, als ich ihn mit der unsichtbaren Kraft zurückschleuderte. Und dann fühlte ich sein letztes Aufzucken tief in meinem Hals und meinem Magen und als plötzlichen Druck in den Schläfen; ich fühlte es, als hätte ich ihm tatsächlich mit eigenen Händen den Schädel eingedrückt und das Gehirn ausgequetscht. Es zu sehen, wäre unschicklich gewesen; es gab keine Notwendigkeit, es zu sehen. Ich mußte nur sehen, wie das Blut aus seinem Mund und seinen Ohren und über seine Brust spritzte.

Ach, sie hatte ja so recht, daß ich derlei schon immer hatte tun wollen! Daß ich davon in meinen frühesten sterblichen Jahren geträumt hatte. Diese Wonne zu töten, sie alle zu töten, für die es nur einen Namen gab – meine *Feinde* –, die es verdienten, getötet zu werden, oder von Geburt an dazu bestimmt waren, sie alle mit ganzer Macht zu töten, den Körper voll geballter Muskelkraft, die Zähne zusammengebissen und meinen Haß und meine unsichtbare Kraft untrennbar verwoben.

Sie stoben in alle Richtungen davon, aber das stachelte mich nur noch mehr an. Mit meiner unsichtbaren Zunge zielte ich auf ihr Herz und hörte, wie es zerbarst. Ich drehte mich um und um, schnellte meine tödliche Kraft sicher und flink auf diesen und jenen und dann wieder auf einen anderen, der durch das Tor zu entfliehen suchte, und noch einen anderen, der den Korridor entlangeilte, und wieder einen anderen, der die Lampe von den Ketten riß und dumm genug war, sie gegen mich zu schleudern.

Bis in die hintersten Kammern des Tempels verfolgte ich sie mit heiterer Mühelosigkeit durch die Haufen aus Gold und Silber, warf sie wie mit unsichtbarer Hand auf den Rücken, um dann mit unsichtbaren Fingern ihre Halsschlagadern zu umklammern, bis das Blut durch das platzende Fleisch strömte.

Die Frauen rotteten sich weinend zusammen, andere flohen. Ich ging über die Körper und hörte die Knochen zersplittern. Und dann merkte ich, daß auch sie sie tötete; daß wir es gemeinsam machten, und im Raum lagen jetzt die Verstümmelten und die Toten verstreut. Alles war von scharfem Blutgeruch durchdrungen; der frische, kalte Wind konnte ihn nicht vertreiben. Die Luft war von leisem Verzweiflungsgeschrei erfüllt.

Ein Riese von Mann raste mit hervorquellenden Augen auf mich zu und versuchte mit einem Krummschwert, mir Einhalt zu gebieten. Wütend entriß ich ihm das Schwert und hieb es ihm durchs Genick. Die Klinge brach und fiel zusammen mit dem Kopf vor meine Füße.

Ich stieß den Körper zur Seite. Ich ging in den Hof, die Männer wichen entsetzt vor mir zurück. Ich war ohne Vernunft und Bewußtsein. In blinder Raserei jagte ich sie und trieb sie in die Enge, stieß ich die Frauen zur Seite, hinter denen sie sich verbargen, und durchbohrte ihren wunden Punkt mit dem Strahl meiner Macht, bis sie sich nicht mehr rührten.

Zu den Eingangsgattern! Sie rief mich. Die Männer im Hof waren tot; die Frauen rauften sich die Haare, schluchzten. Ich schritt durch die Tempelruine, durch die Toten und all jene, die die Toten beklagten. Die Menge bei den Gattern kniete im Schnee, hatte keine Ahnung, was drinnen geschehen war, ihre Stimmen vereinten sich zu einem verzweifelten Flehen.

Laßt mich ins Allerheiligste, laßt mich des Anblicks und des Hungers des Herrn teilhaftig werden.

Als sie Akascha sahen, nahm ihr Geschrei ohrenbetäubende Ausmaße an. Sie streckten ihre Hände aus, um ihre Kleider zu berühren, da brachen die Schlösser, und die Gatter öffneten sich. Der Wind heulte durchs Gebirg; die Glocke im Turm tönte hohl.

Wieder trampelte ich sie nieder, zerquetschte Gehirne und Herzen. Ich sah, wie sich ihre dünnen Arme in den Schnee streckten. Der Wind war vom Blutgestank geschwängert. Akaschas Stimme schnitt durch das fürchterliche Geschrei, wies die Frauen an, sich zurückzuziehen, dann würden sie in Sicherheit sein.

Schließlich tötete ich so schnell, daß ich es gar nicht mehr wahrnahm. Die Männer mußten sterben. Ich wollte ganze Arbeit leisten. Wollte, daß jedem Mann, der sich auch nur noch rührte, der Garaus gemacht wurde.

Wie ein Engel mit einem unsichtbaren Schwert bewegte ich mich den Pfad hinunter. Schließlich sanken sie alle auf die Knie und erwarteten den Tod. Gespenstisch ergebungsvoll fanden sie sich in ihr Schicksal drein!

Plötzlich spürte ich, wie sie mich festhielt, obgleich sie nicht in meiner Nähe war. Ich hörte ihre Stimme in meinem Kopf: *Gut gemacht, mein Prinz.*

Ich konnte nicht aufhören. Dieses unsichtbare Ding gehörte nun zu meinen Gliedmaßen. Ich konnte es nicht zurückziehen oder bändigen. Es war wie der Zwang zu atmen, und wenn ich nicht atmete, müßte ich sterben. Aber sie ließ mich erstarren, und eine große Ruhe überkam mich, als hätte man mir eine Droge in die Adern gejagt. Schließlich wurde ich wieder ganz gelassen, und die Macht konzentrierte sich in meinem Inneren und wurde ein Teil von mir und nichts weiter.

Langsam drehte ich mich um. Ich blickte auf die schneebedeckten Gipfel, den pechschwarzen Himmel und den leichenbedeckten Pfad.

Die Frauen umklammerten einander, schluchzten ungläubig. Ich roch den Tod, wie ich ihn nie zuvor gerochen hatte; ich blickte an meinen Kleidern hinunter, auf die Blut und Fleischstückchen gespritzt waren. Aber meine Hände! Meine Hände waren so weiß und rein.

Lieber Gott, ich habe das nicht getan! Nicht ich. Nein. Und meine Hände sind rein!

Ach, aber ich hatte es getan! Und was war ich, daß ich derlei vermochte? Daß ich derlei liebte, es gegen alle Vernunft liebte, wie es Männer schon immer geliebt hatten im völligen moralischen Freiraum des Krieges...

Es schien, als habe sich Stille niedergesenkt.

Falls die Frauen noch wehklagten, hörte ich sie nicht. Auch den Wind hörte ich nicht. Ich war auf die Knie gesunken, und ich betastete den Mann, den ich zuletzt gemordet hatte und der wie ein Haufen zerbrochener Stöckchen im Schnee lag, und ich badete meine Hand im Blut auf seinem Mund, und dann verschmierte ich beide Hände mit diesem Blut und drückte sie gegen mein Gesicht.

In all den zweihundert Jahren hatte ich niemals getötet, ohne das Blut des Opfers zu schmecken, mir einzuverleiben. Aber in diesen wenigen grausen Augenblicken waren mehr gestorben als all jene zusammengenommen, die ich in ihr frühes Grab geschickt hatte. Ach, keine Sühne konnte das jemals wiedergutmachen! Durch nichts ließ sich das rechtfertigen! Ich stand da und starrte durch meine Blutfinger auf den Schnee. Dann merkte ich langsam, daß sich bei den Frauen irgend etwas verändert hatte. Etwas geschah um mich herum, und ich fühlte es, als hätte sich die kalte Luft plötzlich erwärmt.

Dann schien diese Veränderung in mich einzudringen, meine Qual zu bändigen und sogar meinen Herzschlag zu verlangsamen. Das Geschrei hatte tatsächlich aufgehört. Wie in Trance schritten die Frauen zu zweit und zu dritt den Pfad hinunter, stiegen sie über die Toten.

Es war, als sei die Luft mit Duft und Musik erfüllt, als sei die Erde plötzlich aufgebrochen, um bunte Frühlingsblumen sprießen zu lassen.

Doch diese Dinge geschahen doch nicht wirklich, oder? In einem

Nebelschleier gedämpfter Farben zogen die Frauen an mir vorüber. Ich schüttelte meinen Körper durch, ich mußte klar denken! Diese Leichen waren kein Traum, und ich durfte mich unter keinen Umständen diesem wohligen Gefühl des Friedens hingeben.

»Akascha!« flüsterte ich.

Dann hob ich meine Augen, nicht weil ich wollte, sondern weil ich mußte, und ich sah sie auf einem fernen Vorgebirge stehen, und die Frauen, alt und jung, bewegten sich auf sie zu, einige von Kälte und Hunger so geschwächt, daß sie von anderen über den gefrorenen Grund getragen werden mußten.

Alles war von Stille umhüllt.

Sie fing an, ohne Worte zu ihnen zu sprechen. Es schien, als wandte sie sich in ihrer eigenen Sprache an sie oder in einem Idiom, das keiner besonderen Sprache zuzuordnen war. Ich wußte es nicht.

Benommen sah ich, wie sie ihnen die Arme entgegenbreitete. Ihr schwarzes Haar wallte über die weißen Schultern, und der geräuschlose Wind umspielte die Falten ihres langen, schlichten Gewandes. Mir war, als hätte ich in meinem ganzen Leben nichts Schöneres als sie gesehen, und das war nicht nur ihrem Äußeren zuzuschreiben, es war die heitere Gelassenheit ihres Wesens, die ich mit tiefster Seele aufsog. Eine wohltuende Euphorie bemächtigte sich meiner, während sie sprach.

Fürchtet euch nicht. Das blutige Regiment eures Gottes ist vorbei, und nun dürft ihr euch wieder der Wahrheit zuwenden.

Leise singend stimmten die Gläubigen Hymnen an. Einige neigten ihre Stirn vor ihr, was ihr offenbar gefiel. Zumindest ließ sie es zu.

Ihr müßt jetzt in eure Dörfer zurückkehren. Ihr müßt denen, die von dem Blutgott wissen, erzählen, daß er tot ist. Die Himmelskönigin hat ihn vernichtet. Die Königin wird all jene vernichten, die noch immer an ihn glauben. Die Himmelskönigin wird die Welt mit einer neuen Regentschaft des Friedens beglücken. Die Männer, die euch unterdrückt haben, sind dem Tode geweiht, aber ihr müßt auf mein Zeichen warten.

Als sie innehielt, schwollen die Hymnen wieder an. Die Himmelskönigin, die Göttin, die gute Gute Mutter – die alte Litanei, in tausenderlei Sprachen gesungen, gewann neue Gestalt.

Ich schauderte, zwang mich förmlich zu erschaudern. Ich mußte diesen Bann durchstoßen! Es war ein Ränkespiel der Macht, genau wie das Töten ein Ränkespiel der Macht gewesen war, doch ihr Anblick und die Hymnen hielten mich wie betäubt gefangen, umnebelt von dem lieblichen Gefühl: Alles ist gut, alles ist, wie es sein sollte. Wir sind alle in Sicherheit.

Aus irgendeinem Winkel meines sterblichen Gedächtnisses tauchte ein Tag auf, ein Tag wie die vielen zuvor, als in unserem Dorf im Monat Mai die Statue der Heiligen Jungfrau inmitten duftender Blumenbeete gekrönt wurde, wobei wir die schönsten Choräle anstimmten. Unvergeßlich der Augenblick, da die weiße Lilienkrone auf das verschleierte Haupt der Heiligen Jungfrau gelegt wurde. Nachts ging ich nach Hause und sang die alten Choräle. In einem vergilbten Gebetbuch hatte ich ein Bild der Jungfrau gefunden, und es hatte mich mit der nämlichen religiösen Inbrunst erfüllt wie jetzt.

Und aus einer noch tieferen Schicht meines Inneren kam die Erkenntnis, daß, wenn ich an sie und ihre Worte glaubte, daß dann diese unaussprechliche Tat, dieses Blutbad, das ich hier unter den schwachen und hilflosen Sterblichen angerichtet hatte, irgendwie abgebüßt sein würde.

Jetzt tötest du in meinem Namen und für meine Sache, und ich schenke dir die größte Freiheit, deren man überhaupt nur teilhaftig werden kann: Ich sage dir, daß es rechtens ist, deinen sterblichen Bruder zu morden.

»Zieht eurer Wege«, sagte sie laut. »Verlaßt diesen Tempel für immer. Überlaßt die Toten dem Schnee und den Winden. Erzählt es den Leuten. Ein neues Zeitalter bricht an, wenn diese Männer, die den Tod und das Töten verherrlichen, ihren Lohn erhalten, und das Zeitalter des Friedens wird mit euch sein. Ich werde wieder zu euch kommen. Ich werde euch den Weg weisen. Wartet auf mein Kommen. Dann werde ich euch sagen, was ihr tun müßt. Aber jetzt glaubt an mich und das, was ihr hier gesehen habt. Und erzählt es den anderen, auf daß auch sie es glauben. Laßt die Männer kommen, damit sie sehen, was sie erwartet. Wartet auf meine Zeichen.«

Allesamt setzten sie sich in Bewegung, ihrem Befehl gehorchend. Sie rannten den Pfad hinunter, jenen fernen Gläubigen entgegen, die dem Massaker entflohen waren.

Der Wind fegte durch das Tal; hoch oben auf dem Berg schlug noch einmal die Tempelglocke. Der Wind zerrte an den dürftigen

Kleidern der Toten. Schnee senkte sich nieder und bedeckte die braunen Beine und Arme und Gesichter, Gesichter mit offenen Augen.

Jenes Wohlgefühl war entwichen, und die rauhe Wirklichkeit trat wieder klar und unentrinnbar zutage. Diese Frauen, diese Heimsuchung... Leichen im Schnee! Unwiderlegbare Zeugen einer erschütternden und überwältigenden Macht.

Dann unterbrach ein leises, kleines Geräusch die Stille: Im Tempel oben fielen Gegenstände zu Boden und zerbrachen.

Ich drehte mich um und sah sie an. Sie stand reglos auf dem kleinen Vorgebirge, den Umhang lose um ihre Schultern gebreitet, ihr Fleisch so weiß wie der fallende Schnee. Ihre Augen waren auf den Tempel gerichtet. Und da die Geräusche weiterhin zu vernehmen waren, wußte ich, was da drinnen geschah. Die Ölkrüge zerschellten; Kohlepfannen fielen zu Boden. Das leise Geflüster brennenden Tuches. Schließlich stieg dicker schwarzer Rauch aus dem Glockenturm und von dem rückseitigen Gemäuer hoch.

Der Glockenturm bebte; brüllender Lärm brach sich an den fernen Felswänden, und dann lösten sich die Steine, und der Turm brach zusammen. Er stürzte ins Tal, und mit einem letzten Dröhnen verschwand die Glocke in dem weißen Abgrund.

Der Tempel brannte nieder.

Ich sah dem Schauspiel zu. Meine Augen tränten von dem Rauch, der zu dem Pfad quoll und kleine Asche- und Rußpartikel mit sich führte.

Wie ungefähr bemerkte ich, daß mein Körper trotz des Schnees nicht fror. Daß ich von den Strapazen des Tötens nicht ermüdet war. Mein Fleisch war noch weißer als zuvor, und sogar mein Herz ging wieder ruhiger und regelmäßig.

Zum ersten Mal in meinem Leben, dem sterblichen wie auch dem unsterblichen, hatte ich Angst, sterben zu müssen. Ich hatte Angst, sie würde mich vernichten – aus gutem Grund, weil ich einfach das, was ich gerade getan hatte, nicht noch einmal würde tun können. Und ich betete, daß mich nichts würde umstimmen können, daß ich die Kraft haben würde, zu verweigern.

Ich spürte ihre Hände auf meinen Schultern. »Dreh dich um, und sieh mich an, Lestat«, sagte sie. Ich gehorchte. Und wieder stand sie vor mir – die verführerischste Schönheit, die zu erblicken mir je vergönnt war.

Ich bin dein, mein Geliebter. Du bist mein einziger wahrer Gefährte, mein bestes Werkzeug. Das weißt du doch, oder?

»Akascha, hilf mir«, flüsterte ich. »Sag mir doch, warum wolltest du, daß ich das tue, dieses Töten? Was meintest du, als du ihnen sagtest, daß die Männer bestraft werden würden? Daß ein Zeitalter des Friedens auf Erden bevorstehe?« Wie dumm klangen doch meine Worte. Wenn ich in ihre Augen sah, konnte ich tatsächlich glauben, daß sie die Göttin war.

Plötzlich zitterte ich vor Furcht. Zittern: Zum ersten Mal wußte ich, was dieses Wort wirklich bedeutete. Ich versuchte noch mehr zu sagen, aber ich stotterte nur herum. Schließlich stieß ich es aus: »Im Namen welcher Moral soll das alles geschehen?«

»Im Namen meiner Moral!« antwortete sie, wobei sie so sanft und schön lächelte wie zuvor. »Ich bin der Grund, die Rechtfertigung, die Legitimation all dessen, was geschieht!« Ihre Stimme war kalt vor Zorn, aber in ihrem lieblichen Gesichtsausdruck hatte sich nichts verändert. »Nun hör mir mal zu, mein Hübscher«, sagte sie. »Ich liebe dich. Du hast mich aus meinem langen Schlaf erweckt, damit ich meine Aufgabe erfüllen kann; es macht mir Freude, dich bloß anzublicken, das Licht in deinen blauen Augen zu sehen, den Klang deiner Stimme zu hören. Dich sterben zu sehen, würde mir mehr Schmerz bereiten, als du dir vorstellen kannst. Aber so wahr die Sterne meine Zeugen sind, du wirst mir bei meiner Mission behilflich sein. Oder du wirst das gleiche Schicksal wie Judas erleiden, den Christus vernichtete, als er ihm nicht mehr nützlich war.«

Unsägliche Wut packte mich. Ich konnte mir nicht helfen. Meine Angst hatte sich so schnell in Zorn gewandelt, daß ich innerlich kochte.

»Aber wie kannst du es nur wagen, so etwas zu tun?« fragte ich. »Diese unwissenden Seelen mit diesen Wahnsinnslügen auf den Weg zu schicken!«

Stumm starrte sie mich an; es schien, als wollte sie zu einem Schlag ausholen. Ihr Gesicht wurde wieder starr wie das einer Statue, und ich dachte: »Nun, meine Stunde ist gekommen. Ich werde sterben, so wie ich Azim habe sterben sehen. Ich kann Gabrielle oder Louis nicht retten. Ich kann Armand nicht retten. Ich werde mich nicht wehren, weil es zwecklos ist. Ich werde mich vielleicht tief in mich selbst zurückziehen, wenn der Schmerz unerträglich wird. Ich werde, wie Baby Jenks, einer letzten Illusion teilhaftig werden und mich an sie klammern, bis ich nicht mehr Lestat bin.«

Sie rührte sich nicht. Die Feuersbrünste auf dem Berg verloschen. Der Schnee fiel nun dichter, und sie stand wie ein Geist da, so weiß wie der Schnee.

»Du hast wirklich vor nichts Angst, oder?« sagte sie.

»Ich habe Angst vor dir«, sagte ich.

»O nein, das glaube ich nicht.«

Ich nickte. »Doch. Und ich sage dir, was ich wirklich bin. Ein Ungeziefer auf dem Gesicht der Erde. Nichts mehr. Ein abscheulicher Menschenmörder. Aber ich weiß, was ich bin! Ich täusche nicht etwas vor, das ich nicht bin! Du hast diesen unwissenden Leuten weisgemacht, du seist die Himmelskönigin! Weißt du eigentlich, was du mit solchen Worten in diesen dummen und unschuldigen Seelen anrichtest?«

»Welche Arroganz!« sagte sie sanft. »Welch unglaubliche Arroganz, und dennoch liebe ich dich. Ich liebe deinen Mut, sogar deine Unbesonnenheit, die dich so oft gerettet hat. Ich liebe sogar deine Dummheit. Verstehst du denn nicht: Es gibt jetzt kein Versprechen mehr, das ich nicht halten kann! Ich werde den alten Mythen einen neuen, besseren Sinn verleihen! Ich bin die Himmelskönigin. Und endlich wird der Himmel die Erde regieren. Ich bin all das, was zu sein ich sage!«

»O Herr, o Gott«, flüsterte ich.

»Spar dir diese hohlen Worte. Diese Worte haben niemals irgend jemandem irgend etwas bedeutet! Du befindest dich in der Gegenwart der einzigen Göttin, die du jemals kennenlernen wirst. Du bist der einzige Gott, den diese Leute jemals kennenlernen werden! Nun, du mußt jetzt wie ein Gott denken, mein Hübscher. Du mußt jetzt nach Dingen streben, die jenseits deiner jämmerlichen, egoistischen Ambitionen liegen. Begreifst du denn nicht, was da eben stattgefunden hat?«

Ich schüttelte den Kopf. »Ich weiß überhaupt nichts, ich drehe durch.«

Sie lachte. Sie warf ihren Kopf zurück und lachte. »Wir sind das, wovon wir träumen, Lestat. Wir dürfen sie nicht enttäuschen. Täten wir es, würden wir die Wahrheit betrügen, die unter unseren Füßen in der Erde ruht.«

Sie wandte sich von mir ab und ging zurück zu dem Felsen, auf dem sie zuvor gestanden war. Sie blickte in das Tal hinunter, auf den Pfad, auf die Pilger, die nun den Rückzug antraten, da ihnen die Frauen die frohe Botschaft verkündeten.

Ich hörte Schreie sich an der Bergwand brechen. Ich hörte die Männer da unten sterben, als sie sie leichthin mit dem unsichtbaren Strahl ihrer Macht niederstreckte. Und die Frauen, die verwirrt etwas von Wundern und Visionen stammelten. Und dann erhob sich der Wind und verschlang alles; der große, gleichgültige Wind. Einen Augenblick lang sah ich ihr schimmerndes Gesicht; sie ging auf mich zu, und ich dachte, daß dies wieder der Tod sei, der Tod, der sich näherte, die Wälder und die Wölfe, die sich näherten, und nirgendwo war ein Versteck; und dann schlossen sich meine Augen.

Als ich erwachte, war ich in einem kleinen Haus. Ich wußte nicht, wie wir dahingekommen waren oder wie lange das Blutbad in den Bergen schon her war. Die Stimmen hatten mich überflutet, und hin und wieder wurde ich von einem Traum heimgesucht, einem schrecklichen, doch vertrauten Traum, in dem ich zwei rothaarige Frauen sah. Sie knieten neben einem Altar, auf dem ein toter Körper lag, und waren bereit, ein Ritual von entscheidender Bedeutung durchzuführen. Verzweifelt hatte ich mich bemüht, den Inhalt des Traums zu verstehen, denn alles schien von ihm abzuhängen; ich durfte ihn nicht wieder vergessen.

Aber jetzt entschwand das alles. Die Stimmen, die unwillkommenen Bilder; die Wirklichkeit drängte sich auf. Ich lag in einer dunklen und schmutzigen Stätte, die von fauligen Gerüchen durchzogen war. In kleinen Behausungen um uns herum lebten Sterbliche in größtem Elend, Babys schrien vor Hunger inmitten des Gestanks von Herdfeuern und ranzigem Fett.

Krieg herrschte hier, richtiger Krieg. Nicht so ein wahlloses Durcheinander wie im Gebirge, sondern ein regelrechter moderner Krieg. Die Seelen der Geplagten vermittelten mir ein paar flüchtige

Eindrücke – eine unendliche Folge von Metzeleien und Gefahren: Busse brannten, während die Menschen drinnen gegen die Fensterschreiben trommelten; Lastwagen explodierten, Frauen und Kinder flohen vor den Garben der Maschinengewehre.

Ich lag auf dem Fußboden, als hätte mich irgend jemand dahingeworfen. Und Akascha stand in der Tür und blickte in die Dunkelheit hinaus.

Als ich mich auf die Füße gerappelt hatte und neben ihr stand, sah ich eine schmale Schlammstraße voller Pfützen, die zu beiden Seiten mit kleinen Behausungen gesäumt war; einige hatten Wellblechdächer, andere waren mit durchhängenden Zeitungen bedeckt. An den schmutzstarrenden Wänden kauerten schlafende Männer, die von Kopf bis Fuß eingehüllt waren wie in Leichentücher. Aber sie waren nicht tot, und die Ratten, deren sie sich zu erwehren suchten, wußten es. Und die Ratten knabberten an ihren Lumpen, und die Männer zuckten und ruckten im Schlaf.

Es war heiß hier, und die Wärme brachte den Gestank zum Kochen – Urin, Fäkalien, das Erbrochene sterbender Kinder. Ich konnte sogar den Hunger der Kinder riechen. Ich konnte die dumpfigen Ausdünstungen der Rinnsteine und Senkgruben riechen.

Dies war kein Dorf; es war eine Ansammlung von Schuppen und Hütten und Hoffnungslosigkeit. Leichen lagen zwischen den Behausungen, Krankheiten grassierten, und die Alten und die Kranken saßen stumm im Dunkeln, träumten von nichts oder vom Tod vielleicht, der nichts war.

Jetzt kam ein Kind mit geschwollenem Bauch die Straße entlanggezockelt, plärrte, während es sich mit kleiner Faust sein geschwollenes Auge rieb.

Es schien uns in der Dunkelheit nicht zu bemerken. Weinend ging es von Tür zu Tür, und seine weiche braune Haut glänzte in dem fahlen Geflacker der Herdfeuer.

»Wo sind wir?« fragte ich Akascha.

Mit Erstaunen sah ich, wie sie sich umdrehte und die Hand hob, um mir zärtlich das Haar und das Gesicht zu streicheln. Erleichterung durchfuhr mich. Sie zürnte mir also nicht.

»Mein armer Krieger«, sagte sie. Ihre Augen waren mit Bluttränen gefüllt. »Weißt du nicht, wo wir sind?«

Sie sprach langsam, nahe an meinem Ohr. »Soll ich die poetischen Namen hersagen?« fragte sie. »Kalkutta vielleicht, oder Äthiopien oder die Straßen von Bombay; diese armen Seelen könnten die Bauern von Sri Lanka sein oder von Pakistan oder Nicaragua oder El Salvador. Es spielt keine Rolle, welcher Ort es ist; eine Rolle spielt, wie viele solcher Orte es gibt; eine Rolle spielt, daß rund um eure glitzernden westlichen Städte solches Elend herrscht, daß es drei Viertel der Welt ausmacht! Öffne deine Ohren, mein Liebling; lausche ihren Gebeten; lausche dem Schweigen jener, die gelernt haben, um nichts zu beten. Denn nichts war immer ihr Anteil gewesen, unabhängig davon, wie ihr Land, ihre Stadt, ihr Stamm auch heißt.«

Zusammen gingen wir auf die Schlammstraße hinaus; vorbei an Kothaufen und verdreckten Pfützen, vorbei an den halbverhungerten Hunden und den Ratten, die über den Weg schossen. Dann gelangten wir zu einer Palastruine. Reptilien glitten zwischen den Steinen einher, Mückenhaufen durchschwirrten die Luft. Eine lange Reihe Obdachloser schlief neben einem Rinnstein. Weiter hinten im Sumpf verfaulten Leichen, aufgedunsen und vergessen.

»Aber was können wir machen?« flüsterte ich. »Warum sind wir hierhergekommen?« Wieder erregte mich ihre Schönheit, ihre plötzlich aufflammende Leidenschaft.

»Wie ich dir schon gesagt habe: Wir können die Welt verbessern. Wir können die alten Mythen Wirklichkeit werden lassen; und die Zeit wird kommen, da es ein Mythos sein wird, daß die Menschen jemals solche Erniedrigung kannten. Wir werden es in Angriff nehmen, mein Geliebter.«

»Aber das müssen sie doch selbst lösen. Das ist nicht nur ihre verdammte Pflicht und Schuldigkeit, sondern auch ihr Recht. Wenn wir uns da einmischen, muß das doch zu einer Katastrophe führen.«

»Das werden wir zu verhindern wissen«, sagte sie ruhig. »Du hast wirklich nichts verstanden. Du bist dir der Kraft nicht bewußt, über die wir jetzt verfügen. Nichts kann uns Einhalt gebieten. Aber du mußt jetzt aufpassen. Du bist noch nicht bereit, und ich möchte dich nicht schon wieder bedrängen. Wenn du wieder für mich tötest, mußt du es aus tiefster Überzeugung tun. Sei versichert, daß ich dich liebe, und ich weiß, daß man ein Herz nicht über Nacht erziehen kann. Aber lerne aus dem, was du siehst und hörst.«

Sie ging weiter. Einen Augenblick lang war sie bloß eine zarte Gestalt, die sich durch die Schatten bewegte. Dann plötzlich hörte ich, wie es in den kleinen Schuppen lebendig wurde, und ich sah die Frauen und Kinder hervorkriechen. Die schlafenden Wesen um mich herum fingen an, sich zu bewegen. Ich suchte Schutz in der Dunkelheit.

Ich zitterte. Verzweifelt wollte ich etwas unternehmen, sie um Geduld bitten!

Aber wieder entschwand dieses Friedensgefühl, dieser Bann vollkommenen Glücks, und ich reiste Jahre zurück zu der kleinen französischen Kirche meiner Kindheit, als die Choräle anhoben. Durch meine Tränen sah ich den Altar schimmern, ich sah die Statue der Heiligen Jungfrau, einen leuchtenden Goldschein über den Blumen; ich hörte die Ave Marias wie Zaubersprüche geflüstert. Unter den Gewölben von Notre Dame de Paris hörte ich die Priester »Salve Regina« singen.

Laut und deutlich ertönte ihre Stimme, als sei sie in meinem Gehirn. Obwohl sie sich keiner Worte bediente, konnten sie die Sterblichen mit der gleichen unwiderstehlichen Macht hören. Wir stünden an der Schwelle eines neuen Zeitalters, einer neuen Welt, in der die Erniedrigten endlich in Frieden und Gerechtigkeit leben dürften. Die Frauen und Kinder wurden ermahnt, sich zu erheben und alle Männer im Dorf zu erschlagen. Von je hundert Männern dürfe nur einer überleben, und alle männlichen Babys sollten sofort getötet werden, nur eins von hundert solle man verschonen. Danach würde Frieden auf Erden herrschen; es würde keine Kriege mehr geben; man würde Essen im Überfluß haben.

Ich war unfähig, mich zu rühren oder meinem Entsetzen Ausdruck zu verleihen. Voll Schrecken hörte ich das verzückte Geschrei der Frauen. Die schlafenden Obdachlosen erhoben sich, nur um gegen die Wände getrieben zu werden, und sie starben, wie ich die Männer in Azims Tempel hatte sterben sehen. Die Frauen hasteten von Haus zu Haus, umzingelten die Männer und erschlugen sie mit jeder Waffe, die ihnen gerade in die Hände fiel. War dieses Barackendorf jemals derart von Leben erfüllt gewesen wie jetzt im Namen des Todes?

Und sie, die Himmelskönigin, hatte sich erhoben und schwebte über den Wellblechdächern, eine starre, zierliche Gestalt, die vor den Wolken leuchtete, als sei sie eine weiße Flamme.

Ich schloß die Augen und lehnte mich mit dem Gesicht gegen die Mauer, die Finger gegen die zerbröselnden Steine gedrückt. Wir gehörten nicht hierher! Wir hatten kein Recht dazu!

Ich weinte, aber gleichzeitig fühlte ich mich wieder in diesen wohligen Bann geschlagen. Ich spürte, wie die warme Luft in meine Lungen drang; ich spürte die alten Steinfliesen unter meinen Füßen.

Weiche grüne Hügel erstreckten sich vor mir in einer vollkommenen Halluzination – eine Welt ohne Krieg oder Entbehrungen, in der Frauen frei und ohne Angst umherstreiften, Frauen, die nicht einmal zurückwichen, wenn sie sich von der Gewalt bedroht fühlten, die im Herzen eines jeden Mannes lauerte.

Gegen meinen Willen verweilte ich in dieser neuen Welt, ignorierte einfach die dumpf in den Schlamm schlagenden Körper und die letzten Schreie und Verwünschungen der Sterbenden.

In traumartigen Blitzen sah ich, wie sich ganze Städte wandelten; ich sah Straßen, in denen es keine Angst mehr vor Raub und sinnloser Zerstörung gab; Straßen, frei von Hast und Verzweiflung. Die Häuser waren keine Festungen mehr; die Gärten kamen ohne Zäune aus.

»O Marius, hilf mir«, flüsterte ich, obwohl die Sonne von Bäumen gesäumte Fußwege und unendliche grüne Felder erleuchtete. »Bitte, bitte, hilf mir!«

Und dann versetzte mich eine ganz andere Vision in Furcht und Schrecken. Wieder sah ich Felder, aber ohne Sonnenschein; das war eine Gegend, die es irgendwo wirklich gab – und ich blickte durch die Augen eines Wesens, das sich kräftigen Schritts und mit unglaublicher Geschwindigkeit geradeaus vorwärtsbewegte. Aber wer war dieses Wesen? Wohin strebte es? Eine Vision, die mir offenbar übermittelt wurde; sie war zu machtvoll, als daß ich sie hätte ignorieren können. Aber warum?

Und dann verschwand sie so schnell, wie sie gekommen war. Ich war zurück in den schmutzigen Straßen des Ortes zwischen den verstreut herumliegenden Toten; überall gewahrte ich hastende Gestalten; überall hörte ich das aufgeregte Sieges- und Jubelgeschrei.

Komm heraus, mein Krieger, wo sie dich sehen können. Komm zu mir.

Sie stand vor mir mit ausgebreiteten Armen. Gott, was glaubten sie eigentlich zu sehen? Einen Moment lang rührte ich mich nicht, dann ging ich willfährig auf sie zu, spürte die Blicke der gläubigen Frauen. Sie sanken auf die Knie, als Akascha und ich nebeneinanderstanden. Ich spürte, wie sie meine Hand umklammerte; ich spürte mein Herz pochen. *Akascha, das ist eine Lüge, eine schreckliche Lüge. Und das Böse, das wir hier gesät haben, wird ein Jahrhundert lang gedeihen.*

Plötzlich kippte die Welt weg. Wir standen nicht mehr auf festem Boden. Sie hatte mich in die Arme geschlossen, und wir erhoben uns über die Dächer, und die Frauen unten winkten uns zu oder neigten die Stirn auf den Schlamm.

»Siehe das Wunder, siehe Die Mutter, siehe Die Mutter und ihren Engel...«

Und einen Augenblick später war das Dorf zu einer Ansammlung winziger silberner Dächer geschrumpft, und wieder einmal trieben wir im Wind.

Ich blickte zurück, versuchte vergeblich herauszufinden, wo genau wir gewesen waren – die dunklen Sümpfe, die Lichter der nahen Großstadt, der dünne Streifen einer Autostraße, auf der umgekippte Lastwagen noch immer brannten. Aber sie hatte recht, es spielte wirklich keine Rolle.

Was auch immer geschehen würde, es hatte jetzt begonnen, und ich wußte beim besten Willen nicht, was es noch hätte verhindern können.

4
Die Geschichte der Zwillinge

TEIL I

Die Blicke aller waren auf Maharet gerichtet, als sie sich unterbrach. Dann fuhr sie fort, scheinbar automatisch, doch ihre Worte kamen zögerlich und behutsam ausgesprochen hervor. Sie schien nicht traurig, sondern begierig zu sein, das, was sie schildern wollte, noch einmal zu überprüfen.

»Wenn ich also sage, daß meine Schwester und ich Hexen waren, meine ich damit: Wir erbten von unserer Mutter – wie sie von ihrer Mutter – die Fähigkeit, Verbindung zu den Geistern aufzunehmen, sie zu veranlassen, unsere Aufträge, geringfügig oder bedeutsam, auszuführen. Wir konnten die Gegenwart der Geister spüren, die im allgemeinen für das menschliche Auge unsichtbar sind, und die Geister wurden von uns angezogen.

Und wer solche Fähigkeiten besaß wie wir, wurde in unserem Volk hoch verehrt und um Rat und um Wundertaten und um Einblicke in die Zukunft gebeten und gelegentlich darum, die Geister der Toten zur Ruhe zu bringen.

Was ich sagen will, ist, daß wir als gut angesehen wurden; und wir hatten unseren Platz im Großen Plan.

Soweit ich weiß, hat es immer schon Hexen gegeben. Und es gibt auch jetzt noch Hexen, wenn auch die meisten nicht mehr wissen, welche Fähigkeiten sie besitzen oder wie sie zu nutzen sind. Dann gibt es diejenigen, die als Hellseher oder Medien oder Vermittler gelten. Oder auch Paradetektive. Es ist alles das gleiche. Es sind Leute, die aus Gründen, die wir vielleicht nie verstehen werden, Geister anziehen. Die Geister finden sie einfach unwiderstehlich, und sie wenden alle möglichen Tricks an, um die Aufmerksamkeit der Leute zu erregen.

Was die Geister selbst angeht, so weiß ich, daß ihr neugierig auf ihre Wesensart und ihre Eigenheiten seid, daß ihr die Geschichte in Lestats Buch über die Erschaffung Der Mutter und Des Vaters nicht geglaubt habt – keiner von euch. Ich bin nicht einmal sicher, ob Marius selbst die alte Geschichte geglaubt hat, als sie ihm erzählt wurde oder als er sie Lestat weitererzählte.«

Marius nickte. Er hatte zahlreiche Fragen. Doch Maharet bat um Geduld. »Habt Nachsicht mit mir«, sagte sie. »Ich werde euch alles erzählen, was wir damals über die Geister wußten, und das ist genausoviel, wie ich jetzt über sie weiß. Natürlich müßt ihr wissen, daß andere vielleicht unterschiedliche Namen für diese Wesen verwenden. Andere erklären sie vielleicht mit wissenschaftlicherer Ausdrucksweise als ich.

Die Geister sprachen auf telepathischem Weg zu uns; wie ich schon sagte, waren sie unsichtbar; aber ihre Gegenwart konnte man spüren; sie waren ausgeprägte Persönlichkeiten, und unsere Hexenfamilie hat ihnen durch viele Generationen hindurch verschiedene Namen gegeben.

Wir unterteilen sie, wie Hexenmeister es immer getan haben, in Gute und Böse; aber es gibt keinen Hinweis darauf, daß sie selbst ein Gefühl für Recht und Unrecht haben. Die bösen Geister waren jene, die sich offen feindselig gegenüber den Menschen verhielten und ihnen boshafte Streiche spielten, sie mit Steinen bewarfen, Stürme entfesselten und ähnlich lästige Dinge anstellten. Die, von denen Menschen besessen sind, sind oft ›böse‹ Geister; auch die, die Häuser heimsuchen und Poltergeister genannt werden, gehören in diese Kategorie.

Die guten Geister konnten lieben, und sie wollten im großen und ganzen auch geliebt werden. Selten heckten sie aus eigenem Antrieb Unfug aus. Sie beantworteten Fragen nach der Zukunft; sie erzählten uns, was an anderen, entlegenen Orten geschah; und sehr starken Hexen wie meiner Schwester und mir, denen, die sie wirklich liebten, führten sie ihr größtes und schwierigstes Kunststück vor: das Regenmachen.

Aber meinen Worten könnt ihr entnehmen, daß solche Bezeichnungen wie gut und böse subjektiv waren. Die guten Geister waren nützlich, die bösen Geister waren gefährlich und nervenzerrüttend.

Den bösen Geistern Aufmerksamkeit zu schenken, ihre Anwesenheit herauszufordern, hieß Unheil zu beschwören, denn letztendlich waren sie nicht zu beherrschen.

Es gab auch reichlich Hinweise darauf, daß die, die wir böse Geister nannten, uns darum beneideten, daß wir sowohl Fleisch als auch Geist waren – daß wir die körperlichen Freuden und Fähigkeiten genossen und gleichzeitig über geistige Kräfte verfügten. Höchstwahrscheinlich macht diese Mischung aus Fleisch und Geist bei menschlichen Wesen alle Geister neugierig; sie ist die Ursache unserer Anziehungskraft auf sie; aber sie ärgert die bösen Geister; die bösen Geister würden, so scheint es, gern sinnliche Freuden kennenlernen, doch das können sie nicht. Die guten Geister zeigen keine solche Unzufriedenheit.

Was nun die Frage angeht, woher diese Geister kamen – sie sagten uns, sie seien schon immer dagewesen. Was die Fragen nach ihrer Beschaffenheit betrifft – wie und von wem sie erschaffen wurden –, so wurden sie nie beantwortet. Ich glaube nicht, daß sie unsere Fragen überhaupt verstanden haben. Sie schienen über sie eher beleidigt oder sogar leicht erschreckt zu sein, oder sie hielten die Fragen einfach für komisch.

Ich glaube, daß die physikalische Beschaffenheit von Geistern eines Tages bekannt sein wird.

Ich glaube, daß sie aus einem ausgeklügelten Gleichgewicht von Materie und Energie bestehen wie alles andere innerhalb unseres Universums und daß sie nicht magischer sind als Elektrizität oder Rundfunkwellen oder Quarks oder Atome oder Stimmen im Telefon – Dinge, die noch vor zweihundert Jahren übernatürlich zu sein schienen. Tatsächlich hat die Sprache der modernen Naturwissenschaften mir mehr als jede andere philosophische Methode geholfen, sie im Rückblick besser zu verstehen. Doch halte ich mich unwillkürlich eher an meine alte Ausdrucksweise.

Mekare behauptete, sie hin und wieder sehen zu können und daß sie winzige Kerne aus fester Materie und riesige Körper aus wirbelnder Energie besäßen, die sie mit Unwettern voller Sturm und Blitz verglich. Es geschah immer nachts, daß sie ihre Körper sah, und sie waren nie länger als eine Sekunde sichtbar und gewöhnlich nur dann, wenn die Geister wütend waren.

Ihre Ausmaße waren ungeheuer, sagte sie, aber das sagten sie schließlich selber auch. Sie sagten, wir könnten uns nicht vorstellen, wie groß sie seien, aber sie neigen nun mal zur Prahlerei; man muß sich aus ihren Behauptungen immer das heraussuchen, was Sinn macht.

Daß sie starke Macht über die natürliche Welt ausüben, steht außer Zweifel. Wie sonst könnten sie Gegenstände bewegen wie bei Poltergeist-Erscheinungen? Und wie sonst könnten sie die Wolken zusammenbringen, um Regen zu machen? Doch trotz aller Energie, die sie aufwenden, erreichen sie in Wirklichkeit sehr wenig. Und das war immer der Schlüssel zur Herrschaft über sie. Sie können nur so und so viel tun, und nicht mehr, und eine gute Hexe war diejenige, die das richtig begriff.

Wie immer die materielle Struktur dieser Wesen ist, sie sind keinen erkennbaren biologischen Gesetzen unterworfen. Sie altern nicht, sie verändern sich nicht. Und darin liegt der Schlüssel zum Verständnis ihres kindischen Verhaltens. Es gibt keine Notwendigkeit, irgend etwas zu tun; sie treiben sich ohne Zeitgefühl herum, denn es besteht kein physischer Grund, sich darum zu kümmern, und sie tun, was ihnen gerade in den Sinn kommt. Offensichtlich erleben sie unsere Welt, sie sind ein Teil davon; aber wie sie sich ihnen darstellt, kann ich nicht einschätzen.

Auch weiß ich nicht, warum Hexen sie anziehen oder interessieren. Aber das ist der springende Punkt: Sie erkennen die Hexe, sie kommen zu ihr, machen sich ihr bekannt und fühlen sich mächtig geschmeichelt, wenn sie zur Kenntnis genommen werden. Und sie führen ihre Aufträge aus, um mehr Aufmerksamkeit zu erhalten und, in manchen Fällen, um geliebt zu werden.

Und so, wie die Beziehung sich weiterentwickelt, stehen sie um der Liebe der Hexe willen für verschiedene Aufgaben zur Verfügung. Es erschöpft sie, aber es entzückt sie auch, menschliche Wesen so beeindruckt zu sehen.

Doch nun stellt euch vor, welch ein Spaß es für sie ist, Gebeten zuzuhören und zu versuchen, darauf zu antworten, sich um Altäre herumzutreiben und es, nachdem Opfergaben dargebracht worden sind, donnern zu lassen. Wenn ein Hellseher den Geist eines Toten anruft, damit er zu seinen Nachkommen sprechen soll, fangen sie ganz aufgeregt zu schnattern an und geben vor, der tote Vorfahr zu sein, und um die Nachkommen noch mehr irrezuführen, entnehmen sie deren Köpfen auf telepathischem Weg Informationen.

Sicher kennt ihr alle das Muster ihres Verhaltens. Es ist jetzt nicht anders, als es zu unserer Zeit war. Aber was sich geändert hat, ist die Einstellung der Menschen zu dem, was Geister tun; und dieser Unterschied ist entscheidend.

Wenn heutzutage ein Geist ein Haus heimsucht und über die Stimme eines fünfjährigen Kindes Prophezeiungen ausspricht, glaubt das kaum jemand – außer denen, die es sehen und hören. Es wird nicht zur Grundlage einer großen Religion.

Es ist, als sei die menschliche Rasse gegen solche Dinge immun geworden; sie scheint sich zu einer höheren Stufe fortentwickelt zu haben, wo die Possen der Geister sie nicht mehr irritieren. Und obwohl die Religionen noch weiterleben – alte Religionen, die sich in dunkleren Zeiten ausgebildet haben –, verlieren sie unter den Gebildeten rapide an Einfluß.

Doch darüber später mehr. Jetzt will ich mit der Beschreibung der Fähigkeiten von Hexen fortfahren, da diese Dinge mich und meine Schwester und das betreffen, was uns widerfuhr.

Es war ein Erbgut in unserer Familie. Es könnte physisch sein, denn es schien sich in unserer Familie über die weibliche Linie zu vererben und unveränderlich mit körperlichen Merkmalen wie grünen Augen und roten Haaren verbunden zu sein. Wie ihr alle wißt – wie ihr auf die eine oder andere Art erfahren habt, seit ihr dieses Haus betreten habt –, war meine Tochter Jesse eine Hexe. Und bei den Talamasca nutzte sie ihre Kräfte häufig, um jene zu trösten, die von Geistern und Gespenstern gequält wurden.

Gespenster sind natürlich auch Geister. Aber sie sind ohne Frage die Geister derer, die Menschen auf der Erde waren, während die Geister, von denen ich spreche, das nicht sind. Allerdings kann man in diesem Punkt nie ganz sicher sein. Ein sehr altes, erdgebundenes Gespenst könnte vergessen, daß es je gelebt hat; und möglicherweise sind die sehr böswilligen Geister Gespenster und deshalb so hungrig nach den Vergnügungen des Fleisches.

Es waren also hauptsächlich die Frauen in unserer Familie, die Hexen waren, und wir waren damals schon eine uralte Hexenfamilie.

Wir konnten Hexen bei uns über fünfzig Generationen zurückverfolgen, bis in eine Zeit, die Die Zeit Vor Dem Mond genannt wurde. Das heißt, wir machten für uns geltend, schon ganz zu Beginn der Erdgeschichte existiert zu haben, als der Mond noch nicht am Nachthimmel erschienen war.

Wie auch immer, wir waren ein altes Geschlecht. Unsere Mutter war eine mächtige Hexe gewesen, der die Geister viele Geheimnisse anvertraut hatten, die sie, wie sie es zu tun pflegen, aus den Gedanken der Menschen gelesen hatten. Und sie hatte großen Einfluß auf die ruhelosen Geister der Toten.

In Mekare und mir schienen sich, wie es oft bei Zwillingen der Fall ist, ihre Fähigkeiten verdoppelt zu haben. Das heißt, jede von uns war zweimal so stark wie unsere Mutter. Und die Macht, über die wir gemeinsam verfügten, war unermeßlich.

Schon als Kinder sprachen wir mit den Geistern. Sie waren bei uns, wenn wir spielten. Als Zwillinge entwickelten wir unsere eigene Geheimsprache, die nicht einmal unsere Mutter verstand. Aber die Geister kannten sie. Die Geister verstanden alles, was wir zu ihnen sagten; sie konnten uns sogar in unserer Geheimsprache antworten.

Versteht bitte, daß ich euch das alles nicht aus Hochmut erzähle. Das wäre albern. Ich erzähle es euch, damit ihr versteht, was wir füreinander und für unser Volk bedeuteten, bevor Akaschas und Enkils Soldaten in unser Land kamen. Ich möchte, daß ihr versteht, warum dieses Unheil – die Erschaffung der Bluttrinker – schließlich geschah!

Wir waren eine große Familie. Wir hatten seit Menschengedenken in den Höhlen des Bergs Karmel gelebt. Und unser Volk hatte seine Lager immer auf der Talsohle am Fuß des Berges aufgeschlagen. Die Leute lebten vom Ziegen- und Schafehüten. Und hin und wieder gingen sie auf die Jagd; und sie bauten etwas Getreide an zur Herstellung berauschender Drogen, die wir einnahmen, um in Trance zu geraten – das gehört zu unserer Religion –, und auch zum Bierbrauen. Sie mähten den wilden Weizen, der damals im Überfluß wuchs.

Unsere Landsleute stellten auch ganz einzigartige Töpferwaren her, mit denen sie auf den Märkten von Jericho Handel trieben. Von dort brachten sie Lapislazuli, Elfenbein, Weihrauch, Spiegel aus

Obsidian und ähnlich schöne Dinge mit. Natürlich kannten wir viele andere Städte, unermeßlich und schön wie Jericho, Städte, die jetzt völlig unter der Erde begraben sind und vielleicht niemals wiedergefunden werden.

Doch im großen und ganzen waren wir einfache Menschen. Wir kannten Schrift – das heißt, den Begriff. Aber es kam uns nicht in den Sinn, so etwas zu verwenden, denn Worte hatten große Macht, und wir hätten nicht gewagt, unsere Namen oder Verwünschungen oder die Wahrheiten, die wir kannten, niederzuschreiben. Wenn jemand deinen Namen kannte, konnte er die Geister anrufen und dich verfluchen; er konnte in Trance seinen Körper verlassen und dahinkommen, wo du warst. Wer konnte wissen, welche Macht man ihm dadurch in die Hände gab, daß er deinen Namen auf Stein oder Papyrus schreiben konnte? Selbst den Furchtlosen wäre das zumindest unangenehm gewesen.

Tatsächlich war in unserem Volk alles Wissen dem Gedächtnis anvertraut; die Priester, die dem Stiergott unseres Volkes opferten – an den wir, nebenbei, nicht glaubten –, bewahrten seine Überlieferungen und Glaubensregeln im Gedächtnis und lehrten sie die jungen Priester durch regelmäßige Übungen. Natürlich wurden Familiengeschichten aus dem Gedächtnis weitergegeben.

Doch wir malten Bilder; sie bedeckten die Wände der Stiertempel im Dorf.

Und meine Familie, die wie immer schon in den Höhlen des Bergs Karmel lebte, malte unsere geheimen Grotten mit Bildern aus, die außer uns niemand zu sehen bekam. Darin führten wir eine Art Chronik. Aber mit Vorsicht. Ich habe zum Beispiel nie ein Bildnis von mir selbst gemalt, bis dann die Katastrophe geschehen war und ich und meine Schwester zu dem geworden waren, was wir alle sind.

Aber um auf unser Volk zurückzukommen: Wir waren friedfertig; Schafhirten, manchmal Handwerker, manchmal Händler, nicht mehr, nicht weniger. Wenn die Armeen Jerichos in den Krieg zogen, schlossen sich ihnen manchmal unsere jungen Männer an; aber das taten sie aus freiem Willen. Sie wollten junge Abenteurer und Soldaten sein und solcherart Ruhm erlangen. Andere gingen in die Städte, um die großen Märkte, die Pracht der Höfe oder die Herrlichkeit der Tempel kennenzulernen. Und einige gingen in die Hafenstädte des Mittelmeeres, um die großen Handelsschiffe zu sehen. Aber größtenteils ging das Leben in unseren Dörfern wie schon seit vielen Jahrhunderten unverändert weiter. Und Jericho beschützte uns, beinahe nebenbei, denn es selbst war der Magnet, der die Streitkräfte eines Feindes auf sich zog.

Nie, niemals haben wir Menschen gejagt, um ihr Fleisch zu essen! Das war bei uns nicht Brauch. Und ich kann euch gar nicht sagen, welch ein Greuel solch ein Kannibalismus, das Essen des Fleisches unserer Feinde, für uns bedeutet hätte. Denn wir waren Kannibalen, und das Fleischessen hatte eine besondere Bedeutung – wir aßen das Fleisch unserer Toten.«

Maharet unterbrach sich für einen Augenblick, als wartete sie, bis der Sinn ihrer Worte allen klar war.

Marius sah wieder das Bild der zwei rothaarigen Frauen, die beim Leichenschmaus knieten. Er empfand die warme Mittagsruhe und die Feierlichkeit des Augenblicks. Er versuchte, einen klaren Kopf zu bekommen und nur noch Maharets Gesicht zu sehen.

»Versteht«, sagte Maharet. »Wir glaubten, daß der Geist den Körper im Tode verließ; aber wir glaubten auch, daß die Überreste aller Lebewesen auch dann noch eine geringe Macht enthielten, wenn das Leben selbst sie verlassen hatte.

Doch der wirkliche Grund dafür, daß wir die Toten aßen, war Achtung. Aus unserer Sicht war es die angemessene Art, mit den Überresten derer umzugehen, die wir liebten. Wir nahmen die Körper derer in uns auf, die uns das Leben geschenkt hatten; die Körper, aus denen unsere Körper entstanden waren. Und so wurde ein Zyklus abgeschlossen. Und die heiligen Überreste derer, die wir liebten, wurden vor den grausigen Schrecken der Verwesung in der Erde bewahrt, und sie wurden nicht von wilden Tieren gefressen oder verbrannt wie Öl oder Müll.

Das alles ist sehr einleuchtend, wenn man darüber nachdenkt. Aber wichtig ist, zu erkennen, daß es ein wesentlicher Bestandteil unseres Zusammenlebens als Volk war. Es war die heilige Pflicht jedes Kindes, die Überreste seiner Eltern zu verzehren; die heilige Pflicht des Stammes, die Toten zu essen.«

Wieder unterbrach sich Maharet, und ihre Blicke glitten langsam über die Runde, bevor sie fortfuhr.

»Nun, es war keine Zeit großer Kriege«, sagte sie. »Jericho sowohl als auch Ninive hatten seit Menschengedenken in Frieden gelebt.

Aber weit entfernt, im südwestlichen Niltal, lebte ein wildes Volk, das seit alters her gegen die weiter südlich lebenden Dschungelvölker Krieg führte, um Opfer für die heimischen Bratspieße und Kochtöpfe einzufangen. Denn sie verzehrten nicht nur ihre eigenen Toten mit allem geziemenden Respekt wie wir auch. Sie aßen auch die Körper ihrer Feinde, und sie rühmten sich dessen. Sie glaubten, daß die Kraft des Feindes in ihren Körper überging, wenn sie sein Fleisch aßen.

Ungefähr um die Zeit nun, als meine Schwester und ich unser sechzehntes Jahr erreichten, fand im Niltal eine große Wende statt. So wurde uns jedenfalls erzählt.

Die alternde Königin jenes Reiches im südwestlichen Niltal starb, ohne eine Tochter zu hinterlassen, die das königliche Blut weitergeben konnte. Und bei vielen alten Völkern vererbte sich das königliche Blut nur über die weibliche Linie. Da kein Mann je sicher sein kann, der Vater des Kindes seiner Frau zu sein, war es die Königin oder die Prinzessin, der das heilige Recht auf den Thron zustand. Deshalb haben in späteren Zeiten ägyptische Pharaonen häufig ihre Schwestern geheiratet. Um ihren königlichen Anspruch abzusichern.

Und so hätte es auch der junge König Enkil gehalten, wenn er eine Schwester gehabt hätte, aber er hatte keine. Er hatte nicht einmal eine königliche Kusine oder Tante, die er hätte heiraten können. Doch er war jung und stark und entschlossen, über sein Land zu herrschen. Schließlich entschied er sich für eine andere Braut, die nicht aus seinem Volk stammte, sondern aus dem von Uruk in den Niederungen von Euphrat und Tigris.

Und das war Akascha, eine Schönheit der königlichen Familie und eine Verehrerin der mächtigen Göttin Inanna, und sie konnte die Weisheit ihres Landes in Enkils Königreich mit einbringen. So jedenfalls lautete der Klatsch auf den Märkten von Jericho und Ninive und bei den Karawanen, die dorthin kamen, um unsere Waren einzutauschen.

Nun waren die Menschen am Nil bereits Bauern, aber das vergaßen sie gern zugunsten des Krieges und der Jagd auf menschliches Fleisch. Und das entsetzte die schöne Akascha, die sofort entschlossen war, sie von dieser barbarischen Gewohnheit abzubringen, wie es wohl jeder zivilisierte Mensch gewesen wäre.

Wahrscheinlich führte sie auch die Schrift ein, wie die Menschen in Uruk sie kannten – sie waren bedeutende Chronisten –, aber da Schreiben bei uns weitgehend verachtet wurde, weiß ich das nicht genau. Vielleicht hatten die Ägypter auch schon selbst zu schreiben begonnen.

Wie auch immer, ich weiß nicht genau, welche Kenntnisse Akascha aus Uruk mitbrachte. Ich weiß, daß unser Volk viel Gerede über das Verbot des Kannibalismus im Niltal hörte, daß die, die nicht gehorchten, auf grausame Weise hingerichtet wurden. Die Stämme, die seit Generationen Jagd auf Menschenfleisch gemacht hatten, waren wütend, daß sie diesem Vergnügen nicht mehr nachgehen durften; aber noch größer war der Zorn aller Menschen darüber, daß sie ihre eigenen Toten nicht mehr essen durften. Nicht mehr jagen zu dürfen, war eine Sache, aber seine Vorfahren der Erde zu übergeben, bedeutete für sie ein Grauen, wie auch wir es empfunden hätten.

Und damit Akaschas Anordnung befolgt würde, erließ der König eine Verfügung, daß die Leichname aller Toten gesalbt und eingewickelt und dann feierlich bestattet werden mußten.

Und um die Menschen in diesem neuen Brauch noch weiter zu bestärken, überzeugten Akascha und Enkil sie, daß es den Geistern der Toten in der Welt, in die sie sich begeben hatten, besser erging, wenn ihre Körper in diesen Umhüllungen auf Erden bewahrt würden. Mit anderen Worten, den Menschen wurde gesagt: ›Eure geliebten Ahnen werden nicht mißachtet; sie sind gut aufgehoben.‹

Wir fanden es sehr seltsam, als wir davon hörten – die Toten einzuwickeln und sie in möblierte Kammern über oder unter den Wüstensand zu legen. Wir fanden es seltsam, daß den Geistern der Toten durch die vollkommene Erhaltung ihrer Körper auf der Erde geholfen werden sollte. Denn wie jeder weiß, der je mit den Toten kommuniziert hat, ist es besser, wenn sie ihre Körper vergessen; nur wenn sie ihre irdische Erscheinung aufgeben, können sie zu der höheren Stufe aufsteigen.

Wir fanden das alles sehr seltsam, doch es betraf uns nicht wirklich. Wir waren vom Niltal weit entfernt. Uns taten die Menschen nur leid, weil sie ihre Toten nicht essen durften.

Nach einigen Jahren hörten wir, daß Enkil, um sein Königreich zu einigen und den Widerstand der hartnäckigen Kannibalen zu brechen, eine gewaltige Armee aufgestellt hatte und nach Norden und Süden zu Eroberungskriegen aufgebrochen war. Er hatte Schiffe auf hohe See entsandt. Es war ein alter Trick: Hetze sie alle gegen einen Feind auf, und du hast Ruhe zu Hause.

Doch wiederum, was hatte das mit uns zu tun? Wir lebten in einem heiteren und schönen Land voller schwertragender Obstbäume und Felder wilden Weizens, die jedermann mit der Sichel abmähen durfte. Wir lebten in einem Land mit grünem Gras und kühlen Winden. Aber es gab bei uns nichts, was irgend jemand uns hätte wegnehmen wollen. Das glaubten wir jedenfalls.

Meine Schwester und ich lebten weiterhin an den sanften Hängen des Berges Karmel und unterhielten uns häufig schweigend oder in wenigen vertraulichen Worten mit unserer Mutter oder miteinander, und wir erfuhren von unserer Mutter alles, was sie über die Geister und die Herzen der Menschen wußte.

Wir tranken die berauschenden Tränke, die unsere Mutter aus den Pflanzen gewann, die wir auf dem Berg anbauten, und in unseren Trance- und Traumzuständen reisten wir zurück in die Vergangenheit und sprachen mit unseren Ahnen, sehr mächtigen Hexen, deren Namen wir kannten.

Und die Menschen aus unserem Dorf suchten uns täglich auf, um sich mit uns zu beraten, und wir gaben ihre Fragen an die Geister weiter. Wir versuchten, in die Zukunft zu sehen, was die Geister natürlich in gewisser Weise beherrschen, da manche Dinge eben ihren geregelten Gang gehen.

Hin und wieder brachte man Besessene zu uns. Und wir trieben den Dämon oder den bösen Geist aus, denn mehr war es nie. Und wenn es in einem Haus spukte, gingen wir hin und schickten den bösen Geist fort.

Aber unser größtes Wunder – das zu bewirken all unsere Kraft forderte und das wir nie garantieren konnten – war das Regenmachen.

Dieses Wunder erwirkten wir auf zweierlei Weise. Der ›Kleine Regen‹ war hauptsächlich symbolisch und eine Demonstration unserer Macht und wirkte sich sehr beruhigend auf die Stimmung unseres

Volkes aus. Der ›Große Regen‹ dagegen, der für die Ernte nötig war, war wirklich sehr schwierig herbeizuführen, wenn es uns denn überhaupt gelang.

Beide erforderten intensives Umschmeicheln der Geister, lautes Anrufen ihrer Namen und die Aufforderung, daß sie sich zusammentaten und ihre vereinten Kräfte in unseren Dienst stellten. Der ›Kleine Regen‹ wurde häufig von den uns vertrautesten Geistern ausgelöst, von denen, die Mekare und mich besonders liebten und schon unsere Mutter und deren Mutter und alle unsere Vorfahren geliebt hatten und auf die man sich immer verlassen konnte, wenn es schwierige Liebesdienste auszuführen gab.

Doch für den ›Großen Regen‹ wurden viele Geister benötigt; und da einige dieser Geister sich gegenseitig zu hassen schienen, bedurfte es vieler Schmeicheleien, bis man sie einigte. Wir mußten Choräle singen und lange Tänze vorführen. Wir mußten Stunden arbeiten, bis die Geister allmählich aufmerksam wurden, sich versammelten, sich für die Idee begeisterten und sich dann endlich an die Arbeit machten.

Mekare und ich haben den ›Großen Regen‹ nur dreimal herbeiführen können. Aber wie herrlich war es anzusehen, wie sich die Wolken über dem Tal sammelten, wie die gewaltigen, alles verdüsternden Regengüsse fielen. Unser ganzes Volk rannte hinaus in den Platzregen, und der Boden selbst schien aufzuquellen, sich zu öffnen, sich zu bedanken.

Den ›Kleinen Regen‹ machten wir oft; für andere, aus Spaß. Aber das Herbeiführen des ›Großen Regens‹ hat uns erst richtig überall berühmt gemacht. Wir waren immer schon als Hexen vom Berg bekannt gewesen, aber jetzt kamen Menschen aus den Städten des hohen Nordens zu uns, aus Ländern, deren Namen wir nicht kannten.

Eines Tages, ich glaube, ein halbes Jahr vor dem Tod unserer Mutter, erhielten wir einen Brief. Ein Bote des Königs und der Königin von Kemet, wie die Ägypter ihr Land selbst nannten, hatte ihn überbracht. Der Brief war auf eine Tontafel geschrieben, wie es in Jericho und Ninive üblich war, und auf dem Ton waren kleine Zeichnungen und die Anfänge dessen zu sehen, was die Menschen später als Keilschrift bezeichnen sollten.

Natürlich konnten wir ihn nicht lesen; tatsächlich fanden wir ihn erschreckend und glaubten, daß er einen Fluch enthalten könnte. Wir wollten ihn nicht berühren, aber das mußten wir, wenn wir überhaupt etwas von dem verstehen sollten, was für uns wichtig war.

Der Bote sagte, daß Königin Akascha und König Enkil von unserer großen Macht gehört hätten und es als Ehre ansehen würden, wenn wir ihren Hof besuchten; sie hätten eine große Eskorte mitgeschickt, die uns nach Kemet geleiten sollte, und sie würden uns mit reichen Gaben beschenkt wieder nach Hause bringen lassen.

Wir alle drei waren diesem Boten gegenüber mißtrauisch. Er sprach die Wahrheit, soweit er sie wußte, aber es ging bei der Angelegenheit um mehr.

Also nahm unsere Mutter die Tontafel in ihre Hände. Und sofort spürte sie etwas, das durch ihre Finger strömte und ihr große Pein bereitete. Zunächst wollte sie uns nicht sagen, was sie gesehen hatte; dann nahm sie uns beiseite und sagte, der König und die Königin von Kemet seien böse, blutrünstig und mißachteten den Glauben anderer. Und daß von diesem Mann und dieser Frau fürchterliches Unheil über uns kommen würde, gleichgültig, was der Brief besagen mochte.

Dann berührten Mekare und ich den Brief, und auch wir spürten die Vorahnung des Bösen. Aber es gab dabei ein Geheimnis, ein dunkles Wirrwarr, und zum Bösen gesellte sich ein Element der Tapferkeit und des anscheinend Guten. Kurz, dies war kein einfaches Komplott, um uns und unsere Macht zu schwächen; da gab es auch so etwas wie echte Neugier und Achtung.

Schließlich befragten wir die Geister – die beiden Geister, die Mekare und ich am meisten liebten. Sie kamen dicht zu uns heran und lasen den Brief, was für sie keine Schwierigkeit war. Sie sagten, daß der Bote die Wahrheit gesprochen hatte. Aber wir würden uns in schreckliche Gefahr begeben, wenn wir den König und die Königin vom Kemet aufsuchen sollten.

›Warum?‹ fragten wir die Geister.

›Weil der König und die Königin euch Fragen stellen werden‹, antworteten die Geister, ›und wenn ihr wahrheitsgemäß antwortet, was ihr tun werdet, werden der König und die Königin euch zürnen, und ihr werdet vernichtet werden.‹

Natürlich wären wir ohnehin nie nach Ägypten gegangen. Wir

verließen unseren Berg nicht. Aber jetzt wußten wir, daß wir nicht gehen durften. Mit allem Respekt sagten wir dem Boten, daß wir unseren Geburtsort nicht verlassen konnten, daß keine Hexe aus unserer Familie je hier weggegangen war, und wir baten ihn, das dem König und der Königin auszurichten.

Und also reiste der Bote wieder ab, und das Leben ging wieder seinen normalen Gang.

Abgesehen davon, daß uns einige Nächte später ein böser Geist aufsuchte, den wir Amel nannten. Dieses Wesen – riesig, stark und voller Bosheit – tanzte auf der Lichtung vor unserer Höhle herum und versuchte, Mekares und meine Aufmerksamkeit zu erregen, und erzählte uns, daß wir schon bald seine Hilfe brauchen würden.

An die Schmeicheleien böser Geister waren wir seit langem gewöhnt; es machte sie rasend, daß wir nicht mit ihnen sprachen wie andere Hexen und Zauberer. Doch wir wußten, daß diese Wesen unzuverlässig und unlenkbar waren, und wir waren nie in Versuchung geraten, sie zu benutzen, und glaubten, das auch nie tun zu müssen.

Speziell dieser Amel regte sich über unsere ›Mißachtung‹, wie er es nannte, auf. Und er verkündete immer wieder, er sei ›Amel, der Mächtige‹ und ›Amel, der Unbesiegbare‹, und wir sollten ihm Achtung erweisen. Denn es könnte sein, daß wir ihn schon bald dringend brauchten. Vielleicht würden wir ihn dringender brauchen, als wir uns vorstellen könnten, denn Unheil stünde uns bevor.

In diesem Moment kam unsere Mutter aus der Höhle und verlangte von dem Geist zu wissen, welches Unheil er vorhersah.

Das erschreckte uns, denn sie hatte uns immer verboten, mit bösen Geistern zu sprechen; und wenn sie mit ihnen gesprochen hatte, dann immer nur, um sie zu verfluchen oder zu vertreiben oder sie mit Rätseln und Scherzfragen so zu verwirren, daß sie böse wurden, sich dumm vorkamen und aufgaben.

Amel, der Schreckliche, der Böse, der Übermächtige – wie immer er sich selbst bezeichnete, und seine Prahlerei war grenzenlos – sagte nur, daß großes Unheil auf uns zukäme und daß wir, wenn wir schlau wären, ihm angemessene Achtung erweisen sollten. Dann brüstete er sich mit allen Schandtaten, die er für die Hexenmeister in Ninive begangen hatte. Er könne Menschen quälen, behexen und sie sogar zerstechen wie ein Mückenschwarm. Er könne den Menschen Blut aussaugen, behauptete er, und er liebe dessen Geschmack; und er wolle für uns Blut saugen.

Meine Mutter lachte ihn aus. ›Wie könntest du so etwas tun?‹ fragte sie. ›Du bist ein Geist, du hast keinen Körper, du kannst nichts schmecken‹, sagte sie. Und das ist die Sprache, die Geister immer in Wut bringt, denn sie neiden uns das Fleisch, wie ich schon sagte.

Nun, dieser Geist fiel wie ein Sturmwind über unsere Mutter her, um seine Stärke zu demonstrieren, und sofort bekämpften ihn ihre guten Geister, und es gab einen fürchterlichen Tumult auf der Lichtung; aber als der vorüber war und unsere Schutzgeister Amel vertrieben hatten, sahen wir winzige Einstiche auf den Händen unserer Mutter. Amel, der Böse, hatte ihr Blut gesaugt, genau wie er es angekündigt hatte – als hätte ein Mückenschwarm sie mit kleinen Stichen gepeinigt.

Meine Mutter sah sich diese nadelstichartigen Wunden an; die guten Geister tobten vor Wut darüber, sie so unehrerbietig behandelt zu sehen, doch meine Mutter gebot ihnen, ruhig zu sein. Schweigend grübelte sie darüber nach, wie das möglich war und wie der Geist das Blut, das er gesaugt hatte, schmecken könne.

Doch mehr noch beunruhigte unsere Mutter Amels Warnung, daß uns Unheil drohte. Sie vertiefte die Sorge, die sie verspürt hatte, als sie die ägyptische Schreibtafel in der Hand gehalten hatte. Doch bat sie nicht die guten Geister um Trost oder Rat. Dazu war sie wohl zu klug. Aber das werde ich nie genau wissen. Wie auch immer – unsere Mutter wußte, daß etwas geschehen würde, und sah sich offensichtlich nicht in der Lage, es zu verhindern. Wahrscheinlich wußte sie, daß wir manchmal Katastrophen nur dadurch herbeiführen, daß wir sie zu verhüten suchen.

Und dann erkrankte sie in den folgenden Tagen, wurde hinfällig, und schließlich konnte sie nicht mehr sprechen.

Monatelang siechte sie gelähmt im Halbschlaf dahin. Wir saßen Tag und Nacht bei ihr und sangen ihr vor. Wir brachten ihr Blumen und versuchten, ihre Gedanken zu lesen. Die Geister, die sie liebten, waren fürchterlich aufgeregt. Und sie ließen den Wind um den Berg wehen, sie rissen die Blätter von den Bäumen.

Das ganze Dorf trauerte. Dann ordneten sich eines Morgens die Gedanken unserer Mutter wieder, aber es waren nur Bruchstücke.

Wir sahen sonnenbeschienene Felder und Blumen und Bilder aus ihrer Kindheit und dann nur noch leuchtende Farben und wenig mehr.

Wir wußten, daß unsere Mutter starb, und die Geister wußten es auch. Wir taten unser Bestes, sie zu beruhigen, aber einige von ihnen waren rasend. Wenn sie starb, würde ihr Geist aufsteigen und durch das Reich der Geister fahren, und sie würden sie für immer verlieren und vor Gram verrückt werden.

Aber schließlich geschah es, wie es nur natürlich und unausbleiblich war, und wir kamen aus der Höhle heraus und teilten den Dorfbewohnern mit, daß unsere Mutter in höhere Gefilde aufgestiegen war. Alle Bäume auf dem Berg wurden von dem Sturm erfaßt, den die Geister entfesselten; die Luft war voller grüner Blätter. Meine Schwester und ich weinten; und durch den Sturm hindurch glaubte ich, das Weinen und Wehklagen der Geister zu hören.

Und sogleich unternahmen die Dorfbewohner das Notwendige.

Zunächst wurde unsere Mutter auf einer Steinplatte aufgebahrt, wie es Brauch war, damit alle kommen und ihr die Ehre erweisen konnten. Sie war in das weiße Gewand aus ägyptischem Leinen gekleidet, das sie zu Lebzeiten so geliebt hatte, und trug all ihren schönen Schmuck aus Ninive und die beinernen Ringe und Halsbänder, in denen winzige Überreste unserer Ahnen eingeschlossen waren und die bald uns gehören würden.

Und nach zehn Stunden, als Hunderte sowohl aus unserem Dorf als auch aus den umliegenden Dörfern gekommen waren, bereiteten wir den Leib für den Leichenschmaus vor. Jedem anderen Toten des Dorfes hätten die Priester diese Ehre erwiesen. Aber wir waren Hexen, und unsere Mutter war eine Hexe; nur wir durften sie berühren. Beim Licht der Öllampen, abgesondert von den anderen, entkleideten meine Schwester und ich unsere Mutter und bedeckten ihren Leib mit frischen Blumen und Blättern. Wir sägten ihren Schädel auf, hoben das Oberteil vorsichtig an, damit die Stirn heil blieb, und entnahmen dann ihr Hirn und legten es auf einen Teller zu ihren Augen. Dann entnahmen wir in einer ebenso vorsichtigen Operation das Herz und legten es auf einen zweiten Teller. Anschließend wurden die Teller mit starken Tonhauben abgedeckt.

Dann kamen die Dorfbewohner wieder heran und bauten rund um

den Körper unserer Mutter auf der Steinplatte und um die Teller neben ihr einen steinernen Ofen, und sie legten Feuer in den Ofen, unter die Steinplatte zwischen die Felsbrocken, auf denen sie ruhte, und das Braten begann.

Es dauerte die ganze Nacht. Die Geister hatten sich beruhigt, daß der Geist unserer Mutter aufgestiegen war. Ich glaube nicht, daß der Körper ihnen wichtig war; was wir jetzt taten, war für sie nicht wichtig, aber natürlich war es wichtig für uns.

Weil wir Hexen waren und unsere Mutter eine Hexe war, würden nur wir allein ihr Fleisch verzehren. Nach Brauch und Recht stand es allein uns zu. Die Dorfbewohner durften uns beim Leichenschmaus nicht unterstützen, wie sie es sonst getan hätten, wenn nur zwei Nachkommen diese Pflicht zu erfüllen hatten. Gleichgültig, wie lange es dauerte, wir würden das Fleisch unserer Mutter verzehren. Und die Dorfbewohner würden uns beobachten.

Doch während die Nacht voranschritt und die Überreste unserer Mutter im Ofen zubereitet wurden, besprachen meine Schwester und ich uns wegen des Herzens und des Hirns. Natürlich würden wir diese Organe teilen; was uns beschäftigte, war, wer welches Organ erhalten sollte; denn wir hatten feste Ansichten über diese Organe und das, was ihnen innewohnte.

Für viele Menschen jener Zeit kam es auf das Herz an. Für die Ägypter zum Beispiel war das Herz der Sitz des Gewissens. Das galt auch für die Menschen in unserem Dorf; aber wir als Hexen glaubten, daß das Hirn den menschlichen Geist beherbergte: das heißt, das Geistige in jedem Mann und jeder Frau, das den atmosphärischen Geistern glich. Und unser Glaube an die Bedeutung des Hirns leitete sich von der Tatsache her, daß die Augen mit dem Hirn verbunden sind, und die Augen sind die Organe des Sehens. Und Sehen war das, was wir als Hexen taten: Wir sahen in Herzen hinein, wir sahen in die Zukunft, wir sahen in die Vergangenheit. ›Seher‹ war das Wort für uns in unserer Sprache; das ist es, was ›Hexe‹ bedeutete.

Aber was wir besprachen, war hauptsächlich eine Förmlichkeit; wir glaubten, daß der Geist unserer Mutter aufgestiegen war. Wir verzehrten diese Organe aus Achtung vor ihr, damit sie nicht verwesten. Also konnten wir uns leicht einigen: Mekare würde das Hirn und die Augen nehmen, und ich das Herz. Mekare war die stärkere

Hexe, die Erstgeborene und die, die immer die Initiative ergriff, die kein Blatt vor den Mund nahm, die die Rolle der älteren Schwester spielte, wie es einer von zwei Zwillingen immer tut. Es schien uns richtig, daß sie das Hirn und die Augen haben sollte und ich, die stets von ruhigerer Veranlagung und bedächtiger gewesen war, das Organ, das mit tiefen Gefühlen und Liebe in Verbindung gebracht wurde – das Herz.

Wir waren mit der Aufteilung zufrieden, und als der Morgenhimmel sich aufhellte, legten wir uns ein paar Stunden schlafen, denn unsere Körper waren vom Hunger und vom Fasten, mit dem wir uns auf den Leichenschmaus vorbereiteten, geschwächt.

Irgendwann vor Tagesanbruch weckten uns die Geister. Sie ließen den Sturm wieder aufkommen. Ich ging vor die Höhle; das Feuer leuchtete im Ofen. Die Dorfbewohner, die Wache halten sollten, schliefen. Ärgerlich gebot ich den Geistern, still zu sein. Doch einer von ihnen, der, den ich am liebsten hatte, sagte, daß sich Fremde auf dem Berg eingefunden hätten, viele, viele Fremde, die von unseren Fähigkeiten höchst beeindruckt und bedenklich neugierig auf den Leichenschmaus waren.

›Diese Leute wollen etwas von dir und Mekare‹, sagte der Geist. ›Und diese Leute bedeuten nichts Gutes.‹

Ich sagte ihm, daß hierher immer Fremde kämen; daß das nichts zu bedeuten habe und er nun still sein müsse und uns das tun lassen solle, was wir tun mußten. Doch dann ging ich zu einem der Männer aus dem Dorf und bat, das Dorf möge darauf vorbereitet sein, daß es eventuell Ärger geben könnte, und die Männer sollten ihre Waffen bei sich tragen, wenn sie sich zum Leichenschmaus versammelten.

Aber sehr besorgt war ich nicht wegen dieser Dinge; schließlich kamen Fremde von überall her in unser Dorf, und es war ganz natürlich, daß sie anläßlich dieses besonderen Ereignisses – des Todes einer Hexe – kamen.

Doch ihr wißt, was geschehen sollte. Ihr habt es in euren Träumen gesehen. Ihr habt gesehen, wie die Dorfbewohner sich um die Lichtung versammelten, als die Sonne ihren hohen Mittagsstand erreichte. Vielleicht habt ihr gesehen, wie die Steine des sich abkühlenden Ofens langsam entfernt wurden, oder auch nur, wie der Leib unserer Mutter, dunkel, geschrumpft, doch friedlich wie im Schlaf, auf der warmen Steinplatte aufgedeckt wurde. Ihr habt die verwelkten Blumen gesehen, die sie bedeckten, und das Herz und das Hirn und die Augen auf den Tellern.

Ihr saht uns zu beiden Seiten des Körpers unserer Mutter niederknien. Und ihr hörtet die Musiker zu spielen beginnen.

Was ihr nicht sehen konntet, aber jetzt wißt, ist, daß unser Volk sich seit Tausenden von Jahren zu solchen Feiern versammelt hatte. Seit Tausenden von Jahren hatten wir in diesem Tal und an den Hängen des Berges gelebt, wo hohes Gras wuchs und die Früchte von den Bäumen fielen. Dies war unser Land, unsere Überlieferung, unsere Aufgabe.

Unsere heilige Aufgabe.

Und als Mekare und ich, in unsere feinsten Gewänder gekleidet und geschmückt mit dem Geschmeide unserer Mutter wie auch mit unserem eigenen, einander gegenüberknieten, sahen wir nicht die Warnungen der Geister vor uns und auch nicht den Kummer unserer Mutter, als sie die Schreibtafel des Königs und der Königin von Kemet berührt hatte. Wir sahen unser Leben, hoffnungsvoll, lang und glücklich hier unter den Unsrigen.

Ich weiß nicht, wie lange wir da knieten, wie lange wir unsere Seelen vorbereiteten. Ich erinnere mich, daß wir endlich gleichzeitig die Teller aufhoben, auf denen die Organe unserer Mutter lagen, und daß die Musiker zu spielen begannen. Die Töne der Flöte und der Trommel vibrierten in der Luft um uns herum, und wir konnten das leise Atmen der Dorfbewohner hören und den Gesang der Vögel.

Und dann kam das Unheil über uns, kam so plötzlich mit trampelnden Füßen und lautem, schrillem Kriegsgeschrei der ägyptischen Soldaten, daß wir kaum begriffen, was geschah. Wir warfen uns über den Leib unserer Mutter, um den heiligen Leichenschmaus zu schützen, aber schon hatten sie uns hoch- und fortgezerrt, und wir sahen, wie die Teller in den Schmutz fielen und die Steinplatte umgestürzt wurde!

Meine Ohren vernahmen Verwünschungen; Männer beschimpften uns als Fleischesser, Kannibalen, Männer beschimpften uns als Wilde, die durch das Schwert umkommen müßten.

Doch niemand fügte uns ein Leid zu. Schreiend und ringend wurden wir gefesselt, und hilflos mußten wir mit ansehen, wie alle unsere Verwandten und Bekannten niedergemetzelt wurden. Soldaten trampelten auf dem Körper unserer Mutter herum, sie trampelten auf ihrem Herzen und ihrem Hirn und ihren Augen herum. Sie traten kreuz und quer durch die Asche, während ihre Kohorten die Männer und Frauen und Kinder unseres Dorfes aufspießten.

Und dann hörte ich durch den Chor der Schreie, durch das entsetzliche Aufschreien all dieser Hunderte, die am Berghang starben, wie Mekare unere Geister zur Vergeltung aufrief, sie aufrief, die Soldaten für das, was sie getan hatten, zu strafen.

Doch was bedeutete Männern wie diesen Sturm oder Regen? Die Bäume wankten, die Erde selbst schien zu beben, die Luft war angefüllt mit Blättern wie schon in der Nacht zuvor. Felsbrocken stürzten den Berg hinab, Staubwolken stiegen auf. Doch der König, Enkil, zögerte kaum eine Sekunde, selbst vorzutreten und seinen Männern zu erklären, daß es nur Blendwerk war, was sie erlebten, und daß wir und unsere Dämonen zu mehr nicht fähig seien.

So wurde das Massaker unablässig fortgesetzt. Meine Schwester und ich waren zu sterben bereit, doch sie töteten uns nicht. Sie hatten nicht die Absicht, uns zu töten, und als sie uns fortschleiften, sahen wir unser Dorf brennen, sahen die Felder wilden Weizens brennen, sahen alle Männer und Frauen unseres Stammes erschlagen, und wir wußten, ihre Körper würden hemmungslos und voller Verachtung den Tieren und der Erde überlassen werden.«

Maharet unterbrach sich. Sie hatte mit ihren Händen einen kleinen Spitzturm geformt und berührte nun mit den Fingerspitzen ihre Stirn, wie um auszuruhen, bevor sie fortfuhr. Ihre Stimme war etwas rauher und leiser, als sie weitererzählte, doch fest wie zuvor.

»Was ist ein kleines Land mit Dörfern? Was ist ein Volk – oder auch ein Leben?

Unter der Erde sind tausend solcher Völker begraben. Und so liegt unser Volk bis heute begraben.

Alles, was wir wußten, alles, was wir gewesen waren, war innerhalb einer Stunde ausgelöscht worden.

Über dem Berg, über dem Dorf an seinem Fuß spürte ich die Gegenwart der Geister der Toten; eine riesige Wolke von Geistern; einige waren so erregt und verwirrt durch die Gewalt, die ihnen angetan worden war, daß sie sich vor Entsetzen und Schmerz an die

Erde klammerten, und andere erhoben sich über das Fleisch, um nicht mehr leiden zu müssen.

Und was konnten die Geister tun?

Sie folgten unserem Zug den ganzen Weg nach Ägypten, sie plagten die Männer, die uns in Fesseln hielten und in einer Sänfte auf ihren Schultern trugen – zwei weinende Frauen, die sich voller Entsetzen und Gram eng aneinanderkauerten.

Jeden Abend, wenn die Gesellschaft ihr Lager aufschlug, schickten die Geister Sturm, um die Zelte umzureißen. Aber der König ermahnte seine Soldaten, sich nicht zu fürchten. Der König sagte, die Götter Ägyptens seien mächtiger als die Dämonen der Hexen. Und da die Geister tatsächlich alles taten, dessen sie fähig waren, und nichts Schlimmeres geschah, gehorchten die Soldaten.

Jeden Abend ließ der König uns vorführen. Er sprach unsere Sprache, die damals in der Welt verbreitet war. ›Ihr seid bedeutende Hexen‹, sagte er dann in höflichem und aufreizend ernsthaftem Ton. ›Deshalb habe ich eure Leben verschont, obwohl ihr Fleischesser seid, wie alle eure Landsleute es waren, und ich und meine Männer euch auf frischer Tat ertappt haben. Ich habe euch verschont, denn ich möchte aus eurer Weisheit Nutzen ziehen. Ich möchte von euch lernen, und meine Königin möchte auch lernen. Sagt mir, womit ich eure Leiden lindern lassen kann, und ich werde es tun. Ihr steht jetzt unter meinem Schutz; ich bin der König.‹

Weinend standen wir vor ihm, wichen seinen Blicken aus, sagten nichts, bis er dessen müde wurde und uns zum Schlafen zurück in die Enge der Sänfte schickte – einem winzigen Holzkasten mit nur kleinen Fenstern –, aus der wir gekommen waren. Wieder allein, sprachen meine Schwester und ich schweigend miteinander oder in unserer Sprache, der Zwillingssprache aus Gesten und verkürzten Wörtern, die nur wir verstanden. Wir riefen uns ins Gedächtnis zurück, was die Geister zu unserer Mutter gesagt hatten; wir erinnerten uns daran, daß sie nach dem Eintreffen des Briefs vom König von Kemet krank geworden war und sich nie wieder erholt hatte. Doch wir fürchteten uns nicht.

Wir waren viel zu bekümmert, um uns zu fürchten; es war, als seien wir schon tot. Wir hatten gesehen, wie unser Volk abgeschlachtet wurde, wir hatten gesehen, wie der Leib unserer Mutter entweiht wurde. Wir wußten nicht, was schlimmer sein konnte. Wir waren zusammen; allenfalls eine Trennung wäre vielleicht noch schlimmer gewesen.

Aber auf dieser langen Reise nach Ägypten gab es für uns einen kleinen Trost, den wir auch später nicht vergessen sollten. Khayman, des Königs Hofmeister, begegnete uns mit Mitleid und tat heimlich alles, unsere Pein zu lindern.«

Wieder unterbrach Maharet ihre Erzählung und sah Khayman an, der mit gefalteten Händen und gesenktem Blick am Tisch saß. Er schien tief versunken in die Erinnerung an die Dinge, die Maharet schilderte. Er nahm diesen Achtungserweis hin, aber er schien ihn nicht zu trösten. Schließlich blickte er Maharet bestätigend an. Er schien verwirrt und voller Fragen. Doch er stellte sie nicht. Seine Augen wanderten über die anderen, erwiderten auch ihre Blicke, erwiderten das gleichförmige Starren von Armand und Gabrielle, aber auch jetzt sagte er nichts.

Dann fuhr Maharet fort: »Khayman lockerte unsere Fesseln, wenn es möglich war; er erlaubte uns, abends umherzugehen; er brachte uns zu essen und zu trinken. Und große Freundlichkeit lag darin, daß er nicht mit uns sprach, wenn er diese Dinge tat; er wollte nicht unsere Dankbarkeit. Er tat das alles reinen Herzens. Es war einfach nicht nach seinem Geschmack, Menschen leiden zu sehen.

Es schien uns, daß wir zehn Tage reisten, bis wir das Land Kemet erreichten. Vielleicht waren es mehr, vielleicht weniger. Die Geister wurden irgendwann während der Reise ihrer Tricks müde, und wir, verzagt und mutlos, riefen sie nicht an. Wir verfielen schließlich in Schweigen, sahen uns nur hin und wieder in die Augen.

Endlich kamen wir in ein Königreich, wie wir seinesgleichen noch nie gesehen hatten. Durch glühendheiße Wüste wurden wir in das reiche schwarze Land an den Ufern des Nils geführt, auf die schwarze Erde, von der sich das Wort Kemet herleitet, und dann wurden wir wie die ganze Armee auf Flößen über den gewaltigen Strom gesetzt und in eine ausgedehnte Stadt geführt, in der sich Ziegelbauten mit Grasdächern befanden und riesige Tempel und Paläste aus den gleichen derben Materialien, aber alle waren sehr schmuck.

Das war lange vor der Zeit der Steinbauweise, für die die Ägypter berühmt werden sollten – wie für die Tempel der Pharaonen, die bis heute stehen.

Aber es gab schon eine große Vorliebe für Schaustellung und Zierat, eine Annäherung an das Monumentale. Ungebrannte Ziegel, Flußschilf, Pflanzenfasern – alle diese einfachen Materialien waren benutzt worden, um hohe Wände zu errichten, die dann geweißt und mit wunderschönen Mustern bemalt wurden.

Vor dem Palast, in den wir als königliche Gefangene gebracht wurden, standen mächtige Säulen aus gewaltigen Dschungelgräsern, die getrocknet und zusammengebunden und mit Flußschlamm verputzt worden waren, und in einem abgeschlossenen Hof war ein Teich angelegt worden, voller Lotusblüten und umgeben von blühenden Bäumen.

Noch nie hatten wir ein so reiches Volk wie diese Ägypter gesehen, Menschen mit so reichem Schmuck, Menschen mit schön geflochtenen Haaren und bemalten Augen. Und ihre bemalten Augen trugen dazu bei, uns einzuschüchtern. Denn die Farbe ließ ihren Blick starr werden, sie ließ einen Eindruck von Unergründlichkeit aufkommen, wo es vielleicht gar keine Unergründlichkeit gab. Wir scheuten instinktiv vor diesen Kunstgriffen zurück.

Doch alles, was wir sahen, verschlimmerte nur das Elend in uns. Wie wir alles um uns herum haßten! Und wir konnten diesen Menschen anmerken – auch wenn wir ihre fremdartige Sprache nicht verstanden –, daß auch sie uns haßten und fürchteten. Unser rotes Haar schien große Verwirrung bei ihnen auszulösen, und auch daß wir Zwillinge waren.

Wie zuvor schon war Khayman in diesen ersten Stunden unser einziger Trost. Khayman, des Königs Oberhofmeister, sorgte dafür, daß wir es in unserem Gefängnis bequem hatten. Er brachte uns frisches Leinen und Obst zu essen und Bier zu trinken. Er brachte uns sogar Kämme für unser Haar und saubere Kleider, und zum ersten Mal sprach er zu uns; er erzählte uns, die Königin sei sanft und gut, und wir dürften keine Angst haben.

Wir wußten, daß er die Wahrheit sprach, daran bestand kein Zweifel; aber etwas stimmte nicht, wie vor Monaten mit den Worten von des Königs Boten. Unsere Prüfungen hatten erst begonnen.

Auch fürchteten wir, daß die Geister uns verlassen hatten, daß sie womöglich nicht unsertwegen in dieses Land kommen wollten. Doch wir riefen die Geister nicht an, denn sie anzurufen und keine Antwort zu bekommen – das wäre mehr gewesen, als wir ertragen konnten.

Dann kam der Abend, und die Königin schickte nach uns, und wir wurden vor den Hof geführt.

Das Schauspiel überwältigte uns, auch wenn wir es verabscheuten: Akascha und Enkil auf ihren Thronen. Die Königin war damals genauso, wie sie jetzt ist – eine Frau mit geraden Schultern und festen Gliedmaßen und einem Gesicht, das fast zu fein war, um Intelligenz auszustrahlen; ein Wesen von verführerischer Schönheit mit einer weichen, hohen Stimme. Was den König betraf, so sahen wir ihn jetzt nicht als Soldaten, sondern als Souverän. Sein Haar war geflochten, und er trug seinen feierlichen Rock und Schmuck. Seine schwarzen Augen waren voller Ernst wie immer, doch war es augenblicklich klar, daß es Akascha war und immer gewesen war, die über dieses Königreich herrschte. Akascha verfügte über die Sprache – über Wortgewalt.

Sie sagte uns sofort, daß unser Volk für seine Greueltaten geziemend gestraft worden sei, daß es gnädig behandelt worden sei, da alle Fleischesser Wilde seien und, von Rechts wegen, einen langsamen Tod erleiden sollten. Und sie sagte, daß man uns Gnade erwiesen habe, weil wir Hexen seien und die Ägypter von uns lernen wollten; sie wollten wissen, welche Kenntnisse über das Reich des Unsichtbaren wir zu vermitteln hätten.

Unverzüglich, als bedeuteten diese Worte nichts, ging sie dazu über, ihre Fragen zu stellen. Wer waren unsere Dämonen? Warum waren einige gut, wenn sie doch Dämonen waren? Waren sie nicht Götter? Wie konnten wir es regnen lassen?

Wir waren zu entsetzt von ihrer Härte, um antworten zu können. Wir waren verletzt von ihrer Grobheit und hatten wieder zu weinen begonnen. Wir wandten uns von ihr ab und sanken einander in die Arme.

Aber etwas anderes wurde uns auch klar – etwas, das die Art und Weise, in der diese Person sprach, ganz deutlich machte. Die Hast ihrer Worte, die Leichtfertigkeit, die Betonung, die sie auf diese oder jene Silbe legte – all das zeigte uns, daß sie log und daß sie selbst nicht wußte, daß sie log.

Und als wir unsere Augen schlossen und tief in die Lüge hineinsahen, erkannten wir die Wahrheit, die sie selbst sicherlich geleugnet hätte: Sie hatte unser Volk abgeschlachtet, um uns hierherzubringen! Sie hatte ihren König und ihre Soldaten in diesen ›heiligen‹ Krieg geschickt, weil wir ihre frühere Einladung ausgeschlagen hatten und sie uns in ihrer Gewalt haben wollte. Sie war neugierig auf uns.

Das war es, was unsere Mutter gesehen hatte, als sie die Tafel des Königs und der Königin in der Hand gehalten hatte. Vielleicht hatten es die Geister auf ihre eigene Art vorhergesehen. Wir begriffen die ganze Ungeheuerlichkeit erst jetzt.

Unser Volk war gestorben, weil wir die Aufmerksamkeit der Königin erregt hatten, wie wir auch die Aufmerksamkeit der Geister erregten; wir hatten dieses Unheil über alle gebracht.

Warum, fragten wir uns, hatten die Soldaten uns nicht einfach aus der Mitte unserer hilflosen Dorfbewohner entführt? Warum hatten sie alles, was unser Volk ausmachte, auslöschen müssen?

Aber das war das Grausige! Ein moralischer Deckmantel war über die Absichten unserer Königin geworfen worden, ein Mantel, durch den sie selbst auch nicht mehr sehen konnte als jeder andere.

Sie hatte sich eingeredet, daß unsere Landsleute sterben mußten, daß sie es wegen ihrer Barbarei nicht anders verdienten. Und war es nicht sehr praktisch, daß sie uns verschonen und hierherbringen ließ, damit wir endlich ihre Neugier befriedigten? Und natürlich würden wir bis dahin dankbar sein und bereitwillig ihre Fragen beantworten.

Und noch weiter hinter der Fassade ihres Selbstbetruges erkannten wir den Geist, der solche Widersprüche möglich machte.

Die Königin besaß keine echte Moral, keine wirkliche Ethik für die Geschäfte, die sie führte. Diese Königin war einer jener zahlreichen Menschen, die glaubten, daß nichts jemals eine Bedeutung hatte. Aber den Gedanken daran konnte sie nicht ertragen. Und deshalb erfand sie immerzu ihre ethischen Grundsätze und versuchte verzweifelt, an diese zu glauben, aber es waren immer nur Deckmäntel für das, was sie aus rein egoistischen Gründen tat. Ihr Krieg gegen die Kannibalen, zum Beispiel, war eher auf ihren Widerwillen gegen solche Bräuche zurückzuführen als auf irgend etwas anderes. Ihr Volk in Uruk hatte kein Menschenfleisch gegessen, und deshalb litt sie solche ekelhaften Dinge nicht in ihrer Umgebung, mehr war es wirklich nicht. Denn es hatte in ihr immer eine dunkle Zone der Hoffnungslosigkeit gegeben. Und einen starken Trieb, einen Sinn zu finden, wo keiner war.

Versteht bitte, daß es keine Oberflächlichkeit war, die wir an dieser Frau wahrnahmen. Es war ein jugendlicher Glaube, daß sie, wenn sie nur wollte, es Licht werden lassen konnte, daß sie die Welt nach ihrem Geschmack gestalten konnte; und es war auch ein mangelndes Interesse an den Leiden anderer. Sie wußte, daß andere Schmerz empfanden, aber damit konnte sie sich wirklich nicht abgeben.

Als wir schließlich diese offenbare Doppelzüngigkeit nicht mehr ertragen konnten, drehten wir uns um und musterten sie, denn nun mußten wir mit ihr streiten. Sie war noch nicht einmal fünfundzwanzig Jahre alt, diese Königin, und sie besaß in diesem Land, das sie mit ihren Überlieferungen aus Uruk geblendet hatte, die absolute Macht. Und sie war beinahe zu hübsch, um wirklich schön zu sein, denn ihre Lieblichkeit löschte jeden Eindruck von Würde oder Geheimnis aus, und ihre Stimme hatte immer noch einen kindlichen Klang, einen Klang, der in anderen instinktive Zärtlichkeit erweckt und den banalsten Wörtern einen angenehmen Wohlklang verleiht. Einen Klang, den wir aufreizend fanden.

Und immer wieder stellte sie uns ihre Fragen. Wie brachten wir unsere Wunder zustande? Wie lasen wir die Gedanken der Menschen? Woher kam unsere Magie, und warum gaben wir nicht zu, daß wir zu unsichtbaren Wesen sprachen? Konnten wir genausogut zu ihren Göttern sprechen? Konnten wir ihr Wissen vertiefen oder ihr beim Verstehen des Göttlichen weiterhelfen? Sie war bereit, uns unsere Barbarei zu vergeben, wenn wir uns dankbar erweisen würden, wenn wir an ihren Altären niederknieten und unser Wissen vor ihren Göttern und vor ihr ausbreiten würden.

Sie beharrte auf ihren verschiedenen Fragen mit einer Hartnäckigkeit, die eine weise Person zum Lachen gebracht hätte. Aber in Mekare erweckte sie höchstens Zorn. Sie, die bei allem immer die Führung übernommen hatte, meldete sich jetzt zu Wort.

›Behalte deine Fragen für dich. Du redest töricht einher‹, sagte sie.

›Ihr habt in diesem Königreich keine Götter, weil es keine Götter gibt. Die einzigen unsichtbaren Bewohner der Welt sind Geister, und die spielen über eure Priester und eure Religion mit euch wie mit allen anderen auch. Ra, Osiris – das sind nur erfundene Namen, mit denen ihr die Geister hofiert und ihnen schmeichelt, und wenn es ihnen in den Kram paßt, künden sie euch einen kleinen Regenschauer an, damit ihr ihnen noch etwas mehr schmeichelt.‹

Der König und die Königin starrten Mekare voller Widerwillen an. Doch Mekare fuhr fort: ›Die Geister sind wirklich, aber sie sind wie Kinder und unberechenbar. Und gefährlich sind sie auch. Sie wundern sich über uns und beneiden uns darum, daß wir sowohl geistig als auch fleischlich sind, was sie anzieht und weshalb sie gern tun, was wir von ihnen verlangen. Hexen wie wir haben es immer verstanden, sie einzusetzen; aber man benötigt große Kenntnisse und viel Macht dafür, die wir besitzen und ihr nicht. Ihr seid Narren, und was ihr angestellt habt, um uns gefangenzunehmen, war böse, war unredlich; ihr lebt mit der Lüge! Aber wir werden euch nicht belügen.‹

Und dann beschuldigte Mekare die Königin vor dem versammelten Hofstaat halb weinend, halb würgend vor Zorn, der Falschheit, des Massakers an unserem friedfertigen Volk zu dem einzigen Zweck, uns hierherzubringen.

Am Hof gab es Tumulte. Noch nie hatte jemand solche Respektlosigkeit, solche Blasphemie und so weiter und so fort gehört.

Nur der König und die Königin waren merkwürdig schweigsam und gespannt.

Akascha gab uns keinerlei Antwort, und es war klar, daß irgend etwas an unserer Erklärung den tieferen Schichten ihres Verstandes eingeleuchtet haben mußte. Für einen Augenblick flackerte eine todernste Neugier auf. Geister, die sich als Götter ausgaben? Geister, die das Fleisch mißgönnten? Auf die Anklage, ohne Not unser Volk geopfert zu haben, reagierte sie nicht einmal. Das interessierte sie noch immer nicht. Es war die spirituelle Frage, die sie reizte.

Laßt mich noch einmal eure Aufmerksamkeit auf das lenken, was ich gerade gesagt habe. Es war die spirituelle Frage, die sie reizte – man könnte sagen, der abstrakte Begriff; und in ihrer Besessenheit bedeutete der abstrakte Begriff alles. Ich glaube nicht, daß sie die

Geister für kindisch und unberechenbar hielt. Aber wie auch immer das war, sie wollte es wissen, und sie wollte es von uns wissen. Die Vernichtung unseres Volkes kümmerte sie nicht.

Inzwischen forderten die Hohenpriester des Ra und des Osiris unsere Hinrichtung. Und sogleich schloß sich die Versammlung diesen Forderungen an. Eine Verbrennung sollte sein. Sekundenlang schien es, als bräche im Palast ein Aufruhr aus.

Aber der König befahl allen, ruhig zu sein. Wir wurden wieder in unsere Zelle geführt und streng bewacht.

Mekare lief wütend hin und her, und ich flehte sie an, nichts mehr zu sagen. Ich erinnerte sie an das, was die Geister uns gesagt hatten; daß, wenn wir nach Ägypten gingen, der König und die Königin uns Fragen stellen würden, und falls wir ehrlich antworteten, was wir tun würden, würden der König und die Königin zornig auf uns sein, und wir würden vernichtet werden.

Aber in dem Moment hätte ich genausogut mit mir selbst reden können; Mekare hörte nicht zu. Sie lief auf und ab und schlug sich hin und wieder mit der Faust auf die Brust. Ich spürte den Schmerz, den sie empfand.

›Abscheulich‹, sagte sie. ›Böse.‹ Und dann schwieg sie und ging weiter auf und ab, und dann wiederholte sie diese Worte.

Ich wußte, daß sie sich an die Warnungen Amels, des Bösen, erinnerte. Und ich wußte auch, daß Amel in der Nähe war; ich konnte ihn hören, spüren.

Ich wußte, daß Mekare versucht war, ihn anzurufen, und mir war klar, daß sie das nicht tun dürfte. Was würden seine albernen Plagen den Ägyptern ausmachen? Wie viele Sterbliche konnte er mit seinen Nadelstichen quälen? Er konnte nicht mehr tun, als wir ohnehin schon getan hatten mit unseren Stürmen und herumfliegenden Gegenständen. Aber Amel hatte diese Gedanken gehört und wurde unruhig.

›Sei still, Dämon‹, sagte Mekare. ›Warte, bis ich dich brauche!‹ Das waren die ersten Worte, die ich sie je zu einem bösen Geist hatte sagen hören, und sie ließen mich vor Entsetzen schaudern.

Ich weiß nicht mehr, wann wir einschliefen. Nur, daß ich irgendwann nach Mitternacht von Khayman geweckt wurde.

Zuerst dachte ich, es sei Amel, der uns irgendeinen Streich spielte, und erwachte wütend. Aber Khayman bedeutete mir, ruhig zu sein. Er war in schrecklicher Verfassung. Er trug nur ein einfaches Nachthemd und war barfuß, und sein Haar war zerzaust. Anscheinend hatte er geweint. Seine Augen waren gerötet.

Er setzte sich neben mich. ›Sag, ist das wahr, was du über die Geister erzählt hast? Und daß es keine Götter gibt?‹ Ich machte mir nicht die Mühe, ihm zu erklären, daß Mekare das erzählt hatte. Die Leute verwechselten uns dauernd oder hielten uns für ein und dieselbe Person. Ich sagte ihm nur, ja, es stimmte.

Niedergeschlagen saß er da, wie ein Mann, der sein Leben lang belogen worden war und jetzt die Wahrheit erkannte. Aber dann erkannte ich, daß eine noch schwerere Last auf seine Seele drückte. ›Aber das Massaker an eurem Volk war ein heiliger Krieg, kein Akt der Selbstsucht, wie du sagtest.‹

›O nein‹, sagte ich. ›Es war selbstsüchtig und niedrig, anders kann ich es nicht ausdrücken.‹ Ich erzählte ihm von der Tafel, die der Bote uns überbracht hatte, von dem, was die Geister gesagt hatten, von der Angst und der Krankheit meiner Mutter und von meiner eigenen Fähigkeit, die Wahrheit aus den Worten der Königin herauszuhören, die Wahrheit, die sie sich selbst vielleicht nicht eingestehen konnte.

Doch lange bevor ich zu Ende gesprochen hatte, war er wieder niedergeschlagen. Tief in seinem Herzen wußte er, daß es stimmte, was ich sagte.

Schließlich verabschiedete er sich von mir. Aber bevor er ging, versprach er, sein möglichstes zu tun, damit wir freigelassen würden. Er wußte nicht, was zu tun war, aber er würde es versuchen. Und er beschwor mich, keine Angst zu haben. In dem Augenblick habe ich ihn sehr geliebt. Er war damals von Gestalt und Antlitz genauso schön wie jetzt, nur war er in jenen Tagen dunkelhäutig und hagerer, und sein krauses Haar war geglättet und fiel ihm auf die Schultern, und er hatte das Auftreten eines Hofbeamten, eines Mannes, der zu befehlen gewohnt ist und sich der herzlichen Zuneigung seines Fürsten erfreut.

Am nächsten Morgen schickte die Königin wieder nach uns. Und diesmal wurden wir in die Privatgemächer geführt, wo nur der König und Khayman bei ihr waren.

Es war ein noch prächtigerer Raum als der große Saal des Palastes, bis zum Bersten mit schönen Dingen angefüllt – mit einer Liegestatt aus geschnitzten Leoparden und einem Bett mit Vorhängen aus reiner Seide und mit polierten Spiegeln von beinahe zauberischer Klarheit. Und die Königin selbst war verführerisch, reich geschmückt und parfümiert und von der Natur zu einem Wesen geformt, so schön wie nur irgendeine Kostbarkeit um sie herum.

Sie stellte von neuem ihre Fragen.

Hand in Hand standen wir da und mußten uns den gleichen Unsinn noch einmal anhören.

Und noch einmal erklärte Mekare der Königin das Wesen der Geister und daß für sie alles nichts weiter war als ein Spiel.

›Aber diese Geister! Nach allem, was ihr sagt, müssen sie Götter sein!‹ sagte Akascha hitzig. ›Und ihr sprecht mit ihnen? Das möchte ich erleben. Führt es mir vor! Jetzt!‹

›Nein, sie sind keine Götter‹, sagte ich. ›Das versuchen wir euch ja zu erklären. Und sie verabscheuen nicht die Fleischesser, wie ihr es von euren Göttern behauptet. Um so etwas kümmern sie sich gar nicht. Haben sie nie getan.‹ Ich bemühte mich unablässig, dieses Mißverständnis auszuräumen; diese Geister hatten keinen Kodex, sie waren uns moralisch unterlegen. Aber ich wußte, daß diese Frau nicht begreifen konnte, was ich ihr erzählte.

Ich bemerkte den Kampf in ihr zwischen der Dienerin der Göttin Inanna, die selbst angebetet werden wollte, und dem finster vor sich hin brütenden Menschen, der letztlich an nichts glaubte. Ihr Herz war eiskalt, und ihre religiöse Inbrunst war nichts weiter als ein Feuer, das sie ständig schürte, um die Eiseskälte zu lindern.

›Alles, was ihr sagt, ist gelogen!‹ sagte sie schließlich. ›Ihr seid böse Frauen!‹

Sie ordnete unsere Hinrichtung an. Wir sollten am nächsten Tag gemeinsam lebendig verbrannt werden, damit wir uns gegenseitig leiden und sterben sehen konnten. Warum hatte sie sich je mit uns abgegeben?

Sogleich fiel ihr der König in die Rede. Er sagte ihr, daß er die Macht der Geister erlebt hatte, und Khayman auch. Was alles würden die Geister anstellen, wenn man so mit uns umginge? Wäre es nicht besser, uns gehen zu lassen?

Doch in den Augen der Königin waren Haß und Härte. Die Worte des Königs waren bedeutungslos; uns würde das Leben genommen werden. Was konnten wir tun? Sie schien böse auf uns zu sein, weil wir unsere Weisheiten nicht so verpacken konnten, wie es ihr nützte oder gefiel. Ach, es war eine Qual, mit ihr zu tun zu haben.

Schließlich ergriff Mekare die Initiative. Sie tat das, was ich mich zu tun nicht getraute. Sie rief die Geister an – jeden einzelnen, aber so schnell, daß sich die Königin die Namen unmöglich merken konnte. Sie schrie sie an, daß sie kommen und ihr helfen sollten, und sie befahl ihnen, ihren Unmut darüber zu zeigen, was diesen Sterblichen – Maharet und Mekare, die sie zu lieben behaupteten – widerfuhr.

Es war ein Glücksspiel. Falls nichts geschah, falls sie uns, wie ich befürchtete, verlassen hatten, konnte sie immer noch Amel anrufen, denn er war da, er lauerte, er wartete. Und letzten Endes war er unsere einzige Hoffnung.

Der Sturm erhob sich augenblicklich. Er heulte durch den Innenhof und pfiff durch die Gänge des Palastes. Gobelins wurden zerrissen, Türen zugeschlagen, zerbrechliche Gefäße zerschmettert. Die Königin war entsetzt, als sie das um sich herum wahrnahm. Dann flogen kleine Gegenstände durch die Luft. Die Geister nahmen die Schmuckstücke von ihrer Frisierkommode und warfen sie nach ihr; der König stand neben ihr und versuchte, sie zu beschützen, und Khayman war vor Angst erstarrt.

Das war freilich das Äußerste, was die Geister tun konnten, und das würden sie nicht sehr lange durchhalten können. Aber noch bevor der Angriff beendet war, beschwor Khayman den König und die Königin, das Todesurteil aufzuheben. Und das taten sie auf der Stelle.

Sofort befahl Mekare den Geistern, die ohnehin am Ende waren, mit viel Pathos, einzuhalten. Dann herrschte Ruhe. Und die verschreckten Sklaven rannten hin und her, um wieder aufzusammeln, was durch die Gegend geworfen war.

Die Königin war erschüttert. Der König versuchte ihr zu erklären, daß er all dies schon früher erlebt hatte, ohne Schaden zu nehmen, doch tief im Herzen der Königin war etwas verletzt worden. Sie hatte noch nie die leiseste Manifestation des Übersinnlichen erlebt, und jetzt war sie stumm und starr. Der finstere Unglaube in ihr war von einem Funken Lichts, wahren Lichts, erhellt worden. Denn ihre Skepsis war so alt und gefestigt, daß dieses kleine Wunder eine bedeutende Offenbarung gewesen war; es war, als hätte sie ihren Göttern gegenübergestanden.

Sie schickte den König und Khayman fort. Sie sagte, sie wollte mit uns alleine sprechen. Und dann flehte sie uns an, so mit den Geistern zu sprechen, daß sie es hören konnte. Sie hatte Tränen in den Augen.

Es war ein seltsamer Moment, denn ich spürte jetzt, was ich vor Monaten gespürt hatte, als ich die Tontafel berührte – eine Mischung aus Gut und Böse, die gefährlicher war als das Böse schlechthin.

Wir sagten ihr, daß wir die Geister natürlich nicht so sprechen lassen konnten, daß sie sie verstand. Aber vielleicht konnte sie uns einige Fragen stellen, die sie beantworten würden. Das tat sie sofort.

Es waren dieselben Fragen, die die Menschen den Zauberern und Hexen und Heiligen schon immer gestellt haben. ›Wo ist mein Halsband, das ich als Kind verloren habe? Was wollte meine Mutter mir in der Nacht sagen, als sie starb und nicht mehr sprechen konnte? Warum meidet meine Schwester mich? Wird mein Sohn zum Mann heranwachsen? Wird er stark und tapfer sein?‹

Da es um unser Leben ging, gaben wir geduldig diese Fragen an die Geister weiter, die wir beschwatzten und umschmeichelten, damit sie auf uns hörten. Und wir erhielten Antworten, die Akascha wirklich verblüfften. Die Geister kannten den Namen ihrer Schwester, sie kannten den Namen ihres Sohnes. Sie wurde verrückt, als sie über diese einfachen Tricks nachdachte.

Dann erschien Amel, der Böse – er war offensichtlich eifersüchtig wegen der Entwicklung, die die Dinge genommen hatten –, und warf plötzlich Akascha das verschwundene Halsband hin, nach dem sie gefragt hatte – ein Halsband, das sie in Uruk verloren hatte; und das war der entscheidende Schlag. Akascha saß wie vom Donner gerührt.

Sie weinte und umklammerte das Halsband. Und dann bat sie uns, den Geistern die wirklichen Fragen zu stellen, die, auf die sie Antwort haben mußte.

Ja, sagten die Geister, ihr Volk hatte seine Götter erfunden. Nein, die Namen in den Gebeten spielten keine Rolle. Den Geistern gefielen einfach die Musik und der Rhythmus der Sprache – die Gestalt der Wörter sozusagen. Ja, es gab böse Geister, denen es Spaß machte, Menschen weh zu tun, und warum auch nicht? Und es gab auch gute Geister, die die Menschen liebten. Und würden sie zu Akascha sprechen, wenn wir das Königreich verlassen durften? Niemals. Sie sprachen jetzt, und sie konnte sie nicht hören, was erwartete sie also von ihnen? Aber ja, es gab in ihrem Königreich Hexen, die sie hören konnten, und wenn sie es wünschte, wollten sie diesen Hexen sofort befehlen, an den Hof zu kommen.

Aber während diese Unterhaltung ihren Verlauf nahm, vollzog sich an Akascha ein schrecklicher Wandel.

Erst empfand sie Entzücken, dann Mißtrauen und schließlich Betrübnis. Denn diese Geister erzählten ihr nur dieselben trostlosen Dinge, die sie von uns schon gehört hatte.

›Was wißt ihr über das Leben nach dem Tod?‹ fragte sie. Und als die Geister lediglich sagten, daß die Seelen der Toten sich entweder verwirrt und leidend auf der Erde herumtrieben oder aber aufstiegen und endgültig von ihr verschwanden, war sie unsäglich enttäuscht. Ihre Augen wurden trüb; ihr verging jede Lust zu dem Gespräch. Und auf ihre Frage, was mit denen geschah, die ein böses Leben geführt hatten im Gegensatz zu denen, die gut gewesen waren, wußten die Geister keine Antwort. Sie verstanden nicht, was sie meinte.

Doch die Befragung wurde fortgesetzt. Und wir konnten spüren, daß die Geister es leid waren und jetzt mit ihr spielten. Ihre Antworten wurden immer schwachsinniger.

›Was ist der Wille der Götter?‹ fragte sie.

›Daß ihr immerzu singt‹, sagten die Geister. ›Das gefällt uns.‹

Dann schleuderte plötzlich Amel, der Böse, ganz stolz auf seinen Trick mit dem Halsband, Akascha noch eine Juwelenkette vor die Füße.

Entsetzt schreckte Akascha davor zurück.

Sogleich erkannten wir den Fehler. Es war das Halsband ihrer Mutter, mit dem sie in ihrem Grab bei Uruk geschmückt war, und natürlich konnte Amel, der bloß ein Geist war, nicht ahnen, wie grotesk und widerlich es war, dieses Stück hierherzubringen. Selbst jetzt begriff er noch nicht. Er hatte dieses Halsband in Akaschas Gedanken gesehen, als sie von dem anderen gesprochen hatte.

Warum wollte sie es nicht auch haben? Mochte sie keine Halsbänder?

Mekare erklärte Amel, daß dies keinen Anklang fand. Es war das falsche Wunder. Würde er bitte ihre Anweisungen abwarten, da sie die Königin verstand und er nicht.

Doch es war zu spät. Mit der Königin war etwas Unwiderrufliches geschehen. Sie hatte zwei Beweise für die Macht der Geister gesehen, und sie hatte Wahrheiten und Unsinn gehört, und nichts davon war der Schönheit der Mythologie von ihren Göttern vergleichbar, an die zu glauben sie sich immer gezwungen hatte. Statt dessen zerstörten die Geister ihren schwachen Glauben. Wie sollte sie je den dunklen Zweifeln in ihrer eigenen Seele entfliehen, wenn diese Kundgebungen fortgeführt wurden?

Sie hatte ihre Fragen nach dem Übersinnlichen gestellt, was sehr unklug gewesen war, und die Übernatürlichen hatten ihr Antworten gegeben, die sie nicht hinnehmen, aber auch nicht widerlegen konnte.

›Wo befinden sich die Seelen der Toten?‹ flüsterte sie und starrte das Halsband ihrer Mutter an, das sie aufgehoben hatte.

So ruhig, wie ich nur konnte, sagte ich: ›Das wissen die Geister einfach nicht.‹

Entsetzen. Angst. Und dann fing ihr Verstand an zu arbeiten und das zu tun, was er immer getan hatte – irgendeinen würdevollen Weg zu finden, das aus der Welt zu schaffen, was sie schmerzte, irgendeine würdevolle Möglichkeit, sich mit dem abzufinden, was sie vor sich sah. Der dunkle, rätselhafte Raum in ihr weitete sich aus, er drohte sie innerlich zu verzehren; sie konnte das nicht zulassen; sie mußte weiterleben. Sie war die Königin von Kemet.

Andererseits war sie zornig, und ihr Zorn richtete sich gegen ihre Eltern und ihre Lehrer und gegen die Priester und Priesterinnen ihrer Kindheit und gegen die Götter, die sie angebetet hatte, und gegen jeden, der sie je ermutigt oder ihr erzählt hatte, das Leben sei schön.

Für einen Moment herrschte Schweigen, dann veränderte sich ihr Gesichtsausdruck. Angst und Staunen waren verschwunden; ihr Blick hatte etwas Kaltes und Enttäuschtes und letztendlich Boshaftes.

Und dann erhob sie sich, das Halsband ihrer Mutter in der Hand, und behauptete, daß alles, was wir gesagt hätten, gelogen sei. Wir gingen mit Dämonen um, die sie und ihre Götter, die ihrem Volk wohlgesonnen waren, zu stürzen versuchten. Je mehr sie redete, um so mehr glaubte sie an das, was sie sagte, um so mehr ergab sie sich seiner Logik. Bis sie schließlich weinte und uns beschimpfte und ihre innere Finsternis vertrieben hatte. Sie beschwor die Bilder der Götter, sie beschwor ihre heilige Sprache.

Doch dann sah sie wieder auf das Halsband, und der böse Geist Amel, der sich im Zustand heftigen Zorns befand, wütend darüber, daß sie sich nicht über sein kleines Geschenk gefreut hatte, und schon wieder böse auf uns war, stürzte sich auf Akascha. Eitel und zornbebend rief er: ›Ich bin Amel, der Böse, der sticht!‹ und veranstaltete den fürchterlichen Sturm um sie herum, mit dem er unsere Mutter geplagt hatte, nur zehnmal schlimmer. Noch nie hatte ich solches Wüten erlebt. Der Raum schien zu beben, als dieser ungeheure Geist sich verdichtete und in dieses enge Zimmer fuhr. Ich konnte das Knirschen der Ziegelmauern hören. Und das schöne Gesicht und die Arme der Königin waren über und über bedeckt mit winzigen Bißwunden, die als rote Blutflecken sichtbar wurden.

Sie schrie, wehrlos. Amel aber war entzückt. Amel konnte erstaunliche Dinge vollbringen! Mekare und ich waren entsetzt.

Mekare befahl ihm, innezuhalten. Und dann überhäufte sie ihn mit Schmeicheleien und Dank und sagte ihm, er sei ganz eindeutig der mächtigste aller Geister, doch er müsse jetzt gehorchen, um seine große Klugheit genauso zu beweisen wie seine Kräfte, und sie würde ihm erlauben, zur gegebenen Zeit wieder zuzuschlagen.

Unterdessen eilte der König Akascha zu Hilfe, Khayman kam, alle Wachen kamen. Aber als die Wachen ihre Schwerter zogen, um uns niederzumachen, befahl sie ihnen, von uns abzulassen. Mekare und ich starrten sie an und drohten ihr schweigend mit der Macht dieses Geistes, denn das war alles, was uns geblieben war. Und Amel, der Böse, schwirrte um uns herum und erfüllte die Luft mit dem grausigsten aller Geräusche, dem gewaltigen hohlen Gelächter eines Geistes, das die ganze Welt auszufüllen schien.

Als wir wieder allein in unserer Zelle waren, konnten wir uns nicht vorstellen, wie wir die geringe Überlegenheit, die wir jetzt durch Amel gewonnen hatten, nutzen sollten.

Was Amel selbst anging, so würde er uns nicht im Stich lassen. Er tobte und wütete in der kleinen Zelle; er ließ die Strohmatten rascheln und unsere Gewänder umherfliegen, er blies uns Wind ins Haar. Er war lästig. Doch was mich erschreckte, waren seine Prahlereien. Daß er gern Blut saugte; daß es ihn innerlich anschwellen ließ und ihn träge machte, aber gut schmeckte; und wenn die Menschen dieser Welt auf ihren Altären Blutopfer darbrachten, kam er gern herunter und schlürfte das Blut auf. Schließlich war es doch für ihn bestimmt, oder? Noch mehr Gelächter.

Drei Nächte und Tage blieben wir eingesperrt. Die Wachen mochten nicht nach uns sehen oder in unsere Nähe kommen. Auch die Sklaven nicht. Tatsächlich hätten wir verhungern können, wäre nicht Khayman gewesen, des Königs Hofmeister, der uns eigenhändig zu essen brachte.

Dann erzählte er uns, was wir schon von den Geistern erfahren hatten. Es tobte ein gewaltiger Streit. Die Priester wollten, daß wir getötet wurden, doch die Königin hatte Angst, uns zu töten, Angst, daß wir diese Geister auf sie loslassen würden, die wieder zu vertreiben sie nicht in der Lage war. Der König war von dem, was geschehen war, fasziniert; er glaubte, daß man von uns noch mehr lernen könnte; er war neugierig auf die Macht der Geister und wollte wissen, wozu man sie nutzen könnte. Aber die Königin fürchtete sich; die Königin hatte genug gesehen.

Endlich wurden wir auf dem großen, offenen Innenhof des Palastes dem gesamten Hofstaat vorgeführt.

Es war genau Mittag, und der König und die Königin brachten, wie es Brauch war, dem Sonnengott Ra ihre Opfergaben dar, und wir mußten dabei zusehen. Dieses Zeremoniell bedeutete uns nichts; wir fürchteten, dies seien die letzten Stunden unseres Lebens. Ich träumte von unserem Berg, unseren Höhlen, ich träumte von den Kindern, die wir vielleicht zur Welt gebracht hätten – prächtigen Söhnen und Töchtern, von denen einige unsere Fähigkeiten geerbt hätten –, ich träumte von denen, die uns genommen worden waren, von der Ausrottung unseres Geschlechts, die wohl bald vollendet sein würde. Ich dankte welcher Macht auch immer, daß ich den blauen Himmel über mir sehen konnte und daß Mekare und ich noch zusammen waren.

Schließlich sprach der König. Er wirkte schrecklich betrübt und müde. So jung er war, hatte er in diesen Augenblicken die Ausstrahlung eines alten Mannes. Wir hätten große Fähigkeiten, sagte er, aber wir hätten sie mißbraucht und könnten niemandem von Nutzen sein. Er beschuldigte uns der Lüge, der Dämonenverehrung, der Schwarzen Magie. Seinem Volk zu Gefallen würde er uns verbrannt haben, sagte er, doch er und seine Königin hätten Mitleid mit uns. Besonders die Königin wünsche, daß er uns Gnade erwies.

Es war eine abscheuliche Lüge, aber ein Blick in ihr Gesicht zeigte uns, daß sie selbst glaubte, es sei die Wahrheit. Und natürlich glaubte der König es. Doch was spielte das für eine Rolle. Was für eine Gnade sollte das sein, fragten wir uns und versuchten, ihre Seelen genauer zu ergründen.

Und nun sagte uns die Königin in freundlichen Worten, daß unser großartiger Zauber ihr zu den beiden Halsbändern verholfen habe, die sie sich auf der Welt am sehnlichsten gewünscht hätte, und darum, und nur darum, wolle sie uns am Leben lassen. Kurz, ihre Lüge wurde immer größer und verwickelter und wich immer mehr von der Wahrheit ab.

Und dann sagte der König, er werde uns freilassen, doch zuerst wolle er dem gesamten Hofstaat beweisen, daß wir keine Macht besäßen, und so auch die Priester beschwichtigen.

Und falls sich irgendwann ein böser Dämon zeigen und versuchen sollte, die rechtgläubigen Verehrer von Ra und Osiris zu behelligen, solle unsere Begnadigung widerrufen und sollten wir auf der Stelle hingerichtet werden. Denn sicherlich würde die Macht unserer Dämonen mit uns erlöschen. Wir hätten dann die Gnade der Königin verwirkt, die wir ohnehin kaum verdienten.

Natürlich begriffen wir, was geschehen sollte, wir lasen es jetzt in den Gedanken des Königs und der Königin. Sie hatten einen Kompromiß gefunden. Sie boten uns einen Handel an. Als der König seine goldene Kette mit Medaillon abnahm und sie Khayman um den Hals legte, wußten wir, daß wir vor dem Hofstaat vergewaltigt werden sollten, vergewaltigt, wie in jedem Krieg gemeine weibliche Gefangene oder Sklavinnen vergewaltigt wurden. Und falls wir die Geister anriefen, würden wir sterben. Das war unsere Lage.

›Und ginge es nicht um die Liebe meiner Königin‹, sagte Enkil, ›würde ich mir mein Vergnügen bei diesen beiden Frauen suchen, was mein Recht ist, ich würde es vor euch allen tun, um euch zu beweisen, daß sie keine Macht besitzen und keine bedeutenden Hexen, sondern ganz einfach Frauen sind. So wird Khayman, mein Oberhofmeister, mein geliebter Khayman, die Ehre haben, es an meiner Statt zu tun.‹

Der ganze Hof beobachtete schweigend, wie Khayman uns ansah und sich darauf vorbereitete, des Königs Befehl zu gehorchen. Wir starrten ihn an und hofften in unserer Hilflosigkeit darauf, daß er es nicht tun würde – daß er vor diesen teilnahmslosen Augen nicht Hand an uns legen oder uns schänden würde.

Wir konnten den Schmerz und den Aufruhr in ihm spüren. Wir konnten die Gefahr spüren, in der er sich befand, denn falls er nicht gehorchte, hätte das seinen sicheren Tod bedeutet.

Als er auf uns zukam, glaubte ich wohl noch, daß er es nicht fertigbringen würde, daß ein Mensch nicht gleichzeitig solchen Schmerz wie er empfinden und sich doch auf diese häßliche Aufgabe richtig freuen konnte. Aber ich wußte damals wenig über Männer oder darüber, wie sich bei ihnen die Fleischeslust mit Haß und Zorn verbinden kann und wie verletzend sie sein können, wenn sie den Akt vollziehen, auf den sich Frauen fast stets nur aus Liebe einlassen.

Unsere Geister protestierten gegen das, was geschehen sollte, doch da es um unser nacktes Leben ging, befahlen wir ihnen, still zu sein. Schweigend drückte ich Mekares Hand; ich sagte ihr, daß wir noch am Leben sein würden, wenn dies vorbei wäre, daß wir frei sein würden, daß dies schließlich nicht den Tod bedeutete und daß wir dieses elende Wüstenvolk seinen Lügen und Einbildungen und seinen schwachsinnigen Bräuchen überlassen wollten; wir würden heimgehen.

Und dann begann Khayman zu tun, was er tun mußte. Er löste unsere Fesseln, dann nahm er sich zuerst Mekare vor, zwang sie rücklings auf den mit Matten belegten Boden und lüftete ihr Gewand, während ich wie gelähmt und unfähig, ihn aufzuhalten, dabeistand. Und dann blühte mir das gleiche Schicksal.

Aber in Khaymans Gedanken waren nicht wir die Frauen, die er vergewaltigte. Als seine Seele und sein Körper erbebten, schürte er das Feuer seiner Leidenschaft mit den Bildern namenloser Schönheiten und der Erinnerung an halbvergessene Erlebnisse, damit Körper und Seele eins werden konnten.

Und wir verschlossen ihm abgewandten Blickes unsere Seelen, verschlossen sie vor ihm und diesen niederträchtigen Ägyptern, die uns so Schreckliches angetan hatten; unsere Seelen in uns waren ruhig und unangetastet, und um uns herum hörte ich deutlich das Weinen der Geister, das traurige, schreckliche Weinen, und in der Ferne das dumpfe, an- und abschwellende Grollen Amels.

Ihr seid Närrinnen, ihr Hexen, euch das gefallen zu lassen!

Die Nacht brach an, als wir am Rand der Wüste abgesetzt wurden. Die Soldaten gaben uns an Essen und Trinken, was sie durften. Die Nacht brach an, als wir zu unserer langen Reise aufbrachen, noch immer außer uns vor Zorn.

Und Amel kam und verhöhnte und beschimpfte uns; warum ließen wir ihn nicht Vergeltung üben?

›Sie werden uns verfolgen und töten!‹ sagte Mekare. ›Verlasse uns jetzt.‹ Doch das nützte nichts. Deshalb versuchte sie schließlich, Amel mit nebensächlichen Aufträgen zu beschäftigen. ›Amel, wir möchten unsere Heimat lebend erreichen. Sorge für kühle Brisen und zeige uns, wo wir Wasser finden.‹

Aber solche Dinge tun die bösen Geister nie. Amel verlor das Interesse. Und Amel verschwand, und wir wanderten, Arm in Arm, durch den kalten Wüstenwind und versuchten, nicht an die Meilen zu denken, die noch vor uns lagen.

Wir haben viel erlebt auf dieser Reise, aber es würde zu weit führen, jetzt davon zu berichten.

Doch die guten Geister hatten uns nicht verlassen; sie schickten erfrischende Brisen, und sie geleiteten uns zu Quellen, wo wir Wasser und ein paar Datteln zu essen fanden, und sie bescherten uns so viel ›Kleinen Regen‹, wie sie konnten. Schließlich jedoch befanden wir uns zu tief in der Wüste für all das, und der Tod streckte seine dürren Arme nach uns aus, und ich wußte, daß ich ein Kind Khaymans in meinem Schoß trug, und ich wollte, daß mein Kind leben sollte.

Da führten die Geister uns zu Beduinen, die uns aufnahmen und für uns sorgten.

Ich war krank und lag tagelang da und sang dem Kind in meinem Leib etwas vor und vertrieb mit meinem Gesang meine Krankheit und meine übelsten Erinnerungen. Mekare lag neben mir und hielt mich umarmt.

Es vergingen Monate, bis ich kräftig genug war, das Beduinenlager wieder zu verlassen, aber dann wollte ich mein Kind zu Hause zur Welt bringen und drängte Mekare, die Reise mit mir fortzusetzen.

Endlich erreichten wir die grünen Felder Palästinas und fanden den Fuß des Berges und die Schafhirten, die unserem eigenen Stamm so verwandt waren und jetzt gekommen waren und unsere alten Weideflächen beanspruchten.

Sie kannten uns, wie sie schon unsere Mutter und unsere ganzen Verwandten gekannt hatten, und sie nannten uns beim Namen und nahmen uns sogleich auf.

Und wir waren wieder sehr glücklich inmitten der grünen Weiden und der Bäume und der Blumen, die wir kannten, und das Kind wuchs in meinem Schoß. Es würde leben; die Wüste hatte es nicht getötet.

So gebar ich meine Tochter in der Heimat und nannte sie Miriam, wie schon meine Mutter geheißen hatte. Sie hatte Khaymans schwarzes Haar, doch die grünen Augen ihrer Mutter. Und die Liebe, die ich für sie empfand, und die Freude, die ich an ihr hatte, waren die besten Heilmittel, die sich mein Herz wünschen konnte. Wir waren wieder zu dritt. Mekare, die die Schmerzen der Geburt mit mir gefühlt und das Kind aus meinem Leib geholt hatte, nahm Miriam genau wie ich stündlich auf die Arme und sang ihr vor. Es war unser Kind, nicht allein meines. Und wir versuchten die Greuel zu vergessen, die wir in Ägypten erlebt hatten.

Miriam gedieh. Und schließlich gelobten Mekare und ich, den Berg zu besteigen und die Höhlen zu suchen, in denen wir geboren worden waren. Wir wußten noch nicht, wie wir, so weit von unserem neuen Volk entfernt, leben oder was wir tun wollten. Aber mit Miriam wollten wir an den Ort zurückkehren, an dem wir so glücklich gewesen waren, und wir wollten die Geister zu uns rufen und zur Lobpreisung meiner neugeborenen Tochter das Wunder des Regens herbeiführen.

Doch das sollte nie stattfinden. Nichts von alledem.

Denn bevor wir die Schafhirten verlassen konnten, erschienen, befehligt von Khayman, des Königs Oberhofmeister, wieder Soldaten, auf der Suche nach uns.

Wieder war es Mittag, und die Sonne beschien die Weiden, als wir die ägyptischen Soldaten mit ihren gezückten Schwertern erblickten. Die Leute flohen in alle Richtungen, doch Mekare warf sich vor Khayman auf die Knie und sagte: ›Füge unserem Volk nicht noch mehr Leid zu.‹

Dann kam Khayman mit Mekare zu der Stelle, wo ich mich mit meiner Tochter versteckt hatte, und ich zeigte ihm dieses Kind, das sein Kind war, und flehte ihn um Gnade und Gerechtigkeit an und darum, daß er uns in Frieden lassen möge.

Doch ich mußte ihn nur ansehen, um zu begreifen, daß er des Todes war, wenn er uns nicht zurückbrachte. Sein Gesicht war schmal und angespannt und voller Trübsal; es war nicht das glatte weiße, unsterbliche Gesicht, das ihr heute abend an diesem Tisch seht.

Er sprach zu uns mit sanfter, gedämpfter Stimme. ›Den König und die Königin von Kemet hat schreckliches Unheil befallen‹, sagte er. ›Und eure Geister haben es angerichtet, eure Geister, die mich für das, was ich euch angetan habe, Tag und Nacht quälten, bis der König sie aus meinem Haus zu vertreiben versuchte.‹

Er streckte mir seine Arme hin, so daß ich die winzigen Narben sehen konnte, die ihn bedeckten, wo ein Geist Blut gesaugt hatte. Narben überzogen sein Gesicht und seinen Hals.

›Oh, ihr könnt euch keine Vorstellung von dem Elend machen, in dem ich gelebt habe‹, sagte er, ›denn nichts konnte mich vor diesen Geistern schützen; und ihr wißt nicht, wie oft ich euch verflucht habe, und den König dazu, für das, was er mich euch antun ließ, und meine Mutter ebenso dafür, daß ich geboren bin.‹

›Aber damit haben wir nichts zu tun!‹ sagte Mekare. ›Wir haben euch gegenüber Wort gehalten. Um unserer Leben willen haben wir euch in Frieden gelassen. Es war Amel, der Böse, der das getan hat! Oh, dieser böse Geist! Und dann hat er auch noch dich heimgesucht statt des Königs und der Königin, die dich zu dem gezwungen haben, was du getan hast! Wir können ihn nicht bremsen. Ich bitte dich, Khayman, laß uns in Ruhe.‹

›Was immer Amel auch anstellt‹, sagte ich, ›er wird dessen bald müde werden, Khayman. Wenn der König und die Königin stark bleiben, wird er schließlich verschwinden. Du siehst jetzt die Mutter deines Kindes an, Khayman. Laß uns in Frieden. Um des Kindes willen erzähle dem König und der Königin, daß du uns nicht finden konntest. Laß uns in Ruhe, wenn dir Gerechtigkeit überhaupt etwas bedeutet.‹

Doch er starrte nur das Kind an, als wüßte er nicht, was er davon halten sollte. Er war Ägypter. War dies ein ägyptisches Kind? Er sah uns an. ›Gut, ihr habt diesen Geist nicht geschickt‹, sagte er. ›Ich glaube euch. Denn ihr versteht offensichtlich nicht, was dieser Geist getan hat. Seine Belästigungen sind vorüber. Er ist in den König und die Königin von Kemet *eingedrungen*! Er befindet sich in ihren Körpern! Er hat die Beschaffenheit ihres Fleisches verändert!‹

Wir sahen ihn lange an und bedachten seine Worte, und wir begriffen, daß er nicht sagen wollte, der König und die Königin seien besessen. Und wir begriffen auch, daß er Dinge erlebt hatte, die ihm keine andere Wahl ließen, als selbst zu uns zu kommen und uns um jeden Preis zurückzuholen.

Aber ich glaubte nicht, was er sagte. Wie konnte ein Geist zu Fleisch werden!

›Ihr versteht nicht, was in unserem Königreich geschehen ist‹, flüsterte er. ›Ihr müßt mitkommen und es mit eigenen Augen sehen.‹ Er unterbrach sich, denn er hatte uns mehr, viel mehr zu erzählen, und er hatte Angst davor. Hart sagte er: ›Ihr müßt rückgängig machen, was geschehen ist, auch wenn es nicht eure Tat war!‹

Doch wir konnten es nicht rückgängig machen. Das war ja das Schreckliche. Und das wußten wir schon damals, wir spürten es. Wir erinnerten uns an unsere Mutter, wie sie vor der Höhle stand und die winzigen Wunden an ihrer Hand betrachtete.

Mekare warf nun ihren Kopf zurück und rief Amel, den Bösen, an, daß er zu ihr käme, um ihre Anweisungen entgegenzunehmen. In unserer eigenen Sprache, der Zwillingssprache, rief sie: ›Verlasse den König und die Königin von Kemet und komme zu mir, Amel. Beuge dich meinem Willen. Dies hast du nicht auf meinen Befehl getan.‹

Alle Geister der Welt schienen schweigend zu lauschen. Dies war der Ruf einer mächtigen Hexe; aber es kam keine Antwort. Und dann spürten wir es – wie viele Geister heftig zurückschreckten, als sei plötzlich etwas offenbar geworden, das außerhalb ihrer Erfahrung und Billigung lag. Die Geister schienen vor uns zurückzuweichen und dann, betrübt und unschlüssig, wiederzukommen, um, auch wenn sie von uns abgestoßen waren, um unsere Liebe zu werben.

›Aber was ist los?‹ schrie Mekare. ›Was ist los?‹ Sie rief die Geister an, ihre Auserwählten, die sich in ihrer Nähe aufhielten. Und dann hörten wir durch die Stille, während die Schafhirten angsterfüllt verharrten und die Soldaten abwartend dastanden und Khayman uns mit müdem, verschleiertem Blick ansah, die Antwort, verwundert und unsicher:

›Amel hat jetzt, was er immer wollte; *Amel hat das Fleisch. Doch Amel gibt es nicht mehr.*‹

Was konnte das bedeuten?

Wir vermochten es nicht zu ergründen. Erneut verlangte Mekare eine Antwort von den Geistern, doch deren Unsicherheit schien sich jetzt in Furcht zu verwandeln.

›Sagt mir, was geschehen ist!‹ befahl sie. ›Teilt mir mit, was ihr wißt!‹ Es war ein alter Befehl, den schon unzählige Hexen erteilt hatten. ›Vermittelt mir das Wissen, das ihr zu vermitteln habt.‹

Und wieder antworteten die Geister voller Unsicherheit: ›Amel ist im Fleisch, und Amel ist nicht mehr Amel; er kann jetzt nicht antworten.‹

›Ihr müßt mit mir kommen‹, sagte Khayman. ›Ihr müßt kommen. Der König und die Königin wünschen, daß ihr kommt.‹

Wortlos und scheinbar gefühllos sah er zu, wie ich meine kleine Tochter küßte und den Frauen der Schafhirten übergab, die für sie sorgen würden wie für ihre eigenen Kinder. Und dann ergaben Mekare und ich uns ihm, doch weinten wir diesmal nicht. Es war, als hätten wir keine Tränen mehr. Das kurze, glückliche Jahr, in dem Miriam geboren war, war jetzt vorüber – und das Grauen aus Ägypten griff wieder nach uns, um uns zu verschlingen.«

Maharet schloß für einen Augenblick die Augen; sie berührte die Lider mit den Fingern und sah dann die anderen an.

»Ich kann euch jetzt nicht mehr erzählen«, sagte sie. »Es ist fast Morgen, und die Jungen müssen hinuntergehen, unter die Erde. Ich muß ihnen den Weg zeigen.

Morgen abend werden wir uns hier wieder treffen. Das heißt, wenn unsere Königin das zuläßt. Sie ist jetzt nicht in unserer Nähe;

ich kann nicht die leiseste Spur ihrer Einflußnahme in irgend jemandes Auge erkennen.

Falls sie weiß, was wir tun, läßt sie es zu. Oder sie ist weit entfernt und kümmert sich nicht um uns, und wir müssen abwarten, bis wir ihre Absichten erfahren.

Morgen werde ich euch erzählen, was wir auf unserer Reise nach Kemet erlebten.

Bis dahin ruht sicher hier im Berg. Ihr alle. Er hat unzählige Jahre lang meine Geheimnisse vor dem neugierigen Blick sterblicher Menschen geschützt. Denkt daran, bis zum Anbruch der Nacht kann uns auch die Königin nichts anhaben.«

Marius erhob sich gleichzeitig mit Maharet. Er ging hinüber ans gegenüberliegende Fenster, während die anderen langsam den Raum verließen. Er schien noch immer Maharets Stimme zu hören. Und was ihn am meisten berührte, waren die Beschwörungen Akaschas und der Haß, den Maharet für sie empfand; denn auch Marius empfand diesen Haß, und mehr denn je hatte er das Gefühl, er hätte diesem Alptraum ein Ende setzen müssen, als er noch die Macht gehabt hatte.

Doch die rothaarige Frau konnte nicht gewollt haben, daß so etwas geschah. Keiner von ihnen, auch er nicht, wollte sterben. Und Maharet hing wohl inbrünstiger am Leben als irgendein sterbliches Wesen, das er je gekannt hatte. ·

Doch ihre Erzählung schien die Hoffnungslosigkeit des Ganzen zu bestätigen. Was war da in Bewegung gekommen, als die Königin von ihrem Thron aufstand? Was war das für ein Wesen, das Lestat in seinen Klauen hielt? Er hatte keine Vorstellung.

Wir verändern uns, und doch verändern wir uns nicht, dachte er. Wir werden weise, doch sind wir fehlbare Wesen! Wir sind nur menschlich, solange wir leiden; das war das Wunder und der Fluch.

Er sah wieder das lächelnde Gesicht vor sich, das er gesehen hatte, als das Eis aufzutauen begann. War es möglich, daß er immer noch genauso heftig liebte, wie er haßte? Daß ihm in seiner Erniedrigung jegliches klare Denken abhanden gekommen war? Er wußte es wirklich nicht.

Und plötzlich war er müde und sehnte sich nach Schlaf, nach Bequemlichkeit, nach dem sanften sinnlichen Vergnügen, in einem sauberen Bett zu liegen. Sich darauf auszustrecken und das Gesicht in einem Kissen zu begraben, seine Gliedmaßen sich selbst ihre natürlichste und bequemste Lage suchen zu lassen.

Hinter der gläsernen Wand überzog ein weich leuchtendes blaues Licht den östlichen Himmel, doch die Sterne behielten ihre Helligkeit, wenn sie auch winzig und weit entfernt erschienen. Die dunklen Stämme der Mammutbäume waren sichtbar geworden, und wie immer in der Morgendämmerung war ein lieblicher, frischer Duft vom Wald her ins Haus gedrungen.

Tief unten, wo der Hang steil abfiel und eine Lichtung voller Klee sich in den Wald erstreckte, sah Marius Khayman alleine gehen. Seine Hände schienen in der schwachen, bläulichen Dämmerung zu leuchten, und als er sich umdrehte und – hinauf zu Marius – zurückblickte, war sein Gesicht eine augenlose kalkweiße Maske.

Marius bemerkte, wie er selbst Khayman freundschaftlich locker zuwinkte. Khayman erwiderte die Geste und verschwand zwischen den Bäumen.

Dann drehte Marius sich um und sah, was er bereits wußte, daß nur Louis noch bei ihm im Raum war. Louis stand reglos da und sah ihn an wie schon früher, als sähe er einen Wirklichkeit gewordenen Mythos.

Dann stellte er die Frage, die ihn quälte, die Frage, von der er sich nicht befreien konnte, gleichgültig, wie stark Maharets Zauber war. »Du weißt doch, ob Lestat noch am Leben ist oder nicht?« fragte er. Es klang menschlich schlicht, rührend, obwohl die Stimme sehr zurückhaltend war.

Marius nickte. »Er lebt. Aber das weiß ich nicht auf die Art, wie du glaubst. Nicht durch Fragenstellen oder Empfangen einer Antwort. Nicht durch Anwendung der wunderbaren Fähigkeiten, die uns plagen. Ich weiß es einfach, weil ich es weiß.«

Er lächelte Louis an. Etwas an dessen Art machte Marius glücklich, wenn er auch nicht wußte, was. Er winkte Louis zu sich, und sie trafen sich am Ende des Tisches und verließen zusammen den Raum. Marius legte Louis den Arm um die Schulter, und sie gingen gemeinsam die Eisentreppe hinunter und über die feuchte Erde; Marius schritt langsam und schwerfällig dahin, ganz wie ein menschliches Wesen sich bewegen würde.

»Und du bist dessen sicher?« fragte Louis ehrerbietig.

Marius blieb stehen. »O ja, ganz sicher.« Sie sahen sich einen Augenblick lang an, und wieder lächelte Marius. Der hier war so begabt und gleichzeitig so unbegabt; er fragte sich, ob das menschliche Leuchten aus Louis' Augen verschwinden würde, wenn seine Macht zunahm, und ob wohl, zum Beispiel, ein bißchen von Marius' Blut in seinen Adern floß.

»Ich will dir etwas sagen«, sagte Marius liebenswürdig. »Vom ersten Moment an, als ich Lestat kennenlernte, wußte ich, daß nichts ihn umbringen könnte. Das ist bei einigen von uns so. Wir können nicht sterben.« Dann umarmte er Louis herzlich. Nur ein wenig Blut, und Louis könnte stärker sein, sicher; doch dann könnte er die menschliche Zartheit, die menschliche Weisheit verlieren, die niemand an einen anderen weitergeben konnte, und die Gabe, die Leiden anderer zu erkennen, die bei Louis wahrscheinlich angeboren war.

Doch jetzt war die Nacht für ihn zu Ende. Louis gab Marius die Hand, dann drehte er sich um und ging in den Korridor mit den eisernen Wänden, wo Eric schon wartete, um ihm den Weg zu zeigen.

Dann ging Marius ins Haus hinauf.

Er hatte vielleicht noch eine ganze Stunde, bis die Sonne ihn zum Schlafen zwang, und so müde er auch war, wollte er darauf nicht verzichten. Der liebliche, frische Duft des Waldes war überwältigend. Und er konnte jetzt die Vögel hören und den klaren Gesang eines Flusses.

Er ging in das große Zimmer des Ziegelbaus, wo das Feuer im Kamin heruntergebrannt war und wo ein riesiger Wandteppich hing, der die Wand fast zur Hälfte bedeckte.

Nach und nach wurde ihm klar, was er vor sich sah – den Berg, das Tal und die winzigen Gestalten der Zwillinge, die zusammen auf der grünen Lichtung in brennendem Sonnenschein standen. Der sanfte Rhythmus von Maharets Rede drängte sich ihm wieder auf, zusammen mit einem schwachen Abglanz der Bilder, die ihre Worte hervorgerufen hatten. So unmittelbar wirkte diese sonnenüberflutete Lichtung; und wie ganz anders als in den Träumen sie jetzt aussah! Nie hatten die Träume ein Gefühl der Nähe zu diesen Frauen vermittelt. Und nun kannte er sie, er kannte dieses Haus.

Welch ein Rätsel, diese Vermengung von Gefühlen, wo Kummer

auf etwas unbestreitbar Positives und Gutes traf. Maharets Seele zog ihn an, er liebte ihre eigentümliche Kompliziertheit, und er wünschte, ihr das irgendwie sagen zu können. Dann war ihm, als hätte er sich selbst ertappt; er stellte fest, daß er für eine Weile vergessen hatte, verbittert und schmerzerfüllt zu sein. Vielleicht verheilte seine Seele schneller, als er es sich je hatte vorstellen können.

Oder vielleicht lag es nur daran, daß er an andere gedacht hatte – an Maharet und vorher an Louis und daran, was Louis glauben sollte. Ach, verdammt, wahrscheinlich war Lestat unsterblich. Tatsächlich kam ihm der herbe und bittere Gedanke, daß Lestat dies alles überleben könnte und er selbst, Marius, nicht.

Doch diese kleine Spekulation war müßig. Wo war Armand? War Armand schon hinunter unter die Erde gegangen? Wenn er doch nur jetzt Armand treffen könnte...

Er ging wieder zur Kellertür, doch irgend etwas lenkte ihn ab. Durch die offene Tür sah er zwei Gestalten, die den beiden Zwillingen auf dem Wandteppich sehr ähnlich sahen – Maharet und Jesse, die Arm in Arm an einem Ostfenster standen und regungslos zusahen, wie es im dunklen Wald heller wurde.

Heftiges Schaudern schüttelte ihn. Er mußte sich am Türrahmen festklammern, während eine Reihe von Bildern seinen Geist überflutete. Das war jetzt nicht der Dschungel; da gab es in der Ferne einen Highway, der sich, wie es schien, nordwärts durch ödes, verbranntes Land schlängelte. Dann hörte die Vision auf; erschüttert, aber wovon? Von dem Bild zweier rothaariger Frauen? Er hörte wieder unbarmherziges Trampeln von Füßen, er sah die erdbeschmierten Füße wie seine eigenen, die erdbeschmierten Hände wie seine eigenen. Und dann sah er den Himmel in Flammen stehen und stöhnte laut.

Als er wieder erwachte, hielt Armand ihn in seinen Armen. Und Maharet beschwor ihn mit ihren triefenden Menschenaugen, ihr zu erzählen, was er gerade gesehen hatte. Langsam sah er den Raum wieder klar, die angenehme Einrichtung, die unsterblichen Wesen neben ihm, der zu ihnen gehörte und doch zu nichts und niemandem.

»Sie hat unsere Breiten erreicht«, sagte er, »aber sie befindet sich noch Meilen entfernt im Osten. Die Sonne ist dort gerade glühendheiß aufgegangen.« Er spürte sie, diese todbringende Hitze! Doch sie hatte sich unter die Erde zurückgezogen, das hatte er auch gespürt.

»Weit weg im Südosten«, sagte Jesse. Wie zart sie in diesem Halbdunkel aussah mit ihren langen, schlanken Fingern, die ihre schmächtigen Arme umfaßten.

»Nicht sehr weit«, sagte Armand. »Und sie hat sich sehr schnell fortbewegt.«

»Aber in welche Richtung geht sie?« fragte Maharet. »Kommt sie in unsere Richtung?«

Sie wartete keine Antwort ab. Und sie schienen auch keine geben zu können. Sie hob die Hand an die Augen, als ob der Schmerz dort jetzt unerträglich sei, und rief dann Jesse zu sich und küßte sie plötzlich. Dann wünschte sie den anderen einen ruhigen Schlaf.

Marius schloß die Augen; er versuchte noch einmal die Gestalt zu sehen, die er zuvor gesehen hatte. Was war das für ein Gewand? Ein derbes Tuch mit einem Schlitz für den Kopf, wie ein Bauernponcho über den Körper geworfen. In der Taille zusammengebunden, ja, das hatte er gesehen. Er versuchte mehr zu sehen, doch es ging nicht. Was er gespürt hatte, war Kraft gewesen, unermeßliche Kraft und unaufhaltsame Triebkraft – und darüber hinaus so gut wie nichts.

Als er seine Augen wieder öffnete, schimmerte im Raum um ihn herum das Morgenlicht. Armand stand bei ihm und umarmte ihn immer noch, doch Armand schien einsam und von nichts beunruhigt zu sein. Seine Augen bewegten sich nur wenig, als er auf den Wald blickte, der jetzt das Haus durch jedes Fenster zu bedrängen schien, als sei er schon bis an den Rand der Halle vorgedrungen.

Marius küßte Armand auf die Stirn. Und dann tat er genau das, was Armand tat.

Er sah zu, wie der Raum heller wurde; er sah zu, wie das Licht die Fensterscheiben erhellte; er sah zu, wie die wunderschönen Farben des verzweigten Bildes auf dem riesigen Wandteppich aufleuchteten.

5

Lestat:
Dies ist mein Leib;
dies ist mein Blut

Als ich erwachte, war es ruhig, und die Luft war klar und warm und roch nach Meer.

Ich war jetzt völlig verwirrt, was die Zeit betraf. Und meine Benommenheit verriet mir, daß ich nicht tagsüber geschlafen hatte. Auch befand ich mich nicht in einem Schutzraum.

Vielleicht waren wir der Nacht um die Welt gefolgt, oder wir hatten uns eher willkürlich in ihr bewegt, da Akascha womöglich überhaupt keinen Schlaf brauchte.

Ich brauchte ihn, das war klar. Doch ich war zu neugierig, um nicht wach sein zu wollen. Und, ehrlich gesagt, zu elend. Auch hatte ich von Menschenblut geträumt.

Ich befand mich in einem geräumigen Schlafzimmer mit Terrassen nach Westen und Norden. Ganz vorsichtig nahm ich den Raum in Augenschein.

Prächtige alte Möbel, höchstwahrscheinlich italienische – reich verziert und doch zierlich –, vermischt mit modernem Luxus. Das Bett, in dem ich lag, war ein vergoldetes Himmelbett, verhangen mit Gazeschleiern und bedeckt mit Daunenkissen und seidenen Tüchern. Ein dicker weißer Teppich verbarg den alten Fußboden.

Es gab einen Toilettentisch voller glitzernder Flaschen und silberner Gerätschaften und ein seltsam altmodisches weißes Telefon. Samtbezogene Stühle, ein ungeheurer Fernsehapparat, ein Regal mit einer Stereoanlage und überall kleine polierte Tische voller Zeitungen, Aschenbecher, Weinkaraffen.

Hier hatten noch vor einer Stunde Menschen gelebt, doch jetzt waren diese Menschen tot. Tatsächlich waren viele auf dieser Insel tot. Und als ich einen Augenblick dalag und die Schönheit ringsum in mich aufnahm, sah ich im Geist das Dorf, in dem wir vorher gewesen waren. Ich sah den Schmutz, die Blechdächer, den Schlamm. Und jetzt lag ich in diesem, wie es schien, Frauengemach.

Auch hier gab es Tod. Und wir hatten ihn gebracht.

Ich stand auf, ging auf die Terrasse hinaus und blickte über die Steinbrüstung hinunter auf einen weißen Strand. Kein Land bis zum Horizont, nur das sanft wogende Meer. Der seidige Schaum der zurückrollenden Wellen glitzerte im Mondlicht. Und vor mir, wo der Strand sich in einem Bogen nach links erstreckte, schmiegte sich ein weiterer anmutiger Wohnsitz an die Klippe. Auch dort waren Menschen gestorben.

Ich war ganz sicher, daß dies eine griechische Insel war, dies war das Mittelmeer.

Als ich lauschte, hörte ich aus der Gegend hinter mir, über die Kuppe des Hügels hinweg, Schreie. Männer wurden umgebracht. Ich lehnte mich an den Türrahmen. Ich versuchte, mein rasendes Herz zu beruhigen.

Eine plötzliche Erinnerung an das Gemetzel in Azims Tempel befiel mich – ein flüchtiges Bild von mir selbst, wie ich durch die Menschenherde ging und meine unsichtbare Klinge benutzte, um festes Fleisch zu durchstechen. Durst. Oder war es einfach Lust? Ich sah wieder jene verstümmelten Gliedmaßen, sterbende Körper, die sich im Todeskampf krümmten, blutverschmierte Gesichter.

Das war ich nicht, das hätte ich nicht tun können... Doch ich hatte es getan.

Und nun konnte ich lodernde Feuer riechen, Feuer wie in Azims Hof, wo die Leichen verbrannt wurden. Der Geruch erfüllte mich mit Ekel. Ich wandte mich wieder dem Meer zu und atmete tief die klare Luft ein. Wenn ich es zuließ, würden die Stimmen kommen, Stimmen von der ganzen Insel und von anderen Inseln und auch vom nahen Festland. Ich konnte ihn spüren, den Klang; sie lagen auf der Lauer. Ich mußte sie vertreiben.

Dann hörte ich unmittelbarere Geräusche. Frauen in dem alten Wohnhaus. Sie näherten sich dem Schlafzimmer. Ich drehte mich gerade noch rechtzeitig um, um zu sehen, wie die Flügeltüren geöffnet wurden und die Frauen, bekleidet mit einfachen Blusen und

Röcken und Kopftüchern, in das Zimmer kamen; Frauen jeden Alters, die Vasen voller Blumen brachten und sie überall verteilten. Und dann trat eine der Frauen, ein zaghaftes, schlankes Ding mit wunderbar langem Hals, mit bezaubernder natürlicher Anmut vor und begann, die vielen Lampen anzuschalten.

Der Duft ihres Bluts! Wie konnte er so stark und verlockend sein, wenn ich keinen Durst verpürte?

Plötzlich traten sie alle in der Mitte des Raumes zusammen und starrten auf mich; es war, als wären sie in Trance gefallen. Ich stand auf der Terrasse und sah sie nur an; dann wurde mir klar, was sie sahen. Mein zerrissenes Kostüm – die Vampirlumpen –, den schwarzen Rock, das weiße Hemd, den Umhang; und alles mit Blut besudelt.

Und meine Haut hatte sich deutlich verfärbt. Ich sah blasser und gespenstischer aus, natürlich. Und meine Augen müssen heller geleuchtet haben; aber vielleicht ließ ich mich auch nur durch ihre Reaktion täuschen. Wann hatten sie schon jemals einen von unserer Art gesehen?

Wie auch immer... Das alles hatte etwas von einem Traum an sich: diese ruhigen Frauen mit den schwarzen Augen und den eher nüchternen Gesichtern, die da versammelt waren und dann nacheinander auf die Knie fielen. Ach, auf die Knie. Ich seufzte. Sie hatten den wahnsinnigen Gesichtsausdruck von Menschen, die aus der Normalität verstoßen waren; sie sahen eine Erscheinung, und die Ironie bestand darin, daß sie mir wie eine Erscheinung vorkamen.

Widerwillig las ich ihre Gedanken.

Sie hatten die Heilige Mutter gesehen. Als das galt sie hier. Die Madonna, die Jungfrau. Sie war in ihre Dörfer gekommen und hatte ihnen befohlen, ihre Söhne und Männer umzubringen, und selbst die Babys waren getötet worden. Und sie hatten es getan oder dabei zugesehen, und sie schwammen jetzt auf einer Welle von Glauben und Entzücken. Sie waren Augenzeugen eines Wunders; die Heilige Mutter selbst hatte zu ihnen gesprochen.

Und was stellte ich für sie dar? Nicht nur einen Gott. Nicht nur den Erwählten der Heiligen Mutter. Nein, etwas anderes, etwas, das mich verwirrte, als ich so, von ihren Blicken gefangen, von ihrem

Glauben abgestoßen, dastand und gleichzeitig fasziniert und ängstlich war.

Ich fürchtete mich natürlich nicht vor ihnen, sondern vor allem, was geschah. Vor diesem köstlichen Gefühl, daß Sterbliche mich so ansahen, wie sie mich angesehen hatten, als ich auf der Bühne stand. Sterbliche, die mich ansahen und nach all den Jahren des Versteckens meine Macht spürten; Sterbliche, die gekommen waren, mich anzubeten. Sterbliche wie alle jene armen Kreaturen, die auf dem Weg in den Bergen verstreut lagen. Doch sie hatten Azim verehrt, oder nicht? Sie waren dorthin gegangen, um zu sterben.

Ein Alptraum. Ich muß das umkehren, ich muß das aufhalten, ich muß mich selbst davon abbringen, das oder irgendeine Variante davon gelten zu lassen!

Ich meine, ich kann doch nicht glauben, daß ich wirklich... Ich weiß doch, was ich bin, oder? Und das sind arme, unwissende Frauen; Frauen, für die Fernsehgeräte oder Telefone Wunderwerke sind, das sind Frauen, für die jede Veränderung an sich eine Art Wunder bedeutet... Und morgen werden sie aufwachen und begreifen, was sie getan haben!

Doch jetzt überkam uns – die Frauen und mich – eine friedvolle Stimmung. Der vertraute Duft der Blumen, die Verzauberung. Schweigend nahmen die Frauen im Geiste ihre Anweisungen entgegen.

Es entstand leichte Unruhe; zwei von ihnen erhoben sich von den Knien und gingen in das Badezimmer nebenan, um heißes Wasser einzulassen.

Andere Frauen gingen inzwischen an die Wandschränke, um saubere Kleidung herauszunehmen. Zwei weitere Frauen schließlich kamen zu mir. Sie wollten mich ins Bad geleiten. Ich rührte mich nicht. Ich spürte, wie sie mich berührten – warme menschliche Finger berührten mich und verrieten die zwangsläufige Erschütterung und Erregung, als sie die eigenartige Struktur meines Fleisches ertasteten. Ein heftiger, köstlicher Schauer durchfuhr mich. Ihre dunklen, sanften Augen waren wunderschön, als sie mich anblickten, und mit ihren warmen Händen zogen sie mich; sie wollten, daß ich mit ihnen kam.

Nun gut. Ich ließ mich fortzerren. Weiße Marmorfliesen, fein gestaltete goldene Armaturen; antike römische Pracht, wenn man genau hinsah, mit marmornen Borden voller glitzernder Seifen- und

Parfümflaschen. Und die Flut heißen Wassers in der Wanne, durchsetzt mit Bläschen aus den Wasserdüsen.

Sie entkleideten mich. Ein herrlich aufregendes Gefühl. Niemand hatte je so etwas mit mir gemacht. In meinem ganzen Leben nicht, oder nur, als ich noch ein ganz kleines Kind war. Ich stand in den Dampfwolken, die aus dem Badewasser aufstiegen, und sah all diesen zarten Händen zu; ich spürte, wie sich mir am ganzen Körper die Haare sträubten, ich sah die Bewunderung in den Augen der Frauen.

Durch den Dampf blickte ich in den Spiegel, tatsächlich in eine Spiegelwand, und sah mich selbst zum ersten Mal, seit meine unheilvolle Odyssee begonnen hatte. Der Schreck war stärker, als ich es im Augenblick verkraften konnte. Das konnte ich nicht sein.

Ich war viel bleicher, als ich mir vorgestellt hatte. Sanft drängte ich die Frauen beiseite und ging näher an die Spiegelwand heran. Meine Haut schimmerte perlmutterartig, und meine Augen waren sogar noch heller; sie bündelten alle Spektralfarben und vermischten sie mit einem frostigen Licht. Aber ich sah Marius nicht ähnlich. Ich sah Akascha nicht ähnlich. Meine Gesichtszüge waren noch vorhanden!

Akaschas Blut hatte mich gebleicht, mich aber noch nicht gesichtslos gemacht; ich hatte meine menschlichen Züge behalten. Und das Merkwürdige war, daß diese Züge durch den Kontrast um so sichtbarer wurden. Selbst die winzigen Linien, die meine Finger überzogen, waren jetzt deutlicher eingegraben als früher.

Ich musterte mein Spiegelbild; meine Brust war so weiß wie die eines marmornen Torsos in einem Museum. Und das Organ – das Organ, das wir nicht benötigen, hielt sich in der Schwebe, als sei es bereit zu dem, was es nie wieder würde tun können oder wollen, marmorn, ein Priapos vor einer Schranke.

Benommen sah ich die Frauen sich nähern; schöne Hälse, Brüste, dunkle, feuchte Gliedmaßen. Ich sah zu, wie sie mich von oben bis unten abtasteten. Für sie war ich schön; in Ordnung.

Der Geruch ihres Blutes war hier, inmitten des aufsteigenden Dampfes, stärker. Doch ich war nicht durstig, nicht wirklich. Akascha hatte mir zur Genüge gegeben; und doch reizte mich das Blut ein bißchen. Nein, ziemlich stark.

Ich *brauchte* ihr Blut, und das hatte mit Durst nichts zu tun. Ich brauchte es, wie ein Mann manchmal einen Spitzenwein braucht, obwohl er schon Wasser getrunken hat. Nur zwanzig- oder dreißig- oder hundertmal so dringend. Tatsächlich fühlte ich mich so stark, daß ich mir zutraute, sie mir alle vorzunehmen, ihnen nacheinander die schlanken Hälse aufzureißen und ihre Körper hier auf dem Fußboden liegenzulassen.

Nein, dachte ich, das wird nicht stattfinden. Und die Heftigkeit und Grausamkeit meiner Lust machte mich fast weinen.

Die Frauen küßten mich. Sie küßten meine Schultern. Ein wunderschönes Gefühl, dieser sanfte Druck ihrer Lippen auf meiner Haut. Ich mußte lächeln und umarmte und küßte sie zärtlich und liebkoste ihre heißen, schlanken Hälse und spürte ihre Brüste an meiner Brust. Ich war dicht umringt von diesen weichen Wesen, ich wurde von menschlichem Fleisch gewärmt.

Ich stieg in die tiefe Wanne und gestattete ihnen, mich zu waschen. Das heiße Wasser umspülte mich angenehm und wusch schnell allen Schmutz fort, der nie wirklich an uns haftet, nie in uns eindringt. Ich blickte an die Decke und ließ sie das heiße Wasser in mein Haar einmassieren.

Ja, das war alles außerordentlich angenehm. Aber ich war noch nie so allein gewesen. Ich ertrank in diesen faszinierenden Empfindungen; ich ließ mich einfach treiben. Denn etwas anderes blieb mir ohnehin nicht übrig.

Als sie fertig waren, wählte ich mir die Parfüms aus, die mir gefielen, und befahl ihnen, die anderen fortzuwerfen. Ich sprach französisch, aber sie schienen mich zu verstehen. Dann bekleideten sie mich mit dem, was ich mir aus ihrem Angebot ausgesucht hatte. Der Herr dieses Hauses hatte maßgeschneiderte Leinenhemden geliebt, die mir nur ein bißchen zu groß waren. Und er hatte auch handgearbeitete Schuhe geliebt, und die paßten mir ganz gut.

Ich wählte einen leichten grauen Seidenanzug von sehr flottem, modischen Schnitt. Und Silberschmuck. Die silberne Uhr des Mannes und seine Manschettenknöpfe, die mit winzigen Diamanten verziert waren. Und auch eine kleine Brillantnadel für den schmalen Rockaufschlag. Doch all diese Kleidungsstücke fühlten sich fremd an; es war, als spürte ich nur meine eigene Haut und nicht die Kleider.

Für einen Augenblick fragte ich mich, ob es möglich war, sich nicht um das zu kümmern, was geschah. Abseits zu stehen und alle als fremdartige Wesen anzusehen, die mir als Nahrung dienten. Ich war auf grausame Art aus ihrer Welt gerissen worden. Und doch schrak ich, der so hemmungslos töten konnte, vor der Aussicht zurück, die Menschen hier in ihrem heiligsten Glauben zu täuschen und zu mißbrauchen.

Plötzlich hatte ich einen Kloß im Hals, und ich weinte innerlich, als stürbe ich selbst.

Vielleicht hätte all das irgendeinem anderen Bösewicht gefallen; vielleicht hätte irgendein verschrobener und gewissenloser Unsterblicher sich über die Visionen der Frauen lustig machen und dennoch so unbekümmert die Rolle eines Gottes spielen können, wie ich in dieses duftende Bad gestiegen war.

Doch nichts konnte mir diese Unbekümmertheit verleihen, nichts. Und ich begriff, daß ich Akaschas Pläne vereiteln mußte, daß die Unterjochung eines Jahrhunderts unter einen Willen nicht stattfinden durfte. Und wenn ich nur meine Ruhe wahrte, würde ich die Lösung schon finden.

Schließlich sagte ich den Frauen, daß ich allein sein wollte. Ich konnte die Versuchung nicht länger ertragen. Und ich hätte schwören können, daß sie wußten, was ich wollte. Sie wußten es und ergaben sich drein. Dunkles, salziges Fleisch, so nahe bei mir. Eine zu große Versuchung. Wie auch immer, sie gehorchten sofort, leicht verängstigt. Sie verließen schweigend den Raum, rücklings, als wäre es ungehörig, sich einfach umzudrehen und zu gehen.

Ich ging in das Zimmer nebenan und ließ mich in den Sessel fallen. Ich lehnte mich zurück an den Samt und lauschte auf meinen Herzschlag.

Dann hörte ich plötzlich Gelächter, leises, weiches Lachen. Ich wußte, daß Akascha da war, irgendwo hinter mir, vielleicht beim Toilettentisch.

Freude wallte plötzlich in mir auf, ihre Stimme zu hören, ihre Gegenwart zu spüren. Tatsächlich war ich erstaunt, wie stark diese Empfindungen waren. Ich stand auf und drehte mich um.

Akascha stand am Toilettentisch. Auch sie hatte sich umgekleidet und ihre Haartracht verändert. Sie betrachtete sich in einem kleinen Handspiegel, doch schien sie nichts wahrzunehmen; sie lauschte den Stimmen, die auch ich wieder hören konnte.

Ein Schauer durchlief mich; sie ähnelte ihrer früheren Erscheinung, der Statue im Schrein.

Dann schien sie aufzuwachen, wieder in den Spiegel zu blicken und schließlich, als sie den Spiegel beiseite legte, mich anzusehen.

Sie trug ihr Haar offen; all ihre Zöpfe waren entflochten. Und nun fielen ihr die gekräuselten schwarzen Locken frei über die Schultern, schwer, glänzend, zum Küssen einladend. Ihr Kleid ähnelte ihrem einstigen Gewand, als hätten die Frauen es eigens für sie aus dunkelroter italienischer Seide angefertigt, die sie hier vorgefunden hatten. Es verlieh ihren Wangen eine leichte Röte, auch ihren Brüsten, die von den lockeren Falten, die über den Schultern von kleinen goldenen Spangen zusammengehalten wurden, nur halb verdeckt waren.

Die Halsketten, die sie trug, waren alle modern, aber ihre verschwenderische Kostbarkeit – Perlen und goldene Ketten und Opale und Rubine – ließ sie alt erscheinen.

Gegen das Schimmern ihrer Haut wirkte all dieser Zierat irgendwie unwirklich. Er wurde von der übermächtigen Ausstrahlung ihrer Persönlichkeit absorbiert; er war wie ein Leuchten ihrer Augen oder der Glanz ihrer Lippen.

Sie paßte genau in den prächtigsten Palast, den man sich vorstellen konnte, sinnlich und königlich wie sie war. Ich wollte wieder ihr Blut, das Blut ohne Aroma, das Blut, für das ich nicht töten mußte. Ich wollte zu ihr gehen und ihre Haut berühren, die absolut undurchdringlich schien, aber plötzlich wie ganz dünner Schorf aufbrechen würde.

»Alle Männer auf der Insel sind tot, oder?« fragte ich. Ich erschrak selbst.

»Alle, bis auf zehn. Es gab siebenhundert Menschen auf dieser Insel. Sieben Männer dürfen weiterleben.«

»Und die anderen drei?«

»Die sind für dich.«

Ich starrte sie an. Für mich? Mein Verlangen nach Blut verlagerte sich etwas, veränderte sich, bezog sich auf ihr Blut, aber auch auf Menschenblut – das heiße, sprudelnde, aromatische Blut, das Blut... Doch es war kein wirklich physisches Bedürfnis. Ich konnte es zwar immer noch irgendwie als Durst bezeichnen, aber in Wirklichkeit war es etwas Schlimmeres.

»Willst du sie nicht?« fragte sie spöttisch und lächelte mich an. »Mein widerwilliger Gott, wer wird denn seine Pflichten vernachlässigen? All die Jahre, in denen ich dir zugehört habe, und lange bevor du Songs für mich geschrieben hast, wußtest du, wie ich es liebte, daß du nur die harten Burschen, die jungen Männer genommen hast. Mir gefiel es, daß du Diebe und Mörder gejagt hast, daß du ihre ganze Bosheit aufgesogen hast. Wo ist dein Mut geblieben? Deine Impulsivität? Deine Bereitschaft zum Risiko?«

»Sind sie schlecht?« fragte ich. »Diese Opfer, die mich erwarten?«

Sie kniff einen Moment die Augen zusammen. »Ist das am Ende Feigheit?« fragte sie. »Erschreckt dich die Größe des Plans? Denn das Töten bedeutet doch wohl wenig.«

»Oh, da irrst du dich aber«, sagte ich. »Das Töten bedeutet immer etwas. Doch ja, die Größe des Plans erschreckt mich. Das Chaos, der Verlust aller moralischen Werte. Aber das hat nichts mit Feigheit zu tun.« Wie ruhig ich klang, wie selbstsicher. Und doch war ich alles andere als das, und sie wußte es.

»Komm, sperr dich nicht länger gegen mich und meinen Plan«, sagte Akascha. »Ich liebe dich, wie ich dir schon gesagt habe. Allein dich anzusehen, erfüllt mich mit Glück. Aber du kannst mich nicht beeinflussen. Der bloße Gedanke ist absurd.«

Wir sahen uns schweigend an. Ich suchte nach Worten, um mir selbst zu versichern, wie schön sie war, wie sehr sie den altägyptischen Bildern von Prinzessinnen mit glänzendem Haar glich, deren Namen für immer vergessen sind. Ich versuchte zu verstehen, warum es mir im Herzen weh tat, sie auch nur anzusehen.

»Warum hast du diesen Weg gewählt?« fragte ich.

»Du weißt, warum«, antwortete Akascha geduldig lächelnd. »Es ist der beste Weg. Es ist der einzige Weg; es ist, nach Jahrhunderten der Suche nach einer Lösung, das zweifelsfrei richtige Konzept.«

»Aber das kannst du nicht wirklich meinen. Ich kann es nicht glauben.«

»Natürlich meine ich das. Glaubst du, es ist nur eine Anwandlung von mir? Ich treffe meine Entscheidungen nicht wie du, mein Prinz. Ich schätze zwar deinen jugendlichen Überschwang, aber dein, verzeih, kleinliches Denken ist mir längst fremd. Du denkst in

Begriffen wie Lebenszeiten; ich habe über meine Pläne für die Welt, die jetzt mir gehört, seit Tausenden von Jahren nachgedacht. Und die Gründe dafür, so weiterzumachen, wie ich es tue, sind überzeugend. Ich kann diese Welt nicht in ein Paradies zurückverwandeln, ich kann die menschlichen Träume vom Goldenen Zeitalter nicht verwirklichen, wenn ich nicht die Männer völlig ausrotte.«

»Und damit meinst du, die halbe Menschheit ausrotten? Neunzig Prozent aller Männer?«

»Willst du bestreiten, daß damit Kriege, Vergewaltigungen, Gewalttaten aufhören würden?«

»Aber der springende Punkt...«

»Nein, beantworte meine Frage. Willst du bestreiten, daß damit Kriege, Vergewaltigungen, Gewalttaten aufhören würden?«

»Warum nicht gleich alle Menschen umbringen? Das würde all dem wirklich ein Ende machen.«

»Treib keine Spielchen mit mir, beantworte meine Frage.«

»Aber es ist Wahnsinn; es ist Massenmord; es ist widernatürlich.«

»Mal langsam, Lestat. Nichts von dem, was du sagst, ist wahr. Was geschehen ist, ist nur natürlich. Haben die Völker dieser Welt in der Vergangenheit nicht immer wieder ihren weiblichen Nachwuchs eingeschränkt? Haben sie ihn nicht millionenfach umgebracht, weil sie nur männliche Nachkommen haben wollten, die sie in den Krieg schicken konnten? Oh, du kannst dir gar nicht vorstellen, wie grausam die Menschen verfuhren.

Und deshalb werden sie fortan das Weibliche dem Männlichen vorziehen, und es wird keine Kriege mehr geben. Und was ist mit den anderen Verbrechen, die Männer an Frauen begehen? Wenn es einen Staat auf der Welt gäbe, der solche Verbrechen an einem anderen Staat begangen hätte, wäre er nicht zum Untergang verurteilt? Und doch werden diese Verbrechen ohne Ende täglich, nächtlich, überall auf der Welt verübt.»

»Gut, das stimmt. Zweifellos stimmt das. Aber ist deine Lösung auch besser? Wie entsetzlich, alle männlichen Wesen abzuschlachten. Natürlich, wenn du herrschen willst...« Aber der bloße Gedanke daran war mir unerträglich. Ich dachte an Marius' alte Worte, die er mir vor langer Zeit gesagt hatte, als wir noch in einer Zeit der gepuderten Perücken und seidenen Pantoffeln lebten: daß die alte

Religion, das Christentum, sterben würde, ohne daß sie vielleicht von einer neuen Religion ersetzt werden würde.

»Mag sein, daß etwas viel Schöneres geschehen wird«, hatte Marius gesagt, »daß die Welt sich wirklich weiterentwickelt, vorbei an allen Göttern und Göttinnen, Teufeln und Engeln...«

War das nicht wirklich die Bestimmung dieser Welt? Das Schicksal, dem sie sich ohne unser Eingreifen näherte?

»Ach, du bist ein Träumer, mein Schöner«, sagte Akascha schroff. »Wie du nach Chimären suchst und sie aufgreifst! Sieh dir bloß die Länder Arabiens an, wo sich die Wüstenvölker, die durch das Öl, das sie aus dem Sand geholt haben, reich geworden sind, jetzt im Namen Allahs, ihres Gottes, gegenseitig zu Tausenden umbringen. Die Religion ist auf dieser Welt nicht tot, sie wird es nie sein. Was seid ihr doch für Schachspieler, du und Marius; eure Vorstellungen sind nichts als Schachfiguren. Und ihr könnt nicht über das Brett hinaussehen, auf dem ihr sie in dieser oder jener Weise aufstellt, wie es euren kleinen, melancholischen Seelen paßt.«

»Du irrst dich«, sagte ich ärgerlich. »Nicht, was uns angeht, vielleicht. Wir spielen keine Rolle. Du irrst dich bei all dem, was du angefangen hast. Du irrst dich.«

»Nein, ich irre mich nicht«, widersprach sie. »Und es gibt niemanden, Mann oder Frau, der mich aufhalten kann. Und wir werden zum ersten Mal, seit der Mensch die Keule erhob, um seinen Bruder zu erschlagen, eine Welt sehen, die von Frauen gestaltet wurde, und erleben, was die Frauen die Männern zu lehren haben. Und nur wenn die Männer sich belehren lassen, dürfen sie wieder frei unter Frauen herumlaufen!«

»Es muß eine andere Möglichkeit geben! Akascha, um der Liebe zu allen Lebewesen willen flehe ich dich an, das aufzugeben, diesen Massenmord...«

»Du sprichst mir von Mord? Wie viele Menschen hast du nicht schon ins Grab geschickt? Wir alle haben Blut an den Händen, genau wie in unseren Adern.«

»Ja, genau. Und wir sind nicht alle klug und vernünftig. Ich flehe dich an, einzuhalten... Akascha, sicher hat Marius...«

»Marius!« Sie lachte leise. »Was hat Marius dich gelehrt? Was hat er dir gegeben? Wirklich gegeben!«

Ich antwortete nicht. Ich konnte nicht. Und ihre Schönheit verwirrte mich! Es war so verwirrend, ihre runden Arme, die kleinen Grübchen in ihren Wangen zu sehen.

»Mein Liebling«, sagte sie, und ihr Gesicht war plötzlich sanft und weich wie ihre Stimme. »Denke an deine Vorstellung von der Welt als Wildem Garten, in dem die einzigen dauerhaften Grundsätze ästhetischer Natur sind, in dem sie allein es sind, die die Evolution im Ganzen lenken, der großen wie der kleinen Dinge, der üppigen und überreichen Farben und Muster, und der Schönheit! Schönheit, wohin man sieht. Das ist Natur. Und der Tod ist überall in ihr.

Und was ich schaffen werde, ist der Garten Eden, nach dem sich alle sehnen, und er wird besser sein als die Natur. Das wird ein Schritt voran sein, und die schiere rohe und amoralische Gewalttätigkeit der Natur wird ausgeglichen werden. Verstehst du nicht, daß Männer immer nur vom Frieden träumen werden? Aber Frauen können diesen Traum verwirklichen. Meine Vision hat die Herzen aller Frauen ergriffen. Aber sie kann die Hitze männlicher Gewalt nicht überleben. Und diese Hitze ist so schrecklich, daß die Erde selbst vielleicht daran zugrunde geht.«

»Und falls es etwas gibt, was du nicht verstehst?« fragte ich. Ich suchte verzweifelt nach Worten. »Angenommen, die Zweiheit des Männlichen und Weiblichen ist unerläßlich. Angenommen, die Frauen brauchen die Männer; angenommen, sie erheben sich gegen dich, um die Männer zu beschützen. Die Welt besteht nicht nur aus dieser brutalen kleinen Insel! Nicht alle Frauen sind von Visionen verblendete Bäuerinnen!«

»Glaubst du, daß es Männer sind, was Frauen brauchen?« fragte Akascha zurück. Sie kam näher; ihr Gesicht veränderte sich unmerklich im Spiel des Lichts. »Willst du das sagen? Wenn das so ist, dann werden wir ein paar Männer mehr verschonen und sie halten, wo für sie gesorgt werden kann, so wie die Frauen für dich gesorgt haben, und wo sie berührt werden können, so wie die Frauen dich berührt haben. Wir werden sie halten, wo die Frauen sie haben können, wenn sie wollen, und ich versichere dir, sie sollen nicht benutzt werden, wie Frauen von Männern benutzt worden sind.«

Ich seufzte. Es war sinnlos zu diskutieren. Sie hatte absolut recht und absolut unrecht.

»Du tust dir selbst unrecht«, sagte sie. »Ich kenne deine Argumente. Über Jahrhunderte habe ich sie erwogen, wie ich so viele Fragen erwogen habe.«

»Aber es muß eine Möglichkeit ohne Tod geben. Es muß einen Weg geben, der über den Tod triumphiert.«

»Ach, mein Schöner, das wäre doch wirklich widernatürlich«, sagte sie. »Selbst ich kann den Tod nicht abschaffen.« Sie unterbrach sich; sie wirkte plötzlich zerstreut oder eher tief bedrückt von den Worten, die sie gerade gesprochen hatte. »Den Tod abschaffen«, flüsterte sie. Irgendein persönlicher Kummer schien sich in ihre Gedanken eingeschlichen zu haben. »Den Tod abschaffen«, sagte sie noch einmal. Doch sie entfernte sich von mir. Ich sah, wie sie die Augen schloß und die Finger an die Schläfen legte.

Sie hörte wieder auf die Stimmen; sie ließ sie kommen. Oder vielleicht war sie auch nur für einen Moment unfähig, sie auszuschließen. Sie sagte einige Worte in einer antiken Sprache, die ich nicht verstand. Ich war erschrocken über ihre plötzliche scheinbare Verwundbarkeit und die Art und Weise, wie die Stimmen sie abzusondern schienen, die Art und Weise, wie ihre Augen den Raum abzusuchen schienen, dann auf mir verharrten und aufleuchteten.

Ich war sprachlos und von Trauer überwältigt. Wie klein waren meine Vorstellungen von Macht immer gewesen. Eine bloße Handvoll Feinde besiegen, von Sterblichen als Idol angesehen und geliebt werden, einen Platz in dem großen Weltdrama finden, das so unendlich viel größer war als ich und dessen Studium den Geist eines einzelnen Wesens für tausend Jahre beschäftigen konnte. Und plötzlich standen wir außerhalb der Zeit, außerhalb der Gerechtigkeit, wir waren fähig, ganze Denksysteme zusammenbrechen zu lassen. Oder war das nur Illusion? Wie viele andere hatten auf diese oder jene Weise nach solcher Macht gegriffen?

»Sie waren nie Unsterbliche, mein Geliebter.« Es war fast ein Flehen.

»Aber es ist ein Unglücksfall, daß es uns gibt«, sagte ich.

»Wir sind Wesen, die nie hätten entstehen sollen.«

»Das spielt jetzt keine Rolle. Du begreifst nicht, wie wenig *irgend etwas* eine Rolle spielt. Wichtig ist, daß wir überlebt haben. Verstehst du das nicht? Das ist die reine Schönheit daran, die Schönheit, aus der alle andere Schönheit geboren werden wird, daß wir überlebt haben.«

Ich schüttelte den Kopf und wandte mich ab. Ich wollte mich nicht von ihrer Entschlossenheit oder ihrer Schönheit betäuben lassen, vom Lichtschimmer in ihren kohlschwarzen Augen. Ich spürte ihre Hände auf meinen Schultern, ihre Lippen an meinem Hals.

»In einigen Jahren«, sagte sie, »wenn mein Garten durch viele Sommer geblüht und über viele Winter geschlafen hat, wenn die alten Unsitten wie Vergewaltigungen und Kriege nur noch Erinnerungen sind und Frauen voller Verblüffung, daß solche Dinge jemals getan werden konnten, die alten Filme ansehen, wenn die Art der Frauen ganz selbstverständlich jedem Menschen zur zweiten Natur geworden ist, dann vielleicht können die Männer zurückkehren. Nach und nach kann ihre Zahl vergrößert werden. Kinder werden in einem Klima aufwachsen, in dem Vergewaltigung undenkbar, in dem Krieg unvorstellbar ist. Und dann ... dann ... kann es Männer geben. Wenn die Welt für sie bereit ist.«

»Es wird nicht funktionieren. Es kann nicht funktionieren.«

»Warum sagst du das? Sieh dir die Natur an, wie du es noch vor wenigen Augenblicken wolltest. Gehe hinaus in den üppigen Garten, der diese Villa umgibt, beobachte die Bienen in ihren Körben und die Ameisen, die arbeiten, wie sie es immer getan haben. Sie sind weiblich, mein Prinz, in Millionenzahl. Ein männliches Exemplar ist nur eine Abweichung und ein Funktionsträger. Sie kannten den weisen Kunstgriff, die Zahl der männlichen Exemplare zu begrenzen, lange vor mir.

Und wir leben vielleicht jetzt in einem Zeitalter, in dem Männer absolut überflüssig sind. Sag, mein Prinz, was ist heute der hauptsächlichste Sinn der Männer, wenn nicht der, daß sie Frauen vor anderen Männern beschützen?«

»Warum willst du mich bei dir haben?« fragte ich verzweifelt. Ich drehte mich um und sah sie wieder an. »Warum hast du mich zu deinem Begleiter gewählt? Um Himmels willen, warum tötest du mich nicht mit den übrigen Männern? Suche dir einen anderen Unsterblichen, irgendein uraltes Wesen, das sich nach solcher Macht sehnt! Das muß es geben. Ich will nicht die Welt beherrschen! Ich will überhaupt nichts beherrschen! Ich wollte es nie.«

Ihr Gesichtsausdruck veränderte sich nur wenig. Ein schwacher

Anflug von Betrübnis schien für einen Augenblick die Schwärze ihrer Augen noch zu vertiefen. Ihre Lippen zuckten, als wollte sie vergeblich etwas sagen. Dann antwortete sie.

»Lestat, wenn die ganze Welt zerstört wäre, ich würde dich nie vernichten«, sagte sie. »Aus Gründen, die ich selbst nicht verstehe, sind deine Schwächen genauso entzückend wie deine Tugenden. Aber noch aufrichtiger liebe ich dich vielleicht, weil du so vollkommen alle männlichen Fehler verkörperst. Aggressiv bist du, haßerfüllt und rücksichtslos und voller unendlich wortreicher Entschuldigungen für Gewalttätigkeit – du bist die Inkarnation der Männlichkeit, und solche Reinheit besitzt strahlende Größe. Aber nur, weil sie jetzt beherrscht werden kann.«

»Von dir.«

»Ja, mein Liebling. Das ist es, wofür ich geboren wurde. Deswegen bin ich hier. Und es spielt keine Rolle, wenn niemand mein Vorhaben gutheißt. Ich werde es so durchführen. Das Feuer der Männlichkeit hat die Welt lange genug in Bewegung gehalten, und es hat sie dabei fast vernichtet. Das wird jetzt anders werden, und dann soll euer Feuer noch viel heller brennen – wie eine leuchtende Fackel.«

»Akascha, glaubst du nicht, daß die Seelen der Frauen eben dieses Feuer ersehnen? Mein Gott, willst du sogar den Sternen ins Handwerk pfuschen?«

»Ja, die Seele sehnt sich danach. Aber gebändigt und geläutert, als Leuchten einer Fackel oder Flamme einer Kerze. Und nicht so wie jetzt als Feuersbrunst, die durch jeden Wald und über jeden Berg und in jedem Tal rast. Keine Frau, die sich je gewünscht hat, davon verbrannt zu werden! Sie wollen das Licht, mein Schöner, das Licht! Und die Wärme! Aber nicht die Zerstörung. Wie sollten sie? Sie sind lediglich Frauen. Sie sind nicht verrückt.«

»Akascha, es muß einen Weg geben ohne den Tod! Zwinge die Männer, dir zu gehorchen. Blende sie, wie du die Frauen geblendet hast, wie du mich geblendet hast.«

»Aber Lestat, genau das ist der springende Punkt; sie würden niemals gehorchen. Wirst du gehorchen? Sie würden eher sterben, so wie du eher sterben würdest, als zu gehorchen. Sie würden einen weiteren Grund zum Aufstand haben, als ob es daran mangelte. Sie würden sich zu einer mächtigen Widerstandsbewegung zusammenschließen. Sie würden sich einbilden, gegen eine Göttin zu kämpfen. Wie es aussieht, werden wir das nach und nach zur Genüge erleben. Sie können nicht anders, als Männer sein. Und ich könnte nur durch Tyrannei herrschen, durch endloses Töten. Und es würde Chaos herrschen. Nur auf dem jetzt gewählten Weg wird die endlose Kette von Gewalt durchbrochen. Und ein Zeitalter reinen und vollkommenen Friedens wird anbrechen.«

Ich war wieder still. Ich konnte mir tausend Antworten vorstellen, aber sie trafen alle nicht den Kern. Sie kannte ihr Ziel nur zu gut. Und es stimmte einfach, daß sie in vielen Dingen recht hatte.

»Aber das ist Wahnsinn!« flüsterte ich.

Erschöpft setzte ich mich auf das Bett, einem sterblichen Menschen gleich. Ich stützte die Ellbogen auf die Knie. Großer Gott, großer Gott! Warum kamen mir diese zwei Worte dauernd in den Sinn? Es gab keinen Gott! Ich war mit Gott zusammen in diesem Zimmer.

Sie lachte triumphierend.

»Ja, mein Lieber«, sagte Akascha. Sie nahm meine Hand und drehte mich herum und zog mich zu sich. »Aber sag, erregt es dich nicht wenigstens ein bißchen?«

Ich sah sie an. »Wie meinst du das?«

»Du, der Impulsive. Du, der dieses Kind Claudia zu einer Bluttrinkerin gemacht hat, nur um zu sehen, was geschehen würde?« Ihr Ton war neckisch, aber liebevoll. »Komm schon, möchtest du nicht sehen, was geschieht, wenn alle Männer verschwunden sind? Bist du auch nicht ein bißchen neugierig? Sei ganz ehrlich: Ist es nicht eine hochinteressante Vorstellung?«

Ich antwortete nicht. Dann schüttelte ich den Kopf. »Nein«, sagte ich.

»Feigling«, flüsterte sie.

Niemand hatte mich je so genannt, niemand.

»Feigling«, sagte sie noch einmal. »Kleingeistiges Wesen mit kleinlichen Träumen.«

»Vielleicht würde es keine Kriege und Vergewaltigungen und Gewalttaten mehr geben«, sagte ich, »wenn alle Wesen kleingeistig wären und kleinliche Träume hätten, wie du es ausdrückst.«

Sie lachte leise. Nachsichtig.

»Wir können ewig über diese Dinge streiten«, flüsterte sie. »Aber wir werden schon sehr bald Bescheid wissen. Die Welt wird so sein, wie ich sie haben will, und wir werden erleben, wie das geschieht, was ich gesagt habe.«

Sie setzte sich neben mich. Einen Moment lang schien ich den Verstand zu verlieren. Sie legte mir ihre weichen, nackten Arme um den Hals. Es schien nie einen weicheren weiblichen Körper gegeben zu haben, nie etwas Sanfteres und Köstlicheres als ihre Umarmung. Und doch war sie so hart, so stark.

Die Lichter im Raum verschwammen. Und der Himmel draußen schien immer leuchtender und dunkelblau.

»Akascha«, flüsterte ich. Ich blickte über die offene Terrasse auf die Sterne. Ich wollte etwas sagen, etwas Entscheidendes, das jeden Streit hinwegfegen würde, doch es entfiel mir wieder. Ich war so schläfrig; sicher war das ihr Wirken. Sie übte einen Zauber aus und wußte doch, daß er mich nicht erlösen würde. Ich spürte wieder ihre Lippen auf meinen Lippen und auf meinem Hals. Ich spürte ihre kühle, seidige Haut.

»Ja, ruhe dich aus, mein Lieber. Und wenn du aufwachst, werden die Opfer warten.«

»Opfer...« Ich träumte schon fast, als ich sie umarmte.

»Doch jetzt mußt du schlafen. Du bist immer noch jung und schwach. Mein Blut arbeitet in dir, verändert dich, vervollkommnet dich.«

Ja, es zerstört mich; zerstört mein Herz und meinen Willen. Ich merkte noch vage, wie ich mich bewegte, wie ich mich aufs Bett legte. Ich fiel in die seidenen Kissen zurück, und dann spürte ich ihr seidiges Haar an mir, die Berührung ihrer Finger und wieder ihre Lippen auf meinem Mund. Blut war in ihrem Kuß; Blut pulsierte darunter.

»Höre auf das Meer«, flüsterte sie. »Höre, wie die Blumen sich öffnen. Du kannst sie jetzt hören, denn sie singen.«

Ich ließ mich treiben. Sicher in ihren Armen; sie war die Starke; sie war die, die alle fürchteten.

Vergiß den beißenden Geruch der brennenden Leichen; ja, lausche der See, die an den Strand unter uns donnert wie Kanonen; lausche, wie sich das Blütenblatt einer

Rose löst und auf den Marmor fällt. Und die Welt geht zum Teufel, und ich kann es nicht ändern, und ich liege in ihren Armen, werde gleich schlafen.

»Ist das nicht millionenmal geschehen, mein Liebling?« flüsterte sie. »Daß du einer Welt voller Leiden und Tod den Rücken gekehrt hast, wie es Millionen Sterblicher jede Nacht tun?«

Dunkelheit. Großartige Traumbilder erschienen; ein Palast, noch schöner als dieser. Opfer. Diener. Das sagenhafte Leben von Paschas und Kaisern.

»Ja, mein Liebling, alles, was du begehrst. Die ganze Welt zu deinen Füßen. Ich werde dir einen Palast nach dem anderen bauen; sie, die dich anbeten, werden es tun. Das ist nichts. Das ist das Simpelste daran. Und denke an die Jagd, mein Prinz. Bis das Töten vorüber ist, denke an die Jagd. Denn sie werden vor dir davonlaufen und sich vor dir verstecken, doch du wirst sie finden.«

In dem schwindenden Licht – gerade bevor Träume beginnen – konnte ich es sehen. Ich konnte mich selbst wie die Helden der Antike durch die Luft reisen sehen, über das weite Land, auf dem ihre Lagerfeuer flackerten.

Wie Wölfe würden sie sich in Rudeln bewegen, durch die Städte und durch die Wälder, und sie würden sich nur tagsüber zu zeigen wagen, denn nur dann würden sie vor uns sicher sein. Wenn die Nacht anbrach, würden wir kommen, und wir würden ihnen aufgrund ihrer Gedanken und ihres Blutes und der geflüsterten Geständnisse der Frauen folgen, die sie gesehen und vielleicht sogar beherbergt hatten. Mochten sie nur draußen im Freien vor uns fliehen und ihre nutzlosen Waffen auf uns abfeuern. Wir würden herniederstoßen, wir würden sie, unsere Beute, einen nach dem anderen vernichten, außer denen, die wir lebend brauchten, deren Blut wir langsam, gnadenlos saugen würden.

Und aus diesem Krieg sollte Frieden entstehen? Aus diesem abscheulichen Spiel sollte ein Paradies entstehen?

Ich versuchte, meine Augen zu öffnen. Ich spürte, wie sie meine Augenlider küßte.

Ich träumte.

Eine dürre Ebene. Der Boden brach auf. Etwas erhob sich, schleuderte die trockenen Erdklumpen aus dem Weg. Dieses Wesen war ich. Dieses Wesen ging über die dürre Ebene, während die Sonne unterging. Der Himmel war immer noch hell. Ich blickte auf meine beschmutzte Kleidung, aber das war nicht ich. Ich war bloß Lestat. Und ich hatte Angst. Ich wünschte, Gabrielle wäre hier. Und Louis. Louis konnte es ihr vielleicht begreiflich machen. Ach, von uns allen Louis, Louis, der immer alles wußte ...

Und da war wieder der vertraute Traum, wie die rothaarigen Frauen vor dem Altar mit dem Leichnam knien – dem Leichnam ihrer Mutter, den zu verzehren sie bereit sind. Ja, es war ihre Pflicht, ihr heiliges Recht, das Hirn und das Herz zu essen. Nur würden sie es nie tun, weil immer irgend etwas Schreckliches geschah. Soldaten kamen ... Ich wünschte mir, ich wüßte die Bedeutung.

Blut.

Ich erwachte mit einem Ruck. Stunden waren vergangen. Das Zimmer hatte sich leicht abgekühlt. Der Himmel war durch das offene Fenster erstaunlich klar. Von ihm kam alles Licht, das den Raum erfüllte.

»Die Frauen warten, und die Opfer – sie haben Angst.«

Die Opfer. Mir schwindelte. Die Opfer würden voll köstlichen Bluts sein. Männer, die ohnehin sterben würden. Junge Männer ganz für mich allein.

»Ja, komm, beende ihre Leiden.«

Taumelnd stand ich auf. Akascha legte mir einen langen Mantel um die Schultern, einfacher als ihr eigenes Gewand, aber warm und weich anzufühlen. Sie strich mir mit beiden Händen durchs Haar.

»Maskulin – feminin. Ist das alles, was es dazu je zu sagen gab?« flüsterte ich. Mein Körper brauchte etwas mehr Schlaf. Aber das Blut ...

Sie langte hoch und berührte mit ihren Fingern meine Wange. Wieder Tränen?

Wir verließen zusammen den Raum und gingen auf einen weiten Treppenabsatz mit einem Marmorgeländer hinaus, von dem eine Treppe in einer Windung in einen riesigen Saal hinunterführte. Überall Kandelaber. Gedämpftes elektrisches Licht schuf ein angenehmes Dunkel.

Genau in der Mitte waren die Frauen versammelt, vielleicht zweihundert oder mehr; sie standen regungslos da und sahen zu uns auf, die Hände wie zum Gebet gefaltet. Selbst so schweigend wirkten sie zwischen der europäischen Möblierung, den italienischen Hartholzmöbeln mit den vergoldeten Kanten, und dem alten Kamin mit den Marmorverzierungen seltsam unzivilisiert. Über die Wände zogen sich Malereien aus dem achtzehnten Jahrhundert voller leuchtender Wolken und pausbäckiger Engelchen und strahlend blauen Himmels. Die Frauen übersahen diesen Reichtum, der sie nie berührt hatte und der ihnen tatsächlich nichts bedeutete, und sahen hoch zu der Erscheinung auf dem Treppenabsatz, die sich jetzt auflöste und dann in einem Wirbel aus Rascheln und farbigem Licht am Fuß der Treppe sichtbar wurde.

Seufzer stiegen auf, Hände wurden erhoben, um Köpfe wie vor einem Schwall unerwünschten Lichts abzuschirmen. Dann waren alle Augen auf die Himmelskönigin und ihren Begleiter gerichtet, die auf dem roten Teppich standen, nur wenige Fuß über der Versammlung; ich schwankte leicht und biß mir auf die Lippen und versuchte, dies alles klar zu sehen, dieses schreckliche Geschehen, dieses schreckliche Gemenge aus Anbetung und Blutsopfer, als die Opfer vorgeführt wurden.

So schöne Exemplare. Dunkelhaarig, dunkelhäutig; Levantiner. Genauso schön wie die jungen Frauen. Männer mit dem stämmigen Körperbau und der vollkommenen Muskulatur, die Künstler seit Tausenden von Jahren angeregt haben. Kohlschwarze Augen und dunkle Gesichter voller Verschlagenheit und voller Zorn, als sie auf die feindseligen übernatürlichen Wesen blickten, die ringsum den Tod ihrer Brüder angeordnet hatten.

Sie waren mit Lederriemen gefesselt – vermutlich mit ihren eigenen Gürteln und den Gürteln Dutzender anderer. Sie waren nackt bis zur Taille, und nur einer zitterte, vor Zorn und auch vor Angst. Plötzlich begann er, an seinen Fesseln zu zerren und zu toben. Die beiden anderen drehten sich um, starrten ihn an und begannen auch zu rasen.

Doch die Masse der Frauen umringte sie und zwang sie auf die Knie. Ich spürte, wie bei diesem Anblick die Begierde in mir wuchs, beim Anblick von Lederriemen, die ins nackte Fleisch der Arme der Männer schnitten. Warum war das so verlockend! Und die Hände der Frauen hielten sie fest, diese kräftigen, bedrohlichen Hände, die andererseits so sanft sein konnten. Sie konnten nicht gegen so viele Frauen ankämpfen. Seufzend beendeten sie den Aufstand, wenn auch der eine, der mit dem Toben angefangen hatte, mich vorwurfsvoll anblickte.

Dämonen, Teufel, Höllenwesen – das war es, was ihm sein Verstand sagte; denn wer sonst hätte seiner Welt solche Dinge antun können? Oh, dies war der Beginn der Finsternis, schrecklicher Finsternis!

Aber die Begierde war so stark! *Du wirst sterben, und ich werde es sein, der dich tötet.* Und er schien es zu hören, zu verstehen. Und ein wilder Haß auf die Frauen sprach aus ihm, angefüllt mit Vorstellungen von Vergewaltigung und Vergeltung, die mich lächeln ließen; und doch verstand ich ihn. Es war so leicht, diese Verachtung für sie zu empfinden, beleidigt darüber zu sein, daß sie es gewagt hatten, zum Feind zu werden, zum Feind in diesem uralten Kampf – sie, die Frauen! Und auch diese imaginierte Vergeltung war Finsternis, unbeschreibliche Finsternis.

Ich fühlte Akaschas Finger auf meinem Arm. Das Wonnegefühl kam zurück, das Delirium. Ich versuchte, ihm zu widerstehen, doch ich fühlte es wie zuvor. Und die Begierde verging nicht. Die Begierde befand sich jetzt in meinem Mund. Ich konnte sie schmecken.

Ja, gehe auf im Augenblick; gehe auf in reiner Funktion; laß das Blutopfer beginnen.

Die Frauen fielen alle gleichzeitig auf die Knie, und die Männer, die schon knieten, schienen sich zu beruhigen; ihre Augen waren verschleiert, als sie uns ansahen, ihre Lippen waren geöffnet und bebten.

Ich starrte die muskulösen Schultern des ersten an, des Mannes, der aufgemuckt hatte. Wie immer in solchen Augenblicken stellte ich mir vor, wie sich sein rauher, schlecht rasierter Hals anfühlen mochte, wenn meine Lippen ihn berühren und meine Zähne die Haut durchbohren würden; nicht die eiskalte Haut der Göttin, sondern heiße, salzige Menschenhaut

Ja, Geliebter, nimm ihn. Er ist das Opfer, das dir zusteht. Du bist jetzt ein Gott. Nimm ihn. Weißt du, wie viele auf dich warten?

Die Frauen schienen zu wissen, was zu tun war. Als ich vortrat, hoben sie ihn hoch; es gab wieder einen Kampf, doch der war nicht mehr als ein Zucken der Muskeln, als ich ihn in meine Arme nahm. Meine Hand umfaßte seinen Kopf zu fest; ich kannte meine neue Kraft noch nicht, und ich hörte die Knochen brechen, als meine Zähne schon eindrangen. Der Tod trat fast auf der Stelle ein, so gewaltig war mein erster Schluck Blut. Ich brannte vor Durst, und die gesamte Menge, ganz und gar auf einen Zug getrunken, war nicht genug. Nicht annähernd genug!

Sogleich nahm ich mir das nächste Opfer vor, bemüht, behutsam mit ihm zu verfahren, damit ich, wie so oft schon, in jene Dunkelheit taumelte, wo nur noch die Seele zu mir sprach. Ja, mir ihre Geheimnisse verriet, während das Blut in meinen Mund sprudelte, während ich meinen Mund füllte, bevor ich schluckte. *Ja, Bruder. Tut mir leid, Bruder.* Und dann taumelte ich vorwärts, trat auf den Leichnam vor mir und zermalmte ihn unter meinen Füßen.

»Gebt mir den letzten.«

Kein Widerstand. Er blickte mich völlig ruhig an, als sei ihm ein Licht aufgegangen, als hätte er in einer Philosophie oder in einem Glauben irgendeine perfekte Erlösung gefunden. Ich zog ihn zu mir heran – sanft, Lestat –, und er war genau der Typ, den ich mir wünschte; dies war der langsame, gewaltige Tod, den ich brauchte; das Herz schlug, als wollte es nie aufhören, der Seufzer kam über seine Lippen; vor meinen Augen hatte ich, auch als ich von ihm abließ, immer noch die verblassenden Bilder seines kurzen und nicht überlieferten Lebens, das plötzlich in einer kostbaren Sekunde von Bedeutung geendet hatte.

Ich ließ ihn fallen. Jetzt hatte er keine Bedeutung mehr. Jetzt war nur noch das Licht vor mir und die Verzückung der Frauen, die endlich durch Wunder entschädigt worden waren.

Im Raum war es totenstill; nichts bewegte sich; das Rauschen des Meeres drang herein, jenes ferne, eintönige Dröhnen.

Dann Akaschas Stimme:

Die Sünden der Männer sind jetzt gesühnt; und die, die jetzt noch gehalten werden, sollen gut versorgt – und geliebt – werden. Doch gewährt denen, die übrigbleiben, denen, die euch unterdrückt haben, niemals die Freiheit.

Und dann folgte stumm, ohne vernehmliche Worte, die Lektion.

Die gierige Wollust, die sie gerade miterlebt hatten, das Sterben von meiner Hand, das sie mit angesehen hatten – das alles sollte ihnen eine ewige Mahnung an die Wildheit sein, die allen männlichen Wesen innewohnte und die nie wieder ausbrechen durfte. Die Männer waren der Verkörperung ihrer eigenen Gewalttätigkeit zum Opfer gefallen.

Die Frauen hier seien Zeugen eines neuen, einzigartigen Zeremoniells geworden, eines neuen heiligen Meßopfers. Und sie würden es wieder erleben, und sie müßten sich immer daran erinnern.

Mir schwindelte der Kopf von den Widersprüchen. Und meine eigenen Pläne aus nicht allzu ferner Vergangenheit waren wieder da, um mich zu quälen. Ich hatte in der Welt der Sterblichen bekannt sein wollen. Ich hatte das Abbild des Bösen auf dem Welttheater sein und dadurch irgendwie Gutes tun wollen.

Und nun war ich wirklich dieses Abbild, ich war seine buchstäbliche Verkörperung und ging durch die Köpfe dieser paar einfachen Seelen in die Mythologie ein, wie sie es versprochen hatte. Und eine leise Stimme flüsterte mir ins Ohr und bearbeitete mich mit dem alten Sprichwort: Überlege dir gut, was du dir wünschst; dein Wunsch könnte in Erfüllung gehen.

Ja, das war des Pudels Kern: Alles, was ich mir je gewünscht hatte, ging in Erfüllung. Im Schrein hatte ich sie geküßt; es hatte mich verlangt, sie zu erwecken; ich hatte von ihrer Macht geträumt; und jetzt standen wir nebeneinander, und um uns herum ertönten Hymnen. Hosianna! Freudenrufe!

Die Türen des Palazzo flogen auf. Wir nahmen unseren Abschied; in Herrlichkeit und Zauber erhoben wir uns und schwebten aus den Türen hinauf über das Dach des alten Hauses und dann über das glitzernde Wasser in die ruhigen Gefilde der Sterne.

Ich hatte keine Angst mehr herunterzufallen; ich hatte vor nichts so Belanglosem mehr Angst. Denn meine Seele – kleinmütig, wie sie war und immer gewesen war – kannte jetzt Ängste, die ich mir nie zuvor hatte vorstellen können.

6
Die Geschichte der Zwillinge

TEIL II

Sie träumte vom Töten. Es war eine große, dunkle Stadt wie London oder Rom, die sie durcheilte, um zu töten, um ihr erstes eigenes süßes menschliches Opfer zu erwischen. Und eben bevor sie die Augen öffnete, hatte sie den Schritt von dem, woran sie ihr ganzes Leben lang geglaubt hatte, zu diesem einfachen, amoralischen Akt – Töten – getan. Sie hatte getan, was das Reptil tut, wenn es in seinem ledrigen Schlitzmaul die winzige, jammernde Maus fängt und sie dann langsam zermalmt, ohne je den zarten, herzzerreißenden Gesang zu hören.

Sie lag wach im Dunkeln, und über ihr war das Haus lebendig; die Alten sagten »Komm«. Irgendwo tönte ein Fernseher. Die Heilige Jungfrau Maria war auf einer Insel im Mittelmeer erschienen.

Kein Hunger. Maharets Blut war zu stark. Der Gedanke wurde stärker, winkte ihr zu wie ein altes Weib in einer dunklen Gasse. *Töten.*

Sie erhob sich aus dem engen Kasten, in dem sie lag, und ging auf Zehenspitzen durch die Schwärze, bis ihre Hände die Metalltür fühlten. Sie betrat das Treppenhaus und blickte die endlose eiserne Treppe hinauf, die, sich immer wieder überschneidend, einem Skelett ähnelte, und durch das Glas sah sie den Himmel wie Rauch. Mael stand auf halber Höhe, an der Tür des eigentlichen Hauses, und blickte zu ihr herunter.

Das – *ich bin eine von euch, und wir sind zusammen* – und das Gefühl in ihrer Hand auf dem eisernen Geländer ließ sie schwindeln, und sie befiel ein plötzlicher Kummer, ganz flüchtig nur, um all das, was sie gewesen war, bevor diese grausame Schönheit sie bei den Haaren gepackt hatte.

Mael kam herunter, um sie zurückzuholen, da es sie fortriß.

Sie verstanden doch wohl, auf welche Weise die Erde jetzt für sie atmete und der Wald sang und die Wurzeln aus dem Dunkel durch diese irdenen Mauern kamen.

Sie starrte Mael an. Ein schwacher Duft von Wildleder, Staub. Wie hatte sie je glauben können, solche Wesen seien menschlich? Augen, die so funkelten. Und doch würde die Zeit kommen, da sie wieder unter menschlichen Wesen wandeln würde, und sie würde ihre Blicke auf ihnen ruhen lassen und sie sich dann plötzlich abwenden sehen. Sie würde durch irgendeine dunkle Stadt wie London oder Rom eilen. Als sie in Maels Augen blickte, sah sie wieder das alte Weib in der Gasse; aber das war kein wirkliches Bild gewesen. Nein, sie sah die Gasse, sie sah das Töten, ausschließlich. Und schweigend blickten sie beide im selben Moment beiseite, doch nicht hastig, eher ehrerbietig. Er nahm ihre Hand; er sah auf das Armband, das er ihr geschenkt hatte, und küßte sie plötzlich auf die Wange. Und dann führte er sie die Treppe hinauf in den Raum im Berggipfel.

Die elektronische Stimme aus dem Fernseher wurde lauter und lauter und sprach von einer Massenhysterie in Sri Lanka. Frauen mordeten Männer. Selbst männliche Babys wurden ermordet. Auf der Insel Lynkonos war es zu Massenhalluzinationen und einer Epidemie von ungeklärten Todesfällen gekommen.

Es wurde ihr nur allmählich klar, was sie da hörte. Es war also nicht die Heilige Jungfrau Maria; und als sie zuerst davon gehört hatte, hatte sie gedacht, wie schön, daß sie an so etwas glauben können. Sie wandte sich Mael zu, aber der blickte geradeaus. Er wußte von diesen Dingen. Das Fernsehen hatte ihm schon seit einer Stunde davon berichtet.

Als sie jetzt in den Raum im Gipfel des Berges kam, sah sie das grausige blaue Flimmern. Und das merkwürdige Bild dieser ihrer neuen Brüder im Geheimbund der Untoten, die verstreut wie ebenso viele Statuen herumsaßen, im blauen Licht schimmernd, und gebannt auf den großen Bildschirm starrten.

»...die jüngsten Ausbrüche durch Giftstoffe in Nahrungsmitteln und im Trinkwasser verursacht wurden. Noch keine Erklärung hat man bisher für die gleichlautenden Berichte aus weit voneinander entfernten Orten gefunden, zu denen jetzt auch verschiedene abgelegene Dörfer in den Bergen von Nepal gehören. Vernommene behaupten, eine wunderschöne Frau gesehen zu haben, die wechselweise die Heilige Jungfrau, die Himmelskönigin oder einfach die Göttin genannt wird, die ihnen befohlen habe, bis auf wenige Ausnahmen alle Männer in ihrem Dorf umzubringen. Einige Berichte sprechen auch von einer männlichen Erscheinung, einer blonden Gottheit, die nicht spricht und die bislang noch keinen offiziellen oder inoffiziellen Titel oder Namen hat...«

Jesse blickte Maharet an, die ausdruckslos zusah, eine Hand auf der Armlehne ihres Stuhls.

Zeitungen bedeckten den Tisch. Zeitungen in Französisch und Hindustani ebenso wie in Englisch.

Maharet berührte die kleine schwarze Fernbedienung unter ihrer Hand, und das Fernsehbild verschwand. Der ganze Fernseher schien nach und nach in dem dunklen Holz zu verschwinden, als die Fenster durchlässig und die Baumwipfel als unendliche, umnebelte Schichten vor dem grellen Himmel sichtbar wurden. Weit entfernt sah Jesse die funkelnden Lichter von Santa Rosa, eingebettet in den dunklen Hügeln. Sie konnte die Sonne riechen, die in diesem Haus gewesen war; sie konnte fühlen, wie die Hitze langsam durch die gläserne Decke entwich.

Sie sah die anderen an, die in bestürztem Schweigen dasaßen. Marius starrte auf den Bildschirm, auf die Zeitungen, die vor ihm ausgebreitet waren.

»Wir haben keine Zeit zu verlieren«, sagte Khayman hastig zu Maharet. »Du mußt mit deiner Erzählung fortfahren. Wir wissen nicht, wann sie hierherkommen wird.«

Er machte eine flüchtige Handbewegung, und die ausgebreiteten Zeitungen wurden plötzlich weggeräumt, zusammengeknüllt und sausten geräuschlos ins Feuer, das sie in einem Sturm verschlang, der eine Funkenfontäne in den klaffenden Rauchfang hinaufschickte.

Jesse war plötzlich schwindelig. Zu schnell, all das. Sie sah Khayman an. Würde sie sich je daran gewöhnen? An ihre porzellanartigen Gesichter und ihre unerwarteten Ausbrüche, ihre sanften menschlichen Stimmen und ihre nahezu unmerklichen Bewegungen?

Und was tat Die Mutter? Männer wurden abgeschlachtet. Das Lebensgefüge dieser unwissenden Menschen total zerstört. Ein frostiges Gefühl von Bedrohung beschlich sie. Sie suchte in Maharets Gesicht nach Einblick, nach einer Verständnishilfe.

Aber Maharets Züge waren völlig starr. Sie hatte Khayman nicht geantwortet. Sie wandte sich langsam dem Tisch zu und verschränkte die Hände unter dem Kinn. Ihre Blicke waren trüb, unfixiert, als sähe sie nichts vor sich.

»Es ist klar, sie muß vernichtet werden«, sagte Marius, als könne er nicht länger an sich halten. Farbe flammte durch seine Wangen und erschreckte Jesse, da für einen Augenblick alle Gesichtszüge eines gewöhnlichen Menschen zu sehen gewesen waren. Und jetzt waren sie verschwunden, und er bebte sichtlich vor Zorn. »Uns ist ein Monster abhanden gekommen, und es ist unsere Aufgabe, es zurückzuholen.«

»Und wie kann das geschehen?« fragte Santino. »Du redest, als sei das einfach eine Sache des Willens. Du kannst sie nicht töten!«

»Wir verlieren unser Leben, so funktioniert das«, sagte Marius. »Wir handeln gemeinsam, und wir beenden dies alles, wie es schon vor langer Zeit hätte geschehen sollen.« Er sah sie der Reihe nach an und ließ seinen Blick auf Jesse ruhen. Dann wandte er sich an Maharet. »Der Körper ist nicht unzerstörbar. Er ist nicht aus Marmor. Er kann durchbohrt, zerschnitten werden. Ich habe ihn mit meinen Zähnen durchstochen. Ich habe sein Blut getrunken!«

Maharet machte eine schwache, abwehrende Geste, wie um zu sagen, ich weiß das alles, und du weißt, daß ich es weiß.

»Und wenn wir ihn zerschneiden, zerschneiden wir uns selbst?« fragte Eric. »Ich würde sagen, wir verschwinden hier. Ich würde sagen, wir verstecken uns vor ihr. Was haben wir davon, wenn wir hierbleiben?«

»Nein!« sagte Maharet.

»Sie wird euch einen nach dem anderen töten, wenn ihr das tut«, sagte Khayman. »Ihr lebt noch, weil sie jetzt zu ihrer Verfügung auf sie wartet.«

»Würdest du bitte mit der Geschichte fortfahren«, sagte Gabrielle, Maharet direkt ansprechend. Sie hatte sich die ganze Zeit zurückgehalten, den anderen nur hin und wieder zugehört. »Ich möchte den Rest erfahren«, sagte sie. »Ich möchte alles hören.« Sie lehnte sich vor, verschränkte die Arme auf dem Tisch.

»Meinst du, du entdeckst in diesen alten Geschichten irgendeine Möglichkeit, sie zu überwältigen?« fragte Eric. »Du bist verrückt, wenn du das glaubst.«

»Fahre mit der Geschichte fort, bitte«, sagte Louis. »Ich möchte...« Er zögerte. »Ich möchte auch *wissen*, was geschehen ist.«

Maharet sah ihn lange an.

»Fahre fort, Maharet«, sagte Khayman. »Denn aller Wahrscheinlichkeit nach wird Die Mutter vernichtet werden, wir beide wissen, wie und warum, und all das Gerede hat keinen Sinn.«

»Was können Prophezeiungen jetzt bedeuten, Khayman?« fragte Maharet mit leiser, kraftloser Stimme. »Verfallen wir in dieselben Fehler, die Die Mutter irreleiten? Die Vergangenheit mag uns belehren. Aber sie wird uns nicht retten.«

»Deine Schwester kommt, Maharet. Sie kommt, wie sie gesagt hat.«

»Khayman«, sagte Maharet mit einem langen, bitteren Lächeln.

»Erzähle uns, was geschehen ist«, sagte Gabrielle.

Maharet saß unbeweglich, als suchte sie nach einer Möglichkeit zu beginnen. Der Himmel vor den Fenstern verdunkelte sich in der Zwischenzeit. Doch ganz im Westen erschien eine leichte Rötung, die neben den grauen Wolken immer stärker leuchtete. Schließlich verschwand sie, und sie waren von absoluter Finsternis umgeben, abgesehen vom Schein des Feuers und dem matten Glanz der gläsernen Wände, die zu Spiegeln geworden waren.

»Khayman nahm dich mit nach Ägypten«, sagte Gabrielle. »Was hast du da erlebt?«

»Ja, er nahm uns mit nach Ägypten«, sagte Maharet. Sie seufzte, als sie sich im Stuhl zurücklehnte, den Blick auf den Tisch vor sich gerichtet. »Es gibt kein Entkommen; Khayman hätte uns mit Gewalt mitgenommen. Und in Wirklichkeit sahen wir auch ein, daß wir gehen mußten. Über zwanzig Generationen hatten wir uns zwischen den Menschen und den Geistern bewegt. Falls Amel etwas sehr Böses angerichtet hatte, wollten wir versuchen, es rückgängig zu machen. Oder zumindest wollten wir – wie ich euch sagte, als wir uns das erste Mal an diesem Tisch getroffen haben – versuchen zu verstehen.

Ich verließ meine Tochter. Ich ließ sie in der Obhut jener Frauen zurück, denen ich am meisten vertraute. Ich küßte sie; ich erzählte ihr Geheimnisse. Und dann verließ ich sie, und wir machten uns auf, getragen in der königlichen Sänfte, als seien wir Gäste des Königs und der Königin von Kemet und nicht Gefangene, genau wie vorher.

Khayman war auf dem langen Marsch uns gegenüber milde, aber grimmig und schweigsam, und er wich unseren Blicken aus. Und das war auch ganz in Ordnung, denn wir hatten unsere Wunden nicht vergessen. Dann, am letzten Abend, als wir am Ufer des großen Flusses lagerten, den wir am nächsten Morgen überqueren wollten, um den königlichen Palast zu erreichen, rief Khayman uns in sein Zelt und erzählte uns alles, was er wußte.

Er war liebenswürdig, höflich. Und wir bemühten uns, während wir zuhörten, unser persönliches Mißtrauen gegen ihn zu vergessen. Er erzählte uns, was der Dämon – wie er sich ausdrückte – getan hatte.

Nur Stunden, nachdem wir aus Ägypten ausgewiesen worden waren, hatte er bemerkt, daß etwas ihn belauerte, irgendeine dunkle und böse Macht. Überall, wohin er auch ging, spürte er diese Anwesenheit, wenn auch bei Tageslicht meist schwächer.

Dann gab es Veränderungen innerhalb seines Hauses – Kleinigkeiten, die andere nicht bemerkten. Zuerst dachte er, er würde verrückt. Sein Schreibzeug lag am falschen Platz, dann das Siegel, das er als Großhofmeister benutzte. Dann kamen diese Dinge in unerwarteten Augenblicken – und immer, wenn er alleine war – auf ihn zugeflogen, trafen ihn ins Gesicht oder landeten zu seinen Füßen. Einige tauchten an lächerlichen Stellen wieder auf. So fand er zum Beispiel das Große Siegel in seinem Bier oder in seiner Fleischbrühe.

Und er wagte nicht, es dem König und der Königin zu erzählen. Er wußte, daß es unsere Geister waren, die das taten, und das zu sagen, hätte für ihn das Todesurteil bedeutet.

Also behielt er dieses entsetzliche Geheimnis für sich, auch als alles immer noch schlimmer wurde. Schmucksachen, die er seit seiner Kindheit aufbewahrt hatte, wurden in Stücke gebrochen und regneten auf ihn herab. Heilige Amulette wurden auf den Abtritt geschleudert, Exkremente wurden aus der Grube geholt und an die Wände geschmiert.

Er konnte es in seinem eigenen Haus kaum aushalten, doch er

ermahnte seine Sklaven, niemandem davon zu erzählen, und als sie voll Angst davonliefen, kümmerte er sich selbst um seine Kleidung und fegte selbst das Haus aus wie ein niedriger Diener.

Aber er war jetzt voller Entsetzen. Da war etwas in seinem Haus. Er konnte dessen Atem in seinem Gesicht spüren. Und hin und wieder hätte er schwören können, er spüre dessen nadelspitze Zähne.

Voller Verzweiflung begann er schließlich, es anzusprechen, es zu bitten zu verschwinden. Aber das schien seine Kraft nur zu steigern. Nach der Anrede verdoppelte es seine Macht. Es leerte Khaymans Geldbeutel auf die Steine und ließ die Goldmünzen die ganze Nacht klimpern. Es kippte sein Bett um, so daß er mit dem Gesicht auf dem Fußboden landete. Es tat Sand in sein Essen, wenn er nicht aufpaßte.

Schließlich waren sechs Monate vergangen, seit wir das Königreich verlassen hatten. Er wurde rasend. Vielleicht waren wir außer Gefahr. Aber er konnte nicht sicher sein, und er wußte nicht, was er tun sollte, denn der Geist versetzte ihn wirklich in Schrecken.

Dann, mitten in der Nacht, als er sich fragte, was das Ding vorhatte, denn es war so ruhig gewesen, hörte er plötzlich starkes Hämmern an seiner Tür. Er hatte schreckliche Angst. Er wußte, daß er nicht öffnen sollte, daß das Klopfen von keiner menschlichen Hand ausging. Aber schließlich konnte er es nicht länger ertragen. Er sprach seine Gebete und stieß die Tür auf. Und was er erblickte, war das Grauen schlechthin – die vermoderte Mumie seines Vaters, die schmutzigen Umhüllungen in Fetzen, lehnte an der Gartenmauer.

Natürlich wußte er, daß kein Leben in dem eingeschrumpften Gesicht oder in den toten Augen war, die ihn anstarrten. Irgend jemand oder irgend etwas hatte den Leichnam aus einer Mastaba in der Wüste geholt und dorthin gebracht. Und dies war der Leichnam seines Vaters, verfault, stinkend; der Leichnam seines Vaters, der nach den heiligen Regeln bei einem geziemenden Leichenschmaus von Khayman und seinen Brüdern und Schwestern hätte verzehrt werden sollen.

Khayman sank weinend, halb schreiend, auf die Knie. Und dann bewegte sich das Ding vor seinen ungläubigen Augen! Das Ding begann zu tanzen! Seine Gliedmaßen wurden hin und her geschleudert, die Umhüllungen zerbröckelten in Stücke, bis Khayman ins

Haus rannte und die Tür zuschlug. Und dann wurde der Leichnam gegen die Tür geschleudert, er schien mit der Faust zu klopfen und Einlaß zu begehren.

Khayman rief alle Götter Ägyptens an, ihn von diesem Ungeheuer zu befreien. Er rief die Palastwache, er rief die Soldaten des Königs. Er verfluchte das Teufelsding und befahl ihm, von ihm abzulassen; und jetzt war es Khayman, der in seinem Zorn mit Gegenständen warf und auf den Goldmünzen herumtrat.

Alle aus dem Palast stürmten durch die königlichen Gärten zu Khaymans Haus. Aber jetzt schien der Dämon sogar noch stärker zu werden. Die Läden klapperten und wurden aus den Angeln gerissen, die wenigen guten Möbelstücke, die Khayman besaß, begannen herumzufliegen.

Aber das war nur der Anfang. Im Morgengrauen, als die Priester ins Haus kamen, um den Dämon zu beschwören, kam aus der Wüste ein gewaltiger Sturm, der Wolken blendenden Sands mit sich brachte. Und wohin Khayman auch immer ging, der Wind folgte ihm, und als er schließlich seine Arme ansah, waren sie bedeckt mit winzigen Nadelstichen und winzigen Blutstropfchen. Selbst seine Augenlider waren nicht verschont geblieben. Er warf sich in ein Zimmer, um etwas Frieden zu finden. Und das Ding riß die Zimmertür auf. Und alle flohen hinaus. Nur Khayman blieb weinend am Boden zurück.

Der Sturm dauerte Tage. Je mehr Priester beteten und sangen, um so schlimmer raste der Dämon.

Der König und die Königin waren außer sich vor Bestürzung. Die Priester verfluchten den Dämon. Das Volk gab den rothaarigen Hexen die Schuld. Es rief, daß uns nie hätte erlaubt werden dürfen, das Land Kemet zu verlassen. Wir müßten um jeden Preis gefunden und zurückgebracht werden, um bei lebendigem Leib verbrannt zu werden. Dann würde der Dämon Ruhe geben.

Aber die alten Familien stimmten diesem Urteil nicht zu. Für sie war die Lage klar. Hatten nicht die Götter den vermoderten Leichnam von Khaymans Vater ausgegraben, um zu zeigen, daß die Fleischesser immer das getan hatten, was dem Himmel gefällig war? Nein, es waren der König und die Königin, die gottlos waren, der König und die Königin, die sterben mußten. Der König und die

Königin, die das Land mit Mumien und Aberglauben überschwemmt hatten.

Schließlich stand das Königreich am Rande eines Bürgerkrieges, und der König selbst kam zu Khayman, der weinend in seinem Haus saß, eine Decke wie ein Leichentuch über sich gezogen. Und der König sprach zu dem Dämon, selbst als die leichten Bisse Khayman quälten, so daß auf dem Tuch, das ihn bedeckte, Blutflecken erschienen.

›Denk an das, was diese Hexen uns erzählten‹, sagte der König. ›Dies sind nur Geister, keine Dämonen. Und mit ihnen kann man reden. Wenn ich nur erreichen könnte, wie es die Hexen konnten, daß sie mich hören und daß sie mir antworten.‹

Aber diese kleine Unterhaltung schien den Dämon nur zu erzürnen. Er zerbrach die wenigen Möbel, die er nicht schon vorher zerschmettert hatte. Er riß die Tür aus den Angeln, er entwurzelte die Bäume im Garten und schleuderte sie umher. Tatsächlich schien er Khayman für den Augenblick ganz und gar zu vergessen, als er durch den Palastgarten tobte und alles zerstörte, was er nur konnte.

Und der König ging ihm nach und bat ihn, ihn zu erkennen und mit ihm zu sprechen und ihm seine Geheimnisse zu enthüllen. Er stand genau im Zentrum des Wirbelsturms, den dieser Dämon verursacht hatte, furchtlos und gespannt.

Schließlich erschien die Königin. Mit lauter, schneidender Stimme sprach auch sie den Dämon an. ›Du strafst uns für das Leiden der rothaarigen Schwestern!‹ schrie sie. ›Aber warum dienst du nicht uns statt ihnen!‹ Sofort zerrte der Dämon an ihren Kleidern und quälte sie sehr, so wie er es vorher bei Khayman getan hatte. Sie versuchte, ihre Arme und ihr Gesicht zu bedecken, allein umsonst. Also ergriff der König sie, und zusammen liefen sie in Khaymans Haus zurück.

›Geh jetzt‹, sagte der König zu Khayman. ›Laß uns allein mit diesem Ding, denn ich will von ihm lernen, verstehen, was es will.‹ Dann rief er die Priester zu sich und erzählte ihnen durch den Wirbelsturm um sich herum, was wir ihm gesagt hatten, daß der Geist das Menschengeschlecht haßte, weil wir sowohl Geist als auch Fleisch waren. Aber er würde ihn fangen und bessern und kontrollieren. Denn er war Enkil, König von Kemet, und er konnte das.

Zusammen gingen der König und die Königin in Khaymans Haus hinein, und der Dämon ging mit ihnen und verwüstete das Haus, doch sie blieben da. Khayman, der jetzt erlöst war, lag erschöpft auf dem Boden des Palastes und ängstigte sich um seine Herrscher, aber er wußte nicht, was er tun konnte.

Der ganze Hof war in Aufruhr; Männer kämpften gegeneinander, Frauen weinten, und einige verließen gar den Palast aus Angst vor dem, was noch kommen sollte.

Zwei ganze Nächte und Tage blieb der König bei dem Dämon, und mit ihm die Königin. Und dann versammelten sich die alten Familien, die Fleischesser, vor dem Haus. Der König und die Königin waren im Irrtum; es war an der Zeit, die Zukunft von Kemet in die Hand zu nehmen. Bei Einbruch der Nacht gingen sie, mit erhobenen Dolchen, zu ihrem tödlichen Geschäft ins Haus. Sie würden den König und die Königin töten, und falls das Volk aufschreien sollte, würden sie sagen, daß der Dämon es getan hätte, und wer konnte behaupten, daß es nicht der Dämon gewesen war? Und würde nicht der Dämon Ruhe geben, wenn der König und die Königin tot waren, der König und die Königin, die die rothaarigen Hexen verfolgt hatten?

Die Königin sah sie kommen, und als sie mit einem Schreckensschrei aufsprang, stießen sie ihr ihre Dolche in die Brust, und sie sank sterbend nieder. Der König eilte ihr zu Hilfe, und auch ihn stachen sie nieder, ebenso gnadenlos; und dann liefen sie aus dem Haus, denn der Dämon hatte seine Verfolgungen nicht aufgegeben.

Khayman hatte die ganze Zeit am äußersten Rand des Gartens gekniet, der von den Wachen verlassen war, die sich den Fleischessern angeschlossen hatten. Er erwartete, zusammen mit anderen Dienern der königlichen Familie zu sterben. Dann hörte er ein schauerliches Wehklagen der Königin. Töne, wie er sie noch nie zuvor gehört hatte. Und als die Fleischesser diese Töne hörten, flohen sie den Ort gänzlich.

Und Khayman, der treue Hofmeister des Königs und der Königin, griff sich eine Fackel und eilte seinem Herrn und seiner Herrin zu Hilfe.

Niemand versuchte ihn aufzuhalten. Alle schlichen verängstigt davon. Allein Khayman ging ins Haus.

Es war jetzt stockfinster, abgesehen vom Fackelschein. Und Khayman sah folgendes: Die Königin lag am Boden und wand sich wie im Todeskampf, das Blut strömte aus ihren Wunden, und eine große rötliche Wolke hüllte sie ein; es war, als umgäbe sie ein Wirbel, oder eher, als ob ein Wind zahllose winzige Blutstropfen aufwirbelte. Und mitten in diesem Wirbelwind oder Regen oder wie immer man es bezeichnen sollte, krümmte und wand sich die Königin mit weit aufgerissenen Augen. Der König lag auf dem Rücken ausgestreckt.

Sein ganzer Instinkt riet Khayman, diesen Ort zu verlassen. So weit wegzugehen, wie er konnte. In dem Augenblick wollte er sein Heimatland für immer verlassen. Aber dies war seine Königin, die da lag und nach Luft rang, mit gekrümmtem Rücken, mit den Händen den Boden zerkratzend.

Dann verdichtete sich die große Blutwolke, die sie umhüllte, um sie herum aufquoll und sich zusammenzog, und, ganz plötzlich, verschwand sie, als ob sie von ihren Wunden ausgesogen würde.

Der Körper der Königin wurde ruhig; dann richtete sie sich langsam auf, ihre Augen starrten geradeaus, und ein lauter, gutturaler Schrei brach aus ihr heraus, dann war es still.

Außer dem Knistern der Fackel war kein Laut zu hören, als die Königin Khayman anblickte. Und dann begann die Königin erneut rauh zu keuchen, ihre Augen weiteten sich, und es schien, als würde sie sterben; aber sie starb nicht. Sie beschirmte ihre Augen vor dem hellen Licht der Fackel, als ob es sie schmerzte, und drehte sich um und sah ihren Mann wie tot neben sich liegen.

In ihrer Qual wollte sie es nicht wahrhaben; es konnte nicht sein. Doch im selben Augenblick sah Khayman, daß alle ihre Wunden heilten, und tiefe Schnittwunden waren plötzlich nicht mehr als bloße Kratzer auf ihrer Haut.

›Hoheit!‹ sagte er. Und er ging zu ihr, die sich weinend zusammenkauerte und auf ihre Arme starrte, die von den Dolchstichen zerfleischt gewesen waren, und auf ihre Brüste, die wieder heil waren. Sie wimmerte herzzerreißend, als sie auf diese heilenden Wunden blickte. Und plötzlich zerfetzte sie ihre eigene Haut mit ihren langen Fingernägeln, und das Blut strömte, und doch heilte die Wunde!

›Khayman, mein Khayman!‹ schrie sie und bedeckte ihre Augen, so daß sie die helle Fackel nicht sah. ›Was ist mir widerfahren!‹ Und ihre Schreie wurden lauter und lauter, und fassungslos vor Schrecken warf sie sich auf den König und rief ›Enkil, hilf mir. Enkil, stirb nicht!‹ und all die anderen unsinnigen Dinge, die man während einer Katastrophe daherredet. Und dann, als sie auf den König hinunterstarrte, vollzog sich an ihr eine gespenstische Veränderung, und sie stürzte sich auf den König wie ein hungriges Tier, und sie leckte mit ihrer langen Zunge das Blut auf, das seinen Hals und seine Brust bedeckte.

Khayman hatte solch ein Schauspiel noch nie gesehen. Sie war eine Löwin in der Wüste, die das Blut von einer schwachen Jagdbeute leckte. Ihr Rücken war gebeugt, ihre Knie waren hochgezogen, und sie zog den hilflosen Leichnam des Königs zu sich heran und biß in seine Halsschlagader.

Khayman ließ die Fackel fallen. Er wich halbwegs von der offenen Tür zurück. Doch als er gerade um sein Leben laufen wollte, hörte er die Stimme des Königs. Der König sprach sanft zu ihr. ›Akascha‹, sagte er. ›Meine Königin.‹ Und sie richtete sich auf, sie zitterte, sie weinte, sie starrte auf ihren eigenen Körper und auf seinen Körper, auf ihr glattes Fleisch und auf seines, das immer noch von so vielen Wunden zerrissen war. ›Khayman‹, rief sie. ›Deinen Dolch. Gib ihn mir. Sie haben ihre Waffen mitgenommen. Deinen Dolch. Ich brauche ihn jetzt.‹

Khayman gehorchte sofort, obwohl er sicher war, seinen König nun endgültig sterben zu sehen. Aber die Königin zerschnitt sich mit dem Dolch selbst die Handgelenke und sah zu, wie das Blut hinunter auf die Wunden ihres Mannes floß, und sie sah, wie es diese heilte. Und schreiend vor Erregung verschmierte sie das Blut über sein ganzes zerstochenes Gesicht.

Die Wunden des Königs heilten. Khayman sah es. Khayman sah, wie die klaffenden Wunden sich schlossen. Er sah, wie der König sich herumwarf, die Arme hob und hin und her bewegte. Seine Zunge leckte Akaschas vergossenes Blut auf, das an seinem Gesicht herunterlief. Und dann erhob er sich zur selben tierischen Haltung, die die Königin nur Augenblicke zuvor eingenommen hatte, umarmte seine Frau und öffnete seinen Mund an ihrer Kehle.

Khayman hatte genug gesehen. Im flackernden Licht der erlöschenden Fackel waren diese beiden bleichen Gestalten zur Heimsuchung für ihn geworden, sie waren selbst Dämonen. Er sprang rückwärts aus dem kleinen Haus und gegen die Gartenmauer. Und da, so scheint es, verlor er das Bewußtsein; er spürte das Gras in seinem Gesicht, als er zusammenbrach.

Als er erwachte, fand er sich auf einem goldenen Lager in den Gemächern der Königin liegend. Der ganze Palast war still. Er sah, daß seine Kleider gewechselt, und sein Gesicht und seine Hände gebadet worden waren, und um ihn herum war nur sehr schwaches Licht und süßer Weihrauchduft, und die Türen zum Garten standen offen, als gebe es nichts zu befürchten.

Dann sah er im Halbdunkel den König und die Königin, die auf ihn herabblickten; nur waren das nicht sein König und seine Königin. Schon wollte er aufschreien, so wie er die anderen hatte aufschreien hören; aber die Königin beruhigte ihn.

›Khayman, mein Khayman‹, sagte sie. Sie überreichte ihm seinen schönen Dolch mit dem goldenen Griff. ›Du hast uns so gut gedient.‹

An dieser Stelle unterbrach Khayman seine Geschichte. ›Morgen abend‹, sagte er, ›wenn die Sonne untergeht, werdet ihr selbst sehen, was geschehen ist. Denn dann, und nur dann, wenn alles Licht vom westlichen Himmel verschwunden ist, werden sie gemeinsam in den Räumen des Palastes erscheinen, und ihr werdet sehen, was ich gesehen habe.‹

›Aber warum nur in der Nacht?‹ fragte ich ihn. ›Was hat das zu bedeuten?‹

Und dann erzählte er uns, daß sie, keine Stunde nachdem er aufgewacht und noch bevor die Sonne aufgegangen war, von den offenen Türen des Palastes zurückgewichen waren und geklagt hatten, daß das Licht in ihren Augen weh tat. Sie hatten sich schon von Fackeln und Lampen ferngehalten, und nun schien der Morgen sie zu bedrängen, und es gab keinen Platz im Palast, an dem sie sich verstecken konnten.

Verstohlen, von Decken verhüllt, verließen sie den Palast. Sie rannten mit einer Geschwindigkeit, mit der es kein menschliches Wesen aufnehmen konnte. Sie liefen zu den Mastabas oder Gräbern der alten Familien, die mit Pomp und Zeremonien gezwungen worden waren, ihre Toten zu mumifizieren. Kurz und gut, sie liefen so schnell, daß Khayman ihnen nicht folgen konnte, zu den heiligen Stätten, die niemand entweihen würde. Doch einmal hielt der König an. Er rief den Sonnengott Ra an und bat um Gnade. Dann entschwanden der König und die Königin aus Khaymans Blickfeld; sie weinten, schützten ihre Augen vor der Sonne, jammerten, als ob die Sonne sie verbrannte, obwohl deren Licht noch kaum am Himmel zu sehen war.

›Seitdem sind sie an keinem Tag vor Sonnenuntergang erschienen; sie kommen von den heiligen Grabstätten hierher, aber niemand weiß, woher genau. Tatsächlich warten die Leute jetzt in großer Zahl auf sie, bejubeln sie als Gott und Göttin, als wirkliche Erscheinungen von Osiris und Isis, den Gottheiten des Mondes, und streuen Blumen und verbeugen sich vor ihnen.

Denn weit und breit hat sich die Geschichte verbreitet, daß der König und die Königin durch irgendwelche himmlischen Kräfte den Tod durch die Hände ihrer Feinde besiegt haben; daß sie Götter sind, unsterblich und unbesiegbar, und daß sie auf Grund ihrer göttlichen Kräfte in die Herzen der Menschen sehen können. Kein Geheimnis kann vor ihnen verborgen werden; ihre Feinde werden unverzüglich gestraft; sie können das hören, was man nur im Kopf zu sich selbst spricht. Alle fürchten sie.

Doch wie alle ihre treuen Diener weiß ich, daß sie keine Kerze oder Lampe in ihrer Nähe ertragen, daß sie beim hellen Licht einer Fackel aufschreien und daß sie, wenn sie heimlich ihre Feinde hinrichten, deren Blut trinken! Ich sage euch, sie trinken es. Wie Dschungelkatzen ernähren sie sich von diesen Opfern, und der Raum wirkt hinterher wie die Höhle eines Löwen. Und ich, ihr verläßlicher Hofmeister, bin es, der diese Leichen einsammeln und in die Grube werfen muß.‹ Und dann verstummte Khayman und begann hemmungslos zu weinen.

Aber die Geschichte war zu Ende, und es war fast Morgen. Über den Bergen im Osten ging die Sonne auf, und wir bereiteten uns darauf vor, den gewaltigen Nil zu überqueren. Die Wüste erwärmte sich; Khayman ging ans Ufer des Flusses, als das erste Boot mit Soldaten übersetzte. Er weinte immer noch, als er die Sonne auf den Fluß herabscheinen und das Wasser Feuer fangen sah.

›Der Sonnengott Ra ist der älteste und mächtigste Gott von ganz Kemet‹, flüsterte er. ›Und dieser Gott hat sich gegen sie gewendet. Warum? Insgeheim beweinen sie ihr Schicksal; der Durst macht sie wahnsinnig; sie fürchten, es könnte schlimmer werden, als sie ertragen können. Ihr müßt sie retten. Ihr müßt es für unser Volk tun. Sie haben nicht nach euch geschickt, um euch Vorwürfe zu machen oder Leid zuzufügen. Sie brauchen euch. Ihr seid mächtige Hexen. Bringt diesen Geist dazu, sein Werk rückgängig zu machen.‹ Und als er uns dann ansah und sich an alles erinnerte, was uns widerfahren war, fiel er in Verzweiflung.

Mekare und ich gaben keine Antwort. Das Boot, das uns zum Palast bringen sollte, war jetzt bereit. Und wir blickten über das blinkende Wasser und die riesige Ansammlung bemalter Gebäude, die die königliche Stadt war, und wir fragten uns, welche Folgen diese Greuel am Ende haben sollten.

Als ich ins Boot hinunterstieg, dachte ich an mein Kind, und plötzlich wußte ich, daß ich in Kemet sterben würde. Ich wollte meine Augen schließen und die Geister leise und verstohlen fragen, ob das wirklich geschehen sollte, aber ich traute mich nicht. Ich konnte mir die letzte Hoffnung nicht nehmen lassen.«

Maharet straffte sich.

Jesse sah, wie sie ihre Schultern durchdrückte, sah, wie die Finger ihrer rechten Hand sich auf dem Holz bewegten, sich krümmten und sich wieder öffneten, wie die goldenen Nägel im Schein des Feuers schimmerten.

»Ich möchte euch nicht ängstigen«, sagte sie, und ihre Stimme wurde eintönig. »Aber ihr solltet wissen, daß Die Mutter das große östliche Meer überquert hat. Sie und Lestat sind jetzt näher...«

Jesse spürte den Strom des Entsetzens, der alle am Tisch durchflutete. Maharet blieb starr; sie lauschte, oder vielleicht beobachtete sie; die Pupillen ihrer Augen bewegten sich nur leicht.

»Lestat ruft«, sagte Maharet. »Aber es ist zu schwach, als daß ich Wörter verstehen oder Bilder sehen könnte. Er ist jedoch nicht verletzt, soviel weiß ich, und daß ich nur noch wenig Zeit habe, diese Geschichte zu beenden...«

7

Lestat:
Das Himmelreich

Die Karibik. Haiti. Der Garten Gottes.
Ich stand im Mondschein auf dem Berggipfel, und ich bemühte mich, dieses Paradies nicht zu sehen. Ich versuchte, mir die vorzustellen, die ich liebte. Waren sie immer noch zusammen in jenem Märchenwald aus Mammutbäumen, in dem ich meine Mutter hatte wandeln sehen? Wenn ich doch nur ihre Gesichter sehen oder ihre Stimmen hören könnte. Marius, sei nicht der zornige Vater. Hilf mir! Ich gebe nicht auf, aber ich verliere. Ich verliere meine Seele und meinen Verstand. Mein Herz ist schon verloren. Es gehört ihr.

Aber sie waren außerhalb meiner Reichweite; der meilenweite Abstand trennte uns, und ich hatte nicht die Kraft, diese Entfernung zu überbrücken.

Statt dessen blickte ich auf die frischen grünen Hügel, die von kleinen Farmen durchsetzt waren; eine Bilderbuchwelt voll blühender Blumen im Überfluß, die roten Poinsettien groß wie Bäume. Und auf die ständig sich verändernden Wolken, wie große Segelschiffe getrieben von frischen Winden. Was hatten die ersten Europäer gedacht, als sie auf dieses fruchtbare, von der glitzernden See umgebene Land sahen? Daß dies der Garten Gottes war?

Und dann die Vorstellung, wie sie massenhaft Tod gebracht hatten, so daß die Eingeborenen innerhalb weniger kurzer Jahre verschwunden waren, vernichtet durch Sklaverei, Krankheit und grenzenlose Grausamkeit. Kein einziger Blutsnachfahre jener friedlichen Wesen war übriggeblieben, die diese Luft geatmet und die Früchte, die das Jahr über reiften, von den Bäumen gepflückt und die ihre Besucher möglicherweise für Götter gehalten hatten, die ihre Freundlichkeiten nur erwidern konnten.

Und jetzt Aufruhr und Tod da unten in den Straßen von Port-au-

Prince, ohne daß wir ihn ausgelöst hätten. Es wiederholte sich nur einmal mehr die einförmige Historie dieses blutigen Ortes, an dem seit vierhundert Jahren die Gewalt gediehen war, wie Blumen gedeihen; und doch konnte der Anblick der Hügel, die sich in den Nebel erhoben, einem das Herz brechen.

Aber wir hatten unsere Arbeit gut gemacht, sie, weil sie handelte, und ich, weil ich nichts tat, sie daran zu hindern – in den kleinen Städten entlang der gewundenen Straße, die zu diesem bewaldeten Gipfel führte. Städte aus winzigen, pastellfarbenen Häusern und wild wachsende Bananenstauden und die Menschen so arm, so hungrig. Selbst jetzt sangen die Frauen ihre Hymnen und bestatteten, im Licht ihrer Kerzen und der brennenden Kirche, die Toten.

Wir waren allein. Weit weg vom Ende der schmalen Straße, wo der Wald wieder wuchs und die Ruine dieses alten Hauses verbarg, das einst das Tal wie eine Zitadelle beherrscht hatte. Jahrhunderte, seit die Plantagenbesitzer hier ausgezogen waren; Jahrhunderte, seit sie in diesen verfallenen Räumen getanzt und gesungen und ihren Wein getrunken hatten, während die Sklaven weinten.

Über die Backsteinmauern kletterten die im Mondschein fluoreszierenden Bougainvillea. Und aus dem gefliesten Fußboden war ein großer Baum gewachsen, voller Mondblüten, der mit seinen knorrigen Ästen die letzten Reste der alten Balken verdrängte, die einst das Dach getragen hatten.

Ach, für immer hier zu sein, mit ihr. Und alles andere wäre vergessen. Kein Tod, kein Morden.

Akascha seufzte: »Dies ist das Himmelreich.« In dem kleinen Dorf da unten hatten die Frauen barfuß und mit Keulen in der Hand die Männer gejagt. Und der Voodoo-Priester hatte ihnen seine alten Verwünschungen entgegengeschleudert, als sie ihn auf dem Friedhof erwischten. Ich hatte den Ort des Gemetzels verlassen; ich war allein auf den Berg gestiegen. Ich war geflohen, zornig, unfähig, weiterhin Zeuge zu sein.

Und sie war mir nachgekommen und hatte mich in dieser Ruine gefunden, wo ich mich an etwas hielt, das ich verstehen konnte. Das alte Eisentor, die verrostete Glocke; die mit Wein bewachsenen Backsteinsäulen; Dinge, von Händen gestaltet, die überdauert hatten. Oh, wie sie mich verwöhnt hatte.

Die Glocke, die die Sklaven gerufen hatte, sagte sie; dies war der Wohnort derer gewesen, die diese Erde mit Blut getränkt hatten; warum war ich von den Hymnen einfacher, in Ekstase verfallener Seelen verletzt und hierhergetrieben worden? Würde das immer wieder geschehen? Und hatte es nicht gute Gründe, daß solch ein Haus so verfallen war? Wir hatten gestritten, wie Liebende streiten.

»Ist es das, was du willst?« hatte sie gesagt. »Niemals mehr Blut schmecken?«

»Ich war ein anspruchsloses Wesen; gefährlich, ja, aber anspruchslos. Was ich tat, tat ich, um am Leben zu bleiben.«

»Oh, du machst mich traurig. Solche Lügen. Solche Lügen. Was muß ich tun, damit du begreifst? Du bist so blind, so selbstsüchtig!«

Ich hatte es wieder gesehen, das Leiden in ihrem Gesicht, den plötzlichen Anflug von Verletztheit, der sie so ganz und gar menschlich machte. Ich hatte die Arme nach ihr ausgestreckt.

Und dann hatten wir einander stundenlang in den Armen gelegen; jedenfalls schien es uns so.

Und nun der Frieden und die Ruhe; ich ging vom Abhang zurück, und ich hielt sie wieder im Arm. Als sie zu den gewaltigen, sich auftürmenden Wolken blickte, durch die der Mond sein unheimliches Licht ausgoß, hörte ich sie sagen: »Dies ist das Himmelreich.«

Wie ich jetzt neben ihr stand, die Arme um sie geschlungen, das bedeutete reine Glückseligkeit. Und ich hatte wieder den Nektar getrunken, ihren Nektar, wenn ich auch geweint und gedacht hatte, ach ja, du wirst dich auflösen wie eine Perle im Wein. Du bist verschwunden, du kleiner Teufel – verschwunden, verstehst du –, in ihr. Du bist dabeigestanden und hast zugesehen, wie sie starben; du warst dabei und hast zugesehen.

»Es gibt kein Leben ohne Tod«, flüsterte sie. »Ich bin jetzt die Hoffnung, die einzige Hoffnung auf ein Leben ohne Krieg, die es vielleicht jemals geben wird.« Ich spürte ihre Lippen auf meinem Mund. Ich fragte mich, ob sie je tun würde, was sie in dem Schrein getan hatte. Würden wir uns einschließen und unser erhitztes Blut austauschen?

»Höre auf das Singen in den Dörfern; du kannst es hören.«

»Ja.«

»Und dann horche genau auf die Geräusche aus der Großstadt

dahinten. Weißt du, wieviel Tod es heute nacht in jener Stadt gibt? Wie viele umgebracht worden sind? Weißt du, wie viele noch durch die Hände von Männern sterben werden, wenn wir nichts tun? Wenn wir den Ort nicht nach unseren neuen Vorstellungen gestalten? Weißt du, wie lange dieses Schlachten schon dauert?«

Vor Jahrhunderten, zu meiner Zeit, war dies die reichste Kolonie der französischen Krone gewesen. Reich an Tabak, Indigo, Kaffee. Hier waren mit einer Ernte Vermögen gemacht worden. Und jetzt suchten die Menschen die Erde ab; barfuß gingen sie durch die kotigen Straßen ihrer Städte; in Port-au-Prince bellten die Maschinengewehre; die Toten in farbigen Baumwollhemden türmten sich auf den Pflastersteinen. Kinder schöpften mit Blechdosen Wasser aus dem Rinnstein. Sklaven hatten sich erhoben; Sklaven hatten gewonnen; Sklaven hatten alles verloren.

Aber so war das Schicksal eben, so war die Welt derer, die Menschen sind.

Sie lachte leise. »Und was sind wir? Sind wir nutzlos? Wie rechtfertigen wir, was wir sind? Wie können wir im Hintergrund bleiben und betrachten, was wir nicht ändern wollen?«

»Und was, wenn dein Plan falsch ist«, sage ich, »und die Welt noch schlimmer wird und am Ende nur noch Grauen herrscht – was, wenn das alles undurchführbar ist? Stell dir das vor: all die Männer in ihren Gräbern, die ganze Erde ein Friedhof, ein Scheiterhaufen, und nichts ist besser. Und er ist falsch, dein Plan, falsch.«

»Wer kann dir sagen, daß er falsch ist?«

Ich antwortete nicht.

»Marius?« Wie verächtlich sie lachte. »Ist dir nicht klar, daß es keine Väter mehr gibt?«

»Es gibt Brüder. Und es gibt Schwestern«, sagte ich. »Und unsere Väter und Mütter finden wir ineinander, stimmt das nicht?«

Wieder lachte sie, aber leise.

»Brüder und Schwestern«, sagte sie. »Möchtest du deine wirklichen Brüder und Schwestern sehen?«

Ich hob den Kopf von ihrer Schulter und küßte sie auf die Wange. »Ja. Ich möchte sie sehen.« Mein Herz raste wieder. »Bitte«, sagte ich, während ich ihren Hals und ihre Wangenknochen und ihre geschlossenen Augen küßte. »Bitte.«

»Trink noch einmal«, flüsterte sie. Ich spürte ihren Busen schwellen, ich preßte meine Zähne gegen ihren Hals, und wieder geschah das kleine Wunder, der Schorf brach plötzlich auf, und der Nektar strömte in meinen Mund.

Eine starke Hitzewelle durchflutete mich. Keine Schwerkraft, kein bestimmter Ort, keine Zeit. *Akascha.*

Dann sah ich die Mammutbäume, das Haus, in dem das Licht brannte, den Tisch im obersten Zimmer, um den sie alle saßen, ihre Gesichter, die sich in den dunklen Glaswänden spiegelten, und das flackernde Feuer. *Marius, Gabrielle, Louis, Armand. Sie sind beisammen, und sie sind sicher! Träume ich dies alles? Sie hören einer rothaarigen Frau zu. Und ich kenne diese Frau! Ich habe diese Frau schon gesehen.*

Sie kam in dem Traum von den rothaarigen Zwillingen vor.

Aber ich will dies sehen – diese Unsterblichen, die an dem Tisch versammelt sind. Die junge Rothaarige neben der Frau habe ich auch schon gesehen. Aber da war sie lebendig gewesen. Bei dem Rock-Konzert, während der Raserei, hatte ich den Arm um sie gelegt und ihr in die besessenen Augen gesehen. Ich habe sie geküßt und beim Namen genannt, und es war, als ob sich ein Abgrund unter mir auftat, und ich stürzte hinein in diese Träume von den Zwillingen, an die ich mich nie richtig erinnern konnte. Bemalte Wände, Tempel.

Plötzlich verblaßte das alles. *Gabrielle. Mutter. Zu spät.* Ich war unterwegs, ich wirbelte durch die Dunkelheit.

Du besitzt jetzt alle meine Kräfte. Du mußt sie nur ausbilden. Du kannst Tod bringen, du kannst Materie bewegen, du kannst Feuer entzünden. Du bist jetzt darauf vorbereitet, zu ihnen zu gehen. Aber wir wollen sie ihre Träumerei beenden lassen, ihre dummen Pläne und Diskussionen. Wir wollen ihnen etwas mehr von unserer Macht zeigen...

Nein, bitte, Akascha, bitte, laß uns zu ihnen gehen.

Sie entzog sich mir, sie schlug mich.

Ich taumelte von dem Schlag. Zitternd, kalt, spürte ich, wie der Schmerz sich über meine Gesichtsknochen verbreitete, als wären ihre Finger immer noch daraufgepreßt. Wütend biß ich die Zähne zusammen und ließ den Schmerz anschwellen und dann vergehen. Wütend ballte ich die Fäuste und tat nichts.

Entschlossenen Schritts ging sie über die alten Fliesen, und ihr offenes Haar schwang an ihrem Rücken hin und her. Und dann blieb sie an dem heruntergelassenen Gitter stehen, sie hob leicht die

Schultern, ihr Rücken war gekrümmt, als wollte sie sich zusammenfalten.

Die Stimmen hoben sich; sie erreichten einen Höhepunkt an Lautstärke, bevor ich sie bremsen konnte. Und dann wichen sie zurück, wie Wasser nach einer großen Flut.

Ich sah wieder die Berge um mich herum, ich sah das verfallene Haus. Der Schmerz in meinem Gesicht hatte nachgelassen, aber ich zitterte.

Akascha drehte sich um und blickte mich an, gespannt, mit schlauem Gesichtsausdruck und leicht zusammengekniffenen Augen. »Sie bedeuten dir sehr viel, nicht wahr? Was, glaubst du, werden sie tun oder sagen? Du glaubst, Marius wird mich von meinem Weg abbringen? Ich kenne Marius besser, als du ihn jemals kennen könntest. Ich kenne jede Windung seines Gehirns. Er ist genauso gierig wie du. Wofür hältst du mich, daß du glaubst, ich sei so leicht umzustimmen? Ich bin als Königin geboren worden. Ich habe immer geherrscht; selbst vom Schrein aus habe ich geherrscht.« Ihre Augen waren plötzlich verschleiert. Ich hörte die Stimmen, ein anschwellendes, dumpfes Gemurmel. »Ich herrschte, und wenn es nur in Legenden war, wenn es nur in der Vorstellung derer war, die zu mir kamen und mir huldigten. Prinzen musizierten für mich, brachten mir Opfer dar und beteten mich an. Was verlangst du jetzt von mir? Daß ich dir zuliebe meinem Thron, meiner Bestimmung entsage?«

Was konnte ich antworten?

»Du kannst meine Gedanken lesen«, sagte ich. »Du weißt, was ich möchte; daß du zu ihnen gehst, daß du ihnen die Gelegenheit gibst, wie du sie mir gegeben hast, über diese Dinge zu sprechen. Sie verfügen über Argumente, die mir nicht einfallen. Sie wissen Dinge, die ich nicht weiß.«

»O Lestat, aber ich liebe sie nicht. Ich liebe sie nicht, wie ich dich liebe. Was spielt es also für eine Rolle für mich, was sie sagen? Ich kann sie nicht leiden!«

»Aber du brauchst sie. Das hast du gesagt. Wie kannst du ohne sie anfangen? Richtig anfangen, meine ich, nicht in diesen rückständigen Dörfern, sondern in den Städten, wo die Menschen kämpfen werden. Deine Engel, so hast du sie genannt.«

Sie schüttelte bekümmert den Kopf. »Ich brauche niemanden«,

sagte sie, »außer... Außer...« Sie stockte, und ihr Gesichtsausdruck wurde fassungslos vor lauter Überraschung.

Ich konnte nicht verhindern, daß ich ein leises Geräusch von mir gab, eine leise Äußerung hilflosen Kummers. Ich glaubte zu sehen, wie ihre Augen sich trübten, und es schien, daß die Stimmen sich wieder erhoben, nicht in meinen Ohren, sondern in ihren, und daß sie mich anstarrte, mich aber nicht wahrnahm.

»Aber ich werde euch alle vernichten, wenn es sein muß«, sagte sie abwesend, und ihre Augen suchten mich, ohne mich zu finden. »Glaubt es mir, wenn ich es sage. Dieses Mal werde ich mich nicht geschlagen geben, ich werde keinen Rückzieher machen. Ich werde erleben, wie meine Träume Wirklichkeit werden.«

Ich wandte mich von ihr ab und blickte hinunter auf das Tal. Was hätte ich dafür gegeben, von diesem Alptraum erlöst zu sein. Ich hatte Tränen in den Augen, als ich auf die weiten, dunklen Felder blickte. Aber es gab jetzt kein Entkommen mehr für mich.

Sie stand absolut still und lauschte, und dann blinzelte sie langsam und bewegte die Schultern, als trüge sie eine schwere Last in sich. »Warum kannst du nicht an mich glauben?« sagte sie.

»Gib es auf!« antwortete ich. »Laß ab von all deinen falschen Plänen!« Ich ging zu ihr und faßte sie bei den Armen. Fast abwesend sah sie auf. »Wir stehen hier an einem zeitlosen Ort – und diese armseligen Dörfer, die wir erobert haben, sind noch die gleichen wie seit Tausenden von Jahren. Laß mich dir meine Welt zeigen, Akascha; laß mich dir nur einen winzigen Teil davon zeigen. Komm mit mir in die Städte wie ein Spion; nicht um zu zerstören, sondern um zu sehen!«

Ihre Augen belebten sich wieder, die Müdigkeit wich. Sie umarmte mich, und plötzlich brauchte ich wieder das Blut. Ich konnte an nichts anderes denken, so sehr ich auch dagegen ankämpfte, so sehr ich auch über meine Willensschwäche weinen mußte. Ich brauchte es. Ich brauchte sie, und ich konnte nichts dagegen tun; doch meine alten Träume suchten mich wieder heim, jene alten Geschichten, in denen ich mich sah, wie ich sie weckte, wie ich sie mit in die Opernhäuser nahm und in die Museen und Konzertsäle, in die großen Metropolen und ihre Schatzkammern für alles, was Männer und Frauen durch die Jahrunderte an schönen und unvergänglichen Dingen geschaffen hatten, Kunstwerke, die alle Bosheit, alles Unrecht, alle Fehlbarkeit des Einzelwesens in den Hintergrund drängten.

»Aber was habe ich mit solch erbärmlichen Dingen zu tun, mein Liebster?« flüsterte sie. »Und du willst mich über deine Welt belehren? Ach, welche Nichtigkeit. Ich befinde mich, wie immer schon, außerhalb der Zeitalter.«

Akascha sah mich jetzt mit einem untröstlichen Gesichtsausdruck an. Gram war es, was ich an ihr entdeckte.

»Ich brauche dich!« flüsterte sie. Und zum ersten Mal hatte sie Tränen in den Augen.

Ich konnte es nicht ertragen. Ich fühlte Schauer in mir aufsteigen, wie immer in Augenblicken unerwarteten Schmerzes. Aber sie legte ihre Finger auf meine Lippen, um mich zum Schweigen zu bringen.

»Schon gut, mein Liebling«, sagte sie. »Wenn du willst, werden wir zu deinen Brüdern und Schwestern gehen. Wir werden zu Marius gehen. Aber zuerst laß mich dich noch einmal an mein Herz drücken. Du siehst, ich bin nun einmal, wie ich bin. Das hast du mit deinem Gesang geweckt; das bin ich!«

Ich wollte protestieren, es abstreiten; ich wollte aufs neue den Streit anfangen, der uns entzweien und sie verletzen würde. Aber als ich ihr in die Augen sah, konnte ich keine Worte finden. Und plötzlich verstand ich, was geschehen war.

Ich hatte die Möglichkeit gefunden, sie aufzuhalten; ich hatte den Schlüssel gefunden; er hatte die ganze Zeit vor mir gelegen. Es ging nicht um ihre Liebe zu mir; es ging darum, daß sie mich brauchte, daß sie auf der weiten Welt einen Verbündeten brauchte, eine verwandte Seele, die aus demselben Holz geschnitzt war wie sie. Und sie hatte geglaubt, sie vermöchte mich so zu formen, daß ich würde wie sie, und jetzt wußte sie, daß sie das nicht konnte.

»O nein, du irrst dich«, sagte sie, und ihre Tränen schimmerten. »Du bist lediglich jung und ängstlich.« Sie lächelte. »Du gehörst zu mir. Und wenn es sein muß, mein Prinz, werde ich dich vernichten.«

Ich sagte nichts. Ich konnte nicht. Ich wußte, was ich gesehen hatte; ich wußte es, auch wenn sie es nicht akzeptieren konnte. Während all der langen Jahrhunderte der Bewegungslosigkeit war sie nie allein gewesen, hatte sie nie unter totaler Isolation gelitten. Oh, es war nicht einfach so, daß Enkil an ihrer Seite war oder Marius kam, um ihr seine Opfergaben zu Füßen zu legen; es war etwas Stärkeres, unendlich Bedeutenderes als das; sie hätte niemals ganz allein einen Überzeugungskrieg gegen jene geführt, die sie umgaben.

Die Tränen flossen ihr über die Wangen. Zwei grellrote Streifen. Ihr Mund war schlaff, ihre Augenbrauen waren zu einem finsteren Stirnrunzeln zusammengezogen, und doch war ihr Gesicht noch immer strahlend schön.

»Nein, Lestat«, sagte sie noch einmal. »Du irrst dich. Aber wir müssen das jetzt bis zum Ende führen; wenn sie – alle – sterben müssen, damit du zu mir hältst, so soll es sein.«

Sie breitete die Arme aus, und ich wollte mich ihrer Umarmung entziehen, ich wollte sie beschimpfen, gegen ihre Drohungen angehen; aber ich bewegte mich nicht, als sie näher kam.

Die warme karibische Brise; ihre Hände strichen mir den Rücken hinauf; ihre Finger fuhren mir durchs Haar. Der Nektar strömte erneut in mich hinein und ergoß sich in mein Herz. Und schließlich ihre Lippen an meinem Hals; das plötzliche Eindringen ihrer Zähne in mein Fleisch. Ja! Genau wie vor so langer Zeit im Schrein! Ihr Blut und mein Blut. Und der betäubende Donnerschlag ihres Herzens, ja! Und es war Ekstase, und doch konnte ich mich ihr nicht völlig hingeben; ich konnte es nicht tun, und sie wußte es.

8
Die Geschichte der Zwillinge

SCHLUSS

Wir fanden den Palast genauso vor, wie wir ihn in Erinnerung hatten, oder vielleicht etwas prunkvoller, mit mehr Beute aus eroberten Ländern ausgestattet. Mehr goldgewirkte Tuche, auch mehr leuchtende Malereien, und es standen zweimal so viele Sklaven herum, als wären sie bloßer Zierat, die mageren nackten Körper mit Gold und Juwelen behängt.

Diesmal wurden wir in einer königlichen Klause einquartiert, eingerichtet mit zierlichen Stühlen und Tischen und Platten voller Fleisch und Fisch zum Essen.

Dann, bei Sonnenuntergang, hörten wir Hochrufe, als der König und die Königin im Palast erschienen; der gesamte Hofstaat kam, um sich vor ihnen zu verbeugen, und sang Hymnen auf die Schönheit ihrer bleichen Haut und ihrer schimmernden Haare und auf ihre Körper, die wunderbarerweise von dem Anschlag der Verschwörer genesen waren, und der ganze Palast hallte von diesen Lobpreisungen wider.

Aber als dieses kleine Schauspiel beendet war, wurden wir in das Schlafzimmer des königlichen Paares geführt, und zum ersten Mal erblickten wir im Licht entfernter Lampen mit eigenen Augen die Verwandlung.

Wir sahen zwei bleiche, aber majestätische Wesen, die in jeder Einzelheit genauso aussahen wie zu Lebzeiten, und doch umgab sie eine unheimliche Ausstrahlung. Ihre Haut war keine Haut mehr. Und ihr Geist war nicht mehr nur ihr Geist. Aber prachtvoll waren sie, wie ihr euch wohl alle vorstellen könnt. O ja, prachtvoll, als wäre der Mond vom Himmel heruntergekommen und hätte sie mit seinem Licht geschmückt. Sie standen in vollem Ornat zwischen ihren blendend goldenen Möbeln und sahen uns mit Augen an, die wie

Obsidiane leuchteten. Und dann sprach der König, mit völlig veränderter Stimme, mit einer Stimme, die von Musik übertönt wurde, wie es schien: ›Khayman hat euch erzählt, was uns widerfahren ist‹, sagte er. ›Wir stehen vor euch als die Nutznießer eines großen Wunders, denn wir haben den sicheren Tod besiegt. Wir sind jetzt völlig unabhängig von den Beschränkungen und Bedürfnissen menschlicher Wesen, und wir sehen alles, was uns früher vorenthalten war.‹

Die Königin dagegen verlor augenblicklich die Fassung. In zischendem Flüsterton sagte sie: ›Ihr müßt uns das erklären! *Was hat euer Geist getan?*‹

Wir waren schlimmer von diesen Monstern bedroht denn je, und ich versuchte, Mekare diese Warnung mitzuteilen, doch sofort lachte die Königin. ›Meint ihr, ich weiß nicht, was ihr denkt?‹

Der König bat sie zu schweigen. ›Laß die Hexen ihre Kräfte nutzen‹, sagte er. ›Ihr wißt, daß wir euch immer verehrt haben.‹

›Ja.‹ Die Königin lächelte höhnisch. ›Und ihr habt uns mit diesem Fluch belegt.‹

Ich versicherte sofort, daß wir das nicht getan hatten, daß wir Wort gehalten hatten, als wir das Königreich verließen, daß wir zurück nach Hause gegangen waren. Und während Mekare die beiden schweigend musterte, flehte ich Akascha und Enkil an, zu begreifen, daß der Geist, wenn er das angerichtet hatte, es aus einer eigenen Laune heraus getan hatte.

›Laune!‹, sagte die Königin. ›Was meinst du mit einem Wort wie Laune? Was ist mit uns passiert? Was sind wir?‹ fragte sie wieder. Dann schürzte sie die Lippen, damit wir ihre Zähne sehen konnten. Wir sahen die Fangzähne in ihrem Mund, winzig, aber messerscharf. Und auch der König zeigte uns diese Veränderung.

›Um besser das Blut saugen zu können‹, flüsterte er. ›Wißt ihr, was dieser Durst für uns bedeutet? Wir können ihn nicht stillen! Drei, vier Menschen sterben jede Nacht, um uns zu nähren, aber wir gehen von Durst gequält zu Bett.‹

Die Königin raufte sich die Haare, als wollte sie zu schreien anfangen, aber der König legte die Hand auf ihren Arm. ›Ratet uns, Mekare und Maharet‹, sagte er. ›Denn wir möchten diese Veränderung verstehen und erfahren, wie sie zum Guten genutzt werden könnte.‹

›Ja‹, sagte die Königin, die um Fassung rang. ›Denn so etwas kann sicher nicht ohne Grund geschehen ...‹ Dann verließ sie die Gewißheit, und sie verstummte. Sie, die immer schwach gewesen war und nach Rechtfertigungen gesucht hatte, schien nicht mehr weiter zu wissen, während der König an seinen Illusionen festhielt, wie es Männer oft bis ins hohe Alter tun.

Als sie jetzt schwiegen, trat Mekare vor und legte die Hände auf den König. Sie legte ihm die Hände auf die Schultern und schloß die Augen. In gleicher Weise legte sie die Hände auf die Königin, wenn auch die Königin sie haßerfüllt anstarrte.

›Erzähl uns‹, sagte Mekare und sah die Königin an, ›was genau in jenem Augenblick geschah. Woran erinnert ihr euch? Was habt ihr gesehen?‹

Die Königin schwieg, das Gesicht verzerrt und mißtrauisch. Ihre Schönheit war tatsächlich durch diese Verwandlung noch gewachsen, doch war etwas Abstoßendes an ihr, als sei sie nicht mehr die Blume, sondern die Nachbildung der Blume aus reinem Wachs. Und als sie nachdenklich wurde, wirkte sie finster und bösartig, und instinktiv ging ich dicht an Mekare heran, um sie vor dem zu schützen, was nun geschehen mochte.

Doch dann sprach die Königin: ›Sie kamen, um uns zu töten, die Verräter! Sie wollten den Geistern die Schuld daran geben, das war ihr Plan. Und alles, damit sie wieder Leichen essen konnten, die Leichen ihrer Mütter und Väter und die Leichen derer, die sie so gern jagten. Sie kamen ins Haus, und sie erstachen mich mit ihren Dolchen, mich, ihre allerhöchste Königin.‹ Sie hielt inne, als sähe sie alles wieder vor sich. ›Ich brach zusammen, als sie zustachen, als sie mir ihre Dolche in die Brust bohrten. Mit solchen Verletzungen, wie ich sie davontrug, kann man nicht überleben, und als ich zu Boden stürzte, wußte ich, daß ich tot war! Hört ihr, was ich sage? Ich wußte, daß mich nichts mehr retten konnte. Mein Blut strömte auf den Boden.

Aber selbst als ich die Blutlachen vor mir sah, wußte ich, daß ich mich nicht in meinem verwundeten Körper befand, daß ich ihn schon verlassen hatte, daß der Tod mich ergriffen hatte und mich heftig wie durch einen mächtigen Tunnel aufwärts zog, dahin, wo ich nicht mehr leiden würde.

Ich fürchtete mich nicht; ich fühlte nichts; ich sah hinab und sah mich selbst bleich und blutüberströmt in dem kleinen Haus liegen. Doch es machte mir nichts aus. Ich war frei davon. Aber plötzlich packte mich etwas, ergriff mich ein unsichtbares Wesen! Der Tunnel war verschwunden; ich war in einem riesigen Gespinst wie in einem Fischernetz gefangen. Mit aller Kraft drängte ich dagegen, und es gab unter meiner Kraft nach, aber es zerriß nicht, und es fesselte mich und hielt mich fest, und ich konnte es nicht durchdringen.

Als ich zu schreien versuchte, war ich wieder in meinem Körper! Ich spürte den Schmerz der Wunden, als durchbohrten mich die Messer erneut. Aber dieses Netz, dieses starke Netz, hielt mich immer noch fest, und statt des endlosen Dings, das es vorher gewesen war, hatte es sich jetzt zu einem strafferen Gewebe, einem riesigen Seidenschleier ähnlich, verdichtet.

Und dieses Ding – spürbar und doch unsichtbar – wirbelte um mich herum wie Wind, hob mich hoch, warf mich nieder, rollte mich umher. Das Blut strömte aus meinen Wunden, und es floß in das Gewebe des Schleiers, wie es in das Gewebe jedes beliebigen Stoffes hätte fließen können.

Und was vorher durchsichtig gewesen war, war jetzt blutgetränkt. Und ich sah ein gräßliches Ding, formlos und riesengroß, von meinem Blut durchströmt. Doch zu diesem Ding gehörte etwas anderes, ein Zentrum, so schien es, ein winziges brennendes Zentrum, das sich in mir befand und in meinem Körper tobte wie ein erschrecktes Tier. Es raste durch meine Gliedmaßen und stieß und schlug mich. Ein Herz mit rasenden Beinen. Es kreiste in meinem Bauch, während ich mich zerkratzte. Ich hätte mich selbst aufschneiden können, um dieses Ding aus mir herauszubekommen!

Und es schien, daß der riesige, unsichtbare Teil dieses Dings – die Blutwolke, die mich umgab und einhüllte – von diesem kleinen Zentrum gesteuert wurde, das in mir tobte und hin und her wirbelte, in einem Augenblick in meine Hände und im nächsten in meine Füße raste und dann wieder das Rückgrat hinauf.

Ich starb, sicher starb ich, dachte ich. Dann kam ein Augenblick der Blindheit. Stille. Es hatte mich getötet, da war ich mir sicher. Ich würde wiederauferstehen, oder? Doch plötzlich öffnete ich die Augen; ich richtete mich vom Boden auf, als ob es keinen Anschlag gegeben hätte, und ich sah alles ganz klar! Khayman mit der blendenden Fackel in der Hand; die Bäume im Garten; es war, als hätte ich solch einfache Dinge nie wirklich als das erkannt, was sie waren. Die Schmerzen hatten ganz und gar nachgelassen, sowohl die in mir als auch die der Wunden. Nur das Licht tat meinen Augen weh; ich konnte seine Helligkeit nicht ertragen. Aber ich war vom Tod errettet worden; mein Körper war verschönt und vervollkommnet worden. Außer...‹ Und da hielt sie inne.

Sie starrte vor sich hin, für einen Moment abwesend. Dann sagte sie: ›Alles andere hat euch Khayman erzählt.‹ Sie sah den König an, der neben ihr stand und sie beobachtete; er versuchte zu verstehen, was sie sagte, genau wie wir zu verstehen versuchten.

›Euer Geist‹, sagte sie. ›Er hat versucht, uns zu vernichten. Aber es geschah etwas anderes; irgendeine starke Macht hat eingegriffen und seine diabolische Bösartigkeit besiegt.‹ Dann verließ ihre Sicherheit sie wieder. Die Lügen blieben ihr auf der Zunge. Ihr Gesichtsausdruck war plötzlich kalt und bedrohlich. Und schmeichelnd sagte sie: ›Erklärt es uns, Hexen, weise Hexen. Ihr kennt alle Geheimnisse. Wie ist der Name für das, was wir sind?‹

Mekare seufzte. Sie sah mich an. Ich wußte, daß sie jetzt nicht darüber sprechen wollte. Und die alte Warnung der Geister fiel ihr wieder ein. Der König und die Königin von Ägypten würden uns Fragen stellen, und unsere Antworten würden ihnen nicht gefallen. Wir würden vernichtet werden...

Dann drehte die Königin sich um. Sie setzte sich und ließ den Kopf hängen. Und jetzt, nur jetzt, wurde ihre echte Traurigkeit sichtbar. Der König lächelte uns erschöpft an. ›Wir leiden, Hexen‹, sagte er. ›Wir könnten die Belastung durch diese Veränderung ertragen, wenn wir sie nur besser verstünden. Ihr habt mit allen unsichtbaren Mächten kommuniziert; sagt uns, was ihr über solche Magie wißt; helft uns bitte, denn ihr wißt, daß wir euch nie Leid zufügen, sondern nur der Wahrheit und dem Gesetz Geltung verschaffen wollten.‹

Wir gingen nicht auf die Dummheit dieser Behauptung ein – auf den Wert der Wahrheit, der mittels Massenmord Geltung verschafft wurde und so weiter und so fort. Aber Mekare verlangte, daß nun der König berichten sollte, woran er sich erinnern konnte.

Er sprach von Dingen, die ihr – alle, die ihr hier sitzt – sicher kennt. Wie er starb und wie das Blut seiner Frau schmeckte, das sein Gesicht bedeckt hatte, und wie sein Körper sich belebte und dieses Blut brauchte und wie er es dann von seiner Frau genommen und wie sie es ihm gegeben hatte und wie er dann so wie sie geworden war. Aber bei ihm hatte es keine geheimnisvolle Blutwolke gegeben. Es hatte nichts gegeben, was in seinem Körper sein Unwesen getrieben hatte. ›Der Durst ist unerträglich‹, sagte er uns. ›Unerträglich.‹ Und auch er senkte den Kopf.

Mekare und ich sahen uns einen Moment lang schweigend an, und wie immer sprach Mekare zuerst: ›Wir kennen keinen Namen für das, was ihr seid‹, sagte sie. ›Wir kennen keine Berichte, daß so etwas jemals zuvor auf dieser Welt geschehen ist. Aber es ist wohl klar, was vorgefallen ist.‹ Sie richtete ihren Blick auf die Königin. ›Als du deinen eigenen Tod beobachtetest, versuchte deine Seele, schnell dem Leiden zu entfliehen, wie es Seelen häufig tun. Aber als sie aufhuhr, ergriff der Geist Amel sie, der unsichtbar ist, wie es deine Seele war, und normalerweise hättest du dieses erdgebundene Wesen leicht überwinden und die Gefilde erreichen können, über die wir nichts wissen.

Aber dieser Geist hatte vor langer Zeit eine Veränderung in sich bewirkt, die völlig neu war. Dieser Geist hatte das Blut von Menschen geschmeckt, in die er eingedrungen war oder die er gequält hatte, wie ihr selbst es erlebt habt. Und dein Körper, der da lag und trotz seiner vielen Verletzungen voller Blut war, hatte immer noch Leben in sich.

Also drang der dürstende Geist, dessen unsichtbare Gestalt immer noch mit deiner Seele verbunden war, in deinen Körper ein.

Du hättest immer noch siegen und dieses böse Wesen vertreiben können, wie es Besessene oft tun. Doch dann war das winzige Herz dieses Geistes – die Substanz, die das tosende Zentrum aller Geister ist, aus der ihre Energie kommt – plötzlich so mit Blut angefüllt wie nie zuvor.

Und so wurde die Vereinigung von Blut und ewigem Zellgewebe millionenfach verstärkt und beschleunigt, und Blut durchfloß seinen ganzen Körper, den materiellen und den immateriellen, und das war die Blutwolke, die du gesehen hast.

Am bedeutsamsten freilich ist der Schmerz, den du gespürt hast, der Schmerz, der sich durch deine Gliedmaßen bewegte. Denn als unausweichlicher Tod deinen Körper befiel, verschmolz wohl das kleine Herz des Geistes mit dem Fleisch deines Körpers, ganz so, wie sich seine Energie schon mit deiner Seele vereinigt hatte. Es fand eine bestimmte Stelle oder ein Organ, und Materie verschmolz mit Materie, wie schon Geist mit Geist verschmolzen war, und etwas Neues entstand.‹

›Sein Herz und mein Herz‹, flüsterte die Königin. ›Sie wurden eins.‹ Sie schloß die Augen und hob die Hand und legte sie sich auf die Brust.

Wir sagten nichts, denn das schien eine Vereinfachung zu sein, und wir glaubten nicht, daß das Herz der Sitz von Intellekt oder Gefühl war. Für uns war es immer das Gehirn gewesen, das diese Dinge lenkte. Und in diesem Moment befiel Mekare und mich die schreckliche Erinnerung an das Herz und Hirn unserer Mutter, wie es auf den Boden geschleudert und in Asche und Staub zertrampelt worden war.

Aber wir kämpften gegen diese Gedanken an. Es war unerträglich, daß diese Qual von jenen mit angesehen werden sollte, die sie verursacht hatten.

Der König bedrängte uns mit einer Frage. ›Schön und gut‹, sagte er, ›ihr habt uns erklärt, was Akascha zugestoßen ist. Der Geist ist in ihr, möglicherweise hat sich Herz mit Herz vereinigt. Aber was ist mit mir? Ich habe nicht solche Schmerzen verspürt, keinen solch rasenden Dämon. Ich fühlte... Ich fühlte nur den Durst, als ihre bluttriefenden Hände meine Lippen berührten.‹ Er sah seine Frau an.

Es war offensichtlich, wieviel Scham und Grausen sie wegen des Durstes empfanden.

›Derselbe Geist ist auch in dir‹, antwortete Mekare. ›Es gibt nur einen Amel. Sein Herz wohnt in der Königin, aber er ist auch in dir.‹

›Aber wie kann er vertrieben werden?‹ verlangte Akascha zu wissen.

›Ja. Wie können wir ihn bewegen, uns zu verlassen?‹ fragte auch der König.

Keiner von uns mochte antworten. Wir wunderten uns, daß die Antwort den beiden nicht klar war. ›Vernichte deinen Körper‹, sagte Mekare schließlich zur Königin. ›Dann wird er vernichtet werden.‹

Der König sah Mekare ungläubig an. ›Ihren Körper vernichten!‹ Hilflos sah er seine Frau an.

Doch Akascha lächelte nur verbittert. Die Worte kamen für sie nicht überraschend. Eine ganze Weile sagte sie nichts. Sie sah uns lediglich voll offenen Hasses an, dann schaute sie den König an. Als sie uns wieder anblickte, stellte sie die Frage. ›Wir sind tote Wesen, nicht wahr? Wir können nicht leben, wenn er uns verläßt. Wir essen nicht, wir trinken nichts außer dem Blut, das er braucht; unsere Körper scheiden keine Abfallstoffe mehr aus; wir haben uns seit jener schrecklichen Nacht in keiner Hinsicht verändert; wir leben nicht mehr.‹

Mekare antwortete nicht. Ich wußte, sie beobachtete Akascha und Enkil, sie bemühte sich, ihre Gestalten nicht wie ein Mensch, sondern wie eine Hexe zu betrachten, Ruhe und Stille um sie herum einkehren zu lassen, damit sie die schwachen, unwahrnehmbaren Erscheinungen an ihnen erkennen konnte, die sich der normalen Betrachtung entzogen. Sie fiel in Trance, als sie sie ansah und lauschte. Und als sie sprach, klang ihre Stimme matt, leblos: ›Er arbeitet an euren Körpern; er arbeitet und arbeitet, wie Feuer an dem Holz arbeitet, das es verzehrt; wie Würmer am Kadaver eines Tieres arbeiten. Er arbeitet und arbeitet, und seine Arbeit ist unumgänglich; sie ist die Fortsetzung der Vereinigung, die stattgefunden hat; deshalb tut die Sonne ihm weh, denn er braucht seine ganze Energie, um zu tun, was er tun muß, und kann die Sonnenhitze auf sich nicht ertragen.‹

›Nicht einmal das helle Licht einer Fackel‹, seufzte der König.

›Zeitweilig nicht einmal eine Kerzenflamme‹, sagte die Königin.

›Ja‹, sagte Mekare und schüttelte endlich die Trance ab. ›Und ihr seid tot‹, flüsterte sie. ›Und dennoch lebt ihr! Wenn die Wunden so verheilten, wie ihr sagt, wenn du den König so erweckt hast, wie du sagst, nun, dann könntet ihr den Tod überwunden haben. Das heißt, wenn ihr die brennenden Sonnenstrahlen meidet.‹

›Nein, das kann nicht so weitergehen!‹, sagte der König. ›Der Durst, ihr wißt nicht, wie schrecklich der Durst ist.‹

Doch die Königin lächelte wieder nur verbittert. ›Dies sind jetzt keine lebenden Körper mehr. Es sind Wirte für diesen Dämon.‹ Ihre Lippen bebten, als sie uns ansah. ›Entweder das, oder wir sind wirklich Götter!‹

›Antwortet uns, Hexen‹, sagte der König. ›Könnte es sein, daß wir jetzt göttliche Wesen sind, gesegnet mit Gaben, derer nur Götter teilhaftig werden?‹ Er lächelte, als er es sagte; er wollte es so gern glauben. ›Könnte es nicht sein, daß unsere Götter eingriffen, als euer Dämon uns zu vernichten suchte?‹

Ein böses Leuchten erschien in den Augen der Königin. Wie sehr sie diese Vorstellung liebte! Aber sie glaubte nicht daran..., nicht wirklich.

Mekare sah mich an. Sie wollte, daß ich vortrat und die beiden berührte, wie sie es getan hatte. Es gab noch etwas, das sie sagen wollte, doch sie war nicht überzeugt davon. Und tatsächlich verfügte ich über eine geringfügig stärkere Intuition, wenn auch weniger über die Gabe der Rede.

Ich trat hervor; ich berührte die weiße Haut, obwohl sie mich abstieß, wie sie mich wegen all dessen abstießen, was sie uns und unserem Volk angetan hatten. Ich berührte sie und trat dann zurück und schaute sie an, und ich sah die Arbeit, von der Mekare gesprochen hatte, ich konnte es sogar hören, das unermüdliche Wirbeln des Geistes in ihnen. Ich beruhigte meine Gedanken, ich reinigte sie von allen Vorurteilen und aller Angst, und als dann die Ruhe der Trance sich in mir vertiefte, gestattete ich mir zu sprechen.

›Er will mehr Menschen‹, sagte ich. Ich sah Mekare an. Das war es, was sie befürchtet hatte.

›Wir opfern ihm, soviel wir können!‹ stieß die Königin hervor. Und die außergewöhnlich leuchtende Schamröte überzog wieder ihre bleichen Wangen. Und auch das Gesicht des Königs färbte sich. Und da begriff ich, genau wie Mekare, daß sie in Ekstase gerieten, wenn sie Blut tranken. Nie zuvor hatten sie solchen Genuß gekannt, nicht im Bett, nicht an der Festtafel, nicht, wenn sie von Bier oder Wein trunken waren. Daher die Scham. Es war nicht das Töten, es war die widerliche Ernährung. Es war der Genuß.

Aber sie hatten mich mißverstanden. ›Nein‹, erklärte ich. ›Er will mehr von eurer Art. Er will andere befallen und sie zu Bluttrinkern machen wie den König; er ist zu ungeheuerlich, um in zwei kleinen Körpern eingeschlossen zu sein. Der Durst wird nur erträglich werden, wenn ihr andere zu dem macht, was ihr seid, denn die werden die Last mit euch teilen.‹

›Nein!‹ rief die Königin. ›Das ist undenkbar.‹

›Sicherlich kann es so einfach nicht sein‹, erklärte der König. ›Wir sind beide im gleichen schrecklichen Moment entstanden, als unsere Götter mit diesem Dämon kämpften. Womöglich, als unsere Götter kämpften und siegten.‹

›Ich glaube nicht‹, sagte ich.

›Willst du sagen‹, fragte die Königin, ›daß auch andere, wenn wir sie mit unserem Blut nähren, so infiziert werden?‹ Aber sie erinnerte sich jetzt an jede Einzelheit der Katastrophe. Ihr Mann starb, sein Herz schlug nicht mehr, und dann sickerte das Blut in seinen Mund.

›Ich habe doch nicht genug Blut in mir, um so etwas zu tun‹, erklärte sie. ›Ich bin nur, was ich bin.‹ Dann dachte sie an den Durst und all die Körper, die ihn gelöscht hatten.

Und wir erkannten den springenden Punkt; daß sie ihrem Mann das Blut ausgesaugt hatte, bevor er es von ihr zurückbekam, und dadurch war die Sache möglich geworden; dadurch und durch die Tatsache, daß der König an der Schwelle des Todes stand und höchst empfänglich war, während sein Geist sich von ihm losriß und jederzeit von den unsichtbaren Fangarmen Amels eingefangen werden konnte.

Natürlich lasen beide unsere Gedanken.

›Ich glaube nicht, was ihr sagt‹, sagte der König. ›Die Götter würden es nicht zulassen. Wir sind der König und die Königin von Kemet. Bürde oder Segen, dieser Zauber war allein für uns gedacht.‹

Kurzes Schweigen. Dann sprach er weiter, sehr ernsthaft. ›Versteht ihr nicht, Hexen? Das war Bestimmung. Wir sollten in eure Länder einfallen und euch und diesen Dämon hierherbringen, damit uns dies geschehen konnte. Wir leiden, sicher, aber wir sind jetzt Götter; dies ist ein heiliger Brand, und wir müssen für das danken, was uns widerfahren ist.‹

Ich versuchte, Mekare am Sprechen zu hindern. Ich umfaßte ihre Hand fest. Aber sie wußten schon, was sie sagen wollte. Nur ihre Sicherheit störte sie.

›Er könnte sehr wohl in jedermann einfahren‹, sagte sie, ›wenn die Voraussetzungen gegeben sind, wenn der Mann oder die Frau geschwächt ist und stirbt, so daß der Geist seine Herrschaft antreten kann.‹

Schweigend starrten sie uns an. Der König schüttelte den Kopf, und die Königin wandte sich voller Abscheu ab. Doch dann flüsterte der König: ›Wenn das so ist, dann könnten andere versuchen, das von uns zu übernehmen!‹

›O ja‹, flüsterte Mekare. ›Wenn es sie unsterblich macht? Sehr wahrscheinlich. Denn wer möchte nicht ewig leben?‹

Der Gesichtsausdruck des Königs veränderte sich. Er lief in der Kammer auf und ab. Er sah seine Frau an, die vor sich hin starrte wie jemand, der verrückt wird, und sagte sehr bedacht: ›Dann wissen wir, was wir zu tun haben. Wir können kein Geschlecht solcher Ungeheuer heranzüchten. Nein.‹

Aber die Königin preßte sich die Hände auf die Ohren und begann zu kreischen. Dann schluchzte sie, und schließlich brüllte sie in ihrem Schmerz, und ihre Finger krümmten sich zu Klauen, als sie zur Decke hinaufsah.

Mekare und ich zogen uns bis zur Wand des Zimmers zurück und hielten uns dicht beieinander. Und dann begann Mekare zu zittern und auch zu weinen, und ich fühlte, wie mir Tränen in die Augen stiegen.

›Ihr habt uns das angetan!‹ brüllte die Königin, und noch nie hatten wir eine menschliche Stimme solche Lautstärke erreichen hören. Und als sie jetzt toll wurde und alles im Zimmer zertrümmerte, erkannten wir die Kraft Amels in ihr, denn sie tat Dinge, zu denen kein Mensch fähig war. Sie schleuderte Spiegel an die Decke, die vergoldeten Möbel zersplitterten unter ihren Fäusten. ›Seid auf ewig in die Unterwelt zu den Dämonen und Bestien verdammt für das, was ihr uns angetan habt!‹ verfluchte sie uns. ›Greuelwesen. Hexen. Ihr und euer Dämon! Ihr sagt, ihr habt dieses Wesen nicht zu uns geschickt! Aber in Gedanken habt ihr es getan. Ihr habt diesen Dämon geschickt! Und er konnte, genau wie ich jetzt, in euren Gedanken lesen, daß ihr uns Böses wünschtet!‹

Und der König schloß sie in die Arme und beruhigte sie und küßte sie und erstickte ihr Schluchzen an seiner Brust.

Schließlich befreite sie sich von ihm. Sie starrte uns an, ihre Augen waren blutunterlaufen. ›Ihr lügt!‹ sagte sie. ›Ihr lügt, wie früher eure Dämonen gelogen haben. Glaubt ihr, so etwas kann geschehen, wenn es nicht geschehen soll?‹ Sie wandte sich dem König zu. ›Oh, begreifst du nicht, daß wir Narren waren, auf diese einfachen Sterblichen zu hören, die nicht über solche Kräfte verfügen wie wir! Ach, wir sind noch junge Gottheiten und müssen lernen, die himmlischen Absichten zu verstehen. Und unsere Bestimmung ist sicher eindeutig, das erkennen wir an den Gaben, die wir besitzen.‹

Wir reagierten nicht auf das, was sie gesagt hatte. Die Warnung meiner Mutter fiel mir vielmehr wieder ein, und ich erinnerte mich wieder an all unsere Leiden. Und dann überkamen mich solche Gedanken – der Wunsch nach Vernichtung des Königs und der Königin –, daß ich mein Gesicht mit den Händen bedecken und mich schütteln und meine Gedanken zu ordnen versuchen mußte, um mich nicht ihrem Zorn auszusetzen.

Aber die Königin beachtete uns überhaupt nicht, außer daß sie ihren Wachen zurief, uns auf der Stelle gefangenzunehmen, und daß sie erklärte, sie würde in der folgenden Nacht vor dem versammelten Hofstaat das Urteil über uns sprechen.

Sofort wurden wir ergriffen, und die Soldaten schleppten uns unsanft fort und warfen uns wie gewöhnliche Gefangene in eine dunkle Zelle.

Mekare umarmte mich und flüsterte mir zu, daß wir bis Sonnenaufgang nichts denken durften, was uns schaden könnte; wir müßten die alten Lieder singen, die wir kannten, und auf und ab gehen, so daß wir nicht einmal Träume träumen konnten, die den König und die Königin erzürnen würden, denn sie hatte Todesangst.

Ich hatte Mekare wirklich noch nie so in Angst gesehen. Mekare war immer die gewesen, die zornig tobte, und ich die, die zauderte und sich die schrecklichsten Dinge vorstellte.

Als es schließlich dämmerte und sie sicher war, daß der König und die Königin ihre geheime Zuflucht aufgesucht hatten, brach sie in Tränen aus.

›Ich war es, Maharet‹, sagte sie. ›Ich war es. Ich habe ihn zu ihnen geschickt. Ich habe mich bemüht, es nicht zu tun, aber Amel las meine Gedanken. Es war genau so, wie die Königin sagte.‹

Ihre Selbstanklagen nahmen kein Ende, sosehr ich auch versuchte, sie zu trösten. Ich sagte ihr, daß keiner von uns steuern konnte, was in unseren Herzen vorging, daß Amel uns einst das Leben gerettet hatte, daß keiner diese schrecklichen Möglichkeiten, diese Weggabelungen erahnen konnte und daß wir jetzt alle Schuldgefühle vertreiben und nur auf die Zukunft blicken mußten. Wie konnten wir diesem Ort entkommen? Wie konnten wir diese Ungeheuer dazu bewegen, uns freizulassen? Unsere guten Geister würden sie jetzt nicht mehr schrecken, auf keinen Fall; wir mußten nachdenken; wir mußten planen; wir mußten etwas tun.

Endlich geschah das, worauf ich insgeheim gehofft hatte: Khayman erschien, aber er war noch dünner und abgespannter als vorher.

›Ich glaube, meine Rothaarigen, ihr seid verloren‹, sagte er. ›Ihr habt den König und die Königin mit dem, was ihr ihnen gesagt habt, in eine schwierige Lage gebracht; vor Morgengrauen gingen sie zum Osiris-Tempel, um zu beten. Könntet ihr ihnen nicht irgendwie Hoffnung machen, daß alles wieder gut wird? Irgendeine Hoffnung, daß dieses Grauen ein Ende nimmt?‹

›Eine Hoffnung gibt es, Khayman‹, flüsterte Mekare. ›Die Geister seien meine Zeugen, ich sage nicht, daß du es tun sollst. Ich beantworte nur deine Frage. Wenn du das beenden willst, mußt du das Ende des Königs und der Königin herbeiführen. Finde ihr Versteck, und laß die Sonne auf sie scheinen, die Sonne, die ihre neuen Körper nicht ertragen können.‹

Doch er wandte sich ab, entsetzt von der Vorstellung solchen Verrats. Dann drehte er sich wieder um und seufzte und sagte: ›Ach, meine lieben Hexen. Solche Dinge habe ich erlebt. Und doch wage ich nicht, so etwas zu tun.‹

Die Stunden vergingen, und wir litten Qualen, denn sicher würden wir getötet werden. Aber es gab kein Bedauern mehr in uns über das, was wir gesagt oder getan hatten. Und als wir uns in der Dunkelheit in den Armen lagen, sangen wir wieder die alten Lieder aus unserer Kindheit, die Lieder unserer Mutter. Ich dachte an meine kleine Tochter und versuchte, zu ihr zu kommen, mich geistig von diesem Ort zu erheben und ihr nahe zu sein, aber ohne den Zaubertrank konnte ich es nicht. Ich hatte diese Fähigkeit nie erlernt.

Schließlich wurde es dunkel. Und bald hörten wir die Menge Hymnen singen, als der König und die Königin nahten. Die Soldaten holten uns. Wir wurden auf den großen Innenhof des Palastes gebracht, wie schon früher. Hier hatte Khayman uns ergriffen, hier waren wir entehrt worden, und vor dieselben Zuschauer wurden wir jetzt gebracht, wieder mit gefesselten Händen.

Nun war es Nacht, und die Lampen in den Arkaden des Hofs waren heruntergebrannt, und ein unheimliches Licht beschien die vergoldeten Lotusblüten an den Säulen. Schließlich bestiegen der König und die Königin die Estrade, und alle Anwesenden fielen auf die Knie. Die Soldaten zwangen uns zur selben Unterwürfigkeit. Und dann trat die Königin vor und sprach.

Mit bebender Stimme teilte sie ihren Untertanen mit, daß wir abscheuliche Hexen seien und daß wir den Dämon auf dieses Königreich losgelassen hätten, der erst kürzlich Khayman gequält und seinen bösartigen Mutwillen selbst am König und der Königin versucht habe. Doch siehe, der große Gott Osiris, der älteste aller Götter und sogar mächtiger als der Gott Ra, habe die teuflische Macht niedergeschlagen und den König und die Königin zu himmlischen Ehren emporgehoben.

Aber der große Gott könne die Hexen, die sein geliebtes Volk so sehr geplagt hätten, nicht mit Wohlwollen betrachten. Und er verlange, daß keine Gnade walten solle.

›Mekare, wegen deiner boshaften Lügen und deines Umgangs mit Dämonen‹, sagte die Königin, ›soll dir die Zunge aus dem Mund gerissen werden. Und Maharet, wegen des Bösen, das du beschworen hast und uns glauben machen wolltest, sollen dir die Augen ausgerissen werden! Und die ganze Nacht über sollt ihr aneinandergefesselt sein, damit ihr gegenseitig euer Weinen hören könnt, die eine unfähig zu sprechen, die andere unfähig zu sehen. Und dann, morgen mittag, sollt ihr vor den Augen des ganzen Volkes auf dem Platz vor dem Palast lebendig verbrannt werden.

Denn wisset, nie soll jemals solch Böses die Oberhand gewinnen gegen die Götter Ägyptens und ihren auserwählten König und seine Königin. Denn die Götter haben uns mit Wohlwollen und besonderer Gunst betrachtet, und wir sind wie Himmelskönig und Himmelskönigin, und unser Schicksal dient dem allgemeinen Wohl.‹

Ich war sprachlos, als ich das Urteil hörte; meine Angst, mein Kummer waren mir nicht greifbar. Doch Mekare schrie sofort trotzig auf. Sie erschreckte die Soldaten, als sie sich befreite und vortrat. Ihre Augen waren auf die Sterne gerichtet, als sie sprach. Und in das entsetzte Geflüster des Hofs hinein erklärte sie: ›Die Geister seien meine Zeugen; denn sie wissen um die Zukunft – was geschehen wird, und was ich tun werde. Die Königin der Verdammten, das bist du! Deine einzige Bestimmung ist das Böse, wie du sehr wohl weißt! Aber ich werde dich aufhalten, und wenn ich dazu von den Toten auferstehen muß! Und in der Stunde der größten Gefahr durch dich werde ich es sein, die dich besiegt. Ich werde es sein, die dich vernichtet. Präge dir mein Gesicht gut ein, denn du wirst mich wiedersehen!‹

Und kaum hatte sie diesen Schwur, diese Prophezeiung ausgesprochen, kamen die Geister und entfesselten einen Sturm, und die Türen des Palastes wurden aufgerissen, und Wüstensand durchsetzte die Luft.

Von den panisch erschreckten Höflingen erklangen Schreie. Aber die Königin rief den Soldaten zu: ›Schneidet ihr die Zunge heraus, wie ich es euch befohlen habe!‹ Und obwohl die Höflinge sich entsetzt an die Wände drängten, kamen die Soldaten und ergriffen Mekare und schnitten ihr die Zunge heraus.

Mit eisigem Entsetzen sah ich es geschehen; ich hörte ihr Keuchen, als es geschah. Und dann stieß sie sie mit ihren gefesselten Händen erstaunlich ungestüm beiseite und kniete nieder und riß die blutige Zunge an sich und verschluckte sie, bevor jemand darauf herumtrampeln oder sie wegwerfen konnte.

Darauf ergriffen die Soldaten mich.

Das letzte, was ich sah, war Akascha, die leuchtenden Auges mit dem Finger auf mich wies. Und dann Khaymans entsetztes Gesicht, Khayman, dem die Tränen über die Wangen strömten. Die Soldaten umklammerten meinen Kopf und stießen meine Augenlider zurück und rissen alle Sehkraft aus mir, und ich weinte lautlos.

Dann spürte ich plötzlich, wie mich eine warme Hand ergriff, und ich fühlte etwas an meinen Lippen. Khayman hatte meine Augen, Khayman drückte sie mir an die Lippen. Und ich verschluckte sie sogleich, damit sie nicht geschändet würden oder verlorengingen.

Der Sturm wurde heftiger, Sand umwirbelte uns, und ich hörte die Höflinge in alle Richtungen davonlaufen; einige husteten, andere keuchten, und viele weinten, als sie flohen, während die Königin ihre Untertanen beschwor, Ruhe zu bewahren. Ich drehte mich um und tastete nach Mekare, und ich spürte, wie sie ihren Kopf an meine Schulter legte, ihr Haar an meiner Wange.

›Verbrennt sie jetzt!‹ befahl der König.

›Nein, es ist zu früh‹, sagte die Königin, ›laßt sie leiden.‹

Und wir wurden fortgebracht und aneinandergefesselt und schließlich auf dem Boden der engen Zelle allein gelassen.

Die Geister tobten stundenlang um den Palast, doch der König und die Königin trösteten ihr Volk und sagten, niemand müsse sich fürchten. Am Mittag des nächsten Tages würde das Königreich von allem Bösen befreit sein, und bis dahin sollten die Geister nur tun, was sie wollten.

Endlich war es ruhig und still, während wir beieinanderlagen. Außer dem König und der Königin schien sich niemand mehr im Palast zu bewegen. Selbst unsere Wachen schliefen.

Und das sind die letzten Stunden meines Lebens, dachte ich. Mekare wird morgen mehr leiden als ich, denn sie wird mich brennen sehen, während ich sie nicht sehen kann, und sie kann noch nicht einmal aufschreien. Ich hielt Mekare fest. Sie legte ihren Kopf an meine Brust. So vergingen die Minuten.

Schließlich, es muß etwa drei Stunden vor dem Morgen gewesen sein, hörte ich Geräusche vor der Zelle. Etwas Gewaltsames geschah; der Wachposten gab einen kurzen Schrei von sich und fiel dann zu Boden; der Mann war erschlagen worden. Mekare rührte sich neben mir. Ich hörte, wie der Riegel zurückgeschoben wurde und die Türangeln knarrten. Dann schien es mir, als hörte ich ein Geräusch von Mekare, etwas wie ein Stöhnen.

Jemand war in die Zelle gekommen, und meine Intuition sagte mir, daß es Khayman war. Als er unsere Fesseln durchschnitt, ergriff ich seine Hand. Aber im gleichen Moment dachte ich, das ist nicht Khayman! Und dann begriff ich. ›Sie haben es mit dir getan! Sie haben es auf dich übertragen!‹

›Ja‹, flüsterte er, und seine Stimme war voller Zorn und Bitterkeit und hatte einen neuen Klang angenommen, einen unmenschlichen

Klang. ›Sie haben es getan. Um es auszuprobieren, haben sie es getan. Um zu sehen, ob ihr die Wahrheit gesprochen habt. Sie haben dieses Böse auf mich übertragen.‹ Er schien zu schluchzen; ein rauhes, trockenes Geräusch kam aus seiner Brust. Und ich konnte die ungeheure Kraft seiner Finger spüren, denn obwohl er mir nicht weh tun wollte, schmerzte sein Händedruck.

›O Khayman‹, sagte ich weinend. ›Welch ein Verrat von denen, denen du so treu gedient hast!‹

›Hört mir zu, Hexen‹, sagte er mit zorniger Stimme. ›Wollt ihr morgen vor dummem Pöbel in Feuer und Rauch sterben, oder wollt ihr dieses Böse bekämpfen? Wollt ihr ihm ebenbürtig und sein Feind in dieser Welt sein? Denn was widersteht der Gewalt mächtiger Menschen, wenn nicht die anderen von gleicher Stärke? Was bremst den Krieger, wenn nicht ein ebenso mutiger Kämpfer? Hexen, wenn sie das an mir ausführen konnten, kann ich es dann nicht an euch tun?‹

Ich wich vor ihm zurück, doch er wollte mich nicht lassen. Ich wußte nicht, ob es möglich war. Ich wußte nur, daß ich es nicht wollte.

›Maharet‹, sagte er, ›sie werden sich eine Rasse kriecherischer Gehilfen heranzüchten, wenn sie nicht überwältigt werden, und wer könnte sie überwältigen außer denen, die genauso mächtig sind wie sie selbst!‹

›Nein, eher will ich sterben‹, sagte ich, doch als ich die Worte ausgesprochen hatte, dachte ich an die Flammen, die uns erwarteten. Aber nein, es war unverzeihlich. Morgen würde ich zu meiner Mutter gehen; ich würde für immer von hier fortgehen, und nichts konnte mich halten.

›Und du, Mekare?‹ hörte ich ihn sagen. ›Willst du dafür sorgen, daß dein Fluch in Erfüllung geht? Oder sterben und es den Geistern überlassen, die euch von Anfang an im Stich gelassen haben?‹

Der Sturm erhob sich erneut und heulte um den Palast; ich hörte die Außentüren klappern; ich hörte, wie der Sand gegen die Mauern gepeitscht wurde. Diener rannten durch entfernte Gänge, Schlafende erhoben sich von ihren Betten. Ich konnte das schwache, hohle und unirdische Wehklagen der Geister hören, die ich so sehr liebte.

›Seid still‹, sagte ich. ›Ich werde es nicht mitmachen. Ich werde dieses Böse nicht in mich einlassen.‹

Aber als ich dakniete, den Kopf an die Wand gelehnt, und daran dachte, daß ich sterben und irgendwie den Mut dazu finden mußte, bemerkte ich, daß der unaussprechliche Zauber innerhalb der Mauern dieser engen Zelle erneut ausgeübt wurde. Während die Geister noch darüber herzogen, hatte Mekare sich entschieden. Ich streckte den Arm aus und fühlte diese zwei Gestalten, Mann und Frau, miteinander verschmolzen wie Liebende; und als ich mich bemühte, sie zu trennen, schlug Khayman mich, streckte mich bewußtlos nieder.

Sicher vergingen nur Minuten. Irgendwo in der Finsternis weinten die Geister. Die Geister kannten das endgültige Ergebnis früher als ich. Der Sturm ließ nach, die Finsternis wurde still, der Palast war ruhig.

Die kalten Hände meiner Schwester berührten mich. Ich hörte ein seltsames Geräusch wie Lachen; kann man ohne Zunge lachen? Ich traf keine echte Entscheidung; ich wußte nur, daß wir unser ganzes Leben lang gleich gewesen waren, Zwillinge und Spiegelbilder, zwei Körper und eine Seele, so schien es. Und jetzt saß ich in der heißen, totalen Dunkelheit dieses engen Raumes und lag in den Armen meiner Schwester, und zum ersten Mal war sie verändert, und wir waren nicht mehr ein Wesen – und waren es doch. Und dann fühlte ich ihren Mund an meinem Hals; ich spürte, wie sie mich verletzte; und Khayman nahm sein Messer und nahm ihr die Arbeit ab, und ich wurde ohnmächtig.

Oh, diese himmlischen Sekunden; diese Augenblicke, in denen ich im Geist wieder das liebliche Licht des silbernen Himmels sah und meine Schwester vor mir lächelte und ihre Arme in den Regen hob. Wir tanzten gemeinsam im Regen, und unser ganzes Volk war bei uns, und unsere bloßen Füße versanken im nassen Gras, und als der Donner grollte und der Blitz den Himmel zerriß, war es, als seien unsere Seelen von allen Leiden erlöst. Vom Regen durchnäßt gingen wir tief in die Höhle hinein; wir entzündeten eine kleine Lampe und betrachteten die alten Wandmalereien – Malereien, die von all den Hexen angefertigt worden waren, die vor uns gelebt hatten; zusammengekauert hörten wir das ferne Rauschen des Regens und verloren uns in diesen Bildern von tanzenden Hexen und im Anblick des Mondes, der am Nachthimmel aufging.

Khayman übte den Zauber aus, dann meine Schwester, dann wieder Khayman. Ihr wißt, was mir widerfuhr, nicht wahr? Aber wißt ihr, was diese finstere Gabe für eine Blinde bedeutete? Winzige Funken loderten im gasigen Dunkel; dann schien ein feuriges Licht in schwachen Impulsen die Umrisse der Gegenstände um mich herum zu bestimmen; so wie hell leuchtende Dinge nachwirken, wenn man die Augen schließt.

Ja, ich konnte mich in dieser Dunkelheit bewegen. Mit den Händen überprüfte ich, was ich sah. Die Tür, die Wand, dann den Gang vor mir; für eine Sekunde leuchtete eine blasse Übersicht des vor uns liegenden Weges auf.

Die Nacht schien noch nie so still gewesen zu sein; kein unmenschliches Wesen atmete in der Dunkelheit; die Geister hatten sich endgültig zurückgezogen.

Und ich habe nie, niemals wieder etwas von den Geistern gesehen oder gehört. Niemals wieder sollten sie auf meine Fragen oder meinen Ruf antworten. Die Gespenster der Toten, ja, aber die Geister waren für immer verschwunden.

In diesen ersten Momenten oder Stunden freilich oder gar in den ersten Nächten erkannte ich diesen Rückzug noch nicht. So viel anderes überraschte mich, so viel anderes erfüllte mich mit Schmerz oder Freude.

Lange vor Sonnenaufgang waren wir, wie der König und die Königin, tief in einer Grabkammer verborgen. Es war das Grab seines eigenen Vaters, zu dem Khayman uns führte; das Grab, in das der arme geschändete Leichnam zurückgebracht worden war. Ich hatte inzwischen meine erste Dosis sterblichen Bluts getrunken. Ich hatte die Ekstase kennengelernt, die den König und die Königin vor Scham erröten ließ. Aber ich hatte nicht gewagt, meinem Opfer die Augen zu rauben; ich hatte nicht einmal geglaubt, daß so etwas funktionieren könnte.

Erst fünf Nächte später machte ich diese Entdeckung und konnte zum erstenmal als Bluttrinker wirklich sehen.

Inzwischen waren wir aus der königlichen Stadt geflohen und nächtelang nordwärts gezogen. Und in jedem Ort hatte Khayman verschiedenen Personen den Zauber offenbart und ihnen gesagt, daß sie sich gegen den König und die Königin erheben müßten, denn der König und die Königin wollten sie in dem Glauben lassen, daß nur sie selbst über die Macht verfügten, was bloß die schlimmste von ihren vielen Lügen sei.

Oh, welchen Zorn Khayman in diesen ersten Nächten verspürte. An jeden, der die Macht begehrte, gab er sie weiter, auch wenn er so geschwächt war, daß er kaum mit uns Schritt halten konnte. Er hatte sich geschworen, daß der König und die Königin ebenbürtige Feinde haben sollten. Wie viele Bluttrinker mögen in jenen gedankenlosen Wochen erschaffen worden sein, Bluttrinker, die erstarken und sich vermehren und die Kämpfe herbeiführen würden, von denen Khayman träumte?

Doch schon in diesem frühen Stadium des Unternehmens waren wir verloren; verloren bei der ersten Rebellion, verloren auf unserer Flucht. Wir sollten bald für immer getrennt werden – Khayman, Mekare und ich.

Denn der König und die Königin, erschreckt durch Khaymans Abfall, verdächtigten ihn, den Zauber auf uns übertragen zu haben, und schickten uns ihre Soldaten nach, Männer, die sowohl bei Tag als auch bei Nacht nach uns suchen konnten. Und da wir heißhungrig unsere neue Begierde zu befriedigen suchten, war unsere Spur durch die kleinen Dörfer am Fluß oder selbst zu den Lagern in den Bergen immer leicht zu verfolgen.

Und schließlich, keine vierzehn Tage nachdem wir aus dem königlichen Palast geflohen waren, wurden wir vor den Toren von Sakkara vom Pöbel gefangen, nicht einmal zwei Nachtmärsche vom Meer entfernt.

Wenn wir nur das Meer erreicht hätten. Wenn wir nur zusammengeblieben wären. Aus Finsternis war für uns die Welt neu erschaffen worden; wir liebten einander verzweifelt; verzweifelt hatten wir im Mondschein unsere Geheimnisse ausgetauscht.

Aber vor Sakkara erwartete uns eine Falle. Und obwohl Khayman sich seine Freiheit erkämpfen konnte, erkannte er, daß er uns unmöglich zu retten vermochte, und er floh weit in die Berge, um auf seine Chance zu warten, aber die kam nie.

Mekare und ich wurden umzingelt, wie ihr euch erinnert, wie ihr in euren Träumen gesehen habt. Mir wurden wieder die Augen herausgerissen; und wir flüchteten uns jetzt vor dem Feuer, denn sicherlich konnte uns das vernichten, und wir beteten zu allen unsichtbaren Mächten um endgültige Erlösung.

Doch der König und die Königin fürchteten sich davor, unsere Körper zu vernichten. Sie glaubten Mekares Darstellung des einen großen Geistes, Amel, der in uns allen war, und sie befürchteten, selbst all das erleiden zu müssen, was uns an Schmerz zugefügt werden würde. Natürlich war dem nicht so; aber wer konnte das damals wissen?

Und deshalb wurden wir in die steinernen Särge gelegt, wie ich euch schon erzählt habe. Einer sollte nach Osten, einer nach Westen geschickt werden. Die Flöße, auf denen sie uns über die weiten Ozeane treiben lassen wollten, waren schon fertig.

Selbst ich in meiner Blindheit hatte sie gesehen; wir wurden auf ihnen fortgetragen, und aus den Gedanken meiner Häscher wußte ich, was sie vorhatten. Ich wußte auch, daß Khayman uns nicht folgen konnte, denn der Marsch sollte am Tage genauso wie in der Nacht fortgesetzt werden, und das stimmte sicherlich.

Als ich erwachte, trieb ich auf hoher See. Wie ich euch schon erzählt habe, trug mich das Floß zehn Nächte lang. Ich litt unter Hunger und Angst, der Sarg könnte auf den Meeresgrund sinken und ich, ein unsterbliches Wesen, wäre auf ewig lebendig begraben. Doch das geschah nicht. Und als ich endlich an der Ostküste des südlichen Afrikas landete, begann ich mit meiner Suche nach Mekare und durchquerte den Kontinent in westlicher Richtung.

Jahrhundertelang durchsuchte ich den Kontinent von einem Ende zum anderen. Ich begab mich nach Nordeuropa. Ich durchstreifte die Felsenküsten und selbst die nördlichen Inseln, bis ich die entlegensten Eis- und Schneewüsten erreichte. Und immer wieder kehrte ich zurück in mein Heimatdorf, und den Teil der Geschichte will ich euch gleich berichten, denn für mich ist es sehr wichtig, daß ihr ihn kennt, wie ihr verstehen werdet.

In den ersten Jahrhunderten freilich wandte ich mich von Ägypten ab, wandte mich vom König und der Königin ab.

Erst viel später erfuhr ich, daß der König und die Königin einen mächtigen Kult um sich geschaffen hatten, daß sie die Identität mit

Osiris und Isis für sich beanspruchten und die alten Mythen so verfälschten, daß sie in ihre Pläne paßten.

Osiris wurde zum ›Gott der Unterwelt‹, das heißt, der König, der nur in der Dunkelheit auftreten konnte. Und die Königin wurde zu Isis, der Mutter, die den zerschlagenen und zerstückelten Körper ihres Mannes aufhebt und ihn heilt und ins Leben zurückruft.

In Lestats Bericht, in der Geschichte, die Marius Lestat erzählte, wie sie ihm erzählt worden war, habt ihr darüber gelesen, wie die von Der Mutter und Dem Vater erschaffenen Blutgötter an heiligen Stätten in den Bergen Ägyptens die blutigen Opferungen von Übeltätern entgegennahmen und daß diese Religion bis zur Zeit Christi dauerte.

Und ihr habt auch etwas darüber erfahren, wie Khaymans Rebellion verlief, wie die ebenbürtigen Feinde des Königs und der Königin, die er erschaffen hatte, sich schließlich gegen Die Mutter und Den Vater erhoben und wie unter den Bluttrinkern der Welt fürchterliche Kriege ausgetragen wurden. Akascha selbst hat diese Dinge Marius enthüllt, und Marius hat sie Lestat berichtet.

In jenen frühen Jahrhunderten entstand die Legende von den Zwillingen; denn die ägyptischen Soldaten, die Zeugen der Ereignisse unseres Lebens vom Massenmord an unserem Volk bis zu unserer endgültigen Gefangennahme gewesen waren, sollten die Geschichten verbreiten. Die Legende von den Zwillingen wurde später sogar von den ägyptischen Schriftgelehrten aufgeschrieben. Man glaubte, daß Mekare eines Tages zurückkehren und Die Mutter niederstrecken würde, und daß alle Bluttrinker der Welt sterben würden, wenn Die Mutter starb.

Aber all das geschah ohne mein Wissen, ohne mein Einverständnis und ohne daß ich davon erfuhr, denn ich hatte mit diesen Dingen längst nichts mehr zu tun.

Ich kam erst dreitausend Jahre später nach Ägypten, ein anonymes Wesen, in schwarze Gewänder gehüllt, um selbst zu sehen, was aus Der Mutter und Dem Vater geworden war – teilnahmslose glotzende Statuen, in ihrem unterirdischen Tempel von Steinen umschlossen, daß nur ihre Köpfe und Hälse sichtbar waren. Und die Jungen kamen zu den Bluttrinker-Priestern, die sie bewachten, um das Blut der Alten zu trinken.

Ach, welch ein Grausen, diese glotzenden Wesen zu sehen! Vor ihnen zu stehen und die Namen Akascha und Enkil zu flüstern und kein einziges Flackern in ihren Augen oder auch nur das leiseste Zucken ihrer weißen Haut zu sehen.

Und so waren sie dagestanden, solange sich irgend jemand erinnern konnte, erzählten mir die Priester; auch wußte niemand mehr, ob die Mythen über die Anfänge stimmten. Von uns, den allerersten Kindern, wurde nur noch als der Ersten Brut gesprochen, die die Aufrührer hervorgebracht hatte; aber die Legende von den Zwillingen war vergessen, und niemand kannte die Namen von Khayman oder Mekare oder Maharet.

Nur einmal sollte ich sie danach noch sehen, Die Mutter und Den Vater. Weitere tausend Jahre waren vergangen, als, wie Lestat euch berichtet hat, die Ältesten in Alexandria versuchten, Die Mutter und Den Vater zu vernichten, indem sie sie der Sonne aussetzten. Sie wurden von der Hitze des Tages lediglich gebräunt, wie Lestat berichtete, so stark waren sie geworden; denn wenn wir auch alle tagsüber hilflos schlafen, wird das Licht an sich im Laufe der Zeit weniger tödlich.

In aller Welt waren indessen während jener Tagesstunden Bluttrinker in Flammen aufgegangen; und nur die sehr alten hatten lediglich gelitten und waren gebräunt worden, aber mehr nicht. Ich selbst wurde lediglich gebräunt, und wenn ich auch viele Nächte lang große Schmerzen litt, hatte das doch einen seltsamen Nebeneffekt: Mit dieser dunklen Haut war es jetzt einfacher für mich, mich unter menschlichen Wesen zu bewegen.

Natürlich war das alles damals ein großes Rätsel für mich. Ich wollte wissen, warum ich in meinen Träumen Feuer gesehen und die Schreie so vieler Sterbender gehört hatte und warum andere, die ich erschaffen hatte, geliebte Zöglinge, diesen unsäglichen Tod gestorben waren.

Also reiste ich von Indien nach Ägypten, das für mich immer ein verhaßter Ort war. Und da hörte ich Berichte über Marius, einen jungen römischen Bluttrinker, der wunderbarerweise nicht verbrannt war und der gekommen war und Die Mutter und Den Vater gestohlen und von Alexandria an einen Ort gebracht hatte, wo niemand sie – oder uns – je wieder verbrennen konnte.

Es war nicht schwierig, Marius zu finden. Wie ich euch erzählt habe, konnten wir uns in den ersten Jahren gegenseitig nicht hören. Aber im Laufe der Zeit konnten wir die Jungen hören, als wären sie menschliche Wesen. Ich entdeckte Marius' Haus in Antiochia, einen veritablen Palast, in dem er ein Leben von römischem Prunk führte, obwohl er in den Stunden vor Morgengrauen in den dunklen Straßen menschliche Opfer jagte.

Er hatte schon Pandora, die er mehr als alles auf der Welt liebte, zur Unsterblichen gemacht. Und Die Mutter und Den Vater hatte er in einem kostbaren Heiligenschrein untergebracht, den er eigenhändig aus Carraramarmor und Mosaikeinlagen gebaut hatte und in dem er Weihrauch verbrannte, als ob er ein Tempel wäre, als ob sie wirkliche Götter wären.

Ich wartete meine Chance ab. Er und Pandora gingen auf die Jagd. Ich ließ die Schlösser aufspringen und betrat das Haus.

Ich sah Die Mutter und Den Vater, dunkel geworden wie ich, aber schön und leblos wie schon tausend Jahre früher. Er hatte sie auf einen Thron gesetzt, und so sollten sie zweitausend Jahre lang dasitzen, wie ihr alle wißt. Ich ging zu ihnen, ich berührte sie. Ich schlug sie. Sie rührten sich nicht. Dann machte ich mit einem langen Dolch die Probe. Ich stach in das Fleisch Der Mutter, das wie mein eigenes Fleisch zu einer elastischen Hülle geworden war. Ich stach in den unsterblichen Körper, der unzerstörbar geworden war und gleichzeitig täuschend zerbrechlich wirkte, und die Klinge traf genau ins Herz. Ich zog sie von links nach rechts, dann hielt ich inne.

Einen Augenblick lang floß ihr Blut zäh und dickflüssig; einen Augenblick setzte ihr Herzschlag aus; dann begann die Verletzung zu verheilen; das vergossene Blut erstarrte wie Bernstein, während ich zusah.

Aber am wichtigsten war, daß ich den Augenblick gespürt hatte, in dem das Herz das Blut nicht mehr gepumpt hatte; ich hatte den Schwindel, die leichte Benommenheit gespürt, den Atem des Todes. Ohne Zweifel hatten es die Bluttrinker in aller Welt gespürt, die Jungen wahrscheinlich so heftig, daß es sie von den Beinen riß. Das Herz Amels war immer noch in ihr, und die schrecklichen Verbrennungen und der Atem des Todes, den ich verspürt hatte, als ich den

Dolch in ihr Herz gesenkt hatte, bewiesen, daß das Leben der Bluttrinker in ihrem Körper verankert war und immer sein würde.

Wenn es nicht so gewesen wäre, würde ich sie damals vernichtet haben. Ich würde sie zerstückelt haben; denn keine verstrichene Zeit könnte je meinen Haß auf sie abkühlen lassen, meinen Haß wegen all dem, was sie meinem Volk angetan hatte, und weil sie Mekare von mir getrennt hatte. Mekare, meine zweite Hälfte; Mekare, mein zweites Ich.

Wie herrlich wäre es gewesen, wenn die Jahrhunderte mich Vergebung gelehrt hätten, wenn meine Seele sich geöffnet hätte, um all das Unrecht zu verstehen, das mir und meinem Volk angetan worden war.

Aber ich sage euch, es ist die menschliche Seele, die sich im Laufe der Jahrhunderte der Vollkommenheit nähert, es ist die menschliche Rasse, die mit jedem Jahr, das vergeht, fähiger zum Lieben und Vergeben wird. Ich bin mit Ketten, die ich nicht sprengen kann, in der Vergangenheit verankert.

Bevor ich ging, beseitigte ich alle Spuren dessen, was ich getan hatte. Eine Stunde vielleicht starrte ich die beiden Statuen an, die zwei bösartigen Wesen, die vor so langer Zeit mein Geschlecht vernichtet und solches Übel über mich und meine Schwester gebracht hatten und die dafür selbst solches Übel erleiden mußten.

›Aber am Ende habt ihr nicht gesiegt‹, sagte ich zu Akascha. ›Ihr und eure Soldaten und ihre Schwerter. Denn meine Tochter Miriam überlebte, um das Blut meiner Familie und meines Volkes über die Zeiten zu retten; und das, was euch, die ihr da schweigend sitzt, nichts bedeuten mag, bedeutet mir alles.‹

Und was ich sagte, stimmte. Doch auf die Geschichte meiner Familie komme ich gleich zurück. Jetzt will ich auf Akaschas einen Sieg eingehen: daß Mekare und ich nie wieder vereint waren.

Denn wie ich euch erzählt habe, fand ich auf all meinen Wanderungen nie einen Mann, eine Frau oder einen Bluttrinker, die Mekare gesehen oder ihren Namen gehört hatten. Alle Länder der Welt durchwanderte ich auf der Suche nach Mekare. Aber sie war für mich verloren, als hätte das weite westliche Meer sie verschluckt, und ich war wie ein halbes Wesen, das ständig nach dem einzigen strebt, das es ergänzen kann.

Doch in den ersten Jahrhunderten wußte ich, daß Mekare lebte; es gab Zeiten, da der Zwilling, der ich war, das Leid des anderen Zwillings spürte; in finsteren, traumartigen Momenten durchlebte ich unerklärliche Schmerzen. Aber das ist etwas, was menschliche Zwillinge füreinander fühlen. Als mein Körper härter wurde, als der Mensch in mir sich auflöste und dieser stärkere und elastischere unsterbliche Körper sich immer mehr ausbildete, verlor ich die einfache menschliche Verbindung zu meiner Schwester. Doch ich wußte es, ich wußte, daß sie lebte.

Ich sprach zu meiner Schwester, als ich an den einsamen Küsten wanderte und auf das eiskalte Meer blickte. Und in den Grotten des Berges Karmel hielt ich unsere Geschichte in riesigen Zeichnungen fest – alles, was wir erlitten hatten; das war der Überblick, den ihr in euren Träumen gesehen habt.

Im Laufe der Jahrhunderte sollten viele Sterbliche diese Grotte finden und diese Bilder sehen, um sie dann wieder zu vergessen, bis sie erneut entdeckt wurden.

In diesem Jahrhundert schließlich bestieg ein junger Archäologe, der von ihnen gehört hatte, eines Nachmittags mit einer Lampe in der Hand den Berg Karmel. Und als er auf die Bilder sah, die ich vor langer Zeit angefertigt hatte, schlug sein Herz höher, denn er hatte exakt die gleichen Bilder in einer Höhle jenseits des Meeres, über den Dschungeln in Peru, gesehen.

Es dauerte Jahre, bis ich von dieser Entdeckung erfuhr. Er war überall herumgereist mit seinen Beweisstücken – Fotos von den Höhlenmalereien aus der Alten und der Neuen Welt und einer Vase, die er im Magazin eines Museums entdeckt hatte, einem antiken Kunstwerk aus jenen dunklen, versunkenen Jahrhunderten, in denen die Legende von den Zwillingen noch bekannt war.

Ich kann euch nicht sagen, welchen Schmerz und welches Glück es mir bereitete, als ich die Fotografien der Bilder sah, die er in einer Höhle in der neuen Welt entdeckt hatte.

Denn Mekare hatte dort die gleichen Dinge gezeichnet wie ich; der Verstand, das Herz und die Hand, in allem mir so wesensverwandt, hatten, bis auf winzige Unterschiede, den gleichen Bildern von Leid und Schmerz Ausdruck verliehen.

Mekares Barke hatte sie über das weite westliche Meer in ein Land getragen, das zu unserer Zeit unbekannt war. Wahrscheinlich Jahrhunderte, bevor der Mensch die südlichen Gebiete des Dschungelkontinents durchdrungen hatte, war Mekare dort gelandet und hatte womöglich die größte Einsamkeit kennengelernt, die ein Geschöpf erleben kann. Wie lange war sie zwischen Vögeln und wilden Tieren umhergewandert, bevor sie ein menschliches Antlitz sah?

Hatte sie Jahrhunderte oder Jahrtausende angedauert, diese unvorstellbare Isolation? Oder hatte sie bald Sterbliche getroffen, die sie trösteten oder entsetzt vor ihr davonliefen? Oder hatte sie gar, lange bevor der Sarg, der sie trug, überhaupt die südamerikanische Küste erreichte, den Verstand verloren?

Ich sollte es nie erfahren.

Ich wußte nur, daß sie dortgewesen war und vor Tausenden von Jahren jene Zeichnungen angefertigt hatte, genau wie ich die meinigen.

Natürlich überhäufte ich diesen Archäologen mit Reichtümern; ich stattete ihn mit allen Mitteln aus, die er benötigte, um seine Forschungen über die Legende von den Zwillingen fortzusetzen. Und ich selbst reiste nach Südamerika. Mit Eric und Mael an meiner Seite bestieg ich im Mondschein den Berg in Peru und sah selbst das Werk meiner Schwester. Wie alt diese Zeichnungen waren. Mit Sicherheit waren sie in den ersten hundert Jahren unserer Trennung entstanden, höchstwahrscheinlich früher.

Aber wir sollten nie wieder auch nur einen Fetzen eines Beweises dafür finden, daß Mekare lebte oder sich im südamerikanischen Dschungel aufhielt oder sonst irgendwo auf dieser Welt. War sie tief in der Erde begraben, wo die Rufe von Mael und Eric sie nicht mehr erreichen konnten? Schlief sie in der Tiefe irgendeiner Höhle, eine bleiche Statue, die abwesend vor sich hinstarrte, die Hand von zahllosen Staubschichten bedeckt?

Ich darf es mir nicht vorstellen; ich kann es nicht ertragen, daran zu denken. Ich weiß nur, genau wie ihr, daß sie sich erhoben hat. Sie ist aus ihrem langen Schlaf erwacht. Waren es die Lieder des Vampirs Lestat, die sie geweckt haben? Diese Melodien, die über den Äther die entlegensten Winkel der Welt erreicht haben? Waren es die Gedanken der Tausenden von Bluttrinkern, die sie hörte, deutete und beantwortete? War es Marius' Warnung, daß Die Mutter umgeht?

Vielleicht war es ein dunkles Gefühl, hervorgerufen von all diesen Signalen zusammen – daß die Zeit gekommen ist, den alten Fluch zu erfüllen. Ich kann es nicht sagen. Ich weiß nur, daß sie sich nach Norden bewegt, daß sie ihre Richtung sprunghaft wechselt und daß alle meine Anstrengungen, sie durch Eric und Mael aufzuspüren, fehlgeschlagen sind.

Sie sucht nicht mich. Davon bin ich überzeugt. Es ist Die Mutter, die sie sucht. Und die Wanderungen Der Mutter bringen sie vom Kurs ab.

Aber sie wird Die Mutter finden! Sie wird sie finden! Ich weiß es. Und das kann nur eine Folge haben. Entweder Mekare wird umkommen, oder Die Mutter wird umkommen und mit Der Mutter wir alle.

Mekare könnte die Erfüllung herbeiführen, und das könnte das Beste für uns alle sein. Aber wenn sie nicht Akascha vernichtet, wenn wir Akascha nicht vernichten, was dann? Wir wissen jetzt, welches Verderben Die Mutter schon anzurichten begonnen hat. Können die Menschen sie aufhalten, wenn sie doch nichts von ihr begreifen? Wenn sie nicht wissen, daß sie zwar ungeheuer stark, aber auch verwundbar ist; daß sie die Kraft hat zu zermalmen und doch auch mit Dolchen durchbohrt werden kann? Daß sie, die fliegen und Gedanken lesen und mit bloßer Willenskraft Feuer entfachen kann, auch selbst verbrannt werden kann?

Wie können wir sie aufhalten und uns selbst retten, das ist die Frage. Ich möchte leben, ich habe es immer gewollt. Ich will die Augen nicht vor dieser Welt verschließen. Ich will nicht, daß die zu Schaden kommen, die ich liebe. Ich bemühe mich, eine Möglichkeit zu finden, auch die Jungen zu schützen, die Leben vernichten müssen. Ist das ungerecht von mir? Oder haben wir nicht das Recht, uns wie jede Spezies auf Erden zu wünschen weiterzuleben?

Merkt euch alles, was ich euch über Die Mutter erzählt habe. Was ich über ihre Seele gesagt habe und über das Wesen des Geistes, der in ihr wohnt, sein Herz verschmolzen mit ihrem. Denkt über das Wesen dieses mächtigen Unsichtbaren nach, das alle Bluttrinker belebt hat, die jemals hier wanderten. Wir alle sind, wie Marius es vor so langer Zeit beschrieben hat, Blüten eines einzigen Weinstocks.

Untersucht dieses Geheimnis. Denn wenn wir es gründlich untersuchen, können wir vielleicht die Möglichkeit finden, uns selbst zu retten.

Und ich möchte, daß ihr in diesem Zusammenhang über noch etwas anderes nachdenkt, über das vielleicht einzig wirklich Wertvolle, das ich je erfahren habe.

In jenen alten Zeiten, als die Geister am Hang des Berges zu meiner Schwester und mir sprachen – welches menschliche Wesen hätte da geglaubt, daß die Geister belanglose Wesen waren? Selbst wir waren Gefangene ihrer Macht und hielten es für unsere Pflicht, die Gaben, über die wir verfügten, zum Wohl unseres Volkes zu nutzen, wie das später auch Akascha glauben sollte.

Und noch über Tausende von Jahren später war der feste Glaube an das Übernatürliche Bestandteil der menschlichen Seele. Es gab Zeiten, zu denen ich gesagt hätte, er sei natürlich, angeboren, ein unentbehrliches Element des menschlichen Wesens, etwas, ohne das die Menschen nicht gedeihen, geschweige denn überleben konnten.

Immer wieder haben wir die Entstehung von Kulturen und Religionen miterlebt, und noch heute kann man sie sehen, die alten Tempel Asiens, die noch immer stehen, und die Kathedralen des christlichen Gottes, in denen immer noch Hymnen gesungen werden. Und die Museen in aller Welt quellen über von religiösen Malereien und Skulpturen, die die Seele verblenden und demütigen.

Welch großartige Errungenschaft scheint das zu sein: die gesamte menschliche Kultur verwurzelt im religiösen Glauben, geprägt und inspiriert von ihm!

Und doch hat dieser Glaube einen unmenschlichen Preis gehabt: Nationen sind im Namen des Glaubens aufgehetzt und Armeen gegeneinandergetrieben worden, in seinem Namen ist die Weltkarte in Sieger und Besiegte aufgeteilt, sind die Verehrer fremder Götter ausgerottet worden!

Aber in den letzten paar Jahrhunderten ist ein wirkliches Wunder geschehen, das nichts mit Geistern oder Erscheinungen zu tun hat oder mit himmlischen Stimmen, die diesem oder jenem Zeloten mitteilen, was wir jetzt zu tun haben.

Wir haben bei den menschlichen Wesen endlich Widerstand gegen das Übernatürliche erkennen können, Skepsis gegenüber den

Werken der Geister oder jenen, die behaupten, sie zu sehen und zu verstehen und ihre Lehren zu verkünden.

Wir haben erlebt, wie der menschliche Verstand sich langsam von den Traditionen des Rechts löste, das auf göttlicher Offenbarung beruhte, um die Prinzipien der Ethik in der Vernunft zu suchen. Wir haben erlebt, wie die Achtung vor dem Physischen und dem Geistigen in allen menschlichen Wesen zur Grundlage des menschlichen Zusammenlebens erklärt wurde. Und mit diesem Verlust der Achtung vor übernatürlichen Erscheinungen, mit diesem Verlust der Leichtgläubigkeit gegenüber allem, was nicht fleischlich war, ist das aufgeklärteste aller Zeitalter angebrochen, denn Männer und Frauen suchen die höchste Erleuchtung nicht mehr im Reich des Unsichtbaren, sondern im Bereich des Menschlichen, des Wesens, das sowohl Fleisch als auch Geist ist, sowohl sichtbar als auch unsichtbar, sowohl irdisch als auch transzendent.

Der Spiritist, der Hellseher, die Hexe, wenn ihr wollt, sie sind überflüssig geworden, davon bin ich überzeugt. Die Geister können uns nichts mehr geben.

Alles in allem haben wir die Empfänglichkeit für solchen Wahnsinn überwunden, und wir nähern uns einer Vollkommenheit, wie sie die Welt nie gekannt hat.

Das Wort ist endlich Fleisch geworden, um das alte Bibelwort in all seiner Rätselhaftigkeit zu zitieren; doch das Wort ist das Wort der Vernunft, und das Fleisch ist die Anerkennung der Bedürfnisse und Sehnsüchte, die alle Männer und Frauen teilen.

Und was würde unsere Königin mit ihrem Eingreifen für diese Welt tun? Was würde sie ihr geben – sie, deren bloße Existenz jetzt ohne Belang ist; sie, deren Verstand jahrhundertelang in einem Reich finsterer Träume eingeschlossen war?

Sie muß aufgehalten werden, Marius hat recht; wer wollte ihm widersprechen? Wir müssen darauf vorbereitet sein, Mekare zu helfen, ihr nicht entgegenzuarbeiten, selbst wenn es das Ende für uns alle bedeutet.

Aber ich will jetzt zum letzten Kapitel meiner Geschichte kommen, in dem die Bedrohung, die Die Mutter für uns alle darstellt, aufs deutlichste zutage tritt.

Wie ich schon erwähnte, hat Akascha mein Volk nicht ausgerottet. Es lebt weiter in meiner Tochter Miriam und in ihren Töchtern und in den Töchtern, die sie zur Welt brachten.

Ich war nach Jahren in das Dorf zurückgekehrt, in dem ich Miriam gelassen hatte, und fand sie als junge Frau wieder, die mit den Geschichten aufgewachsen war, die zur Legende von den Zwillingen werden sollten

Im Mondschein nahm ich sie mit mir auf den Berg und zeigte ihr die Höhlen ihrer Vorfahren und gab ihr einige Halsketten und das Gold, das immer noch so tief in den ausgemalten Grotten versteckt war, daß kein anderer sich dorthin traute. Und ich erzählte Miriam alle Geschichten über ihre Vorfahren, die ich kannte. Doch ich beschwor sie: Halte dich von den Geistern fern; halte dich fern von jeglichem Umgang mit unsichtbaren Wesen, wie auch immer sie von den Leuten bezeichnet werden, und ganz besonders, wenn sie Götter genannt werden.

Dann ging ich nach Jericho, denn in den überfüllten Straßen dort war es einfach, Opfer zu jagen, jene, die sich den Tod wünschten und mein Gewissen nicht beunruhigten; und man konnte sich leicht vor neugierigen Augen verstecken.

Doch ich sollte Miriam im Laufe der Jahre viele Male besuchen; und Miriam gebar vier Töchter und zwei Söhne, und diese wiederum gebaren fünf Kinder, die die Reife erlebten, und von diesen fünfen waren zwei Frauen, und diese zwei Frauen gebaren acht Kinder beiderlei Geschlechts.

Und die Mütter erzählten diesen Kindern die Legenden der Familie; auch die Legende von den Zwillingen erzählten sie – die Legende von den Schwestern, die einst mit den Geistern gesprochen hatten und es regnen lassen konnten und die von dem bösen König und seiner Königin verfolgt worden waren.

Zweihundert Jahre später schrieb ich zum erstenmal alle Namen meiner Familie nieder, denn sie bildete jetzt ein komplettes Dorf, und ich benötigte vier ganze Tontafeln, um festzuhalten, was ich wußte. Dann füllte ich Tafel um Tafel mit den Geschichten über den Anfang, über die Frauen, die zurückgingen bis in DIE ZEIT VOR DEM MOND.

Und obwohl ich manchmal für ein Jahrhundert meine Heimat verließ, um Mekare zu suchen, und die wilden Küsten Nordeuropas durchstreifte, kam ich immer wieder zu meinem Volk und zu meinen geheimen Verstecken in den Bergen und in mein Haus in Jericho zurück und schrieb weiter an der Familiengeschichte, welche Töchter geboren worden waren und die Namen der Töchter, die sie geboren hatten. Auch über die Söhne schrieb ich in allen Einzelheiten – über ihre Talente, ihre Charaktere, manchmal über ihren Heldenmut –, genau wie ich es bei den Frauen tat. Aber nicht über ihre Nachkommen. Es war unmöglich zu wissen, ob die Kinder der Männer wirklich von meinem und meines Volkes Blut waren. Und deshalb gibt es seitdem eine mütterliche Abstammungslinie.

Doch nie, nie während all dieser Zeit offenbarte ich meiner Familie den bösen Zauber, der mir zugefügt worden war. Ich hatte beschlossen, daß die Familie nie mit diesem Bösen in Berührung kommen sollte.

Tausende von Jahren vergingen, in denen ich die Familie aus der Anonymität heraus beobachtete und nur hin und wieder die lang vergessene Verwandte spielte, um dies oder jenes Dorf oder Familientreffen zu besuchen und die Kinder in den Arm zu nehmen.

Aber in den ersten Jahrhunderten des christlichen Zeitalters beschäftigte ein anderer Plan meine Phantasie. Deshalb erfand ich einen Familienzweig, der alle Aufzeichnungen führte – denn es gab nun schon massenhaft Tafeln und Schriftrollen und sogar gebundene Bücher.

Und in jeder Generation dieses fiktiven Zweiges gab es eine fiktive Frau, die die Aufgabe hatte, die Protokolle zu führen. Der Name Maharet wurde mit dieser Auszeichnung verliehen; und wenn es die Zeit erforderte, starb die alte Maharet, und die junge Maharet übernahm die Aufgabe.

Und so lebte ich innerhalb der Familie, und die Familie kannte mich, und ich erfuhr die Liebe der Familie. Ich wurde zum Schreiber, Wohltäter, Einiger; die geheimnisvolle, doch vertrauenswürdige Besucherin, die erschien, um Verletzungen zu heilen und Unrecht wiedergutzumachen. Und obwohl mich tausend Leidenschaften beschäftigten, obwohl ich jahrhundertelang in anderen Ländern lebte und neue Sprachen und Gebräuche erlernte und die unendliche Schönheit der Welt und die Kraft des menschlichen Denkvermögens bestaunte, kehrte ich doch immer wieder zur Familie zurück, zu der Familie, die mich kannte und etwas von mir erwartete.

Während die Jahrhunderte, die Jahrhunderte verstrichen, habe ich mich nie unter die Erde begeben wie viele von euch. Ich war nie von Wahnsinn oder Gedächtnisschwund bedroht, wie es bei den Alten üblich war, die oft, gleich Der Mutter und Dem Vater, zu unterirdischen Statuen wurden. Es ist seit jenen frühen Zeiten keine Nacht vergangen, in der ich nicht meine Augen geöffnet, meinen Namen gewußt, die Welt um mich herum wiedererkannt und nach einem eigenen Lebensfaden gegriffen hätte.

Doch es war nicht so, daß kein Wahn mich bedroht hätte. Es war nicht so, daß nicht manchmal Müdigkeit mich überwältigt hätte. Es war nicht so, daß kein Gram mich erbittert, kein Rätsel mich verwirrt oder daß ich keine Schmerzen gekannt hätte.

Dennoch: ich mußte trotz allem die Aufzeichnungen über meine Familie bewahren; ich mußte für meine eigene Nachkommenschaft sorgen und sie in der Welt leiten. Und deshalb hielt ich mich an die Familie, als wäre sie der Lebensquell an sich, selbst in den finsteren Zeiten, wenn mir alles menschliche Leben ungeheuer und unerträglich erschien und die Veränderungen der Welt unbegreiflich.

Und die Familie lehrte mich die Lebensweisen und die Vorlieben jedes neuen Zeitalters; die Familie nahm mich in fremde Länder mit, in die ich mich allein vielleicht nie gewagt hätte; die Familie führte mich in Welten der Kunst ein, die mich eingeschüchtert haben könnten; die Familie war mein Führer durch Zeit und Raum. Mein Lehrer, mein Lebensbuch. Die Familie war alles.«

Maharet schwieg.

Einen Augenblick lang schien es, als wolle sie noch etwas sagen. Dann stand sie vom Tisch auf. Sie sah alle um sich herum an; dann blickte sie auf Jesse.

»Ich möchte, daß ihr jetzt mit mir kommt. Ich möchte euch zeigen, was aus dieser Familie geworden ist.«

Still erhoben sich alle und folgten Maharet aus dem Raum. Sie folgten ihr über die eiserne Plattform im steinernen Treppenhaus in ein weiteres, ebenso hoch gelegenes Gemach mit gläsernem Dach und massiven Wänden.

Jesse trat als letzte ein, und noch bevor sie die Tür durchschritten hatte, wußte sie, was sie sehen würde. Ein feiner Schmerz durchfuhr sie, ein Schmerz voll erinnerten Glücks und unvergeßlicher Sehnsucht. Es war der fensterlose Raum, in dem sie vor langer Zeit gestanden war.

Ja, da war die große elektronische Weltkarte mit den abgeflachten Kontinenten, überzogen mit Abertausenden von winzigen brennenden Lichtern.

Und da waren die anderen drei Wände, so düster und scheinbar von einem feinen schwarzen Drahtgeflecht überzogen, bis man erkannte, was man sah: einen unendlichen, mit Tinte beschriebenen Weinstock, der jeden Zentimeter zwischen Boden und Decke ausfüllte, von einer einzelnen Wurzel in einer Ecke sich verzweigend in eine Million dünner Kletterranken, und jede Ranke war umgeben von unzähligen, sorgsam eingetragenen Namen.

Ein Keuchen entfuhr Marius, als er sich herumdrehte und den Blick von der großen leuchtenden Karte auf den dichten und fein gezeichneten Stammbaum schweifen ließ. Armand dagegen zeigte ein schwaches, trauriges Lächeln, während Mael eher finster blickte, obwohl er in Wirklichkeit verblüfft war.

Die anderen starrten schweigend; Eric hatte von diesen Geheimnissen gewußt; Louis, der menschlichste von allen, hatte Tränen in den Augen. Daniel sah sich mit unverhülltem Erstaunen um, während Khayman mit wie von Traurigkeit trüben Augen die Karte anstarrte, als sähe er sie nicht, als blicke er immer noch tief in die Vergangenheit.

Gabrielle nickte langsam; sie gab ein leises Geräusch der Zustimmung, der Freude von sich.

»Die Große Familie«, sagte sie schlicht anerkennend und sah Maharet an.

Maharet nickte.

Sie zeigte auf die große, ausgedehnte Weltkarte hinter sich, die die Südwand einnahm.

»Dies sind meine Nachkommen«, sagte Maharet, »die Nachkommen von Miriam, die meine und Khaymans Tochter war, und meines Volkes, dessen Blut in mir und Miriam war, über die mütterliche Linie, wie ihr vor euch seht, über sechstausend Jahre zurückverfolgt.«

»Unvorstellbar!« flüsterte Pandora. Und auch sie war traurig und fast den Tränen nahe. Welch melancholische Schönheit sie besaß, erhaben und distanziert und doch mit einem Hauch von menschlicher Wärme, die ihr einst eigen gewesen sein mußte, natürlich, überwältigend.

Diese Enthüllung schien sie zu verletzen, sie an all das zu erinnern, was sie vor langer Zeit verloren hatte.

»Es ist nur eine einzige menschliche Familie«, sagte Maharet sanft. »Doch es gibt keine Nation auf der Erde, der nicht irgendeines ihrer Mitglieder angehört, und die Nachkommen der Männer, Blut von unserem Blut, aber ungezählt, sind mit Sicherheit genauso zahlreich wie jene, die namentlich bekannt sind. Viele, die in die Weiten Weißrußlands zogen oder nach China und Japan und in andere entlegene Gebiete, waren für diese Aufzeichnungen verloren. Wie auch viele von denen, deren Spur ich im Laufe der Jahrhunderte aus verschiedenen Gründen verloren habe. Dennoch gibt es ihre Nachkommen! Es gibt kein Volk, keine Rasse, kein Land, dem nicht einige aus der Großen Familie angehörten. Die Große Familie ist arabisch, jüdisch, angelsächsisch, afrikanisch; sie ist indisch; sie ist mongolisch; sie ist japanisch und chinesisch. Alles in allem: Die Große Familie ist die menschliche Familie.«

»Ja«, flüsterte Marius. Bemerkenswert die Rührung in seinem Gesicht; da waren wieder der leichte Anflug menschlicher Farbe und das feine Leuchten in den Augen, das sich jeder Beschreibung entzieht. »Eine Familie und alle Familien...«, sagte er. Er ging zu der riesigen Karte und hob hilflos die Hände, als er auf sie blickte und den Zug der Lichter über das sorgsam modellierte Terrain beobachtete.

Jesse spürte, wie die Atmosphäre jener längst vergangenen Nacht sie umhüllte, und dann flackerten diese Erinnerungen für einen Augenblick auf und verschwanden, als ob sie keine Bedeutung mehr hätten. Sie war bei all den Geheimnissen, sie stand wieder in diesem Raum.

Sie ging näher an die dunkle, feine Gravierung an der Wand heran. Sie blickte auf die Myriaden winziger Namen, die mit schwarzer Tinte eingetragen waren, sie trat zurück und verfolgte den Verlauf eines Zweiges, eines dünnen, feinen Zweiges, der über hundert verschiedene Gabelungen und Krümmungen nach und nach zur Decke emporwuchs.

Und inmitten des Taumels, all ihre Träume verwirklicht zu sehen, gedachte sie liebevoll jener Seelen der Großen Familie, die sie gekannt hatte; dachte sie über die Rätsel der Vererbung und verwandtschaftlicher Nähe nach. Einen Moment lang fühlte sie sich aller Zeit entrückt, verspürte sie tiefen Frieden; sie sah nicht die weißen Gesichter ihrer neuen Verwandtschaft, sah nicht, wie die herrlichen unsterblichen Gestalten in grausiger Bewegungslosigkeit gefangen waren.

Für sie existierte immer noch etwas von der realen Welt, etwas, das Schrecken und Kummer und vielleicht die schönste Liebe bewirkte, zu der sie je fähig gewesen war; und einen Moment lang schienen natürliche und übernatürliche Fähigkeiten gleichermaßen geheimnisvoll zu sein. Sie waren gleich mächtig. Und alle Wunder der Unsterblichen konnten diese ungeheure und einfache Chronik nicht in den Schatten stellen. Die Große Familie.

Ihre Hand hob sich wie von selbst. Und als das Licht auf Maels silbernes Armband fiel, das sie immer noch am Handgelenk trug, streckte sie schweigend die Finger auf der Wand aus. Einhundert Namen waren von ihrer Handfläche bedeckt.

»Das ist jetzt bedroht«, sagte Marius mit vor Trauer sanfter Stimme, den Blick noch immer auf der Karte.

Es erschreckte sie, daß eine Stimme so laut und doch so sanft sein konnte. Nein, dachte sie, niemand wird der Großen Familie etwas zuleide tun. Niemand wird der Großen Familie etwas zuleide tun!

Sie wandte sich zu Maharet um; Maharet sah sie an. Da sind wir, dachte Jesse, die entgegengesetzten Enden des Weinstocks, Maharet und ich.

Ein entsetzlicher Schmerz wühlte in Jesse. Ein entsetzlicher Schmerz. Sich von allen Dingen wegtreiben zu lassen, das war unwiderstehlich gewesen, aber der Gedanke, daß alle realen Dinge ausgelöscht werden konnten, war unerträglich.

Während der langen Jahre bei den Talamasca, als sie Geister und ruhelose Gespenster erlebt hatte und Poltergeister, die ihre verwirrten Opfer erschreckten, und Hellseher, die in fremden Zungen sprachen, hatte sie immer gewußt, daß das Übernatürliche nie das Natürliche beherrschen konnte. Maharet hatte ja so recht! Es war belanglos, ja, absolut belanglos – unfähig, sich einzumischen.

Aber jetzt sollte sich das ändern. Das Unwirkliche war wirklich geworden. Es war absurd, in diesem seltsamen Raum zu stehen, mitten zwischen diesen starren und eindrucksvollen Gestalten, und zu sagen: Das ist nicht möglich.

Dieses Wesen, dieses Wesen, das Die Mutter genannt wurde, konnte jederzeit aus der Deckung des Schleiers heraus angreifen, der sie lange vor sterblichen Augen verborgen hatte, und Millionen Menschenseelen treffen.

Was sah Khayman, als er sie jetzt verständnisvoll anblickte? Sah er in Jesse seine Tochter?

»Ja«, sagte Khayman. »Meine Tochter. Und fürchte dich nicht. Mekare wird kommen. Mekare wird den Fluch erfüllen. Und die Große Familie wird weiterleben.«

Maharet seufzte. »Als ich wußte, daß Die Mutter aufgestanden war, ahnte ich nicht, was sie tun könnte. Daß sie ihre Kinder niederstreckte, daß sie das Böse ausrotten wollte, das aus ihr und aus Khayman und aus uns allen, die wir aus Einsamkeit an dieser Macht teilhatten, gekommen war – das konnte ich nicht wirklich verurteilen! Welches Recht haben wir zu leben? Welches Recht haben wir, unsterblich zu sein? Wir sind Unfälle, wir sind Scheusale. Und obwohl ich leben will, so heftig und leidenschaftliche wie eh und je, kann ich nicht sagen, daß es unrecht ist, daß sie viele getötet hat...«

»Sie wird noch mehr töten!« sagte Eric verzweifelt.

»Aber jetzt ist es die Große Familie, die in ihrem Schatten liegt«, sagte Maharet, »die Welt der Großen Familie! Und Akascha wird daraus ihre Welt machen. Wenn nicht...«

»Mekare wird kommen«, sagte Khayman. Das schlichteste Lächeln belebte sein Gesicht. »Mekare wird den Fluch erfüllen. Ich machte Mekare zu dem, was sie ist, damit sie das tut. Es ist jetzt unser Fluch.«

Maharet lächelte, aber ihr Gesichtsausdruck war grundverschieden. Traurig, nachsichtig und seltsam kalt. »Ach, Khayman, daß du daran glaubst!«

»Wir werden sterben, alle!« sagte Eric.

»Es muß eine Möglichkeit geben, sie zu töten«, sagte Gabrielle nüchtern, »ohne uns zu töten. Darüber müssen wir nachdenken, damit wir vorbereitet sind, irgendeinen Plan haben.«

»Wir können die Prophezeiungen nicht ändern«, flüsterte Khayman.

»Wenn wir überhaupt etwas wissen, Khayman«, sagte Marius, »ist es, daß es kein Schicksal gibt. Und wenn es kein Schicksal gibt, dann gibt es keine Prophezeiung. Mekare kommt hierher, um zu tun, was sie geschworen hat; das mag alles sein, was sie jetzt weiß, oder alles, was sie tun kann, aber das bedeutet nicht, daß Akascha sich nicht gegen Mekare verteidigen kann. Glaubst du, Die Mutter weiß nicht, daß Mekare sich erhoben hat? Glaubst du, Die Mutter hat die Träume ihrer Kinder nicht gehört und gesehen?«

»Ach, aber Prophezeiungen haben es an sich, sich selbst zu erfüllen«, sagte Khayman. »Das ist ihr Zauber. In den alten Zeiten wußten wir das alle. Die Macht des Zaubers ist die Willenskraft; man könnte sagen, daß wir in jenen dunklen Zeiten alle eine große Begabung für Psychologie hatten, daß wir durch die Willenskraft eines anderen getötet werden konnten. Und die Träume, Marius, sind nur Teil eines starken Willens.«

»Sprecht nicht darüber, als wäre es schon getan«, sagte Maharet. »Wir haben noch ein Mittel. Wir können unsere Vernunft benutzen. Akascha spricht jetzt, nicht wahr? Sie versteht, was zu ihr gesagt wird. Vielleicht kann man sie umstimmen...«

»Oh, du bist verrückt, wirklich verrückt«, sagte Eric. »Du willst mit diesem Ungeheuer reden, das durch die Welt zog und seine Nachkommen verbrannte!« Er fürchtete sich von Minute zu Minute mehr. »Was weiß dieses Wesen, das unwissende Frauen gegen ihre Männer aufhetzt, von Vernunft? Dieses Wesen kennt Gemetzel und Tod und Gewalt, und das ist alles, was es je gekannt hat, wie deine Geschichte beweist. Wir ändern uns nicht, Maharet. Wie oft hast du mir das gesagt. Wir nähern uns ständig der Vollendung unserer Bestimmung.«

»Keiner von uns will sterben, Eric«, sagte Maharet nachsichtig. Doch irgend etwas beunruhigte sie plötzlich.

Auch Khayman spürte es, gleichzeitig. Jesse beobachtete sie beide und versuchte zu verstehen, was sie sahen. Dann bemerkte sie, daß auch bei Marius eine feine Veränderung stattgefunden hatte. Eric war versteinert. Zu Jesses Verwunderung starrte Mael sie unverwandt an.

Sie hörten irgendein Geräusch. Man merkte es an der Art und

Weise, wie sie ihre Augen bewegten – die Menschen lauschen mit ihren Augen; ihre Augen springen, wenn sie das Geräusch aufnehmen und versuchen, seine Herkunft festzustellen.

Plötzlich sagte Eric: »Die Jungen sollen unverzüglich in den Keller gehen.«

»Das ist sinnlos«, sagte Gabrielle. »Außerdem möchte ich hier sein.« Sie konnte das Geräusch nicht hören, aber sie versuchte es.

Eric wandte sich an Maharet. »Willst du sie uns vernichten lassen, einen nach dem anderen?«

Maharet antwortete nicht. Sie drehte ganz langsam den Kopf und sah auf den Treppenabsatz.

Dann hörte Jesse endlich selbst das Geräusch. Sicherlich konnten menschliche Ohren es nicht hören; es war das akustische Gegenstück zu Spannung ohne Schwingung, es durchströmte sie und jedes Teilchen Materie im Raum. Es überflutete und verwirrte sie, und obwohl sie sah, daß Maharet mit Khayman sprach und daß Khayman antwortete, konnte sie nicht hören, was sie sagten. Albern hielt sie die Hände an die Ohren. Verschwommen sah sie, daß Daniel dasselbe getan hatte, doch sie wußten beide, daß es überhaupt nichts nützte.

Das Geräusch schien plötzlich alle Zeit aufzuheben, jede Triebkraft außer Kraft zu setzen. Jesse verlor ihr Gleichgewicht; sie lehnte sich an die Wand; sie starrte auf die Karte gegenüber, als suchte sie an ihr Halt. Sie blickte auf die lockere Flut von Lichtern, die sich aus Kleinasien nach Norden und Süden ergoß.

In einem stummen Traum, so schien es, sah sie die Gestalt Lestats in der Tür erscheinen; sie sah, wie er in Gabrielles Arme eilte; sie sah Louis auf ihn zugehen und ihn umarmen.

Und dann sah sie, daß Lestat sie ansah, und dann las sie einen seiner Gedanken, sah sie das Bild des Leichenschmauses, die Zwillinge, den Leichnam auf dem Altar. Er wußte nicht, was es bedeutete! Er wußte es nicht.

Die Erkenntnis entsetzte sie. Der Augenblick auf der Bühne kam ihr in Erinnerung, der Augenblick, als sie auseinandergezerrt worden waren und er sich sichtlich bemüht hatte, das Bild zu erkennen, das er flüchtig sah.

Jetzt freilich, als die anderen ihn fortzogen und immer wieder umarmten und küßten – und selbst Armand war mit ausgebreiteten Armen auf ihn zugegangen –, schenkte er ihr plötzlich ein leises Lächeln. »Jesse«, sagte er.

Er sah die anderen an, Marius, die kühlen und wachsamen Gesichter. Und wie weiß seine Haut war, so vollkommen weiß. Doch seine Wärme, seine Überschwenglichkeit, seine fast kindische Erregung – das alles war genauso wie früher.

Teil IV
DIE KÖNIGIN DER VERDAMMTEN

I
Schwingen wirbeln im Sonnenlicht
den Staub der Kathedrale auf
in der die Vergangenheit
bis zum Kinn in Marmor begraben ist.

Stan Rice
Gedicht übers Insbettgehen: Bitterkeit

II
Zwischen dem verglasten Grün der Hecke
und des Efeus
und ungenießbaren Erdbeeren
sind die Lilien weiß, einsam, abartig.
Wären sie doch unsere Hüter.
Sie sind Barbaren.

Stan Rice
Griechische Fragmente

Akascha saß am Kopf des Tisches und erwartete sie ganz ruhig, gelassen, und das rote Gewand verlieh ihrer Haut im Schein des Feuers ein kräftiges, sinnliches Leuchten.

Der Umriß ihres Kopfes war vom Leuchten der Flammen vergoldet, und das dunkle Fensterglas spiegelte sie makellos und lebhaft wider, als wäre das Spiegelbild die Wirklichkeit, die dort draußen in der transparenten Nacht schwebte.

Angst. Angst um sie alle und um mich. Und merkwürdigerweise um sie. Die Vorahnung war wie ein Frösteln. Um sie. Die, die alles vernichten konnte, was ich je geliebt hatte.

An der Tür drehte ich mich um und küßte Gabrielle noch einmal. Ich fühlte ihren Körper für einen Augenblick schlaff werden, dann konzentrierte sich ihre Aufmerksamkeit auf Akascha. Ich spürte das Zittern ihrer Hände, als sie mein Gesicht berührte. Ich sah Louis an, meinen scheinbar schwächlichen Louis mit seiner scheinbar unerschütterlichen Ruhe, und Armand, den Schelm mit dem Engelsgesicht. Letzten Endes sind die, die man liebt, einfach nur... die, die man liebt.

Marius war frostig vor Zorn, als er den Raum betrat; nichts konnte das verbergen. Er sah mich an, mich, der jene armen, hilflosen Sterblichen getötet und den Berg hinunter verstreut hatte liegenlassen. Er wußte es, nicht wahr? Und aller Schnee der Welt konnte das nicht zudecken. Ich brauche dich, Marius. Wir brauchen dich.

Seine Gedanken waren verschleiert; die Gedanken aller waren verschleiert. Konnten sie ihre Geheimnisse vor ihr verbergen?

Als sie hintereinander in den Raum kamen, begab ich mich an Akaschas rechte Seite, denn das wünschte sie. Und ich wußte, daß ich dort sein sollte. Ich bedeutete Gabrielle und Louis, sich mir gegenüberzusetzen, ganz nahe, wo ich sie sehen konnte. Und der Ausdruck auf Louis' Gesicht, so resigniert und doch besorgt, ging mir ans Herz.

Die rothaarige Frau, die alte, die Maharet hieß, saß am anderen Ende des Tisches, dicht an der Tür. Marius und Armand saßen zu ihrer Rechten. Und an ihrer linken Seite war die junge Rothaarige, Jesse. Maharet wirkte völlig teilnahmslos, gefaßt, als könnte nichts sie beunruhigen. Aber es war ziemlich einfach zu erkennen, warum. Akascha konnte diesem Wesen nichts anhaben und auch dem anderen sehr alten, Khayman, nicht, der sich jetzt rechts neben mich setzte.

Der, der Eric hieß, hatte Angst, das war offensichtlich. Nur widerstrebend setzte er sich überhaupt an den Tisch. Mael hatte auch Angst, aber das machte ihn wütend. Er blickte Akascha finster an, ohne auch nur zu versuchen, seine Stimmung zu verbergen.

Und Pandora, die schöne, braunäugige Pandora – sie wirkte wirklich gleichgültig, als sie neben Marius Platz nahm. Sie sah Akascha nicht einmal an. Sie blickte durch die Glaswände nach außen, und ihre Augen wanderten langsam, liebevoll über den Wald, den unendlichen, finsteren Wald mit seinen dunklen Streifen von Mammutbäumen und stachligem Grün.

Der andere Gleichgültige war Daniel. Ihn hatte ich auch beim Konzert gesehen. Ich hatte nicht geahnt, daß Armand bei ihm gewesen war! Ich hatte nicht den leisesten Hinweis darauf gefunden, daß Armand dagewesen war. Und der Gedanke, daß alles, was wir miteinander gesprochen hatten, jetzt für immer verloren war. Aber das konnte doch eigentlich nicht sein, oder? Wir würden noch lange zusammensein, Armand und ich; wir alle. Daniel wußte es, der hübsche Daniel, der Reporter mit seinem kleinen Tonbandgerät, der zusammen mit Louis dies alles in einem Zimmer in der Divisadero Street in Gang gebracht hatte. Deshalb sah er Akascha so gelassen an, deshalb erforschte er sie unablässig.

Ich sah den schwarzhaarigen Santino an, ein eher majestätisches Wesen, das mich genau taxierte. Auch er hatte keine Angst. Aber er nahm verzweifelt Anteil an dem, was hier vor sich ging. Als er Akascha ansah, erfüllte ihn ihre Schönheit mit Ehrfurcht; sie rührte an eine Wunde tief in ihm. Alter Glaube flammte für einen Augenblick auf, Glaube, der ihm mehr bedeutet hatte als Überleben und der schmerzhaft ausgebrannt worden war.

Keine Zeit, sie alle zu verstehen, die Verbindungen zwischen ihnen zu bewerten, nach der Bedeutung jenes merkwürdigen Bildes zu fragen – der beiden rothaarigen Frauen und des Leichnams Der Mutter –, das wieder flüchtig vor mir aufblitzte, als ich Jesse anblickte.

Ich fragte mich, ob sie meine Gedanken lesen und alles entdecken konnten, was ich geheimzuhalten mich bemühte, all das, was ich unbewußt vor mir selbst geheimhielt.

Gabrielles Gesichtsausdruck war jetzt nicht zu deuten. Ihre Augen waren klein und grau geworden, als ob sie alles Licht und alle Farbe aussperrten; sie blickte von mir zu Akascha und wieder zurück, wie um etwas herauszufinden.

Plötzliches Entsetzen beschlich mich; vielleicht war es aber auch schon die ganze Zeit dagewesen. Keine der beiden Seiten würde jemals nachgeben. Etwas Unausrottbares würde das verhindern, genau wie es bei mir gewesen war. Und bevor wir diesen Raum verließen, würde ein unheilvoller Entschluß gefaßt werden.

Für einen Augenblick war ich gelähmt. Ich griff jäh nach Akaschas Hand. Ich fühlte ihre Finger die meinen sanft umschließen.

»Sei ruhig, mein Prinz«, sagte sie leise und freundlich. »Was du in diesem Raum spürst, ist der Tod, aber es ist der Tod von alten Überzeugungen und Doktrinen. Nichts weiter.« Sie sah Maharet an. »Vielleicht der Tod von Träumen«, sagte sie, »die schon vor langer Zeit hätten sterben sollen.«

Maharet wirkte so leblos und teilnahmslos, wie ein lebendes Wesen nur wirken kann. Ihre blauen Augen waren müde, blutunterlaufen. Und plötzlich erkannte ich, warum. Es waren menschliche Augen. Sie starben in ihrem Kopf ab. Ihr Blut erfüllte sie immer wieder neu mit Leben, doch das hielt nicht vor. Zu viele der dünnen Nervenstränge ihres eigenen Körpers waren tot.

Ich sah wieder das Traumbild. Die Zwillinge; der Leichnam vor ihnen. Was war die Verbindung?

»Es gibt keine«, flüsterte Akascha. »Das alles ist lange vergessen, denn die Geschichte gibt keine Antworten mehr. Wir haben die Geschichte überwunden. Geschichte beruht auf Irrtümern; wir werden mit der Wahrheit beginnen.«

Plötzlich erhob Marius seine Stimme:

»Gibt es nichts, was dich bewegen kann, davon abzulassen?«

Sein Ton war unendlich milder, als ich erwartet hatte. Er saß vorgebeugt, mit gefalteten Händen, in der Haltung eines Mannes, der bestrebt ist, vernünftig zu sein. »Was können wir vorbringen? Wir möchten, daß du die Erscheinungen einstellst. Wir möchten, daß du dich nicht mehr einmischst.«

Akaschas Finger spannten sich fester um meine. Die rothaarige Frau blickte jetzt mich mit ihren blutunterlaufenen blauen Augen an!

»Akascha, ich bitte dich«, sagte Marius. »Beende diese Rebellion. Erscheine nicht mehr vor den Sterblichen, gib keine Befehle mehr.«

Akascha lachte leise. »Und warum nicht, Marius? Weil es deine schöne Welt in Unordnung bringt, die Welt, die du zweitausend Jahre lang beobachtet hast, wie ihr Römer einst dem Leben und Sterben in der Arena zugesehen habt, als ob das Unterhaltung oder Theater wäre, als ob es nicht weiter von Bedeutung wäre – die nackte Tatsache des Leidens und des Sterbens –, solange ihr nur entzückt wart?«

»Ich weiß, was du vorhast«, sagte Marius. »Akascha, du hast kein Recht dazu.«

»Marius, dein Schüler hier hat mir diese alten Argumente bereits vorgetragen«, antwortete sie. Ihr Ton war jetzt so milde und voller Geduld wie seiner. »Aber, was wichtiger ist, ich selbst habe sie mir tausendmal vorgehalten. Was glaubst du, wie lange ich mir die Gebete der Welt angehört und über eine Möglichkeit nachgegrübelt habe, den endlosen Zyklus menschlicher Gewalt zu beenden? Es ist jetzt an der Zeit, daß ihr euch anhört, was ich zu sagen habe.«

»Wir sollen dabei mitspielen?« fragte Santino. »Oder vernichtet werden, wie die anderen vernichtet worden sind?« Er sprach eher erregt als arrogant.

Und zum erstenmal zeigte die rothaarige Frau einen Anflug einer Gefühlsbewegung; ihr müder Blick richtete sich unverläßlich auf ihn, ihr Mund war angespannt.

»Ihr werdet meine Engel sein«, antwortete Akascha sanft und sah ihn an. »Ihr werdet meine Götter sein. Wenn ihr mir nicht folgen wollt, werde ich euch vernichten. Was die Alten angeht, die Alten, die ich nicht so einfach beseitigen kann« – sie sah wieder Khayman und Maharet an –, »so sollen sie als Teufel angesehen werden, die mich bekämpfen, und die gesamte Menschheit soll sie zur Strecke bringen, und durch ihren Widerstand werden sie dem Plan hervorragend dienen. Aber nie mehr werdet ihr das haben, was ihr bislang hattet – eine Welt, in der ihr insgeheim umherstreifen könnt.«

Eric schien seinen lautlosen Kampf gegen die Angst zu verlieren. Er bewegte sich, als wollte er aufstehen und den Raum verlassen.

»Geduld«, sagte Maharet und sah ihn an. Dann sah sie wieder Akascha an. Akascha lächelte.

»Wie«, fragte Maharet mit leiser Stimme, »kann man Gewalt durch noch mehr Gewalt ein Ende setzen?«

»Die Männer verdienen, was mit ihnen geschehen ist«, sagte Akascha. »Sie als Gattung werden ernten, was sie gesät haben. Und dann wird Frieden sein auf Erden; ein Frieden, wie ihn die Welt bis jetzt noch nicht gekannt hat. Und was das wichtigste ist: Wir haben jetzt die einmalige Möglichkeit, diesen Frieden herbeizuführen. Ich bin unzerstörbar. Ihr besitzt die nötigen Fähigkeiten, um meine Engel zu sein. Und es gibt niemanden, der uns mit Erfolg entgegentreten kann.«

»Das stimmt nicht«, sagte Maharet.

Ein leichter Anflug von Zorn verfärbte Akaschas Wangen; ein kräftiges Erröten, das wieder verblaßte, so daß sie schließlich wieder so totenbleich aussah wie vorher.

»Willst du sagen, daß du mich aufhalten kannst?« fragte sie und preßte die Lippen zusammen. »Wie verwegen von dir, das anzudeuten. Willst du deswegen den Tod von Eric und Mael und Jessica in Kauf nehmen?«

Maharet antwortete nicht. Mael war sichtlich erschüttert, doch vor Zorn, nicht vor Angst. Er blickte zu Jesse und zu Maharet und dann zu mir. Ich konnte seinen Haß spüren.

Akascha starrte weiterhin Maharet an. »Oh, ich kenne dich, glaube mir«, fuhr sie mit etwas milderer Stimme fort. »Ich weiß, wie du all die Jahre unverändert überlebt hast. Ich habe dich tausendmal in den Augen anderer gesehen; ich weiß, du träumst jetzt davon, daß deine Schwester noch lebt. Und vielleicht tut sie das – auf irgendeine armselige Art und Weise. Ich weiß, daß dein Haß auf mich sich tief eingefressen hat und daß du in Gedanken zurückgehst, den ganzen Weg bis zu den ersten Anfängen, als ob du da Sinn und Zweck dessen finden könntest, was jetzt geschieht. Aber wie du selbst mir vor langer Zeit gesagt hast, als wir in einem Palast aus Lehmziegeln an den Ufern des Nils miteinander sprachen: Es gibt weder Sinn noch Zweck. Es gibt nichts! Es gibt sichtbare und unsichtbare Dinge, und Schreckliches kann den Unschuldigsten unter uns zustoßen. Verstehst du nicht – das ist genauso entscheidend für das, was ich tue, wie alles andere.«

Wieder antwortete Maharet nicht. Sie saß starr da, nur ihre schönen dunklen Augen zeigten ein schwaches Flackern, das vielleicht auf Schmerz hinwies.

»Ich werde Sinn und Zweck erschaffen«, sagte Akascha mit zornigem Unterton. »Ich werde die Zukunft erschaffen, ich werde das Gute definieren, ich werde den Frieden definieren. Und ich berufe mich nicht auf mythische Götter und Göttinnen, die meine Taten rechtfertigen sollen, auf keine abstrakte Moral. Ich berufe mich auch nicht auf die Geschichte! Ich suche nicht im Schmutz nach dem Herzen und Hirn meiner Mutter!«

Ein Schaudern durchlief die anderen. Ein schwaches, bitteres Lächeln erschien auf Santinos Lippen. Und Louis blickte beschützend, wie es schien, auf die schweigende Maharet.

Marius sorgte sich darum, daß es nicht schlimmer wurde.

»Akascha«, sagte er eindringlich, »selbst wenn das möglich sein sollte, selbst wenn die sterbliche Bevölkerung sich nicht gegen dich erhebt und die Männer keine Möglichkeit finden, dich zu vernichten, lange bevor solch ein Plan durchgeführt werden könnte...«

»Du bist ein Dummkopf, Marius, oder du hältst mich für einen. Glaubst du, ich weiß nicht, wozu diese Welt fähig ist? Welch absurde Mischung aus Barbarei und technologischem Scharfsinn das Denken des modernen Menschen ausmacht?«

»Meine Königin, ich glaube nicht, daß du es weißt!« sagte Marius. »Ich glaube es wirklich nicht. Ich glaube nicht, daß du dir eine ausreichende Vorstellung davon machen kannst, wie die Welt ist. Keiner von uns kann das; sie ist zu mannigfaltig, zu unermeßlich; wir versuchen sie mit unserem Verstand zu erfassen, aber es gelingt uns nicht. Du kennst eine Welt, aber das ist nicht *die* Welt; es ist die Welt, die du aus Gründen, die in dir selbst liegen, aus einem Dutzend anderer Welten ausgewählt hast.«

Akascha schüttelte in einem neuerlichen Anflug von Zorn den

Kopf. »Stell meine Geduld nicht auf die Probe, Marius«, sagte sie. »Ich habe dich aus einem ganz einfachen Grund verschont. Weil Lestat es so wollte. Und weil du stark bist und mir von Nutzen sein kannst. Aber das ist auch alles, Marius. Sei auf der Hut.«

Sie schwiegen beide. Sicher merkte er, daß sie log. Ich merkte es. Sie liebte ihn, und das demütigte sie, und deshalb versuchte sie, ihn zu verletzen. Und das war ihr gelungen. Schweigend schluckte er seine Wut hinunter.

»Selbst wenn es möglich wäre«, drängte er sanft, »kannst du aufrichtig sagen, daß die Menschen so schlecht sind, daß sie eine solche Strafe verdient haben?«

Ich fühlte, wie Erleichterung mich durchströmte. Ich hatte gewußt, daß er den Mut haben würde, ich hatte gewußt, daß er es fertigbringen würde, das Gespräch in ernsthafte Bahnen zu lenken, gleichgültig, wie sehr sie ihm drohte; er würde alles sagen, was ich zu sagen mich bemüht hatte.

»Ach, jetzt widerst du mich an«, antwortete sie.

»Akascha, zweitausend Jahre lang habe ich zugesehen«, sagte er. »Nenne mich den Römer in der Arena, wenn du willst, und erzähle mir Geschichten über die Zeiten, die vor mir verstrichen. Als ich zu deinen Füßen kniete, bettelte ich um dein Wissen. Aber was ich in dieser kurzen Zeitspanne miterlebt habe, hat mich mit Ehrfurcht und Liebe gegenüber allen Sterblichen erfüllt; ich habe Revolutionen im Denken und in der Philosophie erlebt, die ich für unmöglich gehalten habe. Nähert sich die Menschheit nicht eben von selbst schon dem Zeitalter des Friedens, das du uns schilderst?«

Akaschas Gesicht drückte nichts als Verachtung aus.

»Marius«, sagte sie, »dieses Jahrhundert wird als eines der blutigsten in der Geschichte der Menschheit in Erinnerung bleiben. Von was für Revolutionen sprichst du, wenn ein kleiner europäischer Staat auf die Laune eines Verrückten hin Millionen ausgerottet hat, wenn ganze Städte in Vergessenheit gebombt worden sind? Wenn Kinder in den Wüstenländern des Ostens im Namen eines despotischen Gottes aus alten Zeiten Krieg gegen andere Kinder führen? Marius, in aller Welt spülen Frauen die Früchte ihres Schoßes in die Kanalisation. Das Geschrei der Hungernden ist ohrenbetäubend, doch wird es von den Reichen, die in technologischen Festungen herumspringen, nicht gehört; Seuchen grassieren unter den Hungernden ganzer Kontinente, während die Kranken in den Luxuskliniken den Reichtum der Welt auf kosmetische Veränderungen und die Verheißung ewigen Lebens durch Pillen und Phiolen verschwenden.« Sie lachte leise. »Haben die Schreie der Sterbenden jemals so stark in den Ohren derer unter uns geklungen, die sie hören können? Ist *jemals* mehr Blut vergossen worden?«

Ich konnte Marius' Anspannung spüren. Ich konnte die Wut spüren, die ihn jetzt die Faust ballen und ihn in seiner Seele nach passenden Worten suchen ließ.

»Es gibt etwas, das du nicht *sehen* kannst«, sagte er endlich. »Es gibt etwas, das du nicht verstehst.«

»Nein, mein Lieber. An meiner Vision ist nichts falsch. Es war nie etwas falsch daran. Du bist es, der nicht versteht. Wie immer schon.«

»Sieh dort hinaus auf den Wald!« sagte er und wies auf die gläsernen Wände um uns herum. »Suche dir einen Baum heraus; beschreibe ihn, wenn du willst, indem du aufzählst, was er vernichtet, wem er Trotz bietet und was er nicht vollbringt, und du hast ein Ungeheuer mit gefräßigen Wurzeln und von unwiderstehlicher Triebkraft, das den anderen Pflanzen das Licht, die Nahrung, die Luft stiehlt. Aber das ist nicht die Wahrheit über den Baum. Das ist nicht die ganze Wahrheit, wenn man ihn als Teil der Natur ansieht, und mit Natur meine ich nichts Heiliges, ich meine einfach die kosmische Ordnung, Akascha. Ich meine einfach den Zusammenhang, der alles umfaßt.«

»Und so suchst du dir wieder die Gründe für deinen Optimismus heraus«, sagte sie, »wie immer schon. Komm. Frage mich nach den westlichen Großstädten, in denen auch an die Armen täglich Schüsseln mit Fleisch und Gemüse ausgegeben werden, und erzähle mir, daß es keinen Hunger mehr gibt. Ach, dein Schüler hier hat mir schon genug von dem Quatsch erzählt – diese idiotischen Dummheiten, auf denen immer schon die Selbstgefälligkeit der Reichen beruht hat. Die Welt ist in Lasterhaftigkeit und Chaos versunken; es ist, wie es immer war, oder schlimmer.«

»O nein, so nicht«, sagte Marius unnachgiebig. »Die Menschen sind lernfähig. Wenn du nicht erkennst, was sie gelernt haben, bist du blind. Sie sind Wesen, die sich ständig verändern, sich ständig vervollkommnen, ständig ihren Horizont und die Empfänglichkeit ihrer Herzen erweitern. Du wirst ihnen nicht gerecht, wenn du von diesem Jahrhundert als dem blutigsten sprichst; du siehst das Licht nicht, das die Finsternis immer heller überstrahlt; du siehst nicht die Entwicklung der menschlichen Seele!«

Er erhob sich von seinem Platz und ging um den Tisch herum an ihre linke Seite. Er setzte sich auf den leeren Stuhl zwischen ihr und Gabrielle. Und dann ergriff er ihre Hand und hob sie an.

Ich erschrak, als ich ihn beobachtete. Ich fürchtete, sie würde ihm nicht erlauben, sie zu berühren; doch sie schien diese Geste zu mögen; sie lächelte nur.

»Es ist wahr, was du über den Krieg sagst«, sagte er, sie anflehend und gleichzeitig mit seinem Stolz kämpfend. »Ja, und auch ich habe die Schreie der Sterbenden gehört; wir alle haben sie gehört, all die Jahrzehnte lang; und selbst jetzt wird die Welt durch tägliche Berichte über bewaffnete Konflikte mit Entsetzen erfüllt. Aber der Aufschrei gegen diese Greuel ist das Licht, von dem ich spreche, es ist die Einstellung, die es in der Vergangenheit nie gegeben hat, es ist die Unnachgiebigkeit, mit der verständige Männer und Frauen in den Schaltzentralen der Macht zum erstenmal in der Geschichte der Menschheit dem Unrecht in jeder Form wirklich ein Ende setzen wollen.«

»Du sprichst von der geistigen Einstellung einiger weniger.«

»Nein«, sagte er. »Ich spreche von einer sich wandelnden Weltanschauung; ich spreche von einem Idealismus, aus dem handfeste Realitäten entstehen werden. Akascha, verstehst du nicht, fehlerhaft, wie sie sind, brauchen sie Zeit, um ihre Träume zu verwirklichen.«

»Ja!« Es war Louis, der da sprach.

Mir stockte das Herz. Er war so verwundbar! Was, wenn sie ihren Zorn auf ihn richtete...

Aber Louis fuhr in seiner ruhigen und kultivierten Art fort: »Es ist ihre Welt, nicht unsere«, sagte er bescheiden. »Wir haben sie doch wohl verwirkt, als wir unsere Sterblichkeit verloren. Wir haben kein Recht, jetzt ihre Anstrengungen zu sabotieren. Wenn wir es tun, betrügen wir sie um Erfolge, die sie schon zuviel gekostet haben! Auch nur in den letzten hundert Jahren haben sie wunderbare Fortschritte gemacht; sie haben Unrecht beseitigt, das die Menschheit für unvermeidlich hielt; sie haben erstmals ein Konzept für die Familie der Menschen entwickelt.«

»Deine Wahrhaftigkeit rührt mich an«, antwortete Akascha. »Ich habe dich nur verschont, weil Lestat dich liebte. Jetzt verstehe ich diese Liebe. Welchen Mut muß es dich kosten, mir dein Innerstes zu offenbaren. Aber du selbst bist der räuberischste unter all den Unsterblichen hier. Du tötest ohne Rücksicht auf Alter oder Geschlecht oder Lebenswillen.«

»Dann töte mich!« antwortete er. »Ich wollte, du würdest es tun. Aber töte keinen Menschen! Misch dich bei ihnen nicht ein. Auch wenn sie sich gegenseitig umbringen! Gib ihnen Zeit, ihre neuen Vorstellungen zu verwirklichen.«

»Zeit«, sagte Maharet. »Vielleicht ist es das, worum wir bitten. Zeit. Und das ist es, was du geben mußt.«

Es entstand eine Pause.

Akascha wollte diese Frau nicht mehr ansehen, sie wollte ihr nicht zuhören. Ich konnte spüren, wie sie zurückschreckte. Sie entzog Marius ihre Hand, sie sah Louis lange an und wandte sich dann, als sei es unvermeidlich, Maharet zu, und ihr Gesichtsausdruck wurde starr und beinahe grausam.

Doch Maharet fuhr fort: »Du hast schweigend jahrhundertelang über deine Lösungen nachgedacht. Was sind weitere hundert Jahre? Sicherlich wirst du nicht bestreiten wollen, daß das letzte Jahrhundert auf dieser Welt alle Voraussagen und Vorstellungen übertroffen hat – und daß die technologischen Fortschritte dieses Jahrhunderts möglicherweise Nahrung und Obdach und Gesundheit für alle Menschen auf der Erde bringen.«

»Stimmt das wirklich?« erwiderte Akascha. »Was der technologische Fortschritt der Welt gegeben hat, sind Giftgas und Seuchen, die in Laboratorien entwickelt wurden, und Bomben, die den ganzen Planeten vernichten könnten. Er hat der Welt nukleare Unfälle beschert, die die Nahrung und das Trinkwasser ganzer Kontinente vergiftet haben. Und die Armen tun, was sie immer getan haben – mit moderner Leistungsfähigkeit: die Aristokratie eines Volkes binnen einer Stunde in einem verschneiten Wald hingemetzelt; die Intelligenz einer Nation, einschließlich all jener, die Brillen tragen, systematisch erschossen.«

»Das kann nicht alles sein, was du gesehen hast«, sagte Marius. »Ich glaube es nicht. Akascha, sieh mich an. Bringe etwas Wohlwollen auf für mich und das, was ich zu sagen versuche.«

»Es spielt keine Rolle, ob du es glaubst oder nicht!« sagte sie im ersten anhaltenden Zorn. »Du hast nicht gelten lassen, was ich dir zu erklären versuchte. Du bist nicht auf das ausgezeichnete Bild eingegangen, das ich deiner Vorstellungskraft geliefert habe. Erkennst du nicht das Geschenk, das ich dir anbiete? Ich würde dich retten! Und was bist du, wenn ich das nicht tue? Ein Bluttrinker, ein Mörder!«

Ich hatte sie nie so erregt gehört. Als Marius antworten wollte, gebot sie ihm herrisch Schweigen. Sie sah Santino und Armand an.

»Du, Santino«, sagte sie. »Du, der du die römischen Kinder der Finsternis beherrscht hast, als sie glaubten, als Anhänger des Teufels Gottes Willen auszuführen — erinnerst du dich daran, wie es war, ein Ziel zu haben? Und du, Armand, Leiter des alten Ordens von Paris, erinnerst du dich an die Zeit, als du ein Heiliger der Finsternis warst? Zwischen Himmel und Hölle war dein Platz. Ich biete dir das erneut an, und das ist keine Täuschung! Könnt ihr nicht nach euren verlorenen Träumen greifen?«

Keiner antwortete ihr. Santino war von Grauen gepackt; die Wunde in seinem Inneren blutete. Armands Gesicht enthüllte nichts als Verzweiflung.

Ein finsterer, fatalistischer Ausdruck befiel Akascha. Es war aussichtslos. Keiner von ihnen würde sich ihr anschließen. Sie sah Marius an.

»Deine geliebte Menschheit!« sagte sie. »Sie hat in sechstausend Jahren nichts gelernt!«

»Also gut, wie würde dann deine Welt aussehen?« sagte Marius. Seine Hände zitterten. »Glaubst du nicht, daß die Frauen um ihre Männer kämpfen werden?«

Sie lachte. Sie drehte sich zu mir hin. »Haben sie in Sri Lanka gekämpft, Lestat? Haben sie in Haiti gekämpft? Haben sie auf Lynkonos gekämpft?«

Marius starrte mich an. Er wartete auf meine Antwort, um meinen Standpunkt kennenzulernen. Ich wollte diskutieren, die Fäden, die er mir gesponnen hatte, aufnehmen und weiterspinnen. Aber mein Kopf war leer.

»Akascha«, sagte ich. »Geh nicht weiter auf diesem blutigen Pfad. Bitte. Belüge und verwirre die Menschen nicht länger.«

Da war es, brutal und unverfälscht, aber das einzig Ehrliche, das ich beitragen konnte.

»Ja, denn das ist der Kernpunkt«, sagte Marius, wieder in besonnenem, besorgtem, fast flehendem Ton. »Es ist eine Lüge, Akascha, es ist eine weitere abergläubische Lüge! Haben wir davon nicht genug gehabt? Und ausgerechnet jetzt, da die Welt aus ihren alten Verblendungen erwacht, da sie sich von den alten Göttern befreit hat.«

»Eine Lüge?« fragte sie. Sie wich zurück, als hätte er sie verletzt. »Was ist die Lüge? Habe ich gelogen, als ich ihnen sagte, ich würde eine Herrschaft des Friedens auf Erden bringen? Habe ich gelogen, als ich ihnen sagte, ich sei die, auf die sie gewartet hätten? Nein, ich habe nicht gelogen. Was ich tun kann, ist, ihnen das erste Häppchen Wahrheit zu geben, das sie je kennengelernt haben! Ich bin das, wofür sie mich halten. Ich bin ewig und allmächtig, und ich werde sie beschützen...«

»Sie beschützen?« fragte Marius. »Wie kannst du sie vor ihren schlimmsten Feinden beschützen?«

»Was für Feinde?«

»Krankheiten, meine Königin. Tod. Du bist keine Heilerin. Du kannst kein Leben geben oder retten. Und sie werden solche Wunder erwarten. *Alles, was du kannst, ist töten.*«

Schweigen. Stille. Ihr Gesicht war plötzlich leblos wie in dem Schrein; die Augen starrten geradeaus, ob leer oder in tiefen Gedanken, war unmöglich zu entscheiden.

Kein Laut, nur das Holz im Kamin fiel in sich zusammen.

»Akascha«, flüsterte ich. »Zeit war es, worum Maharet gebeten hat. Ein Jahrhundert. Das ist so wenig.«

Benommen sah sie mich an. Ich konnte den Atem des Todes auf meinem Gesicht spüren; der Tod war mir so nahe wie vor vielen Jahren, als die Wölfe mich in den vereisten Wald verfolgten und ich die Äste der kahlen Bäume nicht erreichen konnte.

»Ihr seid alle meine Feinde, nicht wahr?« flüsterte sie. »Selbst du, mein Prinz. Du bist mein Feind. Gleichzeitig mein Geliebter und mein Feind.«

»Ich liebe dich!« sagte ich. »Aber ich kann dich nicht belügen. Ich kann nicht daran glauben! Es ist unrecht! Gerade die Einfachheit und die Eleganz deiner Sache machen sie so unrecht!«

Akaschas Blicke huschten schnell über die Gesichter der anderen. Eric war wieder am Rande einer Panik. Und ich konnte spüren, wie Maels Wut sich ihrem Höhepunkt näherte.

»Ist keiner unter euch, der sich auf meine Seite stellen will?« flüsterte sie. »Nicht einer, der diesen verblüffenden Traum verwirklichen will? Nicht einmal jemand, der seine kleine und selbstsüchtige Welt verlassen möchte?« Ihre Blicke hefteten sich auf Pandora. »Ach, du arme Träumerin, die sich wegen ihrer verlorenen Menschlichkeit grämt, möchtest du nicht erlöst werden?«

Pandora sah sie an wie durch eine trübe Glasscheibe. »Ich finde keinen Geschmack daran, Tod zu bringen«, antwortete sie in noch leiserem Flüsterton. »Es reicht mir, ihn in den fallenden Blättern zu sehen. Ich kann nicht glauben, daß aus Blutvergießen Gutes entstehen kann.« Sie lächelte traurig. »Ich bin nutzlos für dich. Ich habe nichts zu geben.«

Akascha antwortete nicht. Dann huschten ihre Blicke wieder über die anderen, sie schätzte Mael ab, Eric, Jesse.

»Was habe ich getan, daß ihr so gegen mich aufgebracht seid?« fragte sie schließlich. Sie sah mich an, dann Marius und schließlich Maharet. »Von Lestat habe ich Hochmut erwartet«, fuhr sie fort. »Ich habe Plattheiten und Phrasen und undurchdachte Meinungen erwartet. Aber von vielen unter euch habe ich mehr erwartet. Oh, wie enttäuscht ihr mich. Wie könnt ihr euch von dem Schicksal abwenden, das euch erwartet? Ihr, die ihr Erlöser sein könntet! Wie könnt ihr leugnen, was ihr gesehen habt?«

»Aber sie würden wissen wollen, was wir wirklich sind«, sagte Santino. »Und sobald sie es wüßten, würden sie sich gegen uns erheben. Sie würden das unsterbliche Blut wollen wie immer.«

»Selbst Frauen wollen ewig leben«, sagte Maharet kalt. »Selbst Frauen würden dafür töten. Es ist ein grausamer und primitiver Traum, den du da träumst.«

Akaschas Gesicht verfinsterte sich wieder vor Zorn. Doch selbst im Zorn blieb die Anmut ihres Ausdrucks erhalten. »Du bist immer gegen mich gewesen«, sagte sie zu Maharet. »Wenn ich könnte, würde ich dich vernichten. Ich würde die verletzen, die du liebst.«

Es herrschte bestürztes Schweigen. Ich konnte die Angst der anderen riechen, obwohl niemand wagte, sich zu bewegen oder zu sprechen.

Maharet nickte. Sie lächelte schlau.

»Du bist es, die hochmütig ist«, antwortete sie. »Du bist es, die nichts begriffen hat. Du bist es, die sich in sechstausend Jahren nicht geändert hat. Es ist deine Seele, die unvollkommen bleibt, während Sterbliche sich Bereichen nähern, die du nie verstehen wirst. In deiner Abgeschlossenheit hast du Träume gehabt wie Tausende von Sterblichen auch, von jeder Prüfung und jedem Zweifel abgeschirmt; und du tauchst aus deiner Stille auf und willst diese Träume für die Welt wahr machen? Du bringst sie mit an diesen Tisch zu einer Handvoll deiner Artverwandten, und sie werden zunichte. Du kannst sie nicht aufrechterhalten. Wie könnte irgend jemand sie aufrechterhalten? Und du behauptest, wir leugnen, was wir sehen!«

Langsam erhob sich Maharet von ihrem Stuhl. Sie beugte sich leicht vor und stützte sich mit den Fingern auf das Holz.

»Nun gut, ich will dir erzählen, was ich sehe«, fuhr sie fort. »Vor sechstausend Jahren, als die Menschen noch an Geister glaubten, geschah ein häßliches und unwiderrufliches Unglück; es war auf seine Art so schrecklich wie die Mißgeburten, die hin und wieder von Sterblichen geboren und von der Natur nicht am Leben gelassen werden. Aber du, die du am Leben hängst, an deinem Verlangen hängst und an deinen königlichen Privilegien, hast dich geweigert, diesen schrecklichen Fehler mit dir in ein frühes Grab zu nehmen. Ihn heiligzusprechen war deine Absicht. Um eine mächtige und glorreiche Religion zu gründen; und das ist noch immer deine Absicht. Aber es war letzten Endes nur ein Unfall, eine Entstellung, und nichts weiter.

Und sieh dir jetzt die Zeiten an, die seit jenem finsteren und bösen Moment vergangen sind; sieh dir die anderen Religionen an, die sich auf Magie gründen, die auf irgendeiner Erscheinung oder einer Stimme aus den Wolken beruhen! Die auf Eingriffen des Übernatürlichen in dieser oder jener Form beruhen – auf Wundern, Offenbarungen, der Auferstehung eines sterblichen Menschen von den Toten!

Sieh dir die Auswirkungen deiner Religionen an, diese Bewegungen, die mit ihren phantastischen Geboten Millionen aufgehetzt haben. Sieh dir an, was sie in der Geschichte der Menschheit angerichtet haben. Sieh dir die Kriege an, die in ihrem Namen geführt worden sind, die Verfolgungen, die Massaker. Sieh nur die bloße Unterdrückung der Vernunft, sieh den Preis für Glauben und Begeisterung.

Und du sprichst uns von Kindern, die im Namen Allahs sterben, während die Kanonen donnern und die Bomben fallen!

Und den europäischen Staat, den du erwähnst, der ein ganzes Volk ausrotten wollte... Im Namen welch eines großartigen geistigen Weltentwurfs ist das geschehen? Und woran erinnert sich die Welt noch? An die Vernichtungslager, die Öfen, in denen Leichen zu Tausenden verbrannt wurden. Die Ideen sind vergessen!

Ich sage euch, es würde uns schwerfallen zu entscheiden, was das größere Übel ist – die Religion oder die reine Idee. Der Eingriff des Übernatürlichen oder die elegante, einfache, abstrakte Lösung! Beides hat diese Welt mit Leiden überschwemmt; beides hat die Menschheit buchstäblich und bildlich in die Knie gezwungen.

Verstehst *du* nicht? Nicht der Mensch ist der Feind des Menschen. Es ist die Unvernunft, es ist der Geist, der von der Materie getrennt ist, von dem, was uns ein schlagendes Herz oder eine blutdurchströmte Vene zu lehren weiß, wenn wir nur darauf hören.

Du beschuldigst uns der Gier. Ach, aber unsere Gier ist unsere Rettung. Denn wir wissen, was wir sind; wir kennen unsere Grenzen, und wir kennen unsere Sünden; du hast deine nie gekannt.

Du würdest alles noch einmal wiederholen, nicht wahr? Du würdest eine neue Religion bringen, eine neue Offenbarung, eine neue Welle des Aberglaubens und der Opferungen und des Todes.«

»Du lügst«, antwortete Akascha, die ihre Wut kaum beherrschen konnte. »Du verrätst das Schöne, von dem ich so sehr träume; du verrätst es, weil du keine Phantasie, keine Träume hast.«

»Das Schöne ist da draußen!« sagte Maharet. »Es verdient deine Gewalttätigkeit nicht. Bist du so unbarmherzig, daß die Leben, die du auslöschen willst, dir *nichts* bedeuten? Ach, es ist immer das gleiche!«

Die Spannung war unerträglich. Ich schwitzte Blut und Wasser. Ich konnte das Entsetzen an allen bemerken. Louis ließ den Kopf hängen und bedeckte das Gesicht mit den Händen. Nur der junge

Daniel machte einen hoffnungslos hingerissenen Eindruck. Und Armand starrte einfach Akascha an, als hätte er mit allem nichts zu tun.

Akascha kämpfte schweigend mit sich. Aber dann schien sie ihre Fassung wiederzugewinnen.

»Du lügst, wie du es immer getan hast«, sagte sie verzweifelt. »Aber es ist nicht wichtig, ob du an meiner Seite kämpfst. Ich werde tun, was ich vorhabe. Noch nie ist wirklich Gutes ohne Opfer und Mut zustande gekommen. Und wenn ihr euch alle gegen mich stellt, wenn ihr euch mir alle widersetzt, werde ich die Engel, die ich brauche, aus besserem Stoff erschaffen.«

»Nein, das wirst du nicht«, sagte Maharet.

»Akascha, bitte«, sagte Marius. »Gib uns Zeit. Warte, überlege nur etwas. Nichts muß jetzt entschieden werden.«

»Ja«, sagte ich. »Gib uns Zeit. Komm mit mir. Laß uns gemeinsam hinausgehen – du und ich und Marius –, hinaus aus den Träumen und Visionen in die wirkliche Welt.«

»Oh, wie du mich beleidigst und erniedrigst«, flüsterte sie. Ihr Zorn richtete sich gegen Marius, konnte aber jeden Augenblick auf mich umschlagen.

»Es gibt so viele Dinge, so viele Orte«, sagte er, »die ich dir zeigen möchte! Gib mir nur die Gelegenheit. Akascha, zweitausend Jahre lang habe ich mich um dich gekümmert, habe dich beschützt...«

»Du hast dich selbst beschützt! Du hast die Quelle deiner Kraft, die Quelle deiner Bosheit beschützt!«

»Ich flehe dich an«, sagte Marius. »Ich falle vor dir auf die Knie. Komm nur einen Moment zu mir, laß uns miteinander reden, laß uns alle Argumente prüfen...«

»Wie klein, wie selbstsüchtig«, flüsterte Akascha. »Und ihr verspürt keine Verpflichtung gegenüber der Welt, die euch zu dem gemacht hat, was ihr seid; keine Verpflichtung, ihr jetzt den Nutzen eurer Macht zugute kommen zu lassen, euch von Teufeln in Götter zu verwandeln!«

Abrupt drehte sie sich zu mir um; der Ärger stand ihr ins Gesicht geschrieben.

»Und du, mein Prinz, der in mein Gemach kam, als sei ich Dornröschen, der mich mit seinem leidenschaftlichen Kuß wieder zum Leben erweckte? Wirst du dich besinnen? Um meiner Liebe willen!« Wieder hatte sie Tränen in den Augen. »Mußt du auch mit ihnen gegen mich sein?« Sie legte mir ihre Hände ans Gesicht. »Wie kannst du mich verraten?« sagte sie. »Wie kannst du einen solchen Traum verraten? Sie sind träge Wesen, falsch, voller Bosheit. Aber dein Herz war rein. Du hattest Mut, der mehr war als Eigensinn. Du hattest auch Träume!«

Ich mußte nicht antworten. Sie wußte. Sie sah es wahrscheinlich klarer als ich. Und alles, was ich sah, war das Leiden in ihren schwarzen Augen. Der Schmerz, das Unverständnis und der Kummer, den sie meinetwegen schon durchlitt.

Plötzlich hatte es den Anschein, als könne sie weder sprechen noch sich bewegen. Und es gab nichts, was ich jetzt tun konnte; nichts, um sie oder mich zu retten. Ich liebte sie! Aber ich konnte nicht zu ihr halten. Schweigend bat ich sie um Verständnis und Verzeihung.

Ihr Gesichtsausdruck war eisig, fast so, als hätten die Stimmen sie gezähmt; es war, als stünde ich vor ihrem Thron und würde unverändert angestarrt.

»Dich werde ich zuerst töten, mein Prinz«, sagte sie, und ihre Finger liebkosten mich um so zärtlicher. »Ich will dich loswerden. Ich möchte nicht in dein Gesicht sehen und noch einmal diesen Verrat entdecken.«

»Füge ihm ein Leid zu, und es wird das Zeichen für uns sein«, flüsterte Maharet. »Wir werden uns wie Einer gegen dich wenden.«

»Und ihr werdet euch gegen euch selbst wenden!« antwortete Akascha und blickte Maharet an. »Wenn ich mit diesem, den ich liebe, fertig bin, werde ich die töten, die du liebst; diejenigen, die schon längst tot sein sollten; ich werde alle vernichten, die ich vernichten kann; doch wer sollte mich vernichten?«

»Akascha«, flüsterte Marius. Er stand auf und ging zu ihr, aber sie reagierte augenblicklich und schlug ihn nieder. Ich hörte ihn aufschreien, als er fiel. Santino kam, ihm zu helfen.

Wieder sah sie mich an, und ihre Hände schlossen sich um meine Schultern, sanft und liebevoll wie zuvor. Und durch den Schleier meiner Tränen sah ich sie betrübt lächeln. »Mein Prinz, mein schöner Prinz«, sagte sie.

Khayman stand auf. Eric auch. Und Mael. Und dann erhoben sich die Jungen und zuletzt Pandora, die an Marius' Seite ging.

Sie ließ mich los. Und auch sie stand auf. Die Nacht war plötzlich so still, daß der Wald vor den Fenstern zu seufzen schien.

Und was ich zustande brachte, war, daß ich allein sitzen blieb und keinen von ihnen ansah, sondern ins Leere starrte. Auf meinen kurzen, bunten Lebenslauf, meine kleinen Freuden, meine kleinen Tragödien, meine Träume, die Göttin zu erwecken, meine Träume von Güte und Ruhm.

Was tat Akascha unterdessen? Schätzte sie ihre Macht ab? Sie sah vom einen zum anderen und dann wieder auf mich. Ein seltsamer Blick von irgendeinem hochmütigen Standpunkt aus. *Und jetzt kommt das Feuer, Lestat. Sieh nicht Gabrielle oder Louis an, damit sie nicht bei ihnen beginnt. Stirb zuerst, wie ein Feigling, dann mußt du nicht zusehen, wie sie sterben.*

Und das Schreckliche ist, du wirst nicht wissen, wer am Ende siegt – ob sie triumphiert oder nicht oder ob wir alle zusammen untergehen. Genauso, wie du nicht weißt, was das alles zu bedeuten hat oder warum es geschieht oder was, zum Teufel, der Traum von den Zwillingen zu bedeuten hatte oder wie diese Welt überhaupt entstanden ist. Du wirst es einfach niemals erfahren.

Ich weinte jetzt, und sie weinte, und sie war wieder das zarte, schwache Wesen, das ich auf Santo Domingo in meinen Armen gehalten hatte, war wieder die, die mich brauchte. Doch diese Schwäche vernichtete sie letztendlich nicht, wenn sie auch mich mit Sicherheit vernichten würde.

»Lestat«, flüsterte sie wie zweifelnd.

»Ich kann dir nicht folgen«, sagte ich mit brechender Stimme. Langsam erhob ich mich. »Wir sind keine Engel, Akascha; wir sind keine Götter. Menschen zu sein ist das, was die meisten von uns sich ersehnen. Es ist das Menschliche, was für uns zum Mythos geworden ist.«

Es brachte mich um, sie anzusehen. Ich dachte daran, wie ihr Blut in mich geströmt war, an die Fähigkeiten, die sie mir verliehen hatte. Daran, wie es gewesen war, mit ihr durch die Wolken zu reisen. Ich dachte an das Wohlgefühl in dem haitianischen Dorf, als die Frauen mit ihren Kerzen gekommen waren und ihre Choräle gesungen hatten.

Blutige Tränen liefen Akascha übers Gesicht. Ihre Lippen bebten, und das weiche Fleisch auf ihrer Stirn war von Linien echten Kummers durchfurcht.

Dann straffte sie sich. Sie wandte sich von mir ab, und ihr Gesicht wurde wieder ausdruckslos und von wunderschöner Ebenmäßigkeit. Sie sah an uns vorbei, und ich fühlte, daß sie ihre Kraft sammelte, um es zu tun, und daß die anderen besser schnell handelten. Ich wünschte mir so etwas – einen Dolchstoß etwa; es wäre besser, wenn sie sie jetzt erledigen würden; und ich fühlte, wie mir die Tränen übers Gesicht liefen.

Aber es geschah noch etwas anderes. Von irgendwoher kam ein mächtiger, weicher, melodischer Klang. Glas zersplitterte, eine Menge Glas. Daniel zeigte plötzlich ganz offen Erregung. Jesse auch. Die Alten indessen waren erstarrt und lauschten. Wieder zersplitterte Glas; irgend jemand betrat dieses weiträumige Haus durch einen der vielen Eingänge.

Akascha trat einen Schritt zurück. Es schien, als sähe sie eine Vision, während das Treppenhaus vor der offenen Tür von einem lauten Geräusch erfüllt wurde. Irgend jemand war unten im Flur.

Akascha aber ging vom Tisch zum Kamin. Sie schien sich vor aller Welt zu fürchten.

War das möglich? Wußte sie, wer da kam, und war das auch ein Alter? Und fürchtete sie, daß der mehr zustande bringen würde als diese wenigen?

Nein, das war es letztlich nicht wirklich, zumindest nicht allein; sie war vielmehr innerlich geschlagen, und aller Mut verließ sie. Am Ende war es die Not, die Einsamkeit. Ich hatte mit meinem Widerstand begonnen, und sie hatten ihn unterstützt, und dann hatte ich ihr noch einen Schlag versetzt. Und nun war sie wie gelähmt von diesem lauten, hallenden und unbestimmten Geräusch. Doch sie wußte, wer diese Person war, das spürte ich. Und die anderen wußten es auch.

Das Geräusch wurde lauter. Der Besucher kam die Treppen herauf. Das Oberlicht und die alten Eisenmasten bebten von den Erschütterungen jedes schweren Schritts.

»Aber wer ist das!« sagte ich plötzlich. Ich konnte es nicht mehr ertragen. Da war wieder das Bild, das Bild mit dem Leichnam der Mutter und den Zwillingen.

»Akascha!« sagte Marius. »Gib uns die Zeit, um die wir bitten. Warte einen Moment. Das reicht!«

»Reicht wofür?« rief sie scharf, fast wild.

»Für unsere Leben, Akascha«, sagte er. «Für unser *aller* Leben!«

Ich hörte Khayman leise lachen, ihn, der nicht ein einziges Mal gesprochen hatte.

Die Schritte waren auf dem Teppenabsatz angelangt.

Maharet stand an der offenen Tür, und Mael stand neben ihr. Ich hatte nicht einmal bemerkt, daß sie sich bewegt hatten.

Dann sah ich, wer und was es war. Die Frau, die ich flüchtig gesehen hatte, wie sie durch den Dschungel wanderte, sich aus der Erde wühlte, die endlosen Meilen über die dürre Ebene marschierte. Der zweite Zwilling aus den Träumen, die ich nie verstanden hatte! Und sie stand jetzt im Dämmerlicht des Treppenhauses und starrte auf die Gestalt Akaschas, die etwa dreißig Fuß weiter mit dem Rücken zur Glaswand und dem lodernden Feuer stand.

Oh, dieser Anblick! Ich hörte die anderen nach Luft ringen, selbst die Alten, selbst Marius.

Eine dünne Erdschicht überzog ihren ganzen Körper, sogar ihr gekräuseltes Haar. Obwohl er aufplatzte und abbröckelte und auch vom Regen aufgeweicht war, haftete der Schlamm immer noch an ihr, haftete an ihren nackten Armen und bloßen Füßen, als wäre sie daraus gemacht, aus der Erde selbst. Er verwandelte ihr Gesicht in eine Maske. Und aus dieser Maske blickten ihre nackten, rotgeränderten Augen. Sie war mit einem Lumpen bekleidet, einer schmutzigen und zerrissenen Decke, die sie mit einem Hanfseil um ihre Taille zusammenhielt.

Welch eine Anwandlung mochte solch ein Wesen veranlaßt haben, sich zu bedecken, welch zarte menschliche Sittsamkeit hatte diesen menschlichen Leichnam bewogen, innezuhalten und sich dieses schlichte Gewand anzufertigen, welches leidende Überbleibsel des menschlichen Herzens?

Neben ihr stand Maharet, blickte sie an und schien plötzlich einen Schwächeanfall zu erleiden, und jeden Augenblick schien ihr schlanker Körper zu Boden stürzen zu wollen.

»Mekare!« flüsterte sie.

Doch die Frau sah und hörte sie nicht; die Frau starrte Akascha an, ihre Augen schimmerten voll furchtloser, tierischer Verschlagenheit, als Akascha zurück an den Tisch kam und den Tisch zwischen sich und dieses Wesen brachte, als Akaschas Gesicht sich verhärtete und aus ihren Augen unverhohlener Haß zu sprechen begann.

»Mekare!« schrie Maharet. Sie streckte ihre Arme aus und versuchte, die Frau an den Schultern zu ergreifen und herumzudrehen.

Die Frau jedoch schleuderte Maharet mit der Hand zurück, meterweit durch den Raum, bis sie gegen die Glaswand taumelte.

Maharet betastete das Glas behutsam mit den Fingern, dann sprang sie mit der fließenden Grazie einer Katze auf und warf sich in Erics Arme, der ihr zu Hilfe geeilt war.

Sogleich zog er sie zurück zur Tür. Denn die Frau stieß jetzt den riesigen Tisch an, schob ihn nordwärts und warf ihn dann um.

Gabrielle und Louis gingen eilig in eine Ecke des Raumes, Santino und Armand in die andere, zu Mael und Eric und Maharet.

Wir auf der anderen Seite wichen lediglich zurück, außer Jesse, die zur Tür gelaufen war.

Sie stand neben Khayman, und als ich ihn jetzt ansah, entdeckte ich zu meiner Überraschung ein leichtes, bitteres Lächeln an ihm.

»Der Fluch, meine Königin«, sagte er und erhob seine Stimme zu einer Schärfe, die den Raum füllte.

Die Frau erstarrte, als sie ihn hinter sich hörte. Doch sie drehte sich nicht um.

Und Akascha, deren Gesicht im Feuerschein glänzte, zitterte sichtlich, und wieder flossen ihre Tränen.

»Alle seid ihr gegen mich, alle!« sagte sie. »Nicht einer, der mir zur Seite stehen wollte!« Sie starrte mich an, auch noch, als die Frau ihr näher kam.

Die schlammigen Füße der Frau kratzten auf dem Teppich, ihr Mund stand offen, und die Hände waren nur leicht angehoben, die Arme hingen immer noch herunter. Doch war es durch und durch bedrohlich, wie sie langsam einen Fuß vor den anderen setzte.

Dann aber sprach Khayman wieder und brachte sie plötzlich zum Stehen.

In einer fremden Sprache erhob er seine Stimme, die an Lautsärke zunahm, bis sie ein Brüllen war. Und ich verstand ihn nur bruchstückhaft.

»Königin der Verdammten... Stunde der schlimmsten Bedrohung... ich werde auferstehen, dich aufzuhalten...« verstand ich. Das war der Fluch und die Prophezeiung von Mekare – der Frau – gewesen. Und jeder hier wußte das, verstand es. Es hing mit diesem seltsamen, unerklärlichen Traum zusammen.

»O nein, meine Kinder!« schrie Akascha plötzlich. »Soweit sind wir noch nicht!«

Ich spürte, wie sie ihre Kräfte sammelte; ich sah, wie ihr Körper sich straffte, wie sie die Brust herausstreckte, ihre Hände wie automatisch hob, die Finger krümmte.

Die Frau erschrak, wich zurück, widerstand aber sofort. Und dann straffte auch sie sich, ihre Augen weiteten sich, und sie stürzte sich mit ausgestreckten Armen so blitzschnell auf die Königin, daß ich gar nicht folgen konnte.

Ich sah ihre schlammbedeckten Hände auf Akascha zuschnellen; ich sah Akaschas Gesicht, als sie bei ihrem langen schwarzen Haar gepackt wurde. Ich hörte sie schreien. Dann sah ich ihr Profil, als ihr Kopf gegen das Westfenster prallte und es zerschmetterte, daß das Glas in großen, gezackten Scherben herabfiel.

Ein gewaltiger Schreck durchfuhr mich; ich konnte weder atmen noch mich bewegen. Ich fiel zu Boden; ich beherrschte meine Gliedmaßen nicht mehr. Akaschas kopfloser Körper glitt an der zerschmetterten gläsernen Wand hinunter, während ringsum immer noch die Scherben fielen. Blut überströmte das zerbrochene Glas hinter ihr. Und die Frau hielt Akaschas abgetrennten Kopf an den Haaren!

Akaschas schwarze Augen blinzelten und weiteten sich. Ihr Mund öffnete sich, als wollte sie wieder schreien.

Und dann ging um mich herum das Licht aus, als sei das Feuer gelöscht worden, was aber nicht der Fall war, und als ich mich weinend auf dem Teppich herumwälzte und mich an ihn klammerte, sah ich die fernen Flammen wie durch einen dunkelrosa Nebel.

Ich versuchte mich aufzurichten. Ich konnte es nicht. Ich konnte Marius hören, der mich anrief, Marius, der nur schweigend meinen Namen rief.

Dann erhob ich mich, nur ganz wenig, und mein ganzes Gewicht lastete auf meinen schmerzenden Armen und Händen.

Akaschas Augen waren auf mich gerichtet. Ihr Kopf lag fast innerhalb meiner Reichweite, der Körper lag auf dem Rücken, und Blut strömte aus dem Stumpf des Halses. Plötzlich zuckte der rechte Arm, hob sich und plumpste dann wieder zurück auf den Boden. Dann hob er sich wieder. Sie griff nach dem Kopf!

Ich konnte helfen! Ich konnte die Kräfte nutzen, die sie mir verliehen hatte, um den Körper zu bewegen, damit er den Kopf erreichen konnte. Und als ich mich bemühte, in dem gedämpften Licht etwas zu sehen, taumelte und bebte der Körper und fiel dann näher beim Kopf wieder auf den Boden.

Doch die Zwillinge! Sie waren neben dem Kopf und dem Körper. Mekare starrte den Kopf mit ihren ausdruckslosen, rotgeränderten Augen stumpfsinnig an. Und Maharet kniete sich völlig erschöpft neben ihre Schwester vor den Körper Der Mutter, und im Raum wurde es dunkler und kälter, und Akaschas Gesicht wurde bleich und gespenstisch weiß, als ob alles Licht daraus verschwände.

Ich hätte mich fürchten sollen; ich hätte entsetzt sein sollen; die Kälte beschlich mich, und ich konnte mein eigenes Schluchzen hören. Doch dann befiel mich eine ganz seltsame Erregung; mir wurde plötzlich klar, was ich sah: »Es ist der Traum«, sagte ich. In weiter Ferne hörte ich meine eigene Stimme. »Die Zwillinge und der Leichnam Der Mutter, verstehst du? Das Bild aus dem Traum!«

Blut spritzte aus Akaschas Kopf ins Gewebe des Teppichs, und Maharet beugte sich mit flach ausgestreckten Händen nieder, und auch Mekare war eingeknickt und beugte sich über den Körper, doch es war immer noch dasselbe Bild, und ich wußte, warum es mir jetzt vor Augen getreten war, ich wußte, was es bedeutete!

»Der Leichenschmaus!« rief Marius. »Das Herz und das Hirn – eine von euch muß sie verzehren. Es ist die einzige Chance.«

Ja, so war es. Und sie wußten es. Niemand mußte ihnen das erzählen. Sie wußten es.

Das war die Deutung! Und sie alle hatten es gesehen, und sie alle wußten es. Selbst als mir die Augen zufielen, war es mir klar; und dies wunderschöne Gefühl vertiefte sich, das Gefühl der Vollendung, der endlichen Erfüllung. Von etwas Bekanntem!

Dann schwebte ich, trieb wieder in der eiskalten Finsternis, als sei ich in Akaschas Armen, und wir reisten hinauf zu den Sternen.

Ein scharfes, krachendes Geräusch holte mich zurück. Ich war noch nicht tot, aber ich lag im Sterben. Und wo waren meine Lieben?

Immer noch um mein Leben kämpfend, versuchte ich, die Augen zu öffnen, vergeblich.

Doch dann sah ich sie durch die sich verdichtende Dunkelheit – die zwei, deren rotes Haar die schimmernde Glut des Feuers einfing; und die eine hielt das blutige Hirn in ihrer schlammbedeckten Hand und die andere das triefende Herz. Sie wirkten wie tot; ihre Augen waren glasig, ihre Glieder bewegten sich bleiern, wie im Wasser. Und Akascha starrte immer noch vor sich hin, ihr Mund stand offen, das Blut strömte aus ihrem zerschmetterten Schädel. Mekare hob das Hirn an ihren Mund, und Maharet gab ihr das Herz in die andere Hand, und Mekare verzehrte beides.

Wieder Finsternis, kein Feuerschein, kein Bezugspunkt, keine Empfindung außer Schmerz, Schmerz in allem, was ich war, pochender, elektrisierender Schmerz, und keine Möglichkeit, ihn zu lindern, ihn hierhin oder dahin zu lenken, ihm zu widerstehen oder sich in ihm gehenzulassen. Einfach Schmerz.

Doch ich bewegte mich. Ich wälzte mich auf dem Boden umher. Durch den Schmerz hindurch konnte ich plötzlich den Teppich spüren, ich fühlte, wie meine Füße sich in ihn eingruben, als erkletterte ich eine steile Klippe. Und dann hörte ich das unverkennbare Geräusch des Feuers neben mir, ich spürte den Wind durch das zerbrochene Fenster wehen, und ich roch all die süßen Düfte, die vom Wald her in den Raum strömten. Ein gewaltiger Schlag durchfuhr mich, meinen ganzen Körper, und meine Arme und Beine zuckten. Dann war Ruhe.

Der Schmerz war verflogen.

Ich lag keuchend da und sah auf die helle Spiegelung des Feuers an der gläsernen Decke und fühlte, wie sich meine Lungen mit Luft füllten, und ich merkte, daß ich wieder weinte, herzzerbrechend wie ein Kind.

Die Zwillinge knieten mit dem Rücken zu uns und hielten sich gegenseitig umschlungen, und sie hatten die Köpfe aneinandergelehnt, und ihre Haare vermischten sich, als sie sich gegenseitig sanft und zärtlich liebkosten, als sprächen sie nur durch Berührungen miteinander.

Ich konnte mein Schluchzen nicht unterdrücken. Ich drehte mich herum und legte das Gesicht auf meinen Arm und weinte einfach.

Marius war neben mir. Und Gabrielle auch. Ich wollte Gabrielle in die Arme nehmen. Ich wollte ihr all das sagen, was ich ihr jetzt hätte sagen sollen – daß es vorüber war und wir es überlebt hatten und daß jetzt Schluß damit war –, aber ich konnte nicht.

Dann drehte ich langsam den Kopf und sah wieder in Akaschas Gesicht, ihr immer noch unversehrtes Gesicht, wenn auch das dichte, schimmernde Weiß daraus gewichen war und sie jetzt so blaß und durchscheinend war wie Glas. Selbst ihre Augen, ihre schönen kohlschwarzen Augen, wurden durchsichtig, als enthielten sie keinen Farbstoff mehr; das alles war das Blut gewesen.

Ihr Haar fiel ihr weich und seidig über die Wangen, und das getrocknete Blut leuchtete rubinrot.

Ich konnte nicht aufhören zu weinen. Ich wollte nicht. Ich wollte ihren Namen sagen, und er blieb mir im Hals stecken. Als ob ich es nicht tun sollte. Ich hätte es nie tun sollen. Ich hätte nie jene Marmorstufen im Schrein hinaufsteigen und ihr Gesicht küssen dürfen.

Alle anderen erwachten wieder zum Leben. Armand hielt Daniel und Louis, die beide taumelten, noch unfähig, selbst zu stehen. Und Khayman war mit Jesse herangekommen, und auch den übrigen ging es gut. Pandora stand weit abseits, sie zitterte, ihr Mund war vom Weinen verzerrt, und sie umarmte sich selbst, als sei ihr kalt.

Und die Zwillinge drehten sich jetzt um und erhoben sich. Maharet hatte den Arm um Mekare gelegt. Und Mekare starrte ausdruckslos, verständnislos vor sich hin – eine lebende Statue; und Maharet sagte:

»Seht her! Die Königin der Verdammten.«

Teil V

...WELT OHNE ENDE, AMEN

*Manches erhellt die Dunkelheit
und macht einen Rembrandt aus Gram.
Doch meistens ist die Hetze der Zeit
ein Witz auf unsere Kosten.
Die Motte im Licht kann nicht lachen.
Welch ein Glück.
Die Mythen sind tot.*

Stan Rice
Gedicht übers Insbettgehen: Bitterkeit

Miami.

Eine Stadt für Vampire – heiß, wimmelnd und faszinierend schön. Schmelztiegel, Marktplatz, Spielplatz. Wo die Verzweifelten und die Habsüchtigen in unerlaubte Geschäfte verwickelt sind, wo der Himmel jedermann gehört und der Strand unendlich ist, wo die Lichter den Himmel verblassen lassen und das Meer warm ist wie Blut.

Miami, das passende Jagdrevier für den Teufel.

Deswegen waren wir hier, in Armands großer, prächtiger Villa auf Night Island, umgeben von jedem nur vorstellbaren Luxus und der langen Nacht des Südens.

Da drüben, auf der anderen Seite des Wassers, winkte Miami; Opfer, die nur auf uns warteten; die Zuhälter, die Diebe, die Drogenkönige und die Mörder. Die Namenlosen; so viele, die fast, aber nicht ganz so schlecht waren wie ich.

Armand war mit Marius bei Sonnenuntergang hinübergefahren, und jetzt waren sie zurück; Armand und Santino spielten im Salon Schach, Marius las wie immer in dem Ledersessel am Fenster über dem Strand.

Gabrielle war heute abend noch nicht erschienen; seit Jesse gegangen war, war sie häufig allein.

Khayman saß mit Daniel unten im Arbeitszimmer, mit Daniel, dem es gefiel, wenn der Durst wuchs, mit Daniel, der alles darüber wissen wollte, wie es im antiken Milet und Athen und Troja zugegangen war.

Ich mochte Daniel. Daniel, der vielleicht, wenn ich ihn fragte, später einmal mit mir kommen würde, falls ich es fertigbringen würde, diese Insel zu verlassen, was ich seit meiner Ankunft nur einmal getan hatte. Daniel, der immer noch über die Silberspur, die der Mond über das Wasser zog, oder über die warme Gischt in seinem Gesicht lachen konnte. Denn für Daniel war alles – selbst ihr

Tod – ein Schauspiel gewesen. Aber das konnte man ihm nicht übelnehmen.

Pandora entfernte sich fast nie vom Fernsehgerät. Marius hatte sie mit den eleganten modischen Kleidern versorgt, die sie gerne trug; mit Seidenblusen, kniehohen Stiefeln, geschlitzten Samtröcken. Er legte ihr Armbänder und Ringe an, und jeden Abend bürstete er ihr langes braunes Haar. Manchmal beschenkte er sie mit kleinen Parfümflaschen. Wenn er sie nicht für sie öffnete, blieben sie unberührt auf dem Tisch stehen. Sie starrte wie Armand vor sich hin auf die endlose Folge von Videofilmen und machte nur hin und wieder eine Pause, um an das Piano im Musikzimmer zu gehen und eine Weile leise zu spielen.

Ich mochte ihr Spiel; ihre fortlaufenden Variationen klangen beinahe wie die *Kunst der Fuge*. Ich machte mir Sorgen um sie; um die anderen nicht. Die anderen hatten sich alle von dem erholt, was geschehen war, und zwar viel schneller, als ich es mir je hatte vorstellen können. Sie dagegen war auf irgendeine Art verletzt worden, bevor alles angefangen hatte.

Doch hier gefiel es ihr, das wußte ich. Wie sollte es ihr auch nicht gefallen? Selbst wenn sie nie auf ein Wort von Marius gehört hätte.

Uns allen gefiel es. Sogar Gabrielle.

Weißgestrichene Zimmer voller prächtiger Perserteppiche und hervorragender Gemälde – Matisse, Monet, Picasso, Giotto, Géricault. Man konnte ein Jahrhundert lang nur diese Bilder ansehen; Armand wechselte sie ständig aus, hängte sie um, holte weitere Schätze aus dem Keller, hängte hier und da kleine Zeichnungen dazwischen.

Jesse hatte es hier auch gefallen, wenn sie uns auch jetzt verlassen hatte, um bei Maharet in Rangun zu sein.

Sie war hier in mein Arbeitszimmer gekommen und hatte mir ganz offen ihren Standpunkt dargelegt und mich gebeten, die Namen, die sie benutzt hatte, zu ändern und die Talamasca überhaupt ganz aus dem Spiel zu lassen, was von mir natürlich nicht ernsthaft zu erwarten war. Ich war schweigend dagesessen und hatte, während sie sprach, ihre Gedanken auf all die Kleinigkeiten hin überprüft, die sie verschwieg. Dann hatte ich alles in den Computer eingegeben, während sie dabeisaß und mich beobachtete, nachdachte und die dunkelgrauen Samtvorhänge und die venezianische Uhr und die kalten Farbtöne des Morandi an der Wand anstarrte.

Ich glaube, sie wußte, daß ich nicht tun würde, was sie wollte. Sie wußte auch, daß es keine Rolle spielte. Es war nicht anzunehmen, daß die Menschen den Talamasca glauben würden; genausowenig wie sie jemals uns glauben würden. Das heißt, wenn nicht David Talbot oder Aaron Lightner sie aufsuchten, wie Aaron Jesse aufgesucht hatte.

Und was die Große Familie betraf, so war es unwahrscheinlich, daß irgendein Mitglied es für mehr als einen Roman mit gelegentlichen realistischen Einschüben halten würde, falls das Buch überhaupt jemals zufällig in ihre Hände geraten sollte.

Das war es, was alle über das *Gespräch mit dem Vampir* und meine Autobiographie gedacht hatten, und so würden sie auch von *Die Königin der Verdammten* denken.

Und genauso sollte es auch sein. Selbst ich gebe das jetzt zu. Maharet hatte recht. Kein Platz für uns, kein Platz für Gott oder den Teufel; das Übernatürliche sollte immer eine Metapher bleiben – ganz gleich ob es sich um ein Hochamt in St. Patrick's Cathedral handelte oder um Faust, der in einer Oper seine Seele verkaufte, oder um einen Rockstar, der vorgab, der Vampir Lestat zu sein.

Niemand wußte, wohin Maharet Mekare gebracht hatte. Selbst Eric wußte es wahrscheinlich jetzt auch nicht mehr, obwohl er gemeinsam mit ihnen abgereist war und dabei versprochen hatte, Jesse in Rangun zu treffen.

Bevor sie das Sonoma-Gelände verließ, hatte Maharet mich mit einer geflüsterten Bemerkung überrascht: »Sei korrekt, wenn du sie erzählst – die Legende von den Zwillingen.«

Das war eine Genehmigung, oder? Oder unermeßliche Gleichgültigkeit; ich bin mir da nicht sicher. Ich hatte zu niemandem über das Buch gesprochen; ich hatte lediglich in den langen, qualvollen Stunden darüber nachgedacht, in denen ich nur noch kapitelweise denken konnte, in Kapiteln, in denen ich meine Gedanken ordnete, mir eine Straßenkarte durch das Geheimnis zeichnete, eine Chronik der Versuchungen und Qualen erstellte.

Maharet hatte an jenem letzten Abend irdisch, aber geheimnisvoll ausgesehen, als sie mich im Wald aufgesucht hatte.

Sie war mit Jessica und Gabrielle in San Francisco gewesen; sie waren an freundlich erleuchteten Häusern vorbeigegangen, auf sauberen, schmalen Fußwegen, da, wo Menschen lebten, hatte sie gesagt. Wie klar ihre Rede gewesen war, wie mühelos zeitgenössisch, wie unähnlich der zeitlosen Frau, der ich zuerst in dem Zimmer im Berggipfel begegnet war.

Warum war ich schon wieder allein, hatte sie gefragt, und saß einsam an dem Bach, der zwischen den Mammutbäumen hindurchfloß? Warum sprach ich nicht wenigstens ein bißchen mit den anderen? Wußte ich, wie fürsorglich und besorgt sie waren?

Sie stellen mir diese Fragen jetzt immer noch.

Sogar Gabrielle, die im allgemeinen niemandem mit dummen Fragen zur Last fällt, die überhaupt kaum etwas sagt. Sie wollen wissen, wann ich mich erholen werde, wann ich über das sprechen werde, was geschehen ist, wann ich aufhören werde, die ganze Nacht hindurch zu schreiben.

Maharet hatte gesagt, daß wir sie sehr bald wiedersehen würden. Im Frühling vielleicht sollten wir in ihr Haus in Burma kommen. Oder möglicherweise würde sie uns auch eines Abends überraschen. Doch entscheidend war, daß wir nie mehr voneinander getrennt sein sollten; wir konnten uns gegenseitig finden, gleichgültig, wo jemand sich gerade herumtrieb.

Ja, diesem entscheidenden Punkt hatten immerhin alle zugestimmt. Selbst Gabrielle, die Einzelgängerin, die Reisende, hatte zugestimmt.

Niemand sollte noch einmal verlorengehen.

Und Mekare? Würden wir sie wiedersehen? Würde sie mit uns an einem Tisch sitzen? Mit uns in einer Sprache aus Gesten und Zeichen reden?

Ich hatte sie nach jener schrecklichen Nacht nur einmal gesehen. Und das war völlig unerwartet gewesen, als ich im sanften Purpurlicht eben vorm Morgengrauen aus dem Wald zurück auf unser Grundstück kam.

Nebel war über den Boden gekrochen, um sich über dem Farn und den wenigen verstreuten winterlichen Feldblumen aufzulösen und dann, als er zwischen den Mammutbäumen aufstieg, noch ganz schwach nachzuleuchten.

Und durch den Nebel waren gemeinsam die Zwillinge gekommen, auf dem Weg hinunter zum Flußbett, um an den Felsen entlangzuspazieren, die Arme umeinandergelegt. Mekare trug ein langes Wollgewand, so schön wie das ihrer Schwester, und ihr Haar war gebürstet und fiel ihr glänzend über Schultern und Brüste.

Maharet schien leise auf Mekare einzureden. Aber Mekare blieb stehen, um mich anzusehen, mit weit aufgerissenen grünen Augen und einem Gesicht, das mich in seiner Ausdruckslosigkeit einen Augenblick erschreckte, und ich spürte meinen Kummer wie einen heißen Wind in meinem Herzen.

Ich sah sie, sie beide, überwältigt an, und der Schmerz in mir erstickte mich, als trockneten meine Lungen ein.

Ich weiß nicht, woran ich dachte; nur, daß der Schmerz unerträglich zu sein schien. Und daß Maharet mich mit einer leichten Bewegung grüßte und daß ich mich wieder auf den Weg machen mußte. Der Morgen brach an. Rings um uns herum erwachte der Wald. Unsere kostbaren Momente verstrichen. Mein Schmerz hatte sich schließlich gelöst, war wie ein Stöhnen aus mir entwichen, und dann hatte ich mich umgedreht.

Ich hatte einmal zurückgeblickt und die zwei Gestalten ostwärts gehen sehen, entlang des silbrig gekräuselten Flusses, gleichsam aufgesogen von der brüllenden Musik des Wassers, das seinen unnachgiebigen Lauf durch die verstreuten Felsen nahm.

Das alte Traumbild war ein klein wenig verblaßt. Und wenn ich jetzt an sie denke, denke ich nicht an die Leichenschmäuse, sondern an diesen Augenblick, an die zwei Sylphiden im Wald, nur wenige Nächte, bevor Maharet das Sonoma-Gelände mit Mekare verließ.

Ich war froh, als sie fort waren, denn das bedeutete, daß auch wir gehen würden. Und es war mir egal, ob ich Maharets Anwesen jemals wiedersah. Mein Aufenthalt hier war eine Qual gewesen, vor allem die ersten paar Nächte nach der Katastrophe.

Wie schnell das betretene Schweigen der anderen endlosen Analysen gewichen war, als sie zu interpretieren versuchten, was sie gesehen und gespürt hatten. Wie genau war das Wesen übertragen worden? Hatte es das Zellgewebe des Hirns verlassen, als dieses sich auflöste, und war durch Mekares Blutkreislauf getobt, bis es das gleiche Organ in ihr fand? Hatte das Herz überhaupt eine Rolle gespielt?

Ich konnte es nicht ertragen, ihnen zuzuhören, ich konnte ihre stillschweigende, aber krankhafte Neugier nicht ertragen: *Wie war es mit ihr? Was habt ihr in jenen wenigen Nächten getan?* Ich konnte sie aber auch nicht verlassen; ich hatte gar nicht die Willenskraft dazu. So zitterte ich, wenn ich bei ihnen war, und zitterte, wenn ich von ihnen getrennt war.

Der Wald war mir nicht tief genug; ich war meilenweit durch die Mammutbäume gezogen, dann durch Zwergeichen und über freies Feld und dann wieder hinein in stickige, undurchdringliche Wälder. Ich konnte ihren Stimmen nicht entfliehen: Louis gestand, wie er in jenen schrecklichen Momenten das Bewußtsein verloren hatte; Daniel sagte, er habe zwar unsere Stimmen gehört, jedoch nichts gesehen; Jesse hatte, in Khaymans Armen, alles miterlebt.

Wie oft hatten sie sich über die Ironie ausgelassen, daß Mekare ihre Feindin mit einer menschlichen Geste niedergestreckt hatte; daß sie, die nichts von übernatürlichen Kräften wußte, zugeschlagen hatte wie ein Mensch, jedoch mit unmenschlicher Schnelligkeit und Kraft.

Hatte irgend etwas von *ihr* in Mekare überlebt? Das war es, was ich mich ständig fragte. Das war es, was ich wissen wollte. Oder war ihre Seele endlich erlöst worden, als ihr das Hirn herausgerissen wurde?

Manchmal erwachte ich im Dunkeln, in dem Wabenkeller mit den Eisenwänden und den zahllosen unpersönlichen Kammern, und war mir ganz sicher, daß sie direkt neben mir war, nicht weiter als einen Zoll von meinem Gesicht entfernt; ich fühlte wieder ihr Haar, ihren Arm um mich; ich sah das schwarze Schimmern ihrer Augen. Ich tastete in die Dunkelheit, doch da war nichts als die feuchten Ziegelwände.

Dann lag ich da und dachte an die arme kleine Baby Jenks, die in Spiralen aufstieg, als *sie* sie mir gezeigt hatte; ich sah das verschiedenfarbige Licht, das Baby Jenks umgab, als sie zum letztenmal auf die Erde hinunterblickte. Wie könnte Baby Jenks, die arme kleine Radfahrerin, eine solche Vision erfunden haben? Vielleicht kehren wir wirklich am Ende heim.

Wer weiß?

Also bleiben wir unsterblich, bleiben wir voll Angst, bleiben wir an das gekettet, was wir beherrschen. Alles geht von neuem los, das Rad dreht sich; wir sind *die* Vampire, denn andere gibt es nicht; der neue Orden ist gegründet.

Wir verließen Maharets Anwesen wie eine Zigeunerkarawane; eine Parade glänzender schwarzer Autos, die mit tödlicher Geschwindigkeit über makellose Straßen durch die amerikanische Nacht rasten. Auf dieser langen Fahrt erzählten sie mir alles – spontan und manchmal, wenn sie sich untereinander unterhielten, unwissentlich. Wie ein Mosaik fügte sich alles, was geschehen war, zusammen. Selbst wenn ich in den blauen Samtpolstern einnickte, hörte ich sie und sah, was sie gesehen hatten.

Hinunter zu den Sümpfen Südfloridas, hinunter in die große, dekadente Stadt Miami, die gleichzeitige Parodie auf Himmel und auf Hölle.

Unverzüglich schloß ich mich in dieser Suite geschmackvoll eingerichteter Zimmer ein; Sofas, Teppiche, blasse Pastellzeichnungen von Piero della Francesca, ein Computer auf dem Tisch, Musik von Vivaldi aus winzigen Lautsprechern in den tapezierten Wänden. Eine eigene Treppe in den Keller, wo in der stahlummantelten Krypta der Sarg wartete: schwarze Lackarbeit, Messinggriffe; ein Zündholz und ein Kerzenstumpf; die Sargfütterung mit weißen Spitzen besetzt.

Wenn ich nicht schrieb, lag ich auf dem grauen, brokatbezogenen Diwan, sah von der Terrasse aus zu, wie sich die Palmwedel im leichten Wind bewegten, und lauschte ihren Stimmen unter mir.

Louis bat Jesse noch einmal höflich, die Erscheinung Claudias zu beschreiben. Und Jesse antwortete bekümmert, vertraulich: »Aber Louis, das war doch keine Wirklichkeit.«

Gabrielle vermißte Jesse jetzt, da sie abgereist war; Jesse und Gabrielle waren stundenlang zusammen am Strand spazierengegangen. Sie schienen kein Wort miteinander gewechselt zu haben, aber konnte ich da sicher sein?

Gabrielle ließ sich immer mehr Kleinigkeiten einfallen, um mich glücklich zu machen; sie trug ihr Haar offen, weil sie wußte, daß mir das gefiel; sie kam in mein Zimmer herauf, bevor sie bei Morgengrauen verschwand. Hin und wieder sah sie nach mir, prüfend, bemüht.

»Du möchtest von hier fortgehen, nicht wahr?« fragte ich dann besorgt, oder etwas in der Art.

»Nein«, sagte sie. »Es gefällt mir hier. Ich fühle mich wohl.« Wenn sie jetzt Unruhe ergriff, fuhr sie auf die Inseln, die nicht sehr weit entfernt waren. Sie mochte die Inseln. Doch das war es nicht, worüber sie sprechen wollte. Sie hatte immer noch etwas anderes im Sinn. Einmal sprach sie es fast aus. »Sag mir doch...« Und dann hielt sie plötzlich inne.

»Ob ich sie geliebt habe?« fragte ich. »Ist es das, was du wissen willst? Ja, ich habe sie geliebt.«

Und ich konnte immer noch nicht ihren Namen aussprechen.

Mael kam und ging.

Er war eine Woche lang fortgewesen, heute abend war er wieder hier – unten – und versuchte, Khayman in ein Gespräch zu verwickeln, Khayman, von dem alle fasziniert waren. Erste Brut. Diese Kraft. Und wenn man sich vorstellte, daß er durch die Straßen Trojas gewandelt war!

Hin und wieder klopfte Khayman an meine Tür. »Kommst du nie heraus?« fragte er. Er blickte auf den Stapel beschriebener Seiten neben dem Computer, auf die schwarzen Buchstaben: *Die Königin der Verdammten*. Er stand dann da und ließ mich in seinem Gedächtnis nach all den kleinen Bruchstücken, halb erinnerten Augenblicken forschen; es machte ihm nichts aus. Ich schien ihn zu verwirren, aber ich konnte mir nicht vorstellen, warum. Was wollte er von mir? Dann lächelte er sein schrecklich heiliges Lächeln.

Manchmal fuhr er mit Armands schwarzem Rennboot hinaus und ließ sich damit unter den Sternen im Golf treiben. Gabrielle begleitete ihn einmal, und ich war versucht, über die große Entfernung ihren vertraulichen und intimen Gesprächen zu lauschen. Aber ich habe es nicht getan. Es schien mir einfach nicht fair zu sein.

Manchmal sagte er, er befürchte einen Gedächtnisverlust und daß er so plötzlich eintrete, daß er den Heimweg zu uns nicht mehr finden könne. Aber in der Vergangenheit hatte er solche Gedächtnisverluste immer nur als Folge eines Schmerzes erlitten, und jetzt war er doch so glücklich. Er wollte, daß wir wußten, daß er so glücklich war, bei uns allen zu sein.

Sie schienen da unten eine Art Übereinkunft getroffen zu haben, daß sie, gleichgültig, wohin sie gingen, immer wieder zurückkommen würden. Dies sollte das Ordenshaus sein, die Zufluchtstätte; nie wieder würde es so sein, wie es gewesen war.

Sie regelten eine Menge Dinge. Niemand sollte mehr neue Vampire erschaffen, und niemand sollte noch Bücher schreiben, obwohl sie natürlich wußten, daß ich genau das tat, daß ich stillschweigend alles über sie zusammentrug, was ich konnte, und daß ich nicht beabsichtigte, irgendwelche Regeln zu beachten, die mir von jemandem auferlegt wurden, und daß ich das nie getan hatte.

Sie waren erleichtert, daß der Vampir Lestat aus den Seiten der Zeitungen verschwunden, daß die Katastrophe beim Konzert vergessen war. Keine nachweisbaren Todesfälle, keine ernsthaften Verletzungen; alle waren großzügig abgefunden worden; die Band, die meinen Anteil an allen Einnahmen erhalten hatte, trat wieder unter ihrem alten Namen auf.

Und auch die Unruhen und die kurze Zeit der Wunder waren vergessen, wenn sie auch vielleicht nie befriedigend erklärt werden konnten.

Nein, keine Offenbarungen mehr, keine Anrufe zur Gestalt, keine Einmischungen mehr, so lautete ihr gemeinsames Gelübde; und bitte nur heimlich töten!

Immer wieder schärften sie dem verwirrten Daniel ein, daß man selbst in einem verderbten Großstadtdschungel wie Miami nicht vorsichtig genug mit den Überresten des Mahls umgehen konnte.

Ach, Miami. Ich hörte es wieder, das dumpfe Geheul so vieler verzweifelter Menschen, das Stampfen all der großen und kleinen Maschinen. Früher hatte ich mich, stocksteif auf dem Diwan liegend, von dem Stimmengewirr überschwemmen lassen. Jetzt aber hätte ich meine geistige Kraft lenken, den Chor verschiedener Geräusche sieben und trennen und verstärken können. Doch unterließ ich es, da ich immer noch nicht in der Lage war, diese Fähigkeit mit Überzeugung einzusetzen, wie ich auch meine neue Stärke nicht nutzen konnte.

Ach, aber ich liebte es, in der Nähe dieser Stadt zu sein. Ich liebte ihr Elend und ihren Glanz, die alten baufälligen Hotels und die glänzenden Hochhäuser, die schwülen Winde, den schamlosen Verfall. Ich lauschte der nie endenden Großstadtmusik, ihrem dumpfen, pulsierenden Dröhnen.

»Warum gehst du dann nicht hin?«

Marius.

Ich blickte vom Computer auf. Langsam, nur um ihn ein bißchen zu ärgern, obwohl er der geduldigste aller Unsterblichen war.

Er lehnte mit verschränkten Armen und gekreuzten Beinen im Rahmen der Terrassentür. Die Lichter dort draußen hinter ihm! Hatte es in der antiken Welt etwas dergleichen gegeben? Das Schauspiel einer elektrifizierten Stadt voller leuchtender Türme, ähnlich den engmaschigen Gittern in alten Gaslampen?

Er hatte sein Haar kurzgeschoren und trug schlichte, doch elegante Kleidung von heute: einen grauen Blazer und graue Hosen, und das Rote, denn etwas Rotes trug er immer, war diesmal ein dunkler Rollkragenpullover.

»Ich möchte, daß du das Buch beiseite legst«, sagte er. »Du hast dich hier schon seit über einem Monat eingeschlossen.«

»Ich gehe hin und wieder aus«, sagte ich. Ich sah ihn gerne an, das Neonblau seiner Augen.

»Dieses Buch«, sagte er. »Was bezweckst du damit? Würdest du mir das verraten?«

Ich antwortete nicht. Er drängte etwas intensiver, wenn auch in taktvollem Ton.

»Haben dir die Songs und die Autobiographie nicht gereicht?«

Ich versuchte zu bestimmen, was ihn so liebenswürdig aussehen ließ. Vielleicht waren es die winzigen Fältchen, die immer noch rund um seine Augen erschienen, oder es war die Art, wie sich seine Haut leicht runzelte, wenn er sprach.

Die großen, weitgeöffneten Augen – denen Khaymans ähnlich – hatten eine überwältigende Wirkung.

Ich sah wieder auf den Bildschirm des Computers. Ich war fast fertig. Und sie alle wußten davon, wußten es schon seit langem. Deshalb boten sie so viele Informationen an – klopften, kamen herein, redeten, gingen wieder.

»Warum also darüber reden?« fragte ich. »Ich will einen Bericht über das schreiben, was geschehen ist. Du wußtest das, als du mir erzählt hast, wie es dir ergangen ist.«

»Ja, aber für wen ist dieser Bericht bestimmt?«

Ich dachte wieder an all die Fans im Publikum, den Auftritt, und dann an jene gespenstischen Momente an ihrer Seite in den Dörfern, als ich ein namenloser Gott war. Trotz der schmeichelnden Wärme wurde mir plötzlich kühl; vom Wasser her wehte eine frische Brise. Hatte sie recht gehabt, als sie uns selbstsüchtig, gierig nannte? Als sie gesagt hatte, es sei eigennützig von uns, wenn wir die Welt so belassen wollten, wie sie war?

»Du kennst die Antwort auf die Frage«, sagte er. Er kam etwas näher. Er legte die Hand auf die Stuhllehne.

»Es war ein törichter Traum, nicht wahr?« fragte ich. »Er hätte nie verwirklicht werden können, nicht einmal, wenn wir sie zur Göttin erklärt und jedem ihrer Befehle gehorcht hätten.«

»Es war Irrsinn«, antwortete er. »Sie würden sie aufgehalten, vernichtet haben; weit schneller, als sie es sich hätte träumen lassen.«

Schweigen.

»Die Welt würde sie nicht *gewollt* haben«, fügte er hinzu. »Und das konnte sie nie begreifen.«

»Ich glaube, zum Schluß wußte sie es; kein Platz für sie; keine Möglichkeit, von Nutzen und gleichzeitig das Wesen zu sein, das sie war. Sie wußte es, als sie in unsere Augen blickte und darin die Mauer sah, die sie nie durchbrechen konnte. Sie war so vorsichtig mit ihren Entscheidungen gewesen; sie wählte Orte aus, die genauso einfach und unverändert waren wie sie selbst.«

Er nickte. »Wie ich schon sagte, du kennst die Antworten auf deine Fragen. Warum stellst du sie also immer wieder? Warum verschließt du dich hier mit deinem Kummer?«

Ich antwortete nicht. Ich sah wieder ihre Augen. *Warum kannst du nicht an mich glauben!*

»Hast du mir das alles verziehen?« fragte ich plötzlich.

»Du hattest keine Schuld«, sagte er. »Sie wartete, lauschte. Früher oder später würde irgend etwas den Entschluß in ihr ausgelöst haben. Die Gefahr bestand immer. Daß sie zu dem Zeitpunkt erwachte, war genauso ein Zufall wie der Anfang.« Er seufzte. Er klang wieder verbittert, so wie in den ersten Nächten, als auch er sich gegrämt hatte. »Ich kannte immer die Gefahr«, murmelte er. »Vielleicht wollte ich glauben, daß sie eine Göttin war. Bis sie dann erwachte. Bis sie zu mir sprach. Bis sie lächelte.«

Er war wieder abwesend, in Gedanken bei dem Augenblick, bevor das Eis gebrochen war und ihn so lange hilflos festgehalten hatte.

Langsam, unentschlossen entfernte er sich, ging dann hinaus auf die Terrasse und sah hinunter auf den Strand. Welch eine beiläufige Art, sich zu bewegen. Hatten die Alten so ihre Arme auf steinerne Brüstungen gestützt?

Ich stand auf und ging ihm nach. Ich blickte über die breite Fläche schwarzen Wassers, auf die flimmernde Spiegelung der Skyline. Dann sah ich ihn an.

»Weißt du, wie es ist, diese Bürde nicht mehr tragen zu müssen?« flüsterte er. »Zum erstenmal zu wissen, daß ich frei bin?«

Ich antwortete nicht. Aber ich konnte es mir sehr wohl vorstellen. Doch ich hatte Angst um ihn, Angst, daß das vielleicht sein Anker gewesen war, wie die Große Familie der Anker für Maharet war.

»Nein«, sagte er hastig und schüttelte den Kopf. »Es ist, als sei ein Fluch aufgehoben worden. Ich wache auf; ich denke, ich muß zum Schrein hinuntergehen, muß den Weihrauch verbrennen, Blumen bringen, vor ihnen stehen und mit ihnen sprechen, sie zu trösten versuchen, wenn sie innerlich leiden. Dann wird mir klar, daß sie nicht mehr da sind. Es ist vorbei, Schluß. Ich kann gehen, wohin immer ich will, und tun, was immer ich möchte.« Er unterbrach sich, dachte nach, sah wieder auf die Lichter. Dann sagte er: »Was ist mit dir? Warum bist du nicht auch frei? Ich wollte, ich könnte dich verstehen.«

»Das tust du. Du hast mich immer verstanden«, sagte ich. Ich zuckte die Achseln.

»Du verzehrst dich vor Unzufriedenheit. Und wir können dich nicht trösten, oder? Es ist *ihre* Liebe, die du willst.« Er wies auf die Stadt.

»Ihr tröstet mich«, antwortete ich. »Ihr alle. Ich könnte mir nicht vorstellen, euch zu verlassen, jedenfalls nicht für sehr lange. Aber du weißt, als ich in San Francisco auf dieser Bühne stand...« Ich sprach nicht zu Ende. Welchen Sinn hatte es, darüber zu reden, wenn er es nicht verstand? Es war alles gewesen, was ich mir erträumt hatte, bis der mächtige Wirbelsturm niedergefahren war und mich davongetragen hatte.

»Obwohl sie dir nie geglaubt haben?« fragte er. »Sie haben dich doch lediglich für einen gerissenen Darsteller gehalten. Für einen Mann mit dem richtigen Riecher, wie sie sagen.«

»Sie kannten meinen Namen!« antwortete ich. »Es war *meine* Stimme, die sie hörten. Sie sahen *mich* da oben im Rampenlicht.«

Er nickte. »Und deshalb das Buch *Die Königin der Verdammten*«, sagte er.

Keine Antwort.

»Komm herunter zu uns. Wir wollen versuchen, dir Gesellschaft zu leisten. Erzähle uns, was geschehen ist.«

»Ihr habt erlebt, was geschehen ist.«

Ich verspürte plötzlich eine leichte Verwirrung; da war eine Neugier in ihm, die er nicht offenbaren wollte. Er sah mich immer noch an.

Ich dachte an Gabrielle, an die Art, wie sie mir Fragen zu stellen und dann wieder damit aufzuhören pflegte. Dann begriff ich. Was war ich für ein Narr gewesen, es nicht früher zu erkennen. Sie wollten wissen, welche Fähigkeiten sie mir verliehen hatte, sie wollten wissen, wie sehr ihr Blut mich beeinflußt hatte; und ich hatte diese Geheimnisse die ganze Zeit in mir verschlossen gehalten. Dort hielt ich sie auch jetzt verschlossen. Zusammen mit dem Bild der verstreuten Leichen in Azims Tempel; zusammen mit der Erinnerung an die Lust, die ich verspürt hatte, als ich jeden Mann erschlagen hatte, der mir über den Weg lief. Und zusammen mit der Erinnerung an noch einen weiteren schrecklichen und unvergeßlichen Augenblick: ihren Tod, bei dem ich es unterlassen hatte, die Gaben zu nutzen, um ihr zu helfen!

Und jetzt war die Zwangsvorstellung von ihrem Ende wieder da. Hatte sie mich so dicht bei sich liegen sehen? Hatte sie meine Weigerung, ihr zu helfen, erkannt? Oder war ihre Seele schon nach dem ersten Schlag aufgestiegen?

Marius blickte hinaus über das Wasser, auf die kleinen Boote, die nach Süden in den Hafen rasten. Er dachte daran, wie viele Jahrhunderte es ihn gekostet hatte, die Fähigkeiten zu erwerben, die er jetzt besaß. Infusionen ihres Bluts allein hatten nicht ausgereicht. Erst nach tausend Jahren war er in der Lage gewesen, sich furchtlos und unbehindert zu den Wolken zu erheben, als sei er eine von ihnen. Er dachte daran, wie unterschiedlich solche Dinge bei jedem einzelnen

Unsterblichen ausgebildet waren; daß keiner wußte, welche Kräfte im anderen schlummerten; daß vielleicht keiner wußte, welche Kräfte in ihm selbst steckten.

Alles sehr höflich; aber ich konnte mich gerade jetzt ihm und den anderen noch nicht eröffnen.

»Sieh mal«, sagte ich. »Laßt mich nur noch eine Weile trauern. Laßt mich hier meine dunklen Bilder beschwören und die Worte für Freunde aufschreiben. Später werde ich dann zu euch kommen; ich werde mich zu euch allen gesellen. Vielleicht werde ich mich an die Regeln halten. An einige von ihnen jedenfalls, wer weiß? Was wollt ihr übrigens unternehmen, wenn ich es nicht tue? Und habe ich das nicht schon einmal gefragt?«

Er war wirklich bestürzt.

»Du bist doch eine ganze elende Kreatur!« flüsterte er. »Du erinnerst mich an die alte Geschichte von Alexander dem Großen. Er weinte, als es keine Weltreiche mehr zu erobern gab. Wirst du weinen, wenn du nicht mehr gegen die Regeln verstoßen kannst?«

»Ach, Regeln, gegen die man verstoßen kann, gibt es immer.«

Er lachte leise. »Verbrenne das Buch.«

»Nein.«

Einen Augenblick lang sahen wir uns an, dann umarmte ich ihn fest und lächelte. Ich wußte nicht einmal, warum ich es tat, abgesehen davon, daß er so geduldig und ernsthaft war und daß in ihm eine grundlegende Veränderung vorgegangen war, wie in uns allen, nur daß sie bei ihm verzweifelt und schmerzhaft gewesen war wie bei mir.

Es hing mit dem ewigen Kampf zwischen Gut und Böse zusammen, den er genauso verstand wie ich, denn er war es gewesen, der mich vor Jahren gelehrt hatte, es zu verstehen. Er war es gewesen, der mir gesagt hatte, daß wir auf ewig mit diesen Fragen zu kämpfen hätten, daß wir keine einfachen Lösungen brauchten, sondern diese immer fürchten müßten.

Ich hatte ihn auch umarmt, weil ich ihn liebte und ihm nahe sein wollte, und ich wollte ihn gerade jetzt nicht verärgern und von mir enttäuscht gehen lassen.

»Du wirst dich an die Regeln halten, nicht wahr?« fragte er plötzlich. Eine Mischung aus Drohung und Sarkasmus. Und vielleicht auch ein wenig Zuneigung.

»Natürlich!« Ich zuckte wieder die Achseln. »Wie lauten sie eigentlich? Ich hab's vergessen. O ja, wir machen keine neuen Vampire mehr, wir verschwinden nicht spurlos, wir töten diskret.«

»Du bist ein Schelm, Lestat, weißt du das? Ein Flegel.«

»Eine Frage«, sagte ich. Ich ballte meine Hand zur Faust und berührte ihn leicht am Arm. »Dieses Gemälde von dir, *Die Versuchung des Amados*, das in der Krypta bei den Talamasca...«

»Ja?«

»Möchtest du das nicht zurückhaben?«

»Bei allen Göttern, nein. Es ist wirklich ein trostloses Werk. Meine schwarze Periode, könnte man sagen. Aber ich wünschte, sie würden es aus dem verdammten Keller holen. Und es in die Eingangshalle hängen, verstehst du? An irgendeine passende Stelle.«

Ich lachte.

Plötzlich wurde er ernst. Mißtrauisch.

»Lestat!« sagte er schneidend.

»Ja, Marius.«

»Du wirst die Talamasca in Ruhe lassen!«

»Natürlich!« Wieder Achselzucken. Noch ein Lächeln. Warum nicht?

»Ich meine das so, Lestat. Ich bin ganz ernst. Misch dich nicht bei den Talamasca ein. Verstehen wir uns, du und ich?«

»Marius, du bist bemerkenswert leicht zu verstehen. Hörst du das? Die Uhr schlägt Mitternacht. Ich mache um diese Zeit immer meinen Spaziergang rund um Night Island. Willst du mitkommen?«

Ich wartete seine Antwort nicht ab. Ich hörte ihn einen dieser wunderbar nachsichtigen Seufzer ausstoßen, als ich aus der Tür ging.

Mitternacht. Night Island sang. Ich ging durch den wimmelnden Ladenkomplex mit seinen Galerien. Jeansjacke, weißes T-Shirt, das Gesicht halb von einer riesigen Sonnenbrille verdeckt, die Hände in die Taschen meiner Jeans geschoben. Ich beobachtete, wie die gierigen Einkäufer in die offenen Türen eintauchten, Stapel glänzender Schachteln ansahen, Seidenhemden in Plastikhüllen, eine glatte schwarze Schaufensterpuppe in einem Nerz.

Neben dem glitzernden Springbrunnen mit seinen tanzenden Sträußen aus Myriaden Tröpfchen saß eine alte Frau zusammengekauert auf einer Bank, in der zitternden Hand einen Pappbecher mit dampfendem Kaffee. Es fiel ihr schwer, ihn an die Lippen zu heben; als ich im Vorbeigehen lächelte, sagte sie mit zitternder Stimme: »Wenn man alt ist, braucht man keinen Schlaf mehr.«

Aus der Cocktail Lounge drang leise, fremde Musik. Junge Rowdys lungerten um die Videothek herum. Blutdurst! Durch die Tür des französischen Restaurants warf ich einen flüchtigen Blick auf die bezaubernde Bewegung einer Frau, die ein Champagnerglas erhob; gedämpftes Gelächter. Das Theater war voller schwarzer und weißer Hünen, die französisch sprachen.

Eine junge Frau ging an mir vorbei; dunkle Haut, sinnliche Hüften, kleiner Schmollmund. Der Blutdurst erreichte den Höhepunkt. Ich ging weiter, bezwang ihn wieder. *Ich brauche das Blut nicht. Bin jetzt stark wie die Alten.* Dann meinte ich fast wieder ihr Blut zu schmecken, und ich sah mich nach ihr um, sah sie auf der Steinbank sitzen, die nackten Knie ragten aus dem engen, kurzen Rock, und ihr Blick war auf mich gerichtet.

Oh, Marius hatte recht, er hatte in allem recht. Ich verzehrte mich vor Unzufriedenheit, vor Einsamkeit. Ich wollte sie von dieser Bank hochzerren: *Weißt du, was ich bin? Dann wieder beschwor ich mich: Nein, laß dich nicht darauf ein; locke sie nicht hier weg, tu's nicht; nimm sie nicht mit hinunter an den weißen Strand, weit weg von den Lichtern der Einkaufspassage, wo die Felsen gefährlich sind und die Wellen sich ungestüm in der kleinen Bucht brechen.*

Ich dachte daran, was *sie* zu uns gesagt hatte – über unsere Selbstsucht, unsere Gier! Blutgeschmack auf meiner Zunge. *Jemand wird sterben, wenn ich hier bleibe...*

Das Ende des Korridors. Ich steckte meine Schlüssel in die Stahltür zwischen dem Laden, der chinesische Teppiche verkaufte, und dem Tabakhändler, der jetzt, mit einer Zeitschrift auf dem Gesicht, zwischen seinen holländischen Pfeifen schlief.

Ein stiller Flur ins Innere der Villa.

Jemand spielte Klavier. Ich lauschte eine ganze Weile. Pandora, und die Musik hatte wie immer einen dunklen, süßen Klang, aber sie ähnelte mehr denn je einem endlos dauernden Anfang – einem Thema, das einem Höhepunkt zugeführt wurde, der nie kommen würde.

Ich ging die Treppe hinauf ins Wohnzimmer. Armand spielte

immer noch mit Khayman Schach und verlor. Daniel lag mit Kopfhörern da und hörte Bach, hin und wieder warf er einen Blick auf das schwarzweiße Brett, um zu sehen, ob eine Figur bewegt worden war.

Auf der Terrasse stand Gabrielle, die Daumen in die Gesäßtaschen gehakt, und blickte über das Wasser. Allein. Ich ging zu ihr hinaus, küßte sie auf die Wange und sah ihr in die Augen, und als ich endlich das widerwillige leichte Lächeln erntete, das ich so brauchte, drehte ich mich um und ging zurück ins Haus.

Marius las im schwarzen Ledersessel die Zeitung, die er faltete wie ein Gentleman in einem privaten Club.

»Louis ist abgereist«, sagte er, ohne von der Zeitung aufzusehen.

»Was meinst du damit – abgereist?«

»Nach New Orleans«, sagte Armand, ohne vom Schachbrett hochzublicken. »In diese Wohnung, die du da hattest. Die, in der Jesse Claudia sah.«

»Das Flugzeug wartet«, sagte Marius, die Augen immer noch auf der Zeitung.

»Mein Chauffeur kann dich vom Flughafen abholen und hinfahren«, sagte Armand, die Augen immer noch auf dem Spiel.

»Was soll das? Warum seid ihr so hilfsbereit? Warum soll ich fort und Louis nachsetzen?«

»Ich glaube, du solltest ihn zurückholen«, sagte Marius. »Es ist nicht gut, wenn er sich in dieser alten Wohnung in New Orleans aufhält.«

»Ich finde, du solltest sehen, daß du fortkommst und etwas unternimmst«, sagte Armand. »Du hast dich zu lange hier vergraben.«

»Aha, ich merke schon, wie dieser Orden sich entwickeln wird; Ratschläge von allen Seiten, und jeder beobachtet jeden aus dem Augenwinkel. Warum habt ihr Louis überhaupt nach New Orleans gelassen? Hättet ihr ihn nicht aufhalten können?«

Ich landete um zwei Uhr in New Orleans. Die Limousine ließ ich am Jackson Square.

Es war alles so sauber mit den neuen Fliesen und, man stelle sich vor, den Ketten an den Toren zum Platz, damit die Stadtstreicher nicht mehr auf ihm im Gras schlafen konnten, wie sie es seit zweihundert Jahren getan hatten. Und die Touristen bevölkerten jetzt das *Café du Monde*, wo früher die Flußkneipen gewesen waren, jene wunderbar abstoßenden Orte, an denen die Jagd unwiderstehlich war und wo die Frauen so hartgesotten waren wie die Männer.

Aber mir gefiel es jetzt, mir würde es immer gefallen. Die Farben waren wie immer. Selbst in dieser verdammten Januarkälte herrschte die alte tropische Stimmung; es lag irgendwie an den gerade dahinlaufenden Wegen, den niedrigen Gebäuden, am Himmel, der sich ständig veränderte, und an den schiefen Dächern, die jetzt in einem leichten, eisigen Regen glänzten.

Ich entfernte mich langsam vom Fluß und ließ die Erinnerungen in mir aufsteigen, als kämen sie aus dem Straßenpflaster; ich hörte die harsche Blechmusik aus der Rue Bourbon und bog dann in die stille, feuchte Dunkelheit der Rue Royale.

Wie oft war ich in den alten Zeiten diesen Weg gegangen, wenn ich vom Fluß oder aus der Oper oder aus dem Theater zurückkam und genau hier stehenblieb, um meinen Schlüssel in das Tor der Einfahrt zu stecken!

Ah, das Haus, in dem ich ein Menschenleben lang gelebt hatte, in dem ich zweimal beinahe gestorben wäre.

Jemand war oben in der alten Wohnung. Jemand, der leise ging, aber doch die Dielen knarren ließ.

Das kleine Geschäft unten lag ordentlich und unbeleuchtet hinter den vergitterten Fenstern; Porzellannippes, Puppen, Spitzenfächer. Ich blickte zum Balkon mit dem gußeisernen Geländer hoch; ich stellte mir Claudia vor, die dort auf Zehenspitzen stand und zu mir heruntersah; die kleinen Hände gefaltet auf das Geländer gelegt. Goldenes Haar fiel ihr über die Schultern; ein langes violettes Band. Meine kleine unsterbliche sechsjährige Schönheit – *Lestat, wo bist du gewesen?*

Und er, er tat wohl das gleiche. Sich solche Dinge vorzustellen.

Es war totenstill; sofern man das Geplapper der Fernsehgeräte hinter den grünen Fensterläden und den alten, weinbewachsenen Mauern nicht hörte und den groben Lärm aus der Rue Bourbon; tief in einem Haus auf der anderen Straßenseite stritten sich ein Mann und eine Frau.

Aber es war niemand zu sehen; nur das glänzende Straßenpflaster und die geschlossenen Geschäfte und die großen, schweren Autos, die an der Bordkante parkten, während der Regen lautlos auf ihre gewölbten Dächer fiel.

Niemand sah mich, als ich wegging und mich dann umdrehte und in altbewährter Weise den schnellen, katzenhaften Sprung auf den Balkon vollführte und lautlos auf den Bohlen landete. Ich spähte durch das schmutzige Glas der Flügeltüren.

Alles leer; vernarbte Wände, wie Jesse sie zurückgelassen hatte. Vor die Tür war ein Brett genagelt, als hätte einmal jemand einzubrechen versucht und war ertappt worden, und von innen drang noch nach all diesen Jahren der Geruch verbrannten Holzes heraus.

Ich riß leise das Brett ab, und dann versuchte ich mit meiner neuen Kraft das Schloß der Tür dahinter aufzubrechen. Konnte ich es öffnen? Und warum schmerzte es so sehr – an sie zu denken, daran zu denken, daß ich ihr in jenem letzten flackernden Augenblick hätte helfen können; ich hätte Kopf und Körper zusammenkommen lassen können, selbst wenn sie vorhatte, mich zu vernichten, und auch, obwohl sie nicht meinen Namen gerufen hatte.

Ich sah das kleine Schloß an. *Drehe dich, öffne dich.* Und mit Tränen in den Augen hörte ich das Metall klicken, sah die Klinke sich bewegen. Und dann platzte die Tür aus dem verzogenen Rahmen, Scharniere ächzten, und auf sprang sie, wie aus eigenem inneren Antrieb.

Er war im Flur und blickte durch Claudias Tür.

Sein Jackett war wohl etwas kürzer, etwas knapper als die alten Gehröcke von damals, aber er hatte so große Ähnlichkeit mit seiner Erscheinung in den alten Zeiten, daß der Schmerz in mir unerträglich anschwoll. Einen Augenblick lang konnte ich mich nicht bewegen. Er hätte ebensogut ein Gespenst sein können: Sein schwarzes Haar war voll und zerzaust wie damals, und in seinen grünen Augen lag ein Blick voll ungläubiger Melancholie, und seine Arme baumelten ungelenk an ihm herunter.

Sechzig Jahre in dieser Wohnung, die unheilige Familie. Sechzig Jahre Louis, Claudia, Lestat.

Konnte ich das Cembalo hören, wenn ich es versuchte? – Claudia spielte ihren Haydn, und die Vögel sangen dazu, und die vereinte Musik ließ die Kristallzapfen vibrieren, die an den bemalten Glasschirmen der Öllampen hingen, und sogar die Windspiele am Hintereingang vor der eisernen Wendeltreppe.

Claudia, mit ihrem Gesicht wie geschaffen für ein Medaillon oder eine Miniatur auf Porzellan, die mit einer Locke goldenen Haars in einer Schublade verwahrt wurde.

Claudia, die mir ihr Messer ins Herz gestoßen und es herumgedreht und zugesehen hatte, wie das Blut mein Hemd durchtränkte.

Stirb, Vater. Ich werde dich auf ewig in deinen Sarg sperren.
Ich werde dich zuerst töten, mein Prinz.

Ich sah das kleine sterbliche Kind in den besudelten Laken liegen; Krankheitsgeruch. Ich sah die schwarzäugige Königin regungslos auf ihrem Thron. Und ich hatte sie beide geküßt, zwei Schneewittchen im Todesschlaf! *Claudia, Claudia, komm jetzt, Claudia... Gut so, mein Liebling, du mußt es trinken, damit es dir wieder gutgeht.*

Akascha!

Jemand rüttelte mich. Ich schrak auf. »Ach, Louis, verzeih.« Der dunkle, verwahrloste Flur. Mich schauderte. »Ich bin hier, weil ich mir Sorgen gemacht habe... deinetwegen.«

»Das wäre nicht nötig gewesen«, sagte er aufmerksam. »Ich mußte nur eine kleine Wallfahrt unternehmen.«

Ich berührte sein Gesicht mit meinen Fingern; noch so warm von der Jagdbeute!

»Sie ist nicht hier, Louis«, sagte ich. »Jesse hat sich das nur eingebildet.«

»Ja, es scheint so«, sagte er.

»Wir leben ewig, doch sie kommen nicht zurück.«

Er musterte mich lange, dann nickte er. »Komm mit«, sagte er.

Wir gingen gemeinsam den langen Flur entlang nach draußen; nein, es gefiel mir nicht, ich wollte nicht hier sein. Hier spukte es; aber wirklicher Spuk hatte letzten Endes nichts mit Gespenstern zu tun, sondern mit der Bedrohung durch die Erinnerung; das da war mein Zimmer gewesen, mein Zimmer.

Wie traurig, den überwucherten Hof zu sehen; der Brunnen in Trümmern, die alte gefliese Küche zerfiel, und die Fliesen wurden wieder zu Erde.

»Wenn du willst, bringe ich das alles für dich in Ordnung«, sagte ich zu Louis. »Du verstehst, so, wie es einmal war.«

»Das ist unwichtig jetzt«, sagte er. »Kommst du mit, etwas spazierengehen?«

Gemeinsam gingen wir die überdachte Auffahrt entlang; in dem schmalen Rinnstein strömte Wasser. Ich blickte einmal zurück. Ich sah sie dort in ihrem weißen Kleid mit der blauen Schärpe stehen. Doch sie schaute mich nicht an. Ich war tot, glaubte sie; eingehüllt in das Laken, das Louis in den Wagen gestopft hatte; sie brachte meine Überreste fort, um mich zu begraben; und doch stand sie da, und unsere Blicke trafen sich.

Ich spürte, wie er mich zog. »Es ist nicht gut, hier noch länger zu verweilen«, sagte er.

Ich beobachtete, wie er das Tor gewissenhaft verschloß, wie dann seine Augen noch einmal ganz langsam über die Fenster, die Balkone und die Dachluken ganz oben wanderten. Verabschiedete er sich, für immer? Vielleicht auch nicht.

Wir gingen gemeinsam in die Rue Ste. Anne und fort vom Fluß; wir sprachen nicht, gingen nur den Weg, den wir seinerzeit so oft gegangen waren. Die Kälte biß ihn etwas, biß ihn in die Hände. Er liebte es nicht, die Hände in die Taschen zu stecken, wie es die Männer heutzutage tun. Er hielt das für unziemlich.

Der Schauer war zu einem feinen Sprühregen geworden.

»Und wohin gehen wir jetzt?« fragte ich. Ich knöpfte meine Jeansjacke zu. Nicht, weil mir Kälte noch etwas ausmachte, sondern weil Wärme angenehm war.

»Ein letztes Ziel nur noch, und dann, wohin du willst. Zurück ins Ordenshaus, wahrscheinlich. Wir haben nicht viel Zeit. Aber vielleicht kannst du mich auch einfach meine Irrfahrten alleine beenden lassen, und ich komme in ein paar Nächten nach.«

»Können wir nicht gemeinsam umherirren?«

»Ja«, sagte er begierig.

Was, in Gottes Namen, wollte ich? Wir gingen an den alten Veranden, den stabilen alten grünen Fensterläden vorbei, an Mauern mit abbröckelndem Putz und an nackten Backsteinen und durch das grelle Licht der Rue Bourbon, und dann sah ich vor uns den Friedhof St. Louis mit seinen dicken, weißgetünchten Mauern.

Was wollte ich? Warum tat mir immer noch die Seele weh, während all die anderen irgendwie ihr Gleichgewicht wiedergefunden hatten? Selbst Louis war ausgeglichen, und wir hatten einander, wie Marius gesagt hatte.

Ich war glücklich, bei Louis zu sein, glücklich, durch diese alten Straßen zu gehen; aber warum war das nicht genug?

Ich sah zu, wie Louis das Schloß mit den Fingern aufbrach. Und dann ging er hinein in die kleine Stadt aus weißen Gräbern mit spitzen Dächern und Urnen und marmornen Eingängen, und das hohe Gras knirschte unter unseren Stiefeln. Der Regen verlieh allen Oberflächen Glanz; die Lichter der Stadt ließen die Wolken, die lautlos über unseren Köpfen dahinsegelten, wie Perlen schimmern.

Ich versuchte, die Sterne zu entdecken, vergeblich. Und als ich wieder nach unten sah, erblickte ich Claudia; ich spürte, wie sie meine Hand berührte.

Dann sah ich wieder Louis an, und ich sah, wie seine Augen das schwache und ferne Licht einfingen, und ich fuhr zusammen. Noch einmal betastete ich sein Gesicht, die Wangenknochen, die Bogen unter den schwarzen Augenbrauen. Welch ein edles Geschöpf er war!

»Gesegnete Finsternis!« sagte ich plötzlich. »Die gesegnete Finsternis ist wieder angebrochen.«

»Ja«, sagte er betrübt, »und in ihr regieren wir, wie wir es immer getan haben.«

War das nicht genug?

Er nahm mich bei der Hand und führte mich durch den engen Gang zwischen den ältesten, ehrwürdigsten Gräbern; zwischen Gräbern hindurch, die in die frühesten Zeiten der Kolonie zurückreichten, in denen er und ich durch die Sümpfe gezogen waren, die alles zu verschlingen drohten, und ich mich vom Blut der Wanderarbeiter und Raubmörder ernährt hatte.

Sein Grab. Ich erkannte, daß ich auf seinen Namen starrte, der in großer, schräger, altmodischer Schrift in den Marmor gemeißelt war.

Louis de Pointe du Lac
1766–1794

Er lehnte am Grab hinter ihm, auch so einem kleinen Tempel, wie sein eigenes einer war, mit einem Säulengang.

»Ich wollte es nur wiedersehen«, sagte er. Er streckte den Arm aus und berührte die Schrift mit dem Finger.

Sie war nur ein wenig durch Witterungseinflüsse verwaschen, und Staub und Schmutz ließen sie sogar deutlicher erscheinen als früher, da die Buchstaben und Ziffern jetzt geschwärzt waren. Dachte er daran, wie die Welt damals ausgesehen hatte?

Ich dachte an Akaschas Träume, ihr Paradies auf Erden, voller Blumen, die aus dem blutgetränkten Boden wuchsen.

»Jetzt können wir heimgehen«, sagte er.

Heim. Ich lächelte. Ich berührte die Gräber rechts und links von mir, dann blickte ich wieder hoch zum matten Widerschein der Großstadtlichter auf den flockigen Wolken.

»Du wirst uns doch nicht verlassen?« fragte er plötzlich.

»Nein«, sagte ich. Ich wünschte, ich hätte darüber sprechen können – über all das, was in meinem Buch stand. »Du weißt, daß wir ein Liebespaar waren, Akascha und ich, genausogut wie zwei sterbliche Geliebte es je waren.«

»Natürlich weiß ich das«, sagte er.

Ich lächelte. Ich küßte ihn plötzlich und schauderte wegen seiner Wärme und der geschmeidigen Glätte seiner fast menschlichen Haut. Gott, wie haßte ich das Weiß meiner Finger, die ihn berührten, der Finger, die ihn jetzt mühelos hätten zerquetschen können. Ich fragte mich, ob er das überhaupt ahnte.

Es gab so vieles, was ich ihm sagen, was ich ihn fragen wollte. Doch ich konnte die richtigen Worte oder den passenden Anfang nicht finden. Er hatte immer so viele Fragen gehabt, und jetzt hatte er seine Antworten, mehr Antworten vielleicht, als er sich je hatte wünschen können; und wie hatte sich das auf seine Seele ausgewirkt? Dümmlich starrte ich ihn an. Wie vollkommen er mir vorkam, als er so freundlich und geduldig dastand und wartete. Und dann platzte ich, wie ein Narr, damit heraus.

»Liebst du mich?« fragte ich.

Er lächelte; oh, es war qualvoll anzusehen, wie sich sein Gesicht gleichzeitig erwärmte und aufhellte, als er lächelte. »Ja«, sagte er.

»Hast du Lust auf ein kleines Abenteuer?« Mein Herzschlag dröhnte plötzlich. Es wäre so herrlich, wenn... »Hast du Lust, gegen die neuen Regeln zu verstoßen?«

»Worauf in aller Welt willst du hinaus?« flüsterte er.

Ich fing an, leise und fiebrig zu lachen; ich fühlte mich so wohl. Ich lachte und beobachtete die kleinen und feinen Veränderungen in seinem Gesicht. Jetzt hatte ich ihn wirklich beunruhigt. Dabei wußte ich nicht einmal, ob ich es wirklich fertigbringen würde. Ohne sie. Was, wenn ich abstürzte wie Ikarus?

»Ach, nun komm schon, Louis«, sagte ich. »Nur ein kleines Abenteuer. Ich verspreche, diesmal habe ich keine Absichten auf die westliche Zivilisation oder die Aufmerksamkeit von zwei Millionen Rockfans. Ich dachte an etwas Bescheidenes, wirklich. An etwas, nun, ein wenig Boshaftes. Und eher Elegantes. Ich meine, ich habe mich die letzten zwei Monate schrecklich brav verhalten, findest du nicht?«

»Wovon in aller Welt redest du?«

»Machst du mit oder nicht?«

Er schüttelte wieder einmal leicht den Kopf. Doch das war kein Nein. Er überlegte. Er fuhr sich mit den Fingern durchs Haar. So schönes schwarzes Haar. Das erste, was mir an ihm aufgefallen war – das heißt, außer seinen grünen Augen –, war sein schwarzes Haar gewesen. Nein, das ist alles gelogen. Es war sein Gesichtsausdruck; die Leidenschaft und die Unschuld und die Empfindsamkeit des Gewissens. Das mußte ich einfach lieben.

»Und wann beginnt dein kleines Abenteuer?«

»Jetzt«, sagte ich. »Du hast vier Sekunden Zeit, dich zu entscheiden.«

»Lestat, es ist beinahe Tagesanbruch.«

»*Hier* ist es beinahe Tagesanbruch«, antwortete ich.

»Was willst du damit sagen?«

»Louis, gib dich in meine Hände. Sieh mal, wenn ich es nicht fertigbringe, wird dir wirklich nichts geschehen. Nein, überhaupt nichts. Bist du bereit? Entscheide dich. Ich möchte jetzt aufbrechen.«

Er sagte gar nichts. Er sah mich so voller Zuneigung an, daß ich es kaum ertragen konnte.

»Ja oder nein.«

»Ich werde es vermutlich bereuen, aber...«

»Also ja.« Ich ergriff ihn fest an den Armen und hob ihn hoch in die Luft. Er war verwirrt, als er auf mich herunterblickte. Es war, als wöge er nichts. Ich setzte ihn ab.

»*Mon Dieu*«, flüsterte er.

Nun, worauf wartete ich? Wenn ich es nicht versuchte, würde ich es nie wissen. Wieder ein düsterer, dumpfer Moment der Qual, der Erinnerung an Akascha, an unser gemeinsames Aufsteigen. Ich ließ ihn langsam abklingen.

Dann schlang ich meinen Arm um Louis' Hüfte. *Aufwärts.* Ich hob meine rechte Hand, doch das war nicht einmal nötig. Wir stiegen so schnell mit dem Wind auf!

Dort unten drehte sich der Friedhof im Kreis, ein winzig daliegendes Spielzeug voller verstreuter weißer Flecken unter den dunklen Bäumen.

Ich hörte Louis' erstauntes Keuchen im Ohr.

»Lestat!«

»Leg deinen Arm um meinen Hals«, sagte ich. »Halt dich gut fest. Wir fliegen natürlich nach Westen und dann nach Norden, und wir reisen eine sehr lange Strecke, und vielleicht lassen wir uns eine Weile treiben. Da, wo wir hingehen, wird die Sonne noch lange nicht untergehen.«

Der Wind war eiskalt. Ich hätte daran denken sollen, daß er darunter leiden würde; aber er ließ sich nichts anmerken. Er starrte einfach nur nach oben, als wir den dichten, schneeweißen Nebel der Wolken durchdrangen.

Als er die Sterne sah, spürte ich, wie er sich fester an mich klammerte; sein Gesicht war vollkommen gelassen und friedlich, und falls er weinte, blies der Wind seine Tränen fort. Jedwede Angst, die er verspürt haben mochte, war jetzt ganz und gar verflogen; er war überwältigt, als er aufwärts blickte, wo die Himmelskuppel uns umgab und der Mond voll auf die sich unendlich ausbreitende weiße Ebene unter uns schien.

Und während wir dahinflogen, erinnerte ich mich an so viele Dinge; zum Beispiel daran, wie ich ihn das erste Mal getroffen hatte in einer Kneipe in New Orleans. Er war betrunken und streitsüchtig gewesen, und ich war ihm hinaus in die Nacht gefolgt. Und im letzten Augenblick, bevor ich ihn durch meine Hände zu Boden sinken ließ, hatte er seine Augen geschlossen und gefragt:

»Aber wer bist du?«

Ich hatte gewußt, daß ich bei Sonnenuntergang zu ihm zurückkommen würde, daß ich ihn finden würde, und wenn ich die ganze Stadt nach ihm absuchen müßte, obwohl ich ihn halb tot auf dem Kopfsteinpflaster hatte liegenlassen. Ich mußte ihn haben, ich mußte. Genauso, wie ich alles haben mußte, was ich wollte, oder alles tun mußte, was ich je tun wollte.

Das war das Problem, und nichts, was Akascha mir gegeben hatte – nicht Leiden, nicht Macht und auch nicht die Schreckensherrschaft –, hatte daran auch nur das geringste geändert.

Vier Meilen von London entfernt.

Eine Stunde nach Sonnenuntergang. Wir lagen zusammen im Gras, in der kalten Dunkelheit unter einer Eiche. Von dem riesigen Herrenhaus in der Mitte des Parks kam ein wenig Licht, aber nicht viel. Die kleinen, tief eingelassenen, bleigefaßten Fenster schienen eigens so geplant, alles Licht im Haus zu halten. Gemütlich war es da drinnen, einladend, mit all den Bücherregalen an den Wänden und den lodernden Flammen in den vielen Kaminen, deren Rauch durch die Schornsteine in die neblige Dunkelheit aufstieg.

Hin und wieder fuhr ein Auto auf der kurvenreichen Straße vor den Eingangstoren vorbei, und die Scheinwerfer streiften die prächtige Fassade des alten Gebäudes und zeigten die Wasserspeier und die schweren Bögen über den Fenstern und die glänzenden Türklopfer an den massiven Haustüren.

Ich hatte diese alten europäischen Wohnsitze immer geliebt, die wie Landschaften waren; kein Wunder, daß sie die Geister der Toten einladen, zurückzukommen.

Louis setzte sich plötzlich auf, sah an sich herunter und bürstete dann hastig das Gras von seiner Jacke. »Wo sind wir?« flüsterte er leicht beunruhigt.

»Der Stammsitz der Talamasca, nahe London«, sagte ich. Ich lag da und stützte den Kopf auf die Hände. Im Dachgeschoß brannte Licht; in den großen Räumen im ersten Stock brannte Licht. Ich überlegte, welcher Weg am meisten Spaß bereiten würde.

»Was wollen wir hier?«

»Abenteuer, das habe ich doch gesagt.«

»Einen Moment, du willst doch nicht da hineingehen, oder?«

»Warum nicht? Sie haben da drinnen im Keller Claudias Tagebuch und Marius' Gemälde. Das weißt du doch alles, oder nicht? Jesse hat es dir erzählt.«

»Und was hast du vor? Einbrechen und im Keller herumwühlen, bis du findest, was du suchst?«

Ich lachte. »Nein, das würde nicht sehr lustig sein, oder? Klingt eher nach langweiliger Arbeit. Außerdem geht es mir nicht wirklich um das Tagebuch. Sie können das Tagebuch behalten. Es gehörte Claudia. Ich will mit einem von ihnen reden – mit David Talbot, dem Chef. Sie sind, mußt du wissen, die einzigen Sterblichen auf der Welt, die wirklich an uns glauben.«

Stechender Schmerz in mir. *Nicht beachten. Der Spaß geht los.*

Im Augenblick war Louis zu entsetzt, um zu antworten. Es war noch köstlicher, als ich mir hatte träumen lassen.

»Aber das kann nicht dein Ernst sein«, sagte er. Er wurde mächtig ungehalten. »Lestat, laß diese Leute in Frieden. Sie glauben, daß Jesse tot ist. Sie haben einen Brief von irgendeinem Familienmitglied erhalten.«

»Ja, natürlich. Deshalb werde ich sie auch nicht eines Besseren belehren. Warum sollte ich? Aber der, der zum Konzert gekommen ist – David Talbot, der Ältere –, fasziniert mich. Ich glaube, ich möchte wissen... Aber was rede ich. Es ist Zeit, hineinzugehen und es herauszufinden.«

»Lestat!«

»Louis!« sagte ich, seinen Tonfall nachäffend. Ich stand auf und half ihm hoch, nicht weil es nötig gewesen wäre, sondern weil er dasaß und mich finster ansah und mir Widerstand leistete und überlegte, wie er mich umstimmen konnte, was alles reine Zeitverschwendung war.

»Lestat, Marius wird wütend werden, wenn du das tust!« sagte er ernsthaft, und sein Gesicht spannte sich, das ganze Gebilde aus hohen Wangenknochen und dunklen, forschenden Augen errötete wunderschön. »Die Kardinalregel lautet...«

»Louis, du machst es nur noch unwiderstehlicher für mich!« sagte ich.

»Kommst du mit oder nicht?«

»Du wirst nicht in dieses Haus gehen.«

»Siehst du das Fenster da oben?« Ich legte meinen Arm um seine Taille. Nein, er konnte mir nicht entkommen. »In dem Zimmer ist David Talbot. Er schreibt seit einer Stunde an seinem Journal. Er ist zutiefst besorgt. Er weiß nicht, was mit uns geschehen ist. Er weiß, daß etwas geschehen ist, aber er wird es nie richtig herausfinden. Nun, wir werden das Schlafzimmer neben ihm durch das kleine Fenster links betreten.«

Er gab einen letzten schwachen Protest von sich, doch ich konzentrierte mich auf das Fenster und versuchte, mir einen Riegel vorzustellen. Wieviel Fuß war es entfernt? Ich spürte den Krampf, und dann sah ich, wie hoch oben das kleine Rechteck verbleiten Glases aufschwang. Auch Louis sah es, und während er sprachlos dastand, packte ich ihn fester und fuhr hinauf.

Binnen einer Sekunde waren wir in dem Zimmer. Ein kleines elisabethanisches Zimmer mit dunkler Täfelung und hübschen Stilmöbeln und einem lustig flackernden Feuer.

Louis war wütend. Er sah mich böse an, als er jetzt mit schnellen, zornigen Bewegungen seine Kleidung ordnete. Mir gefiel das Zimmer. David Talbots Bücher, sein Bett.

Und David Talbot starrte uns durch die halboffene Tür seines Arbeitszimmers an, wo er im Licht einer grünbeschirmten Schreibtischlampe saß. Er trug eine hübsche graue Hausjacke mit einem Gürtel um die Taille. In der Hand hielt er seinen Federhalter. Er saß so reglos da wie ein Kleinwild im Wald, das ein Raubtier wittert, vor dem unausbleiblichen Fluchtversuch.

Oh, war das schön!

Ich musterte Talbot einen Augenblick lang; dunkelgraues Haar, klare blaue Augen, feingeschnittenes Gesicht, sehr eindrucksvoll, offen und herzlich. Und die Intelligenz des Mannes war offensichtlich. Alles so, wie Jesse und Khayman es beschrieben hatten.

Ich ging in das Arbeitszimmer.

»Sie werden verzeihen«, sagte ich. »Ich hätte an der Haustür klopfen sollen. Aber ich wollte, daß unser Treffen vertraulich bleibt. Sie wissen natürlich, wer ich bin.«

Sprachlosigkeit.

Ich blickte auf den Schreibtisch. Unsere Akten, saubere Ordner mit diversen vertrauten Beschriftungen: »Théâtre des Vampires« und »Armand« und »Benjamin, der Teufel«. Und »Jesse«.

Jesse. Da lag ein Brief von Jesses Tante Maharet neben dem Ordner. Der Brief, in dem stand, daß Jesse tot war.

Ich wartete und überlegte, ob ich ihn zwingen sollte, zuerst zu sprechen. Aber das war noch nie mein Lieblingsspiel gewesen. Er musterte mich sehr gründlich, unendlich viel gründlicher, als ich ihn gemustert hatte. Er prägte sich mich ein und nutzte dabei kleine Hilfsmittel, die er gelernt hatte, um sich auch später noch an Einzelheiten zu erinnern, gleichgültig, wie schwer ihn das jeweilige Erlebnis erschüttert hatte.

Er selbst war groß, nicht dick, auch nicht schlank. Eine gute Figur. Große, sehr gut geformte Hände. Auch sehr gepflegt. Ein echter britischer Gentleman; ein Liebhaber von Tweed und Leder und dunklem Holz und Tee und Feuchtigkeit und dem dunklen Park draußen und der wunderbaren Atmosphäre dieses Hauses.

Er mochte sechsundfünfzig sein oder so. Ein sehr gutes Alter. Er wußte Dinge, die jüngere Männer einfach nicht wissen konnten. Sein heutiges Alter entsprach dem, das Marius in antiken Zeiten erreicht hatte. Für das zwanzigste Jahrhundert war das eigentlich überhaupt noch nicht alt.

Louis war immer noch im anderen Zimmer, aber Talbot wußte, daß Louis da war. Er blickte jetzt durch die Tür. Und dann sah er wieder mich an.

Dann stand er auf und verblüffte mich sehr. Er streckte seine Hand aus.

»Wie geht es Ihnen?« fragte er.

Ich lachte. Ich ergriff seine Hand und schüttelte sie fest und höflich, wobei ich seine Reaktionen beobachtete, sein Erstaunen, als er bemerkte, wie kalt mein Fleisch war, wie leblos.

Er war richtig erschrocken. Aber er war auch mächtig neugierig, mächtig interessiert.

Dann fragte er sehr liebenswürdig und höflich: »Jesse ist doch nicht tot, nicht wahr?«

Es ist erstaunlich, was die Briten mit der Sprache anstellen; diese Feinheiten der Höflichkeit! Ganz sicher waren sie die besten Diplomaten der Welt.

Ich sah ihn ernst an. »O doch«, sagte ich. »Täuschen Sie sich da nicht. Jesse ist tot.« Ich hielt seinem Blick stand; es gab kein Mißverständnis. »Vergessen Sie Jesse«, sagte ich.

Er nickte schwach. Seine Augen schweiften für einen Moment ab, und dann sah er mich wieder an, noch neugieriger als zuvor.

Ich lief mitten im Zimmer in einem kleinen Kreis. Ich sah Louis hinten im Schatten, wie er am Schlafzimmerkamin stand und mich voller Verachtung und Mißbilligung beobachtete. Doch jetzt war nicht die Zeit zu lachen. Mir war überhaupt nicht nach Lachen zumute. Ich dachte an etwas, das Khayman mir erzählt hatte.

»Ich möchte Ihnen jetzt eine Frage stellen«, sagte ich.

»Ja, bitte.«

»Ich bin hier. Unter Ihrem Dach. Angenommen, die Sonne geht auf, und ich begebe mich in Ihren Keller. Ich falle da in Bewußtlosigkeit. Sie verstehen.« Ich machte eine lässige Handbewegung. »Was würden Sie tun? Würden Sie mich im Schlaf töten?«

Er dachte weniger als zwei Sekunden nach.

»Nein.«

»Aber Sie wissen, was ich bin. Sie haben nicht den leisesten Zweifel, oder? Warum also nicht?«

»Es gibt viele Gründe«, sagte er. »Ich würde gern mehr über Sie wissen. Ich würde mich gern mit Ihnen unterhalten. Nein, ich würde Sie nicht töten. Nichts könnte mich dazu bewegen.«

Ich musterte ihn; er sprach die reine Wahrheit. Er ließ sich nicht weiter darüber aus, aber er würde es für schrecklich gefühllos und unhöflich gehalten haben, mich zu töten, ein so geheimnisvolles und altes Wesen wie mich zu töten.

»Ja, genau«, sagte er mit einem schwachen Lächeln.

Gedankenleser. Aber nicht sehr fähig. Nur die offenen Gedanken.

»Seien Sie da nicht so sicher.« Auch das wurde wieder mit bemerkenswerter Höflichkeit vorgebracht.

»Eine zweite Frage an Sie«, sagte ich.

»Bitte sehr!« Er war jetzt wirklich interessiert. Die Angst war total verflogen.

»Wünschen Sie sich die Zauber der Finsternis? Sie verstehen. Einer von uns zu werden.« Aus dem Augenwinkel sah ich, wie Louis den Kopf schüttelte. Dann drehte er sich um. »Ich sage nicht, daß ich sie Ihnen jemals geben würde. Sehr wahrscheinlich würde ich es nicht tun. Aber wollen Sie sie? Wenn ich dazu bereit wäre, würden Sie ihn von mir annehmen?«

»Nein.«

»Ach, kommen Sie!«

»Nicht in einer Million Jahren würde ich sie annehmen. Nein, und Gott ist mein Zeuge.«

»Sie glauben nicht an Gott, das wissen Sie doch.«

»Nur eine Redensart. Aber die Aussage stimmt.«

Ich lächelte. Solch ein freundliches, waches Gesicht. Und ich war so angeregt; das Blut strömte mit neuer Kraft durch meine Adern; ich fragte mich, ob er das spüren konnte: Sah ich nach weniger als einem Ungeheuer aus? Gab es all jene kleinen Anzeichen von Menschlichkeit, die ich an anderen von unserer Art beobachtete, wenn sie gut gelaunt oder in Gedanken versunken waren?

»Ich glaube nicht, daß es eine Million Jahre dauert, bis Sie Ihre Meinung ändern«, sagte ich. »Sie haben in Wirklichkeit überhaupt nicht sehr viel Zeit. Wenn Sie mal darüber nachdenken.«

»Ich werde meine Meinung nie ändern«, sagte er. Er lächelte sehr offen. Er hielt seinen Füllhalter mit beiden Händen. Und er spielte damit, unbewußt und eine Sekunde lang besorgt, aber dann war er ruhig.

»Ich glaube Ihnen nicht«, sagte ich. Ich sah mich im Zimmer um; sah das kleine holländische Gemälde in seinem lackierten Rahmen: ein Haus in Amsterdam an einem Kanal. Ich sah auf den Reif an den bleigefaßten Fenstern. Von der Nacht draußen war überhaupt nichts zu sehen. Ich war plötzlich traurig; nur war es nicht so schlimm wie vorher. Es war nur ein Eingeständnis der bitteren Einsamkeit, die mich hierhergebracht hatte, des Bedürfnisses, mit dem ich hierhergekommen war, in seinem kleinen Zimmer zu stehen und seine Blicke auf mir zu spüren; ihn sagen zu hören, daß er wußte, wer ich war.

Mir wurde schwarz vor Augen. Ich konnte nicht sprechen.

»Ja«, sagte Talbot in schüchternem Ton hinter mir. »Ich weiß, wer Sie sind.«

Ich drehte mich um und sah ihn an. Es schien, als würde ich gleich zu weinen anfangen. Weinen wegen der Wärme hier und der Witterung menschlicher Wesen, wegen des Anblicks eines lebenden Menschen, der vor einem Schreibtisch stand. Ich schluckte. Ich wollte nicht die Fassung verlieren; das wäre dumm gewesen.

»Es ist wirklich interessant«, sagte ich. »Sie wollen mich nicht töten. Aber Sie wollen auch nicht werden, was ich bin.«

»Das stimmt.«

»Nein. Ich glaube Ihnen nicht«, sagte ich wieder.

Ein schwacher Schatten überzog sein Gesicht, ein verräterischer Schatten: Er befürchtete, ich hätte eine Schwäche in ihm entdeckt, deren er selbst sich nicht bewußt war.

Ich griff nach seinem Federhalter. »Darf ich? Und haben Sie vielleicht ein Stück Papier?«

Er gab es mir unverzüglich. Ich setzte mich auf seinen Stuhl am Schreibtisch. Alles ganz makellos – die Schreibunterlage, der schlanke Lederzylinder, in dem er seine Federhalter aufbewahrte, selbst die Aktenordner. Genauso makellos wie er, der dabeistand und zusah, wie ich schrieb.

»Das ist eine Telefonnummer«, sagte ich. Ich drückte ihm das Stück Papier in die Hand. »Es ist die Nummer eines Rechtsanwalts in Paris, der mich unter meinem richtigen Namen – Lestat de Lioncourt – kennt, den Sie ja, glaube ich, auch in Ihren Akten haben. Natürlich weiß er nicht das über mich, was Sie wissen. Aber er kann mich erreichen. Oder vielleicht wäre es korrekter zu sagen, daß ich ständig mit ihm in Verbindung stehe.«

Er sagte nichts, sondern sah das Papier an und prägte sich die Nummer ein.

»Behalten Sie sie«, sagte ich. »Und wenn Sie Ihre Meinung ändern, wenn Sie unsterblich werden und das auch zugeben wollen, rufen Sie die Nummer an. Und ich komme wieder.«

Er wollte protestieren. Ich bedeutete ihm zu schweigen.

»Man weiß nie, was passieren kann«, sagte ich. Ich lehnte mich in seinem Stuhl zurück und faltete die Hände über meiner Brust. »Sie könnten feststellen, daß Sie an einer tödlichen Krankheit leiden; Sie könnten durch einen bösen Sturz zum Krüppel werden. Vielleicht bekommen Sie einfach irgendwann Alpträume über den Tod, darüber, niemand und nichts mehr zu sein. Das macht alles nichts. Wenn Sie sich entscheiden, daß Sie das haben wollen, was ich zu vergeben habe, rufen Sie an. Und denken Sie daran, ich sage nicht, daß ich es Ihnen geben werde. Das werde ich vielleicht nie tun. Ich sage nur, wenn Sie sich entschieden haben, können wir uns darüber unterhalten.«

»Aber wir unterhalten uns doch schon darüber.«

»Nein, das tun wir nicht.«

»Meinen Sie nicht, daß Sie wiederkommen werden?« fragte er.

»Ich glaube schon, ob ich nun anrufe oder nicht.«

Noch eine kleine Überraschung. Ein kleiner, demütigender Stich. Ich lächelte ihn mir selbst zum Trotz an. Er war ein sehr interessanter Mann. »Sie silberzüngiger britischer Bastard«, sagte ich. »Wie können Sie es wagen, mir das mit solcher Herablassung zu sagen? Vielleicht sollte ich Sie sofort töten.«

Das reichte. Er war jetzt bestürzt. Er vertuschte es ganz gut, aber ich konnte es doch erkennen. Und ich wußte, wie erschreckend ich aussehen konnte, besonders, wenn ich lächelte.

Doch Talbot erholte sich erstaunlich schnell. Er faltete das Papier mit der Telefonnummer und steckte es in die Tasche.

»Bitte entschuldigen Sie«, sagte er. »Was ich sagen wollte, war, daß ich hoffe, daß Sie wiederkommen.«

»Rufen Sie die Nummer an«, sagte ich. Wir sahen uns lange an, dann lächelte ich wieder. Ich stand auf, um zu gehen. Dabei sah ich auf seinen Schreibtisch hinunter.

»Warum habe ich keine eigene Akte?« fragte ich.

Sein Gesicht war für einen Augenblick ratlos, dann faßte er sich wie durch ein Wunder wieder. »Aber Sie haben doch das Buch!« Er zeigte auf *Der Fürst der Finsternis* im Regal.

»O ja, richtig. Gut, danke für den Hinweis.« Ich zögerte. »Aber, wenn Sie verstehen – ich glaube, ich sollte meine eigene Akte haben.«

»Ich stimme Ihnen zu«, sagte er. »Ich werde unverzüglich eine anlegen. Es war immer... nur eine Zeitfrage.«

Ich lachte leise, trotz meines Ärgers. Er war so höflich. Ich machte zum Abschied eine leichte Verbeugung, die er gnädig erwiderte.

Und dann ging ich, so schnell ich konnte, was ziemlich schnell war, an ihm vorbei und packte Louis und verschwand unverzüglich durch das Fenster und flog über die Felder, bis ich auf einem verlassenen Abschnitt der Straße nach London wieder landete.

Es war dunkler hier und kälter; die Eichen verdeckten den Mond; es gefiel mir. Ich liebte die totale Finsternis! Ich stand da, die Hände in die Taschen geschoben, und sah auf den schwachen, weit entfernten Lichtschein über London, und ich lachte mit unzähmbarer Heiterkeit vor mich hin.

»Oh, war das schön, war das vorzüglich!« sagte ich und rieb mir die Hände, und dann ergriff ich Louis' Hände, die sogar noch kälter waren als meine.

Louis' Gesichtsausdruck entzückte mich. Da bahnte sich ein richtiger Lachkrampf an.

»Du bist ein Schweinehund, weißt du das!« sagte er. »Wie konntest du dem armen Mann das antun! Du bist ein Teufel, Lestat. Du solltest in einen Kerker eingemauert werden!«

»Ach komm, Louis«, sagte ich. Ich konnte nicht aufhören zu lachen. »Was erwartest du von mir? Außerdem ist der Mann ein Erforscher des Übernatürlichen. Er wird nicht gleich total verrückt spielen. Was erwartet ihr alle von mir?« Ich legte meinen Arm um seine Schultern. »Komm, laß uns nach London gehen. Es ist ein weiter Weg, aber es ist noch früh. Ich bin noch nie in London gewesen. Weißt du das? Ich möchte das Westend und Mayfair und den Tower sehen; ja, laß uns den Tower besichtigen. Und ich möchte in London trinken! Komm!«

»Lestat, das ist kein Spaß. Marius wird wütend sein. Alle werden wütend sein.«

Mein Lachkrampf wurde schlimmer. Wir schritten auf der Straße kräftig aus. Es machte so viel Vergnügen, zu gehen. Nichts konnte das je ersetzen, das einfache Gehen, das Spüren der Erde unter den Füßen und den süßen Duft der nahen Kamine dort überall in der Schwärze und den feuchtkalten Geruch tiefen Winters in diesen Wäldern. Oh, es war alles wunderschön. Und wenn wir nach London kamen, würden wir Louis einen anständigen Mantel kaufen, einen hübschen, langen schwarzen Mantel mit Pelzkragen, damit er es warm hatte wie ich.

»Hörst du, was ich dir sage?« fragte Louis. »Du *hast* nichts begriffen, oder? Du bist noch unverbesserlicher als zuvor.«

Ich fing wieder hemmungslos zu lachen an.

Dann, nüchterner, dachte ich an David Talbots Gesicht und an den Augenblick, als er mich herausgefordert hatte. Gut, vielleicht hatte er recht. Ich würde wiederkommen. Wer sagte, daß ich nicht wiederkommen und mit ihm reden könnte, wenn ich es wollte? Wer sagte das? Aber schließlich sollte ich ihm einfach etwas Zeit lassen, um über diese Telefonnummer nachzudenken und langsam den Mut zu verlieren.

Die Bitterkeit kam wieder und plötzlich auch eine starke, einschläfernde Traurigkeit, die mein leichtes Triumphgefühl fortzuschwemmen drohte. Doch das würde ich nicht zulassen. Die Nacht war zu schön. Und Louis' Beschimpfungen wurden um so hitziger und lustiger.

»Du bist ein wirklicher Teufel, Lestat!« sagte er. »Das bist du! Du bist der Teufel in Person!«

»Ja, ich weiß«, sagte ich, und es gefiel mir, ihn anzusehen und zu beobachten, wie der Zorn ihn so mit Leben erfüllte. »Und ich liebe es, dich das sagen zu hören, Louis. Ich brauche es, daß du das sagst. Ich glaube, niemand wird das je so sagen wie du. Los, sag's noch einmal. Ich bin ein wirklicher Teufel. Erzähle mir, wie schlecht ich bin. Das gibt mir ein so gutes Gefühl!«

Die Chronik der Vampire
wird fortgesetzt.

ANNE RICE

Schaurig schöne Romane von der amerikanischen Kult-Autorin: Anne Rice!

44524

09842

43193

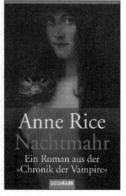

43400

KATHERINE NEVILLE

Als Ariel Behn in den Besitz einiger mysteriöser Dokumente aus uralter Zeit gelangt, wird sie über Nacht zur Gejagten. Ein attraktiver, undurchsichtiger Mann tritt in ihr Leben, und er hat nur ein Ziel: die geheimnisvollen Schriften in seinen Besitz zu bringen – wenn nötig auch über ihre Leiche ...
Atemberaubender historischer Roman und mitreißender Thriller zugleich.

43824

GOLDMANN

GOLDMANN

*Das Gesamtverzeichnis aller lieferbaren Titel erhalten Sie
im Buchhandel oder direkt beim Verlag.
Nähere Informationen über unser Programm erhalten Sie auch im Internet unter:*
www.goldmann-verlag.de

★

Taschenbuch-Bestseller zu Taschenbuchpreisen
– Monat für Monat interessante und fesselnde Titel –

★

Literatur deutschsprachiger und internationaler Autoren

★

Unterhaltung, Kriminalromane, Thriller
und Historische Romane

★

Aktuelle Sachbücher, Ratgeber, Handbücher und
Nachschlagewerke

★

Bücher zu Politik, Gesellschaft, Naturwissenschaft und Umwelt

★

Das Neueste aus den Bereichen
Esoterik, Persönliches Wachstum und Ganzheitliches Heilen

★

Klassiker mit Anmerkungen, Anthologien und Lesebücher

★

Kalender und Popbiographien

★

Die ganze Welt des Taschenbuchs

★

Goldmann Verlag • Neumarkter Str. 18 • 81673 München

Bitte senden Sie mir das neue kostenlose Gesamtverzeichnis

Name: _____

Straße: _____

PLZ / Ort: _____